KB142885

감정 교육

L'Éducation Sentimentale
Gustave Flaubert
1869

감정 교육

귀스타브 플로베르 | 이주영 옮김

책읽는수요일
Books on Wednesday

차례

1부

1장

1840년 9월 15일 오전 여섯 시쯤, 출항을 앞둔 빌 드 몽트로 호는 생베르나르 부두에서 굵은 연기를 소용돌이처럼 내뿜고 있었다.

승객들은 헐떡거리며 도착했다. 커다란 통과 굵은 밧줄, 세탁물 바구니 등이 앞길을 가로막았다. 선원들은 그 누구의 질문에도 대답하지 않았다. 사람들은 서로 부딪쳤다. 짐 꾸러미가 기통 사이에 바쁘게 쌓였다. 철판 사이에서 흘러나온 떠들썩한 소리는, 모든 것을 희끄무레한 안개로 뒤덮어버리는 증기를 내뿜는 소리에 묻혔다. 뱃머리에서는 종소리가 계속 울려댔다.

마침내 배가 출항했다. 가게와 작업장, 공장들이 죽 늘어선 강변 양편이 마치 널찍한 리본을 두 줄 풀어낸 듯 펼쳐졌다.

머리가 긴 열여덟 살 청년 한 명이 스케치북을 팔에 끼고 키 옆에 꼼짝하지 않고 서 있었다. 청년은 안개 사이로 이름 모를 종탑과 건물들을 바라봤다. 그리고 마지막으로 생루이 섬, 시테 섬, 노트르담 성당을 바라봤다. 마침내 파리의 모습이 사라지자 청년은 깊은 한숨을 푹 내쉬었다.

대학 입학시험에 갓 합격한 프레데릭 모로는 현재 노장쉬르센으로 돌아가는 길이었다. 법학 공부를 하러 떠나기 전까지 두 달 동안은 그곳에서 지루한 나날을 보내야만 했다. 아들이 유산을 상속받기를 내심 바랐던 어머니는 프레데릭에게 얼마 안 되는 돈을 챙겨주면서 르아브르에 있는 큰아버지에게 보냈다. 전날에야 프레데릭은 큰아버지 집에서 파리로 돌아왔다. 그리고 가장 먼 길로 집에 돌아가면서 그동안 수도에 머물지 못한 아쉬움을 풀고 있었다.

소란이 진정되고 사람들은 모두 자기 자리에 앉았다. 몇몇은 기관실 옆에 서서 몸을 녹이고 있었다. 굴뚝에서는 규칙적인 소리에 맞춰 검은 연기를 내뿜고 있었다. 동판 위로 이슬 방울이 흘렀다. 가벼운 내부 진동으로 갑판이 흔들렸고, 바퀴 두 개가 빠르게 회전하며 물을 차냈다.

강가는 모래사장이었다. 뗏목들이 파도에 밀려 넘실대듯

지나가고 있었고, 한 남자가 돛대 없는 배에 앉아 낚시를 하고 있었다. 떠돌던 안개가 걷히자 태양이 나타났고, 센 강 오른쪽 강가의 언덕이 점점 낮아지면서 맞은편 다른 언덕이 더 가까이 나타났다.

이탈리아식 낮은 지붕을 얹은 집들 사이로 솟은 언덕을 나무들이 에워싸고 있었다. 집집마다 새 담벼락으로 둘러싸인 경사진 정원과 철망, 잔디, 온실 등으로 꾸며놓았고, 팔을 기댈 수 있는 테라스 뒤에는 제라늄 화분이 일정한 간격으로 놓여 있었다. 너무나 평화로운 이 예쁜 집들을 보면서, 고급 당구대와 배도 가져보고 여자 혹은 다른 꿈을 품으며 평생 이런 집에서 살아봤으면 하는 사람들이 여럿 있었다. 배를 타고 여행하는 새로운 기쁨에 들뜬 사람들은 자유롭게 떠들고 있었다. 익살꾼들은 벌써 농담을 주고받고 있었다. 노래를 부르는 사람들도 많았고 모두들 기분이 들떠 있었다. 사람들은 술잔을 서로 주거니 받거니 했다.

프레데릭은 파리로 돌아가 살 집과 써야 할 희곡의 줄거리, 그림의 소재, 앞으로 찾아올 사랑에 대해 생각하고 있었다. 그는 자신처럼 선한 사람은 행복을 누리는 게 마땅한데 어째서 그 행복이 빨리 찾아오지 않는지를 생각하며 우울한 시구를 읊었다. 그는 빠른 걸음으로 갑판을 건너 배 한쪽 끝에 종이 매달려 있는 곳으로 갔다. 그때 한 남자가 눈에 들어왔다. 남자는 승객과 선원들이 둘러싸고 있는 가운데서 어느 시골 여자의 가슴에 늘어져 있는 황금 십자가를 만지며 온갖 달콤한 말을 속삭이고 있었다. 곱슬머리에 활기가 넘치는 그 남자는 마흔 살 정도 되어 보였다. 검은색 벨벳 재킷 안으로 탄탄한 가슴이 솟아 있었고 흰색 삼베 셔츠에서는 에메랄드 두 개가 반짝였으며, 폭이 넓은 흰 바지에 푸른색 무늬가 새겨진 붉은색 러시아 가죽 장화를 신고 있었다.

남자는 프레데릭이 곁에 있는데도 상관하지 않았다. 그는 프레데릭에게 여러 번 고개를 돌려 눈짓을 하며 그쪽으로 오라는 신호를 보냈다. 그러고는 주변을 빙 둘러싸고 있는 사람들에게 시가를 권했다. 하지만 그는 이 자리가 싫증났는지 저쪽으로 걸어갔다. 프레데릭도 그 뒤를 따랐다.

처음에는 담배의 종류에 대한 이야기를 하다가 이윽고 자연스럽게 여자에 대한 이야기로 흘러갔다. 붉은색 장화를 신은 남자는 청년 프레데릭에게 여러 가지 조언을 해주었다. 자신의 이론과 자신이 겪은 일화와 경험담을 설명하면서 아버지 같은 말투로 저속한 농담을 거침없이 늘어놓았다.

그는 공화주의자였다. 여행도 많이 했고, 극장과 레스토랑, 신문사의 이면에 대해서도 잘 알고 있었다. 유명한 예술가들과도 이름을 부르며 지낼 만큼 친하다고 했다. 프레데릭도 자신의 계획을 말하자 그는 프레데릭을 격려해주었다.

그러더니 그는 갑자기 말을 멈추고 굴뚝을 뚫어지게 바라봤다. 이윽고 계산을 한 듯 "일 분 동안 피스톤이 저만큼 움직이면 한 번 움직이는 데에는……."이라고 중얼거리며 수치를 따져보려 했다. 남자는 계산을 다 하더니 주변 경치에 감탄했다. 남자는 일에서 잠시 벗어날 수 있어서 행복하다고 혼잣말을 했다.

그를 존경하는 마음이 생긴 프레데릭은 남자의 이름을 알고 싶었다. 미지의 남자는 바로 이름을 알려주었다.

"자크 아르누, 몽마르트르 거리에서 공예미술사를 운영하고 있죠."

그때 황금 줄이 달린 모자를 쓴 승무원이 남자에게 다가와 말했다.

"아래층으로 내려와보시겠어요? 아가씨가 울고 있습니다."

그는 사라졌다.

공예미술사는 《공예미술》이라는 신문을 발행하면서 미술상도 겸하는 복합 상점이었다. 프레데릭은 고향의 서점 진열장 위에 놓인 커다란 전단지에서 그 이름을 몇 번 본 적이 있었다. 자크 아르누라는 이름이 전단지에 위풍당당하게 새겨져 있었다.

태양이 수직으로 내리쬐면서 돛대 주변의 철판 난간, 갑판, 수면이 반사되어 반짝였다. 뱃머리가 강물을 두 줄기로 가르자 목장이 있는 강변까지 물결이 굽이쳤다. 강이 굽이진 곳을 지나갈 때 연한 빛깔의 포플러 나무들이 보였다. 들판은 비어 있었다. 하늘에는 작고 하얀 구름들이 듬성듬성 떠 있었다. 권태로운 분위기가 감돌면서 배의 움직임이 더디게 느껴졌고, 승객들의 얼굴도 아까보다 더 무표정해졌다.

일등석 승객들은 몇몇 부르주아층을 제외하고는 대부분 노동자와 아내와 자녀가 있는 상인이었다. 여행할 때는 허름하게 입는 관습이 있어서 다들 낡은 터키모자나 닳아빠진 모자를 쓰고 있었고, 책상에 스쳐 닳고 닳은 듯한 싸구려 검은 옷이나 가게에서 너무 오래 입은 나머지 단추가 닳아빠진 프록코트를 입고 있었다. 헐렁한 조끼 사이로 커피 얼룩이 진 옥양목 셔츠가 힐끗 보였고, 낡은 넥타이에는 도금된 넥타이 핀이 꽂혀 있었다. 여러 번 기운 발밑 끈*은 천으로 만들어진 덧신을 고정시켜주고 있었다. 가죽 끈이 달린 커다란 지팡이를 든 인상 고약한 남자 두세 명이 주변을 힐끔거렸고, 가장

---

* 바지를 팽팽하게 당겨주는 끈.

인 아버지들은 눈을 크게 뜨고 질문을 해댔다. 몇몇은 서서 이야기하거나 짐 위로 몸을 구부린 채 이야기를 나누었다. 구석에서 자고 있는 사람도 있었고, 뭔가를 먹는 사람들도 있었다. 갑판은 호두 껍질, 담배꽁초, 배 껍질, 종이에 싸 와서 먹다 남은 햄 등이 널려 있어 지저분했다. 작업복 차림의 고급 가구 전문 장인 세 명은 식당 앞에 서 있었다. 너덜너덜한 옷을 입은 하프 연주자가 하프에 팔을 기댄 채 쉬고 있었다. 이따금 화덕 안에서 석탄이 타는 소리, 갑작스러운 큰소리와 웃음소리가 들려오기도 했다. 선장은 배 위의 다리에서 이쪽과 저쪽 기통 사이를 계속 왔다갔다했다. 프레데릭은 자리로 돌아가려고 일등석 칸막이를 옆으로 밀고, 사냥개를 데리고 있는 사냥꾼 두 명 사이를 지나갔다.

갑자기 신기루 같은 장면이 펼쳐졌다.

한 여자가 긴 의자 가운데에 혼자 앉아 있었다. 프레데릭은 갑자기 눈이 부시면서 다른 사람은 전혀 눈에 들어오지 않았다. 그가 지나가자 그녀가 고개를 들었다. 그는 순간 어깨를 움츠렸다. 그리고 저쪽으로 가는 척하며 여자를 곁눈질로 바라봤다.

그녀는 분홍색 리본이 달린, 챙이 넓은 밀짚모자를 쓰고 있었고, 등 뒤로 리본이 바람에 날리고 있었다. 가르마를 탄 검은색 머리카락이 긴 눈썹 끝을 살짝 가리며 축 내려와 갸름한 얼굴을 다정하게 감싸는 것 같았다. 밝은색 바탕에 작은 물방울무늬가 있는 모슬린 드레스는 풍성한 주름을 드러내며 퍼져 있었다. 그녀는 수를 놓고 있었다. 오뚝한 코와 뚜렷한 턱 선, 푸른 하늘을 배경으로 그녀의 윤곽이 뚜렷이 드러났다.

그녀는 계속 같은 자세로 있었다. 그는 그녀 곁으로 은근슬쩍 다가가기 위해 몇 번이고 왼쪽 오른쪽으로 왔다갔다했다. 그리고 그녀가 앉아 있는 긴 의자 앞 양산 옆에 서서 강 위를 오가는 작은 배들을 바라보는 척했다.

그는 지금까지 이렇게 멋진 갈색 피부에 매력적인 실루엣, 햇빛에 투명하게 비치는 갸름한 손을 본 적이 없었다. 프레데릭은 그녀가 수놓고 있는 바구니를 신기한 물건이라도 되는 듯 놀라워하는 표정으로 바라봤다. 그녀의 이름은 무엇이고 사는 곳은 어디이며, 어떻게 살고 있으며 어떤 삶을 살아왔을까. 프레데릭은 그녀의 방에 있는 가구, 그녀가 지금까지 입어본 모든 옷, 그녀가 만나는 사람들에 대해 모두 알고 싶었다. 괴로울 정도로 끝없는 이러한 호기심 속에 그녀의 육체를 갖고 싶다는 욕망마저 사라지고 있었다.

머리에 스카프를 두른 흑인 하녀가 다 큰 여자아이의 손을

잡고 나타났다. 여자아이는 눈에 눈물이 고여 있는 걸로 봐서는 잠에서 깬 지 얼마 안 된 것 같았다. 그녀는 아이를 무릎 위에 앉혔다. "우리 아가씨, 곧 일곱 살이 되는데 아직도 어린아이 같네요. 이러면 어머니께서 안 좋아하실 거예요. 투정을 너무 많이 받아주었네." 프레데릭은 그녀의 말을 듣고는 뭔가를 발견하거나 얻은 듯 기뻤다.

그녀는 안달루시아 태생으로 크레올*일지도 모른다는 생각이 들었다. 여자는 이 흑인 하녀도 섬에서 데려온 걸까?

여자의 등 뒤로는 술 장식이 달린 기다란 보라색 숄이 구리로 된 뱃전에 걸려 있었다. 바다를 건너며 습기 찬 밤이 되면 여자는 저 숄로 몸과 발을 여러 겹 감싼 채 잠이 들었겠지! 숄은 아래에 달린 술 장식의 무게에 못 이겨 미끄러졌고 곧 물속에 떨어질 것 같았다. 프레데릭은 얼른 뛰어가 숄을 잡았다. 그녀는 그에게 말했다.

"감사합니다."

두 사람의 눈이 마주쳤다.

"여보, 준비 다 됐소?" 아르누가 계단참에 나타나 큰 소리

---

* 신대륙 발견 이후 아메리카 대륙에서 태어난 에스파냐인과 프랑스인의 자손을 일컫는 말.

로 말했다.

마르트가 아르누에게 달려가 목에 매달려 수염을 잡아당겼다. 하프 소리가 들려오자 마르트는 연주하는 모습을 보고 싶어했다. 하프 연주자는 흑인 여자의 안내를 받아 일등석으로 왔다. 아르누는 연주자가 모델로 일한 적이 있다는 걸 알고 있었다. 그가 연주자에게 말을 편하게 하자 주변 사람들은 깜짝 놀랐다. 하프 연주자는 긴 머리를 어깨 뒤로 넘기고 두 팔을 뻗어 하프를 연주하기 시작했다.

단검, 꽃과 별에 대해 노래하는 동양풍의 사랑곡이었다. 남루한 차림의 연주자는 큰 소리로 노래를 불렀다. 기관 소리가 연주를 방해하자 연주자는 하프를 더욱 세게 뜯었다. 하프의 현이 떨렸고 하프에서 울리는 금속성 소리는 마치 오열처럼, 잃어버린 안타까운 사랑의 탄식처럼 들렸다. 강변 양쪽에는 나무가 수면까지 축 늘어져 있었다. 시원한 바람이 불었다. 아르누 부인은 멍하니 먼 곳을 바라보고 있었다. 음악이 멈추자 그녀는 마치 꿈에서 깨어난 듯 눈을 몇 번 깜빡였다.

하프 연주자는 겸손하게 다가왔다. 아르누가 동전을 찾는 동안 프레데릭은 연주자의 모자 쪽으로 주먹을 내밀고는 수줍은 듯 금화 1루이를 모자 속에 떨어뜨렸다. 아르누 부인 앞에서 연주자에게 돈을 준 건 허영심이 아니라 아르누 부인을 축복하고 싶은 생각, 즉 경건한 마음에 가까운 행동이었다.

아르누는 프레데릭에게 길을 안내하며 식당으로 내려가자고 친절하게 말했다. 프레데릭은 방금 식사를 했다고 대답했지만 사실은 배가 고파 죽을 지경이었다. 그러나 주머니에는 한 푼도 남아 있지 않았다.

그럼에도 그는 다른 사람과 마찬가지로 자신도 식당에 머물 권리가 있다고 생각했다.

여기저기 원형 테이블 주변에서 부르주아들이 식사를 하고 있었고, 카페 종업원이 테이블 사이를 왔다갔다했다. 아르누 부부는 오른쪽 구석에 있었다. 그는 벨벳으로 덮인 벤치에 놓여 있던 신문을 주워 들고 자리에 앉았다.

아르누 부부는 몽트로에서 샬롱으로 가는 합승마차를 타고 한 달 동안 스위스를 여행할 계획이라고 했다. 아르누 부인은 남편 아르누에게 아이가 해달라는 대로 무조건 다 해준다고 타박했다. 그가 귀에 대고 뭔가 달콤한 말을 했는지 아르누 부인은 미소를 지었다. 그러고 나서 아르누는 아내 뒤에 있는 창에 달린 커튼을 쳤다.

밖에서 비쳐드는 햇빛이 나지막한 새하얀 천장에 그대로 반사되었다. 부인의 맞은편에 앉아 있던 프레데릭은 그녀의 속눈썹에 드리운 그림자를 또렷이 봤다. 그녀는 물컵을 입술에 댄 다음 빵 껍질을 손으로 조금 뜯었다. 그녀의 팔찌에 달린 청금석 메달 장식이 접시에 부딪치면서 소리를 내기도 했다. 하지만 주변 사람들 중 그녀를 관심 있게 보는 이는 없는 듯했다.

이따금 현창을 통해 승객을 태우거나 내려주는 작은 배의 옆모습이 보이기도 했다. 식탁에 앉아 있는 사람들은 창밖을 보며 강변 마을의 이름을 말하곤 했다.

아르누는 음식에 대해 불평했다. 계산서가 오자 격렬하게 항의하며 깎아달라고 했다. 이어서 아르누는 그로그*를 마시기 위해 프레데릭을 데리고 뱃머리로 갔다. 그러나 프레데릭은 이내 아르누 부인이 있는 텐트 아래로 돌아왔다. 그녀는 회색 표지의 얇은 책을 읽고 있었다. 그녀의 양쪽 입가가 이따금 위로 올라갔고, 기쁨의 빛이 그녀의 얼굴을 환하게 밝혔다. 그는 그녀의 마음을 사로잡은 이야기를 쓴 작가에게 질투가 났다. 그녀와 자신 사이에 깊은 구덩이가 파여 있는 것 같은 느낌이 들었다. 말 한 마디도 제대로 못해보고 추억도 남겨주지 못한 채 잠시 후에는 그녀와 작별해야 할지도 모른다는 생각이 들었다!

---

* 럼 또는 브랜디에 설탕, 레몬, 뜨거운 물을 섞은 음료.

오른쪽으로는 들판이 펼쳐져 있었다. 왼쪽에는 언덕 아래까지 목장이 완만하게 이어져 있었다. 언덕 위로는 포도밭과 호두나무 숲, 풍차가 보였고, 그 너머로는 좁은 오솔길이 여러 갈래로 나뉘어 하얀 바위가 있는 수평선까지 구불구불 이어져 있었다. 부인의 허리를 감싸 안은 채 그녀의 빛나는 눈을 바라보고 그녀의 목소리를 들으면서 나란히 저 언덕을 오른다면 얼마나 행복할까. 노랗게 물든 낙엽들이 그녀의 드레스에 쓸려가겠지! 배는 언제든 멈출 수 있으니 둘이서 그냥 내리면 될지도 모른다. 하지만 너무나 간단해 보이는데도 막상 하려니 태양을 움직이는 것처럼 어려운 일이었다!

좀 더 멀리로는 네모난 작은 탑이 있는, 지붕이 뾰족한 성이 보였다. 앞에는 화단이 펼쳐져 있었다. 가로수가 죽 늘어선 길 끝은 마치 어두운 아치로 빨려 들어가듯 커다란 보리수 그늘 아래로 사라졌다. 그는 그녀가 소사나무들 옆으로 지나가는 모습을 상상했다. 바로 그때 젊은 남녀가 오렌지나무 화분 사이의 계단에 모습을 드러냈다. 그리고 모든 것이 사라졌다.

여자아이는 프레데릭 옆에서 놀고 있었다. 그가 여자아이에게 입 맞추려 하자 여자아이는 하녀 뒤로 얼른 숨었다. 엄마는 딸에게 숄이 떨어지지 않도록 잡아준 아저씨에게 친절하게 굴지 않았다고 나무랐다. 혹시 이런 식으로 간접적으로 접근하는 건 아닐까?

'마침내 내게 말을 거는 것일까?' 그가 생각했다.

시간이 없었다. 아르누의 집에 초대받으려면 어떻게 해야 할까? 그는 아름다운 가을 풍경 외에는 딱히 아르누에게 할 말이 떠오르지 않아 이런 말만 늘어놓았다.

"겨울이 얼마 안 남았네요. 이제 곧 무도회와 만찬의 계절이군요."

아르누는 짐을 챙기느라 정신이 없었다. 쉬르빌 강변이 보이기 시작했고, 다리 두 개가 점점 가까워졌다. 배는 밧줄 공장을 지난 뒤 낮은 집이 죽 늘어서 있는 강변을 따라갔다. 아래에는 타르를 끓이는 냄비와 나뭇조각이 있었다. 모래밭에서는 아이들이 뛰어다니면서 재주넘기를 했다. 프레데릭은 소매가 달린 조끼를 입은 남자를 알아보고 소리쳤다.

"서둘러."

배가 도착했다. 그는 북적거리는 승객들 사이에서 겨우 아르누를 발견했다. 아르누는 그와 악수하며 말했다.

"자, 그럼, 안녕히 가십시오."

프레데릭은 부두에 내리면서 고개를 돌렸다. 그녀는 키 옆에 서 있었다. 그는 정신을 집중해서 그녀를 바라봤지만, 그녀는 아무 일도 없었다는 듯 꼼짝하지 않고 있었다. 그는 하인의 인사를 받아주지 않은 채 큰 소리로 말했다.

"마차를 왜 여기까지 가지고 오지 않은 건가?"

그러자 하인이 죄송하다고 했다.

"일 처리가 참으로 서투르군! 돈이나 주게!"

그리고 그는 식사하러 여관으로 갔다.

십오 분쯤 지나 그는 우연인 듯 가장해 합승마차 정거장에 가보고 싶었다. 어쩌면 그녀를 다시 볼 수 있지 않을까?

'그래봐야 무슨 소용이겠어?' 그는 속으로 생각했다.

그는 말 두 마리가 끄는 사륜마차를 타고 달렸다. 말 두 마리는 어머니의 것이 아니었다. 어머니가 관리인 샹브리옹의 말을 빌려서 자신의 말과 함께 마차를 끌게 한 것이었다. 어제 집을 출발한 이지도르는 저녁까지 브레이에서 쉰 뒤 몽트로에서 묵어서 그런지 생생한 모습으로 힘차게 달렸다.

수확이 끝난 밭이 끝없이 펼쳐져 있었다. 길 양쪽으로 가로수가 뻗어 있고 자갈더미가 옆으로 스쳐갔다. 빌뇌브 생조르주, 아블롱, 샤티옹, 코르베유, 그 밖에 다른 지방들, 그동안 다닌 여행이 그의 머릿속에 생생하게 떠올랐다. 너무나 생생하게 떠오른 나머지 이제는 새로운 사실들과 좀 더 상세하고 자잘한 특징들까지 눈에 훤할 정도였다. 바람에 나부끼는 아르누 부인의 옷자락 아래로 화려한 갈색 비단 덧신이 드러나 보이던 모습이 떠올랐다. 쿠틸 직물로 된 챙이 그녀의 머리 위에서 커다란 지붕처럼 드리우고 있었고, 챙 모서리에 달린 붉은색 작은 술 장식이 미풍에 계속 나부끼던 모습도 머릿속에 떠올랐다.

그녀는 마치 낭만적인 소설에 등장하는 여자 같았다. 더도 말고 덜도 말고 그야말로 낭만 소설 속 여자 그 자체. 우주가 갑자기 넓어진 것 같았다. 그녀는 모든 것이 하나로 모인 찬란한 빛과 같은 존재였다. 그는 흔들리는 마차에 몸을 맡긴 채 눈을 반쯤 감고 구름을 보며 달콤한 상상의 세계에 빠져들었다.

브레에 도착한 그는 말에게 여물을 먹일 시간도 기다리지 않고 혼자서 앞으로 먼저 걸어갔다. 아르누가 아내를 '마리'라고 불렀던 것이 생각났다. 그는 큰 소리로 "마리!"라고 외쳐봤으나 그 소리는 이내 허공으로 사라졌다.

서쪽 하늘이 자줏빛으로 물들어갔다. 추수한 밭의 밀 이삭 더미가 커다란 그림자를 드리우고 있었다. 저 멀리 농가의 마당에서 개 한 마리가 짖기 시작했다. 그는 알 수 없는 불안감에 사로잡혀 몸을 부르르 떨었다.

이지도르가 오자 그는 마부석에 올라 직접 말고삐를 잡았다. 주저하던 기분은 이제 사라졌다. 그는 어떻게든 아르누의 집에 가서 그 가족과 친해지기로 결심했다. 아르누의 가정은 분명 유쾌한 분위기일 것 같았다. 아르누도 호감이 가는 사람이었다. 어떻게 될지 누가 알겠는가? 그는 갑자기 피가 얼굴까지 확 솟아오르는 기분이었고 관자놀이가 뛰었다. 그가 채찍을 휘두르고 고삐를 낚아채며 거칠게 말을 몰자 늙은 마부가 여러 번 소리쳤다.

"천천히요, 천천히. 말들도 숨차겠어요."

프레데릭은 마음을 가라앉히고 하인의 말을 따랐다.

모두들 그가 오기를 손꼽아 기다리고 있다고 했다. 루이즈 아가씨는 마차를 타겠다면서 울었다고 한다.

"루이즈가 누구지?"

"로크 씨의 따님이요."

"아, 깜빡했어." 프레데릭은 무심하게 대답했다.

말 두 마리는 지쳤는지 절뚝거렸다. 그가 아르므 광장에 있는 어머니의 집에 도착했을 때 생로랑 성당의 종이 아홉 시를 알렸다. 들판을 향해 정원이 있는 커다란 집은 이 마을에서 가장 존경받는, 어머니 모로 부인의 위엄을 세워주기도 했다.

모로 부인은, 비록 지금은 몰락했지만 오래된 귀족 가문 출신이었다. 부모의 뜻에 따라 평민 남성과 결혼했으나 임신 중에 남편이 얼마 안 되는 재산만 남긴 채 칼에 찔려 죽고 말았다. 그러나 그녀는 일주일에 세 번 손님을 초대했고 화려한 만찬을 베풀기도 했다. 하지만 초의 개수를 미리 세어봐야 했고, 소작료가 들어오기를 초조하게 기다리는 상황이었다. 하지만 그녀는 이처럼 결점같이 보이는 어려운 살림살이를 감추기 위해 엄숙한 척했다. 하지만 좋은 일을 할 때는 고상한 티를 내거나 까다롭게 굴지 않았다. 그녀가 베풀면 작은 자선도 마치 대단한 일처럼 보였다. 하인 고르는 법, 젊은 여성을 교육하는 방식, 잼 만드는 법을 배우기 위해 모두들 그녀를 찾았다. 대주교도 교구 순시 때면 그녀의 집에 묵었다.

모로 부인은 아들에게 큰 기대를 걸고 있었다. 그래서인지 장래에 혹여 흠이 될까봐 정부를 비난하는 소리조차도 듣기 싫어했다. 자식을 보호해야 했다. 그다음에는 아들이 자기 재능을 발휘해 정부의 참사관, 대사 혹은 장관이 될 것이다. 그가 상스 중학교를 우수한 성적으로 졸업하자 그녀는 아들에 대한 기대가 틀리지 않았다는 걸 알았다. 그가 우수상을 탄 것이다.

프레데릭이 응접실로 들어오자 초대 손님들이 웅성거리며 일어나 반겨주었다. 사람들은 안락의자와 의자를 난로 쪽으로 옮겨 프레데릭 주위에 커다란 반원을 그리며 앉았다. 강블랭 씨는 그에게 라파르주 부인 사건에 대해 의견을 물었다.

당대 화젯거리였던 이 사건은 대단한 논쟁을 일으켰다. 하지만 모로 부인이 논쟁을 중단시키자 강블랭 씨는 아쉬워했다. 앞으로 법률가가 될 그에게 유익한 토론이 될 거라고 생각했던 강블랭 씨는 화를 내면서 응접실에서 나갔다.

로크 영감의 친구에 대해서는 놀라운 일이 전혀 없었다. 로크 영감 이야기를 하다가 포르텔의 땅을 산 당브뢰즈 씨에 대한 이야기가 나왔다. 바로 그때 세금징수원이 프레데릭을 따로 불러 기조 씨의 최근 작품에 대해 의견을 물었다. 초대 손님들은 기조 씨의 일에 대해 알고 싶어했다. 브누아 부인은 교묘하게 화제를 돌려 큰아버지의 소식을 살짝 물었다. "큰아버지는 요즘 어떠시니? 요즘 편지가 없어. 미국에 먼 사촌이 있다는데 맞는 거니?"

하녀가 프레데릭을 위한 식사가 준비되었다고 알렸다. 사람들은 모두 나갔다. 모로 부인은 아들 프레데릭과 단둘이 남게 되자 목소리를 낮춰 이렇게 물었다.

"자, 어떻게 됐니?"

그는 연세가 있는 큰아버지가 매우 친절하게 대해주었지만 속마음을 드러내지는 않았다고 대답했다.

모로 부인은 한숨을 푹 쉬었다.

'그녀는 지금 어디에 있을까?' 그는 생각했다.

마차가 달리고 있겠지. 아마도 아르누 부인은 마차 안에서 숄을 두른 채 칸막이 천에 그 아름다운 얼굴을 대고서 잠시 눈을 붙이고 있겠지.

그들이 방으로 올라가려고 하던 참에 신 드 라 크루아 식당의 종업원이 편지를 가져왔다.

"무슨 일이지?"

"데로리에 씨가 뵙자고 하네요."

"아! 그 친구 말이구나!" 모로 부인이 경멸하듯 말했다. "시간 한번 잘 맞추는구나."

프레데릭은 잠시 망설였다. 하지만 우정이 먼저였다. 그는 모자를 집어 들었다.

"너무 오래 있지는 마라!" 어머니가 말했다.

2장

샤를 데로리에의 아버지는 전투부대 대위로 있다가 1818년에 제대한 뒤 노장에 돌아와 결혼했다. 아내의 지참금으로 집달리의 직장을 사긴 했는데 입에 겨우 풀칠할 정도밖에 되지 않았다. 오랫동안 부당한 대우에 시달린 탓에 성격이 날카로워졌고, 과거에 입은 부상으로 고통스러워하면서도 늘 나폴레옹 황제를 그리워하는 그는 억눌렀던 분노를 주변 사람들에게 대신 풀면서 살고 있었다. 그의 아들만큼 매를 많이 맞은 아이도 없을 것이다. 하지만 아이는 매를 맞아도 끝까지 대들었다. 말리려 하던 아이 어머니도 함께 맞곤 했다. 대위는 아들을 자기 사무실에 붙들어놓고 하루 종일 서류를 베끼게 했다. 그러다 보니 아들의 어깨는 오른쪽이 왼쪽보다 튀어

나오게 되었다.

1833년 대위는 재판소장의 조언에 따라 사무실을 팔았다. 아내는 암으로 세상을 떠났다. 그는 디종으로 이사를 갔다가 다시 트루아로 옮겨 복무병 중재자로 일했다. 그는 아들을 반액 장학금 급비생 자격으로 상스 중학교에 입학시켰다. 그곳에서 프레데릭은 샤를 데로리에를 알게 되었다. 한 명은 열두 살, 다른 한 명은 열다섯 살인 데다가 성격과 성장 과정의 차이 때문에 두 사람은 쉽게 가까워지지 못했다.

프레데릭은 사물함에 각종 필수품, 남들이 다 갖고 싶어하는 물건, 즉 세면도구 같은 것을 두었다. 그는 아침 늦게까지 잤고, 제비를 바라보는 것과 연극 대본 읽는 것을 즐겼다. 그리고 집에서 누리던 편안함을 그리워하며 학교생활을 괴로워했다.

반대로 집행관의 아들은 학교생활을 즐거워했다. 열심히 공부한 덕에 2년 뒤 3학년으로 월반했다. 하지만 데로리에는 가난한 환경 때문인지 아니면 싸움을 좋아해서인지는 몰라도 뭔가 악의적인 응어리를 품은 듯한 기운이 느껴졌다. 어느 날 그는 중학교 마당 한가운데에서 자신을 가난뱅이의 자식이라고 부른 관리인의 멱살을 잡았다. 선생 세 명이 말리지 않았다면 관리인은 데로리에의 손에 목숨을 잃었을지도 모른다. 프레데릭은 감탄을 금치 못하고 데로리에를 껴안았다. 그 날부터 두 사람은 아주 친한 사이가 되었다. 우정이 시작되었다. 선배인 데로리에의 우정은 후배인 프레데릭을 우쭐하게 했고, 선배는 후배의 헌신적인 우정을 매우 큰 즐거움으로 받아들였다.

데로리에는 아버지의 뜻에 따라 방학에도 학교에 혼자 남았다. 어느 날 우연히 펼쳐본 플라톤의 번역본에 이끌린 그는 형이상학 연구에 빠졌다. 젊은 기운과 열린 마음으로 연구하다 보니 진도가 매우 빨랐다. 그는 주프루아, 쿠쟁, 라로미기에르, 말브랑슈, 스코틀랜드 학파 등 도서관의 책을 닥치는 대로 읽었고, 심지어 도서관 열쇠를 훔치고 싶다는 생각까지 했다.

하지만 프레데릭의 관심사는 좀 더 소소한 분야였다. 트루아루아 거리의 기둥에 새겨진 예수 그리스도의 가계도를 그리기도 했고 성당의 정문을 그리기도 했다. 중세 비극을 읽고 난 다음에는 프루아사르, 코민, 피에르 드 레투알, 브랑톰의 책을 읽었다.

그는 이렇게 책을 읽으면서 많은 이미지가 떠올랐고 글로 표현하고 싶다는 생각을 했다. 프랑스의 월터 스콧처럼 되겠다는 결심을 하기도 했다. 한편 데로리에는 광범위하게 응용

할 수 있는 철학 체계를 구상했다.

둘은 쉬는 시간에 학교 운동장 시계탑 아래 새겨진 격언 앞에서 이야기를 나누었다. 예배당 안 생루이 동상 앞에서도 아랑곳하지 않고 수군거렸고, 묘지가 보이는 기숙사 침실에서도 공상에 젖었다. 산책을 할 때면 맨 뒤에서 나란히 걸으며 쉬지 않고 이야기를 나누었다.

두 사람은 학교를 졸업하고 무엇을 할지에 대해서도 이야기했다. 프레데릭이 성년이 되어 유산을 미리 받으면 두 사람은 그 돈으로 먼 곳을 여행하기로 했다. 그리고 파리로 돌아와 함께 일하며 서로 떨어지지 않을 것이었다. 나중에 비단 커튼이 달린 침실에서 귀부인과 연애하고, 이름난 화류계 여자들과 실컷 즐기자는 계획도 세웠다. 그러나 희망에 부푼 상상 속의 흥분이 가라앉으면 회의가 밀려왔다. 두 사람은 한바탕 신나게 떠든 뒤에는 깊은 침묵에 잠겼다.

여름날 저녁 두 사람은 포도밭 사이로 난 돌길과 교외의 길을 오랫동안 걸었다. 밀 이삭이 햇빛에 반사되고 사방에서 안젤리카 향기가 풍겨오자 두 사람은 뿌듯한 기분에 사로잡혀 반듯하게 누워 마치 술에 취한 듯 멍하니 있었다. 다른 학생들은 셔츠를 벗은 채 술래잡기를 하거나 연 놀이를 했다.

자습 감독 선생이 그들을 불렀다. 그들은 작은 냇물이 흐르는 정원을 따라 낡은 벽이 그림자를 드리우는 큰길로 돌아왔다. 그들의 발소리가 한산한 길에 크게 울렸다. 철책 문이 열리면 계단으로 올라갔다. 두 사람은 마치 방탕한 생활을 하고 돌아온 듯 허전한 기분이 들었다.

교감 선생은 그들이 서로에게 좋지 않은 영향을 끼친다고 했다. 하지만 프레데릭이 상급 학년에서 공부하게 된 건 데로리에가 격려해준 덕분이었다. 1837년 여름방학 때 프레데릭은 데로리에를 집에 데리고 갔다.

모로 부인은 데로리에를 영 탐탁지 않게 생각했다. 그는 엄청나게 먹어댔고 일요일에는 주일 예배에 가지 않는 데다 마치 공화주의자 같은 주장을 했기 때문이었다. 그녀는 데로리에가 프레데릭을 좋지 않은 길로 이끌고 있다고 생각했다. 그녀는 두 사람을 감시했지만 둘의 관계는 더욱 깊어지기만 했다. 다음 해에 데로리에는 법학 공부를 위해 파리로 떠나게 되었고, 프레데릭과 데로리에는 작별을 몹시 아쉬워했다.

프레데릭은 파리에서 데로리에와 다시 만날 생각이었다. 벌써 만나지 못한 지 2년이 흘렀다. 두 사람은 여러 번 껴안았고, 허심탄회하게 이야기하기 위해 다리 쪽으로 갔다.

데로리에의 아버지는 빌녹스에서 당구장을 운영하고 있었다. 데로리에는 성년이 될 때까지 아버지가 보관하고 있던 어머니의 유산을 요구했고, 이에 노발대발한 아버지는 생활비를 끊어버렸다. 법과대학 교수가 되고 싶다는 꿈이 있었던 데로리에는 트루아의 어느 소송대리인 사무소에서 주임 서기로 일하게 되었다. 절약해서 살면 4,000프랑은 저축할 수 있을 것이었다. 그러면 어머니의 유산을 받지 못하더라도 좋은 자리를 잡을 때까지 3년 동안은 자유롭게 공부할 수 있을 것이다. 파리에서 같이 살면서 공부하자는 두 사람의 맹세는 지금으로서는 포기할 수밖에 없었다.

프레데릭은 고개를 떨궜다. 그의 꿈들 중 첫 번째 꿈이 좌절된 것이었다.

"실망하지 마." 대위의 아들 데로리에가 말했다. "인생은 길고 우리는 아직 젊어. 나도 뒤따라갈게. 그 일은 더 이상 생각하지 마."

데로리에는 프레데릭의 두 손을 잡고 흔들었고, 그의 기분을 풀어주고자 이번 여행에 대해 물었다.

프레데릭은 할 말이 별로 없었으나 아르누 부인을 생각하자 슬픔이 가라앉았다. 그는 왠지 수줍은 기분이 들어서 그녀 이야기는 하지 않고 대신 아르누에 대해 자세히 말했다. 그가 한 말, 그의 태도와 인간관계 등에 대해서였다. 데로리에는 프레데릭에게 아르누와 더 가깝게 지내보라고 적극 권유했다.

프레데릭은 최근에는 글을 전혀 쓰지 않고 있었다. 문학적 견해가 달라졌기 때문이었다. 그는 무엇보다도 정열을 매우 높이 평가했다. 베르테르, 르네, 프랑크, 라라, 렐리아 같은 주인공과 그 밖에 평범한 등장인물들 모두가 그의 마음을 사로잡았다. 이따금 자신의 복잡한 마음을 표현할 수 있는 수단은 음악뿐이라는 생각이 들면 교향악을 작곡하고 싶었다. 사물의 모습에 마음이 끌릴 때는 그림을 그리고 싶기도 했다. 하지만 그는 시를 쓰고 있었다. 데로리에는 그의 시가 정말 아름답다고 칭찬하면서도 다른 시를 보여달라고 하지는 않았다.

데로리에는 더 이상 형이상학을 공부하지 않았다. 그는 사회경제와 프랑스혁명에 사로잡혀 있었다. 이제 그는 호리호리하고 입이 크고 단호해 보이는 스물두 살의 당당한 청년이었다. 그날 저녁 그는 누추한 모직 반코트를 입고 있었다. 프레데릭을 만나기 위해 빌녹스에서부터 걸어와 구두에 먼지가 하얗게 뒤덮여 있었다.

이지도르가 그들에게 다가왔다. 모로 마님이 감기 들까봐 걱정해 외투를 보냈으며, 그만 집으로 돌아오라고 했다는 말을 프레데릭에게 전하러 온 것이었다.

"그냥 있어." 데로리에가 말했다.

그들은 운하와 센 강 사이에 위치한 작은 섬에 있는 두 개의 다리를 끝에서 끝까지 계속 걸었다.

노장 쪽으로 걸어가자 정면이 약간 앞으로 기울어진 듯한 집들이 나왔다. 오른쪽 수문이 닫힌, 나무로 된 물방앗간이 있었고, 그 뒤로 교회가 보였다. 왼쪽에는 관목 울타리가 강가를 따라 채소밭을 둘러싸면서 보일 듯 말 듯 정원으로 연결되어 있었다. 파리 쪽으로는 내리막길이 쭉 뻗어 있었다. 저 멀리 밤안개에 둘러싸인 목장이 쫙 펼쳐져 있었다. 밤은 조용히 희끄무레하게 빛나고 있었다. 두 사람이 있는 곳까지 축축한 나뭇잎 냄새가 풍겼다. 백 보 정도 앞으로 가면 어둠 속에서 파도가 잔잔하게 울리는 소리와 함께 둑 아래로 물이 떨어지는 소리가 속삭이듯 졸졸 소리를 냈다.

데로리에가 걸음을 멈추고 말했다.

"한가하게 잠이나 자고 있는 사람들을 보면 한심해! 두고 보라고. 1789년의 혁명 같은 것이 다시 한번 올 테니까! 헌법, 헌장, 잔재주, 거짓말, 모두가 지긋지긋해. 내가 신문이나 연단을 갖고 있다면 이 모든 것을 비난해댔을 거야. 하지만 뭘 시작하려면 돈이 필요해. 그런데 술꾼의 아들로 태어나 빵값을 버느라 청춘을 낭비하고 있으니 참으로 저주받은 놈이지."

그는 고개를 숙이고 입술을 깨물었다. 얇은 옷을 걸친 채 추워서 떨고 있었다.

프레데릭은 데로리에의 어깨에 자기 외투의 반쪽을 걸쳐 주었다. 그렇게 두 사람은 함께 외투를 걸치고 서로 등을 감싸며 나란히 걸었다.

"너 없이 난 어떻게 살아가지?" 프레데릭이 말했다. 친구가 우울해하자 그도 덩달아 우울해진 것이었다. "날 사랑하는 여자라도 있으면 뭐라도 같이 할 텐데……. 왜 웃나? 연애는 천재에게 양식과 공기 같은 존재라고. 특별한 감동이 위대한 작품을 만들어내지. 내가 직접 여자를 찾아나서는 건 포기했어. 설령 여자를 찾아낸다 해도 나 같은 건 거들떠보지도 않겠지. 난 낙오자 같은 인간이어서 옆에 보물이 있어도 모조품인지 다이아몬드인지 구별하지 못할 거야. 전혀 모른다고."

그때 그림자가 길에 드리우면서 누군가가 말을 걸었다.

"안녕하십니까."

목소리의 주인공은 헐렁한 갈색 프록코트에 모자를 쓰고 있었다. 모자 아래로 날카로운 콧날이 보였다. 몸집이 아담한 남자였다.

"로크 아저씨?" 프레데릭이 물었다.

"그래." 그가 대답했다.

로크 영감은 노장의 토박이였다. 강가의 정원에 놓은 늑대 덫을 살펴보고 오는 길이라고 했다.

"그나저나 여기 고향에 들른 거로군. 잘했어! 딸에게 들었지. 늘 건강하게 지낸다고. 아직 떠나는 건 아니지?"

하지만 그는 프레데릭의 태도가 못마땅했는지 가버렸다.

모로 부인은 로크 영감과는 거의 교류하지 않았다. 그는 하녀를 동거녀로 데리고 살고 있었다. 선거 관리인이자 당브뢰즈의 관리인으로 일하고 있었지만 마을 사람들에게 그다지 존경받는 사람은 아니었다.

"앙주 거리에 사는 은행가 말인가?" 데로리에가 물었다. "뭘 해야 하는지 가르쳐줄까?"

그러나 이지도르가 오는 바람에 방해가 되었다. 프레데릭을 얼른 집으로 데려오라는 마님의 명을 받았다고 했다. 그가 없으니 모로 부인이 무척 불안해한다고 했다.

"알았네, 알았어, 이제 갈 거야." 데로리에가 말했다. "프레데릭이 밖에서 자는 일은 없을 테니까." 이지도르가 자리를 떴다.

"아까 그 영감님에게 당브뢰즈 씨 집에 소개 좀 해달라고 해봐. 부잣집에 자주 드나들면 좋지. 자네는 연미복과 흰 장갑도 갖고 있잖아. 그걸 이용해야지. 반드시 그 세계에 진출해야 해. 그리고 나중에 나도 좀 데려가고. 백만장자라니, 생각해보라고. 어떻게든 그 사람 마음에 들도록 해. 그 부인의 마음에도 들면 좋고. 그 부인의 애인이 되어봐."

프레데릭이 소리쳤다.

"그건 옛날 방식 같은데? 《인간희극》에 나오는 라스티냐크를 생각해보라고. 자네라면 성공할 거야."

그러나 프레데릭은 데로리에를 무척이나 신뢰하고 있었기에 조금 전 그가 한 말에 마음이 동요했다. 그리고 아르누 부인을 잠시 잊었다는 생각, 당브뢰즈 부인 이야기를 들으며 아르누 부인이 다시 떠올랐다는 생각에 프레데릭은 씩 웃지 않을 수 없었다.

서기 데로리에가 말을 이었다.

"마지막으로 충고하지. 시험은 꼭 합격하도록 해. 자격은 필요하니까 말이야. 자네가 좋아한다는 가톨릭 시인, 사탄 같은 시인들은 잊도록 해. 12세기 철학자 같은 이야기만 하잖아. 네 절망은 어리석어. 미라보뿐만 아니라 위인들은 모두 어려움을 헤쳐나갔어. 우리도 오래 헤어져 있진 않을 거야. 사기꾼 같은 아버지가 돈을 토해내게 할 거야. 이제 가봐야겠군. 잘 가게. 참, 저녁 좀 사 먹으려고 하는데 100수 좀 빌려줄 수 있나?"

프레데릭은 아침에 이지도르에게 받은 돈에서 남은 10프랑을 그에게 주었다.

강의 왼쪽 다리에서 40미터 정도 떨어져 있는 낮은 집 다락방에서 불빛이 새어 나오고 있었다.

데로리에는 그 불빛을 보더니 모자를 벗고 과장된 말투로 말했다.

"하늘의 여왕이신 비너스 여신이여, 안녕히! 가난은 절제의 어머니입니다. 하지만 가난 때문에 우리가 이렇게 모함받고 있습니다. 제기랄!"

그들은 둘만 아는 사건을 생각하자 유쾌해져서 큰 소리로 웃었다.

데로리에는 여인숙에 가서 숙박비를 내고 프레데릭을 오텔디외 사거리까지 바래다주었다. 두 사람은 한참 포옹한 뒤 헤어졌다.

3장

두 달 뒤 어느 날 아침, 콕에롱 거리에 도착한 프레데릭은 중요한 방문을 하기로 했다.

우연이 그에게 도움을 주었다. 로크 영감이 서류를 한 뭉치 들고 프레데릭에게 찾아와 이 서류를 당브뢰즈의 집에 전해달라고 부탁한 것이다. 서류에는 봉하지 않은 편지도 있었다. 고향 청년을 소개하는 편지였다.

모로 부인은 로크 영감의 배려에 무척 놀란 듯했다. 프레데릭도 내심 기뻤지만 티를 내지는 않았다.

당브뢰즈의 본명은 드 앙브뢰즈 백작이었다. 그는 1825년 이후 귀족 신분과 정당과의 관계를 버리고 사업으로 돌아섰다. 관청에서 하는 말에 귀 기울였고 각종 사업 기회를 놓치지 않았다. 그리스 사람처럼 치밀하고 오베르뉴 사람처럼 열심히 일한 결과 막대한 재산을 모았다. 그는 레지옹도뇌르 훈장도 받았고, 오브 지방 의원으로 하원의원을 지내고 있었다. 조만간 상원의원으로 출마할 예정이었다. 다른 사람들의 부탁을 거절하지 못하는 그는 보조금, 훈장, 담배 사업 등을 장관에게 끊임없이 부탁해 장관을 피곤하게 하고 있었다. 그리고 그는 요즘 정부에 대한 불만으로 중도 좌파가 되어가고 있었다. 그의 아름다운 아내는 신문과 잡지에 자주 오르내렸고, 자선 모임을 주관했다. 당브뢰즈 부인은 공작부인들의 비위를 맞추며 남편에 대한 귀족들의 불만을 달랬고, 그도 언젠가는 잘못을 뉘우치고 귀족 사회에 도움을 줄 것이라고 설득했다.

프레데릭은 당브뢰즈의 저택으로 가면서 마음이 심란했다.

'연미복을 입을 걸 그랬나? 다음 주에 열리는 무도회에 나를 초대할까? 내게 무슨 말을 할까?'

하지만 당브뢰즈도 지금은 부르주아층에 지나지 않는다고 생각하자 마음이 조금 가벼워졌다. 마차가 앙주 거리에 도착하자 그는 가벼운 마음으로 내렸다.

그는 두 개의 정문 중 한쪽 문을 밀고 뜰을 지나 계단을 올라가 채색 대리석이 깔린 현관으로 들어갔다.

정면에 보이는 계단에는 가느다란 구리 테로 장식된 붉은색 양탄자가 깔려 있었다. 계단 좌우에는 회칠한 높은 벽이 빛나고 있었다. 계단 밑에는 바나나 화분이 놓여 있었고, 넓은 바나나 잎사귀가 벨벳이 덮인 난간까지 늘어져 있었다. 청동으로 된 큰 촛대 두 개가 사슬로 늘어져 있는 사기로 된 공을 받치고 있었다. 난로의 커다란 구멍에서 후끈거리는 공기가 나왔다. 현관 맞은편 무기 장식 아래 놓인 커다란 시계에서 나는 소리만이 들릴 뿐이었다.

종이 울리자 하인이 나와서 프레데릭을 작은 방으로 안내했다. 금고 두 개와 서류로 가득한 장이 보였다. 당브뢰즈는 가운데에 여닫는 뚜껑이 달린 책상에서 뭔가를 쓰고 있었다.

그는 로크 영감의 편지를 훑어보더니 서류를 싼 천을 칼로 뜯고 안에 든 서류를 꺼냈다.

멀리서 보면 호리호리한 체격이어서 젊어 보일 수도 있었다. 그러나 얼마 남지 않은 희끗한 머리카락, 가는 팔다리, 지나치게 창백한 얼굴색 때문에 매우 병약해 보였다. 유리알보다 차가운 느낌을 주는 청록색 눈에서는 냉혹한 기운이 느껴졌다. 또한 광대뼈가 두드러졌고 손마디가 굵었다.

마침내 그가 자리에서 일어나 서로가 아는 사람들과 노장의 소식, 학업에 대해 물었다. 그런 다음 인사하며 이만 가봐도 좋다는 신호를 보냈다. 프레데릭은 다른 복도를 통해 안마당 아래로 가서 마차 타는 곳에 도착했다.

검은 말이 매여 있는 푸른색 마차가 현관 계단 앞에 서 있었다. 마차 문이 열리자 부인 한 명이 올라탔다. 마차는 둔탁한 소리를 내며 모래 위를 달리기 시작했다.

프레데릭은 마차와 반대 방향에서 오다가 정문 앞에서 마주친 것이다. 공간이 넓지 않아서 그는 서서 기다려야 했다. 젊은 부인이 마차의 좁은 창으로 몸을 내밀고는 문지기에게 나지막이 말을 건넸다. 그에게는 보라색 망토를 입은 부인의 뒷모습만 보였다. 그러나 그는 비단 끈과 술로 장식된 푸른색 천이 깔려 있는 마차 내부를 보았다. 그 위로 부인의 옷이 전체를 덮듯 펼쳐져 있었다. 쿠션을 덧댄 작은 나무 상자에서는 붓꽃 향기와 우아한 여성의 향기가 은은히 풍겼다. 마부가 고삐를 늦추자 말이 경계석을 넘으며 모든 것이 사라졌다.

그는 대로를 따라 걸어서 돌아왔다.

당브뢰즈 부인의 얼굴을 제대로 보지 못해 못내 아쉬웠다.

몽마르트르 거리를 지나면서 마차들로 길이 막혀 움직이지 못하자 마차 안에 있던 프레데릭은 고개를 돌려 둘러봤다. 그러자 맞은편에 대리석 간판이 보였다.

'자크 아르누'. 어째서 그녀를 좀 더 일찍 생각하지 못했을까? 이게 다 데로리에 때문이었다. 그는 그렇게 생각하면서 가게 쪽으로 갔지만 안으로 들어가지 않고 그녀가 나타나기를 기다렸다.

높이 뻗어 있는 투명한 유리 쇼윈도에는 작은 조각품과 데생, 판화,《공예미술》 잡지가 진열되어 있었다. 발행인의 이니셜이 가운데를 장식하고 있는 문에는 구독료가 표기되어 있었다. 니스 칠이 되어 있는 큼직한 그림 몇 점이 벽에 걸려 있었다. 안쪽에 있는 작은 선반 두 개에는 도자기, 청동상, 이목을 끄는 골동품이 진열되어 있었다. 선반 사이에는 작은 계단이 있었고 벨벳 커튼이 위에서부터 늘어져 통로를 가리고 있었다. 오래된 작센산 도자기 샹들리에가 매달려 있었다. 초록색 양탄자가 깔린 마루에는 상감세공된 테이블이 있었다. 가게라기보다는 살롱처럼 보였다.

프레데릭은 데생을 보는 척하면서 몇 번 망설이고는 안으로 들어갔다.

점원이 커튼을 걷어 올리더니 주인은 다섯 시가 되어야 가게에 올 거라고 했다.

"혹시 용건이 있으시면 대신 전해드리겠습니다."

"아닙니다. 나중에 다시 오겠습니다." 프레데릭은 정중하게 말했다.

그는 며칠 동안 방을 보러 다닌 끝에 마침내 적당한 곳을

찾았다. 생이아생트 거리에 있는 아파트로, 가구가 딸려 있는 3층 방이었다.

그는 새로 산 공책을 겨드랑이에 끼고 첫 강의를 들으러 갔다. 모자를 쓰지 않은 300명이 넘는 청년들이 계단식 강의실을 꽉 채우고 있었다. 붉은색 교수복을 입은 나이 든 교수가 단조로운 목소리로 수업을 하고 있었다. 종이 위로 펜이 지나가는 소리가 들렸다. 그는 교실의 퀴퀴한 냄새, 똑같은 모습의 교단, 여전한 지루함을 다시 느꼈다! 두어 주는 그럭저럭 보냈으나 3장에 이르기도 전에 민법은 포기했고 '법률상 인간 구분' 부분에서 법률 요강도 덮어버렸다.

기대했던 기쁨은 전혀 없었다. 도서관의 책들을 거의 다 읽고, 루브르의 전시품도 전부 보고 공연도 여러 번 감상했지만 그런 다음에는 끝없는 권태를 느꼈다.

그리고 새롭게 겪는 여러 가지 일 때문에 그는 더욱 우울해졌다.

빨랫감을 살펴야 했고, 매일 아침 술에 취한 채 투덜거리면서 침대를 정리하러 오는, 마치 간호사 같은 퉁명스런 관리인을 견뎌야 했다. 하얀 대리석 시계로 장식된 방도 마음에 들지 않았다. 벽이 얇아서 학생들이 펀치를 만들거나 웃고 노래하는 소리가 들렸다.

외로움에 지친 그는 예전에 같은 반이었던 밥티스트 마르티농이라는 친구를 찾았다. 마르티농은 생자크 거리에 있는 평범한 하숙집에서 석탄불을 쬐며 소송 절차법을 열심히 공부하고 있었다.

그의 맞은편에서는 인도풍 옷을 입은 여자가 양말을 꿰매고 있었다.

마르티농은 꽤 미남이었다. 키가 크고 뺨이 통통하며 푸른색 눈은 약간 튀어나온 편이었다. 부농인 아버지는 그가 사법관이 되기를 바랐다. 그는 벌써부터 근엄하게 보이기 위해 얼굴 둘레에 수염을 기르고 있었다. 프레데릭은 뚜렷한 이유 없이 권태에 빠져 있었고 불행하게 느낄 이유도 딱히 없었기 때문에 마르티농은 그의 불만이 이해가 되지 않았다. 마르티농은 매일 학교에 갔고, 뤽상부르 공원을 산책했으며, 저녁에는 커피를 반 잔 마셨다. 매달 1,500프랑을 받았고 침모가 애정을 쏟아준 덕분에 더 이상 바랄 것 없이 행복해했다.

'정말 행복한가보군.' 프레데릭은 내심 감탄했다.

그는 대학에서 친구를 또 한 명 사귀었다. 드 시지라는 유명한 가문 출신으로 얌전하다 못해 여성스러운 친구였다.

시지는 데생에 빠져 있었고 고딕 예술을 좋아했다. 그들은 생트 샤펠과 노트르담을 여러 번 찾아가곤 했다. 젊은 귀족은 겉으로 보면 기품이 넘쳤으나 사실은 지적인 것과는 거리가 멀었다. 그는 모든 것에 놀라워했다. 별것 아닌 농담에도 웃었으며 지나치게 순진해 보여서, 프레데릭은 처음에는 그를 익살꾼이라고 생각했으나 나중에는 멍청이로 여기게 되었다.

결국 마음속 이야기를 나눌 친구는 찾지 못했다. 그저 당브뢰즈로부터 초대를 기다릴 뿐이었다.

프레데릭은 새해를 맞아 당브뢰즈에게 명함을 보냈으나 답장을 받지 못했다.

그는 공예미술사를 다시 찾아갔다.

세 번째로 공예미술사를 찾아갔을 때 마침내 아르누를 만났다. 그러나 그는 손님 대여섯 명에게 둘러싸여 토론하느라 프레데릭의 인사를 받는 둥 마는 둥 했다. 프레데릭은 이에 상처받았다. 그래도 어떻게 하면 아르누 부인에게 다가갈 수 있을까 하는 생각에 잠았다.

처음에는 가게에 자주 가서 그림을 흥정해보려고 생각했다. 그리고 아르누에 대해 '매우 멋진' 기사를 써서 신문사에 투고할 생각도 했다. 그러면 그와 더 가까워질 테지. 어쩌면 직접 부딪쳐서 부인에게 사랑을 고백하는 편이 나을까? 프레데릭은 서정적인 문장과 감탄사가 가득한 편지를 열두 장이나 썼으나 이내 찢어버리고 말았다. 그 후에는 괜히 일을 그

르칠까봐 두려워 아무런 시도도 하지 않았다.

아르누의 상점 2층의 창 세 개는 매일 불이 켜져 있었다. 여러 사람의 그림자가 왔다갔다하는 것이 보였다. 그중 하나는 분명 그녀의 그림자였다. 그는 저 멀리 서서 아르누의 상점 창문을 올려다보며 그 그림자를 조용히 응시했다.

어느 날 튈르리 공원에서 어린 여자아이의 손을 잡고 있는 흑인 여자와 마주쳤는데, 순간 아르누가 데리고 있던 흑인 하녀가 생각났다. 부인도 다른 여자들과 마찬가지로 어쩌면 여기 올지도 모른다는 생각이 들었다. 그 후로는 튈르리 공원을 지나갈 때마다 그녀를 만나게 되지 않을까 하는 생각에 가슴이 떨렸다. 날씨가 맑을 때면 샹젤리제 여기저기를 산책했다.

여자들이 사륜마차에 걸터앉아 바람에 베일을 나부끼고 있었다. 마차는 말이 힘차게 달리자 조용히 흔들렸고, 마차가 흔들릴 때마다 에나멜 칠이 된 가죽 장식이 소리를 냈다. 마차 수는 점점 늘어났고 원형 교차로를 지나자 속도를 늦춘 마차들이 길을 메웠다. 말갈기가 서로 스쳤고 말에 달린 초롱들이 부딪칠 듯 아슬아슬했다. 반바지, 흰색 장갑, 문장이 새겨진 마차 문 위로 축 늘어져 있는 모피들 사이에서는 철제 등자, 은색 재갈 줄, 구리 고리들이 여기저기서 반짝거리며 빛나고 있었다. 그는 먼 세계에서 헤매는 듯한 느낌이 들었다.

그는 여자들의 얼굴을 살폈고, 조금만 비슷한 여자를 봐도 아르누 부인을 떠올렸다. 그녀가 당브뢰즈 부인과 같은 마차를 타고 사람들 사이에 파묻혀 있는 모습을 상상했다. 그러나 해가 지면서 차가운 바람이 불고 먼지가 날렸다. 마부는 목도리 속에 턱을 파묻고 속력을 높여 마차를 몰았다. 마차 바퀴 아래서 자갈 소리가 났다. 마차들은 서로 지나치고 앞지르고 떨어지면서 기다란 대로를 달리다가 콩코르드 광장에서 흩어졌다. 튈르리 너머 하늘은 청회색으로 물들어 있었다. 공원의 나무들은 가지 끝이 보랏빛을 띤 두 개의 커다란 덩어리 같았다. 가스등에 불이 켜졌다. 끝없이 이어진 푸르른 센 강은 다리 기둥에 부딪치자 물결이 갈라지며 은빛으로 반짝였다.

그는 43수짜리 식권을 들고 라아르프 거리에 있는 식당에 저녁을 먹으러 갔다.

그는 낡은 마호가니 카운터, 얼룩이 묻은 냅킨, 때가 낀 은그릇, 벽에 걸린 모자 등을 경멸하듯 바라봤다. 주변 사람들 역시 그와 같은 학생들이었다. 학생들은 교수들과 애인들에 대해 이야기하고 있었다. 교수들에 대한 이야기를 듣다 보니 신경이 쓰였다! 그리고 애인도 없잖아! 그는 학생들의 호들갑이 듣기 싫어서 가능한 한 늦게 갔다. 테이블마다 먹다 남은 음식으로 가득했다. 종업원 두 명은 지친 나머지 한구석에서 졸고 있었고, 텅 빈 식당에는 음식 냄새, 등불 냄새, 담배 냄새가 가득했다.

그는 거리를 천천히 거슬러 올라갔다. 가로등이 흔들리면서 진창 위로 드리운 길고 누르스름한 그림자가 떨리는 듯했다. 길가로 우산을 든 사람들의 그림자가 지나갔다. 안개가 깔렸고 포석은 미끄러웠다. 축축한 어둠이 프레데릭을 감싸며 마음속 깊이 스며드는 것 같았다.

문득 후회가 밀려왔다. 다시 강의를 들으러 갔지만 아무리 설명을 들어도 전혀 이해가 되지 않아 매우 간단한 것에도 당황했다.

그는 《어부의 아들 실비오》라는 제목의 소설을 쓰기 시작했다. 소설의 무대는 베네치아, 주인공은 자신이었고 여주인공은 아르누 부인이었다. 여주인공의 이름은 안토니아라고 지었다. 주인공은 안토니아를 차지하기 위해 귀족 여러 명을 죽이고 마을 일부를 불태웠고, 안토니아의 집 발코니 아래에서 노래를 불렀다. 발코니에서는 몽마르트르 큰길에서 구입한 붉은색 커튼이 미풍에 팔랑거리며 흔들렸다. 순간 자신의 모습이 대입되는 어렴풋한 기억이 한꺼번에 떠오르면서 그는 의기소침해졌다. 더 이상 글을 써나갈 수가 없었다. 그는 더욱 빈둥거리면서 하루하루를 보냈다.

그는 데로리에에게 자신이 방을 빌릴 테니 함께 살자고 했다. 자신이 내는 기숙사비 2,000프랑이면 방 하나를 구해 둘이서 살 수 있을 것 같았다. 지금처럼 무료하게 사느니 둘이서 사는 편이 나을 것 같았다. 하지만 데로리에는 아직 트루아를 떠날 수 없었다. 그는 프레데릭에게 기분 전환 삼아 세네칼과 만나보라고 했다.

수학 과외선생인 세네칼은, 서기 데로리에의 말에 따르면 공화주의를 신봉하며 미래의 생쥐스트*라고 했다. 프레데릭은 5층에 있는 세네칼의 방을 세 번이나 찾아갔지만 세네칼은 그의 집에 한 번도 찾아오지 않았다. 그는 더 이상 세네칼을 찾아가지 않았다.

프레데릭은 기분 전환을 할 겸 오페라 극장의 무도회에 갔다. 입구부터 화려하고 북적거리는 분위기여서 문 앞에서 얼어붙고 말았다. 더구나 도미노 놀이와 저녁 식사 코스는 돈이 엄청나게 많이 드는 큰 모험일 거라는 상상을 하면서, 혹시라도 돈이 다 떨어져 망신을 당하면 어쩌나 하는 생각에 뒷걸음질 쳤다.

대신 그는 자신을 사랑해줄 여자가 나타날지도 모른다고

---

* 프랑스혁명 말기에 활약한 로베스피에르 파의 정치가.

생각했다. 가끔 희망을 안고 마치 약속이라도 있는 듯이 정성껏 단장하고 파리 시내를 정처 없이 배회하기도 했다. 앞에서 여자가 지나가거나 저쪽에서 여자가 다가올 때마다 그는 "그래, 이 사람이야!"라고 중얼거리기도 했다. 하지만 매번 새롭게 실망할 뿐이었다. 아르누 부인을 생각하면 갈망이 더욱 강해졌다. 길을 걷다가 그녀를 만날지도 모른다는 생각이 들었다. 그는 얽히고설킨 우연 속에서 그녀를 만나게 되거나 극도로 위험한 상황에서 그녀를 구해주면서 접근하게 되는 상상에 빠졌다.

늘 똑같은 지루한 일상과 습관적인 일과의 반복 속에서 하루하루가 지나갔다. 그는 오데옹 극장의 아케이드 아래에서 팸플릿을 뒤적이거나 카페에서 잡지 《듀 몽드》*를 읽었고, 콜레주 드 프랑스의 강의실에 들어가서 중국어나 경제학 강의를 한 시간 동안 듣기도 했다. 매주 데로리에에게 긴 편지를 썼고, 이따금 마르티농과 저녁을 먹거나 시지와 만나기도 했다.

그는 피아노를 빌려서 독일식 왈츠를 작곡해보기도 했다.

그러던 어느 날 밤 그는 팔레루아얄 극장에서 칸막이 좌석에 여자와 나란히 앉아 있는 아르누를 보았다. 그녀일까? 그

---

* deux mondes. '두 세계'라는 의미.

러나 여자의 얼굴은 관람석 옆으로 쳐놓은 녹색 타프타 커튼에 가려 잘 보이지 않았다.

마침내 막이 열리며 커튼이 걷혔다. 아르누 옆에 앉은 여자는 서른 정도 되어 보어 보였고 날씬하지만 수척한 여자였다. 미소를 짓자 도톰한 입술 사이로 아름다운 치아가 보였다. 그녀는 아르누와 다정하게 이야기하면서 그의 손을 부채로 탁탁 치곤 했다. 두 사람 사이에는 방금 운 듯 눈시울이 약간 붉은, 금발 머리의 젊은 여자가 앉아 있었다. 아르누는 금발 머리 여자의 어깨 쪽으로 약간 숙인 채 계속 이야기를 했다. 금발 머리 여자는 묵묵히 듣고만 있었다. 프레데릭은 낮은 칼라가 바깥쪽으로 접힌 수수한 옷을 입은 이 두 여자가 누구인지 궁금했다.

연극이 끝나고 그는 복도로 달려 나갔다. 복도는 관객들로 가득했다. 아르누는 두 여자와 팔짱을 낀 채 계단을 내려갔다.

순간 가스등 불빛이 아르누의 모습을 비췄는데 그는 모자에 상장을 달고 있었다. 혹시 그녀가 세상을 떠난 건 아닐까? 프레데릭은 걱정되는 마음에 다음 날 공예미술사로 달려갔다. 그는 쇼윈도에 진열된 판화 중 하나를 골라 돈을 낸 뒤 점원에게 아르누의 안부를 물었다.

점원이 대답했다.

"별일 없으십니다."

프레데릭은 창백한 얼굴로 계속 물었다.

"그럼 부인께서는?"

"부인도 별일 없으십니다."

그는 구입한 판화를 잊어버린 채 돌아왔다.

겨울이 지나갔다. 봄이 오자 슬픔은 조금 가라앉았고, 그는 시험 준비를 했다. 그리고 시험을 엉망으로 치른 뒤 노장으로 향했다.

그는 어머니의 잔소리를 듣기 싫어 트루아로 친구를 만나러 가지 않았다. 학기가 시작되자 살던 방을 정리하고, 나폴레옹 거리의 강변에 방 두 개짜리 집을 얻어서 가구를 사들였다. 당브뢰즈에게 초대받을 거라는 희망은 이미 사라진 지 오래였다. 아르누 부인에 대한 열정도 차차 식어가고 있었다.

4장

12월의 어느 아침 프레데릭은 소송 절차법 강의를 들으러 가던 길에 생자크 거리가 평소보다 소란스럽다고 느꼈다. 학생들이 카페에서 뛰어나왔고, 이 집 저 집 창문을 열고 서로 불렀다. 상인들은 길 한가운데로 나와 걱정스러운 눈길로 주변을 둘러봤다. 집집마다 덧문이 닫혀 있었다. 수플로 거리에 도착한 그는 팡테옹 근처에 대거 모여 있는 사람들을 보게 되었다.

젊은 남자들이 다섯에서 열두 명까지 팔짱을 낀 채 떼 지어 있었고, 사람들이 더 많이 모인 곳으로 몰려갔다. 광장 한쪽 구석에는 노동자 복장 남자들이 철책 옆에서 뭐라고 떠들고 있었고, 그 옆에는 삼각모를 비스듬히 쓰고 뒷짐을 진 경관 몇 명이 장화를 신은 채 돌바닥을 저벅저벅 걷다가 건물 벽을 따라서 왔다갔다했다. 다들 뭔지 모르겠다는 듯한 놀란 표정이었는데, 뭔가 기다리고 있으며 물어보고 싶어하는 눈치였다.

프레데릭 옆에는 루이 13세 시대의 멋쟁이처럼 콧수염과 턱수염을 기른, 상냥해 보이는 금발 남자가 서 있었다. 프레데릭은 그에게 왜 이렇게 소란스러운지 물었다.

"잘 모르겠는데요." 남자가 대답했다. "저 사람들도 모를 겁니다! 이게 요즘 유행인가봐요! 웃기는 짓이죠!"

그러더니 그는 큰 소리로 웃었다.

프랑스혁명 때 만들어진 민병대인 국민군 내부에서 서명 지시가 떨어진 선거법 개정을 위한 청원과 함께 위만 재무부 장관의 조세 조사, 그 밖에 여러 가지 사건으로 인해 최근 6개월 동안 파리에서 알 수 없는 집회가 자주 일어났다. 집회가 너무 자주 일어나서 신문에 보도되지도 않을 정도였다.

"형태와 색이 부족해." 프레데릭 옆의 남자가 말했다. "신사분, 우리가 많이 퇴보하기는 했지! 루이 11세 때 같은 좋은 시절, 그리고 벵자맹 콩스탕 시대에도 학생들은 반항기가 더욱 넘쳐났는데 지금 학생들은 마치 양처럼 순해빠졌고 멍청이처럼 답답하지. 식료품 가게나 하면 딱 맞을 친구들이야.

이럴 수가! 저게 소위 '학생 연맹'이라 불리는 것이죠!"

남자는 로베르 마케르 역을 맡은 프레데릭 르메트르처럼 두 팔을 쫙 벌렸다.

"학생 연맹이여, 너희들을 축복하노라!"

그러더니 술집 한쪽 구석에서 굴 껍질을 뒤적이는 넝마주이를 불렀다. "이봐요, 댁도 저 학생 연맹 가입자요?"

넝마주이가 고개를 들었다. 덥수룩한 회색 수염에 빨개진 코, 술에 취해 멍청해 보이는 눈빛을 한 매우 못생긴 얼굴이었다.

"아니군. 자네는 마치 다양한 인간 군상이 모인 곳에서 양손에 황금을 가득 들고 뿌리고 다니는 사람보다는 교수대에 오를 만한 사람처럼 보였어……. 오! 뿌려라, 나의 대주교여, 뿌려라! 알비용*의 보물로 나를 농락해줘! 영국인입니까? 나는 페르시아의 왕 아르타세르세**의 선물을 감사히 받을 것이니! 어떻습니까, 관세 동맹에 관해 이야기 좀 나눌까요?"

프레데릭은 누군가가 어깨를 치는 것 같아서 고개를 돌렸다. 얼굴이 몹시 창백한 마르티농이었다.

---

* 영국의 옛 이름.

** 성경에 등장하는 페르시아의 국왕.

"또 폭동이군." 마르티농이 한숨을 쉬며 말했다.

그는 괜히 자신도 휘말릴까봐 두려워했고 한탄했다. 무엇보다 비밀 단체에 소속된 것 같은 작업복 차림 남자들을 불안해했다.

"비밀 단체 같은 게 있겠어요?" 수염을 기른 젊은 남자가 말했다. "그건 부르주아층을 겁주려고 정부가 예전부터 사용하던 속임수죠."

마르티농은 경찰이 두려운지 목소리를 낮추라고 했다.

"당신은 아직도 경찰을 믿나요? 내가 경찰의 끄나풀인지 아닌지 어떻게 압니까?"

남자가 묘한 얼굴로 바라보자 마르티농은 당황한 나머지 농담이라는 걸 눈치채지 못했다. 사람들이 모여들면서 세 사람은 복도를 지나 새로운 계단식 강의실로 연결되는 계단 위로 밀려올라갔다.

갑자기 사람들이 양편으로 갈라졌다. 유명한 사뮈엘 롱들로 교수에게 인사하기 위해 모자까지 벗은 사람도 있었다. 헐렁한 코트를 입고 은테 안경을 쓴 교수는 천식 때문에 숨을 헐떡였다. 교수는 강의를 하기 위해 천천히 걸어갔다. 그는 19세기 법조계의 권위자 중 한 사람으로 자카리애와 뤼도르프 학파의 적수였다. 상원위원에 올랐지만 태도는 지금도 변함이 없었다. 사람들은 그가 가난하게 살고 있다는 걸 알고 있었고, 그를 존경했다.

바로 그때 광장 안쪽에서 몇몇 사람이 큰 소리로 외쳤다.

"기조*를 타도하라!"

"프리처드**를 타도하라!"

"매국노를 타도하라!"

"루이 필리프를 타도하라!"

사람들은 동요했고 문이 닫힌 교정 입구로 몰려가 교수의 앞을 막았다. 교수는 계단 앞에 섰다. 그리고 세 단으로 된 층계 맨 위에 섰다. 교수가 뭐라고 말을 했지만 그의 목소리는 사람들이 웅성대는 소리에 묻혔다. 조금 전까지만 해도 존경받던 교수는 증오의 대상이 되었다. 그가 권력을 대표하는 사람이기 때문이었다. 그가 말하려고 할 때마다 사람들의 함성이 터져 나왔다. 교수는 학생들에게 자신을 따르라는 듯한 신호를 보내며 과장된 몸짓을 했다. 그러자 대답이라도 하듯 모두 야유했다. 교수는 경멸하듯 어깨를 으쓱하더니 복도로 들어갔다. 마르티농도 이 틈을 타 동시에 사라졌다.

---

* 프랑스의 역사가 겸 정치가.

** 영국의 영사로, 타히티와 관련해 영국과 프랑스의 긴장을 부추긴 인물.

"저런 겁쟁이를 봤나!" 프레데릭이 말했다.

"신중한 거죠." 남자가 말했다.

사람들이 박수를 쳤다. 교수가 물러난 게 승리처럼 느껴졌던 것이다. 창문마다 구경꾼으로 가득했다. 〈라 마르세예즈〉를 부르는 사람도 있었고 베랑제*에게 가자고 외치는 사람도 있었다.

"라피트**에게 가자!"

"샤토브리앙에게 가자!"

"볼테르에게 가자!" 금발 수염을 기른 젊은 남자가 외쳤다.

경찰들은 교통을 정리하며 침착하게 말했다.

"이제 돌아가십시오, 여러분, 돌아가십시오, 이만 가십시오."

그때 누군가가 이렇게 외쳤다.

"도살자는 물러가라!"

9월 폭동 이후 사람들이 계속 외치던 구호였다. 모두가 이를 반복했다. 치안 유지에 동원된 경찰들을 야유하는 사람도 있었고 휘파람으로 비웃는 사람도 있었다. 경찰들의 표정이 점차 일그러졌다. 마침내 경찰 한 명이 참지 못하고 앞에서

---

* 프랑스 정치인.

** 프랑스의 해적. 1812년 전쟁 때 미국 편에 가담했다.

놀리던 작은 청년을 밀어버렸다. 그 바람에 젊은 남자가 대여섯 걸음 밀려나 술집 문 앞에 나동그라졌다. 군중들이 물러났다. 그러나 그 경찰도 방수모 아래로 부스스한 머리가 드러난 헤라클레스처럼 건장한 남자가 땅바닥으로 세게 밀었다.

아까부터 생자크 거리 구석에 서 있던 이 남자는 손에 들고 있던 커다란 상자를 내동댕이치고 경찰에게 달려들었다. 경찰이 쓰러지자 그는 그 위에 올라타고 경찰의 얼굴에 주먹질을 해댔다. 다른 경찰들이 달려왔다. 남자는 어찌나 힘이 센지 네 사람이 달라붙어서야 겨우 떼어놓을 수 있었다. 두 사람은 그의 목덜미를, 다른 두 사람은 팔을 잡았다. 다섯 번째 사람은 그의 허리 쪽을 무릎으로 찼다. 모두들 그를 깡패, 살인자, 폭도라고 불렀다. 그는 옷이 너덜너덜해져 가슴이 다 드러난 채 자신은 죄가 없다고 했다. 어린 사람이 경찰에게 맞는 것을 보고만 있을 수 없었다는 것이다.

"내 이름은 뒤사르디에라고 합니다. 클레리 거리에서 레이스와 최신 의류를 파는 발랭사르 형제의 가게에서 일하죠. 내 상자는 어디 있죠? 내 상자를 돌려줘요!" 남자는 계속 외쳤다. "뒤사르디에! 클레리 거리, 내 상자!"

그는 점차 침착해졌고, 데카르트 거리의 위병소로 순순히 끌려갔다. 사람들이 무리 지어 그 뒤를 따랐다. 프레데릭과 콧수염 청년도 뒤사르디에에게 감탄하고 공권력의 폭력에 반감을 느껴 사람들의 뒤를 따랐다.

앞으로 갈수록 사람들의 수가 점점 줄었다.

경찰들은 이따금 인상을 쓰고 뒤를 돌아봤다. 더 이상 할 일도 없고 구경거리도 없어지자 사람들은 차츰 자리를 떴다. 마주치는 행인들은 뒤사르디에를 흘끗 보더니 큰 소리로 욕설을 내뱉었다. 어느 집 문 앞에 있던 노파는 그를 가리키며 빵 도둑이라고 했다. 근거 없는 비난에 두 친구는 더욱 분노했다. 위병소가 나타났다. 여기까지 따라온 사람은 스무 명 정도밖에 되지 않았다. 군인이 나타나자 그나마 남은 이들마저 흩어져버렸다.

프레데릭과 그의 동료는 용기를 내어 방금 감금된 친구를 풀어달라고 했다. 그러나 보초가 계속 고집부리면 두 사람도 같이 잡아넣겠다고 했다. 그들은 부대장 면회를 신청하고 이름과 법과대학 학생이라는 신분을 밝혔다. 두 사람은 뒤사르디에가 그들과 같은 학생이라고 했다.

두 사람은 퇴벽을 따라 긴 의자만 네 개 놓여 있는 아무 장식도 없는 방으로 안내되었다. 안쪽에 있는 작은 창이 열리자 뒤사르디에의 꿋꿋한 얼굴이 나타났다. 머리는 헝클어졌지만 작은 눈은 정직했고 콧날이 오뚝한, 순한 개 같은 인상이었다.

"우리를 모르겠어요?" 위소네가 말했다.

콧수염 청년의 이름은 위소네였다.

"글쎄……." 뒤사르디에가 더듬거렸다.

"바보처럼 굴지 말아요." 위소네가 재빨리 말했다. "우리와 같은 법대생이니까 자기 권리는 주장해야죠."

프레데릭과 위소네가 눈짓으로 신호를 보냈으나 뒤사르디에는 눈치채지 못했다. 뒤사르디에는 뭔가를 생각하더니 갑자기 이렇게 말했다.

"내 상자는요?"

프레데릭이 실망한 듯 위를 바라봤다. 위소네는 이렇게 말했다.

"자네 상자? 강의 노트가 들어 있던 것 말인가? 찾았으니 걱정 말게."

그들은 더욱 열심히 몸짓으로 신호를 보냈다. 뒤사르디에는 마침내 이 두 사람이 자신을 구하러 왔다는 걸 눈치챘다. 하지만 그는 두 사람에게 혹여 폐를 끼칠까봐 입을 다물었다. 그는 자신이 학생들과 같은 신분이, 손이 새하얀 이런 젊은이들과 같은 부류가 된 것에 수치심 비슷한 기분을 느꼈다.

"누군가에게 전할 말은?" 프레데릭이 물었다.

"고맙지만 아무것도 없습니다."

"가족이 있을 거 아닌가?"

그는 고개를 떨군 채 아무 대답도 하지 않았다. 가여운 청년은 사생아였던 것이다. 두 사람은 뒤사르디에가 아무 말도 하지 않자 이상하게 생각했다.

"담배는?" 프레데릭이 물었다.

그는 옷을 더듬더니 주머니에서 부서진 파이프 조각을 꺼냈다. 대가 검은색 나무로 된, 은색 뚜껑과 호박 물부리가 달린 멋진 해포석 파이프였다.

뒤사르디에는 파이프를 길들이기 위해 3년 동안 노력해왔다. 항상 사슴 가죽 주머니로 감싸두었고 대리석 위에는 놓지 않았으며, 가능한 한 천천히 피웠고 잘 때는 침대 옆에 걸어두었다. 하지만 지금은 손톱에 피가 묻은 손 위에 파이프의 파편을 놓고 굴리고 있었다. 그는 고개를 숙이고 형언할 수 없는 슬픈 눈으로 즐거움의 잔해를 멍하니 바라봤다.

"시가라도 주는 게 어떨까?" 위소네가 목소리를 낮추며 담배를 꺼내려 했다.

프레데릭은 시가가 가득 들어 있는 케이스를 이미 창 입구 위에 놓았다.

"이거 받아두라고. 잘 있게. 힘내고!"

뒤사르디에는 프레데릭이 내민 두 손을 잡았다. 그리고 두 손을 꽉 잡은 채 울먹이는 듯한 소리로 말했다.

"뭐라고요……? 이걸 제게……? 저한테 주신다고요……?"

두 사람은 뒤사르디에의 감사 인사를 듣는 둥 마는 둥 하며 밖으로 나와 뤽상부르 공원 앞에 있는 카페 타부레이로 식사를 하러 갔다.

위소네는 비프스테이크를 썰며 여러 패션 잡지사에서 일했고 《공예미술》의 광고도 주선하고 있다고 친구 프레데릭에게 말했다.

"자크 아르누 말인가?" 프레데릭이 물었다.

"그를 알아?"

"그건 아니고……. 우연이지만 한 번 만난 적이 있어."

프레데릭은 무심한 듯이 아르누 부인과도 가끔 만나는지 위소네에게 물었다.

"가끔." 보헤미안이 대답했다.

프레데릭은 더 이상 묻지 못했다. 이 남자는 갑자기 그의 인생에서 큰 존재가 되었다. 프레데릭은 식사값을 냈고 위소네는 굳이 사양하지 않았다.

두 사람은 서로 호감을 느꼈다. 그들은 주소를 교환했다. 위소네는 그에게 플뢰뤼 거리까지 함께 걷자고 했다.

두 사람이 공원 한가운데에 이르자, 아르누의 일을 맡고 있는 위소네는 숨을 죽이고 얼굴을 찡그리며 닭 울음소리를 흉내 냈다. 위에 있던 수탉들이 일제히 울어댔다.

"신호야." 위소네가 말했다.

그들은 보비노 극장 옆 골목 안에 있는 어느 집 앞에 섰다. 금련화와 스위트피 화분이 양쪽에 놓인 지붕 아래 창가에서 젊은 여자가 나타났다. 여자는 모자도 쓰지 않은 채 코르셋만 입고 있었고, 두 팔로 홈통을 잡고 기대어 있었다.

"안녕, 나의 천사, 안녕, 암사슴." 위소네가 키스를 보내며 말했다.

이어서 위소네는 문을 밀고 안으로 들어갔다.

프레데릭은 일주일 내내 위소네를 기다렸다. 점심 식사 초대를 기다리는 것처럼 보일까봐 그의 집으로 찾아갈 수도 없었다. 프레데릭은 라탱 구를 돌아다니며 그를 찾았다. 어느 날 프레데릭은 위소네를 만났고, 나폴레옹 거리 강변에 있는 자신의 집으로 데리고 갔다.

이야기는 길게 이어졌다. 두 사람은 속 이야기를 털어놓았다. 위소네는 연극 분야에서 성공해서 돈을 버는 것이 꿈이라고 했다. 몇몇 아마추어 코미디 작품에 출연했고, 구상한 것도 많고 노래도 작곡했다고 한다. 위소네는 직접 작곡한 노래를 몇 곡 불렀다. 그리고 책꽂이에 위고의 작품과 르마르틴의 작품이 꽂혀 있는 걸 보더니 낭만주의 문학을 비판하기 시작했다. 이들 시인들은 상식도 없고 문장도 정확히 쓸 줄 모르며, 프랑스 시인이 아니라고 했다. 위소네는 마치 프랑스어를 잘 아는 것처럼 다소 도도하게 아름다운 문장을 예로 들었다. 말 많은 사람이 진정한 예술을 대할 때처럼 학구적인 관점에서 문장을 마구 비판했다.

프레데릭은 절교하고 싶을 만큼 그의 비판에 상처 입었다. 자신의 행복이 달린 그 한마디를 왜 하지 못하는가? 프레데릭은 문학청년에게 아르누의 집에 데려가 달라고 부탁했다.

쉬운 일이었다. 그들은 다음 날 가기로 약속했다.

그러나 위소네는 약속을 지키지 않았다. 그 후에도 세 번이나 약속을 어겼다. 그러던 어느 토요일 네 시 정도에 위소네가 약속 장소에 나타났다. 위소네는 아르누의 집에 가다가 중간에 마차를 세워 프랑스 극장에서 복스 좌석표 묶음을 샀다. 그리고 양복점과 양장점에 내려달라고 하고는 관리인 사무실에서 쪽지를 썼다. 두 사람은 마침내 몽마르트르 큰길에 도착했다. 프레데릭은 가게를 지나 계단 위로 올라갔다. 아르누는 책상 앞에 놓인 거울을 통해 그를 봤다. 아르누는 뭔가를 계속 쓰면서 어깨너머로 다른 한 손을 내밀었다.

창문이 하나뿐인, 뜰이 보이는 작은 방에 남자 대여섯 명이 서 있어서 꽉 찬 느낌이었다. 알코브 구석에는 갈색 모직 다마스크 천으로 된 소파가 비슷한 천 재질의 커튼 사이에 놓여 있었다. 오래된 서류가 정리되어 있는 벽난로 선반에는 청동 비너스 상이 놓여 있었고, 양쪽으로는 분홍색 초가 꽂힌 촛대가 나란히 놓여 있었다. 오른쪽 서류장 옆에는 모자를 쓴 남자가 의자에 앉아 신문을 읽고 있었다. 판화, 유화, 고판화, 그리고 자크 아르누에 대한 우정의 글이 적힌 당대 일류 화가들의 데생이 벽을 가득 메우고 있었다.

"잘 지냈습니까?" 아르누가 프레데릭을 보며 말했다.

그러더니 프레데릭이 대답하기도 전에 위소네를 보며 나지막한 목소리로 말했다.

"당신 친구분은 이름이 뭐죠?"

그리고 아르누는 큰 소리로 말했다.

"시가를 피우시겠어요? 서류 상자 위 케이스에 있습니다."

파리 중심지에 위치한 공예미술사는 편리한 모임 장소이자, 서로 반목하는 사람들도 사이좋게 마주 앉을 수 있는 중립지대였다. 이날은 왕실 초상화가인 앙테노르 브레브, 알제리 전쟁을 대중화하기 시작한 쥘 뷔리외, 풍자화가 송바즈, 조각가 부르다 등 여러 사람이 있었다. 이 중 학생인 프레데릭이 갖고 있던 편견에 들어맞는 사람은 한 명도 없었다. 사람들은 단순한 태도로 자유롭게 이야기하고 있었다. 신비주의자인 로바리아는 야한 이야기를 꺼냈다. 동양 풍경화를 창시한 유명 화가 디트메르는 조끼 안에 뜨개질한 옷을 입고 있었고, 돌아갈 때는 합승마차를 타고 갔다.

대화의 첫 화제는 모델로 일했던 아폴로니였다. 뷔리외는 아폴로니가 사두마차를 타고 대로를 지나가는 모습을 봤다고 했다. 위소네는 아폴로니가 사귄 남자들 덕분이라며 이름을 읊었다.

"저 친구는 파리 여자들에 대해서는 모르는 게 없어!" 아르누가 말했다.

"남는 것이 있다면 먼저 하시지요, 각하." 보헤미안은 근위병이 나폴레옹에게 수통을 바치는 장면을 흉내 내면서 군대식 경례를 곁들여 대답했다.

다음 화제는 아폴로니를 그린 여러 그림들이었다. 이 자리에 없는 화가들은 비판을 받았다. 그림이 터무니없이 비싸다면서, 돈벌이가 안 된다고 불평했다. 그때 키가 중간 정도인 남자가 들어왔다. 윗도리 단추를 하나만 채운 그는 날카로운 눈빛에 약간 광기 어린 표정이었다.

"자네들, 부르주아들이군." 남자가 말했다. "도대체 이게 뭔가? 맙소사!" 옛날부터 걸작을 남긴 사람들은 돈에는 관심도 없었어. 코레즈나 뮈리오도."

"펠르랭도 넣어야지." 송바즈가 말했다.

하지만 비꼬는 소리에도 남자가 열을 내면서 말하자 아르누는 같은 말을 두 번이나 반복했다.

"안사람이 목요일에 자네에게 부탁할 게 있는 것 같으니 잊지 말도록 하게."

이 말에 프레데릭은 아르누 부인을 떠올렸다. 혹시 아는가? 긴 의자 곁에 있는 작은 방을 통해 부인의 방에 들어갈 수 있을지. 아르누가 손수건을 가지러 그 문을 열었을 때 프레데릭은 안쪽에 세면대가 있는 것을 보았다. 그때 난로 옆에서 뭐라고 중얼거리는 남자 목소리가 들렸다. 의자에 앉아 신문을 읽던 남자의 목소리였다. 그의 이름은 르쟁바르였다. 키가 175센티미터쯤 되고 눈꺼풀이 약간 처졌으며 머리는 반백에 당당한 체격이었다.

"무슨 일입니까, 시민?" 아르누가 물었다.

"정부가 또 몹쓸 짓을 했더군요."

초등학교 교사가 해임된 사건을 가리키는 것이었다. 펠르랭은 미켈란젤로와 셰익스피어를 다시 비교하기 시작했다. 디트메르가 돌아가려 하자 아르누는 그를 불러 지폐 두 장을 쥐어주었다. 위소네는 이 틈을 노리고 말했다.

"가불 좀 안 될까요, 사장님……?"

하지만 아르누는 다시 자리에 앉아 푸른 안경을 쓴 남루한 노인을 나무라고 있었다.

"정말 대단하네요, 이자크 영감! 자, 세 작품이나 망쳐서 쓸모없게 만들어버렸어요! 모든 사람에게 망신 한번 톡톡히 당했습니다. 이제 그 그림 건은 모르는 사람이 없으니 도대체 어떻게 하면 좋습니까? 그 그림들을 나더러 캘리포니아에 보내라는 겁니까? 젠장! 입 다물고 가만있어요!"

이자크 영감은 그림 아래에 옛 거장들의 사인을 집어넣는 사람이었다. 아르누는 돈은 못 준다면서 그를 내쫓았다. 그러더니 태도를 바꾸어 훈장을 달고 하얀색 넥타이를 맨, 점잖은 인상의 수염이 덥수룩한 남자에게 인사했다.

아르누는 창문 문고리에 팔꿈치를 대고 그에게 한참 동안 친절하게 이야기를 건넸다. 그러나 이내 볼멘소리를 했다.

"중개인을 구하기는 아주 쉽습니다, 백작!"

점잖은 남자가 단념하자 아르누는 그에게 25루이를 지불했다. 그가 나가자 아르누가 말했다.

"정말 성가시다니까, 저런 늙은이들은."

"비열한 인간들이지!" 르잿바르가 중얼거렸다.

시간이 흐를수록 아르누는 할 일이 많았다. 기사를 정리하고 편지를 뜯어보고 비용을 정산했다. 가게에서 망치 소리가 나면 포장을 감독하러 가고, 다시 돌아와 일을 계속했다. 그리고 종이 위에 연필을 굴리면서도 농담에 대꾸했다. 오늘 밤에는 고문 변호사의 집에서 식사를 하고 내일은 벨기에로 갈 거라고 했다.

다른 사람들은 셰뤼비니의 초상화, 〈파리 에콜 데 보자르의 반원형방〉*, 다음에 열릴 전시회 등에 관해 이야기를 계속 나누었다. 펠르랭은 아카데미를 신랄하게 비판했다. 험담과 토론이 오갔다. 천장이 낮은 방은 사람들로 꽉 차서 움직이기도 힘들었다. 분홍색 초의 불빛이 안개 속에 비치는 햇빛처럼 담배 연기를 투명하게 메웠다.

긴 의자 옆의 문이 열리고 키 크고 마른 여자가 들어왔다. 여자의 움직임에 검은색 타프타 천으로 된 옷 위로 시곗줄의 장식물들이 소리를 냈다.

지난여름에 팔레루아얄 극장에서 언뜻 본 적이 있는 여자였다. 몇몇 사람이 그녀의 이름을 부르며 악수를 했다. 위소네는 아르누에게 50프랑을 겨우 받아냈다. 시계가 일곱 시를 알리자 사람들이 모두 돌아갔다.

---

* 화가 폴 들라로슈의 작품.

아르누는 펠르랭에게 남아 있어달라고 말한 뒤 바트나 양을 작은 방으로 데리고 갔다. 두 사람이 소곤거리며 이야기했기 때문에 프레데릭은 들을 수 없었다. 그런데 갑자기 여자가 목소리를 높였다.

"그 일이 결정되고 나서 6개월이나 계속 기다리고 있단 말이에요!"

침묵이 흐른 뒤 바트나 양이 방에서 나왔다. 아르누는 다시 무언가를 약속했다.

"오! 오! 나중에 한번 봅시다!"

"잘 있어요, 행복한 남자." 그녀가 나가면서 말했다.

아르누는 서둘러 다시 작은 방으로 들어갔다. 그리고 수염에 기름을 바르고 멜빵을 위로 바짝 올려 바지를 팽팽하게 한 뒤 손을 씻으며 말했다.

"문에 걸 그림이 두 점 필요한데 한 점에 250프랑씩 쳐줄 테니 부셰 풍으로 그려주겠소?"

"그러죠." 얼굴을 붉히며 화가가 말했다.

"됐어요. 우리 안사람 일도 기억해줘요."

프레데릭은 펠르랭과 푸아소니에르 거리의 높은 곳까지 함께 걸었다. 프레데릭이 가끔 놀러 가도 되느냐고 묻자 펠르랭은 그러라고 하며 흔쾌히 승낙했다.

펠르랭은 진정한 미의 이론을 알기 위해 미학 서적을 여러 권 읽었다. 미학의 진리만 알면 걸작을 그릴 수 있을 거라고 했다. 데생, 석고상, 모형, 판화 등 상상할 수 있는 모든 자료를 쌓아두고 연구하고 있다고 했다. 뭔가를 열심히 찾았고 번민했다. 날씨, 체력, 작업실 탓을 하기도 했다. 영감을 얻기 위해 거리로 뛰쳐나올 때도 있고, 영감을 얻으면 기뻐서 흥분하지만 그 흥분도 얼마 가지 않고 다시 새로운 작품을 꿈꾸고, 더 아름다운 작품을 기대하기도 한다고 했다. 유명해지고 싶어서 고민했고 토론을 하며 하루하루를 흘려보냈으며, 체제, 비평, 예술의 규칙이나 혁신의 중요성 등 여러 가지 이론에 대해 생각만 하다 보니 나이가 벌써 쉰이 되어, 지금은 겨우 모사하는 일만 하게 되었다고 했다. 그는 자존심이 지나치게 세서 아주 작은 절망도 용서하지 않았고, 그러다 보니 희극 배우처럼 늘 과장된 몸짓으로 흥분했다.

그의 집에 들어가자 커다란 캔버스가 두 개 있었다. 하얀 캔버스에는 그림을 막 시작한 듯 갈색, 붉은색, 파란색 점이 찍혀 있었다. 그 위에는 마치 스무 번쯤 꿰맨 그물코처럼 가로세로로 분필 선이 그어져 있었다. 무엇을 그리고 있는 건지 알 수 없었다. 그는 아직 다 그려지지 않은 부분을 가리키면서 두 그림의 구도와 주제를 설명했다. 하나는 바빌론의 왕

느브갓네살의 광기를 표현한 작품이고, 다른 하나는 네로 황제에 의한 로마의 방화를 표현한 그림이라고 했다. 프레데릭은 감탄하며 바라봤다.

머리를 풀어헤친 여인들의 누드화, 폭풍에 뒤틀린 나무가 가득한 풍경화, 특히 모델은 알 수 없지만 칼로와 렘브란트, 고야의 그림을 떠올리며 즉흥적으로 그렸다는 그림을 보며 감탄했다. 펠르랭은 젊은 시절에 그린 그 작품들은 그다지 높이 평가하지 않았다. 지금은 대작을 추구하는 데 몰두하고 있다고 했다. 그는 페이디아스*와 빙켈만**에 대해 자신의 의견을 펼쳤다. 주변 배경이 그의 주장에 설득력을 불어넣어주었다. 기도대에는 해골이 놓여 있었고 야타간***과 수도사의 옷도 있었다. 프레데릭은 수도사의 옷을 걸쳐보았다.

아침 일찍 찾아가면 펠르랭은 무늬가 있는 닳아빠진 천이 덮인 초라한 침대에서 아직 자고 있었다. 밤늦게까지 연극을 보고 늦게 자기 때문이었다. 누더기 옷을 입은 노파가 살림을 돌봐주었고 싸구려 식당에서 저녁을 해결했으며 애인도 없이 혼자 지냈다. 펠르랭이 여기저기서 잡다하게 쌓은 지식은 모

---

* 고대 그리스의 조각가.

** 독일의 미술 고고학자.

*** 터키에서 사용한 검.

순점이 많아 재미있었다. 그는 특이한 것과 부르주아적인 것을 증오했고, 웅장하고도 서정적인 풍자로 그 마음을 표현했다. 대가들에 대해서는 무한한 존경을 품고 있었다. 그는 대가들을 마치 종교처럼 지나치게 숭배한 나머지 자신도 그 수준까지 오른 듯한 기분을 느꼈다.

하지만 왜 아르누 부인에 대해서는 전혀 이야기하지 않을까? 그녀의 남편에 대해서는 좋은 사람이라고도 하고 사기꾼이라고도 했다. 프레데릭은 그가 마음을 터놓고 이야기하기를 기다리고 있었다.

어느 날이었다. 프레데릭은 펠르랭의 데생 화집을 뒤적이다가 집시 여자의 초상화를 보았는데 어딘가 바트나 양과 닮은 것 같았다. 그녀를 처음 봤을 때부터 흥미가 있었기에 그녀에 대해 알고 싶었다.

펠르랭의 말에 따르면 바트나 양은 예전에 어느 지방의 학교 교사였다가 지금은 가정교사를 하고 있고, 언젠가 작은 신문에 기고하기 위해 노력하는 것 같다고 했다.

프레데릭은 아르누를 대하는 바트나 양의 태도로 봐서는 아르누의 정부인 것 같다고 했다.

"글쎄요, 그 남자에게는 다른 애인들도 있어요."

프레데릭은 비열한 생각을 한 것이 부끄러워서 빨개진 얼굴을 옆으로 돌리며 애써 당당한 표정을 지으면서 물었다.

"아내분도 복수심에 연애를 하지 않을까요?"

"아뇨. 부인은 정말로 정숙합니다."

프레데릭은 자신의 말을 후회했고, 이후 공예미술사에 더욱 열심히 모습을 드러냈다.

그는 가게 입구에 적힌 아르누라는 커다란 글자가 특이하고 성스러운 글자처럼 대단한 의미가 있는 듯이 느꼈다. 널찍한 길은 내리막길이어서 걸어가기가 쉬웠다. 가게 문은 살짝 밀어도 저절로 열렸다. 매끄러운 문고리는 마치 사람의 손을 잡는 것처럼 부드럽고 따뜻했다. 프레데릭은 어느새 르쟁바르만큼이나 이 가게의 단골이 되었다.

르쟁바르는 매일같이 난로 옆 안락의자에 앉아 공화주의 잡지《르 나시오날》을 손에서 놓지 않았다. 그는 감탄하는 소리를 지르거나 어깨를 으쓱하며 자기 의견을 비쳤다. 녹색 프록코트의 단추 두 개 사이에서 소시지처럼 돌돌 말린 손수건을 꺼내 땀을 닦기도 했다. 그는 여러 겹으로 주름이 잡힌 바지에 구두를 신었고 긴 넥타이를 맸다. 테두리가 말린 모자를 쓰고 있어서 사람이 아무리 많이 모여 있어도 곧바로 눈에 띄었다.

그는 매일 아침 여덟 시에 몽마르트르 언덕을 내려와 노트르담 데 빅투아르 거리로 가서 백포도주를 마셨다. 점심 식사를 한 뒤 당구를 치면 세 시가 되었다. 그다음에는 파노라마 골목으로 압생트를 마시러 갔다. 아르누의 가게에 들르고 나면 카페 보르들레로 가서 베르무트를 마셨다. 그다음에는 아내가 있는 집으로 돌아가지 않고 가이용 광장에 있는 작은 카페에서 혼자서 저녁을 때울 때가 많았다. 르쟁바르는 카페에서 "가정식 요리로, 간단한 요리로!"라고 주문했다. 심지어 다른 당구장으로 가서 밤 열두 시, 혹은 새벽 한 시까지 있어서, 당구장 주인이 가스등을 끄고 덧문도 다 내리면서 더 이상 참지 못하고 제발 돌아가달라고 할 때도 있었다.

시민 르쟁바르를 이런 곳으로 이끄는 것은 술이 아니었다. 정치 이야기를 좋아하는 옛날 습관 때문이었다. 지금은 나이를 먹어서 열심히 주장을 펴는 일도 줄고 그저 우울하게 침묵을 지킬 뿐이었다. 그는 마치 머릿속으로만 세상을 움직이는 것처럼 보였으나 머릿속 생각이 실제로 나오지는 않았다. 그는 법률사무소를 열심히 운영하는 것 같긴 했으나 친구들도 그가 무슨 일을 하는지 알지 못했다.

아르누는 르쟁바르를 무척 존경하는 모양이었다. 어느 날 그는 프레데릭에게 이렇게 말했다.

"저 사람은 모르는 게 없지! 대단해."

한번은 르쟁바르가 아르누의 책상에 브르타뉴의 고령토 광산에 관한 자료를 펼쳐놓았다. 아르누는 르쟁바르의 경험을 신뢰하는 듯했다.

프레데릭은 르쟁바르를 정중하게 대했고, 이따금 압생트를 대접하기도 했다. 그는 르쟁바르를 멍청하다고 생각했지만 단지 아르누의 친구라는 이유 하나 때문에 한 시간이나 함께 있을 때가 많았다.

미술상으로서 자크 아르누는 진보적인 사람으로, 지금의 대가들이 미술계에 데뷔할 무렵부터 후원해왔고 계속 예술을 위해 힘쓰는 체했으나 사실은 돈을 더 많이 벌기 위해 노력하는 것이었다.

그는 예술의 해방을 주장했는데, 이는 좋은 작품을 싼값에 손에 넣기 위한 수작이었다. 파리의 모든 사치품 업계는 작은 일에는 긍정적이지만 큰일에는 부정적인 그의 영향력 아래에 있었다. 그는 대중의 취향에만 관심이 있었기 때문에 재능 있는 예술가가 잘못된 길로 가게 만들기도 했고, 강한 자에게 뇌물을 주어 타락시켰으며, 약한 자를 지치게 했고, 평범한 자들을 유명하게 만들어주었다. 그는 자신이 발행하는 신문과 인맥을 이용해 예술가들을 좌지우지했다. 능력 없는 화가는 자신의 작품이 아르누의 가게에 진열되기를 바랐고, 실내장식가는 그의 가게로 가구를 구하러 왔다. 프레데릭은 아르누가 부자에 미술 애호가이며 활동적인 사람이라고 생각했다. 특히 그는 아르누의 비열한 사업 수완에 놀랄 때가 많았다. 아르누는 파리에서 1,500프랑에 구입한 그림을 고의로 독일이나 이탈리아의 시골 벽지로 보내 그곳에서 다시 부치게 해서, 4,000프랑의 액수가 적힌 운송장을 내보이며 조금 깎아준다고 한 다음 3,500프랑에 팔았다. 그리고 아르누가 화가에게 자주 사용하는 수법이 있었다. 화가의 그림을 판화로 만들어 세상에 널리 알리겠다고 한 뒤 원화보다 작게 복제한 그림을 뇌물처럼 요구했다. 그러고는 언제나 복제판을 팔았고, 진품 판화는 영원히 세상에 나오지 못했다. 자신이 이용당했다고 항의하는 화가들에게는 배 째라는 식이었다. 하지만 그 외에는 호탕한 성격으로, 담배를 권하기도 하고 처음 만난 사람에게도 친근하게 말을 걸었으며 한 사람, 한 작품에 열중하는 편이었다. 어느 하나에 관심이 있을 때는 오직 그 생각만 하며 바쁘게 움직였고, 편지도 쓰고 광고도 냈다. 그는 자신이 무척 정직하다고 믿고 있었고, 밝혀야 할 필요가 있을 때에는 자신의 비양심적인 행동에 대해서도 솔직하게 털어놓았다.

어느 날 동업자 한 사람이 미술 신문을 창간하면서 파티를 성대하게 연다는 소리에 아르누는 그를 골탕 먹이려고 프레데릭에게 파티 시작 전에 초대를 취소하는 편지를 써달라고 했다.

"명예 훼손은 아니야! 알지?"

젊은이는 그 부탁을 차마 거절할 수 없었다.

다음 날 프레데릭은 위소네와 함께 아르누의 사무실로 들어가려고 할 때 입구의 문(계단으로 통하는 문)으로 여자의 옷자락이 들어가는 것을 보았다.

"실례했습니다." 위소네가 말했다. "여성분께서 계신 줄 몰랐습니다."

"괜찮아. 내 아내야." 아르누가 말했다. "지나가는 길에 잠깐 들렀지."

"그래요?" 프레데릭이 말했다.

"그렇다네. 집사람은 이제 곧 집으로 돌아갈 거야."

프레데릭은 갑자기 주변 사물들이 시시하게 느껴졌다. 지금까지 뭔가 혼란스럽고 붕 떠 있는 듯했던 기분이 사라졌다. 아니, 아예 처음부터 존재하지 않았던 것처럼 느껴졌다. 그는 놀라면서도 배신당한 듯한 고통을 느꼈다.

아르누는 서랍을 뒤지며 웃고 있었다. 자신을 놀리는 걸까? 점원이 축축한 종이 한 뭉치를 책상 위에 올려놓았다.

"아, 광고지!" 상인이 말했다. "오늘 저녁 식사도 제때 먹기는 글렀군."

르쟁바르가 모자를 집어 들었다.

"벌써 가려고요?"

"일곱 시잖아요." 르쟁바르가 말했다.

프레데릭은 르쟁바르의 뒤를 따랐다.

프레데릭은 몽마르트르 거리 모퉁이를 돌면서 2층 창을 돌아봤다. 저 창문을 얼마나 사랑이 넘치는 마음으로 바라봤는지 모른다. 그는 문득 자신이 가엾다는 생각이 들어 씁쓸한 미소를 지었다. 그녀는 어디에 살고 있을까? 어디로 가야 만날 수 있을까? 그 어느 때보다 욕망이 커지면서 다시 고독감이 밀려왔다!

"그것 좀 마시러 갈까요?" 르쟁바르가 말했다.

"뭘 말입니까?"

"압생트요."

프레데릭은 홀린 듯이 르쟁바르가 이끄는 대로 카페 보르들레에 갔다. 동료 르쟁바르가 팔꿈치를 괴고 술병을 바라볼 때 프레데릭은 주변을 둘러봤다. 마침 길을 지나가는 펠르랭의 모습이 보이자 프레데릭은 유리창을 두드렸다. 화가가 들어와 자리에 앉기도 전에 르쟁바르는 요새는 왜 공예미술사

에 오지 않느냐고 물었다.

"거길 가느니 차라리 죽는 게 낫죠. 아르누, 그자는 짐승이고 부르주아예요. 불쌍하고 이상한 사람이죠."

펠르랭의 욕설에 프레데릭은 통쾌한 느낌이 들었다. 하지만 그 욕설이 아르누 부인까지도 약간 모욕하는 것 같아 기분이 나쁘기도 했다.

"그 사람이 어쨌기에?" 르쟁바르가 물었다.

펠르랭은 한쪽 발로 바닥을 차더니 대답 대신 한숨을 푹 쉬었다.

그는 지금까지 그림을 잘 볼 줄 모르는 미술 애호가들을 상대로 즉석 초상화나 명화를 모사한 작품 등 대놓고 말하기에는 좀 부끄러운 작업만 해왔다고 한다. 하는 일이 수치스러워서 그는 입을 다물고 있었다. 그러나 이번만은 '아르누의 비열한 행동'에 크게 화가 나서 말하지 않을 수가 없다고 했다.

프레데릭도 옆에서 들어서 알고 있는 일이었다. 펠르랭은 아르누가 주문한 그림 두 점을 그려서 가져갔는데, 상인은 구성, 색채, 특히 데생이 별로라고 하면서 아무리 가격이 싸도 사지 않겠다고 했다는 것이다. 빚 갚을 날이 얼마 남지 않았던 펠르랭은 어쩔 수 없이 그림들을 유대인 이자크에게 팔았다. 그런데 두 주 뒤에 아르누가 그 그림들을 어느 스페인 사람에게 2,000프랑에 팔았다는 것이다.

"거기서 한 푼도 깎아주지 않고 말이에요! 정말 지독한 인간! 이런 일이 처음이 아니라 여러 번 전력이 있죠. 언젠가 꼭 중죄 재판소에 소송할 겁니다."

"과장이겠죠." 프레데릭이 조심스럽게 말했다.

"과장이 아니에요!" 화가는 테이블을 주먹으로 치면서 큰 소리로 외쳤다.

이 격한 반응에 젊은이는 침착해졌다. 어쩌면 더 친절하게 행동할 수 있을지도 몰랐다. 하지만 만일 아르누가 그 두 그림을 발견한다면…….

"그림이 별로라고 생각했을 수도 있다는 건가요? 말해봐요. 그 그림을 봤습니까? 당신이 그림 쪽 일을 하나요? 난 인정 못해. 이런 애송이들!"

"저와 관계없긴 하죠!"

"그런데 왜 그자의 편을 드는 건가?" 펠르랭이 차갑게 말했다.

젊은이는 우물거렸다.

"친구니까요……."

"그럼 나 대신 그 사람을 안아주라고. 난 이만!"

화가는 술값을 낼 생각도 하지 않고 화가 나서 가버렸다.

프레데릭은 확신이 있었기에 아르누의 편을 든 것이었다. 흥분하면서 아르누를 변호했을 때 그는 마음씨 좋고 똑똑한 아르누에게 애정을 품고 있었다. 그런 아르누가 친구들에게 험담을 듣고 있고, 지금은 작업실에서 혼자서 외롭게 일하고 있다고 생각했다. 그는 지금 당장 아르누를 만나고 싶었다.

십 분 뒤 그는 상점 문을 밀고 들어섰다.

아르누는 점원과 함께 전시회를 위해 커다란 포스터를 만들고 있었다.

"아니! 무슨 일로 다시 왔나?"

단순한 질문에 당황한 프레데릭은 뭐라고 대답해야 할지 몰라 푸른색 가죽으로 된 작은 수첩을 혹시 보지 못했느냐고 물었다.

"여자에게 받은 편지라도 끼워둔 수첩인가?" 아르누가 물었다.

프레데릭은 마치 처녀처럼 얼굴을 붉히며 아니라고 했다.

"그럼 시라도 적은 수첩인가?" 상인이 다시 물었다.

그는 펼쳐놓은 포스터의 견본을 만지면서 모양, 색깔, 테두리 등에 대해 지적하고 있었다. 프레데릭은 골똘히 생각에 잠긴 그의 표정, 특히 포스터 견본을 만지는 그의 손 때문에 슬슬 짜증이 났다. 크고 통통하고 손톱이 납작한 손이었다. 그가 마침내 "이제 됐군!" 하며 일어나 프레데릭의 턱을 허물없이 손으로 만졌다. 프레데릭은 그의 격의 없는 태도에 기분이 상해서 뒤로 물러섰다. 그리고 가게를 나오면서 이제는 오지 말아야겠다고 생각했다. 아르누 때문에 아르누 부인까지도 가볍게 느껴졌다.

그 주에 프레데릭은 데로리에로부터 다음 주 목요일에 파리에 도착한다는 편지를 받았다. 그는 친구에 대한 우정이 숭고하고 단단하게 느껴지면서 가슴이 부풀었다. 이제는 르쟁바르도 펠르랭도 위소네도 모두 필요 없었다. 프레데릭은 데로리에를 위해 작은 철제 침대를 샀고, 안락의자도 하나 더 마련했으며 침구는 둘로 나눴다. 목요일 아침에 데로리에를 마중 나가기 위해 옷을 갈아입고 있는데 초인종이 울리더니 아르누가 들어왔다.

"한마디만 하지. 어제 제네바에서 아주 좋은 송어가 왔어. 오늘 저녁 일곱 시에 우리 집에 와주게. 슈아젤 거리 23-2번지야. 기억하게!"

프레데릭은 무릎을 비틀거리며 털썩 주저앉았다. "드디어!" 그는 몇 번이고 중얼거렸다. 이어서 그는 양복점, 모자 가게, 구두 가게에 편지를 쓴 다음 심부름꾼 세 명에게 각각 편지를 전하게 했다. 자물쇠가 열리더니 문지기가 어깨에 트렁크를 지고 나타났다.

프레데릭은 데로리에를 보자 마치 바람피운 여자가 남편을 본 듯 몸을 떨었다.

"어떻게 된 건가?" 데로리에가 물었다. "그나저나 내 편지는 받은 거지?"

프레데릭은 거짓말을 할 힘도 없었다. 그는 아무 말 없이 팔을 벌려 친구를 포옹했다.

서기는 자신의 근황을 이야기했다. 아버지가 후견인 자격으로 재산을 관리하고 있는데 10년 뒤 시효가 지나면 자기 것이 된다는 걸 알고 돌려주려 하지 않는다는 것이었다. 그러나 소송법에 대해 잘 알고 있는 그는 어머니의 유산인 7,000프랑을 받아내 낡은 서류 가방 속에 보관해뒀다고 한다.

"만일을 위한 비상금이야. 이 돈은 어딘가 넣어두고 내일부터는 일자리 찾을 생각을 하려고. 오늘 하루는 휴일이니까 자네랑 함께 보내려고 해."

"꼭 그러지 않아도 돼." 프레데릭이 말했다. "혹시 오늘 밤에 중요한 일이 있으면……."

"설마, 내가 그렇게 뻔뻔한 놈이겠어……." 무심코 던진 말이 빈정거리는 듯이 느껴져 프레데릭은 움찔했다.

문지기가 난로 옆 식탁에 갈비 요리, 갈랑틴*, 왕새우, 디저트, 그리고 보르도산 포도주 두 병을 갖다놓았다. 데로리에는 진수성찬에 감동했다.

"왕 같은 대접을 받아보는군."

그들은 과거와 미래에 대해 이야기했고, 식탁 위로 손을 맞잡고는 감격한 눈빛으로 서로를 바라봤다. 그런데 심부름꾼 한 명이 뛰어와서 새 모자를 전해주었다. 데로리에는 모자가 정말 멋지다며 칭찬해주었다.

이어서 양복점 재단사가 잘 다린 연미복을 직접 가져왔다.

"누가 보면 곧 결혼하는 줄 알겠군." 데로리에가 말했다.

한 시간 뒤에는 또 다른 사람이 들어와 큼지막한 검은 가방에서 멋진 에나멜 구두를 꺼냈다. 프레데릭이 구두를 신어보는 동안 구두 가게 직원은 시골 사람의 구두를 비웃듯이 바라봤다.

"이쪽 분은 필요하신 것 없나요?"

"괜찮습니다." 서기는 낡은 구두를 의자 밑으로 숨기며 말했다.

프레데릭은 창피한 마음이 들어 마음이 불편했다. 창피한 나머지 자기도 모르게 뒤로 물러났다. 그러고는 마치 갑자기

---

* 육류나 어류를 고기 살만 삶아서 차게 굳힌 음식.

생각난 듯 큰 소리로 말했다.

"이런, 깜빡했어!"

"뭘 말이야?"

"오늘 저녁에 시내에서 약속이 있어."

"당브뢰즈의 집? 그 이야기를 왜 편지에 쓰지 않았나?"

프레데릭은 당브뢰즈의 집이 아니라 아르누의 집이라고 했다.

"미리 알려주지 그랬어." 데로리에가 말했다. "그럼 하루 늦게 왔을 텐데."

"그럴 수가 없었네." 프레데릭이 말했다. "오늘 아침, 그러니까 조금 전에 초대를 받았거든."

프레데릭은 실수를 만회하고 친구의 기분을 풀어주기 위해 트렁크의 끈을 푼 다음 안에 든 소지품을 옷장에 정리해 주었다. 그리고 자신은 골방에서 잘 테니 자기 침대를 쓰라고 했다. 프레데릭은 네 시에 외출 준비를 했다.

"시간은 아직 충분하잖아." 친구가 말했다.

프레데릭은 옷을 다 차려입고 떠났다.

'부자들이란.' 하고 데로리에는 생각했다.

그는 생자크 거리에 있는 자신이 아는 작은 식당으로 식사하러 갔다.

프레데릭은 계단에서 몇 번 걸음을 멈추었다. 가슴이 세차게 뛰었기 때문이다. 장갑 한 짝이 너무 꽉 끼어서 약간 틀어졌다. 장갑의 틀어진 부분을 셔츠 소맷부리 안으로 넣고 있는데 아르누가 뒤따라 올라와 그의 팔을 잡고 안으로 들어갔다.

중국풍으로 장식된 현관 쪽 방은 천장에 색등이 달려 있었고 네 모서리는 대나무로 장식되어 있었다. 프레데릭은 응접실을 지나가던 도중 호랑이 가죽 양탄자에 발이 걸렸다. 촛대에는 아직 불이 켜져 있지 않았지만 안쪽에 있는 방에서 등불 두 개가 빛나고 있었다.

마르트가 오더니 엄마는 옷을 갈아입고 있다고 말했다. 아르누는 딸 마르트를 안아 올려 입을 맞추었다. 그러고는 지하실에서 포도주를 골라오겠다고 하면서 프레데릭과 마르트를 남겨두고 갔다. 아이는 몽트로까지 배로 여행하던 그때에 비해 많이 자라 있었다. 곱슬거리는 긴 갈색 머리가 맨 팔 위로 늘어져 있었다. 무용수의 페티코트보다 더 풍성하게 퍼져 있는 옷 아래로 장밋빛 종아리가 드러나 있었다. 귀여운 몸에서는 꽃다발 같은 신선한 향기가 났다. 마르트는 프레데릭의 인사에 깜찍하게 답하고 깊은 눈동자로 그를 바라보더니 고양이처럼 재빨리 가구 뒤로 사라졌다.

프레데릭은 더 이상 초조한 마음이 들지 않았다. 종이 레이스로 덮인 둥근 등의 우윳빛 불빛이 옅은 진홍색 비단으로 장식된 벽을 부드럽게 비춰주었다. 커다란 부채 모양의 철망을 통해 난로 속에 석탄이 타는 모습이 보였다. 시계 옆에는 은으로 된 자물쇠가 달린 작은 상자가 놓여 있었고, 개인적인 물건들이 여기저기 놓여 있었다. 2인용 긴 의자 가운데에는 인형이 놓여 있었고, 등받이에는 여성용 숄이 걸려 있었다. 재봉대 위에 있는 천에는 상아 바늘 두 개가 아래 방향으로 꽂혀 있었다. 이 모든 것을 보니 평화로우면서 예의가 있고 편안한 장소 같았다.

아르누가 돌아왔다. 이어서 다른 쪽 입구로 아르누 부인이 나타났다. 처음에는 그늘이 져 있어서 그녀의 얼굴만 보였다. 그녀는 검은색 벨벳으로 된 옷을 입고 머리에는 붉은색 비단망으로 된 알제리풍 긴 끈을 빗에 묶어 왼쪽 어깨에 늘어뜨리고 있었다.

아르누가 프레데릭을 소개했다.

"네, 기억나요." 그녀가 대답했다.

잠시 후 손님들이 거의 한꺼번에 들어왔다. 디트메르, 로바리아, 뷔리외, 작곡가 로젠발트, 시인 테오필 로리스, 위소네의 동료인 미술평론가 두 사람, 제지업자, 유명한 피에르 폴 멩시위스였다. 피에르는 고전 화풍을 대표하는 마지막 화가로 80년 세월을 명성을 누리며 열심히 살아온, 능력 있는 노인이었다.

식당으로 내려갈 때 아르누 부인은 피에르의 팔을 잡았다. 펠르랭을 위해 마련한 자리는 비어 있었다. 아르누는 펠르랭을 이용하면서도 그를 좋아했다. 아르누는 그의 독설이 두려워 그를 달래주려고《공예미술》지에 그의 초상화와 함께 찬사를 실은 적이 있었다. 돈보다 명예를 중시하는 펠르랭은 여덟 시쯤 헐떡이면서 나타났다. 프레데릭은 두 사람이 오래전에 화해했을 거라고 생각했다.

손님들과 식사를 비롯해 모든 것이 마음에 들었다. 식당은 중세의 응접실처럼 보드라운 가죽으로 장식되어 있었다. 장식대에는 터키산 긴 담뱃대가 있었고 장식대 앞에는 네덜란드식 선반이 있었다. 식탁 위의 꽃과 과일 사이에 놓인 보헤미안 유리잔들은 마치 정원의 가스등 장식 같았다.

겨자 소스도 열 가지나 있었다. 다스파치오, 카레, 생강, 코르시카의 티티새, 로마식 라자냐를 먹고 립 프라올리, 토카이* 같은 귀한 포도주를 마셨다. 아르누는 손님들을 이렇게 호화롭게 접대하면서 뿌듯해했다. 각지의 귀한 요리를 준비

---

* 맑은 황금색에 향이 매우 좋은 백포도주. 드라이하고 뒷맛은 약간 쓰다.

하기 위해 우편 마차 마부들의 비위를 맞춰주었고, 맛있는 소스 만드는 법을 배우기 위해 요리사들과 친하게 지냈다.

프레데릭은 손님들과의 담소가 특히 즐거웠다. 디트메르의 동양 여행 이야기는 여행에 대한 그의 취향에 잘 들어맞았고, 로젠발트의 오페라 극장 이야기는 연극에 대한 호기심을 채워주었다. 그가 쾌활하게 이야기해주어서 집시 같은 위소네의 비참한 생활이 신기하고 재미있게 느껴졌다. 그는 네덜란드 치즈만으로 한겨울을 어떻게 보냈는지 생생하게 이야기해주었다. 로바리아스와 뷔리외가 피렌체파에 대해 논쟁하는 것을 들으며 걸작을 보는 눈을 기르고 시야를 넓힐 수 있었다. 프레데릭이 환희에 들떠 있을 때 펠르랭이 큰 소리로 말했다.

"구질구질한 현실에 대한 얘기는 다 집어치워요! 현실이 대체 뭐 어쨌다는 겁니까? 어떤 사람은 검게 보고 어떤 사람은 푸르게 보고, 대중의 눈에는 바보같이 보이죠. 미켈란젤로의 그림보다 자연스러움이 떨어지지는 않지만 강렬함은 없죠! 외적인 것에 신경 쓰는 건 현대 시대가 천박하고 저속해서 그런 겁니다. 이대로 나아가면 예술은 종교보다도 시적이지 않고 정치보다 재미없는 쓸모없는 것이 될 겁니다. 예술가가 아무리 기교를 부려도 소규모 작품에서는 예술의 진정한 목표, 그래요, 목표는 이룰 수 없을 겁니다. 우리에게 개인을 넘어선 감동을 주겠다는 그 목표요. 가령 저 바솔리에의 그림을 보십시오. 아름답고 화려하고 신선하고 유쾌한 느낌을 줍니다! 주머니에 넣고 여행할 수 있는 작은 그림이죠! 공증인들은 2만 프랑이나 주고 구입하겠지요. 그러나 철학적인 가치는 3수도 안 됩니다. 철학이 없으면 위대해질 수 없고, 위대하지 않다면 아름다움도 없습니다! 올림포스는 산입니다! 최고의 문화유산은 언제나 피라미드일 겁니다. 고상함보다는 화려함이, 길보다는 사막이, 이발사보다는 야만인이 낫습니다!"

프레데릭은 이 말을 들으면서 아르누 부인을 바라보고 있었다. 그의 말은 마치 용광로 속에 떨어진 금속처럼 프레데릭의 마음속에 떨어져 녹아 정열과 사랑의 힘을 부추겼다.

프레데릭은 아르누 부인으로부터 세 자리 건너에 앉아 있었다. 그녀는 딸에게 뭔가 말을 하려고 몸을 약간 숙이며 고개를 돌리기도 했다. 그때마다 미소 띤 얼굴에 보조개가 뚜렷이 나타나 따뜻하고 친절해 보였다.

식사가 끝나고 술이 나오자 그녀는 자리를 떴다. 대화는 노골적으로 흘렀다. 아르누가 특히 빛을 발했고, 프레데릭은 남자들의 뻔뻔함에 놀랐다. 동시에 이들도 여자에게 마음을 빼앗기고 있다는 생각에 알 수 없는 동질감을 느꼈다. 이들이

나 자신이나 똑같다는 생각이 들자 자신감이 생겼다.

응접실로 돌아온 프레데릭은 태연하게 테이블 위에 놓인 앨범을 펼쳤다. 당대 위대한 예술가들의 그림과 글, 시와 단순한 서명 등으로 가득했다. 유명한 이름도 있고 전혀 알지 못하는 이름도 있었다. 기발한 생각은 낙서처럼 표현되어 있을 뿐이다. 모두 아르누 부인에게 직접 보내는 찬사였다. 그였다면 두려워서 한 줄도 적지 못할 것 같았다.

아르누 부인은 방에서 프레데릭이 아까 벽난로 위에서 본, 은으로 된 자물쇠가 달린 상자를 가지고 왔다. 남편이 준 선물로, 르네상스 시대의 세공품이었다. 손님들은 아르누의 안목에 찬사를 늘어놓았고 아르누 부인은 그에게 감사를 표했다. 기분이 좋아진 아르누는 아내를 포옹했다.

이어서 손님들은 무리 지어 여기저기서 이야기를 나누었다. 멩시위 영감은 난로 옆 안락의자에 아르누 부인과 나란히 앉았다. 그녀는 몸을 굽혀 노인의 귀에 속삭였다. 두 사람의 얼굴이 맞닿을 것 같았다. 프레데릭은 명성과 백발을 가져서 부인과 저렇게 친해질 수만 있다면 귀가 먹고 힘이 빠진 추한 늙은이가 되어도 상관없다고 생각했다. 괜히 신경질이 났고 자신의 젊음이 원망스러워 화가 났다.

잠시 후 아르누 부인은 프레데릭이 서 있는 응접실 구석으로 오더니 오늘 손님들 중 누구를 아는지, 그림을 좋아하는지, 언제부터 파리에서 공부하고 있는지를 물었다. 그녀의 말 한 마디 한 마디가 그에게는 새로웠고 온전한 그녀 자신이었다. 그녀의 머리끈 끝자락이 맨 어깨에 스쳤다. 그는 그 모습을 뚫어지게 바라보았다. 그는 여성스러운 흰 피부에 영혼을 쏟아붓고 있었다. 그는 고개를 들어 아르누 부인을 똑바로 볼 엄두가 나지 않았다.

그때 로젠발트가 대화에 끼어들어 아르누 부인에게 노래를 불러달라고 했다. 로젠발트가 피아노를 쳤고, 그녀는 옆에서 조용히 기다리고 있었다. 그녀의 입술이 살며시 벌어지면서 맑은 목소리가 공기 중에 길게 흐르듯 울려 퍼졌다.

프레데릭은 이탈리아어 가사는 알아듣지 못했다.

노래는 마치 찬송가처럼 웅장한 리듬으로 시작되더니 차차 높아졌고, 강렬한 리듬이 몇 번 반복되더니 갑자기 조용해졌다. 이어서 다정한 멜로디가 다시 잔잔하게 울려 퍼졌다.

그녀는 건반 옆에 두 팔을 내린 채 허공을 바라보며 서 있었다. 이따금 악보를 읽기 위해 고개를 앞으로 내밀고는 눈을 깜빡였다. 그녀의 목소리가 낮아질 때는 가슴이 멜 정도로 구슬펐다. 그 순간 그녀는 긴 속눈썹을 한 채 이마를 어깨 쪽으로 숙이기도 했다. 그녀는 가슴을 부풀리고 두 팔을 벌려 목소리를 굴렸는데, 목은 마치 하늘로부터 키스라도 받는 것처럼 부드럽게 넘어갔다. 그녀는 날카로운 음을 세 번 낸 다음 낮은 소리를 한 번 내고는 다시 고음을 한 번 냈다가 잠시 쉬고는 길게 끌면서 노래를 마쳤다.

로젠발트는 피아노에서 떠나지 않고 자신을 위해 계속 연주했다. 손님들이 한 사람씩 돌아가기 시작했다. 열한 시가 되어 마지막까지 남아 있던 손님들도 자리에서 일어나자 아르누는 배웅해주겠다고 하면서 펠르랭과 함께 나갔다. 아르누는 식사 후에 한 바퀴 돌지 않으면 입안에 가시가 돋친다고 말하는 사람들 가운데 하나였다.

현관방에 나와 있었던 아르누 부인은 디트메르와 위소네가 인사를 하자 손을 내밀었다. 그녀는 프레데릭에게도 손을 내밀었다. 마치 그녀 손의 감촉이 피부 속 세포까지 파고드는 느낌이었다.

프레데릭은 혼자 있고 싶은 마음에 친구들과 헤어졌다. 가슴이 터질 것 같았다. 부인은 왜 손을 내밀었을까? 무심코 한 행동이었을까? 아니면 용기를 주려 한 것일까? 어리석긴! 아무렴 어때. 이제 언제든 그녀를 찾아갈 수 있고, 그 분위기에 젖어 살 수 있다는 게 중요했다.

거리는 조용했다. 짐마차가 이따금 묵직한 소리를 내면서 지나갔다. 창문이 닫혀 있는 회색 벽 집들이 늘어서 있었다. 그는 그녀가 이 세상에 존재한다는 사실조차 모른 채 저 벽 뒤에 누워서 자고 있는 사람들이 한심하게 느껴졌다.

그는 주변, 공간, 그 어느 것에도 더 이상 아무런 신경도 쓰지 않았다. 발꿈치로 바닥을 차고 지팡이로 가게 문을 탁탁 치면서 발길 닿는 대로 멍하니 끌려가는 것처럼 앞으로 걸어갔다. 습한 공기가 그를 감쌌다. 그는 자신이 강변에 와 있다는 걸 알아차렸다.

두 줄로 나란히 뻗은 가로등 불빛이 반짝이고 있었다. 붉은 불빛이 물속 깊은 곳에 길게 뻗어들며 흔들리고 있었다. 물은 검푸른색이었다. 밝은 하늘은 마치 강가 양쪽에 솟아 있는 큰 그림자에 떠받들려 있는 듯했다. 죽 늘어선 건물은 잘 보이지 않았으나 그 근처는 더욱 어두웠다. 흐릿한 빛을 띤 안개가 맞은편 강변 지붕 위에 드리워 있었다. 여러 소리가 하나의 소리로 뭉쳤고, 이따금 미풍이 살랑살랑 불었다.

그는 퐁네프 다리 한복판에서 걸음을 멈추고 모자를 벗은 다음 가슴을 열어 숨을 깊이 들이마셨다. 마음속 깊숙이 사랑의 샘이 솟아오르는 기분이었다. 마치 눈 아래에 흐르는 바다처럼 온몸을 적실 듯한 사랑의 샘이 교회의 큰 시계가 마치 그를 부르는 듯 조용히 한 시를 알렸다.

그는 한 단계 더 고차원적인 세계로 올라가듯 신비한 영혼의 전율에 사로잡혔다. 묘한 힘이 온몸에 넘쳐흘렀다. 위대한 화가가 될까, 아니면 위대한 시인이 될까. 그는 진지하게 생각했고 회화 쪽으로 길을 정했다. 회화 쪽이라면 아르누 부인과 연결될 것 같았다. 드디어 길을 찾았다! 목표가 분명해졌고 미래가 확실해진 듯했다.

그는 방으로 돌아와 문을 닫았다. 침실 옆 어두운 방에서 코 고는 소리가 들렸다. 친구였다. 그러나 신경 쓰지 않았다. 그는 거울 속 자신을 바라보았다. 잘생긴 얼굴이었다. 그는 잠시 그대로 자기 모습을 바라보았다.

5장

다음 날, 정오가 되기도 전에 프레데릭은 물감 통과 붓, 이젤을 구입했다. 펠르랭이 그림 지도를 해주겠다고 해서 그림 도구 중 빠진 게 없는지 봐달라고 하기 위해 그를 집으로 데려왔다.

데로리에가 돌아와 있었다. 젊은 남자 한 명은 두 번째 안락의자에 앉아 있었다. 서기는 젊은이를 가리키며 말했다.

"그 친구가 왔어! 여기! 세네칼이야."

프레데릭은 그 젊은 친구가 마음에 들지 않았다. 머리를 짧게 깎아서 그런지 이마가 매우 넓어 보였다. 회색빛 눈은 딱딱하고 차가운 느낌이 들었다. 긴 프록코트와 전체적인 분위기가 교육자나 성직자 같았다.

우선 최근의 화제, 특히 로시니의 〈슬픔의 성모〉에 대해 이야기를 나누었다. 세네칼은 질문을 받자 극장에는 절대로 가지 않을 거라고 선언했다. 펠르랭이 물감통을 열었다.

"이게 다 자네 건가?" 서기가 물었다.

"당연하지!"

"이런, 대단하군!"

데로리에는 수학 가정교사인 세네칼이 루이 블랑*의 저서를 읽고 있는 테이블 쪽으로 몸을 숙였다. 그는 자신이 가져온 책의 구절들을 나지막이 읽어주었다. 그동안 펠르랭과 프레데릭은 팔레트와 나이프, 튜브를 자세히 살펴봤다. 이어서 아르누의 집에서 보낸 저녁에 대한 이야기가 나왔다.

"그 미술상?" 세네칼이 물었다. "아주 형편없지."

"왜?" 펠르랭이 물었다.

그러자 세네칼이 말했다.

"정치적으로 야비한 짓을 해서 돈을 버니까."

세네칼은 왕실 가족이 백성을 교화하는 모습을 그린 유명 석판화에 대해 이야기하기 시작했다. 루이 필리프는 법전을, 왕비는 기도서를 손에 들고 있고, 공주들은 수를 놓고 있고,

---

* 프랑스의 사회주의자.

느무르 공작은 허리에 칼을 차고 있고, 주앵빌 공은 동생들에게 지도를 보여주고 있는 그림이었다. 안쪽으로는 이층침대가 놓여 있었다. '선량한 가족'이라는 제목의 이 그림은 부르주아층을 즐겁게 해주지만 애국자들은 눈살 찌푸리게 한다고 했다. 펠르랭은 마치 그 판화의 화가라도 되는 양 모든 의견이 존중받아야 한다고 했다. 그러자 세네칼이 반대 의견을 펼쳤다. 예술은 민중을 절대적으로 교화해야 하므로 도덕적인 주제만 표현해야 하고, 그 밖의 것들은 해를 끼칠 뿐이라고 주장했다.

"그런데 그건 어떻게 그리느냐에 달린 것 아닙니까?" 펠르랭이 큰 소리로 말했다. "나도 걸작을 그릴 수 있어요!"

"안됐지만 그럴 권리가 없……."

"뭐라고요?"

"아니, 내가 싫어하는 것에 억지로 관심 가지라고 할 권리가 없다는 거요! 아무리 공들인 작품이라 해도 거기서 아무런 이익도 얻을 수 없다면 그게 무슨 소용입니까? 예를 들어 비너스를 그린 그림이나 당신 같은 화가들이 잘 그리는 풍경화 말입니다. 민중에게 주는 교훈이라곤 전혀 없지요. 차라리 민중의 어려운 생활을 그리는 편이 나을 겁니다. 민중의 희생을 보고 우리가 열광하게 해달란 말이오. 소재야 넘치죠. 농촌,

작업장…….”

펠르랭은 화가 나서 말을 하지 못하다가 마침내 논점을 찾은 듯이 물었다.

“몰리에르는 인정합니까?”

“좋죠!” 세네칼이 말했다. “프랑스 대혁명의 선구자로서 존경합니다.”

“아! 대혁명! 대단한 예술이죠! 그보다 인정사정없는 시대는 없었으니까.”

“그만큼 위대한 시대도 없었죠, 선생님.”

펠르랭은 팔짱을 끼고 세네칼을 똑바로 바라봤다.

“국민군처럼 말하는군요!”

토론에 익숙한 상대가 말했다.

“난 국민군이 아닙니다! 나 역시 댁 못지않게 국민군의 논리를 싫어합니다. 군중을 타락시키니까요! 게다가 그건 정부 좋은 일만 시키는 거죠. 이런 한심한 패들의 암묵적인 동조가 없었다면 정부도 이렇게 강해질 수는 없었을 겁니다.”

화가는 세네칼의 의견에 화가 나서 상인을 두둔했다. 자크 아르누는 친구에게 헌신하고 아내를 사랑하는 진정으로 좋은 사람이라고 주장한 것이다.

“오! 오! 그자는 돈만 넉넉히 받으면 아내도 모델로 이용할 사람입니다."

프레데릭은 안색이 창백해졌다.

"그 사람이 당신에게 무슨 잘못이라도 했습니까?"

"내게요? 아뇨! 카페에서 친구와 같이 있는 걸 한 번 봤을 뿐입니다. 그게 다죠."

세네칼의 말은 사실이었다. 다만《공예미술》지의 광고가 거슬린다고 했다. 아르누는 민주주의에 악영향을 끼치는 세계를 대표하는 사람 같다는 것이었다. 엄격한 공화주의자인 세네칼은 우아한 것은 전부 부패한 것으로 봤고, 물질적인 것은 전혀 필요하지 않다고 생각했으며 대쪽 같은 청렴함을 중요시했다.

대화가 다시 이어지기는 힘들었다. 화가는 약속이 있다는 걸 기억해냈고, 가정교사는 학생이 기다리고 있다는 게 생각났다. 두 사람이 가고 나자 데로리에는 잠시 침묵을 지킨 뒤 아르누에 대해 이것저것 물었다.

"나중에 날 소개해줄 거지, 친구?"

"당연하지." 프레데릭이 말했다.

그리고 두 사람은 앞으로의 생활에 대해 이야기했다. 데로리에는 이미 어느 법률대리인 밑에서 수월하게 서기보가 되었고, 법과대학 등록도 마쳤으며 필요한 책도 모두 구입했다.

두 사람이 그토록 꿈꾸던 삶이 시작된 것이다.

두 사람의 생활은 청춘이라는 아름다움이 있기에 즐거웠다. 데로리에가 금전 문제에 대해서는 전혀 이야기하지 않았기 때문에 프레데릭 역시 아무 말도 하지 않았다. 비용은 전부 프레데릭이 부담하고 있었고, 옷장 정리도 집안일도 그가 맡고 있었다. 그러나 문지기에게 잔소리하는 일은 데로리에가 맡았다. 데로리에는 학교 시절처럼 보호자나 선배 역할을 계속했다.

두 사람은 종일 떨어져 있다가 저녁에 다시 만났다. 각자 난로 옆에 앉아서 할 일을 하다가 얼마 지나지 않아 하던 일을 멈추곤 했다. 서로의 마음속 이야기를 끝없이 나누다가 이유 없이 신나하기도 하고, 등불이 그을린다느니 책이 보이지 않는다느니 하며 다투기도 했지만, 말다툼은 잠시뿐이었고 곧 웃으면서 마음을 풀었다.

나무로 된 골방 문은 늘 열어두었고, 두 사람은 침대에 누워서도 이야기를 나누었다.

아침이면 셔츠 바람으로 발코니를 왔다갔다했다. 해가 떠오르고 강 위에 옅은 안개가 드리우면 강가의 꽃 시장에서 시끄러운 소리가 들려왔다. 두 사람이 피우는 파이프에서 날아오르는 연기가 부스스한 눈가를 시원하게 해주는 맑은 공기

속으로 흩어졌다. 그들은 그 공기를 들이마시면서 앞에 무한한 희망이 펼쳐져 있는 듯한 느낌을 받았다.

비가 오지 않는 일요일이면 함께 외출했다. 그들은 팔짱을 낀 채 거리를 돌아다녔다. 두 사람은 같은 생각을 동시에 떠올리거나 주변은 아랑곳하지 않고 열심히 이야기를 나누기도 했다. 데로리에는 사람들을 지배하기 위해 돈을 벌고 싶어했다. 많은 사람들의 마음을 움직이고 화제를 몰고 다니고, 비서 세 명을 두고 일주일에 한 번씩 정치가들을 불러 화려한 파티를 열고 싶어했다. 한편 프레데릭은 무어풍 궁전에서 캐시미어로 된 긴 의자에 누워 분수 소리를 들으면서 흑인 하인들의 시중을 받으며 사는 것이 꿈이었다. 그러나 이러한 꿈이 명확한 형태를 갖출수록 마치 그것들을 잃어버린 것처럼 우울해졌다.

"이런 이야기를 해봐야 무슨 소용이겠어. 이루지도 못할 텐데." 프레데릭이 말했다.

"이룰지 누가 알아?" 데로리에가 말했다.

데로리에는 민주적인 의견을 갖고 있었지만 프레데릭에게 당브뢰즈 집에 드나들라고 권했다. 프레데릭은 시도해봤지만 잘되지 않았다고 했다.

"뭐 어때! 다시 가보라고! 초대해줄 거야!"

3월 중순쯤 프레데릭과 데로리에는 액수가 꽤 큰 청구서를 여러 통 받았는데, 그중에는 저녁 식사를 배달해주는 음식점에서 보낸 청구서도 있었다. 프레데릭은 돈이 모자라서 데로리에에게 100에퀴를 빌렸다. 보름 뒤 프레데릭이 같은 부탁을 하자 서기는 쓸데없이 아르누의 가게에 드나드느라 돈을 많이 쓴 것 아니냐며 그를 나무랐다.

사실 프레데릭은 돈에 대해서는 절제하지 않았다. 베네치아, 나폴리, 콘스탄티노플의 풍경화가 세 벽면의 한가운데를 차지하고 있었고, 알프레드 드드뢰의 말 그림이 여기저기에 걸려 있었으며, 벽난로 위에는 프라디에의 작품이 놓여 있었고, 피아노 위에는《공예미술》지가 있었으며, 자들이 사방에 놓여 있어서 책 한 권을 펼치거나 팔꿈치를 움직이기도 힘들 정도였다. 하지만 프레데릭은 이 모든 것이 그림을 그리는 데 꼭 필요하다고 우겼다.

프레데릭은 펠르랭의 집에서 작업을 했다. 하지만 펠르랭은 신문에 실린 장례식이나 사건에 참석하는 습관이 있어서 외출할 때가 많았기 때문에 프레데릭은 아틀리에에서 몇 시간씩 혼자 보내곤 했다. 쥐가 돌아다니는 소리만이 들리는 아틀리에의 고요함, 천장에서 비쳐드는 햇빛, 스토브 위에서 끓는 물소리에 그는 지적인 편안함을 느꼈다. 그러면 잠시 그림 그리기를 멈추고 칠이 벗겨진 벽, 선반 위 골동품, 먼지가 벨벳처럼 덮인 석고 상반신상을 바라봤다. 그러다 보면 마치 숲 한가운데서 길을 잃었을 때 계속 한곳으로 되돌아오게 되는 것처럼, 머릿속으로 여러 가지 생각을 하다가도 꼭 아르누 부인을 떠올렸다.

그는 그녀를 찾아가는 날을 정했다. 2층으로 올라가 문 앞에 설 때면 초인종 누르기를 주저했다. 발소리가 다가와 문이 열리고 "마님은 외출하셨습니다."라는 말을 들으면 마음의 짐을 덜어낸 듯 해방감을 느꼈다.

하지만 그녀를 만날 때도 있었다. 첫날은 다른 부인 세 명이 찾아와 있었고, 어느 날 오후에는 마르트의 가정교사가 와 있었다. 더구나 아르누 부인이 접대하는 남자들이 있어서 그녀를 만날 틈이 없었다. 그도 조심하기 위해 다시는 찾아가지 않았다.

하지만 그는 수요일마다 목요일 저녁 식사에 초대받았으면 하는 기대를 품고 공예미술사에 얼굴을 비쳤다. 판화를 보거나 신문을 읽는 척하면서 누구보다도 늦게까지, 심지어 르쟁바르보다도 더 늦게까지 있었다. 마침내 아르누가 물었다. "내일 저녁에 시간 있나?" 프레데릭은 말이 끝나기도 전에 그렇다고 대답했다. 아르누는 그에게 호감이 있는 것 같았다.

포도주 구별하는 법을 가르쳐주거나 펀치 데우는 법과 멧도요 수프 만드는 법을 알려주기도 했다. 아르누 부인과 관계된 거라면 가구건 하인이건 집이건 그 거리건 모든 것을 좋아하고 싶었기에 그의 가르침을 순순히 받아들였다.

저녁 식사를 하면서 프레데릭은 거의 입을 열지 않았다. 그저 그녀를 바라볼 뿐이었다. 그녀의 오른쪽 관자놀이에는 작은 점이 있었다. 이마에서 쓸어 넘겨 가운데 가르마를 탄 부분은 다른 부분의 머리카락보다 검었고 가장자리는 늘 촉촉했다. 그녀는 이따금 두 손가락으로 그곳을 살짝 눌렀다. 그는 그녀의 손톱 모양 하나하나를 기억했다. 그녀가 문 옆을 지나갈 때 비단 옷이 사각거리는 소리에도 무한한 기쁨을 느꼈다. 그녀의 손수건에서 나는 향기를 슬쩍 맡기도 했다. 그녀의 빗과 손수건, 반지는 그에게는 특별한 물건이었고 예술품처럼 소중했으며 살아 있는 인간처럼 생기 넘치는 존재였다. 이 모든 것이 그의 마음을 사로잡았고, 그의 사랑은 더욱 커져만 갔다.

그는 이러한 사랑의 마음을 데로리에에게 숨길 수가 없었다. 아르누 부인의 집에서 돌아올 때면 그녀에 대해 이야기하고 싶어서 마치 실수인 듯 데로리에를 깨웠다.

싱크대 옆 땔감 방 안에서 자고 있던 데로리에는 길게 하품을 했다. 프레데릭은 그의 침대 발치에 앉았다. 처음에는 식사에 대해 이야기한 다음 부인이 자신을 무시하는 것 같다느니 자신에게 애정이 있는 것 같다느니 하며 별 의미 없는 시시콜콜한 이야기를 했다. 한번은 부인이 자신의 팔을 거절하고 디트메르의 팔을 잡았다며 섭섭해했다.

"아! 정말 바보 같아!"

어느 날은 그녀가 프레데릭을 '친구'라고 부른 날도 있다고 했다.

"자, 기운 내라고!"

"하지만 그럴 기분이 아니야." 프레데릭이 말했다.

"그럼 더 이상 생각하지 말라고. 잘 자게."

데로리에는 벽 쪽으로 돌아누워 잠들었다. 그는 그저 사춘기 때의 바보 같은 짓으로만 보이는 그의 사랑을 이해하지 못했다. 데로리에는 프레데릭에게 자기 말고 다른 친구도 필요할 것 같다는 생각이 들어서 일주일에 한 번씩 두 사람 모두 아는 친구를 부르기로 결심했다.

친구들은 토요일 저녁 아홉 시쯤 찾아왔다. 알제리풍 커튼 세 장을 정성스럽게 쳐놓았고, 불이 켜진 등불과 촛대 네 개가 밝게 빛나고 있었다. 테이블 한가운데에는 맥주병, 찻주전자, 럼주 병, 작은 과자를 놓고, 그 사이에 파이프를 가득 꽂은 담뱃갑을 놓았다. 그리고 영혼의 불멸성에 대해 토론하기도 하고, 교수들을 비교하기도 했다.

어느 날 저녁 위소네가 키 큰 청년을 한 명 데려왔다. 소매가 아주 짧은 프록코트를 입은 청년은 어쩔 줄 몰라하고 있었다. 작년에 위소네와 프레데릭이 위병소로 가서 석방시켜주려고 했던 그 청년이었다.

그때 이 청년은 경찰과 맞붙으면서 상자를 잃어버리는 바람에 주인에게 절도죄로 고소한다는 위협을 받았으나 지금은 운송부에서 일한다고 했다. 오늘 아침 위소네는 어느 골목 모퉁이에서 우연히 뒤사르디에와 마주쳤는데, 그가 그때 '같이 있었던 친구'를 만나고 싶다고 해서 데려온 것이었다.

청년은 프레데릭에게 시가가 가득 든 케이스를 내밀었다. 언젠가 돌려줄 수 있을 거라는 희망으로 소중히 간직했다고 한다. 그들은 이 청년에게 앞으로도 들르라고 했다. 청년은 빠지지 않고 들렀다.

모두들 마음이 잘 맞았다. 우선 공통적으로 정부에 대해 증오심을 갖고 있었다. 마르티농만이 루이 필리프를 변호했으나, 파리의 성벽 공사, 9월의 치안 법령, 프리차드, 기조 경에 대해 모두가 신문과 같은 어조로 맹비난하자 자신이 누군가를 기분 상하게 할까봐 입을 다물었다. 마르티농은 7년 동안 고등학교를 다니면서 벌을 받아본 적이 없었고, 법과대학에서도 교수들의 비위를 맞춰주었다. 평소에는 누런 잿빛 프록코트를 입고 종아리까지 오는 고무장화를 신고 다녔다. 그런데 어느 날 그는 깃 달린 벨벳 조끼에 흰색 넥타이에 금술 장식을 내려뜨린, 마치 새신랑 같은 차림으로 나타났다.

더구나 그가 당브뢰즈의 집에서 오는 길이라고 하자 모두 놀랐다. 사실 은행가 당브뢰즈는 최근에 마르티농의 아버지로부터 광대한 임야를 일부 구입했다고 한다. 그때 그의 아버지가 당브뢰즈에게 아들을 소개했고, 당브뢰즈가 두 사람을 저녁 식사에 초대한 것이다.

"송로버섯 요리가 많이 나왔지?" 데로리에가 물었다. "다른 방으로 갈 때 격식대로 그 부인을 포옹했나?"

그러자 대화는 여자 이야기로 옮겨갔다. 펠르랭은 아름다운 여자가 있다는 것을 인정하지 않았다.(차라리 호랑이가 낫다고 했다.) 게다가 인간의 암컷은 미적 서열에서도 하위라고 했다.

"자네들을 유혹하는 건 특히 여자에 대한 엉큼한 상상이지. 그러니까 가슴이나 머리카락이나……."

"하지만." 프레데릭이 반박했다. "검고 긴 머리에 커다란 검은 눈은……."

"오! 뻔한 소리." 위소네가 큰 소리로 말했다. "잔디밭에 누워 있는 안달루시아 여자는 지긋지긋해! 고전적이라고? 정신 차려! 농담 말라고! 밀로의 비너스보다는 거리의 여자가 흥미롭지. 자, 갈리아식으로 해보자고, 젠장! 할 수 있다면 오를레앙 공의 섭정 시대*도 좋고. '흘러라, 포도주여, 여인이여, 미소를!' 갈색 머리에서 금발로 변해야지. 뒤사르드디에 영감 의견은?"

뒤사르드디에는 대답하지 않았다. 모두들 그의 취향을 알고 싶어서 재촉했다.

"글쎄요." 그는 얼굴을 붉히며 말했다. "난 평생 한 여자만을 사랑하고 싶어요."

진지한 대답에 모두 잠시 조용해졌다. 그 순진함에 놀라는 사람도 있었고, 자신도 영혼 깊숙이 같은 바람을 갖고 있다는 걸 확인한 사람도 있었다.

세네칼은 벽난롯가에 맥주잔을 내려놓더니 매춘은 독재이고 결혼은 부도덕하다면서 금욕이 낫다고 단호하게 말했다. 데로리에는 여자는 그저 남자를 즐겁게 하는 대상에 지나지

---

* 루이 14세가 죽고 루이 15세가 왕위에 올랐는데 나이가 어려 오를레앙 공 필리프 2세가 고등법원으로부터 섭정자로 임명되어 전권을 얻었다.

않는다고 생각했다. 시지는 여자에 대해 갖가지 두려움을 품고 있었다.

헌신적인 할머니의 손에서 자란 시지는 이러한 청년들의 모임이 유곽처럼 유혹적이면서 소르본 대학처럼 교육적이라고 생각했다. 모두들 그를 가르치는 데 여념이 없었고, 시지는 담배를 피우면 속이 메슥거릴 것을 알면서도 담배에 익숙해질 때까지 열심히 연습하고 싶어했다. 프레데릭은 시지를 기꺼이 보살폈다. 프레데릭은 그의 넥타이 색조와 외투에 달린 털, 장갑처럼 얇고 섬세하며 깨끗한 장화에 감탄했다. 그의 마차가 길에서 그를 기다리고 있었다.

어느 날 밤 시지가 돌아가자 눈이 내렸다. 세네칼은 그의 마부를 동정했다. 그러고는 노란 장갑을 낀 귀족과 경마 기수 클럽을 맹비난했다. 세네칼은 이런 귀족들보다 노동자 한 사람을 더욱 존중했다.

"적어도 난 일을 한다고! 가난하니까."

"그렇게 보여." 결국 프레데릭이 듣다못해 한마디했다.

이 말에 가정교사는 그에게 앙심을 품었다.

그러나 르쟁바르가 세네칼을 조금 안다고 했던 적이 있었고, 아르누의 친구인 르쟁바르에게 예의를 지키고 싶었던 프레데릭은 세네칼에게 토요일마다 열리는 모임에 참석해달라고 했다. 두 애국자의 만남은 즐거웠다.

그러나 두 사람은 서로 달랐다.

세네칼은 날카로운 지성을 지녔지만 체계만 중시했다. 반대로 르쟁바르는 사실을 사실로만 보았다. 르쟁바르의 최대 근심은 라인 국경이었다. 그는 포술에 대해 잘 안다고 했고, 이공계 대학의 재단사에게서 양복을 맞춰 입었다.

첫날에 과자가 나오자 르쟁바르는 과자는 여자나 먹는 거라면서 경멸하듯 어깨를 으쓱했다. 그 후에도 그는 계속 무뚝뚝하게 굴었다. 논쟁이 열기를 띠면 그는 "유토피아는 그만, 꿈도 그만!"이라고 중얼거렸다. 예술에 대한 그의 의견은(그는 여러 아틀리에에 들락거리면서 호의를 베풀듯이 펜싱을 가르치기도 했다.) 전혀 탁월하지 않았다. 마라* 씨의 문체를 볼테르에 비유했고, '진실함이 있는' 폴란드에 관한 서정 단시를 예로 들며 바트나 양을 스탈 부인에 비교했다. 결국 모두 그에게 질리고 말았다. 특히 이 공화주의자 시민이 아르누와 가까운 사이여서 데로리에는 더욱 못마땅했다. 그러나 속으로는 도움이 될 친구를 사귀기 위해 아르누의 집에 드나들고 싶었다. "언제 날 그곳에 데리고 갈 건가?" 서기는 늘 재

---

* 프랑스의 혁명 정치가.

촉했다. 하지만 아르누는 일로 너무 바쁘거나 여행 중이었고, 저녁 식사 모임은 곧 끝날 시간이라 굳이 찾아갈 필요가 없어지곤 했다.

친구를 위해 목숨을 걸어야 할 일이 있다면 프레데릭은 망설이지 않았을 것이다. 그러나 지금까지 멋지게 보이기 위해 말투와 행동, 복장까지 신경 써가며 공예미술사에 갈 때는 장갑도 깨끗한 걸로 낄 정도였기에, 프레데릭은 검은색 낡은 양복 차림인 데로리에의 검사 같은 태도와 건방진 말투 때문에 부인이 불쾌해할까봐 두려웠다. 이 때문에 프레데릭의 인상마저 덩달아 안 좋아질 수 있었고, 그녀가 그도 같은 부류로 보아 경멸할 수도 있었다. 다른 사람이라면 기꺼이 데려갔을 텐데 데로리에는 좀 곤란했다. 프레데릭이 계속 아무 말이 없자, 서기는 그가 약속을 지킬 마음이 없다는 걸 눈치챘다. 프레데릭의 침묵은 그에게 심한 모욕이었다.

또한 데로리에는 프레데릭을 강하게 이끌어주고 싶었고 젊은 시절 두 사람이 품었던 이상처럼 프레데릭이 발전하는 모습을 보고 싶었는데, 지금은 그저 빈둥거리고만 있는 그를 보고 있자니 자신에게 반항 혹은 배반을 하는 것 같아 화가 치밀었다. 프레데릭은 아르누 부인에 대한 생각으로 가득 차서 그녀의 남편 이야기를 자주 했다. 데로리에는 그를 질리게 하려고 바보 같은 말버릇처럼 하루에 백 번도 넘게 말끝마다 아르누의 이름을 붙이기로 했다. 프레데릭이 문을 노크하면 데로리에는 "네, 들어오십시오, 아르누 씨."라고 대답했다. 식당에서는 "아르누 씨처럼" 브리 치즈를 주문했고, 밤에는 악몽에 시달리는 척하며 "아르누! 아르누!" 하면서 친구를 깨웠다. 어느 날 더 이상 참다못한 프레데릭은 데로리에에게 애원했다.

"그 아르누 소리 좀 그만해!"

"절대 그럴 수는 없지!" 서기가 대답했다. "언제나 그! 어디서나 그의 모습! 뜨겁고 차가운 그! 아르누의 모습……."

"그만해!" 프레데릭이 주먹을 치켜들고 외쳤다. 그러고는 다시 부드럽게 말했다.

"내게는 괴로운 일이야, 알잖아."

"오! 미안, 미안." 데로리에가 머리를 푹 숙이며 대답했다. "아가씨의 비위를 건드리지 않도록 하지. 조심하겠네. 정말 미안해!"

농담은 그렇게 끝났다.

그런데 석 주 뒤 어느 날 저녁, 데로리에가 말했다.

"나 좀 전에 봤어, 아르누 부인 말이야!"

"어디서?"

"재판소에서. 소송대리인 발랑다르와 함께 있더군. 갈색 머리에 키는 중간 정도지?"

프레데릭이 고개를 끄덕였다. 그는 데로리에가 무슨 말을 할지 기다렸다. 조금이라도 칭찬의 말이 나오면 속마음을 다 털어놓고 그를 끌어안을 생각이었다. 하지만 데로리에는 입을 다물고 있었다. 결국 프레데릭은 견디다 못해 그녀를 어떻게 생각하느냐며 무심한 척 물었다.

"괜찮긴 한데 특별한 점은 없었어." 데로리에가 말했다.

"아! 그렇군." 프레데릭이 말했다.

두 번째 시험 기간인 8월이 왔다. 시험 준비는 보름이면 충분할 거라고들 했다. 프레데릭은 자신의 실력에 자신만만해하며 소송 절차법의 기본서 네 권, 형법 기본서 세 권, 형사소송법 몇 장, 퐁슬레가 주석을 단 민법의 일부를 단숨에 읽었다. 시험 전날 밤에 데로리에가 요점을 뽑아 따로 복습을 시켜주었다. 복습은 다음 날 아침까지 계속되었다. 마지막 십오 분까지 낭비하지 않기 위해 학교에 가는 도중에도 데로리에는 프레데릭에게 주요 내용을 질문했다.

시험이 한꺼번에 몰려 있어서 학교 운동장에는 사람들이 많았다. 위소네와 시지도 보였다. 친구가 시험을 보면 반드시 와주는 친구들이었다. 프레데릭은 규칙대로 검은색 가운을 입고 다른 수험생과 함께 많은 사람들을 따라 커다란 방으로 들어갔다. 실내는 커튼이 없는 창에서 햇빛이 비쳐 들어오고 있었고, 벽 옆에는 벤치가 쭉 놓여 있었다. 수험생과 시험관들 사이에 초록색 융단을 씌운 테이블이 있었다. 붉은색 가운을 입은 시험관들은 모두 흰색 족제비 가죽으로 된 견장을 왼쪽 어깨에 늘어뜨리고 있었고, 금술 장식이 달린 챙 없는 모자를 쓰고 있었다.

프레데릭의 차례는 끝에서 두 번째로, 불리한 위치였다. 합의와 계약의 차이점에 관한 첫 번째 질문에 프레데릭은 그만 바꿔서 정의를 내리고 말았다. 관대한 교수는 "당황하지 말고 침착하세요!"라고 말하고는 비교적 쉬운 문제를 냈다. 그러나 그는 쉬운 두 문제를 제대로 풀지 못하고 네 번째 문제로 넘어갔다. 그는 형편없는 시작에 기가 죽었다. 정면 방청석에 앉은 데로리에가 아직은 희망이 있다고 신호를 보냈다. 형법에 관한 두 번째 질문에서 프레데릭의 답변은 그럭저럭 무난했다. 하지만 비밀 유언장에 관한 세 번째 질문 다음에 시험관이 계속 냉정한 태도를 보이자 그는 더욱 불안했다. 위소네는 박수라도 칠 것처럼 두 손을 앞으로 모으고 있었고, 데로리에는 양어깨를 으쓱거렸다. 마침내 소송 절차법에 대한 질문에 대답해야 하는 순간이 왔다! 제삼자의 이의 신청에 관한 질문이었다. 교수는 프레데릭이 자신의 주장과 반대되는 의견을 내놓자 퉁명스럽게 물었다.

"자네 의견인가? 민법 1351조 원칙과 자네의 그 특이한 항의법을 어떻게 맞출 건가?"

전날 밤에 한잠도 못 잔 탓인지 프레데릭은 머리가 몹시 아팠다. 덧문 사이로 새어 들어오는 햇빛이 느껴졌다. 그는 의자 뒤에 서서 몸을 흔들며 콧수염을 잡아당겼다.

"자네의 대답을 기다리고 있네." 금술 장식이 달린 모자를 쓴 교수가 말했다.

그의 행동이 거슬렸는지 교수가 비꼬듯 말했다.

"수염을 만져봐야 대답이 나오지는 않네."

방청석에서 웃음소리가 들렸다. 교수는 의기양양한 기분이 들었다. 소환장과 약식 재판에 대한 질문 두 가지가 이어졌고, 교수는 됐다는 듯이 고개를 끄덕였다. 이렇게 해서 공개 심사는 끝났다. 프레데릭은 정문 입구로 나왔다.

수위가 그에게서 가운을 벗겨 다른 사람에게 입히는 동안 친구들이 주변에 모여들어 시험 결과에 대해 상반된 의견을 밝혔다. 프레데릭은 정신이 없었다. 얼마 후 시험장 입구에서 힘찬 목소리로 시험 결과가 발표되었다. "3번 불합격!"

"이제 끝났어!" 위소네가 말했다. "돌아가자고!"

수위실 앞에서 프레데릭 일행은 마르티농과 마주쳤다. 그는 흥분한 얼굴로 눈에는 미소를 머금고 있었고 이마에는 승리의 빛이 역력했다. 그는 마지막 시험을 무사히 통과하고 오는 길이었다. 논문만 통과하면 2주도 안 되어 학사 자격을 얻게 된다. 그의 가족은 어느 장관과 알고 지냈다. 마르티농에게는 '눈부신 미래'가 펼쳐져 있었다.

"어쨌든 저 녀석이 널 이겼군." 데로리에가 말했다.

자신이 실패한 일을 바보가 성공하는 모습을 보는 것만큼 치욕적인 패배는 없었다. 프레데릭은 화를 내며 상관없다고 했다. 자신의 야심은 더 크다고 했다. 위소네가 가려고 하자 프레데릭은 그를 따로 불러 이렇게 말했다.

"그 집에 가서 오늘 일은 이야기하지 말아줘!"

아르누는 다음 날 독일로 여행을 떠나기 때문에 비밀을 지키는 건 쉬웠다.

그날 저녁 집으로 돌아온 서기는 프레데릭이 이상하게 달라져 있는 것을 느꼈다. 프레데릭은 발끝으로 빙글빙글 돌기도 했고 휘파람을 불기도 했다. 친구가 놀란 눈으로 바라보자 그는 여름방학에는 어머니 집으로 가지 않고 공부를 할 거라고 했다.

솔직히 프레데릭은 아르누가 여행을 간다는 소식에 기뻤

다. 아르누의 집에도 마음대로 찾아갈 수 있고, 찾아가도 방해받을 걱정이 없어졌다. 확실히 안심할 수 있다는 생각에 용기가 났다. 이제는 그녀에게서 멀리 떨어져 있지도, 헤어져 있지도 않을 것이라는 확신이 들었다! 쇠사슬보다 강한 것이 그를 파리에 묶어놓고 있었고, 마음속 목소리가 그에게 남아 있으라고 외쳤다.

그러나 이를 방해하는 장애물들이 있었다. 프레데릭은 장애를 극복하기 위해 어머니에게 편지를 썼다. 우선 시험에 합격하지 못했다고 솔직히 알렸고, 시험 과목이 변경되어서 부당한 결과가 나왔다고 했다. 그리고 유명한 변호사 모두(프레데릭은 그 변호사들의 이름을 나열했다.) 시험에 실패한 경험은 있다고 덧붙였다. 11월에 다시 시험을 볼 생각이고, 시간을 절약하기 위해 올해에는 집에 가지 않겠다고 썼다. 또한 석 달 치 생활비와 법률에 관한 개인 과외비 250프랑을 더 보내달라고 부탁했다. 편지는 후회하는 마음, 미안한 마음, 응석, 어머니에 대한 애정으로 그럴듯하게 꾸몄다.

아들을 기다리고 있던 모로 부인은 그다음 날 편지를 읽고 실망했다. 그녀는 아들이 시험에 떨어졌다는 이야기를 아무에게도 하지 않고 '어쨌든 집으로 와라.'라고 답장을 썼다. 하지만 그가 따르지 않자 어머니와 갈등이 생겼다. 하지만 그가운데서도 그는 주말에 석 달 치 생활비와 개인 교습비를 받았는데, 진주색 바지와 흰색 펠트 모자, 황금 손잡이가 달린 지팡이를 사는 데 그 돈을 모두 써버렸다.

모든 것이 갖춰졌다.

'혹시 이발사같이 보이는 건 아닐까?' 하고 그는 생각했다.

갑자기 망설여졌다.

프레데릭은 아르누 부인의 집에 갈지 말지를 정하기 위해 동전을 세 번 공중에 던져 모았고 결과는 긍정적이었다. 운명이었다. 그는 마차를 타고 슈아젤 거리로 갔다.

마차에서 내린 그는 계단을 힘차게 올라가 초인종 끈을 잡아당겼다. 그런데 소리가 나지 않자 쓰러질 것 같았다.

그는 붉은색 비단 줄을 다시 세게 잡아당겼다. 벨소리가 울리더니 더 이상 아무 소리도 나지 않았다. 그는 겁이 났다.

그는 문에 귀를 대보았다. 숨소리 하나 들리지 않았다! 열쇠 구멍으로 들여다보니 현관방의 벽지 무늬 중 갈대 두 대의 끝만 보였다. 어쩔 수 없이 발길을 돌렸다. 하지만 생각을 고쳐먹고 이번에는 가볍게 노크를 했다. 문이 열렸다. 문지방 위로 아르누가 나타났다. 그는 머리가 부스스하고 얼굴이 벌건 것이 기분이 안 좋아 보였다.

"무슨 일인가? 들어오게!"

아르누는 프레데릭을 응접실도 자기 방도 아닌 식당으로 안내했다. 식탁 위에는 샹파뉴산 포도주 병과 잔 두 개가 놓여 있었다. 아르누가 무뚝뚝한 목소리로 물었다.

"내게 용건이라도 있나?"

"아뇨! 별일 아닙니다." 프레데릭은 변명거리를 찾느라 말을 더듬었다.

마침내 프레데릭은 위소네의 말을 듣고 아르누가 독일 여행을 떠났다고 생각해 소식이 궁금해서 와본 거라고 말했다.

"아냐!" 아르누가 대답했다. "어디서 엉뚱한 소리나 듣고 이야기하고 다니다니 그 사람도 참 경솔하군그래!"

프레데릭은 혼란스런 마음을 감추기 위해 식당을 왔다갔다했다. 그러다 의자 다리에 발이 걸리면서 의자 위에 있던 양산이 떨어져 상아로 된 손잡이가 부러졌다.

"이런!" 프레데릭이 외쳤다. "죄송합니다. 부인의 양산을 부러뜨렸군요."

이 말에 상인은 고개를 들고 묘한 미소를 지었다. 기회가 오자 프레데릭은 조심스럽게 아르누 부인 이야기를 꺼냈다.

"부인을 좀 뵐 수 있을까요?"

아르누는 아내가 친정어머니 병문안을 하러 고향에 갔다고 했다. 프레데릭은 부인이 언제쯤 돌아오는지 물을 용기가 나지 않았다. 그저 부인의 고향이 어디인지만 물었다.

"샤르트르! 놀랐나?"

"제가요? 아뇨! 왜 놀라겠습니까? 전혀 아닙니다!"

그러고는 둘 다 말이 없었다. 아르누는 담배를 말아 피우면서 테이블 주위를 돌았다. 프레데릭도 난로 앞에서 벽과 선반, 마룻바닥을 바라봤다. 부인의 매력적인 모습이 프레데릭의 눈앞이 아닌 기억 속에 어른거렸다. 마침내 그는 이만 돌아가기로 했다.

동그랗게 말린 신문지가 대기실 바닥에 떨어져 있었다. 아르누가 신문을 주워서 발돋움하더니 초인종 벨이 울리는 곳 안에 끼워 넣었다. 그리고 중간에 낮잠을 깨서 더 자야겠다면서 프레데릭의 손을 잡더니 이렇게 말했다.

"부탁이니 문지기에게는 내가 없다고 해주게."

그러고는 등 뒤로 문을 쾅 닫았다.

프레데릭은 계단을 하나씩 내려갔다. 첫 번째 시도가 허무하게 실패로 돌아가자 앞으로의 기대마저 무너졌다. 지루한 석 달이 시작되었다. 그는 하는 일이 아무것도 없다 보니 무력감에 우울해졌다.

그는 발코니에서 잿빛 강변 사이로 흐르는 강을 바라보며 몇 시간씩 앉아 있었다. 하수구가 강변 여기저기에 검은 얼룩을 만들었다. 세탁 배가 매여 있었다. 아이들이 강변 진창에 나와 삽살개와 함께 장난치는 모습이 보이기도 했다. 노트르담 돌다리, 공중에 붕 뜬 것 같은 다리 세 개가 왼쪽에 보였고, 오조름 강변 쪽을 향해 몽트로 부두의 울창한 보리수 숲이 보이기도 했다. 생자크 탑, 시청, 생제르베 성당, 생루이, 생폴 등이 맞은편에 솟아 있었고, 주변으로 지붕들이 잡다하게 보였다. 동쪽에는 7월 혁명 기념탑이 커다란 황금 별처럼 빛났다. 반대쪽 끝에는 튈르리의 둥근 지붕이 하늘을 배경으로 육중한 푸른색 모습을 드러냈다. 저 너머는 아르누 부인의 집이 분명했다.

그는 방으로 돌아와 긴 의자에 누워 작품 구상을 하고, 앞으로의 행동과 미래 계획에 대해 이런저런 생각을 해봤다. 이윽고 더 이상 생각에만 빠져 있기 싫어 밖으로 나갔다.

그는 발길 닿는 대로 걷다가 라탱 구에 이르렀다. 평소에는 무척 소란스럽지만 학생들이 모두 고향으로 돌아갔기 때문에 쓸쓸하고 조용했다. 학교의 높은 벽이 침묵으로 길게 뻗어 있는 것처럼 더욱 우울해 보였다. 새장 속의 새가 푸드덕거리는 소리, 물레 소리, 구두수선공의 망치 소리 같은 갖가지 평화로운 소리가 들렸다. 거리 한복판에서는 옷 장수들이 창문마다 쳐다보며 옷을 팔려고 했으나 허탕만 쳤다. 텅 빈 계산대 구석에는 계산대를 보는 여자가 물병 사이에 앉아 하품을 하고 있었다. 도서관 책상 위에는 신문이 잘 정리되어 쌓여 있었다. 세탁소의 다림질 작업장에서는 속옷이 더운 바람에 휘날리고 있었다. 그는 헌책방 앞에서 발걸음을 멈췄다. 보도 바로 옆을 지나가는 마차를 무심히 쳐다보기도 했다. 뤽상부르 공원 앞에 도착해서는 더 이상 멀리 가지 않았다.

기분 전환을 하려고 대로 쪽으로 향할 때도 있었다. 습하지만 시원한 바람이 불어오는 어두운 골목들을 지나 한산한 광장에 도착하면, 햇빛이 눈부시게 비쳤고 기념물들은 길가에 톱니바퀴 같은 그림자를 드리웠다.

그러나 마차와 가게들이 다시 나타났고 사람들이 많아서 정신이 없었다. 특히 일요일에는 바스티유에서 마들렌 성당까지 많은 인파가 아스팔트 위 먼지 속에서 끝없이 웅성거리는 소리를 냈다. 천박한 얼굴들, 바보 같은 대화 내용, 땀투성이 이마에 흐르는 바보 같은 만족감을 보며 프레데릭은 구역질을 느꼈다!

그러나 생각을 바꿔 이런 사람들보다는 자신이 더 우월하다고 생각하자 그들을 보는 게 아까보다는 덜 피곤했다.

그는 매일 공예미술사에 갔다. 그리고 부인이 언제 돌아오는지 알아내기 위해 그녀 어머니의 상태를 길게 물어보기도 했다. 그때마다 아르누는 훨씬 나아졌다고 하면서 아내는 딸을 데리고 이번 주에는 돌아올 거라고 했다. 아르누 부인이 돌아오는 날이 늦어질수록 프레데릭은 불안했다. 그의 마음 씀씀이에 감동받은 아르누는 대여섯 번 저녁을 대접해주었다.

오랫동안 이야기를 나누면서 프레데릭은 미술상 아르누의 기분이 처져 있다는 것을 알았다. 아르누도 그런 자신의 모습을 알고 있었다. 프레데릭에게는 아르누를 초대해 답례할 기회가 생겼다.

초대 준비를 제대로 하기 위해 프레데릭은 새 옷을 모두 중고상에 팔아 80프랑을 벌었다. 여기에 가지고 있던 100프랑을 합해 아르누를 저녁에 초대하기 위해 방문했다. 마침 르쟁바르가 와 있었다. 세 사람은 레스토랑 트루아프레르프로방소에 갔다.

르쟁바르는 먼저 프록코트를 벗은 다음 프레데릭과 아르누가 당연히 사양할 것이라고 생각하고는 직접 메뉴를 정했다. 그러나 르쟁바르는 주방까지 가서 주방장에게 이야기하고, 속속들이 아는 포도주 창고까지 내려가기도 하고, 주인을 불러 야단치기까지 했지만, 결국 음식에도 포도주에도 서비스에도 만족하지 못했다. 음식이 새로 나오고 포도주가 새로 나와도 르쟁바르는 한입 먹어보거나 한 모금 마시고는 포크를 놓고 잔을 밀어버렸다. 그는 팔을 쭉 뻗어 식탁보에 팔을 괴고는 "파리에는 이제 먹을 것이 없어."라고 중얼거렸다. 뭐가 입에 맞을지 알 수 없었던 르쟁바르는 '그냥 간단히' 오일에 볶은 강낭콩을 주문했고, 그나마 먹을 만했는지 기분을 좀 푸는 듯 보였다. 그러더니 그는 종업원을 붙잡고 전에 여기서 일하던 다른 종업원들에 대해 물었다. "앙투안은 어떻게 되었나? 외젠은? 늘 아래층에서만 일하던 테오도르는? 그때는 음식이 정말 맛있고 훌륭했는데. 다시 보기 힘든 부르고뉴 포도주도 몇 병이나 있었다고."

그다음 화제는 교외의 토지 시세였다. 아르누가 자신 있게 투자한 사업이었다. 그러나 지금은 이자만큼 손해를 보고 있었다. 그가 그 어떤 가격에도 팔 생각이 없다고 하자 르쟁바르는 좋은 상대를 소개해주겠다고 했다. 두 사람은 디저트를 다 먹을 때까지 연필을 들고 열심히 계산에 몰두했다.

세 사람은 소몽 골목 2층에 있는 작은 카페에 커피를 마시러 갔다. 프레데릭은 두 사람이 맥주를 마시고 당구에 몰두하는 모습을 서서 보고만 있었다. 왜인지는 모르겠으나 뭔가 사랑에 도움이 될 만한 일이 생기지 않을까 하는 막연한 희망을 품은 채 소심하고도 어리석게 자정까지 머물렀다.

언제쯤 그녀를 다시 만날 수 있을까? 그는 거의 체념한 상태였다. 그런데 11월 말의 어느 날 밤 아르누가 말했다.

"어제 아내가 돌아왔어!"

프레데릭은 다음 날 다섯 시에 아르누 부인의 집으로 갔다. 먼저 중태였던 어머님의 완쾌를 축하했다.

"중태라뇨, 누가 그러던가요?"

"아르누 씨가요."

부인은 "아." 하고 가볍게 말하더니 처음에는 걱정을 많이 했지만 이제는 괜찮다고 했다.

그녀는 난로 옆에 놓인, 덮개를 씌운 안락의자에 앉았다. 그는 모자를 무릎 사이에 놓고 긴 의자에 앉았다. 이야기는 진전이 없었다. 그녀는 입을 다물었다. 그는 감정을 어떻게 표현해야 할지 몰랐다. 잠시 후 그가 고리타분한 법률 같은 건 공부하고 싶지 않다고 하자 그녀는 고개를 숙이고 깊은 생각에 빠진 듯 "그래요……. 이해해요……. 사건들……!"이라고 말했다.

그는 그녀가 무슨 생각을 하는지 너무나 알고 싶었고, 그 밖에 다른 생각은 나지 않았다. 노을이 지면서 어둠이 두 사람을 에워쌌다.

그녀는 살 것이 좀 있다고 하면서 일어나더니 벨벳 모자를 쓰고 가장자리에 회색 다람쥐 모피가 달린 검은색 망토를 입고 나왔다. 그는 용기를 내어 동행하겠다고 말했다.

앞이 잘 보이지 않았다. 날씨는 추웠고 안개가 짙어서 집들이 흐릿하게 보였으며 대기 중에서 악취가 풍겼다. 그는 기쁜 마음으로 그 공기를 마셨다. 옷 솜을 통해 그녀의 팔 형태를 느낄 수 있었다. 단추가 두 개 달린 셈 가죽* 장갑을 낀 그녀의 손, 열정적으로 입 맞추고 싶은 작은 손이 그의 소매를 잡고 있었다. 길이 미끄러워서 두 사람은 조금 비틀거리며 걸어갔다. 그는 두 사람이 마치 바람에 흔들리며 구름 위를 걷는 기분이었다.

큰길의 화려한 불빛에 그는 정신이 들었다. 좋은 기회였다. 시간이 없었다. 그는 사랑을 고백하기 위해 리슐리외 거리까지 열심히 걸었다. 그런데 바로 이때 그녀가 도자기 가게에서 걸음을 멈추더니 말했다.

"여기예요. 고마워요. 지난번처럼 목요일 밤에 와주실 거죠?"

저녁 식사가 다시 시작되었다. 그녀를 가까이하고 만날수록 그는 번민하는 마음도 커졌다.

이 여자를 보고 있으면 마치 짙은 향수 냄새라도 맡는 듯

---

* 양이나 염소의 안쪽 가죽을 무두질한 것.

나른해졌다. 이는 정신의 밑바닥까지 내려와 뭔가를 느끼는 일반적인 방식, 즉 새로운 삶의 방식이 되었다.

가스등 아래에서 마주치는 매춘부들, 룰라드*를 노래하는 가수, 말을 타고 달려가는 승마복 차림의 부인들, 걸어가는 부르주아층 여자들, 창밖을 바라보는 여공들……. 그는 여자들만 보면 비슷하게 닮았든 전혀 닮지 않았든 아르누 부인을 떠올렸다. 가게들을 지나가며 캐시미어, 레이스, 혹은 귀걸이에 늘어진 보석을 보면서 부인의 허리를 감싸는 캐시미어 스커트의 주름, 부인의 블라우스에 달린 레이스, 부인의 검은색 머리카락 안에서 불처럼 반짝이는 보석을 상상했다. 꽃장수들의 바구니에 담긴 꽃들은 그녀가 지나가다 고를 수 있도록 피어 있는 것 같았다. 구두 가게 쇼윈도에 놓인 새틴 천 재질에 가장자리가 백조 털로 장식된 귀여운 슬리퍼들은 그녀의 발을 기다리는 것 같았다. 모든 길이 그녀의 집으로 통했다. 마차가 광장에 서 있는 것도 그녀의 집에 빨리 데려다주기 위해서인 것 같았다. 파리 전체가 그녀와 관계있는 듯했고, 파리의 소리가 모두 모여 거대한 교향악처럼 그녀 주변에서 소리 내는 것 같았다.

---

* 두 줄의 중요한 선율 사이를 빠른 경과음으로 연결하는 기법.

그는 식물원에 가서 종려나무를 보며 머나먼 나라로 이끌리는 듯한 기분이 들었다. 그녀와 둘이서 여행하며 단봉낙타(혹이 하나 달린 낙타)를 타거나, 코끼리 등에 씌워놓은 양산 아래에 있거나, 푸른색 섬 사이에 떠 있는 요트의 선실 안에 있거나, 각자 나란히 방울 달린 노새를 타고 가다가 노새들이 부러진 기둥에 걸려 풀밭에서 비틀거리는 장면을 상상했다.

루브르 박물관에 가면 그는 오래된 그림 앞에서 이따금 멈추곤 했다. 그러면 사랑의 감정에 휩싸여 지난 세기의 그림 속 인물들 대신 그녀를 상상했다. 그녀는 원뿔형 모자를 쓰고 납빛 유리문 뒤에서 무릎을 꿇고 기도를 올리는가 하면, 카스티야 혹은 플랑드르 지방의 여자 성주가 되어 빳빳한 둥근 주름 장식깃에 고래 뼈를 넣은 스커트를 펼치고 앉아 있기도 했다. 혹은 원로들 사이에서 타조 깃털 양산 아래로 화려한 비단 드레스를 입고 커다란 반암석 계단을 내려오기도 했다. 또 어떤 때에는 황금색 바지를 입고 하렘의 쿠션에 누워 있는 그녀를 꿈꾸기도 했다. 이처럼 모든 아름다운 것, 반짝이는 별, 우연히 들리는 노랫소리, 갑자기 생각나는 구절이 예고도 없이 아르누 부인의 모습을 떠올리게 했다.

그녀를 애인으로 삼으려는 노력은 그 어떤 시도를 해봐도 수포로 돌아가고 말 거라는 확신이 들었다.

어느 날 저녁, 디트메르가 들어오자마자 그녀의 이마에 입을 맞췄다.

로바리아도 "친구의 특권이니까 허락해주시겠죠?"라고 말하며 역시 그녀의 이마에 키스했다.

프레데릭이 더듬거리며 말했다.

"우리 모두 친구인 것 같은데요?"

"모두 오래전부터 알아온 친구는 아니죠!" 그녀가 말했다.

이는 그녀가 간접적으로 프레데릭을 밀어내는 방법이었다.

이제는 어떻게 해야 하나? 사랑 고백을 해야 할까? 그녀는 좋은 말로 그를 돌려보내거나 아니면 화를 내며 집에서 쫓아낼지도 모른다! 그러나 그로서는 다시는 그녀를 만나지 못하는 것보다는 차라리 그 어떤 고통도 감수하는 편이 나았다.

그는 피아니스트의 재능이나 병사의 얼굴에 난 칼자국이 부러웠다.

그녀의 관심을 끌 수 있다면 중병에라도 걸리고 싶었다.

한 가지 놀라운 점이 있었다. 그건 아르누에게는 질투가 나지 않는다는 것이었다. 그녀는 옷을 걸치고 있는 모습 이외의 다른 모습은 상상되지 않았다. 그 정도로 그녀의 정숙함은 타고난 듯 당연히 생각되었고, 그녀의 성은 신비의 그늘 속에 가려져 있었다.

하지만 그는 그녀와 함께 살고, 서로 말을 편하게 주고받고, 그녀의 가르마 탄 머리에 오랫동안 손을 얹거나 바닥에 무릎 꿇고 앉아 그녀의 허리를 감싸 안고 두 눈 속에 그녀의 영혼을 들이마시는 행복을 생각했다! 이를 위해서는 운명을 바꿔야만 했다. 그는 아무런 행동도 할 수 없자 신을 저주하고 비겁한 자기 자신을 탓하면서 죄수가 감방 안을 헤매듯 욕망 속을 방황했다. 끝나지 않는 고통으로 숨이 막힐 지경이었다. 그는 몇 시간이나 꼼짝하지 않고 앉아 있거나 갑자기 눈물을 흘리기도 했다. 그가 더 이상 자신을 억누를 수 없다고 느끼던 어느 날, 데로리에가 이런 말을 했다.

"젠장! 도대체 무슨 일이야?"

프레데릭은 신경쇠약 때문이라고 했으나 그 말을 순순히 믿을 데로리에가 아니었다.

데로리에는 이처럼 괴로워하는 프레데릭을 보자 다시 애정이 솟아나 그에게 용기를 주었다. 프레데릭 같은 남자가 이렇게 풀이 죽어 있다니 얼마나 바보 같은 일인가! 아직 청춘을 즐겨라! 하지만 나중에는 이것이 시간 낭비임을 알게 될 것이다.

"프레데릭, 나까지 망쳐놓고 있군! 옛날의 자네로 돌아와 줘. 그때처럼! 옛날이 좋았다고! 자, 담배라도 피워봐! 힘 좀 내라고. 나까지 우울하군."

"그래." 프레데릭이 말했다. "내 머리가 어떻게 됐나봐!"

서기가 다시 말을 이었다.

"아! 고리타분한 음유시인 같으니. 자네가 왜 이렇게 괴로워하는지 알고 있어. 사랑 때문이지? 탁 털어놓으라고! 자! 한 여자를 잃으면 여자 넷이 생긴다는 말도 있어! 여자 때문에 고민이 되면 다른 여자를 만나면 깨끗이 단념하게 되지. 내가 다른 여자를 소개해줄까? 알람브라에 가면 돼.(알람브라는 최근에 샹젤리제 근처에 문을 연 댄스 홀로, 너무 급하게 화려하게 세우는 바람에 그다음 계절이 되자 이미 시세가 폭락했다.) 얼마나 재미있는 곳인지 몰라. 한번 가보자고! 원하면 친구들을 데리고 가도 좋고, 르쟁바르라도 데려가면 좋겠지."

그러나 프레데릭은 시민은 초대하지 않았다. 데로리에도 세네칼을 부르지 않았다. 프레데릭과 데로리에는 위소네, 시지, 뒤사르디에, 이 세 사람만 데리고 갔다. 다섯 명은 같은 마차를 타고 알람브라 입구에 내렸다.

무어풍의 긴 회랑 두 개가 좌우로 뻗어 있었다. 맞은편 집 담벼락이 안쪽 전체를 차지하고 있었고, 네 번째 면(레스토랑 쪽)에는 색유리가 있는 고딕식 칸막이가 있었다. 악사들이 연주하는 단에는 중국식 지붕이 드리워 있었다. 바닥은 전부 아스팔트로 되어 있었다. 기둥에 걸린 베네치아식 등불들은 저 멀리서 카드리유*를 추는 남녀의 머리 위로 다채로운 화관 모양을 만들고 있었다. 여기저기 받침대에 놓인 돌 수반에서 가느다란 물줄기가 솟구쳐 나오고 있었다. 나뭇잎들 사이로 석고상들, 유성 도료가 발려 있어 끈적거리는 헤베 동상이나 큐피드 동상이 보였다. 갈퀴로 정성스럽게 긁어 손질한 샛노란 모랫길이 사방으로 나 있어서 정원은 실제보다 넓어 보였다.

학생들은 연인과 함께 산책하고 있었고, 옷가게 직원들은 지팡이를 손가락에 끼고 거만하게 지나갔다. 고등학교 학생들은 고급 시가를 피우고 있었다. 나이 든 독신자들은 염색한 수염을 빗으로 빗고 있었다. 영국인들, 러시아인들, 남미 사람들, 붉은색 터키모자를 쓴 동양인 세 명도 보였다. 매춘부들, 바람기 있는 여공들, 처녀들은 스폰서나 애인, 금화가 생기지나 않을까 기대하거나 춤출 즐거움을 기대하고 있었다. 이들이 입은 녹회색, 푸른색, 체리색, 보라색의 긴 옷자락들이 흑단나무와 라일락 사이를 스치며 휘날렸다. 남자들은 대부분 체크무늬 옷을 입고 있었고, 바람이 차가운데도 흰색 바지를 입은 남자들도 있었다. 가스등에 불이 켜졌다.

---

* 네 명이 한 조로 추는 프랑스의 사교춤.

위소네는 패션 신문과 소극장과 관계가 있어서 여자들을 많이 알고 있었다. 아는 여자에게 손으로 입맞춤을 보내거나 친구들에게서 떨어져 여자들 곁으로 다가가 이야기를 나누기도 했다.

데로리에는 이런 그를 질투했다. 데로리에는 용기를 내어 중국산 담황색 직물 옷을 입은 키 큰 금발 여자 옆으로 다가갔다. 하지만 여자는 쌀쌀맞게 쳐다보며 "안 돼요! 믿을 수 없네요, 신사 양반!"이라고 말하며 몸을 돌렸다.

데로리에는 다시 갈색 머리의 뚱뚱한 여자 옆으로 다가갔지만 이 여자도 그의 말을 듣자마자 그만두지 않으면 경찰을 부르겠다고 하며 펄쩍 뛰었다. 그는 얼굴에 어색한 웃음을 지었다. 그러다 혼자 가스등 아래 앉아 있는 몸집이 자그마한 여자에게 콩트르 댄스를 추자고 했다.

악사들은 연단에서 원숭이 같은 모습으로 격렬하게 현을 타고 나팔을 불었다. 앞에 서 있는 지휘자는 기계적으로 박자를 맞출 뿐이었다. 자리가 꽉 차 발 디딜 틈이 없었지만 사람들은 즐거워했다. 여자의 모자 끈이 풀려 넥타이를 스치기도 했고, 스커트 속으로 부츠가 들어가기도 했다. 이 모든 것이 음악의 리듬에 맞춰 이루어지고 있었다. 그는 여자를 꼭 껴안고 신나는 캉캉 춤에 취해 카드리유 한가운데에서 커다란 꼭

두각시처럼 정신없이 뛰어놀고 있었다. 시지와 뒤사르디에는 계속 산책했다. 젊은 귀족은 여자들을 곁눈질로 바라봤으나 직원들이 아무리 격려해주어도 '이런 여자들 집에는 권총을 든 남자가 옷장 속에 숨어 있다가 튀어나와서 약속어음에 강제로 사인하도록 협박한다'는 상상을 하며 여자들에게 감히 용기 내어 말을 걸지 못했다.

시지와 뒤사르디에는 프레데릭 옆으로 왔다. 데로리에는 춤을 다 추고 돌아왔다. 모두들 오늘 밤을 어떻게 마무리하며 보낼지 이야기하고 있을 때 위소네가 외쳤다.

"저기! 다마에기 후작부인!"

후작부인은 안색이 창백했고 약간 들창코였다. 팔꿈치까지 장갑을 올렸고 굵게 말린 머리가 마치 개의 귀처럼 볼 뒤로 늘어져 있었다. 위소네가 후작부인에게 말을 걸었다.

"우리가 당신 집에서 동양풍으로 조촐한 파티를 좀 열어야겠어. 여기 있는 프랑스 기사들을 위해 친구 네댓 명 좀 모아주지 않겠어? 왜, 어디 불편한가? 누굴 기다리고 있는 거야?"

안달루시아 태생인 후작부인이 고개를 숙였다. 위소네가 평소에 검소하다는 걸 알기에 음식과 음료도 인색하게 내놓을까봐 걱정이 된 것이다. 마침내 그녀의 입에서 돈이라는 말이 나오자 시지가 지갑에 있는 금화 다섯 닢을 전부 내놓겠다고 했다. 얘기가 끝났다. 그런데 프레데릭의 모습이 보이지 않았다.

그는 아르누의 목소리를 들은 것 같고 여자의 모자를 얼핏 본 것 같아 서둘러 옆에 있는 관목 숲으로 들어간 것이었다.

바트나 양이 아르누와 단둘이 있었다.

"죄송합니다! 방해가 되었나요?"

"전혀!" 상인이 말했다.

프레데릭은 아르누와 바트나 양이 방금 나눈 대화를 통해 그가 급한 일로 바트나 양과 이야기를 나누기 위해 알람브라로 달려왔다는 걸 알게 되었다. 그가 걱정스러운 얼굴로 그녀에게 이야기하는 걸 보니 완전히 안심이 되지 않은 것 같았다.

"확실해요?"

"확실해요! 당신을 사랑한대요! 아! 정말 못 말릴 남자!"

그리고 그녀는 핏빛처럼 붉은 두툼한 입술을 오므려 내밀고는 툴툴거리는 표정을 지었다. 그녀의 아름다운 옅은 갈색 눈에서는 눈동자가 금빛 반점으로 반짝였고 재치와 사랑, 육감이 가득했다. 이러한 눈빛은 그녀의 여위고 다소 노란 얼굴을 등불처럼 밝혀주었다. 그는 그녀의 뾰로통한 표정을 내심 즐기는 것 같았다. 그는 그녀에게 허리를 굽히며 말했다.

"당신은 다정한 사람이야, 키스해줘요!"

그녀는 그의 두 귀를 잡고 이마에 키스했다.

바로 그때 댄스가 끝났다. 그 순간 지휘자 대신 피부가 밀납처럼 하얗고 뚱뚱한 꽤 잘생긴 청년이 찾아왔다. 그 청년은 예수처럼 긴 검은 머리를 뒤로 늘어뜨렸고 종려나무가 황금색으로 수놓인 하늘색 벨벳 조끼를 입고 있었다. 그러나 공작처럼 오만하고 칠면조처럼 바보 같았다. 청년은 사람들을 향해 인사한 뒤 짤막한 노래를 부르기 시작했다. 어느 시골 사람이 파리로 여행 온 이야기를 담은 노래로, 노르망디 지방 사투리로 술 취한 남자를 흉내 냈다.

아! 나는 너를 보고 웃었어! 너를 보고 웃었어!

이 거지 같은 파리에서.

청중들은 발을 구르며 열광의 도가니에 빠졌다. '표정이 풍부한 가수' 델마르는 매우 약아빠진 성격이어서 달아오른 분위기가 그대로 식도록 내버려두지 않았다. 급히 기타를 건네받은 그는 〈알바니아 여인의 오빠〉라는 사랑 노래를 흐느끼는 목소리로 부르기 시작했다.

프레데릭은 이 노래의 가사를 들으면서 배의 기둥 사이에서 누더기 옷을 입은 남자가 불렀던 노래가 생각났다. 그의 시선은 무의식적으로 앞에 펼쳐진 드레스의 아랫부분으로 향했다. 한 소절이 끝날 때마다 간격이 길었다. 그때마다 나무 속을 흔드는 바람 소리가 파도 소리처럼 들렸다.

바트나 양은 무대 앞을 가리고 있는 쥐똥나무 가지를 손으로 걷으며 감동한 듯 가수를 뚫어지게 바라봤다. 그녀는 마치 푹 빠진 사람처럼 콧구멍을 벌름거렸고 미간이 좁아졌다.

"이제 알겠어!" 아르누가 말했다. "오늘 밤에 알람브라에 온 이유를 알겠군! 델마르가 마음에 드는 거로군."

그녀는 아무 말도 하려 하지 않았다.

"아! 뭘 그렇게 부끄러워하는 거야!"

그리고 아르누는 프레데릭을 가리키며 말했다.

"저 사람 때문에 그래? 그럴 필요 없어. 이 사람만큼 입이 무거운 사람도 없거든!"

프레데릭을 찾아다니던 친구들은 푸른 잎으로 가려진 곳으로 들어왔다. 위소네가 일행을 소개했다. 아르누는 담배를 나누어 주고 소르베를 대접했다.

바트나 양은 뒤사르디에를 보자 얼굴이 빨개졌다. 그녀는 즉시 일어나 뒤사르디에에게 손을 내밀었다.

"저 모르시겠어요, 오귀스트 씨?"

"저분을 어떻게 알지?" 프레데릭이 물었다.

"같은 집에 있었어!" 뒤사르디에가 말했다.

시지가 뒤사르디에의 팔을 잡아끌었고 두 사람은 자리를 비웠다. 뒤사르디에가 나가자마자 바트나 양은 그의 성격을 칭찬했고 마음이 참 따뜻하다는 말까지 덧붙였다.

이어서 델마르가 화제에 올랐다. 극장에서 마임 예술가로 성공할 거라는 이야기가 나왔다. 그리고 토론이 이어지면서 셰익스피어, 검열, 문체, 민중, 포르트생마르탱 극장의 수입, 알렉상드르 뒤마, 빅토르 위고, 뒤메르상에 대한 이야기가 뒤섞였다. 아르누가 유명 여배우를 여러 명 알고 있다고 하자 젊은 남자들은 귀를 기울였다. 그러나 그의 말은 연주 소리에 묻혔다. 카드리유와 폴카가 끝나자 모두들 테이블로 와서 종업원을 부르거나 웃었다. 나뭇잎 사이에서는 맥주병과 탄산수 병이 터지는 소리가 들렸다. 여자들은 암탉처럼 소리쳤다. 가끔씩 두 남자가 싸우려 했고, 도둑이 한 명 잡혔다.

빠른 박자로 춤추는 사람들이 산책로를 가득 메웠다. 그들은 숨을 헐떡이며 상기된 얼굴로 미소 지었고, 마치 소용돌이를 일으키듯 빙글빙글 돌았다. 그에 따라 치맛자락과 연미복 꼬리도 펄럭였다. 트럼본 소리는 점점 커졌고 리듬이 점점 빨라졌다. 중세식 회랑 뒤에서 지직거리는 소리가 나더니 불꽃이 터졌다. 불꽃이 빙빙 돌기 시작했다. 에메랄드빛 줄기가 순간 정원 전체를 밝혔다. 불꽃의 마지막 빛줄기에 사람들은 모두 깊은 한숨을 내쉬었다.

불꽃의 마지막 빛줄기가 천천히 사라져갔다. 화약 연기가 공중을 떠다녔다. 프레데릭과 데로리에는 사람들 사이를 한 발짝씩 헤치고 나아가다가 뭔가를 보고 가던 길을 멈췄다. 마르티농이 우산 보관소에서 거스름돈을 받고 있었다. 그 옆에는 오십대쯤 되어 보이는 여자가 있었다. 얼굴이 매우 못생긴 데다 옷도 요란했고 그저 그런 신분인 것 같았다.

"저 녀석 생각보다 보통이 아니군." 데로리에가 말했다. "그런데 시지는 어디 있는 거야?"

뒤사르디에가 손으로 술집을 가리켰다. 거기에는 중세 기사의 후예 시지가 펀치 잔과 분홍색 모자를 앞에 두고 있었다.

오 분 전부터 보이지 않던 위소네가 다시 나타났다.

젊은 여자 한 명이 위소네의 팔짱을 끼고 위소네를 가리켜 '나의 작은 고양이'라고 불렀다.

"안 돼!" 위소네가 여자에게 말했다. "그러지 마! 사람들 앞에서는! 차라리 날 자작이라고 불러! 그래야 내가 좋아하는 기사가 된 것 같은 느낌, 루이 13세라든지 부드러운 부츠를 신은 기사가 된 느낌이 들지. 자, 여러분, 저의 옛 애인 좀 보세요! 상냥하지 않아요?"

위소네가 여자의 턱을 잡았다.

"이 신사분들에게 인사드려. 모두 프랑스 상원위원의 아들이야! 언젠가 날 대사로 임명해줄 것 같아서 사귀고 있지."

"단단히 미쳤군요!" 바트나 양이 한숨을 쉬었다.

그녀는 뒤사르디에에게 입구까지 데려다 달라고 부탁했다. 아르누는 두 사람이 멀어지는 것을 보고 프레데릭 쪽으로 돌아섰다.

"바트나 양이 마음에 드나? 그런 건 솔직하게 말하지 않는 성격이긴 하지? 자네, 연애하는 걸 숨기는 것 같은데?"

프레데릭은 얼굴이 창백해지면서 숨기는 건 없다고 말했다.

"자네가 누구와 사귀는지 아는 사람이 없어서 말이야." 아르누가 말했다.

프레데릭은 아무 여자 이름이나 대고 싶었다. 하지만 그러면 아르누 부인의 귀에 들어갈 수도 있었다. 그는 정말로 사귀는 여자가 없다고 대답했다.

상인은 왜 아직 여자가 없느냐고 핀잔을 주었다.

"오늘 밤이 좋은 기회 아닌가! 다른 사람들처럼 해보지그래? 모두들 여자가 하나씩 생겼잖아?"

"그럼 아르누 씨는요?" 프레데릭은 아르누가 끈질기게 물고 늘어지자 불안해서 되물었다.

"아! 나 말인가! 난 다르지! 난 집사람에게 돌아가야지!"

아르누는 마차를 부르더니 사라졌다.

두 친구 프레데릭과 데로리에는 걸어서 돌아갔다. 동풍이 불었다. 두 사람은 서로 아무 말도 하지 않았다. 데로리에는 신문사 사장의 눈에 띄지 못한 것을 안타까워하고 있었다. 프레데릭은 슬픔에 잠겨 있었다. 마침내 프레데릭이 입을 열더니 댄스파티는 바보 같다고 했다.

"그게 누구 탓이더라? 자네가 우리를 놔두고 아르누에게 가지만 않았어도!"

"그게 무슨 소리야! 내가 뭘 하든 아무 소용 없었을 거야!"

그러나 서기는 신념이 있었다. 뭔가를 얻으려면 매우 강하게 열망하는 걸로 충분하다는 이론이었다.

"그렇다면 너도 아까는……."

"그런 건 아무래도 좋아." 데로리에가 프레데릭의 말을 막으며 말했다. "내가 여자에게 빠졌을까봐!"

데로리에는 여자들의 가식적인 애교와 멍청함이 싫다며 거침없이 비난했다. 여자들이 마음에 들지 않는다는 거였다.

"잘난 척하지 마!" 프레데릭이 말했다.

데로리에는 입을 다물었다. 그리고 갑자기 이렇게 말했다.

"내가 처음 지나가는 여자를 꼬셔볼 테니까 100프랑 걸지 않을래?"

"그래, 좋아!"

제일 처음 지나가는 여자는 못생긴 거지였다. 프레데릭과 데로리에가 절망하고 있는 그때 리볼리 거리 중간에서 키 큰 여자가 상자를 들고 오는 모습이 보였다.

데로리에는 아케이드 아래로 내려가 그 여자에게 다가갔다. 여자는 갑자기 튈르리 거리 쪽으로 접어들더니 잠시 후 카루셀 광장을 지나 좌우를 두리번거렸다. 여자가 마차를 따라 달리자 그가 쫓아가 잡았다. 그는 여자와 나란히 걸으며 활달한 몸짓으로 말했다. 마침내 여자는 그가 팔짱을 끼도록 허락해주었다. 두 사람은 강변을 걸었다. 샤틀레의 높은 언덕에 이르자 두 사람은 적어도 이십 분 동안 당직 선원들처럼 보도 위를 왔다갔다했다. 갑자기 두 사람은 샹즈 다리, 꽃 시장, 나폴레옹 거리의 강변을 지났다. 프레데릭도 뒤를 따라갔다. 데로리에는 프레데릭에게 방해가 되니까 다른 여자를 찾아 자기처럼 해보라고 했다.

"돈 얼마 남았어?"

"100수짜리 두 장."

"그거면 돼! 그럼 난 이만."

프레데릭은 농담이 사실이 된 것을 보고 놀랐다. '날 놀리는 건가.' 하고 생각했다. '돌아갈까? 그러면 내가 데로리에의 연애를 부러워한다고 생각할 거야. 말도 안 돼. 마치 내 사랑이 백배나 훌륭하고 고귀하고 강하지 않다는 것처럼!' 분노 같은 것이 프레데릭을 부추겼다. 프레데릭의 발길이 멈춘 곳은 아르누 부인의 집 앞이었다.

아르누 부인의 방에는 바깥 길이 보이는 창문이 하나도 없었다. 그는 마치 이렇게 바라보면 벽을 뚫을 수 있을 거라고 생각하는 듯 건물을 뚫어져라 바라봤다. 지금 그녀는 잠든 꽃처럼 베개 레이스에 아름다운 검은 머리를 파묻은 채 입술을 약간 벌리고 한쪽 팔을 벤 채 잠들어 있을 것 같았다.

아르누의 모습이 떠올랐다. 프레데릭은 그 환영에서 벗어나려는 듯 뒤로 물러섰다.

데로리에의 충고가 떠올라 두려웠다. 프레데릭은 정처 없이 길을 걸었다.

행인 한 명이 지나가자 그는 그 행인의 얼굴을 바라봤다. 빛줄기가 이따금 프레데릭의 다리 사이를 지나 포석에 커다란 원을 그렸다. 어깨에 바구니를 멘 남자가 손에 등을 들고 어둠 속에서 나타났다. 바람이 여기저기서 굴뚝 연통을 흔들었다. 멀리서 들려오는 소리가 머릿속에서 들리는 복잡한 소리와 뒤섞였다. 공중에서 카드리유 춤곡의 후렴구가 들리는 것 같았다. 이렇게 멍한 상태에서 계속 걸었다. 어느 틈엔가 그는 콩코르드 다리 위에 서 있었다.

갑자기 지난겨울 저녁이 생각났다. 처음으로 아르누 부인의 집을 찾아갈 때, 희망으로 가슴이 뛰어 이 다리 위에서 가던 길을 멈춘 적이 있었던 것이다. 하지만 지금은 모든 희망이 사라졌다!

검은 구름이 달 위를 스쳤다. 그는 달을 바라보며 우주의 위대함, 인생의 비참함, 모든 것의 허무함에 대해 생각했다. 날이 밝았다. 이가 딱딱 마주쳤다. 그는 잠에 취하고 안개에 흠뻑 젖어 눈물범벅이 된 채, 어째서 괴로움을 끝내지 못할까 하고 생각했다. 행동만 하면 될 텐데! 머리가 무거워지면서 자신의 시신이 물에 떠 있는 모습이 상상되었다. 그는 몸을 굽혔다. 난간은 폭이 약간 넓었다. 난간을 뛰어넘지 못한 건 피곤하기 때문이었다.

갑자기 두려움에 휩싸인 그는 다시 대로로 돌아와 벤치 위에 털썩 앉았다. 경찰들은 그가 결혼식 파티 때문에 술에 취한 사람인 줄 알고 깨웠다.

그는 다시 걷기 시작했다. 갑자기 배가 너무 고팠지만 식당들이 모두 문을 닫아서 레알의 선술집에 식사를 하러 갔다. 아직 집에 돌아가기에는 너무 이르다고 생각해 여덟 시 십오 분까지 시청 주변을 서성였다.

데로리에는 이미 일찌감치 여자와 헤어져 방 한가운데에 놓인 테이블에서 글을 쓰고 있었다.

네 시쯤 시지가 들어왔다.

그는 뒤사르디에의 소개로 지난밤에 어느 부인과 알게 되었다고 한다. 부인과 남편을 마차에 태워 집 앞까지 데려다 주었고, 부인은 다시 만나기로 했다고 한다. 그렇게 집에 돌아왔는데 그녀의 이름도 알지 못한다고 했다!

"그래서 어쩌라고?" 프레데릭이 말했다.

그러자 귀족은 말을 쏟아냈다. 바트나 양, 안달루시아 여자, 그 밖에 다른 여자들에 대해 이야기했다. 그다음에 여기로 찾아온 이유를 빙빙 돌려 말하다가 털어놓았다. 프레데릭이 신중한 성격이라는 걸 알고 일이 잘되게 도와달라고 부탁하러 온 것이다. 프레데릭은 그의 부탁을 거절하지 않았다. 데로리에에게 이 이야기를 해주었지만 자신에 대한 이야기는 솔직하게 털어놓지 않았다.

서기는 그에게 "이제 아주 좋아 보이는군."이라고 했다.

그는 자신의 충고가 받아들여진 것 같아 기분이 좋았다.

데로리에는 클레망스 다비우 양을 처음 보자마자 유혹했는데 유쾌한 기분에 그런 것이었다. 그녀는 군복에 황금 줄을 수놓는 매우 얌전한 여자로, 갈대처럼 날씬했고 커다란 푸른 눈은 항상 뭔가에 놀란 듯 크게 뜨고 있었다. 서기는 그녀의 순진함을 이용해 자신이 훈장을 받았다고 믿게 했다. 둘이 있을 때는 프록코트에 붉은색 훈장 리본을 달았지만 사람들 앞에서는 사장을 모욕하지 않으려는 거라고 핑계를 대며 리본을 달지 않았다. 그는 그녀와 어느 정도 거리를 두면서 사귀었고, 파샤*처럼 사랑받으면서 농담조로 그녀를 '민중의 딸'이라고 불렀다. 클레망스는 데로리에를 찾아올 때마다 작은 제비꽃 다발을 가져왔다. 프레데릭은 이런 연애는 하고 싶지 않다고 생각했다.

하지만 데로리에와 클레망스가 팽송이나 바리요 같은 레스토랑의 예약 룸에 가기 위해 팔짱을 끼고 나갈 때면 프레데릭은 묘한 슬픔을 느꼈다. 지난 1년 동안 매주 목요일에 그가 슈아젤 거리의 저녁 식사에 가기 위해 옷을 차려입고 손톱을 손질할 때마다 데로리에가 얼마나 괴로웠을지, 그는 알지 못했다.

어느 날 저녁, 발코니 위에서 프레데릭은 데로리에와 클레망스가 외출하는 모습을 지켜봤고, 저 멀리서 위소네가 아르

---

* 터키의 고관.

콜 다리 위에 서 있는 모습을 보았다. 위소네가 손짓하며 부르자 프레데릭은 6층에서 얼른 뛰어 내려갔다.

"알려줄 게 있어. 24일 토요일이 아르누 부인의 생일이야."

"뭐? 부인의 이름이 마리 아니었나?"

"앙젤이라고도 해. 아무렴 어때! 생클루 별장에서 생일파티가 있다고 해서 알려주러 왔어. 세 시에 신문사 앞에 마차가 있을 거야. 여기까지 내려오게 해서 미안하군. 난 가볼 데가 많아서, 이만."

프레데릭이 돌아오자마자 문지기가 편지를 한 장 전해주었다.

당브뢰즈 부부는 24일 토요일 저녁 만찬에 프레데릭 모로 씨가 참석해주시면 영광이겠습니다. 답장 요망.

'너무 늦었어.' 프레데릭은 생각했다.

어쨌든 데로리에에게 편지를 보여주자 그가 큰 소리로 말했다.

"아! 드디어! 그런데 기쁘지 않은가보군. 왜지?"

프레데릭은 잠시 주저하더니 같은 날에 다른 초대를 받았다고 했다.

"슈아젤 쪽 초대는 잊어. 바보 같은 짓 좀 하지 마. 괜찮다면 내가 대신 답장을 써줄게."

서기는 정식으로 초대를 승낙한다는 답장을 썼다.

그는 사교계를 자기 욕망의 척도로만 보았기에 사교계를 수학적 법칙에 의해 움직이는 인위적인 창조물이라고 상상했다. 시내에서의 식사, 요직에 있는 사람과의 만남, 미녀의 미소는 서로 끌어내는 일련의 작용을 통해 엄청난 결과를 낳을 수 있다고 믿었다. 파리의 살롱 몇 곳은 원료를 백배나 가치 있는 것으로 가공하는 기계와 같다. 외교관에게 조언하는 매춘부, 계략으로 손에 넣은 지참금 결혼, 복역수의 수호신, 강자의 손아귀에서 우연에 순종하는 것을 그는 굳게 믿고 있었다. 당브뢰즈의 집에 드나드는 것을 매우 유익하다고 생각하는 그의 조리 있는 말을 들으면서 프레데릭은 어떻게 결정해야 할지 몰라 어지러웠다.

프레데릭 입장에서는 아르누 부인의 생일이므로 선물을 준비하지 않을 수도 없었다. 실수를 만회할 수 있는 선물로 자연스럽게 양산을 생각했다.

작은 상아 손잡이에 무늬가 새겨져 있고 비둘기색 비단으로 된 중국산 양산을 발견했다.

그러나 가격이 175프랑이나 되었다. 그는 한 푼도 없는 데다가 석 달 치 생활비를 담보 잡혀 빚으로 사는 처지였다. 하지만 그 양산을 꼭 사고 싶은 마음에 그는 내키지 않았으나 데로리에에게 도움을 청했다.

데로리에는 돈이 없다고 했다.

"필요하단 말이야." 프레데릭이 말했다. "정말 필요해."

그래도 데로리에가 거절하자 프레데릭은 화를 냈다.

"넌 가끔……."

"뭐가?"

"아무것도 아냐."

서기는 프레데릭의 말뜻을 알아차렸다. 그는 비상금 중에서 프레데릭이 필요하다는 금액을 떼어주었다. 마지막 동전 한 푼까지 세어 내준 다음 이렇게 말했다.

"영수증은 필요 없어. 자네 집에서 먹고 자니까."

프레데릭은 데로리에의 목을 껴안고 무슨 그런 소리를 하느냐고 했다. 데로리에는 냉랭했다. 다음 날 피아노 위에 놓여 있는 양산을 보고 그는 이렇게 말했다.

"아! 이것 때문이었군!"

"뭔가 보내야 할 것 같아서." 프레데릭이 힘없이 말했다.

마침 우연이 그를 도왔다. 그날 저녁, 검은 테를 두른 편지가 온 것이다. 당브뢰즈 부인의 큰아버지가 돌아가셔서 만날 날을 나중으로 연기해야겠다는 내용이었다.

프레데릭은 두 시에 벌써 아르누의 신문사 사무실에 도착했다. 아르누는 프레데릭을 기다렸다가 마차로 데려다주기로 했으나 전원의 공기가 그리워 전날 먼저 떠나버렸다.

아르누는 매년 새싹이 자라날 무렵이 되면 며칠씩이나 아침부터 집을 뛰쳐나가 전원 여기저기를 다니며 농가의 우유를 마시기도 하고 시골 처녀와 시시덕거리기도 하고, 수확에 대한 이야기를 나눈 다음 채소를 조금 손수건에 싸 가지고 오곤 했다. 그는 마침내 오랜 꿈을 이뤄 별장을 샀다.

프레데릭이 점원과 이야기하고 있을 때 바트나 양이 불쑥 들어와 아르누가 없다는 걸 알고 섭섭해했다. 그는 별장에 이틀 더 머물 것이라고 점원이 말했다. 점원이 그녀에게 별장으로 가보는 게 어떻겠느냐고 했다. 하지만 그럴 수는 없었다. 점원이 편지를 써보라고 권하자 그녀는 편지가 분실될까봐 불안하다고 했다.

프레데릭이 자기가 갖다 주겠다고 하자 그녀는 급히 편지를 쓰더니 아무도 모르게 아르누에게 전해달라고 했다.

사십 분 뒤 프레데릭은 생클루에 도착해 배에서 내렸다.

다리에서 백 보 정도 걸으니 언덕 중턱에 별장이 있었다. 정원 벽은 두 줄로 늘어선 보리수에 가려져 있고 넓은 잔디밭이 강까지 이어져 있었다. 쇠격자문이 열려 있었다. 프레데릭은 안으로 들어갔다.

아르누는 잔디밭에 누워서 한 배에서 태어난 새끼 고양이들과 놀고 있었다. 고양이와 노는 데 집중하고 있는 듯 보였다. 하지만 바트나 양의 편지에 아르누는 정신이 번쩍 들었다.

"이런, 정말 귀찮군. 돌아가야겠어."

그는 편지를 주머니에 쑤셔 넣고는 프레데릭에게 별장을 구경시켜주었다. 마구간, 창고, 주방을 두루두루 소개해주었다. 응접실은 오른쪽에 있었고, 파리 쪽 방향에는 참으아리 무늬가 있는 격자형 베란다가 있었다. 아르누와 프레데릭의 머리 위에서 룰라드 소리가 들렸다. 아르누 부인이 아무도 없는 줄 알고 연습을 하고 있었던 것이다. 음계, 비브라토, 아르페지오를 연습하고 있었다. 허공에 매달린 듯 길게 이어지는 소리도 났고, 폭포수처럼 급하게 떨어지는 소리도 났다. 그녀의 목소리는 덧문을 흔들고 주변의 정적을 깨뜨리며 푸른 하늘로 퍼져나갔다.

옆집의 우드리 부부가 나타나자 노랫소리가 갑자기 멈추었다. 아르누 부인도 정원으로 통하는 계단 위에 모습을 드러냈다. 한 계단씩 내려오는 그녀의 발이 프레데릭의 눈에 들어왔다. 그녀는 발이 많이 드러나는 적갈색 가죽 샌들을 신고 있었다. 비스듬히 걸린 가죽 끈 세 줄이 양말 위에서 황금색 격자처럼 반짝이며 빛났다.

손님들이 도착했다. 변호사 르포쉐를 빼고는 전부 목요일 저녁 식사에 모였던 사람들이었다. 각자 선물을 준비해 왔다. 디트메르는 시리아산 숄을, 로젠발트는 연가 악보집을, 뷔리외는 수채화 한 점을, 송바즈는 풍자 자화상을, 펠르랭은 보기 흉한 판타지를 담은 죽음의 춤을 그저 그런 솜씨로 그린 목탄화를 가져왔다. 위소네는 선물을 가져오지 않았다.

프레데릭은 순서를 기다렸다가 마지막에 선물을 내놓았다. 아르누 부인이 정말로 감사하다고 말했다. 그러자 프레데릭이 말했다.

"이건 빚을 갚는 것과 마찬가지입니다. 그때는 정말 미안해서……."

"무슨 말씀이시죠?" 그녀가 물었다. "무슨 말씀이신지."

"자, 식사합시다." 아르누가 말했다. 그는 프레데릭의 팔을 잡고 귓속말로 말했다. "자네도 참 고지식하군."

푸른 톤의 식당은 더할 나위 없이 상쾌했다. 한쪽 구석에는 님프 석상이 조개 모양 수반에 발끝을 적시고 있었다. 열린 창문으로는 정원 전체가 눈에 들어왔다. 사분의 삼 이상 잎이 떨어진 오래된 스코틀랜드 소나무로 둘러싸인 넓은 잔디발 여기저기에 꽃이 무더기로 솟아나 있었다. 강 저쪽에는 블로뉴 숲, 뇌이, 세브르, 뫼동의 숲들이 커다란 반원 모양으로 펼쳐져 있었다. 쇠격자 앞으로 작은 돛단배 하나가 곧장 앞으로 나아가고 있었다.

우선 눈앞에 보이는 경치가 화제가 되었다. 토론이 막 시작되려는데 아르누가 하인에게 아홉 시 반쯤 돌아갈 마차를 준비하라고 지시했다. 회계과에서 급히 와달라는 전갈을 받은 것이다.

"저도 같이 갈까요?" 아르누 부인이 말했다.

"그래야죠." 아르누가 대답했다. 그리고 정중하게 인사하며 이렇게 말했다. "부인, 내가 당신 없이는 한시도 못 산다는 걸 잘 알잖소?"

손님들은 아르누 부인에게 너무나 다정한 남편을 두어 좋겠다고 말했다.

"아! 그건 저 혼자가 아니니까요." 그녀가 손가락으로 딸을 가리키며 나지막이 말했다.

이야기 화제는 그림으로 옮겨가고 있었다. 특히 아르누가 어마어마한 값에 팔려는 루이스달의 그림이 화제가 되었다. 펠르랭은 런던의 유명한 솔마티아스가 지난달에 그 그림을 3만 3,000프랑에 사겠다고 했다는 말을 들었는데 그게 사실이냐고 물었다.

"물론 사실이지!" 아르누가 대답했다. 이어서 그는 프레데릭 쪽을 보며 말했다. "일전에 알람브라에 데리고 간 청년이야. 사실 별로 가고 싶진 않았어. 영국 사람은 도통 유머가 없어서 말이야."

프레데릭은 바트나 양의 편지에 여자 이야기가 적혀 있을 거라는 생각을 하고 있었다. 그럴듯한 이유를 대고 얼른 자리를 뜨려는 아르누의 능수능란함에 감탄하기도 했지만, 동시에 별 쓸데없는 새로운 거짓말을 늘어놓고 있는 그의 뻔뻔함에 놀라기도 했다. 프레데릭은 어이없는 표정으로 눈을 크게 뜨고 그를 바라봤다.

상인은 아랑곳하지 않고 계속 말했다.

"그 키 큰 자네 친구, 이름이 뭐였지?"

"데로리에입니다." 프레데릭이 힘차게 대답했다.

프레데릭은 데로리에에게 그동안 신경 써주지 못했다는 죄책감이 들어 그가 매우 똑똑하다고 치켜세웠다.

"아! 그렇군. 그런데 데로리에라는 친구보다는 운송부 점원이란 사람이 더 대범해 보이더군."

프레데릭은 뒤사르디에를 저주했다. 혹여 아르누 부인에게 자신이 뒤사르디에 같은 하층민만 사귀는 것 같다는 인상을 줄까봐 신경이 쓰였다.

그리고 수도의 청결 문제와 새로 생긴 동네가 화제가 되었고, 성격 좋은 우드리가 당브뢰즈를 대단한 투자가라고 치켜세웠다.

프레데릭은 이목을 끌기 위해 당브뢰즈를 알고 있다고 말했다. 펠르랭은 갑자기 장사꾼을 모두 비난하며 목소리를 높였다. 초를 파는 것이나 돈을 파는 것이나 차이가 없다고 했다. 로젠발트와 뷔리외는 잡담을 했고, 아르누는 우드리 부인과 꽃 가꾸는 이야기를 했다. 썰렁한 농담을 즐겨 하는 송바즈는 우드리를 놀리며 재미있어했다. 배우의 이름을 따서 우드리를 오드리라 부르며, 이마 위에 개 모양 혹이 있는 걸로 봐서는 개 그림 전문 화가 우드리의 자손이 틀림없을 거라고 했다. 송바즈는 우드리의 머리를 만지려고 했으나 그는 가발이어서 안 된다며 도망쳤다. 디저트 시간은 유쾌한 장난으로 막을 내렸다. 모두 보리수 아래서 담배를 피우며 커피를 마신 뒤 정원을 산책하다가 강변 쪽으로 향했다.

생선 가게에서 뱀장어를 씻고 있는 어부 앞에서 모두 멈춰 섰다. 마르트가 뱀장어를 보고 싶어하자 어부는 상자를 풀밭에 쏟아냈다. 마르트는 풀밭에 무릎 꿇고 앉아 뱀장어를 잡으려 했고, 재미있어하면서 깔깔 웃기도 하고 무서워서 소리지르기도 했다. 뱀장어가 전부 못 쓰게 되자 아르누가 뱀장어 값을 물어주었다.

아르누가 보트를 타고 한 바퀴 돌자고 했다.

지평선 한쪽이 새하얘지고 있었고, 다른 한쪽은 오렌지빛이 점점 넓게 퍼지기 시작했다. 이미 검은 어두움이 드리운 언덕 꼭대기에는 붉은빛이 더욱 강했다. 아르누 부인은 불길 같은 빛을 뒤로 받으며 커다란 돌 위에 앉아 있었다. 다른 사람들은 여기저기 산책했다. 위소네는 방죽 아래에서 강에 돌을 던지고 있었다.

사람들의 반대에도 불구하고 아르누가 낡은 보트를 끌고 와서 태웠다. 하지만 보트가 곧바로 가라앉는 바람에 사람들은 내려야 했다.

응접실에는 인도풍 사라사 커튼이 드리워 있었고, 응접실 벽 쪽에 있는 수정 촛대에는 벌써 불이 켜져 있었다. 우드리 부인은 안락의자에서 졸고 있었고, 다른 사람들은 르포쉐가 변호사로서 이룬 성과에 대해 듣고 있었다. 아르누 부인은 십자형 창가에 혼자 서 있었다. 프레데릭이 다가갔다.

그와 그녀는 주변 사람들과 같은 주제에 대해 이야기했다. 그녀는 웅변가들을 존경한다고 했고, 그는 작가의 영광이 더 좋다고 했다. 그러자 그녀는 자신의 힘으로 사람들의 마음을 움직이고 자신의 모든 감정을 사람들의 영혼 속에 전달하는 것에 기쁨을 느껴야 한다고 말했다.

그는 야심이 없어서인지 몰라도 그런 성취에는 별로 끌리지 않는다고 했다.

"왜요?" 그녀가 말했다. "야심도 조금 필요해요."

그와 그녀는 십자형 창가에 나란히 섰다. 두 사람 앞에는 마치 은가루가 뿌려진 커다란 검은 장막 같은 밤 풍경이 펼쳐져 있었다. 두 사람은 처음으로 의미 있는 대화를 나누었다. 그는 그녀가 무엇을 싫어하고 좋아하는지 알게 되었다. 어떤 향을 싫어하는지 알게 됐고, 역사책을 좋아하며, 꿈을 믿는다는 것도 알게 됐다.

그는 사랑에 대한 이야기를 꺼냈다. 그녀는 뜨거운 사랑으로 불행을 맞이하는 사람에게는 동정을 느끼지만, 위선적이고 야비하게 행동하는 사람에게는 화가 난다고 했다. 그녀의 솔직한 성격은 아름답고 단아한 얼굴과 잘 어울렸다. 그녀의 모습 자체가 이러한 성격에서 나오는 것 같았다.

그녀는 이따금 그에게 시선을 고정시키며 미소 지었다. 그러면 그는 마치 그녀의 시선이 물 밑바닥을 비치는 햇빛처럼 자신의 영혼 깊숙이 스며드는 것 같았다. 그는 어떤 보답을 기대하지 않고 그녀를 절대적으로 사랑했다. 고백의 열기 같은 이 침묵의 열정 속에서 그는 그녀의 이마에 소나기처럼 키스를 퍼붓고 싶었다. 가슴속 깊은 곳에서 솟아 나오는 이런 기분에 홀려 머릿속이 아득했다. 그녀를 위해서라면 몸과 마음을 다 바치고 싶었고, 지금부터라도 헌신적으로 봉사하고 싶었다. 이룰 수 없는 꿈이기에 더욱 강렬했다.

그는 다른 사람들과 따로 가기로 했다. 위소네도 마찬가지였다. 프레데릭과 위소네는 아르누의 마차를 타고 가기로 했다. 마차는 현관 계단 아래에서 기다리고 있었다. 아르누는 장미를 꺾기 위해 정원으로 내려갔다. 꽃다발을 끈으로 묶어도 줄기가 가지런하지 않자 서류가 잔뜩 들어 있는 주머니에서 종이 한 장을 꺼내 꽃다발을 싸서 커다란 핀으로 고정했다. 그러더니 아내에게 다정하게 꽃다발을 전했다.

"받아요, 당신을 잊고 있어서 미안해요!"

그런데 아르누 부인이 조그맣게 비명을 질렀다. 꽃다발을 받다가 핀에 찔린 그녀가 방으로 돌아가는 바람에 출발이 십오 분 정도 늦어졌다. 잠시 후 그녀가 돌아와 마르트를 안고 서둘러 마차에 올랐다.

"꽃다발은?" 아르누가 물었다.

"아뇨! 아뇨! 필요 없어요!"

하지만 프레데릭은 꽃다발을 가지러 뛰어갔다. 그녀는 "괜찮다고요."라고 큰 소리로 말했다.

잠시 후 그는 꽃들이 바닥에 떨어져 있어 새로 싸가지고 나왔다고 하며 꽃다발을 가져왔다. 그녀는 꽃다발을 마부석 옆 가죽 주머니에 쑤셔 박았다. 마차가 달렸다. 아르누 부인 옆에 앉은 프레데릭은 그녀가 몸을 심하게 떨고 있다는 것을 알아챘다. 아르누가 왼쪽 길로 접어들자 마차가 다리를 건넜다. 그때 그녀가 외쳤다.

"여기가 아니에요. 이쪽 오른쪽이에요!"

그녀는 화가 났는지 계속 짜증을 냈다. 마르트가 잠들자 그녀는 꽃다발을 문 밖으로 집어 던졌고 다른 한 손으로는 절대로 말하지 말라는 신호를 보내며 프레데릭의 팔을 잡았다.

그녀는 손수건을 입에 대더니 그대로 가만히 앉아 있었다.

마부석에 앉은 다른 두 사람은 인쇄소와 구독에 대해 이야기하고 있었다. 아르누가 그다지 신경 쓰지 않고 마차를 모는 바람에 숲 한가운데에서 길을 잃고 말았다. 마차는 좁은 길로 접어들었다. 말은 규칙적인 속도로 달렸고, 마차 덮개가 나뭇가지를 스쳤다. 프레데릭은 아르누 부인을 바라봤지만 어둠 속에서는 두 눈밖에 보이지 않았다. 마르트는 아르누 부인의 무릎을 베고 자고 있었다. 프레데릭은 마르트의 머리를 받쳐주었다.

"딸아이 때문에 귀찮으시겠어요." 아르누 부인이 말했다.

그러자 프레데릭은 “아뇨! 전혀요!”라고 대답했다. 먼지가 서서히 일었다. 마차는 오퇴유를 지나고 있었다. 집집마다 모두 문이 닫혀 있었다. 여기저기 가로등이 벽 모서리를 흐릿하게 비추더니 다시 캄캄해졌다. 그는 그녀가 울고 있다는 걸 알았다.

회한 때문에? 욕망 때문에? 왜 우는 거지? 그는 그녀의 알 수 없는 슬픔이 자신의 일처럼 느껴졌다. 두 사람 사이에는 새로운 관계, 일종의 공감이 있었다. 그가 다정한 목소리로 물었다.

“어디 몸이 안 좋으신가요?”

“조금요.” 그녀가 대답했다.

마차는 계속 달렸다. 담장 밖으로 뻗어 나온 인동덩굴과 고광나무가 어둠 속에서 달콤한 향기를 내뿜고 있었다. 그녀의 주름 장식 드레스가 발을 가리고 있었다. 그는 마르트의 몸을 통해 아르누 부인의 모든 것이 전해지는 듯한 느낌을 받았다. 그는 자고 있는 마르트 위로 몸을 굽혀 귀여운 갈색 머리를 젖히고 이마 위에 가볍게 입을 맞추었다.

“좋은 분이에요!” 아르누 부인이 말했다.

“네?”

“아이를 좋아하시니까요.”

"아이라고 다 좋아하는 건 아닙니다!"

프레데릭은 더 이상 말하지 않고 아르누 부인 쪽으로 왼손을 뻗었다. 그녀도 손을 내밀 수도 있지 않을까 하는 생각에 손을 벌렸으나 이내 멋쩍어서 손을 다시 거둬들였다.

마차는 잠시 후 포장도로에 접어들자 점점 빨리 달리기 시작했다. 가스등도 많이 보였다. 드디어 파리였다. 가구 보관소 앞에서 위소네가 내렸다. 프레데릭은 슈아젤 거리 모퉁이에 몸을 숨긴 채 아르누가 대로 쪽으로 천천히 올라가는 모습을 바라봤다.

다음 날부터 프레데릭은 열심히 공부하기 시작했다. 어느 겨울 저녁, 중죄 재판소에서 얼굴이 창백해진 배심원들과 숨 가쁜 청중들이 칸막이를 거칠게 흔드는 가운데 벌써 네 시간째 말을 하고 있는, 모든 증거를 요약하고 새로운 증거를 발견하며 매 구절, 매 단어, 매 행동마다 등 뒤에 단두대의 칼날 소리가 들린다는 느낌을 받으며 변론을 마친 자신의 모습을 상상했다. 그다음에는 모든 적수들의 혼을 빼놓을 정도로 열변을 토하고 우레와 같은 소리, 그리고 냉소적이고 비장한 목소리가 담긴 음악적인 억양으로 이들을 반격해 국민의 구원을 입에 담는 웅변가로서 의회 연단에 선 자신의 모습을 상상했다. 아르누 부인은 청중석 어딘가에 앉아 열광의 눈물을 베

일 안에 감추고 있을 것이다. 두 사람은 다시 만날 것이다. 그녀가 "아! 멋져요!"라고 말하며 두 손으로 이마를 어루만져준다면 그 어떤 낙담도 하지 않을 것이고 비방이나 욕설에도 상처받지 않을 것이다.

이러한 상상은 마치 등대처럼 그의 인생 저편에 빛을 던져주었다. 자극받은 그의 정신은 점점 활발하고 강해졌다.

프레데릭은 8월까지 집에 틀어박혀 공부만 한 결과 최종 시험에 합격했다.

12월 말 2차 시험 때, 2월 3차 시험 때 프레데릭이 암기하는 걸 도와주었던 데로리에는 이번에 프레데릭이 혼자서 열심히 하는 모습에 깜짝 놀랐다. 데로리에는 다시 희망을 품었다. 10년 뒤 프레데릭이 국회의원이, 15년 뒤에는 장관이 되지 말라는 법도 없지 않은가? 조만간 프레데릭은 유산을 받아 신문을 창간할 수 있을 것이다. 이것은 시작에 불과하다. 그다음은 지켜보면 될 일이다. 데로리에는 여전히 법과대학 교수 자리를 꿈꾸고 있었다. 이미 박사 논문 심사 때 뛰어난 논문을 발표해 교수들에게 칭찬을 받았다.

사흘 뒤 프레데릭은 논문 심사에 통과했다. 여름방학을 맞아 고향으로 떠나기 전에 그는 토요일마다 여는 모임을 마무리하는 파티를 열기로 했다.

이날 그는 기분이 너무나 좋았다. 아르누 부인은 요즘 샤르트르의 친정집에 있었다. 조만간 부인과 만날 것이고, 결국 연인 사이가 될 거라는 생각을 했다. 데로리에는 이날 오르세 청년 변호사 토론회에 들어가 성공적으로 연설을 마쳤다. 데로리에는 평소에 술을 잘 마시지 않지만 이날만큼은 취했다. 디저트를 먹을 때 데로리에가 뒤사르디에에게 말했다.

"자네는 정직한 사람이야. 내가 부자가 되면 자네를 관리인으로 채용할 거야."

모두들 기분 좋아했다. 시지는 법률 공부를 아직 마치지 못했고, 마르티농은 지방 실습을 마치고 검사 대리로 임명될 날을 앞두고 있었다. 펠르랭은 혁명의 상징을 구현하는 대작에 몰두하고 있었다. 위소네는 다음 주에 델라스망 극장 단장에게 희곡 기획안을 발표해야 하는데 잘될 것 같다고 했다.

"연극 구상을 내게 맡기거든! 열심히 뛰어서 정열에 대해서는 잘 알고 있고, 재치는 내 전문 분야잖아!"

위소네는 벌떡 일어나 물구나무를 선 채 한동안 테이블 주위를 돌았다.

그러나 이런 재미있는 장면 앞에서도 세네칼은 인상을 찌푸리고 있었다. 알고 보니 그는 어느 귀족의 아들을 때려서 기숙학교에서 쫓겨났던 것이다. 살기가 어려워지자 세네칼은 사회를 비난하고 부자를 저주했다. 품고 있던 꿈이 계속 깨지면서 우울하고 괴팍스러워지고 있는 르쟁바르에게 의지해 자신의 심정을 토로했다. 시민은 이제 예산 문제로 화제를 바꿔 궁정당이 알제리에서 엄청나게 많은 돈을 낭비하고 있다고 비난했다.

카페 알렉상드르에 들르지 않으면 잠들지 못하는 습관이 있던 르쟁바르는 열한 시가 되자 이미 카페로 가고 없었다. 다른 사람들은 이보다 훨씬 늦은 시간에 돌아갔다. 프레데릭은 위소네에게 작별 인사를 하다가 아르누 부인이 어제 돌아오기로 되어 있었다는 말을 들었다.

프레데릭은 역마차 사무소로 가서 좌석을 다음 날로 바꾼 다음 저녁 여섯 시 정도에 아르누 부인의 집으로 갔다. 그런데 문지기 말로는 그녀가 돌아오는 날이 일주일 연기됐다고 했다. 프레데릭은 혼자서 저녁 식사를 마친 뒤 큰길을 여기저기 산책했다.

지붕 위에는 분홍색 구름이 스카프처럼 기다랗게 드리워 있었다. 가게들이 차양을 걷어 올리기 시작했다. 살수차가 먼지 쌓인 길 위에 물을 뿌리며 지나갔다. 그 덕에 생각지도 못한 신선한 공기가, 금은 제품 사이 높은 거울에 꽃다발이 비치는 카페의 열린 문틈으로 풍겨 나오는 향기와 뒤섞였다. 사람들은 천천히 걸어가고 있었다. 길 한복판에서 이야기하는 남자들도 있었다. 눈빛이 부드럽고 한더위의 나른함이 피부에 스며 얼굴빛이 동백꽃처럼 붉은 여자들이 지나갔다. 알 수 없는 커다란 뭔가가 주위에 넘치고 있었고 집들을 둘러싸고 있었다. 파리가 이토록 아름답게 느껴진 적이 없었다. 미래가 영원히 사랑의 시간으로만 가득 차 있는 기분이 들었다.

프레데릭은 포르트생마르탱 극장 앞에 서서 광고를 바라본 뒤 재미로 표를 샀다.

옛날식 요정극이었다. 관객은 얼마 되지 않았다. 맨 꼭대기 관람석의 창에서는 햇빛이 작고 네모난 푸른색으로 잘려 비쳤고, 계단참 석유등은 한 줄기 노란빛을 이루고 있었다. 무대 배경은 베이징의 노예시장이었다. 방울 소리와 징 소리가 뒤섞여 들리고, 기다란 중국풍 옷을 입고 끝이 뾰족한 모자를 쓴 배우들이 코믹한 대화를 나누는 공연이었다. 막이 내리자 그는 혼자 휴게실을 왔다갔다하다 현관 계단 아래에 서 있는 녹색 마차를 보았다. 하얀 말 두 마리의 고삐를 잡고 있는 마부는 반바지를 입고 있었다.

극장의 자리로 돌아온 그는 2층 무대 옆 좌석에 어느 부인과 신사가 함께 있는 모습을 봤다. 남자는 얼굴이 창백했고 잿빛 구레나룻이 얼굴을 빙 둘러싸고 있었다. 4등 훈장을 달고 있고 차가운 인상을 풍기는 걸로 봐서는 외교관 같았다.

부인은 못해도 이 남자보다 스무 살은 어려 보였다. 그녀는 키가 그리 크거나 작지 않고 외모가 못나지도 아름답지도 않았다. 그녀는 영국식으로 여러 가닥 가늘게 늘어뜨린 금발 머리에 상체가 평평한 드레스를 입고, 커다란 검은색 레이스 부채를 들고 있었다. 이런 계급이 이 같은 연극 불황기에 연극을 구경한다는 건 우연이거나 혹은 부부가 마주 앉아 하룻밤을 보내기가 심심해서 온 거라고 추측할 수 있었다. 부인은 부채 끝을 씹어댔고, 신사는 하품을 하고 있었다. 프레데릭은 어디선가 그 얼굴을 본 적이 있는 것 같았지만 생각이 잘 나지 않았다.

다음 막간에 프레데릭은 아까 그 신사와 부인과 마주쳤다. 프레데릭이 어색하게 인사하자 당브뢰즈는 그를 바로 알아보고는 그동안 소식을 전하지 못해 미안하다고 했다. 데로리에의 권고로 보낸 명함 여러 장을 암시하는 것이었다. 당브뢰즈는 계산을 잘못해서 프레데릭이 아직도 법과대학 2학년이라고 생각했다. 프레데릭이 시골에 간다고 하자 당브뢰즈는 매우 부러워했다. 당브뢰즈는 휴가를 내고 싶지만 일 때문에 파리를 떠날 수 없다고 했다.

당브뢰즈 부인은 남편과 팔짱을 낀 채 프레데릭에게 가볍게 인사했다. 지금 부인의 얼굴은 아까 우울했던 표정과는 반대로 화색이 도는 우아한 표정이었다.

"하지만 파리에는 오락거리가 꽤 있어요, 그렇지 않아요?" 당브뢰즈 부인이 남편의 말에 대해 자신의 생각을 말했다. "그런데 이 공연은 바보 같군요, 그렇지 않아요?" 세 사람은 극장과 새로운 연극에 대해 이야기를 나누었다. 시골 부르주아 여자들의 무뚝뚝한 표정만 늘 봐왔던 프레데릭은 그 어떤 여자에게서도 이런 여유 있는 모습, 세련되면서도 순진한 사람들은 순간적으로 호의로 착각할 수 있는 간결함을 본 적이 없었다.

당브뢰즈는 프레데릭에게 파리에 오면 꼭 한번 들러달라고 하면서, 로크 영감에게 안부 인사를 전해달라고 했다.

집에 돌아온 프레데릭은 극장에서 당브뢰즈 부부에게 받은 친절한 인상에 대해 데로리에에게 설명해주었다.

"멋지군!" 서기가 말했다. "어머니에게 붙잡혀 있지 말고 얼른 돌아오라고."

프레데릭이 고향에 돌아온 다음 날, 점심 식사를 한 뒤 모로 부인은 아들을 정원으로 데려갔다.

그녀는 보기와 달리 집에 돈이 그리 많지 않다며 그에게 뭐든 직업을 가졌으면 좋겠다고 하면서, 농지 수입은 얼마 안 되고 소작인들에게는 지불을 계속 늦추고 있으며 마차를 팔아야 할 정도라고 했다. 그녀는 그에게 재정 상태에 대해 이야기해주었다.

그녀가 과부가 된 이후 얼마 지나지 않아 사정이 어려워지자 교활한 로크 영감이 돈을 빌려주었고, 괜찮다고 해도 그는 증서를 바꾸어 지불 기한을 늦춰주었다. 그런데 얼마 안 있어 로크 영감이 돈을 갚아달라고 해서 그녀는 어쩔 수 없이 프렐의 농지를 시세보다 아주 싼 값에 넘기고 말았다. 그리고 10년 뒤 므룅의 한 은행가가 파산하면서 저금한 돈이 사라져버린 것이다. 로크 영감이 다시 찾아오자 토지나 집을 저당잡고 싶은 마음은 없고 자식의 미래를 위해 체면을 세워야 했던 그녀는 다시 한번 그의 말을 들었다. 이제 빚은 다 갚은 상태였다. 요컨대 두 사람에게는 약 1만 프랑 수입이 남아 있고, 이 중 2,300프랑이 프레데릭이 받을 수 있는 유산의 전부라고 했다!

"말도 안 돼요!" 프레데릭이 큰 소리로 말했다.

하지만 모로 부인은 사실이라는 뜻으로 고개를 끄덕였다.

'하지만 큰아버지가 유산을 조금 남겨줄 수도 있지 않을까?'

그렇지만 기대를 걸 수는 없었다.

모로 부인과 프레데릭은 아무 말 없이 정원을 산책했다. 갑자기 그녀가 그를 안고 울먹이며 말했다.

"가엾은 우리 아들! 하지만 나도 여러 가지 꿈을 단념해야 할 때가 있었단다!"

그는 커다란 아카시아 나무 아래 그늘진 벤치에 앉았다.

그녀는 그에게 소송대리인 프루아랑의 서기로 일해보라고 권했다. 프루아랑이 프레데릭에게 자신의 사무실을 넘길 거라고 했다는 것이다. 프레데릭이 사무실을 잘 경영하면 사무실을 다시 팔 수도 있고, 좋은 방도를 찾을 수도 있을 것이다.

프레데릭은 더 이상 듣지 않고 울타리 너머 옆집 안마당을 우연히 보게 되었다.

열두 살 정도 된 빨간 머리 소녀가 혼자서 마가목 열매를 귀걸이로 달고 있었다. 끈이 달린 회색 마직 상의를 통해 햇빛에 황금빛으로 살짝 그을린 어깨가 드러났다. 치마는 여기저기 잼 자국투성이였다. 예민하고 호리호리한 모습에는 야생적인 아름다움이 깃들어 있었다. 낯선 사람의 등장에 소녀는 놀랐는지 물뿌리개를 든 채 그대로 서서 맑은 청록색 눈동자로 바라봤다.

"로크 영감의 딸이야." 모로 부인이 말했다. "영감은 최근에 그 하녀와 정식으로 결혼해 딸을 입적시켰다는구나."

6장

파산에 빈털터리에 이제 끝이었다!

프레데릭은 뇌진탕에 걸린 사람처럼 멍하니 벤치에 앉아 있었다. 그는 운명을 저주했고, 아무나 실컷 때려주고 싶었다. 일종의 모욕감과 수치심이 자신을 짓누르자 더욱 절망스러웠다. 언젠가 1년 안에는 1만 5,000리브르의 유산을 받게 될 거라고 생각했고, 아르누 부부에게도 그런 말을 한 적이 있었다. 하지만 이젠 뭔가 이익을 얻으려고 아르누 부부의 집에 드나든 허풍쟁이, 우스운 사람, 속이 시커먼 건달 취급을 받을 수도 있었다! 더구나 아르누 부인을 어떻게 다시 볼 수 있겠는가.

겨우 3,000프랑의 연수입으로는 말도 안 되는 일이었다!

이렇게 계속 5층에 살면서 하인이라고는 문지기만 둘 수도 없었고, 손끝이 바랜 꾀죄죄한 검은색 장갑을 끼고 꼬질꼬질한 모자를 쓰고 1년 내내 프록코트를 입은 모습으로 그녀 앞에 나타날 수는 없는 일이었다. 안 돼, 안 돼, 절대로! 하지만 그녀 없이는 살 수 없었다. 재산이 없어도 잘 살아가는 사람들이 많았다. 데로리에가 대표적이었다. 별것 아닌 일을 갖고 크게 부풀려 생각한 자신이 한심하게 느껴졌다. 달리 생각해 보면 가난하기 때문에 재주가 더 많아질 수 있을지도 몰랐다. 다락방에 살면서도 열심히 공부한 유명인들을 생각하며 프레데릭은 흥분했다. 아르누 부인처럼 따뜻한 마음을 가진 사람이라면 감동하여 따뜻한 위로를 해줄 것이다. 어쨌든 지금의 불행은 행복이라 생각할 수 있었다. 지진으로 땅속 보물이 솟아나는 것처럼 불운으로 인해 타고난 재주를 발견하게 될지도 몰랐다. 이러한 부유함이 빛을 발할 수 있는 곳은 이 세상에서 오직 하나밖에 없었다. 파리! 예술, 학문, 사랑(펠르랭이 신의 세 가지 얼굴이라고 말한)은 파리와는 뗄 수 없는 것이기 때문이다.

그날 저녁 프레데릭은 어머니에게 파리로 돌아가겠다고 했다. 그녀는 놀라며 화를 냈다. 제정신이 아니라고, 말도 안 되는 소리라고 했다. 그녀는 자신의 곁에 살면서 법률사무소에 들어가는 편이 낫다고 했고 그는 어깨를 으쓱했다. "그건 말도 안 돼요!" 어머니의 제안에 그는 모욕감을 느꼈다.

그녀는 다른 방법을 썼다. 부드러운 목소리로 흐느끼면서 자신은 외롭고 나이를 먹었으며 지금까지 희생해왔다고 했다. 전보다 더 불행해진 자신을 이대로 내버려두는 거냐고 하면서 자신도 살 날이 얼마 남지 않았다고 넌지시 말했다.

"조금만 참으렴! 조만간 자유를 누리게 될 테니까!"

모로 부인은 석 달 동안 매일 스무 번씩 이렇게 한탄했다. 동시에 프레데릭은 집에서 생활하며 느끼는 섬세한 부분들에 마음이 기울었다. 파리의 집보다 부드러운 침대, 찢어지지 않는 냅킨을 즐기고 있었다. 그러다 보니 지치기도 하고 안락이 주는 힘에 꺾인 그는 어머니의 조언대로 프루아랑의 사무실로 이끌려 갔다.

프레데릭은 학식이나 재능을 보여주지 않았다. 그때까지 그를 고향의 자랑이 될 만한 유망한 젊은이라 생각해온 사람들은 실망했다.

처음에 그는 '아르누 부인에게 알려야 한다'고 생각했다. 열렬한 찬사를 늘어놓는 편지를 쓸지, 간결하고 고상한 문체의 편지를 쓸지 일주일 동안 고민하며 연습 삼아 편지 몇 통을 썼다. 하지만 자신의 처지를 알리는 게 신경 쓰여 편지 쓰기를 주저했다. 차라리 아르누에게 편지를 쓰는 편이 낫겠다는 생각이 들었다. 그는 인생에 대해 잘 알고 있으니 이해해 줄 것 같았다. 보름 동안 주저한 끝에 프레데릭은 이런 생각을 했다.

'이런, 아르누 부부와는 더 이상 만나지 말자. 차라리 나 자신을 잊게 하면 좋은 모습만 기억할 테니까. 아르누 부인은 내가 죽었다고 생각하고 그리워할지도 몰라.'

극단적인 결심을 하자 마음이 편해진 프레데릭은 다시는 파리에 가지 않을 것이고, 아르누 부인에게도 소식을 전하지 않겠다고 맹세했다.

그러나 그는 가스등 냄새와 합승마차 소리가 그리워졌다. 아르누 부인의 말, 그녀의 목소리와 빛나는 눈빛이 떠올랐다. 왠지 자신은 죽은 사람처럼 생각되었다. 그는 더 이상 아무것도 하지 않았다.

그는 아침에 아주 늦게 일어나 창밖으로 지나가는 짐마차를 바라보곤 했다. 처음 6개월은 정말 힘들었다.

어떤 때에는 그런 자신에게 화가 나 집 밖으로 나갔다. 겨울에 센 강이 범람해 반 정도 물에 잠기는 목장을 산책했다. 목장에는 포플러 나무들이 군데군데 있었다. 여기저기 작은 다리가 높이 놓여 있었다. 그는 저녁때까지 노란 낙엽을 밟기도 하고 안개를 들이마시기도 하고 도랑을 뛰어넘으면서 방황했다. 맥박이 빠르게 뛸 때면 거친 행동을 해보고 싶은 마음이 생겼다. 미국에서 사냥꾼이 되거나, 동방에서 파샤를 섬기거나, 선원이 되어 배를 타보고 싶은 생각이 들었다. 그는 이러한 우울한 기분을 데로리에에게 긴 편지로 썼다.

데로리에는 세상에 알려지기 위해 기를 쓰고 있었다. 그는 프레데릭의 우유부단함과 징징거리는 소리를 바보 같다고 느꼈다. 얼마 후 두 사람의 편지 교환이 끊겼다. 프레데릭은 자신의 집에 살고 있는 데로리에에게 가구를 모두 준 셈이 되어버렸다. 모로 부인은 프레데릭에게 가끔 가구 이야기를 했다. 어느 날 프레데릭이 선물로 주었다고 하자 모로 부인은 화를 냈다. 그런데 마침 그에게 편지가 도착했다.

"왜 그러니?" 모로 부인이 물었다. "너 떨고 있는 거니?"

"아무것도 아니에요!" 프레데릭이 말했다.

데로리에에게서 온 편지로, 세네칼이 집에 들어와 함께 살게 되었다는 내용이었다. 같이 산 지 보름이 되었다고 했다. 그러니까 세네칼은 프레데릭이 아르누의 가게에서 사 온 여러 물건들 한가운데에 자리를 차지하고 있는 셈이었다! 세네칼은 그 물건들을 팔면서 그 물건들에 대해 평가하고 농담을 할 게 분명했다. 마음속까지 상처 입은 프레데릭은 방으로 올라갔다. 죽고 싶은 심정이었다.

모로 부인이 프레데릭을 불렀다. 정원에 나무 심는 일 때문에 의논하고 싶어서였다.

가운데에 굵은 통나무로 울타리가 쳐진 이 영국식 정원은 절반은 로크 영감의 것이었다. 로크 영감은 강변에 정원이 또 하나 있어 거기에는 채소를 심었다. 모로 부인과 로크 영감은 사이가 좋지 않아서 같은 시간에는 정원에 나오지 않으려 했다. 그러나 프레데릭이 돌아온 뒤에는 로크 영감이 이전보다 더 자주 정원에 나와 그에게 예의를 담은 말을 아끼지 않았다. 로크 영감은 그에게 이런 작은 시골에 살게 되어 안됐다고 했고, 어느 날은 당브뢰즈가 프레데릭의 소식을 묻는다고 전했다. 또 어느 날은 어머니의 혈연관계를 따져 귀족 호칭을 물려받는 상파뉴 지방의 풍습에 대해 설명했다.

"그 시대에 살았다면 어머님 성이 드 푸방이니 자네도 영주가 되었을 거야. 상관없다고 해도 소용없지. 어쨌든 이름이란 대단하니까." 로크 영감이 말했다. 그리고 비웃는 듯한 눈빛으로 이렇게 덧붙였다. "그건 법무부 장관의 손에 달린 일이긴 하지."

반드시 귀족이 되고 싶다는 마음은 로크 영감이라는 사람의 처지와는 전혀 어울리지 않았다. 키가 작은 그는 커다란 갈색 프록코트 때문에 가뜩이나 긴 허리가 더욱 길어 보였다. 그가 모자를 벗으면 유난히 뾰족한 코를 가진, 여자 같은 얼굴이 드러났다. 노란색 머리는 가발 같았다. 그는 고개를 깊이 숙이고 벽을 스치며 인사하는 버릇이 있었다.

그는 쉰 살까지는 얼굴에 곰보 자국이 있는 로렌스 출신의 동갑내기 여자 카트린의 시중을 받으며 사는 데 만족했다. 1834년쯤에는 파리에서 금발 머리 여자를 데려왔는데 양처럼 순한 얼굴이었으나 여왕 같은 분위기를 풍겼다. 얼마 후에는 그 여자가 커다란 귀걸이를 늘어뜨리고 으스대며 걸어다니는 모습이 눈에 띄었다. 그러고 나서 여자아이가 태어나 엘리자베트 올랭프 루이즈 로크라는 이름이 붙여지면서 상황이 분명하게 이해되었다.

사람들은 카트린이 질투가 나서 이 아이를 미워할 거라고 생각했으나 오히려 그 반대로 그녀는 아이를 몹시 사랑했다. 그녀는 아이를 잘 돌봐주었고 여러 가지로 따뜻하게 신경 써주었다. 친어머니를 싫어하게 만들고 자신을 엄마로 생각하게 하려는 계획으로, 그리 어려운 일이 아니었다. 엘레오노르 부인은 아이를 돌보기는커녕 가게에서 수다 떠는 것을 더 좋아하는 성격이었기 때문이다. 결혼식을 올린 다음 날부터 엘레오노르 부인은 군수의 집에 찾아가는가 하면, 하인들에게 말을 편하게 놓지도 않았으며, 상류 가정 흉내를 내면서 아이는 엄하게 다뤄야 한다고 했다. 딸의 수업에도 참관하다 보니 시청 관리였던 나이 든 선생은 곤란해했다. 루이즈는 대들다가 어머니에게 뺨을 맞으면 카트린의 품으로 갔고, 카트린은 루이즈의 편을 들어주었다. 그러면 엘레오노르 부인과 카트린이 말다툼을 벌이기도 했는데 그때마다 로크가 말렸다. 로크는 딸에 대한 애정 때문에 결혼한 거였으므로 딸을 괴롭히는 건 싫어했다.

루이즈는 평상시에는 닳아빠진 흰색 윗옷에 레이스가 달린 바지를 입었으나 중요한 축제가 열리는 날에는 공주처럼 차려입었다. 사생아로 태어났다는 이유로 자기 아이들과 놀지 못하게 하는 부르주아들에게 보여주기 위해서였다.

루이즈는 늘 정원에 혼자 있었다. 그네를 타거나 나비를 잡거나 멈춰 서서 장미 가지에 날아드는 풍뎅이를 구경하기도 했다. 이런 성향 때문에 그녀의 얼굴은 활기차면서도 꿈꾸는 표정이었다. 게다가 루이즈는 마르트와 키가 거의 비슷해서 프레데릭은 루이즈와 두 번째 만났을 때 이렇게 말했다.

"아가씨에게 입 맞춰도 되나요?"

루이즈는 고개를 들고 이렇게 대답했다.

"그래요."

하지만 두 사람 사이에는 굵은 통나무가 있었다.

"이 위로 올라가야겠군." 프레데릭이 말했다.

"아뇨, 안아 올려줘요."

그는 울타리 너머로 몸을 내밀어 소녀를 안아 올린 다음 양 볼에 입을 맞추었고, 같은 방법으로 다시 내려놓았다. 다음에도 이런 일이 똑같이 반복되었다.

네 살짜리 아이처럼 천진난만한 루이즈는 프레데릭을 남자친구로 생각했다. 그의 발소리가 들리면 뛰어나오거나 나무 뒤에 숨어서 놀라게 하려고 개 짖는 소리를 냈다.

어느 날 모로 부인이 외출을 했다. 프레데릭은 루이즈를 데리고 자기 방으로 올라갔다. 그녀는 향수병이란 병은 모두 열고 머리에 포마드를 바른 뒤 거리낌 없이 침대에 올라가 드러누웠다.

"아저씨의 아내가 되었다는 상상을 하고 있어요." 루이즈가 말했다.

다음 날 프레데릭은 루이즈의 눈에 눈물이 그렁거리는 모습을 보았다. 그녀는 "죄를 지어서 슬퍼서 그래요."라고 말했으나 무슨 죄냐는 그의 질문에는 눈을 내리 깔고 이렇게 대답했다. "더 이상 묻지 마세요."

첫영성체 날이 다가왔다. 그날이 되자 루이즈는 어른들을 따라 아침에 고해성사를 하러 갔다.

성찬식이 끝나도 그녀는 얌전해지지 않았다. 그녀가 신경질을 부릴 때마다 프레데릭이 달래주어야 했다.

프레데릭은 산책할 때마다 루이즈를 데리고 갔다.

그가 걷다가 딴생각에 빠지면 그녀는 밀밭가에 핀 개양귀비꽃을 뜯었다. 그가 평소보다 우울해 보일 때는 그녀가 상냥하게 말을 걸며 달래주었다. 사랑을 잃은 그는 소녀의 우정을 통해 마음을 달랬다. 그는 그녀에게 귀여운 그림을 그려주거나 이야기를 해주다가, 책을 읽어주게 되었다.

맨 처음에 그가 읽어준 책은 그 당시 유명했던 시집《낭만주의 연대기》였다. 루이즈의 영리함에 매료된 그는 그녀의 나이를 잊고《아탈라》,《생마르스》,《고엽》 등을 읽어주었다. 그러던 어느 날 밤(이날 저녁에 그는 르투르뇌르의 번역본《맥베스》를 읽어준 적이 있었다.) 그녀가 잠에서 깨어나 "핏자국! 핏자국!"이라고 소리를 질렀다. 그러더니 이를 딱딱 마주치고 몸을 떨며 겁에 질린 눈으로 오른쪽을 노려보며 "아직도 핏자국!"이라고 소리쳤다. 의사가 달려왔다. 의사는 흥분시키지 말라는 주의를 주고 돌아갔다.

부르주아들은 이 사건을 루이즈의 행실이 단정치 못하다는 징조로만 봤다. 그리고 '모로 댁 아들'이 그녀를 여배우로 만들려 한다는 소문이 퍼졌다.

얼마 후 다른 사건이 일어났다. 바르텔레미 큰아버지가 찾아온 것이다. 모로 부인은 자신의 침실을 내주었고, 고기를 먹지 않는 날에도 기름진 고기로만 정성스럽게 대접했다. 냉정한 성격인 큰아버지는 아브르와 노장을 끊임없이 비교했다. 노장은 공기가 무겁고 빵도 맛이 없으며 도로도 잘 포장되어 있지 않고 요리도 별로이고 주민들도 게으르다고 투덜거렸다. "이 동네는 왜 이렇게 경기에 활력이 없는 거야?"라고 말하며 죽은 동생이 돈을 쓸데없이 낭비했다고 험담했으며, 자신은 연수입이 2만 7,000프랑이나 되는 재산을 모았다고 했다. 큰아버지는 일주일 뒤에 떠났다. 떠나기 전에 그는 발판에 서서 안심이 되지 않는지 이렇게 말했다.

"너희가 아무 걱정 없이 사는 것 같아 마음이 편하구나."

"왠지 넌 아무것도 물려받지 못할 것 같구나." 모로 부인이 방으로 돌아와 말했다.

큰아버지가 찾아온 건 모로 부인이 꼭 와달라고 부탁해서였다. 여드레 동안 모로 부인 쪽에서 너무 노골적으로 뭔가 말씀을 좀 해달라고 부추겼는지도 몰랐다. 그녀는 자신이 너무 노골적으로 행동하는 바람에 큰아버지가 눈치챈 게 아닌가 하고 후회하는 마음이 들었다. 그녀는 풀 죽은 모습으로 입술을 깨물며 안락의자에 앉아 있었다. 프레데릭은 맞은편에 앉아 있는 어머니를 조용히 바라봤다. 5년 전 몽트르에서처럼 두 사람은 아무 말도 하지 않았다. 이 순간 그는 아르누 부인을 생각했다.

바로 그때 창 아래에서 채찍 소리가 나면서 누군가 그의 이름을 부르는 소리가 들렸다. 로크 영감이 혼자서 마차를 타고 왔다. 로크 영감은 포르텔에 있는 당브뢰즈의 집에 가는 길이라고 했다. 하루 종일 그 집에서 묵을 생각인데 프레데릭에게 같이 가지 않겠느냐고 친절하게 말했다.

"나와 같이 가면 초대받지 않아도 상관없어. 걱정 말라고."

프레데릭은 마음 같아서는 따라가고 싶었지만 노장에서 살기로 완전히 결심했다는 걸 어떻게 설명할 것인가? 입고 갈 옷도 없었다. 그리고 어머니가 뭐라고 할까? 프레데릭은 결국 거절했다.

그 이후로 로크 영감은 그에게 전처럼 다정하게 대하지 않았다. 루이즈는 그동안 많이 자랐다. 엘레오노르 부인은 중병에 걸렸다. 프레데릭과 로크 집안과의 관계는 점점 멀어져갔다. 모로 부인은 프레데릭이 그런 사람들과 어울려봐야 그다지 도움될 게 없다고 봤기에 내심 기뻐했다.

그녀는 아들을 위해 재판소의 서기 자리라도 사둘까 하는 생각을 했고, 프레데릭도 그에 별로 반대하지 않았다. 그는 어머니와 함께 미사도 가고 밤에는 같이 트럼프도 하면서 시골 생활에 점점 적응하고 있었다. 아르누 부인에 대한 사랑도 점점 식어가며 담담한 감정으로 변해가고 있었다. 괴로운 마음을 편지 몇 통에 쏟아붓거나 독서로 풀거나 가슴에 품고 들로 나가 퍼뜨린 결과 괴로움의 원천도 말라버렸다. 그에게 아르누 부인은 이제 죽은 사람이나 마찬가지였다. 그녀는 그에게 묘지조차 알 수 없는 죽은 사람과 다름없었다. 이 정도로 그의 사랑은 조용히 체념적이 되어가고 있었다.

1845년 12월 12일 오전 아홉 시쯤에 프레데릭의 침실로 하녀가 올라와 편지 한 통을 전해주었다. 주소가 크게 적혀 있었는데 낯선 글씨체였다. 그는 아직 잠이 깨지 않은 상태여서 곧바로 봉투를 뜯지 않았다. 나중에 봉투를 뜯어 읽어보니 내용은 다음과 같았다.

르아브르 3구 치안 재판소.

귀하,

큰아버지이신 모로 씨가 유언 없이 사망하셨으므로…….

유산을 물려받은 것이었다!

그는 벽 뒤에서 불이라도 난 듯 잠옷을 입은 채 맨발로 침대에서 뛰어내렸다. 혹시 꿈이 아닌지 확인하기 위해 창문을 열었다.

밤새 내린 눈이 지붕마다 새하얗게 덮여 있었다. 안마당에는 어젯밤에 발이 걸려 넘어질 뻔했던 빨래통이 보였다.

그는 세 번이나 편지를 읽어보았는데 분명 큰아버지의 전 재산이었다! 연수입 2만 7,000리브르의 돈이었다. 아르누 부인과 다시 만날 수 있다는 생각에 그는 한껏 기쁨에 들떴다. 환상이라도 보듯 그녀를 떠올렸다. 자신이 비단으로 싼 물건을 갖고 그녀 옆에 앉아 있는 장면이었다. 그동안 건물 입구에는 자신의 이륜마차, 아니 사륜마차, 검은 칠을 한 사륜마차가 서 있고, 그 옆에는 갈색 제복을 입은 하인이 서 있는 모습이 상상되었다. 말이 땅을 걷어차는 소리, 재갈 사슬 소리, 두 사람이 여러 번 키스를 하며 내쉬는 숨소리가 서로 뒤섞이는 장면이 상상되었다. 이런 날이 계속되는 것이다. 그녀를 셋집이 아닌 자기 소유의 집에 초대하는 거다. 식당은 붉은색 가죽으로 장식하고, 아르누 부인의 방은 노란색 비단으로 장식하고, 여기저기 긴 의자를 놓는 거다. 매우 멋진 선반, 중국산 고급 도자기! 아름다운 양탄자! 이런 장면들을 상상하느라 그는 정신이 없었다. 공상에서 깨어나자 어머니가 생각났다.

그는 편지를 쥔 채 아래층으로 내려갔다.

모로 부인은 흥분을 억누르다가 혼절하고 말았다. 프레데릭은 어머니를 안고 이마에 입을 맞추었다.

“훌륭하신 어머니, 이제 우리 마차를 다시 찾을 수 있어요. 웃어보세요. 울지 말고 기뻐해주세요.”

십 분 뒤 이 사실이 마을 전체에 퍼졌다. 브누아 씨, 강블랭 씨, 샹비옹 씨 등 지인들이 모두 달려왔다. 프레데릭은 자리를 빠져나와 데로리에에게 편지를 썼다. 손님들이 계속 찾아왔다. 오후 시간은 축하 인사를 받으며 훌쩍 지나갔다. 이 때문에 사람들은 로크 영감의 아내가 위중하다는 것을 잠시 잊었다.

그날 밤 모로 부인은 프레데릭과 단둘이 있게 되자 아들에게 트루아로 가서 변호사가 되는 편이 나을 것 같다고 했다. 객지보다는 고향이 아는 사람도 많고 도와줄 사람도 많을 것 같다는 이유였다.

“아! 이제 그만 좀 하세요!” 그가 큰 소리로 말했다. 모처럼 행복을 손에 넣게 됐는데 그것을 빼앗으려 하다니. 그는 무슨 일이 있어도 파리에서 살겠다고 분명히 말했다.

“거기서 뭘 하려고?”

“그냥요!”

모로 부인은 그의 대답에 놀라 앞으로 뭐가 될 거냐고 물었다.

"장관이요!" 그가 대답했다.

그는 결코 농담이 아니라 외교관 쪽으로 나아갈 것이라 했고, 지금까지 한 공부와 그 성격을 봐도 그쪽이 맞을 것 같다고 했다. 우선 당브뢰즈의 후원을 받아 참사원으로 일할 것이라고 했다.

"그 사람을 아니?"

"그럼요! 로크 영감의 소개로 알게 됐죠!"

"이상하구나." 모로 부인이 말했다.

그의 말은 그녀가 오래전에 품었던 꿈을 다시 일깨워주었다. 그녀는 마음속으로 여기에 동조하고 더 이상 다른 말은 하지 않았다.

마음이 급했던 만큼 프레데릭은 즉시 떠났을 것이다. 하지만 다음 날에도 합승마차의 좌석이 전부 예약되어 있어서 어쩔 수 없이 그다음 날 저녁 일곱 시까지 꾹 참아야 했다.

모로 부인과 프레데릭이 저녁 식사를 하려고 자리에 앉자 교회 종소리가 세 번 길게 울렸다. 하녀가 들어오더니 엘레오노르 부인이 세상을 떠났다고 알려주었다.

어쨌든 그 누구에게도, 심지어 루이즈에게도 불행을 안겨

주는 죽음은 아니었다. 그녀에게는 어쩌면 더 잘된 일인지도 몰랐다.

두 집이 바로 붙어 있었기 때문에 사람들이 드나드는 소리, 말소리가 계속 들렸다. 바로 옆집에 죽은 사람이 있다는 생각에 두 사람의 이별에 음산한 분위기가 끼쳤다. 모로 부인은 두세 번 눈물을 닦았고, 프레데릭은 가슴이 아팠다.

식사를 마치자 카트린이 프레데릭을 불렀다. 루이즈 아가씨가 프레데릭을 꼭 만나보고 싶어한다면서 정원에서 기다리고 있다고 전해주었다. 그는 밖으로 나가 울타리를 넘었고 나무에 몇 번 부딪히며 로크 영감의 집으로 걸어갔다. 3층 방에 불이 환하게 켜져 있었다. 어둠 속에서 사람의 모습이 나타나며 속삭이는 소리가 들렸다.

"저예요."

루이즈는 상복을 입어서인지 평소보다 키가 더 커 보였다. 그는 무슨 말을 해야 할지 몰라 그녀의 두 손을 잡고 한숨을 내쉬었다.

"불쌍한 루이즈!"

그녀는 아무 대답 없이 그를 쳐다볼 뿐이었다. 그는 마차를 놓칠까봐 불안했다. 멀리서 마차 바퀴 소리가 들리는 것 같아서 얼른 이야기를 끝내고 싶었다.

"카트린 말로는 내게 할 말이 있다며?"

"그래요! 당신에게 드릴 말씀이……."

'당신'이라는 말에 그는 깜짝 놀랐다. 그녀는 다시 입을 다물었다.

"무슨 말인데?"

"모르겠어요. 잊어버렸어요! 정말 떠나시는 거예요?"

"응, 지금 가야 해."

그녀가 다시 물었다.

"아, 지금 가신다고요? ……정말요? 우린 다시는 볼 수 없나요?"

그녀는 울먹이느라 말을 잇지 못했다.

"안녕히 가세요! 안녕히! 입맞춰주세요."

그리고 그녀는 그를 힘껏 껴안았다.

2부

1장

프레데릭이 안쪽 자리에 앉자 말 다섯 마리가 동시에 끄는 합승마차가 덜컹거렸고, 그는 달콤한 공상에 빠졌다. 마치 건축가가 궁전을 설계하듯 그도 인생을 미리 그려봤다. 그 인생을 섬세함과 화려함으로 가득 채웠다. 하늘에 닿을 듯한 인생이었다. 거기에 넘쳐흐르는 사물들이 눈앞에 그려졌다. 공상에 너무 깊이 잠기다 보니 외부 사물들은 사라졌다.

마차가 수르덩 언덕 아래에 도착하자 그는 그제야 어디에 와 있는지 알게 되었다. 달려온 거리는 겨우 5킬로미터밖에 안 되었다! 그는 화가 났다. 길을 내다보기 위해 창문을 열고, 마부에게 언제쯤 파리에 도착하느냐고 물었다. 어느 정도 화가 가라 앉자 눈을 뜬 채 구석 자리에 가만히 앉아 있었다.

마부석에 달린 등불의 불빛에 말의 엉덩이가 비쳤다. 그 너머로는 하얀 파도처럼 출렁이는 다른 말들의 갈기만이 보였다. 말이 뿜어내는 입김이 마차 양쪽으로 안개처럼 피어올랐다. 작은 쇠사슬이 딸랑거렸고 창틀 속 유리창이 덜커덩거리며 흔들렸다. 묵직한 마차는 일정한 속도로 거리를 달렸다. 헛간 벽 혹은 외딴 여인숙이 여기저기 보였다. 이따금 마차가 마을을 지나갈 때면 빵집 오븐이 타는 듯한 불빛을 내뿜었고, 달려가는 말들의 기괴한 그림자가 맞은편 집에 드리웠다. 교대 지점에 이르러 마차에서 말을 떼어내는 순간 잠시나마 매우 조용해졌다. 짐을 덮은 방수포 위를 누군가가 걸어다녔고, 길가 어느 집 문 앞에 한 여자가 손으로 촛불을 가린 채 서 있었다. 이윽고 마부가 발판 위로 뛰어오르자 마차는 다시 달리기 시작했다.

모르망에서 한 시 십오 분을 알리는 종소리가 들렸다. '그래, 오늘이야.' 그는 생각했다. '바로 오늘이야. 얼마 안 남았어!'

그러자 희망과 추억, 노장, 슈아젤 거리, 아르누 부인, 어머니가 전부 뒤섞여 떠올랐다.

판자에서 나는 시끄러운 소리에 프레데릭은 잠에서 깼다. 마차는 샤랑통 다리를 건너고 있었다. 파리였다. 승객 두 명이 옆에 있었다. 한 명은 챙 달린 모자를 벗었고, 다른 한 명은 머플러를 풀고 모자를 쓴 채 이야기를 나누었다. 벨벳 코트 차림에 얼굴이 붉고 뚱뚱한 첫 번째 남자는 도매상이었다. 두 번째 남자는 의사의 진찰을 받기 위해 수도에 왔다. 프레데릭은 두 번째 남자에게 밤새 자신이 뭔가 불편하게 한 게 있었다면 미안하다고 즉각 사과했다. 그만큼 그의 마음은 행복으로 관대해져 있었다.

역의 부두가 물에 잠겼는지 마차는 그대로 달렸고 다시 들판이 펼쳐졌다. 저 멀리 공장의 높은 굴뚝에서 연기가 피어오르고 있었다. 마차는 이브리에서 커브를 틀어 길을 올라갔다. 그때 팡테옹의 돔 지붕이 보였다.

울퉁불퉁한 평야는 어렴풋이 폐허처럼 보였다. 성곽 벽은 수평으로 불룩 솟아 있었다. 길가 비포장도로 위에는 가지 없는 작은 나무들이 군데군데 심겨 있었고, 못이 박힌 판자로 된 울타리에 둘러싸여 있었다. 화학 공장들이 목재 상인의 작업장들과 번갈아 늘어서 있었다. 농가에서 흔히 보이는 반쯤 열린 높은 문짝을 통해 더러운 물구덩이가 가운데 있고 쓰레기로 가득한 역겨운 마당 내부가 보였다. 소의 피처럼 붉은 좁은 술집들이 죽 늘어서 있었고, 그 2층의 창과 창 사이에는 화관 속에 X자를 이룬 당구 큐 두 대가 그려져 있었다. 짓다만 누추한 시멘트 집이 여기저기에 방치되어 있었다. 양편으로 집들이 계속 나타났다. 아무런 장식도 되어 있지 않은 헐벗은 집의 외관 위로 이따금 담배 가게임을 나타내는 커다란 양철 담배가 눈에 보이기도 했다. 산파의 집 간판에는 모자를 쓴 넉넉한 중년 여자가 레이스 달린 누비이불에 싸인 갓난아이를 살살 흔드는 모습이 그려져 있었다. 모퉁이 벽에 덕지덕지 붙어 있는 갖가지 포스터는 사분의 삼 이상이 바람에 찢긴 채 누더기처럼 팔랑거리며 나부끼고 있었다. 푸른색 작업복을 입은 노동자들, 맥주 통을 나르는 이륜마차, 세탁소의 짐마차, 푸줏간의 이륜마차가 지나갔다. 보슬비가 내렸다. 날씨는 추웠다. 하늘은 어두침침했다. 그러나 프레데릭에게는 태양과 같은 두 눈이 안개 너머로 빛나고 있었다.

마차는 바리케이드에서 오랫동안 멈춰 서 있었다. 달걀 장수, 짐마차꾼, 양떼들로 혼잡했던 것이다. 보초는 외투의 두건을 뒤로 늘어뜨린 채 몸을 녹이려고 감시소 앞을 서성거렸다. 세관원이 마차 지붕 위 좌석에 올라타자 작은 나팔이 팡파르 소리를 울렸다. 수레 가로장이 흔들리고 수레 끄는 줄이 바람에 펄럭이면서 마차가 빠른 속도로 큰길을 내려갔다. 습한 공기를 가르고 긴 채찍 소리가 울렸다. 마부가 “이랴! 이랴! 워!” 하고 소리쳤다. 청소부들이 비켜섰고, 길 가던 사람들도 뒤로 물러났다. 마차 창에 진흙이 튀었다. 자갈을 실은 마차, 작은 이륜마차, 시내의 합승마차가 지나쳐갔다. 마침내 식물원 철책 문이 나타났다.

누런 센 강이 교각에 닿을 것 같았다. 강가에는 시원한 바람이 불어왔다. 프레데릭은 사랑의 오묘한 향기와 신비로운 지성을 품은 파리의 맑은 공기를 음미하듯 열심히 들이마셨다. 첫 번째 삯마차를 본 그는 떨리는 기대감을 품었다. 짚을 쌓아놓은 술집 입구, 구두닦이 통을 둘러 멘 소년, 커피 볶는 기계를 흔드는 식료품 가게의 어린 점원까지도 마음에 들었다. 여자들이 우산을 쓰고 종종걸음으로 지나갔다. 혹시 아르누 부인이 있을까 싶어 마차에서 몸을 숙이고 여자들의 얼굴을 봤다.

가게들이 늘어서 있고 사람들이 많아졌으며 소리는 더욱 시끄러워졌다. 마차는 생베르나르 강변, 투르넬 강변, 몽트벨로 강변을 지나 나폴레옹 강변으로 들어섰다. 프레데릭은 전에 살던 집의 창을 보려 했으나 거리가 멀었다. 마차는 퐁네프 다리를 지나 센 강을 넘었고, 곧장 내려가 루브르까지 갔다. 생토노레 거리, 크루아데프티샹 거리, 뒤불루아 거리를 지나 코케롱 거리에 도착하자 마차는 호텔 안마당으로 접어들었다.

기쁨을 오래 간직하기 위해 그는 최대한 꾸물거리며 옷을 입었고, 몽마르트르 거리까지는 일부러 걸었다. 잠시 후 대리석 문패 위에 보일 사랑스러운 이름을 생각하며 미소 지었다. 그는 고개를 들었다. 그런데 쇼윈도도 그림도 아무것도 없었다.

그는 슈아젤 거리로 뛰어갔다. 아르누 부부는 그곳에 살고 있지 않았다. 문지기 방에는 대신 옆집 여자가 집을 지키고 있었다. 그는 문지기를 기다렸으나 전에 있던 문지기가 아니었다. 새로 온 문지기는 아르누 부부가 어디 사는지 모른다고 했다.

프레데릭은 어느 카페로 들어가 점심을 먹으면서 상업 연감을 살펴봤다. 아르누라는 성만 300개나 되었고 자크 아르누라는 이름은 없었다. 도대체 아르누 부부는 어디에 살고 있는 걸까? 펠르랭이 알고 있을지도 몰랐다.

그는 푸아소니에르 거리 맨 위에 있는 펠르랭의 아틀리에를 찾아갔다. 그러나 문에는 벨도 문고리도 없었다. 그는 주먹으로 문을 탕탕 치며 펠르랭의 이름을 불렀지만 아무 대답도 없었다.

그는 이어서 위소네를 생각했다. 하지만 그를 어디서 찾는단 말인가? 전에 플뢰르 거리에 있는 그의 애인 집에 함께 갔던 일이 생각났다. 그러나 플뢰르 거리에 도착하자 그는 그 애인의 이름을 모른다는 사실이 떠올랐다.

프레데릭은 경찰국의 도움을 받기로 했다. 이 계단 저 계단, 이 사무실 저 사무실로 바쁘게 오갔다. 조사과는 문을 닫은 상태였다. 내일 다시 오라는 말뿐이었다.

이어서 그는 그림 가게란 가게는 모조리 들러 아르누라는 사람을 알지 못하느냐고 물었다. 아르누는 더 이상 장사를 하지 않는다는 말만 들었다. 크게 실망하여 지친 데다가 몸 상태가 좋지 않았던 그는 호텔로 돌아와 잠자리에 들었다. 이불을 덮고 눕는 순간 갑자기 어떤 생각이 떠오르자 그는 기뻐서 어쩔 줄 몰랐다.

"르쟁바르! 나도 참 멍청하게 르쟁바르를 생각하지 못하다니!"

다음 날 일곱 시에 프레데릭은 노트르담데빅투아르 거리로 가서 르쟁바르가 백포도주를 마시러 오는 술집 앞으로 갔다. 술집은 아직 문을 열지 않았다. 프레데릭은 주변을 한 바퀴 돌고 삼십 분 뒤에 다시 가보았는데 르쟁바르는 방금 다녀갔다고 했다. 프레데릭은 길로 뛰어나갔다. 저 멀리 르쟁바르의 모자가 보이는 것 같았으나 영구차와 그 뒤를 따르는 장례차들이 방해가 되었다. 방해물이 지나간 뒤에는 르쟁바르의 모습이 보이지 않았다.

다행히 프레데릭은 르쟁바르가 가용 광장의 작은 식당에서 매일 오전 열한 시에 점심 식사를 한다는 사실을 떠올렸다. 그 식당으로 가서 기다리면 되었다. 그는 주식거래소에서 마들렌, 마들렌에서 짐나즈 극장까지 돌아다닌 다음 열한 시 정각에 가용 광장의 식당으로 들어갔다. 르쟁바르가 거기 있을 거라는 확신이 들었다.

"모르겠는데요." 식당 주인이 건방진 말투로 대답했다.

그가 계속 묻자 주인이 이렇게 말했다.

"그런 사람 모른다고요!" 식당 주인이 눈을 크게 치켜뜨고 고개를 흔드는 모습이 뭔가 이상했다.

그런데 프레데릭은 마지막으로 르쟁바르를 만났을 때 그가 카페 알렉상드르에 대해 이야기했던 게 생각났다. 프레데릭은 브리오슈 하나를 꿀꺽 삼키고 이륜마차에 뛰어올라 마부에게 생주느비에브 언덕 어딘가에 알렉상드르라는 카페가 있느냐고 물었다. 마부는 프랑부르주아생미셸 거리에 있는 알렉상드르 카페 앞에 내려주었다. 프레데릭이 카페로 들어가 "르쟁바르 씨 계십니까?"라고 묻자 카페 주인은 극도로 친절한 미소를 지으며 대답했다.

"아직 못 뵀습니다, 손님." 카페 주인은 계산대에 앉아 있는 아내에게 뭔가 짜는 것 같은 눈짓을 보냈다.

이어서 카페 주인은 시계를 보며 이렇게 말했다.

"십 분 뒤, 늦어도 십오 분 뒤에는 오실 겁니다. 셀레스탱, 어서 메뉴를 갖다 드려. 뭘로 드릴까요?"

프레데릭은 생각이 없었지만 럼주를 한 잔 마시고, 그다음에는 버찌 술 한 잔, 퀴라소 한 잔, 그로그를 더운 것과 찬 것으로 시켜 마셨다. 오늘 자《세기》지를 읽고 또 읽었다. 이어서《샤리바리》지의 풍자만화를 샅샅이 봤고, 광고는 외울 정도로 봤다. 길 위에서 장화 소리가 들렸다. 그다! 누군가의 모습이 창유리에 비치는 듯했으나 그냥 지나갔다!

그는 지루함을 달래려고 자리를 옮겼다. 구석으로 갔다가 오른쪽으로 갔다가 다시 왼쪽에 앉았다. 두 발을 늘어뜨리고 긴 의자에 우두커니 앉아 있던 고양이 한 마리가 벨벳이 덮인 소파의 등을 살짝 밟고 내려오면서 쟁반 위에 떨어진 시럽을 핥으려고 달려들었다. 이에 그는 깜짝 놀랐다. 카페 주인의 아들인 것 같은 네 살 정도 된 성가신 남자아이가 계산대 발판 위에서 딸랑이를 갖고 놀고 있었다. 카페 주인의 아내는 이가 빠지고 얼굴색이 칙칙한 키 작은 여자로 멍청하게 웃고 있었다. 르재바르는 뭘 하는 걸까? 그는 한없이 우울한 기분으로 르재바르를 기다리고 있었다.

이륜마차의 포장 위로 비가 우박처럼 우수수 떨어졌다. 모슬린 커튼 사이로 목마보다도 꼼짝하지 않고 길에 서서 비를 맞고 있는 불쌍한 말이 보였다. 엄청나게 불어난 시냇물이 두 개의 바퀴살 사이로 흘러넘쳤고, 마부는 무릎 덮개를 두른 채 꾸벅꾸벅 졸고 있었다. 혹시 손님이 도망갈까봐 걱정하는 마음에 빗물이 강처럼 줄줄 흐르는 모습으로 이따금 문을 열어 보곤 했다. 프레데릭은 시선으로 시계를 닳아 없어지게 할 생각인 양 뚫어지게 바라봤다. 그러나 시계는 잘 가고 있었다. 카페 주인인 알렉상드르는 왔다갔다하며 "이제 오실 겁니다. 곧 오실 겁니다!"라는 말을 계속하면서, 그를 지루하지 않게 해주려고 장황한 이야기를 늘어놓기도 하고 정치 이야기를 했다. 마침내 알렉상드르는 그에게 도미노 한 판을 하자며 기분을 맞춰주었다.

마침내 네 시 반이 되자 프레데릭은 벌떡 일어났다. 열두 시부터 와 있었기에 더 이상 기다리기가 힘들었다.

"저도 이해가 안 갑니다." 카페 주인이 넉살 좋게 말했다. "르두 씨가 오시지 않은 건 오늘이 처음이군요!"

"뭐라고요? 르두 씨?"

"그렇습니다, 손님!"

"르쟁바르라고 했잖습니까!" 프레데릭이 화가 나서 큰소리로 말했다.

"아! 정말 죄송합니다. 손님이 실수하신 거겠죠! 그렇지 않은가, 알렉상드르 부인? 손님이 르두 씨라고 하셨지?"

그리고 카페 주인은 종업원에게 물었다.

"자네도 들었지, 르두 씨라고."

그러나 종업원은 주인에게 앙갚음을 하려는 듯이 그저 웃고만 있었다.

프레데릭은 시간을 낭비했다는 생각에, 그리고 시민 르쟁바르 때문에 화가 났지만 신을 찾아내듯이 르쟁바르를 찾아나설 것이고, 아무리 먼 곳 동굴 속에 있다 해도 꼭 끌어내고 말겠다고 결심하며 마차를 타고 큰 거리로 향했다. 마차에 타니 오히려 신경이 거슬려 그는 마차를 돌려보냈다. 갖가지 생각이 뒤섞였다. 그 바보 같은 녀석 르쟁바르에게서 들은 적 있는 카페란 카페의 이름이 모두 불꽃처럼 한꺼번에 떠올랐다. 카페 가스카르, 카페 그랭베르, 카페 알부, 카페 보르들레, 아바네, 아브레, 뵈프아라모드, 맥줏집 알망드, 메르 모렐. 프레데릭은 그 카페들을 차례차례 가보았다. 그러나 어떤 카페에서는 르쟁바르가 방금 나갔다고 했고, 어떤 카페에서는 그가 이따가 올 것 같다고 했다. 세 번째 카페에서는 그가 6개월 전부터 오지 않는다고 했다. 다른 카페에서는 그가 어제

와서 토요일 양고기를 주문하고 갔다고 했다. 마지막으로 카페 보티에의 문을 밀고 들어가던 프레데릭은 종업원과 마주쳤다.

"르쟁바르 씨라고 아십니까?"

"예? 알고 있냐고요? 아까 제가 주문을 받았습니다. 위층에 계세요. 저녁 식사를 막 끝내시는 중일 겁니다."

그러나 냅킨을 팔에 두른 주인이 나와서 이렇게 말했다.

"르쟁바르 씨를 찾으십니까? 방금 여기에 계셨는데요."

프레데릭은 욕설을 내뱉었다. 주인은 르쟁바르를 부트빌랭 카페에 가면 분명 만날 수 있을 거라고 했다.

"확실합니다! 사업 일로 약속이 있다면서 평소보다 조금 일찍 나가셨습니다. 다시 한번 말씀드리지만 부트빌랭에 가면 만나실 수 있을 겁니다. 생마르탱 거리 92번지, 왼쪽 안마당에 있는 두 번째 계단으로 올라가 2층 오른쪽 문입니다."

마침내 프레데릭은 르쟁바르를 발견했다. 그는 담배 연기가 자욱한 당구대가 놓인 작은 술집 구석에서 혼자 맥주를 시켜놓고 고개 숙인 채 명상을 하고 있는 듯 보였다.

"아! 자네를 얼마나 오래 찾아다녔는지 몰라!"

르쟁바르는 별 감흥 없이 프레데릭을 향해 두 손가락을 내밀었다. 그리고 어제 만난 것처럼 의회 개회에 대해 횡설수설

했다.

프레데릭은 좀 더 자연스러운 표정을 지으며 중간에 말을 끊었다.

"아르누 씨는 안녕한가?"

르쟁바르는 대답하기까지 시간을 끌었다. 그저 술로 목을 축일 뿐이었다.

"그래, 잘 살고 있지!"

"지금 어디에 살고 있나?"

"글쎄…… 파라디 푸아소니에르 거리에 살고 있지." 시민이 놀란 표정을 지으며 대답했다.

"번지는?"

"37번지, 자네 좀 이상하군!"

프레데릭이 자리에서 일어났다.

"벌써 가려고?"

"아, 살 게 있어서. 깜빡하고 있었어. 그럼 나중에 보자고!"

프레데릭은 따뜻한 바람에 실린 듯 마치 꿈속처럼 매우 가벼운 기분으로 카페에서 나와 아르누의 집으로 향했다.

그는 잠시 후 3층 문 앞에 섰다. 벨을 울리자 하녀가 나왔다. 두 번째 문이 열리자 아르누 부인이 난로 옆에 앉아 있었다. 아르누가 달려와 그를 포옹했다. 그녀의 무릎에는 세 살 정도 된 남자아이가 앉아 있었다. 이제 꽤 자란 큰딸은 난로 옆에 서 있었다.

"이 녀석을 소개해주겠네." 아르누가 아들의 겨드랑이를 잡아 올리며 말했다.

그리고 그는 아이를 공중에 던졌다가 다시 받으며 몇 분 동안 장난을 쳤다.

"그러다 애 죽이겠어요! 아! 이런! 그만해요!" 아르누 부인이 큰 소리로 말했다.

하지만 그는 괜찮다고 하면서 고향인 마르세유의 사투리를 쓰며 아이를 얼렀다. "아! 귀여운 비둘기 새끼, 귀여운 나이팅게일 새끼!" 그리고 그는 프레데릭에게 왜 그렇게 오랫동안 편지를 쓰지 않았는지, 시골에서는 무엇을 했고 파리에 다시 온 이유는 무엇인지 물었다.

"난 요즘 도자기를 팔고 있어. 우선 그쪽 이야기부터 해보라고."

프레데릭은 오랜 소송과 어머니의 건강 문제 때문에 올 수가 없었다고 했다. 특히 어머니가 편찮으시다는 사실을 강조하며 관심을 끌려 했다.

일단 그는 앞으로는 파리에서 계속 살 거라고 했다. 하지만 혹시 과거가 문제될까봐 유산에 대한 이야기는 한마디도 하지 않았다.

커튼은 가구처럼 갈색 인조 다마스커스 천이었다. 베개 두 개가 긴 베개에 기대어 나란히 놓여 있었다. 작은 주전자는 숯불 위에서 끓고 있었고, 작은 서랍장 가장자리에 놓인 램프는 갓을 씌워놓아서 실내가 약간 어두웠다. 아르누 부인은 푸른색의 두꺼운 메리노 모직 실내복을 입고 있었다. 그녀는 불을 바라보면서 한 손으로는 남자아이의 어깨를 잡고 다른 한 손으로 윗옷의 끈을 풀어주고 있었다. 남자아이는 속옷 바람으로 마치 카페 주인 알렉상드르의 아들처럼 머리를 긁으며 울었다.

프레데릭은 여기 올 때까지는 떨리는 기쁨을 기대하고 있었지만, 정열도 처음 장소에서 떠나면 빛이 바래듯 아르누 부인에 대한 마음이 예전 같지 않았다. 그녀 주변이 뭔가 달랐다. 예전에 비해 뭔가가 사라져 품위가 덜했고, 예전과는 다른 사람처럼 느껴졌다. 무엇보다도 그는 가슴이 떨리지 않아 놀랐다. 그는 옛 친구들의 소식, 특히 펠르랭의 소식을 물었다.

"그 사람은 자주 보지는 않아." 아르누가 말했다.

그리고 아르누 부인이 이렇게 덧붙였다.

"우리는 예전처럼 손님을 초대하지 않아요!" 더 이상 프레데릭을 초대하지 않겠다는 것을 미리 알려주는 걸까? 아르누는 여전히 다정하게 대해주었고, 어째서 아무 때고 저녁을 먹으러 오지 않았느냐고 나무랐다. 이어서 아르누는 왜 사업을 바꾸었는지 설명해주었다.

"요즘처럼 몰락한 시대에 뭘 바라나? 위대한 회화는 한물갔어! 더구나 요즘은 여기저기 아무것에나 예술이라는 이름을 붙일 수 있으니까. 난 아름다움을 사랑해. 언제 내 공장에 한번 데려가주지."

아르누는 2층 가게에 있는 도자기 제품을 프레데릭에게 보여주고 싶어했다.

큰 접시와 수프 그릇, 접시와 대야가 책상을 가득 메우고 있었다. 벽에는 르네상스풍으로 신화의 장면을 그린 욕실 및 화장실용 큰 타일을 발라놓았다. 가운데에는 천장에 닿을 듯한 이중 선반이 있었고, 아이스크림 그릇과 화분, 나뭇가지 모양의 큰 촛대, 작은 화분, 흑인이나 퐁파두르풍 양치기 소녀를 표현한 커다란 상이 있었다. 아르누는 프레데릭에게 제품을 설명해주었으나 프레데릭은 춥고 배가 고파서 그런지 지루했다.

프레데릭은 카페 앙글레로 달려가 푸짐한 식사를 하며 곰곰이 생각했다.

'차라리 고향에 있을 때가 나았어. 아르누 부인은 날 거의

생각하지 않았어! 정말 속물 같은 여자야!'

갑자기 기운이 다시 생기면서 이제부터는 철저히 자기 자신만 생각하기로 마음먹었다. 프레데릭은 지금 팔을 괴고 있는 테이블처럼 마음이 단단해졌음을 느꼈다. 이젠 고민 없이 사교계에 뛰어들 수 있었다. 당브뢰즈 부부가 생각났다. 그 부부를 이용할 것이다. 이어서 데로리에도 생각났다. "아! 이런, 젠장!" 그는 사람을 보내 데로리에에게 내일 팔레루아얄에서 만나 함께 점심 식사라도 하자는 편지를 보냈다.

그러나 행운의 여신은 데로리에의 편이 아니었다.

데로리에는 〈유언법에 대하여〉라는 박사학위 논문으로 교수 자격시험에 응했으나, 반대 의견에 흥분한 나머지 횡설수설한 데다 말을 많이 하는 바람에 시험관들은 반응이 싸늘했다. 그다음에 제비뽑기로 뽑은 강의 주제는 시효였다. 하지만 데로리에는 한심한 이론만 펼쳤다. 세월이 지난 이의 신청서도 새로운 이의 신청서와 똑같이 제출해야 한다고 했다. 즉 31세가 되면 권리 증서 없이도 재산권을 주장할 수 있는데 소유주가 자기 재산을 포기하려 하겠는가? 도둑질을 해서 부자가 된 사람의 유산 상속자가 정직한 사람이 받을 자격이 있는 안전권을 얻게 되는 결과를 가져올 수 있다는 것이었다. 독재이며 힘의 남용인 이 법이 확장되어 여러 부당함을 낳고 있다는 것이다. 데로리에는 이렇게 외치기도 했다.

"이런 법은 폐지합시다. 그러면 프랑크족이 골족을 억압하는 일이 없어질 겁니다. 영국인이 아일랜드인을, 양키가 인디언을, 터키인이 아랍인을, 백인이 흑인을, 폴란드가……."

시험관이 말을 가로막았다.

"그만! 그만! 정치적 의견은 내놓지 마십시오. 나중에 다시 응시하기 바랍니다."

그러나 데로리에는 재응시를 원치 않았다. 하지만 민법 제3권 20절은 그의 앞길을 가로막고 있었다. 그는 민중 민법과 자연법의 토대로 간주되는 시효에 관한 저서를 구상했고, 뒤노, 로제리위, 발뷔, 메를랭, 바제유, 사비니, 트로플롱의 책들, 그 밖에 여러 책을 읽는 데 몰두했다. 좀 더 편하게 이에 몰두하기 위해 서기장 일도 그만두고 주로 과외와 논문 집필을 하며 살아가고 있었다. 데로리에는 청년 변호사 토론회에서는 거침없이 독설을 해대며 보수파, 즉 기조의 주장을 따르는 젊은 이론가들을 떨게 했다. 그 때문에 어떤 사람에게는 못마땅한 눈길을 받기도 했다. 그는 어느 집단에서나 인간성을 다소 의심받긴 했지만 유명세를 누렸다. 그는 예전의 세네칼처럼 붉은색 플란넬을 안에 댄 촌스러운 짧은 외투를 입고 프레데릭과의 약속 장소에 나타났다.

두 사람은 지나가는 사람들을 의식해 오랫동안 포옹하지는 못했다. 대신 팔짱을 끼고 베푸르 카페까지 가면서 눈에 눈물이 고일 정도로 신나게 떠들며 웃었다. 그리고 단둘이 있게 되자 데로리에가 큰소리로 말했다.

"아! 이제 다시 편하게 지낼 수 있게 됐군!"

프레데릭은 이런 식으로 자기 재산에 기대려는 그의 태도가 달갑지 않았다. 데로리에는 두 사람이 이렇게 만난 것에는 기뻐했으나 자신의 현실에 대해서는 기쁜 일이 별로 없어 보였다.

그리고 데로리에는 시험에 떨어진 일, 현재 하는 일과 생활에 대해 이야기했다. 자기 자신에 대해서는 초연하게 이야기했으나 다른 사람들에 대해서는 신랄하게 말했다. 그는 모든 것이 마음에 들지 않았다. 요직을 차지한 사람치고 바보나 악당이 아닌 인간은 없다고 했다. 데로리에는 컵이 제대로 닦이지 않았다고 종업원에게 화를 냈고, 프레데릭이 별로 화낼 일이 아니라며 부드럽게 말리자 이렇게 말했다.

"1년에 6,000프랑에서 8,000프랑까지 벌고 선거권, 그리고 어쩌면 피선거권을 갖고 있는 저런 별 볼일 없는 작자들에게 내가 기죽을 줄 알아? 말도 안 되지!"

이어서 데로리에는 익살스럽게 말했다.

"참, 내가 지금 벼락부자 앞에서 이야기하고 있다는 걸 깜빡했네! 넌 벼락부자잖아!"

그리고 그는 다시 유산을 화제로 삼으며 자기 의견을 이야기했다. 즉 방계 상속(자신도 그 혜택을 입고 있지만 그 자체로는 매우 부당했다.)은 언젠가 혁명이 일어나면 폐지될 거라고 했다.

"혁명이 일어날까?" 프레데릭이 물었다.

"당연하지!" 데로리에가 대답했다. "이런 상황이 계속될 리가 없어. 사람들은 너무나 고통받고 있어. 세네칼 같은 사람들을 보면……."

'여전히 세네칼 타령이군!' 프레데릭이 생각했다.

"그 밖에 새로운 소식은 없어? 여전히 아르누 부인을 사랑하나? 이제 지나간 일 아닌가?"

프레데릭은 어떻게 대답해야 할지 몰라 고개를 숙이고 눈을 감았다.

아르누에 대해서 데로리에가 알려준 소식에 따르면, 그의 신문은 위소네가 맡게 됐으며 신문의 성격이 바뀌었다고 했다. 이름도《예술》로 바뀌었고 회사 이름 아래에 '1주에 100 프랑, 총 자본 4만 프랑의 주식을 보유한 문학 협회'라고 인쇄되어 나온다고 했다. '주주들은 자신의 원고를 보낼 권리가 있고, 본사는 신인의 작품을 발표하여 재능이 있거나 천재적인 사람이 고통스러운 빈곤에서 벗어나게 한다.'라고 쓰여 있다고 했다. 데로리에도 뭔가 할 일이 있었는데, 방금 말한 신문의 어조를 강하게 높이는 일이라고 했다. 그러면서 편집자는 그대로 두고, 구독자들에게는 연재소설을 싣겠다고 계속 약속하면서 정치 기사를 제공한다는 계획이었다. 투자액이 그리 많지는 않을 것 같았다.

"어떻게 생각해, 투자해볼 텐가?"

프레데릭은 제안을 물리치지 않았다. 하지만 일이 해결될 때까지 기다려야 했다.

"자, 자네가 뭔가 필요하면……."

"됐어, 친구!" 데로리에가 말했다.

그리고 두 사람은 벨벳이 씌워진 창틀에 팔꿈치를 대고 고급 담배를 피웠다. 햇빛이 빛났다. 바람은 부드러웠고, 새 떼가 날아올라 정원에 앉았다. 비에 씻긴 청동상과 대리석상들이 눈부시게 반짝거렸다. 앞치마를 두른 하녀들이 의자에 앉아서 이야기를 나누었다. 끝없이 솟는 분수 소리와 함께 아이들의 웃음소리가 들렸다.

프레데릭은 데로리에가 고생한 이야기를 듣자 마음이 아팠다. 하지만 포도주의 기운이 혈관을 타고 흐르자 잠이 왔고, 감각이 둔해진 상태에서 얼굴 가득 햇빛을 받으니 마치 열과 수분을 실컷 빨아들인 식물처럼 멍할 정도로 기분이 지나치게 좋아지면서 편안함을 느꼈다. 데로리에는 눈을 반쯤 감고 아득하게 먼 곳을 멍하니 바라봤다. 그는 갑자기 가슴이 부풀어 이렇게 말하기 시작했다.

"아! 카미유 데물랭이 저기 연단 위에 올라가 민중에게 바스티유로 가라고 부추기던 그때가 더 멋졌어. 그때는 모두 살아 있었지. 자기주장도 펼치고 자신의 능력도 증명할 수 있었지! 일개 변호사가 장군에게 명령을 내리고 맨발의 거지들이 왕들을 쓰러뜨리기도 했어. 하지만 지금은……."

데로리에는 입을 다물었다가 갑자기 이렇게 말했다.

"그래도 미래는 거대해!"

그리고 데로리에는 창문을 두드려 마음의 응어리를 쏟아내며 바르텔르미의 시구를 읊었다.

> 다시 나타나리라, 무서운 의회
>
> 40년 뒤 그대의 머리는 이 때문에 혼란스럽네
>
> 힘찬 걸음으로 두려움 없이 걸어가는 거인

"그 뒤는 모르겠어! 시간이 너무 늦었는데 이제 갈까?"

데로리에는 길을 걸으면서 계속 자신의 이론을 펼쳤다.

프레데릭은 듣지 않고 가게의 쇼윈도를 보면서 이사할 방에 어울릴 천과 가구를 찾아봤다. 어쩌면 아르누 부인이 생각나서인지 모르겠으나 그는 어느 골동품 가게에서 도자기 접시 세 개를 보고 걸음을 멈추었다. 도자기 접시는 노란색 아라베스크 무늬가 그려져 있고 금속처럼 광택이 났는데 개당 100에퀴였다. 그는 접시 세 개를 따로 포장해달라고 했다.

"내가 자네라면 은그릇을 사겠어." 데로리에가 말했다.

지나치게 화려한 취향을 가진 걸 보니 그는 역시 부유한 집안 출신이 아니라는 것을 알 수 있었다.

프레데릭은 혼자 남게 되자 유명한 포마데르 가게로 가서 바지 세 벌, 양복 두 벌, 모피 외투 한 벌, 조끼 다섯 벌을 주문했다. 이어서 구두 가게, 셔츠 가게, 모자 가게를 들렀고, 가는 곳마다 작업을 서둘러달라고 부탁했다.

그로부터 사흘 뒤 저녁에 르아브르에서 돌아온 프레데릭은 옷장이 가득 채워져 있는 것을 알았다. 빨리 입어보고 싶은 마음에 우선 당브뢰즈의 집에 가기로 했다. 하지만 이제 여덟 시여서 너무 이른 시간이었다.

'다른 사람의 집에 가볼까?' 그는 생각했다.

아르누는 혼자 거울 앞에 서서 면도를 하고 있었다. 그리고 재미있는 곳으로 데려가 주겠다고 했다. 프레데릭으로부터 당브뢰즈의 이름을 듣자 이렇게 말했다.

"아! 마침 잘됐군! 거기 가면 당브뢰즈 씨의 친구들을 만날 수 있어! 가자고. 재미있을 거야."

프레데릭이 핑계를 대며 거절했다. 그때 아르누 부인이 프레데릭의 목소리를 듣고 칸막이를 통해 인사했다. 딸아이가 아팠고 그녀도 건강이 좋지 않은 상태였다. 옆방에서는 컵에 스푼이 부딪치는 소리, 환자가 있는 방에서 물건을 조심스럽게 놓는 조용한 소리가 들렸다. 아르누는 아내에게 외출한다고 인사하러 들어갔다. 그는 여러 가지 이유를 댔다.

"중요한 일이라 가봐야 해. 내가 필요하다고 모두 기다리고 있다는군."

"예, 어서 다녀오세요. 즐거운 시간 보내고 오세요!"

아르누가 마차를 불러 세웠다.

"팔레루아얄! 몽팡시에 갤러리 7번지."

그리고 쿠션 위에 털썩 쓰러지며 말했다.

"아! 정말 피곤해! 죽겠군. 자네니까 하는 말이지만."

아르누는 프레데릭의 귀에 대고 은밀히 속삭였다.

"중국의 구릿빛 붉은색을 따라해보는 중이야."

그는 유약과 약한 불에 대해 설명했다.

슈베 가게에 도착하자 그는 커다란 바구니를 받아 들고 마차에 싣게 했다. 그리고 가여운 아내에게 줄 포도와 파인애플, 그 밖에 귀한 간식거리를 고르더니 내일 아침까지 집으로 보내달라고 주문했다. 그다음에 두 사람은 의복 대여 가게로 갔다. 무도회에 가려는 것 같았다. 아르누는 푸른색 벨벳 반바지, 그리고 같은 천으로 된 윗옷을 입었고 붉은색 가발을 골랐다. 프레데릭은 모자가 달린 코트를 골랐다. 두 사람은 라발 거리에 있는, 색등이 밝혀진 어느 삼층집 앞에 멈춰 마차에서 내렸다.

계단 아래에서부터 바이올린 소리가 들렸다.

"도대체 절 어디로 데려가는 겁니까?" 프레데릭이 물었다.

"예쁜 여자가 있는 곳! 걱정 말라고!"

종업원이 문을 열어주자 두 사람은 얇고 긴 외투와 숄이 의자 위에 던져져 차곡차곡 쌓여 있는 대기실로 들어갔다. 루이 15세 시대 용기병 차림의 여자가 지나갔다. 이곳 주인인 로자네트 브롱 양이었다.

"어떻게 됐나?" 아르누가 물었다.

"잘됐죠." 브롱 양이 대답했다.

"아! 고마워, 나의 천사!"

그가 그녀에게 입 맞추려 했다.

"이런, 조심해요! 화장이 망가지잖아요!"

그가 프레데릭을 소개했다.

"안으로 들어오세요, 선생님. 환영해요!"

그녀가 뒷문을 열고 호들갑스럽게 큰소리로 불렀다.

"주방 설거지 직원 아르누 씨와 그의 친구 왕자님이에요!"

프레데릭은 우선 빛 때문에 눈이 부셨다. 비단과 벨벳, 여러 명의 맨 어깨, 파스텔 초상화와 루이 16세풍 크리스털 샹들리에가 걸린 노란색 비단 벽 사이로, 푸르른 나무 뒤에서 악단 소리에 맞춰 몸을 흔드는 갖가지 색의 무리만이 보였다. 반투명 전구가 끼워진 높은 등불들은 구석에 마치 눈덩어리처럼 콘솔 위에 놓여 있는 꽃바구니를 내려다보는 듯했다. 정면에는 좀 더 작은 두 번째 방 너머로 세 번째 방이 있었는데 머리맡에 베네치아 거울이 달린 나선형 기둥 침대가 있었다.

춤이 끝나고 아르누가 바구니를 머리에 이고 지나가는 장난을 치자 환호와 박수 소리가 요란하게 터져 나왔다. 가운데에는 먹을 것들이 쌓여 있었다. "샹들리에를 조심해!" 프레데릭이 고개를 들었다. 전에 공예미술사에 장식되어 있던 오래된 작센산 도자기의 샹들리에였다. 예전의 추억이 그의 머릿속을 스쳤다. 바로 그때 보병으로 분장한 한 남자가 신병처럼 멍한 표정을 지으며 놀란 듯한 모습으로 두 팔을 활짝 벌리고 그 앞에 섰다. 아주 뾰족한 검은 콧수염을 붙여 얼굴이 달라 보이긴 했으나 프레데릭은 이 남자가 옛 친구 위소네임을 알아봤다. 보헤미안은 프레데릭을 대령님이라 부르며 알자스 사투리와 아프리카 흑인 사투리가 섞인 알 수 없는 소리로 축하의 말을 했다. 프레데릭은 갑자기 등장한 여러 사람들 때문에 정신이 없어 어떻게 대답해야 할지 몰랐다. 활로 악보대를 두드리는 소리가 나자 남녀 무용수들이 제자리에 섰다.

모여 있는 사람은 약 60명 정도였는데 여자들은 대부분 시골 아낙과 후작부인 차림이었고, 대부분 나이가 어느 정도 있는 남자들은 마차꾼이나 하역 인부, 혹은 선원 차림이었다. 프레데릭은 벽 옆에 물러서서 눈앞에 펼쳐지는 카드리유 무도 장면을 바라봤다.

베네치아 총독처럼 긴 자주색 비단옷을 입은 잘생긴 노인이 초록색 윗옷에 편물 반바지, 금색 박차가 달린 부드러운 부츠를 신은 로자네트와 춤을 추고 있었다. 그 맞은편에는 또 다른 커플이 있었다. 끝이 올라간 장검을 허리에 찬 알바니아 사람, 그리고 우윳빛 피부에 메추라기처럼 통통하고 블라우스 위에 끈으로 조인 윗옷을 입은 푸른 눈의 스위스 여자였다. 오페라 극장의 발레 댄서인 키 큰 금발 여자는 무릎까지 내려오는 머리카락을 강조하기 위해 원시인 차림을 하고 있었다. 갈색 속옷에 허리에 두르는 간단한 가죽옷을 입었고, 유리 팔찌를 차고 공작 깃 다발이 높게 꽂혀 있는 반짝이는 왕관을 쓰고 있었다. 이 여자 앞에는 헐렁한 검은색 연미복을 어색하게 대충 걸쳐 입고 프리처드인 척하는 남자가 코담뱃갑을 팔꿈치로 치며 박자를 맞추고 있었다. 달빛 같은 은색과 하늘색 옷을 입은 작은 양치기 와토는 자기 지팡이를 들었다. 그리고 그는 포도 관을 쓰고 왼쪽 허리에는 표범 가죽을 두르고, 황금색 리본이 달린 반장화를 신은 바쿠스 여사제의 지팡이를 부딪쳤다. 반대편에는 짧은 분홍색 벨벳 윗옷을 입은 여자가 가장자리가 흰색 모피로 장식된 분홍색 작은 부츠를 신고 긴 담회색 스타킹 위로 페티코트를 흔들었다. 한 손으로는 흰색 옷을 들어 올리고 다른 한 손으로는 빵모자를 붙든 채 높이 뛰어오르고 있는, 배불뚝이 성가대원으로 분장한 사십대 남자를 보며 여자는 미소 지었다. 그런데 이 자리의 여왕이자 스타는 여러 무도회에서 인기를 자랑하는 댄서 룰루 양이었다. 지금은 부자가 된 룰루 양은 검은색 민무늬 벨벳 윗옷에 커다란 레이스 장식을 달고 있었다. 엉덩이에 달라붙는 분홍색 비단 바지를 입고 있었고, 캐시미어 스카프를 동여맨 곳을 따라 작은 동백꽃 생화를 허리에 매달았다. 그녀의 얼굴은 들창코에 약간 부기가 있고 창백했는데, 헝클어진 가발 위에 남자용 회색 펠트 모자를 쓰니 오른쪽 귀 위쪽이 주먹에 맞은 듯 접힌 모양이 되면서 건방져 보였다. 룰루 양이 뛸 때마다 다이아몬드 버클이 달린 무도화는 바로 옆에 서 있는 중세 갑옷 차림의 키 큰 남작으로 분한 남자의 코와 닿을 것 같았다. 천사로 분장한 여자는 한 손에 황금빛 칼을 들고 등에 백조의 날개를 단 채 왔다갔다하느라 자신의 기사인 루이 14세를 매번 잃어버렸고, 누가 누구인지 전혀 구별하지 못했으며 카드리유를 출 때도 걸리적거리기만 했다.

프레데릭은 사람들 사이에서 자신만 외톨이인 것 같아 기분이 좋지 않았다. 순간 아르누 부인이 생각나면서 그녀를 속이는 어두운 음모에 자신도 합세한 것 같은 생각이 들었다.

카드리유가 끝나고 로자네트가 프레데릭에게 다가왔다. 그녀는 숨을 약간 헐떡였다. 그러자 거울처럼 빛나는 스카프가 턱 아래에서 조금씩 위로 들렸다.

“선생님은 춤 안 추세요?” 로자네트가 물었다.

프레데릭은 미안하지만 춤을 출 줄 모른다고 했다.

“그렇군요! 하지만 저와 함께 추시면 괜찮을 거예요.”

그러더니 그녀는 한쪽 허리에 힘을 주고 반대쪽 무릎을 약간 굽힌 채 진주로 된 칼자루를 왼손으로 어루만지면서 반은 애원하는 모습으로, 반은 놀리는 듯한 모습으로 그를 바라봤다. 그리고 얼마 후 그녀는 "그럼, 이만."이라고 말하고는 몸을 돌려 저쪽으로 사라졌다.

프레데릭은 이런 자신이 마음에 들지 않았지만 뭘 해야 할지 몰라 무도회장을 어슬렁거렸다.

그는 부인용 응접실로 들어갔다. 벽에는 연푸른색 바탕에 들꽃 다발 무늬가 있는 비단이 쳐져 있었고, 천장에는 푸른 하늘에서 나타난 사랑의 신들이 솜털 모양 구름 위에서 장난치고 있는 장면을 그린 그림이 황금색 나무틀 안에 그려져 있었다. 로자네트 같은 여자의 신분으로는 이런 것이 별것 아닐지 몰라도 그에게는 대단히 우아해 보여 눈이 부실 정도였다. 거울 테두리를 장식한 나팔꽃, 벽난로 커튼, 터키풍 소파, 분홍색 비단으로 덮고 그 위에 흰색 모슬린을 씌워 움푹 파인 벽에 놓아둔 텐트. 침실에는 구리 조각을 세공한 장식이 있는 검은색 가구들이 있었고, 백조 털로 덮인 단상 위에는 타조 깃과 닫집이 달린 커다란 침대가 있었다. 바늘꽂이에 꽂힌 보석 머리핀, 쟁반 위에 굴러다니는 반지, 금테를 두른 메달, 은상자. 이 모든 것이 세 줄로 된 사슬에 매달린 보헤미아의 항아리에서 흘러나오는 빛에 반사되어 어둠 속에서 빛났다. 빼꼼 열린 작은 문으로 테라스 전체의 넓은 공간을 차지한 온실이 보였고, 맨 끝에는 커다란 새장이 있었다.

그의 마음에 꼭 드는 장소였다. 그는 순간 젊은 혈기에 반항심이 끓어오르면서, 언젠가는 이런 장소에서 즐기겠다고 굳게 다짐하자 기분이 한결 대담해졌다. 이제 아무도 없는 응접실 입구로 돌아오자 아까보다도 손님이 많았다.(모든 게 빛의 입자 속에서 움직이고 있었다.) 그는 그대로 서서 카드리유 무도회 장면을 그대로 바라봤다. 춤 장면을 자세히 보려고 눈을 깜빡이기도 했고, 마치 거대한 입맞춤이 사방에 퍼져가듯 돌고 도는 여자들의 부드러운 향기를 들이마시기도 했다.

옆문 맞은편 근처에 펠르랭이 보였다. 정장 차림의 그는 왼쪽 팔은 가슴에 얹고 오른손에는 모자와 찢어진 장갑을 들고 서 있었다.

"이거 오랜만이군. 도대체 그동안 어디 있었나? 이탈리아 여행이라도 한 거야? 사람들이 흔히 말하듯 이탈리아도 별거 아니지? 어쨌든 언젠가 스케치한 것 좀 보여주겠나?"

펠르랭은 대답을 기다리지 않고 자기 이야기를 하기 시작했다.

선이란 것이 얼마나 바보 같은지 깨달은 덕분에 큰 진전을 이루었다고 했다. 작품 속에서 신경 써야 하는 것은 아름다움과 동일성이 아니라 사물의 특징과 다양성이라고 했다.

"모든 것은 자연 속에 존재하니까 말이야. 그러니까 모든 것은 정당하고 조형적이야. 그 상태를 포착하는 게 관건이지. 비밀을 알아냈다고!" 그리고 펠르랭은 프레데릭을 팔꿈치로 쿡쿡 찌르며 몇 번이나 되풀이해 말했다. "알겠어? 난 비밀을 발견했다고. 저기 '러시아 마부'와 춤추고 있는 스핑크스 머리에 키가 작은 여자를 봐. 저 여자야말로 윤기도 없고 활기도 없고, 어딜 봐도 평범하고 색깔도 형편없어. 하지만 저 여자 눈 밑에 푸른색을 입히고 볼에 붉은 칠을 하고 관자놀이에 흑갈색을 칠해보자고. 쓱! 쓱!" 펠르랭은 허공에서 붓질을 하듯 엄지손가락을 휘둘렀다. "저기 뚱뚱한 여자 좀 봐." 그는 분홍색 옷을 입고 목에 황금 십자가를 단, 버찌색 드레스 위로 세모꼴 숄을 두른 생선 장수 차림의 여자를 손으로 가리키며 계속 말했다. "모든 것이 둥글둥글하지. 콧구멍은 모자챙처럼 납작하고, 입꼬리 양쪽이 위로 솟아올랐고, 턱은 늘어지고 구석구석 군살이 붙어 있지. 넉넉하고 고요하고 환한 느낌이야. 루벤스 그림에 나오는 여자 같아. 그러고 보면 그녀들은 모두 완벽해! 전형적인 미인 타입이라는 게 있겠어?" 그는 점점 더 열변을 토했다. "미인이 뭘까? 아름다움이란 뭘까? 아! 아름다움! 자네는 어떻게 생각하는지……."

순간 프레데릭은 파스투렐 줄 맨 한가운데에서 춤추는 사람들에게 한 명씩 축복을 해주고 있는, 염소 같은 얼굴에 어릿광대 복장을 한 남자가 누군지 궁금해 펠르랭의 말을 끊었다.

"특별한 사람은 아냐. 아이가 셋 딸린 홀아비지. 애들에게 옷은 안 사주면서 하루 종일 클럽에서 시간을 보낸다는군. 하녀와 잠자리를 하고."

"그럼 저기 대법관 옷을 입고 한쪽에서 퐁파두르 후작부인과 이야기하고 있는 사람은 누군가?"

"후작부인? 전에 짐나즈 극장에서 배우로 있던 방다엘 부인이고, 총독으로 분장한 저 팔라조 백작의 애인이야. 두 사람은 20년째 사귀고 있어. 저 여자도 옛날에는 눈이 예뻤지. 그 옆에 있는 사람은 나폴레옹 근위대에 있던 데르 비지 대위인데 재산이라고는 명예 훈장과 연금밖에 없지. 바람난 젊은 여공들의 결혼식 때는 큰아버지가 되어주기도 하고, 결투 중재를 하기도 하면서 시내에서 저녁을 해결하고 있지."

"건달인가?" 프레데릭이 물었다.

"아니! 정직한 사람이지!"

"아!"

화가는 그 밖에도 여러 사람의 이름을 가르쳐주었다. 몰리에르 연극에 나오는 의사처럼 커다란 검은색 모직 가운 사이로 모든 장신구를 자랑하려고 위에서 아래까지 풀어헤친 남자를 보면서 이야기했다.

"의사인 데로지라는 사람이야. 유명해지지 않자 화가 나서 의학 포르노 책을 썼어. 상류 계급에 아첨을 하고 입이 무거워. 여자들에게 인기가 많지. 그의 아내는 회색 옷을 입은 마른 여자야. 두 사람은 공개 석상을 비롯해 여러 곳을 찾아다니지. 형편도 안 좋으면서 매일 손님을 초대하고, 데로지가 혼자 시를 낭독하는 예술 다과회 모임을 열어. 쉿!"

데로지가 프레데릭과 펠르랭에게 다가오고 있었다. 세 사람은 응접실 입구에 앉아 이야기를 시작했다. 여기에 위소네가 합류했다. 이어서 원시인으로 분장한 여자의 애인이자 프랑수아 1세 스타일의 짧은 외투 아래로 왜소한 몸을 드러낸 시인이 끼어들었다. 마지막으로 촌스러운 터키인 차림을 한 재치 넘치는 청년이 합류했다. 터키인으로 분장한 이 청년이 입고 있는 노란색 장식 끈이 달린 윗옷은 수없이 왕진을 다니는 치과의사들이 입는 옷과 비슷했으며, 주름이 잡힌 통바지는 색이 바랬다. 뱀장어처럼 둘둘 감은 타타르식 두건은 초라해 보였다. 옷차림이 너무 초라하다 보니 여자들이 노골적으로 경멸하는 눈빛을 보였다. 의사는 여자 하역 인부로 분장한 자기 애인을 치켜세우며 자신의 초라함을 달랬다. 이 터키인 차림의 남자는 어느 은행가의 아들이었다.

카드리유가 한창 진행될 때 로자네트가 벽난로 옆으로 갔다. 그곳 안락의자에는 황금색 단추가 달린 연미복을 입은 땅딸막한 노인이 앉아 있었다. 높이 맨 흰색 넥타이 위로 볼이 축 처져 있었지만 아직 푸들 강아지의 털처럼 자연스러운 곱슬머리 덕분에 장난기가 있어 보였다.

그녀는 노인의 얼굴 가까이 몸을 굽힌 채 그의 말을 듣고 있었고 시럽을 한잔 따라주었다. 그 과정에서 초록색 윗옷의 커프스 밑으로 길게 내려오는 레이스 소매에 감싸인 그녀의 손이 보였는데 참으로 사랑스러웠다. 노인은 시럽을 다 마시자 그녀의 손에 입을 맞췄다.

"저 사람은 아르누의 이웃 우드리 씨잖아."

"이제 이웃은 아니죠." 펠르랭이 웃으면서 말했다.

"뭐?"

롱쥐모 역마차의 마부로 분장한 남자가 그녀의 허리를 안자 왈츠가 시작되었다. 응접실 소파에 앉아 있던 부인들도 차례로 얼른 일어났다. 부인들의 치마와 스카프, 모자 등이 왈츠에 맞춰 빙글빙글 돌았다.

춤추는 여자들이 프레데릭의 바로 옆을 스치고 지나가자 이마에 송글송글 맺힌 땀까지 보였다. 박자가 점점 빨라졌다. 눈이 빙빙 돌 것 같은 규칙적인 춤 동작에 도취된 그는 갖가지 장면이 머릿속에 떠올랐다. 모습은 각각 다르지만 여자들은 하나같이 눈부신 매력을 보이며 지나갔다. 그는 나른한 듯 몸을 내맡기고 도는 폴란드 여자를 보자 단둘이서 썰매를 타고 눈 덮인 평원을 달리며 여자를 꼭 안고 싶다는 생각을 했다. 몸을 꼿꼿이 세우고 시선을 아래로 한 채 왈츠를 추는 스위스 여자의 발아래로 호숫가 산장에서 편안한 시간을 보내는 광경이 상상되었다. 갈색 머리를 젖힌 바쿠스 여사제는 천둥이 치는 날 큰북 소리가 들려오는 협죽도 숲속에서 불타는 애무에 푹 빠진 장면을 떠올리게 했다. 생선 장수 여자는 너무 빠른 속도에 숨이 차면서도 깔깔거리며 웃었다. 그는 이 여자와 함께 그 옛날 좋은 시절처럼 포르슈롱 마을의 술집에서 술잔을 나누고, 그녀의 어깨를 감싼 숄을 구겨버리고 싶다는 생각을 했다. 발끝이 마룻바닥에 닿을 듯 가볍게 돌아다니는 하역 인부 여자는 날씬한 팔다리와 진지한 표정에 과학처럼 정확하고 새처럼 민첩한 현대식 연애에 필요한 세련된 조건은 모두 갖추고 있는 듯 보였다. 로자네트는 주먹 쥔 손을 허리에 대고 빙글빙글 돌았다. 뛸 때마다 수선화가 꽂힌 그녀의 가발이 옷깃 위에서 튀어 오르며 주변에 붓꽃 향기를 풍겼다. 프레데릭 앞에서 돌 때마다 황금으로 된 박차 끝에 아슬아슬하게 걸릴 것 같았다. 왈츠의 마지막 곡이 흘러나오자 바트나 양이 나타났다. 이마 쪽에 피아스트르 화폐로 잔뜩 장식된 알제리풍 터번을 쓰고 눈가를 검게 화장했으며, 은박 장식을 한 밝은 색 스커트 위에 검은색 캐시미어 외투를 걸치고 있었다.

바트나 양 뒤로는 키 큰 남자가 걸어오고 있었다. 남자는 단테 초상화에서나 볼 수 있을 것 같은 복장을 하고 있었다. 전에 알람브라에서 가수를 하던 남자였다.(바트나 양은 이제 이 남자와의 관계를 전혀 숨기지 않았다.) 본명은 오귀스트 들라마르르였다. 처음엔 앙테노르 델라마르르라는 이름을 썼고, 그다음에는 델마, 벨마르, 그리고 마지막으로 델마르라고 이름을 바꾸었다. 유명세를 얻으면서 차차 품위 있는 분위기를 만들어갔다. 무도회장 출입을 그만두고 최근에는 앙비귀 극장에서 〈어부 가스파르도〉로 데뷔해 유명세를 얻기 시작했다.

위소네는 그를 보자 얼굴을 찌푸렸다. 위소네는 자신이 쓴 희곡을 거절당한 뒤부터 배우들을 증오했다. "저런 남자들의 허영심은 어느 정도인지 상상이 안 돼. 특히 저 남자의 허영심 말이야."

델마르는 로자네트에게 가볍게 목례를 한 다음 벽난로에 기댔다. 그는 한 손은 가슴에 얹고 왼쪽 발은 앞으로 내밀고 있었으며, 시선은 위로 향한 채 망토에 달린 두건 위로 황금빛 월계관을 쓰고 있었다. 그리고 여자들을 유혹하려는 듯한 우수에 젖은 눈으로 꼼짝하지 않고 서 있었다. 멀리서 보니 사람들이 그를 빙 둘러싸고 있었다.

바트나 양은 로자네트와 오랫동안 포옹한 뒤 위소네에게 다가가, 교육적인 목적으로 출간할 《젊은이들의 화환》이라는 책인데 문학성이 있고 도덕적인 교훈이 있는 책이라면서 문체가 어떤지 봐달라고 했다. 위소네는 도와주겠다고 약속했다. 그리고 바트나 양은 그가 관계하는 어느 신문에 자신의 친구에 대해 좋은 평을 써줄 수 있는지 부탁했고, 나중에 배역을 줄 수 있는지 물었다. 그는 너무 놀란 나머지 펀치를 마실 생각조차 하지 못했다.

펀치를 만든 사람은 아르누였다. 그는 빈 쟁반을 든 백작의 하인을 거느리고 다니며 사람들에게 즐겁게 펀치를 따라주고 있었다. 아르누가 우드리 앞에 오자 로자네트가 아르누의 팔을 잡았다.

"그 일은요?"

아르누가 얼굴을 약간 붉히더니 마침내 우드리 영감에게 이렇게 말했다.

"이 친구에게 들었는데 친절하게도……."

"아뇨, 이웃 사이에! 별것 아니었습니다."

두 사람은 당브뢰즈의 이름을 꺼내며 이야기했다. 프레데릭은 듣고 싶었으나 그들이 나지막한 목소리로 이야기하고 있어서 잘 들리지 않았다. 그는 로자네트가 델마르와 이야기 나누고 있는 벽난로 맞은편으로 갔다.

뜨내기 배우 델마르는 멀리 연극 무대에서 보는 편이 나을 정도로 실제 얼굴은 천박했고, 손은 두껍고 발은 컸으며 턱이 투박해 보였다. 그는 일류 배우와 시인들을 깎아내리며 '내 목소리', '내 모습', '내 능력'이라고 말하면서 '우아함', '유사성', '동질성' 같은, 본인도 잘 모르는 듯한 어려운 말을 사용하기를 좋아했다.

로자네트는 가볍게 고개를 끄덕이며 그의 말에 귀 기울였다. 화장한 볼 아래로 감탄하는 듯한 느낌이 흘러나왔다. 묘한 빛깔을 띤 눈에 촉촉한 것이 그렁거리며 베일처럼 지나갔다. 저런 남자가 어떻게 이 여자를 사로잡을 수 있었을까? 화가 치밀어 오른 프레데릭은 그를 더욱 무시하고 싶었다. 이는 어쩌면 부러움 비슷한 감정을 애써 누르려는 마음일지도 몰랐다.

바트나 양은 아르누와 함께 있었다. 두 사람은 가끔씩 큰 소리로 웃으며 로자네트 쪽을 바라봤다. 우드리가 로자네트를 뚫어지게 바라봤다.

바트나 양과 아르누가 어디론가 사라지자 우드리 영감이

로자네트에게 다가가 이렇게 속삭였다.

"네, 알았어요. 그만 가보세요."

로자네트는 프레데릭에게 아르누가 주방에 있는지 좀 봐달라고 부탁했다.

테이블 위에는 반쯤 채워진 잔들이 죽 놓여 있었고, 냄비와 솥, 가자미가 담긴 냄비, 프라이팬 등이 흩어져 있었다. 아르누는 종업원에게 친근한 말투로 지시를 내렸고, 레몰라드 소스를 휘젓거나 여러 소스를 맛보며 하녀와 농담을 했다.

"다 됐어." 아르누가 말했다. "음식이 곧 나간다고 그녀에게 전해줘."

춤이 끝나자 여자들은 의자에 앉아 있었고, 남자들은 여기저기 돌아다니고 있었다. 응접실 중앙 창문에 달린 커튼이 바람에 날려 부풀어 올랐다. 스핑크스로 분장한 여자는 남의 시선은 아랑곳하지 않고 땀으로 축축한 팔에 바람을 쏘였다. 로자네트가 보이지 않았다. 프레데릭은 그녀를 찾기 위해 응접실과 침실도 가보았다. 그곳에는 혼자 또는 단둘이 있고 싶어하는 사람들이 있었다. 어둠 속에서 속삭이는 소리들이 뒤섞여 들렸다. 손수건 밑으로 킥킥거리는 웃음소리가 새어 나왔고, 상처 입은 새의 날개짓처럼 가슴 부분에서 부채가 살살 흔들리고 있었다.

그는 온실로 들어갔다. 칼라듐의 넓은 잎사귀 아래 분수 옆에 놓인 천을 씌운 소파 위에 엎드려 있는 델마르가 보였다. 그 옆에서 로자네트가 델마르의 머리카락 사이에 손을 넣고 있었다. 두 사람은 서로 마주 보고 있었다. 바로 그때 반대쪽에 새장이 있는 곳으로 아르누가 들어왔다. 델마르는 얼른 일어나 침착하게 그대로 나갔다. 나가다가 문 입구 근처에 잠시 멈춰 부용꽃 한 송이를 따서 단춧구멍에 꽂았다. 그녀가 고개를 숙였다. 그녀의 옆모습을 보고 프레데릭은 그녀가 울고 있다는 것을 알았다.

"이런, 무슨 일이야?" 아르누가 물었다.

그녀는 어깨만 으쓱할 뿐 아무 대답도 하지 않았다.

"저 남자 때문에 그래?" 아르누가 다시 물었다.

그녀가 아르누의 목을 끌어안고 이마에 천천히 입을 맞춘 다음 이렇게 말했다.

"내가 당신 사랑하는 거 알죠? 이제 식사하러 가요."

마흔 개의 촛대가 달린 구리 샹들리에가 식당을 비췄고, 벽면에는 오래된 도자기들이 틈이 보이지 않을 정도로 가득 걸려 있었다. 강한 불빛이 가장자리 쪽을 수직으로 비추자 걸쭉한 수프가 담긴 접시들이 놓여 있는 테이블 가운데를 차지하고 있는 커다란 가자미가 전채 요리와 과일 사이에서 더욱 하얗게 돋보였다. 여자들은 사각거리는 소리를 내면서 치마와 소매, 스카프를 포개며 바짝 붙어 앉았다. 남자들은 테이블 가장자리에 우르르 섰다. 펠르랭과 우드리는 로자네트의 왼쪽과 오른쪽에, 아르누는 그 맞은편에 앉았다. 팔라조와 애인은 방금 돌아갔다고 했다.

"즐거운 여행이 되시길!" 로자네트가 말했다.

그리고 성가대 소년처럼 분장한 남자가 익살스럽게 성호를 그으며 식전 기도를 했다.

부인들이 눈살을 찌푸렸다. 특히 외동딸을 훌륭한 부인으로 키우고 싶어하는 생선 장수 여자가 못마땅한 표정을 지었다. 아르누도 종교는 경건해야 한다고 생각했으므로 이런 장난은 좋아하지 않았다.

닭 모양 장식이 달린 커다란 독일제 시계가 두 시를 알리자 뻐꾸기 시계에 대한 여러 가지 농담이 오갔다. 갖가지 이야기들이 이어졌다. 험담, 일화, 내기, 그럴듯한 거짓말, 말도 안 되는 주장. 나중에는 끼리끼리 대화하는 분위기가 됐다. 모두에게 포도주를 돌리자 요리가 차례로 나왔다. 의사가 고기를 잘랐다. 저 멀리서는 오렌지와 병마개를 던지기도 했고, 다른 사람과 이야기하려고 자리를 옮기는 사람도 있었다. 로자네트는 뒤에 가만히 서 있는 델마르를 몇 번이나 돌아봤다.

펠르랭은 계속 이야기했고 우드리는 미소 짓고 있었다. 바트나 양은 접시에 피라미드 모양으로 담긴 가재 요리를 혼자서 거의 다 먹고 있었다. 먹을 때마다 가재 껍질이 이에 부딪치는 소리가 들렸다. 천사는 피아노 의자에 걸터앉아(날개 때문에 그녀가 앉을 수 있는 유일한 장소였다.) 아무 말 없이 먹는데 집중하고 있었다.

"대식가로군!" 성가대 소년이 어리둥절해하며 말했다. "정말 대식가야!"

스핑크스 여자는 브랜디에 취해 소리를 크게 지르며 술주정을 심하게 했다. 갑자기 스핑크스 여자의 두 볼이 부풀더니 그녀는 열이 올라 더 이상 못 견디겠다는 듯 손수건을 입에 댔다가 테이블 아래에 던졌다.

프레데릭이 그 장면을 봤다.

"아무것도 아닙니다."

프레데릭이 집에서 쉬는 게 낫지 않겠느냐고 하자 스핑크스 여자는 천천히 말했다.

"아! 다 무슨 소용이죠? 이러나저러나! 인생이란 그리 즐겁지 않아요."

그는 그 말을 듣자, 마치 비참함과 절망으로 가득한 세상에서 끈이 매인 침대 곁에 놓인 석탄 풍로, 차가운 수돗물이 머리에 떨어지는, 가죽 앞치마를 걸친 영안실 시신을 보는 듯한 쓸쓸한 기분에 몸을 떨었다.

한편 위소네는 원시인 여자의 발밑에 쭈그리고 앉아 배우 그라소를 흉내 내기 위해 쉰 목소리로 이렇게 외쳤다.

"잔인하게 굴지 말아줘, 셀리타! 이 파티는 참 매력적이야. 사랑하는 사람들이여, 사랑의 기쁨으로 날 취하게 해줘! 같이 떠들고 즐겁게 놉시다."

그리고 위소네는 여자들의 어깨에 차례로 입을 맞췄다. 여자들은 수염이 찔러 아프다며 소스라치게 놀랐다. 그는 머리로 접시를 깨는 장난을 치려고 했다. 다른 사람들도 따라 했다. 강한 바람에 기왓장이 날아가는 것처럼 도자기 조각이 날아갔다. 여자 하역 인부가 이렇게 외쳤다.

"걱정 말아요. 다 공짜니까! 이걸 만든 부르주아 신사분이 그냥 준 거니까요!"

모두 아르누를 바라보자 그가 이렇게 대답했다.

"아! 외상을 달도록."

그는 자신은 로자네트의 애인이 아니라는, 적어도 지금은 아니라는 걸 은근슬쩍 흘리고 싶은 것 같았다.

그때 두 사람이 화를 내며 소리치는 소리가 들렸다.

"멍청이!"

"불한당!"

"좋아, 그렇게 해주지!"

"나도 바라는 바야!"

중세 기사와 러시아의 역마차 마부가 서로 싸우고 있었다. 마부가 갑옷을 입으면 용감해질 필요가 없다고 하자 기사가 모욕하지 말라며 발끈한 것이었다. 기사가 결투를 신청했고 모두가 와서 말렸다. 그런 가운데 대위는 자기 말을 들어달라며 애쓰고 있었다.

"여러분, 들어보세요, 한마디만 하죠! 전 경험이 있습니다!"

로자네트가 칼로 컵을 두드리며 사람들을 진정시켰다. 그리고 투구를 쓴 기사, 그다음에 긴 털로 된 털모자를 쓴 마부에게 각각 말했다.

"우선 머리에 쓴 냄비를 벗어주세요. 더워 죽겠어요. 그리고 그 늑대 같은 머리 장식은 저기에 벗어두시고요. 두 분, 제 말을 따라주세요. 여기 제 견장을 보세요. 여러분의 여장군이라고요."

두 사람은 그녀의 말을 따랐고, 사람들은 박수를 쳤다.

"여장군 만세! 여장군 만세!"

그녀는 난로 위에 있던 샴페인 병을 들고 높은 곳에 서서 사람들이 내민 잔에 포도주를 따라주었다. 테이블이 너무 컸기 때문에 손님들, 특히 여자들은 그녀 옆으로 모여들어 발뒤꿈치를 세우기도 하고 의자 다리에 서기도 했다. 한꺼번에 모여든 여자들의 모자, 어깨, 뻗은 팔, 앞으로 굽힌 몸이 마치 피라미드 같았다. 어릿광대와 아르누가 방 안 양쪽 구석에서 각자 병마개를 따 얼굴에 술을 뿌리자 포도주의 긴 줄기가 반짝였다. 새장 문이 열려 있어서 새들이 방 안을 가득 채웠으나 겁에 질렸는지 샹들리에 주위를 날아다니다 창문과 가구에 부딪쳤다. 새들은 사람들의 머리에 앉기도 했는데, 그 모습은 마치 머리에 커다란 꽃을 꽂은 것 같았다.

악대는 이미 돌아갔다. 피아노가 대기실에서 응접실로 옮겨졌다. 바트나 양이 피아노 앞에 앉아 성가대 소년의 탬버린 소리에 맞춰 말이 앞발로 땅을 걷어차듯 건반을 두드렸다. 성가대 소년은 몸을 좌우로 흔들면서 박자를 맞추며 카드리유를 격렬하게 연주했다. 로자네트는 프레데릭을 무대로 끌고 갔다. 위소네는 옆으로 재주넘기를 했으며, 짐 나르는 여자는 어릿광대처럼 손발을 요상하게 뒤틀었다. 어릿광대는 오랑우탄 흉내를 냈다. 원시인 여자는 두 팔을 벌려 통나무배가 출렁이는 모습을 흉내 냈다. 마침내 사람들은 피곤하고 지쳐 멈추었다. 그때 누군가가 창문을 열었다.

맑은 아침 공기와 함께 날이 밝았다. 사람들은 탄성을 지르더니 조용해졌다. 노란 불꽃이 촛농받이에 이따금 불꽃을 일으키며 흔들렸다. 바닥에는 리본과 꽃, 진주가 어지럽게 흩어져 있었다. 콘솔 위는 펀치와 시럽 방울로 더러워져 있었다. 벽지도 더러워지고 옷은 구겨져 먼지투성이였다. 땋은 머리는 어깨 위로 늘어졌다. 깜빡이는 붉은 눈꺼풀과 땀 때문에 화장이 지워진 창백한 얼굴이 드러났다.

목욕을 마친 듯 상큼해진 여장군은 볼이 발그스름했고 눈이 빛났다. 그녀는 가발을 던져버렸다. 털 뭉치처럼 수북한 머리카락이 흘러내리면서 옷 중에서도 반바지만 보였다. 장난스러우면서도 귀여워 보였다.

스핑크스 여자는 열이 나는지 이를 딱딱 부딪치며 숄을 찾았다. 로자네트는 숄을 가지러 자기 방으로 뛰어갔다. 스핑크스 여자도 들어가려 하자 코앞에서 문을 닫아버렸다.

터키인은 우드리 씨가 돌아간 걸 몰랐다면서 큰소리로 말했다. 빈정거리는 소리였으나 그 말에 응수하는 사람은 없었다. 그만큼 모두 지칠 대로 지쳐 있었다.

사람들은 모자를 쓰거나 망토를 입으며 마차를 기다렸다. 일곱 시가 되었다. 천사는 식당에 남아 버터와 정어리를 앞에 놓고 테이블에 앉아 있었다. 옆에서는 생선 장수 여자가 세상살이에 대해 이것저것 충고하며 담배를 피웠다.

잠시 후 마차가 왔다. 손님들이 모두 돌아갔다. 위소네는 지방신문과 관계된 통신국에 근무하고 있었기에 점심 식사 전까지 신문 53종을 전부 읽어야 했다. 원시인 여자는 극장에서 무대 연습이 있었고, 펠르랭은 모델과 약속이 있었으며, 성가대 소년은 약속이 세 건이나 잡혀 있었다. 천사는 소화가 안 되는지 자리에서 일어나지 못해 중세 귀족이 마차까지 데려다주었다.

"날개 조심해요." 여자 하역 인부가 문에서 외쳤다. 나머지 사람들은 계단참에 있었다. 그때 바트나 양이 로자네트에게 이렇게 말했다

"이만 갈게. 어제 무도회는 재미있었어."

그러고는 몸을 기울여 귀에다 속삭였다.

"저분을 붙잡아."

"더 좋은 날이 올 때까지는." 로자네트가 뒤를 보며 말했다.

아르누와 프레데릭은 올 때와 마찬가지로 함께 돌아왔다. 아르누가 어두운 표정이어서 프레데릭은 그가 아픈 건 아닌가 하는 생각이 들었다.

"내가? 전혀!"

아르누는 콧수염을 입에 물고 눈살을 찌푸렸다. 프레데릭은 사업 때문에 고민이 있는지 물었다.

"그런 게 아냐."

아르누가 갑자기 이어서 이렇게 말했다.

"우드리 영감, 알고 있었나?"

그리고 그는 못마땅하다는 듯 이렇게 말했다.

"그 영감 부자라고!"

이어서 아르누는 오늘까지 다 구워야 하는 중요한 도자기에 대해 말했다. 프레데릭은 그 과정을 보러 가고 싶지만 기차가 한 시간 뒤에 떠날 예정이었다.

"가더라도 내 아내에게 인사는 하고 가야지."

'아, 그의 아내에게!' 프레데릭은 생각했다.

그는 머리 뒤쪽에 견딜 수 없는 통증을 느끼며 잠자리에 들었다. 목이 말라서 물 한 병을 다 마셨다.

이어서 다른 갈증이 밀려왔다. 여자, 사치, 파리 생활에 대한 갈증이었다. 마치 배에서 내린 사람처럼 어지러웠다. 막 잠이 들 무렵 생선 장수 여자의 맨 어깨, 여자 하역 인부의 허리, 폴란드 여자의 종아리, 원시인 여자의 머리카락이 생각났다. 그리고 파티에서는 보지 못한 검은 눈 두 개가 갑자기 나타났다. 나비처럼 가볍고 횃불처럼 뜨거운 두 눈이 왔다갔다 하면서 떨리더니 처마 위로 올라갔다가 그의 입까지 내려왔다. 누구의 눈인지 생각나지 않았다. 그는 이미 꿈속에 빠져 있었다. 자신이 아르누 옆 마차의 채에 묶여 있고, 여장군이 자신의 위에 걸터앉아 황금 박차로 자신의 배를 가르는 것 같았다.

2장

프레데릭은 룅포르 거리 모퉁이에서 조그만 집을 발견했다. 마차와 말, 가구를 한꺼번에 사들이고, 아르누의 가게에서 사 온 화분 두 개를 응접실 문 양쪽에 놓았다. 이 방 뒤에는 또 다른 방 하나와 사무실이 있었다. 데로리에를 여기서 살게 할까 하는 생각이 들었다. 하지만 그렇게 되면 미래에 연인이 될 그녀를 어떻게 불러들일 수 있단 말인가? 친구가 있으면 방해가 될 게 분명했다. 그는 칸막이벽을 허물고 응접실을 넓혔고, 작은 방을 흡연실로 만들었다.

그는 계획이 많았고, 좋아하는 시인들의 시집, 여행기, 지도, 사전을 구입했다. 점원들을 독촉하며 가게 여기저기를 뛰어다녔고, 하루 빨리 누리고 싶은 마음에 가격 흥정도 하지 않고 물건을 샀다.

가게에서 온 청구서를 보니 다음에 내야 할 돈이 3만 7,000프랑이 넘는 상속세를 제하고 4만 프랑이었다. 재산은 토지였기 때문에, 빚도 갚고 여유 자금을 마련하기 위해 르아브르에 있는 공증인에게 토지 일부를 팔아달라고 편지를 썼다. 사교계라는 막연하면서도 눈부시고 뭐라 정의할 수 없는 것을 이번에는 알고 싶다는 마음에 그는 당브뢰즈 부부에게 방문해도 좋은지 편지를 보냈다. 당브뢰즈 부인은 내일 뵙기를 바란다는 답장을 보내왔다.

마침 그날은 손님을 초대한 날이었다. 마차 몇 대가 안마당에 세워져 있었다. 하인 두 명이 서둘러 차양 아래로 갔고, 계단 위에 있던 세 번째 하인은 프레데릭을 안내하며 앞서 걸어가기 시작했다.

프레데릭은 대기실, 두 번째 방, 그리고 높은 창문이 달린 넓은 응접실을 지났다. 응접실의 거대한 벽난로 위에는 둥그런 탁상시계와 도자기 항아리 두 개가 놓여 있었다. 도자기 항아리에 꽂힌 초꽂이 두 개는 마치 황금빛 덤불처럼 솟아 있었다. 그리고 에스파냐풍 그림들이 벽에 걸려 있었고, 두꺼운 태피스트리 휘장이 묵직하게 드리워 있었다. 소파, 콘솔, 테이블, 제정 시대 양식의 모든 가구가 위엄 있고 외교적인 분위기를 띠었다. 프레데릭은 기쁜 마음에 자기도 모르게 미소를 지었다.

마침내 그는 타원형 방에 도착했다. 자단으로 벽을 두르고 예쁜 가구들이 가득한 방으로, 정원이 보이는 단 하나의 유리창을 통해 햇빛이 비쳐 들었다. 당브뢰즈 부인은 벽난로 곁에 앉아 있었고, 주위에는 열두 명 정도가 빙 둘러서 있었다. 그녀는 프레데릭에게 앉으라고 친절히 권했다. 오랜만에 그를 보아서 놀란 것 같지는 않았다.

그가 들어갔을 때 사람들은 마침 쾨르 사제의 달변을 칭찬하고 있었다. 이어서 사람들은 어느 시종의 절도에 대해 이야기하면서 하인들의 부도덕함을 한탄했다. 여러 잡담이 오갔다. 나이 지긋한 소메리 부인이 감기에 걸렸다는 이야기, 튀르비조 양이 결혼했다는 이야기, 몽샤롱 부부가 1월 말 전까지는 파리에 돌아오지 않는다는 이야기, 브르탕구르 부부 역시 그렇다는 이야기, 요즘은 사람들이 시골에 오래 머무는 것 같다는 이야기였다. 화려한 주변 장식에 비해 대화 주제가 지나치게 소소해 대비를 이루었다. 그래도 아무런 목적이나 연관도 없이 이야기하는 것보다는 지금 하고 있는 이야기가 덜 바보 같았다. 손님 중에는 전직 장관, 큰 교구의 주임 사제, 정부 고관 두세 명처럼 인생 경험이 많은 사람들이 있었지만 이들도 진부하고 상투적인 대화밖에 나누지 않았다. 몇 명은 지체 높은 집안의 피곤에 찌든 노부인들처럼 보였고, 또 다른 몇 명은 교활한 중개상처럼 보였다. 손녀라고 해도 믿을 정도로 어린 아내와 함께 온 노인들도 있었다.

당브뢰즈 부인은 모든 손님에게 친절했다. 아픈 사람 이야기가 나오면 당브뢰즈 부인은 얼굴을 찌푸리며 괴로워했고, 무도회나 파티 이야기가 나오면 즐거운 표정을 지었다. 그러면서 그녀는 고아인 남편의 조카를 기숙학교에서 데려올 예정이어서 앞으로 무도회나 파티는 즐길 수 없을 것 같다고 말했다. 손님들은 그녀의 헌신적인 모습을 칭찬했다. 한 집안의 진정한 어머니다운 행동이라고 했다.

프레데릭은 그녀를 관찰했다. 얼굴 피부는 팽팽해 보였고 보관된 과일처럼 신선해 보였으나 윤기는 없었다. 영국식으로 돌돌 만 머리카락은 비단보다 고와 보였고, 하늘색 눈은 빛나고 있었으며 모든 몸짓이 우아했다. 그녀는 방 안에 놓인 2인용 안락의자에 앉아 자신의 길고 가는 손을 돋보이게 하려는 듯 일본풍 가리개에 달린 가느다란 술 장식을 어루만졌다. 그녀는 청교도 여자처럼 깃이 높은 회색빛 물결무늬 옷을 입고 있었다.

프레데릭이 올해 포르텔에 갈 예정인지 묻자 그녀는 어떻게 될지 잘 모르겠다고 대답했다. 그는 그녀가 노장을 지루해 한다는 뜻으로 이해했다. 손님들이 점점 더 많아졌다. 양탄자 위를 스치는 비단 옷자락 소리가 끝없이 들렸다. 의자에 걸터 앉은 부인들은 조그만 소리로 뭔가를 비웃고 두세 마디 이야기를 나누다가 오 분 뒤에는 딸들과 함께 나갔다. 잠시 후 대화를 더 이상 이어가기가 어려워 프레데릭이 자리를 뜨려고 하자 당브뢰즈 부인이 말했다.

"수요일마다 뵐 수 있을까요, 모로 씨?" 지금까지 보인 무심함을 이 한마디로 만회하려는 것 같았다.

프레데릭은 만족했다. 그는 길가에 나오자 공기를 크게 들이마셨다. 덜 가식적인 곳에 가고 싶은 마음에, 로자네트를 찾아가기로 한 것을 생각해냈다.

대기실 문이 열렸다. 아바나산 복슬강아지 두 마리가 뛰어왔다. 누군가가 큰 소리로 말하는 것이 들렸다.

"델핀! 델핀! 펠릭스 씨예요?"

그는 그대로 멈춰 섰다. 강아지 두 마리는 계속 짖어댔다. 마침내 레이스 장식이 달린 흰색 모슬린 실내복 같은 것을 두르고 맨발에 슬리퍼를 신은 로자네트가 모습을 드러냈다.

"아! 죄송해요, 선생님! 미용사가 온 줄 알았어요. 잠시만요! 곧 올게요!"

프레데릭은 식당에 혼자 있었다.

블라인드는 닫혀 있었다. 그는 떠들썩했던 지난밤의 파티를 생각하며 방 안을 둘러봤다. 그때 가운데 테이블 위에 놓인 남자 모자가 보였다. 구겨지고 때가 꼬질꼬질하게 낀 더러운 펠트 모자였다. 누구의 모자일까? 모자는 뜯어진 안감을 뻔뻔스럽게 보여주면서 마치 이렇게 말하는 것 같았다.

"어쨌든 난 여기 주인이니까 상관없어."

여장군이 나타났다. 모자를 집어 온실 문을 열고 그 안에 집어 던진 뒤 문을 닫았다.(다른 문들도 동시에 열렸다 닫혔다.) 그리고 프레데릭을 데리고 주방을 지나 화장용 방으로 갔다.

이 방은 이 집에서 사람들이 가장 많이 드나드는 정신적인 중심부인 듯했다. 커다란 잎사귀 무늬가 있는 페르시아산 비단이 벽과 소파, 널찍하고 푹신한 긴 의자에 덮여 있었다. 흰색 대리석 테이블 위에는 푸른색 도자기로 된 커다란 대야 두 개가 서로 떨어져 놓여 있었다. 그 위 수정 선반에는 작은 병, 브러시, 빗, 화장용 스틱, 분첩 통이 널려 있었다. 커다란 거울에 난로의 불길이 비쳤다. 욕조 밖에는 시트가 늘어져 있었고, 아몬드 페이스트와 안식향 나무의 향기가 풍겼다.

"어질러놔서 미안해요! 오늘 저녁에 시내에서 식사를 하기로 해서."

그녀는 발뒤꿈치로 빙그르 돌다가 강아지 한 마리를 밟을 뻔했다. 그는 강아지들이 예쁘다고 했다. 그녀는 강아지 두 마리를 안아 올려 검은색 코끝을 그에게 갖다 댔다.

"자, 웃어, 신사분께 입 맞추렴."

그때 갑자기 모피 깃이 달린 꾀죄죄한 프록코트를 입은 남자가 들어왔다.

"펠릭스 씨." 그녀가 말했다. "다음 일요일에는 시간을 지켜주세요."

펠릭스는 로자네트의 머리를 매만지며 그녀의 친구들 소식을 알려주었다. 드 로슈귄 부인, 드 생플로랑탱 부인, 롱바르 부인, 모두 당브뢰즈 부부의 집에서 본 듯한 귀부인들이었다. 이어서 그는 연극 이야기를 했다. 오늘 밤 앙비귀 극장에서 멋진 공연이 있다고 했다.

"가실 겁니까?"

"아뇨! 집에 있으려고요."

델핀이 나타났다. 로자네트는 델핀에게 허락도 없이 나갔다고 나무랐다. 델핀은 시장에 다녀오는 길이라고 했다.

"그럼 가계부를 가져와요! 실례 좀 해도 되죠?"

로자네트는 작은 목소리로 가계부를 읽으며 하나하나 조

목조목 따졌다. 계산이 틀렸다는 것이었다.

"4수 내놔요!"

델핀이 돈을 돌려주었다. 로자네트는 델핀에게 그만 가보라고 했다.

"아, 정말이지 저런 사람들 짜증 나!"

프레데릭은 로자네트의 투덜거림에 충격받았다. 방금 들은 그녀의 말은 안타깝게도 두 집을 똑같은 수준으로 묶는 것 같았다.

델핀이 돌아와 그녀의 귀에 대고 속삭였다.

"아니! 싫어요!"

델핀이 다시 나타났다.

"하지만 부인, 부인을 꼭 봬야 한다고 고집을 부리는데요."

"아! 귀찮아! 쫓아버려요!"

바로 그때 검은 옷을 입은 노파가 문을 밀고 들어왔다. 프레데릭은 아무 소리도 들리지 않았고 아무것도 보이지 않았다. 로자네트가 노파와 마주치자 서둘러 방으로 들어갔기 때문이다.

다시 돌아온 그녀는 볼이 빨개져 있었고 아무 말 없이 소파에 앉았다. 눈물 한 줄기가 뺨을 타고 흘러내렸다. 이어서 그녀는 프레데릭 쪽을 바라보며 부드럽게 말했다.

"성함이?"

"프레데릭."

"아! 페데리코! 그렇게 불러도 되죠?"

그녀는 마치 애인을 쳐다보는 듯 애교 넘치는 눈빛으로 프레데릭을 바라봤다. 갑자기 바트나 양이 보이자 그녀는 기쁘게 소리쳤다.

여성 예술가 바트나 양은 여섯 시에 여는 만찬이 코앞으로 다가와 시간이 없다고 했다. 그녀는 숨을 헐떡였고 지친 모습이었다. 먼저 바구니에서 종이로 싼 시곗줄을 꺼냈고, 사 가지고 온 여러 가지 물건들을 꺼냈다.

"주베르 거리에 36수짜리 멋진 스웨덴 장갑이 있어. 염색 가게에서는 일주일 더 기다리라고 하더라고. 레이스는 다시 한번 들르겠다고 했어. 뷔뇨는 선불을 받았어. 이게 다지? 나한테 185프랑 주면 돼."

로자네트는 서랍에서 나폴레옹 금화 10닢을 꺼냈다. 두 사람 모두 거스름돈이 없어서 프레데릭이 잔돈을 빌려주었다.

"나중에 드릴게요." 바트나 양이 15프랑을 지갑에 넣으며 말했다. "그런데 참 짓궂네요. 이제 당신을 더 이상 좋아하지 않아요. 그날 저랑 춤 한번 안 추셨잖아요. 참, 볼테르 강변에 있는 가게에서 박제해서 액자에 넣은 벌새를 봤는데 정말 귀엽더라고요. 바트나, 내가 너라면 사겠어. 네 생각은 어때?"

그러더니 바트나 양은 델마르에게 몸이 꼭 끼는 중세풍 조끼를 만들어주려고 탕플에서 샀다면서 분홍색 낡은 비단을 펼쳐 보여주었다.

"그분 오늘 오셨지?"

"아니!"

"이상하네."

그리고 잠시 후 물었다.

"오늘 저녁에 어디 가?"

"알퐁신의 집." 로자네트가 대답했다. 그녀가 저녁 시간을 보내는 세 번째 방법이었다.

바트나 양이 말을 이었다.

"그 몽타뉴 영감*에 대해선 새로운 소식 있어?"

여장군은 갑자기 바트나 양에게 눈짓을 하며 아무 말도 하지 말라는 신호를 보냈다. 로자네트는 조만간 아르누와 만나는지 물어보려고 프레데릭을 대기실까지 배웅해주었다.

"아르누 씨에게 한번 다녀가달라고 해주세요. 물론 부인이 안 계실 때요!"

---

* 로자네트의 애인인 우드리 영감을 가리킨다.

계단 위쪽에는 덧신 한 쌍 가까이에 우산이 벽에 기대어 있었다.

"바트나의 고무장화예요." 로자네트가 말했다. "발이 대단하죠? 내 친구 대단하다니까요!"

그리고 멜로드라마 같은 말투로 단어의 마지막 철자를 굴리며 말했다.

"이 여자를 조심하세요!"

그녀가 속을 터놓자 대담해진 프레데릭은 그녀의 목에 키스를 하려고 했다. 그러자 그녀는 차갑게 말했다.

"오! 하세요! 돈 드는 거 아니니까요!"

로자네트의 집에서 나왔을 때 프레데릭은 조만간 그녀가 애인이 될 것 같은 생각이 들어 마음이 가벼웠다. 이 욕망은 또 다른 욕망을 일깨웠다. 아직 원망하는 마음이 있긴 했지만 그는 아르누 부인을 만나고 싶었다.

마침 로자네트의 부탁도 있고 해서 아르누의 집에 가야 하긴 했다.

'그런데 지금?' 그는 생각했다.(시계가 여섯 시를 알렸다.) '틀림없이 아르누는 집에 있을 거야.'

그는 방문을 다음 날로 미뤘다.

아르누 부인은 지난번과 똑같은 자세로 아이의 셔츠를 꿰

매고 있었다. 사내아이는 그녀의 발치에서 나무로 된 동물 장난감을 가지고 놀고 있었다. 조금 떨어진 곳에서는 마르트가 글씨를 쓰고 있었다.

프레데릭은 먼저 아이들을 칭찬했다. 그녀는 다른 어머니들이 흔히 보이는 호들갑 없이 대답했다.

방은 조용한 분위기였다. 아름다운 햇빛이 창문을 통과해 가구 모서리를 비추었다. 아르누 부인은 창문 가까이에 앉아 있었고, 목덜미 쪽 애교머리에 밝은 햇살이 비쳐 호박색 피부가 금빛으로 물들었다. 프레데릭이 이렇게 말했다.

"꼬마 아가씨, 3년 전보다 많이 컸네! 마차 안에서 내 무릎을 베고 잠들었던 거 기억해?"

마르트는 기억하지 못했다. "어느 날 저녁 생클루에서 돌아오던 날인데?"

아르누 부인이 묘하게 슬픈 표정을 지었다. 두 사람의 공통된 추억에 대해 이야기하지 말라는 뜻인가?

흰자위가 반짝 빛나는 그녀의 아름다운 검은 눈은 다소 무거운 눈꺼풀 아래서 조용히 움직이고 있었다. 눈동자에는 한없는 다정함이 깃들어 있었다. 프레데릭은 이전에 경험하지 못한 더욱 강렬하고 무한한 사랑에 다시 사로잡혔다. 몸을 마비시키는 듯한 명상에 빠진 기분이 들자 그는 정신을 차려 물리쳤다. 어떻게 하면 잘 보일 수 있을까? 어떤 방법으로? 여러 가지를 생각했지만 돈밖에 생각나는 게 없었다. 그는 날씨 이야기부터 하며 파리는 르아브르보다 춥지 않다고 말했다.

"거기 계셨어요?"

"예, 일 때문에…… 집안의…… 유산 문제로요."

"아! 잘됐네요." 그녀가 진심으로 기뻐하며 말하자 그는 큰 칭찬이라도 받은 것처럼 가슴이 떨렸다.

이어서 그녀는 남자는 뭔가 해야 한다면서 그에게 뭘 하고 싶은지 물었다. 그는 지난번에 한 거짓말을 기억하고 국회의원 당브뢰즈 씨의 도움을 받아 참사원에 들어가고 싶다고 했다.

"부인께서는 그분을 알고 계시죠?"

"성함만 알아요."

그리고 그녀는 나지막한 목소리로 말했다.

"그분이 지난번에 프레데릭 씨를 무도회에 데려가지 않았나요?"

그는 아무 말도 하지 않았다.

"제가 알고 싶었던 거였어요, 고마워요."

이어서 그녀는 그의 가족과 고향 지방에 대해 두세 가지를 조심스럽게 물었다. 그곳에 그렇게 오래 있으면서 자신과 가족을 잊지 않아주어서 고맙다고 했다.

"그런데…… 제가 어떻게 잊을 수 있었겠습니까?" 그가 말했다. "부인은 그렇게 생각하셨습니까?"

그녀가 자리에서 일어났다.

"저희에게 친절하고 변함없는 애정을 갖고 계시다고 생각해요. 안녕히 가세요……. 또 뵐게요!"

그리고 그녀는 솔직하고 씩씩하게 손을 내밀었다. 격려이자 약속이 아닐까? 프레데릭은 사는 게 즐거웠다. 노래가 나오려는 걸 참았고, 누군가에게 자선을 베풀고 싶은 마음이 들었다. 혹시 도와줄 사람이 없는지 주변을 두리번거릴 정도였다. 불쌍해 보이는 사람은 한 명도 지나가지 않았다. 그는 일부러 멀리까지 가서 자선을 베풀 기회를 찾을 사람은 아니었기에 그의 가벼운 희생정신은 사라졌다.

이어서 그는 친구들을 떠올렸다. 맨 먼저 위소네가 생각났고, 그다음으로는 펠르랭이 떠올랐다. 친구들 가운데 신분이 가장 낮은 뒤사르디에도 생각났다. 시지에게는 자신의 재산을 조금 보여주고 싶다는 생각이 들었다. 그래서 친구 네 명에게 이번 일요일 열한 시에 집들이를 할 테니 꼭 와달라고 편지를 썼다. 데로리에에게는 세네칼을 꼭 데려와달라고 부탁했다.

과외 선생은, 우등상은 평등의 원칙에 어긋난다며 주지 않으려 해서 세 번째 기숙학교에서도 쫓겨났다. 요즘 그는 어느 기계 제작 회사에 다니고 있었고, 반년 전부터 데로리에와는 같이 살지 않았다.

두 사람은 헤어질 때 섭섭한 마음이 전혀 없었다. 동거 마지막 기간에 세네칼은 푸른색 작업복을 입은 노동자들을 초대했다. 노동자들은 하나같이 애국심이 강하고 성실한 사람들이었으나 변호사인 데로리에에는 이들의 모임이 지루하게 느껴졌다. 더구나 세네칼의 일부 생각은 전쟁 무기로서는 훌륭했지만 데로리에의 마음에는 들지 않았다. 하지만 야심가 데로리에는 입을 닫고 세네칼의 기분을 맞춰주었다. 만일 큰 변화가 일어나면 출세해 자기 자리를 마련할 생각으로 세네칼이 이끌어주기를 바랐기 때문이다.

세네칼의 신념에는 사리사욕이 없었다. 매일같이 일이 끝나면 다락방으로 올라와 자신의 꿈을 정당하게 해줄 무언가를 책에서 찾았다. 이미 《사회계약론》에 주석을 달 정도였다. 아나키즘 잡지인 《르뷔 앵데팡당트》*을 열심히 읽었다. 마블리, 모렐리, 푸리에, 생시몽, 콩트, 카베, 루이 블랑 등 많은 사

---

* Revue Indépendante. '독립 잡지'라는 뜻. 피에르 르루와 조르주 상드가 편집하였다.

회주의자 작가들, 인류에게 병영 생활 수준을 요구하는 사람들, 인류를 사창가에서 즐기게 하거나 작업대에서 군말 없이 일하게 하고 싶어하는 사람들을 알고 있었다. 이 모든 것을 합해 소작지와 방적 공장이라는 이중성을 지닌 고결한 민주주의의 이상을 만들었다. 이는 라마교 주교와 바빌론의 왕 느브갓네살보다 전지전능하고 절대적이며 신성한 사회에 봉사하기 위해서만 개인이 존재한다는 미국식 스파르타에 가까웠다. 세네칼은 앞으로 이러한 이상이 실현될 것임을 믿어 의심치 않았기에, 이에 적대적이라고 판단되는 모든 것에 대해서는 기하학자의 논리와 심문관의 정성으로 공격했다. 귀족 칭호, 십자 훈장, 투구의 깃털 장식, 하인 제복, 심지어 지나치게 떠들썩한 명성에 대해서도 분노했다. 그뿐 아니라 공부도 힘들고 생활 형편도 어려웠기에 모든 특권이나 우월성을 본질적으로 증오하는 마음이 매일 커졌다.

"내가 그 사람에게 무슨 빚을 졌기에 예의를 차려야 해? 날 보고 싶으면 그 사람이 직접 오라고 해."

데로리에는 세네칼을 억지로 끌고 갔다.

두 사람이 가보니 친구들은 프레데릭의 침실에 있었다. 블라인드, 이중 커튼, 베네치아 거울, 뭐 하나 부족한 게 없었다. 벨벳 상의를 입은 프레데릭은 안락의자에 몸을 뒤로 젖힌 채 터키담배를 피우고 있었다.

세네칼은 마치 유흥장에 끌려 나온 위선적인 종교인처럼 얼굴을 찌푸렸다. 데로리에는 집을 한번 쭉 훑어보더니 아주 낮은 소리로 프레데릭에게 인사했다.

"각하, 인사드립니다."

뒤사르디에는 프레데릭의 목을 끌어안았다.

"자네 이제 부자가 됐군? 아! 잘됐어. 젠장, 정말 잘됐어!"

시지는 모자에 상장을 달고 나타났다. 할머니가 돌아가신 뒤 막대한 유산을 받았지만 놀며 즐기기보다는 남들과 다른 것, 평범하지 않은 것, 그러니까 특이한 것에 몰두하고 있었다. 그의 표현을 빌리자면 그랬다.

그러는 사이 정오가 되었고 모두들 하품을 했다. 프레데릭은 누군가를 기다리고 있었다. 아르누라는 이름을 듣자 펠르랭은 얼굴을 찡그렸다. 펠르랭은 미술을 버린 아르누를 변절자로 생각하고 있었다.

"그 인간이 없으면 어때? 어떻게 생각해?"

모두가 동의했다.

긴 각반을 찬 하인이 문을 열었다. 금으로 장식된 높은 참나무 주추와 그릇이 가득한 식기장 두 개가 있는 식당이 보였다. 난로 위에는 포도주 병들이 데워지고 있었고 새 칼날이

굴 요리 옆에서 번쩍이고 있었다. 모슬린 유리의 우윳빛 톤에는 마음을 끄는 부드러움 같은 것이 있었고, 테이블은 들새 요리, 과일, 갖가지 진귀한 요리로 뒤덮여 보이지 않을 정도였다. 그러나 세네칼은 이런 후한 대접에는 관심이 없었다.

그는 우선 집에서 만든 빵(가능한 한 가장 단단한 빵)이 먹고 싶다고 했고, 말이 나온 김에 뷔장세 살인 사건과 식량 위기에 대해 이야기했다.

농업을 좀 더 잘 보호했더라면, 모든 것을 경쟁, 무질서, '불간섭과 묵인'이라는 한심한 원칙에 맡기지만 않았더라면 이런 일은 일어나지 않았을 거라고 했다! 이런 식으로 과거의 봉건제도보다 더 최악인 자본의 봉건제도가 형성되었다는 것이다! 하지만 조심하라고 했다. 결국 민중은 인내심에 한계를 느낄 것이고, 재판 없이 이루어지는 피의 추방이나 저택 약탈을 통해 자신들이 당한 고통을 자본가들에게 그대로 되갚아 줄 거라고 했다.

순간 프레데릭은 한 무리의 남자들이 소매를 걷어붙이고 당브뢰즈 부인의 넓은 방에 들이닥쳐 거울을 차례로 곡괭이로 산산조각 내는 장면을 번개처럼 떠올렸다.

세네칼이 말을 이었다. 쥐꼬리만 한 봉급을 보면 노동자는 노예, 흑인, 천민보다도 비참하다고 했고, 특히 자식이 딸린 노동자는 더욱 비참하다고 했다.

"맬서스 이론을 따르는 어느 영국인 의사가 충고한 것처럼 질식사를 통해 이러한 비참함에서 벗어나야 하는 건가?"

그리고 세네칼은 시지 쪽을 돌아보며 말했다.

"파렴치한 맬서스의 충고를 따라야 하는 걸까?"

하지만 파렴치함은 물론이고 맬서스의 존재조차 모르고 있던 시지는 "불쌍한 사람들을 돕는 구호의 손길이 많아질 거야. 상류층……."이라고 대답했다.

"아! 상류층!" 사회주의자 세네칼이 빈정거렸다. "우선 상류층은 없어. 사람은 마음에 의해서만 상류가 되는 거야! 우리가 원하는 건 적선이 아니야, 알겠나! 평등, 생산의 공정한 분배를 원한다고."

세네칼이 요구하는 건 마치 병사가 대장이 되는 것처럼 노동자가 자본가가 되는 것이었다.

노동조합 대표들은 적어도 견습생 수를 제한해서 노동자 수가 넘쳐나는 것을 막았고, 축제와 깃발로 동료애를 유지한다고 했다.

위소네는 시인으로서 이러한 깃발을 아쉬워했고, 펠르랭도 마찬가지였다. 특히 펠르랭은 카페 다뇨에서 푸리에주의자들의 이야기를 들으면서 깃발에 애착을 느끼게 되었다.

"설마!" 데로리에가 말했다. "제국의 붕괴를 신의 복수로 생각하는 늙은 멍청이! 마치 생시몽과 그의 교회가 프랑스혁명을 증오하는 것과 같지. 가톨릭주의를 재건하려는 수많은 어릿광대들!"

시지는 더 자세히 알기 위해, 어쩌면 자신에 대해 좋은 인상을 주기 위해 부드럽게 말하기 시작했다.

"그 박식한 두 사람은 볼테르와 같은 의견이 아니란 말이야?"

"볼테르에 대해서는 말하지 않겠어." 세네칼이 말했다.

"뭐라고? 내 생각에는……."

"천만에! 그 사람은 민중을 사랑하지 않았어!"

이어서 대화의 화제는 요즘 사건으로 옮겨갔다. 스페인 결혼, 로슈포르의 횡령, 생드니 성당의 참사회 개편, 이런 사건들 때문에 세금이 배로 올라갈 거라는 이야기가 나왔다. 그러나 세네칼은 우리가 이미 세금을 충분히 많이 냈다고 했다.

"왜 그런지 알아? 박물관의 원숭이들에게 궁전을 세워주려고, 우리의 광장에서 찬란한 군 수뇌부들을 행진시키려고, 아니면 성의 하인들에게 중세식 예절을 지키게 하려고 그런 거지!"

"《라 모드》에서 읽은 적이 있어." 시지가 말했다. "생페르디낭 축제 때 열린 튈르리 궁전 무도회에서 모두가 특이하게 변장했다고 하더군."

"한심하군." 사회주의자 세네칼이 혐오감을 드러내면서 어깨를 으쓱하며 말했다.

"베르사유 미술관!" 펠르랭이 큰소리로 말했다. "이야기 좀 해보자고! 그 멍청이들이 들라크루아의 작품을 줄이고 그로의 그림을 늘렸어! 루브르에서는 모든 그림을 너무도 훌륭하게 복원한다면서 긁어내버리거나 몹쓸 짓을 하고 있지. 10년이 지나면 남아나는 그림이 없을 거야. 카탈로그의 오류에 대해서는 독일인이 책 한 권을 쓸 정도야. 확신하건대 외국인들은 우리에게 신경도 안 써!"

"그래, 우리는 유럽의 웃음거리지." 세네칼이 말했다.

"예술이 왕권에 종속되어 있으니까."

"보통선거권이 없는 한……."

"잠깐." 20년째 모든 미술전에서 거부당하고 있는 예술가 펠르랭은 권력에 분노하고 있었다. "내 말 들어봐. 의회가 예술의 이익에 대한 법을 제정해야 해. 내가 바라는 건 그것뿐이야. 미학 강의를 대학에 설치하고, 바라건대 실무자이면서 철학가인 교수를 초빙하면 수강자들이 많아질 거라고. 위소네, 자네 신문에 이런 이야기를 실으면 어떨까?"

“신문에 표현의 자유나 있나? 우리에게 자유가 있어?” 데로리에가 분노하며 소리쳤다. “강에 배 한 척 띄우려 해도 스물여섯 가지 수속을 밟아야 한다고. 그런 생각을 하면 차라리 식인종 틈에서 사는 게 낫지! 정부야말로 우리를 먹어치우고 있어! 지금은 철학, 법률, 예술, 하늘의 공기, 그 모두가 정부 소유야. 프랑스는 헌병의 군화와 사제의 옷자락 아래서 무기력하게 신음할 뿐이지!”

미래의 미라보가 실컷 열변을 토했다. 결국 그는 잔을 들고 일어나 허리에 주먹을 대고 눈을 빛내며 말했다.

“지금의 질서, 즉 특권, 독점, 지침, 위계질서, 권위, 정부라고 하는 모든 것의 완전한 붕괴를 위하여 건배!” 그리고 소리 높여 “이렇게 부숴야 해!”라고 외친 다음 멋진 굽이 달린 잔을 테이블 위에 던져 산산조각 냈다.

모두 박수를 쳤다. 뒤사르디에가 특히 열렬히 박수를 쳤다.

뒤사르디에는 부당한 광경을 보면 가슴이 뛰었다. 그는 공화주의자 바르베스가 걱정되었다. 뒤사르디에는 쓰러진 말을 구하기 위해 마차 밑으로 뛰어드는 부류였다. 그가 아는 책이라고는《왕들의 죄》와《교황청의 비밀》이 전부였다. 그는 입을 벌린 채 기쁨을 느끼며 변호사 데로리에의 말을 듣다가 더 이상 참지 못하고 이렇게 말했다. “내가 루이 필리프를 비난하는 건 폴란드인들을 버렸기 때문이야!"

"잠깐!" 위소네가 말했다. "우선 폴란드는 존재하지 않아. 라파예트가 지어낸 거야! 일반적으로 폴란드인이라면 생마르소 교외 출신을 말하지. 진짜 폴란드인은 포니아토프스키와 함께 빠져 죽었다고." 즉 '이제는 그런 논리에 속지 않는다', '그런 것에서는 깨어났다'는 뜻이었다. 낭트칙령 폐지나 '성 바르텔레미의 낡은 허풍'은 바다뱀 같은 것이라고 했다.

세네칼은 폴란드인을 옹호하지 않고 문인 뒤사르디에의 마지막 말을 물고 늘어졌다. 어쨌든 자신들은 민중을 옹호한 교황들을 비난했다고 했다. 그는 신성동맹을 '민주주의의 여명, 프로테스탄트들의 개인주의에 대항하는 위대한 평등주의 운동'이라고 칭했다.

프레데릭은 이런 생각에 약간 놀랐다. 시지는 이런 생각을 듣는 게 지루했는지 당시 많은 사람들로부터 관심을 받고 있던 짐나즈의 활극에 대해 이야기했다.

세네칼은 이런 공연에 대해서는 서글픔을 느꼈다. 이런 공연들이야말로 젊은 프롤레타리아 여자들을 타락하게 만들기 때문이었다. 이후 그녀들은 거만하게 사치 부리는 꼴을 보인다는 것이었다. 그는 롤라 몬테스를 모욕한 바바리아 학생들을 지지했다. 루소와 마찬가지로 그도 국왕의 애첩보다는 석탄 광부의 아내를 더 존중했다.

"송로를 놀리고 있군!" 위소네가 위엄 있게 반박했다. 그는 로자네트를 위해 이런 여자들을 변호했다. 이어서 그녀가 연 무도회와 아르누의 의상에 대해 이야기하자 "그 사람 상황이 안 좋다고 하던데?"라고 펠르랭이 말했다.

미술상 아르누는 최근에 벨빌의 토지 때문에 소송에 걸렸다. 현재 그는 자신과 비슷한 부류인 익살스러운 사람들과 함께 브르타뉴 저지대에서 도토* 회사 일을 하고 있었다.

이에 대해서는 뒤사르디에가 더 자세히 알고 있었다. 자신의 사장인 무시노 씨가 은행가 오스카 르페브르에게 아르누에 대해 알아본 결과 아르누는 어음을 몇 번 연장했다면서 재정 상태가 그리 탄탄하지 않은 것 같다고 했다는 것이다.

디저트가 끝났다. 여장군의 응접실처럼 노란색 피륙으로 벽을 바른 루이 16세풍 응접실로 모두들 자리를 옮겼다.

펠르랭은 차라리 신식 그리스 양식을 택하지 그랬느냐고 잔소리를 했다. 세네칼은 벽의 피륙에 대고 성냥을 그었다. 데로리에는 아무 말도 하지 않았다. 서재로 들어가자 데로리에는 마치 소녀의 서재 같다고 했다. 책장에는 대부분 현대

---

* 도자기의 원료가 되는 고령토 질의 점토.

작가의 작품이 꽂혀 있었다. 그러나 이들 작가들의 작품에 대해 대화를 나눌 수는 없었다. 위소네가 즉각 이들 작가들과 관련된 일화에 대해 이야기하고, 이들의 외모와 품행, 옷차림을 비판하면서, 삼류 작가는 높이 사고 일류 작가는 비판하며 현대 문학의 퇴폐를 한탄했기 때문이다. 짧은 시골 민요 한 곡만 해도 19세기의 모든 서정시보다 더 많은 시적 정취가 들어 있다고 했다. 발자크는 과대평가 되었고, 바이런은 끝장이며, 위고는 연극의 '연'자도 모른다고 평가했다.

"그런데 말이야. 왜 우리 노동자 시인들의 작품은 없는 거지?" 세네칼이 물었다.

문학에 관심이 많은 시지는 프레데릭의 테이블 위에서 '흡연가의 생리, 낚시꾼의 생리, 세관원의 생리 같은 새로운 생리학 작품들'을 볼 수 없어 어리둥절해했다.

이들의 말이 짜증스러웠던 프레데릭은 마음 같아서는 어깨를 밀어 밖으로 쫓아내고 싶었다. '바보 같은 생각이지!' 대신 그는 뒤사르디에를 따로 불러 자신이 뭔가 도와줄 게 없는지 물었다.

선량한 청년 뒤사르디에는 감동했다. 그는 회계원으로 일하고 있어서 필요한 건 없다고 했다.

이어서 프레데릭은 데로리에를 방으로 데려가 책상에서

2,000프랑을 꺼내며 말했다.

"자, 받아! 예전에 내가 빌린 돈이야."

"그런데…… 신문은?" 변호사 데로리에가 말했다. "위소네에게 이야기했던 거 잘 알잖아."

프레데릭이 "지금은 좀 곤란해."라고 대답하자 데로리에는 씁쓸한 미소를 지었다.

모두 리큐어에 이어 맥주를 마셨고, 그다음에는 그로그를 마셨다. 그리고 파이프를 다시 피웠다. 마침내 저녁 다섯 시가 되자 모두들 떠났다. 이들은 아무 말 없이 나란히 걸었다. 뒤사르디에가 프레데릭의 집들이는 완벽했다고 먼저 말을 꺼냈다. 모두 동의했다.

하지만 위소네는 요리가 너무 무거웠다고 했고, 세네칼은 실내장식이 너무 가볍다고 비판했다. 시지도 같은 생각이었다. 특징이 전혀 없다는 것이었다.

"내 생각에는, 내게 그림 한 점 주문했더라면 좋았을 텐데." 펠르랭이 말했다.

데로리에는 바지 주머니 속 지폐를 쥐며 아무 말도 하지 않았다.

프레데릭은 혼자 남았다. 그는 친구들을 생각하면서 자신과 친구들 사이에는 어두컴컴한 큰 도랑이 있다는 것을 느꼈다. 그가 손을 내밀었지만 친구들은 그의 솔직한 마음에 답해 주지 않았다.

그는 펠르랭과 뒤사르디에가 아르누에 대해 했던 말을 떠올렸다. 지어낸 이야기이거나 험담이었을까? 하지만 무슨 이유로? 집안이 파산해 눈물을 흘리며 가구를 파는 아르누 부인의 모습이 상상되었다. 그런 생각에 그는 밤새 마음이 괴로웠다. 다음 날 그는 아르누 부인을 찾아갔다. 그는 자신이 들은 말을 어떻게 전해야 할지 몰라 아르누가 아직도 벨빌 토지를 갖고 있는지 물었다.

"예, 아직 갖고 있어요."

"아르누 씨는 요즘 브르타뉴의 도토 회사와 관계가 있다면서요?"

"예, 그래요."

"공장은 잘되고 있는 거죠?"

"예……, 그런 것 같아요."

프레데릭이 주저하자 아르누 부인이 "왜 그러세요? 무섭네요."라고 말했다.

그는 아르누의 어음 연장 이야기를 했다.

그녀가 고개를 떨구며 말했다

"그럴 줄 알았어요."

사실 아르누는 좋은 곳에 투자하기 위해 땅을 팔지 않으려 했고, 그 대신 땅을 담보로 큰돈을 빌렸다. 그다음에 땅을 팔려고 했지만 사겠다는 사람이 없자 공장을 세워 이를 만회할 수 있으리라 생각한 것이었다. 하지만 비용이 견적을 초과했다고 한다. 그녀는 그 이상은 아는 게 없다고 했다. 아르누는 어떤 질문을 받아도 늘 "잘될 거야."라는 대답만 한다고 했다.

프레데릭은 아르누 부인을 안심시키기 위해 애썼다. 아마도 일시적인 문제일 거라고 하면서 뭔가 듣게 되면 알려주겠다고 했다.

"오! 그래요, 그래주시겠어요?!" 그녀가 가련하게 애원하듯 두 손 모아 부탁했다.

그도 아르누 부인에게 도움이 되는 존재가 될 수 있었다. 이제 그녀의 인생과 그녀 마음속에 들어갈 수 있었다.

아르누가 나타났다.

"저녁 식사를 같이 하러 와주다니 고맙네!"

프레데릭은 아무 대답도 하지 않았다.

아르누는 소소한 이야기를 하더니 아내에게 우드리와 약속이 있어서 늦게 돌아올 것 같다고 했다.

"그분 댁에서요?"

"물론이지, 우드리 씨 댁."

아르누는 프레데릭과 계단을 내려가며 로자네트가 지금 시간이 나서 물랭루주에서 함께 멋진 파티를 할 계획이라고 했다. 마음속 이야기를 털어놓을 상대가 필요했던 아르누는 프레데릭을 데리고 문 앞까지 갔다.

아르누는 그녀의 집으로 들어가는 대신 3층 창문을 올려다보며 주변을 왔다갔다했다. 갑자기 커튼이 열렸다.

"아, 브라보! 우드리 영감이 갔나보군. 그럼 잘 가게!"

우드리 영감이 로자네트를 돌봐주고 있는 걸까?

프레데릭은 어떻게 생각해야 할지 알 수 없었다.

그날 이후 아르누는 프레데릭을 전보다 더 친근하게 대했다. 로자네트의 집 저녁 식사에 그를 초대하기도 했다. 얼마 후 프레데릭은 아르누의 집과 로자네트의 집을 동시에 드나들게 되었다.

프레데릭은 로자네트의 집에 가면 즐거웠다. 저녁에 클럽에 들르거나 연극 구경을 하고 돌아오는 길에 그녀의 집에 들르곤 했다. 거기서 차를 마시고 빙고 게임을 했다. 일요일에는 문자 수수께끼 놀이를 했다. 유독 떠들썩한 것을 좋아하는 그녀는 네발로 기거나 나이트캡을 희한하게 쓰거나 하는 우스꽝스러운 짓을 지어내는 재주가 남달랐다. 십자 유리창으로 지나가는 사람들이 볼 수 있도록 딱딱한 가죽 모자를 쓰고, 긴 담뱃대로 담배를 피우며 티롤의 민요를 흥얼거렸다. 오후에는 할 일이 없어 페르시아 비단에서 꽃무늬를 오려내 창문에 붙이거나 강아지 두 마리에게 분을 덕지덕지 발라주거나 원뿔형 훈향을 피우거나 운수를 점치며 시간을 때웠다. 갖고 싶은 게 있으면 참지 못하는 성격이어서 반드시 손에 넣어야 직성이 풀렸다. 갖고 싶은 골동품을 발견하면 이 때문에 잠을 못 이루기도 했고, 얼른 사러 가거나 다른 물건과 바꿨다. 천을 낭비하고 보석을 잃어버리고 돈을 낭비했다. 극장 칸막이 좌석을 위해서라면 셔츠라도 팔 성격이었다. 그녀는 읽다가 모르는 단어가 나오면 프레데릭에게 물어보았지만 대답은 듣지 않았다. 계속 질문을 하면서 이 생각을 하다 얼른 저 생각을 하기 때문이었다. 그녀는 기뻐서 가슴을 졸이다가도 어린애처럼 화를 내기도 했다. 벽난로 앞 바닥에 앉아 고개를 숙이고 두 손으로 무릎을 감싼 채, 겨울잠을 자는 뱀보다 축 처져서는 꿈속에 잠겼다. 프레데릭 앞에서도 편하게 옷을 갈아입었고, 비단 양말을 천천히 걷어 올린 뒤 물의 요정처럼 몸을 뒤로 젖히며 물을 가득 떠 세수를 했다. 하얀 치아가 드러나는 미소, 반짝이는 눈빛, 아름다움, 쾌활함은 그를 황홀하게 만들기도 했고 긴장하게 만들기도 했다.

아르누 부인은 프레데릭이 찾아가면 거의 언제나 어린 아

들에게 책을 읽어주거나 피아노 음계 연습을 하는 마르트가 앉아 있는 의자 뒤에 서 있었다. 바느질을 하는 그녀에게 이따금 가위를 집어주는 것이 그에게는 커다란 행복이었다. 아르누 부인의 행동 하나하나에는 조용한 위엄이 배어 있었다. 그녀의 작은 손은 구호품을 나누어 주고 눈물을 닦아주기 위해 만들어진 것 같았다. 원래부터 조용한 목소리는 가벼운 미풍처럼 부드러운 억양이 있었다.

아르누 부인은 전혀 문학에 열광하지는 않았으나 단순하면서도 정곡을 찌르는 재치 있는 말을 하는 것이 매력적이었다. 그녀는 여행, 숲을 흔드는 바람 소리, 모자를 쓰지 않고 빗속을 산책하는 일이 좋다고 했다. 그는 그녀가 마음을 열기 시작했다고 생각해 즐겁게 이야기를 들었다.

두 여자와의 만남은 프레데릭의 인생에서 두 가지 음악과도 같았다. 한쪽이 쾌활하고 열정적이고 재미있는 음악이라면, 다른 한쪽은 장중하고 거의 종교적인 음악이었다. 이 두 가지 음악은 동시에 울리면서 점점 커지다가 조금씩 섞이기도 했다. 아르누 부인의 손끝이 닿기만 해도 로자네트의 모습이 즉각 그의 욕망을 자극했다. 로자네트와의 기회가 더 가깝기 때문이었다. 하지만 그녀와 함께 있다가 마음이 흔들리면 즉각 자신의 위대한 사랑을 떠올렸다.

이렇게 혼동되는 것은 두 집이 비슷하기 때문이었다. 전에 몽마르트르 거리에서 본 궤짝 하나가 지금은 로자네트의 식당을 장식하고 있었고, 다른 하나는 아르누 부인의 응접실을 장식하고 있었다. 두 집은 식탁 세트도 같았고, 심지어 안락의자에 널려 있는 벨벳 빵모자도 똑같았다. 그리고 여러 작은 선물들, 가리개, 상자, 부채들이 정부의 집과 아내의 집을 왔다갔다했다. 아르누가 아무렇지도 않게 이쪽에 준 것을 저쪽에 주고 저쪽에 준 것을 이쪽에 주었기 때문이다.

로자네트는 프레데릭과 같이 있으면 아르누의 점잖지 못한 행동을 비웃곤 했다. 어느 일요일에 저녁 식사를 한 뒤 그녀가 프레데릭을 문 뒤로 끌고 가더니 아르누의 외투 안에 있었다면서 과자 봉지를 보여주었다. 아이들에게 가져다주려고 아까 테이블에서 슬쩍한 것 같다고 했다. 아르누는 뻔뻔한 장난을 즐겼다. 세관을 속이는 건 그에게 하나의 의무였다. 돈을 내고 공연을 보러 가는 법이 절대 없었고, 2등석 표를 1등석 표로 속여 입장하려 했고, 냉수욕을 할 때는 종업원에게 주는 팁 상자에 10수짜리 동전 대신 바지 단추를 넣었다며 대단한 이야기라도 되는 양 들려주었다고 한다.

그래도 여장군은 여전히 아르누를 사랑하고 있었다.

그러던 어느 날 그녀는 아르누에 대해 이야기하며 "아, 정말 그 사람 때문에 짜증나요. 질렸다고요! 다른 사람을 찾아 보는 수밖에!"

프레데릭은 그녀가 이미 다른 사람을 찾은 것 같고, 그 사람은 우드리 씨인 것 같다고 했다.

"그게 어때서요?" 그녀가 말했다. 이어서 울먹이는 목소리로 말했다.

"그 사람에게 별 대단한 걸 바라는 게 아니에요. 그런데 해주려고 하지 않아요, 못된 인간! 해주려 하지 않는다고요. 약속한 것도, 오! 그건 다른 문제이긴 하지만." 아르누는 도토 광산에서 얻은 순이익의 사분의 일을 그녀에게 주겠다고 약속했으나 이익은 전혀 나지 않았고, 6개월 전부터 사주겠다고 약속한 숄도 마찬가지였다.

그 순간 프레데릭은 자신이 그 숄을 사줄까 하고 생각했지만 혹여 아르누가 이를 충고로 오해해 화를 낼 수도 있었다.

그래도 아르누는 좋은 사람이었다. 그의 아내조차도 그렇게 말하지 않았는가. 그러나 지나치게 괴짜이긴 했다!

그런데 아르누가 좀 이상해진 것 같기는 했다. 매일같이 사람들을 집으로 초대해 저녁을 대접하기보다는 레스토랑으로 아는 사람들을 데려갔다. 금줄, 추시계, 가재도구처럼 전혀 쓸데없는 것을 사들였다. 아르누 부인조차도 아르누가 대량으로 구입한 작은 주전자. 발 보온기, 사모바르*가 복도에 쌓여 있는 것을 프레데릭에게 보여준 적도 있었다. 그러던 어느 날 아르누 부인은 프레데릭에게 고민거리를 이야기했다. 아르누가 당브뢰즈 씨 이름으로 발행된 수표에 서명을 요구했다는 것이다.

한편 프레데릭은 자존심일지도 모르겠으나 문학에 대한 꿈을 여전히 간직하고 있었다. 펠르랭과 이야기를 나누고 나면 미학사를 쓰고 싶었고, 데로리에와 위소네에게 간접적으로 영향을 받을 때에는 프랑스혁명을 시기별로 나누어 희곡으로 그리고 싶었고, 위대한 희곡을 쓰고 싶은 마음도 들었다. 그런데 작업을 하는 중에도 한 여자 혹은 다른 여자의 얼굴이 눈앞에 어른거릴 때가 많았다. 보고 싶다는 마음과 싸웠으나 이내 굴복하고 말했다. 그러나 아르누 부인의 집에 다녀오는 길에는 왠지 더 서글펐다.

어느 날 아침 프레데릭이 난로 구석에서 우울한 기분에 잠겨 있을 때 데로리에가 들어왔다. 세네칼은 선동적인 말로 사장을 불안하게 하는 바람에 또다시 일자리를 잃었다고 했다.

"나보고 어쩌라고?" 프레데릭이 말했다.

---

* 러시아의 가정에서 물을 끓이는 데 사용하는 주전자.

"아무것도 바라지 않아! 자네도 돈이 없다는 거 아니까. 하지만 당브뢰즈 씨나 아르누를 통해 그에게 일자리 하나 알아봐주는 건 할 수 있잖아?"

아르누가 공장에 기술자를 필요로 할지도 몰랐다. 순간 프레데릭은 아이디어가 떠올랐다. 세네칼이 프레데릭에게 아르누가 없다는 걸 알려줄 수도 있고, 편지를 전해줄 수도 있고, 앞으로 있을지 모르는 여러 가지 기회에 도움을 줄 수도 있을 것 같았다. 남자들끼리는 늘 이런 도움을 주고받지 않는가. 의심받지 않고 세네칼을 이용할 방법을 찾을 수 있을지도 몰랐다. 프레데릭은 일부러 무심한 척하며 어쩌면 잘 풀릴 수도 있으니 한번 알아보겠다고 대답했다.

프레데릭은 곧바로 행동에 들어갔다. 아르누는 공장에서 엄청나게 애쓰고 있었다. 중국식 구릿빛이 나는 붉은색을 추구했지만 굽는 과정에서 색이 날아가버렸기 때문이다. 도자기가 갈라지는 걸 막기 위해 점토에 석회를 섞었으나 대부분 깨져버렸고, 초벌구이 때 바른 채색 유약이 부글부글 끓어올랐으며 커다란 판은 모양이 찌그러졌다. 아르누는 공장 설비가 나빠서 실패한다고 보고 분쇄기와 건조장을 새로 만들려 하고 있었다. 프레데릭은 몇 가지 아이디어를 생각했다. 아르누에게 그 붉은빛을 만들어낼 수 있는 매우 유능한 사람을 찾았다고 말해주었다. 아르누는 기뻐서 펄쩍 뛰었으나 그의 이야기를 듣더니 아무도 필요 없다고 대답했다.

하지만 프레데릭은 기술자, 화학자, 회계사로서의 능력을 고루 갖춘 세네칼의 굉장한 지식을 칭찬했다.

결국 도자기상 아르누는 세네칼을 만나보겠다고 했다.

아르누와 세네칼은 급여 문제 때문에 다퉜지만 프레데릭의 중재로 일주일 만에 타협점을 찾았다.

하지만 공장이 크레유에 있어서 세네칼은 그리 도움이 되지 않았다. 이런 단순한 생각이 재난처럼 그의 기를 꺾었다.

프레데릭은 아르누가 아내 옆에 없을수록 자신이 아르누 부인에게 다가갈 기회가 많을 것이라 생각해 로자네트를 끝없이 변호했다. 로자네트를 대신해 아르누가 저지른 실수에 대해 한마디했으며, 지난번의 막연한 위협, 캐시미어 이야기를 하면서 로자네트가 구두쇠라고 비난했다는 말도 전했다.

구두쇠라는 말에 아르누는 찔렸는지(걱정도 했다.) 곧장 로자네트에게 캐시미어 숄을 가져갔다. 그리고 프레데릭에게 자신에 대한 불평을 늘어놨다고 뭐라고 했다. 캐시미어 숄을 사주겠다고 약속해서 그 약속을 여러 번 상기시켰다고 그녀가 말하자 아르누는 일이 너무 바빠 깜빡했다고 변명했다.

다음 날 프레데릭은 로자네트의 집에 갔다. 두 시였지만 여장군은 아직 잠자리에 있었다. 침대 머리맡 작은 원탁 앞에 앉은 델마르는 푸아그라 한 조각을 다 먹었다. 그녀가 멀리서 외쳤다. "그거 받았어요, 받았다고요!" 그리고 그녀는 프레데릭의 두 귀를 잡고 이마에 입을 맞추고는 다정한 목소리로 정말 고맙다고 여러 번 말했으며, 그에게 침대에 앉으라고 했다. 부드러운 예쁜 눈이 빛났고 촉촉한 입술은 미소를 지었으며, 통통한 두 팔이 민소매 잠옷 사이로 드러났다. 탄력 있는 몸의 선이 흰색 삼베 천을 통해 느껴지기도 했다. 그동안 델마르는 영문을 몰라 눈을 굴렸다.

"아, 정말이지, 친구, 사랑하는 친구!"

그 후에도 여전히 그랬다. 프레데릭이 들어오자마자 로자네트는 그가 쉽게 키스할 수 있도록 쿠션 위로 올라갔다. 그를 귀염둥이, 사랑하는 사람이라고 부르고 윗옷 단춧구멍에 꽃을 달아주기도 했고 넥타이를 고쳐 매주기도 했다. 델마르가 옆에 있으면 그녀는 프레데릭에게 더욱 다정하게 대했다.

혹시 로자네트가 먼저 접근하는 걸까? 프레데릭은 그렇게 생각했다. 친구를 배신하는 일, 만일 아르누가 자신의 입장이었다면 신경도 안 썼을 것이다. 그는 지금까지 아르누의 아내에게는 점잖게 대했으니 그의 애인에 대해서는 그렇게 하지 않을 권리가 있었다. 늘 그래와서 그럴 수도 있고 바보 같은 나약함이 싫어서 더 당당하게 구는 것일 수도 있었다. 그는 로자네트와 더 가까운 관계가 되겠다고 결심했다.

어느 날 오후 로자네트가 서랍장 앞에서 몸을 숙이고 있을 때 프레데릭이 다가가 대담하게 행동하자 그녀는 얼굴이 빨개지면서 몸을 꼿꼿이 세웠다. 그는 계속 대담하게 굴었다. 그녀가 갑자기 울음을 터뜨렸다. 비록 자신이 불행한 여자이긴 하지만 그렇다고 무시당할 이유는 없다고 눈물을 흘렸다.

그가 계속 노골적으로 대하자 그녀도 태도를 바꾸어 계속 미소를 지었다. 그는 역시 웃으면서 응하는 게 영리한 행동이라고 생각했다. 그러나 그가 지나치게 쾌활했기 때문에 그녀는 진지하게 보지 않았다. 두 사람이 가까워지면서 오히려 진지한 감정을 나누기가 어색해졌다. 어느 날 로자네트는 다른 여자의 대타는 되지 않겠다고 했다.

"다른 여자?"

"물론이요! 아르누 부인에게 가보세요."

프레데릭은 아르누 부인 이야기를 여러 번 한 적이 있었다. 공교롭게도 아르누도 같은 습관이 있었다. 결국 로자네트는 아르누 부인에 대한 칭찬을 지긋지긋하게 여기게 된 것이다. 따라서 복수심에 부인을 공격한 것이었다.

프레데릭은 이 일로 로자네트에게 앙심을 품었다.

더구나 로자네트는 프레데릭의 신경을 긁기 시작했다. 어떤 때에는 경험 많은 여자처럼 굴면서 따귀를 때리고 싶을 정도로 회의적인 미소를 지으며 사랑에 대해 이야기했고, 십오 분 뒤에는 사랑이 세상에서 최고라면서 누군가를 껴안는 모습으로 팔짱을 끼었다. 그러면서 "그래요, 좋은 거죠. 정말 좋고말고요."라고 중얼거리며 눈을 반쯤 감고 황홀해하는 표정을 지었다. 로자네트의 속마음은 알기가 힘들었다. 아르누를 사랑하고 있는지도 알 수 없었다. 아르누를 바보 취급할 때도 있고 질투하기도 했다. 바트나 양에 대해서도 마찬가지였다. 언제는 한심하다고 하더니 또 언제는 가장 친한 친구라고 했다. 로자네트의 모습, 심지어 올린 머리까지 뭔가 모르게 도발적이고 말로 설명하기 힘든 묘한 부분이 있었다. 프레데릭은 로자네트를 굴복시켜 정복하는 기쁨을 맛보고 싶었다.

어떻게 하면 될까? 로자네트는 문을 빼꼼 열고 "지금은 바쁘니까 밤에 다시 오세요."라고 속삭이고는 별로 예의를 차리지 않고 프레데릭을 돌려보내곤 했다. 아니면 언제나 열두 명에게 둘러싸여 있었다. 둘만 있을 때에도 내기라도 하듯 방해하는 사람들이 차례로 나타났다. 프레데릭이 저녁 식사 초대를 하면 그녀는 늘 거절했고, 한번은 승낙하고선 약속 장소에 나오지 않았다.

그는 그럴듯한 생각을 떠올렸다.

이미 뒤사르디에를 통해 펠르랭이 자기 욕을 하고 다닌다는 소리를 들은 그는 펠르랭에게 로자네트의 실물 초상화를 의뢰하기로 한 것이다. 그것도 모델을 여러 번 서야 하는 상반신 초상화로 말이다. 로자네트가 포즈를 취할 때마다 자신이 따라가면, 펠르랭은 게으른 성격이므로 오랫동안 그녀를 볼 수 있을 것 같았다. 프레데릭은 그녀에게 초상화를 주문 제작해 사랑하는 아르누에게 보여주면 어떻겠느냐고 물었고 그녀는 그러겠다고 했다. 자신의 초상화가 커다란 살롱 중앙 특별석에 걸려 관람객들이 모여드는 상상을 했고, 신문에도 실려 화제 인물로 떠오르는 상상도 했다.

펠르랭도 프레데릭의 제안을 흔쾌히 받아들였다. 이 초상화가 자신을 유명 화가로 만들어주는 동시에 걸작이 될 수도 있었다.

펠르랭은 자신이 아는 유명 화가들의 초상화 작품을 떠올린 뒤 베로네세풍으로 장식한 티치아노 양식으로 그리기로 결정했다. 그리하여 인위적인 음영은 피하고, 모델의 몸을 하나의 톤으로 비추고 장식을 돋보이게 하는 자연광을 생각했다.

그는 상상해보았다. '분홍색 실크 드레스에 모자 달린 외투를 입히면? 오, 안 돼! 모자 달린 외투는 천박해! 그보다는 회색 바탕에 푸른색 벨벳을 입혀 컬러풀한 이미지를 강조할까? 진홍색 커튼을 배경으로 흰색 기퓌르 깃이 달린 옷을 입히고 검은색 부채를 들게 해볼까?'

펠르랭은 이렇게 매일 넓은 각도로 작품을 구상하며 흥분했다.

로자네트가 첫 번째 포즈를 취하기 위해 프레데릭과 함께 집으로 찾아오자 펠르랭은 가슴이 뛰었다. 그는 그녀에게 중앙 연단 위에 서보라고 했다. 그리고 햇빛이 별로라면서 자신의 아틀리에가 더 나을 것 같다고 했다. 그는 그녀에게 받침대에 기대라고 한 다음 그 상태로 멀찌감치 떨어져서 그녀를 바라보다, 그녀의 옷 주름을 매만져주기 위해 손가락을 털면서 다가와 눈을 가늘게 뜨고 그녀를 바라봤다. 펠르랭은 프레데릭의 생각을 간단히 물었다.

"아냐!" 펠르랭이 외쳤다. "처음에 내가 생각한 대로 하는 게 낫겠어! 베네치아풍 여인처럼 입어보도록 하죠."

선홍색 벨벳 드레스는 금은 세공 벨트로 조여매고, 흰색 담비 털로 안을 댄 넓은 소매 사이로 팔이 드러나게 했고, 그 팔로 뒤쪽 계단 난간을 살짝 잡게 했다. 캔버스 왼쪽으로 커다란 원주가 아치 모양 건물로 이어지는 구도로 할 생각이었다. 그 아래로는 흰 구름이 있는 푸른 하늘을 배경으로 검은색에 가까운 오렌지나무 숲이 어렴풋이 보이게 할 것이다. 양탄자가 덮인 난간에는 꽃다발, 호박, 묵주, 단검, 베네치아 금화가 넘쳐나는, 누렇게 바랜 상아 상자가 은쟁반 위에 놓일 것이다. 금화 몇 개가 바닥에 떨어져 일렬로 나란히 반짝이면 로자네트의 시선이 자연스럽게 발끝으로 향할 것이다. 그래야 자연스러운 움직임으로 빛을 가득 받은 채 끝에서 두 번째 계단에서 포즈를 취하게 될 것이다.

펠르랭은 계단을 만들기 위해 그림 도구 상자를 가져와 연단 위에 놓았다. 그리고 난간 대신 놓은 의자에는 작업복, 방패, 정어리 통조림, 깃털 상자, 칼 같은 것을 소품으로 늘어놓았다. 로자네트 앞에 금화 열두 개 정도가 뿌려졌다. 이제 그녀에게 포즈를 취하게 했다. "이것을 모두 귀중한 물건, 비싼 선물이라고 상상해보세요. 고개는 살짝 오른쪽으로 돌리고요! 아주 좋아요! 그대로 있어요. 이런 위엄 있는 자세가 당신 같은 미모에 잘 어울립니다."

그녀는 스코틀랜드풍 드레스에 커다란 토시를 든 채 억지로 웃음을 참고 있었다.

"머리에는 진주 장식을 두르는 게 낫겠어요. 빨간 머리를 돋보이게 해주니까."

여장군은 자신은 빨간 머리가 아니라고 소리쳤다.

"가만히 있어요! 화가가 말하는 빨간색은 부르주아층이 말하는 빨간색과는 달라요!"

펠르랭은 전체적인 구도를 대략적으로 스케치하기 시작했다. 르네상스 시대 유명 예술가들에 대한 생각이 머릿속에 가득해서 그런지 이들에 대한 이야기를 꺼냈다. 한 시간 동안 그는 천재성과 영광, 화려함으로 가득하고, 승리를 거머쥐고 도시에 입성하고, 여신처럼 아름다운 반나체 여성들 사이에서 횃불의 불빛이 가득한 축제를 즐기는 멋진 인생을 상상하며 큰 소리로 말했다.

"당신은 그 시대에 태어났어야 해요. 당신 같은 미녀라면 전하의 애인이 됐을 거예요."

그녀는 그의 칭찬이 매우 친절하다고 생각했다. 다음에 다시 포즈를 취할 날을 정했다. 프레데릭은 필요한 소품을 가져오기로 했다.

난로의 열 때문에 조금 답답했던 프레데릭과 로자네트는 바크 거리를 지나 루아얄 다리에 이르렀다. 얼얼하게 추웠으나 눈부시게 화창한 날씨였다. 해가 지고 있었다. 시테 섬에 있는 저택의 유리창 몇 개가 저 멀리서 황금 판처럼 빛났고, 그 뒤 오른쪽으로는 노트르담의 탑들이 수평선에서 회색빛 안개에 잠긴 푸른 하늘로 시커멓게 솟아 있었다. 바람이 불었다. 그녀가 배가 고프다고 해서 두 사람은 영국 제과점으로 들어갔다.

아이들과 함께 온 젊은 부인들이 진열대 옆에 서서 케이크를 먹고 있었다. 진열대 위로 케이크가 쌓여 있는 접시들이 종 모양 유리 뚜껑으로 덮여 있었다. 그녀는 크림파이 두 개를 먹어치웠다. 설탕 가루가 입가에 붙어 마치 콧수염처럼 보였다. 그녀는 이따금씩 입가를 닦으려고 토시 속에서 손수건을 꺼냈다. 녹색 비단 모자 아래 그녀의 얼굴은 잎사귀 사이에 활짝 핀 한 송이 장미꽃 같았다.

두 사람은 다시 걷기 시작했다. 로자네트는 라페 거리의 어느 귀금속 가게 앞에 서서 팔찌를 바라봤다. 프레데릭은 선물로 사주고 싶어했다.

"됐어요." 그녀가 말했다. "돈 아껴요."

그는 이 말에 상처받았다.

"도련님, 왜 그래요? 슬퍼요?"

대화가 다시 이어지자 그는 평소처럼 사랑을 속삭였다.

"그건 안 되는 거 알잖아요!"

"왜죠?"

"아! 그건……."

두 사람은 나란히 걸었다. 로자네트가 프레데릭에게 기대자 그녀의 옷 밑자락이 그의 다리를 스쳤다. 그 순간 그는 같은 길을 아르누 부인과 나란히 걸었던 어느 겨울 해 질 무렵이 생각났다. 그는 추억에 깊이 사로잡힌 나머지 로자네트가 곁에 있는 것을 더 이상 느끼지 못했고, 그녀에게 신경도 쓰지 않았다.

로자네트는 게으른 아이처럼 약간 끌려가듯 걸으면서 무심히 앞을 바라봤다. 사람들이 산책에서 돌아올 시간이었다. 마른 포장도로 위로 마차들이 행렬을 이루며 빠르게 달렸다. 펠르랭의 칭찬이 생각났는지 그녀는 한숨을 쉬었다.

"아! 행복한 여자들도 있는데! 난 분명 부자 남자에게 맞는 여자인데."

그러자 프레데릭이 쏘아붙였다.

"당신에게도 한 사람 있잖아요!" 우드리가 백만장자보다 세 배나 재산이 많다는 소문을 들은 적이 있었다.

그녀는 우드리가 귀찮다면서 떼어버리고 싶다고 했다.

"누가 그러지 못하게 하나요?"

프레데릭은 가발 쓴 부르주아 노인 우드리를 신랄하게 비꼬았고, 어울리지 않는 그런 사람과는 관계를 끊어야 한다고 했다.

"그래요." 로자네트는 혼잣말하듯 대답했다. "결국에는 그렇게 할 거예요, 아마도!"

프레데릭은 욕심 없는 태도에 기뻤다. 그녀의 발걸음이 느려졌다. 그는 그녀가 피곤해한다고 생각했다. 그래도 그녀는 마차는 타지 않겠다고 고집을 부렸고, 집 앞에서 그에게 손끝으로 입맞춤을 하며 돌려보냈다.

"아! 안타깝군! 바보들은 날 부자라고 생각하는 것 같은데!"

집에 돌아온 프레데릭은 우울했다.

위소네와 데로리에가 기다리고 있었다.

보헤미안은 테이블에 앉아 터키 사람들의 얼굴을 그리고 있었고, 변호사 데로리에는 흙 묻은 장화를 신은 채 긴 의자에서 졸고 있었다.

"아! 왔군." 위소네가 큰소리로 말했다. "그런데 얼굴 표정이 왜 그렇게 굳었어. 내 말 좀 들어보겠나?"

데로리에는 시험에 도움이 안 되는 이론들을 학생들에게 주입해서 과외 선생으로서 인기가 나날이 떨어지고 있었다. 변호도 두세 번 맡았지만 패소했다. 이렇게 실망스러운 일이 생길 때마다 그는 옛 꿈을 향해 돌아서고자 하는 마음이 더욱 강해졌다. 그 꿈이란 자신의 의견을 펼치고 복수를 할 수 있는, 자신의 분노와 사상을 쏟아낼 수 있는 신문을 간행하는 것이었다. 부와 명성은 따라올 것이다. 이 같은 희망으로 그는 신문사를 운영하는 위소네를 구슬리고 있었다.

현재 보헤미안은 분홍색 종이에 신문을 발행하고 있었다. 여기에 허위 기사를 꾸며내고, 그림 수수께끼를 만들어내고, 논쟁을 이끌어내고, 콘서트까지 열려고 했다.(장소 문제가 있는데도 말이다.) 1년 구독자는 파리 주요 극장 한 곳에서 열리는 콘서트에서 일등석에 앉을 수 있는 혜택이 있었다. 그뿐 아니라 경영진은 외국인 투자자들에게 예술과 그 밖에 원하는 정보를 모두 제공하는 일을 맡았다. 하지만 인쇄소에서는 독촉을 했고 집세는 석 달 치가 밀려 있었다. 각종 곤란한 문제들이 일어났다. 만일 데로리에가 매일 격려하지 않았다면 위소네는 진작 예술 신문을 폐간했을지도 몰랐다. 변호사는 자신이 가려는 길에 박차를 가하려는 마음에 위소네를 격려했다.

“우리가 온 건 신문 때문이야.” 데로리에가 말했다.

“아직도 그 생각이군!” 프레데릭이 건성으로 대답했다.

“당연하지!”

데로리에는 다시 한번 계획을 설명했다. 주식거래소의 보도란을 통해 금융계와 관계를 맺을 것이고, 그러면 꼭 필요한 보증금 10만 프랑을 얻을 수 있다고 했다. 현재의 신문을 정치 신문으로 바꾸려면 독자층을 폭넓게 확보해야 하고, 이를 위해서는 종이, 인쇄, 사무실 비용으로 얼마간의 자본, 간단히 말해 1만 5,000프랑이 필요하다고 했다.

"난 돈 없어." 프레데릭이 말했다.

"그럼 우리는!" 데로리에가 팔짱을 끼며 말했다.

그 태도에 프레데릭은 기분이 상해 쏘아붙였다.

"그게 내 잘못이야……?"

"아! 말 잘했어! 굴뚝에는 나무 장작이 있고 식탁에는 송로버섯이 놓여 있고, 푹신한 침대와 서재, 마차, 안락함을 모두 누리는 사람들이 있어! 그런데 슬레이트 지붕 아래서 추위에 떨고 20수짜리 저녁으로 식사를 때우고 도형수처럼 일해도 늘 가난한 사람들도 있다고. 그것도 그들 잘못인가?"

그리고 그는 재판소 같은 키케로식 냉소적인 말투로 되풀이했다. "그게 그들 잘못이야?" 프레데릭은 뭔가 말하고 싶었다.

"나도 알아. 욕구가 있겠지……. 귀족적인……. 틀림없이…… 어떤 여자……."

"그 말이 왜 나와? 내 자유 아닌가……?"

"오! 물론 네 자유지!"

잠시 침묵이 흘렀다.

"약속이란 참 편리한 거로군."

"이런! 난 약속을 어기는 사람이 아니야!" 프레데릭이 말했다.

변호사가 말을 이었다.

"대학에 다닐 때 우리는 여러 가지 맹세를 했어. 팔랑헤당식 공동체를 만들자고 했고, 발자크의 13인조를 흉내 내자고 했지. 하지만 그러다 다시 만나게 되면 '아, 자네군. 난 이만.'이라고 할 뿐이야. 다른 사람을 도울 수 있는 사람이 혼자서 모든 걸 악착같이 쥐고 있는 법이지."

"뭐?"

"우리를 당브뢰즈 집안에 아직도 소개해주지 않았잖아?"

프레데릭은 데로리에를 바라봤다. 후줄근한 프록코트, 흐릿한 안경, 창백한 안색. 변호사가 너무나 유식한 체하는 사람처럼 보인 나머지 프레데릭은 자신도 모르게 무시하는 듯한 미소를 지었다. 데로리에는 이를 눈치채고 얼굴이 빨개졌다.

데로리에는 돌아가기 위해 이미 모자를 들고 있었다. 위소네는 걱정이 되어 애처로운 눈으로 데로리에를 열심히 달랬다. 프레데릭이 등을 돌리자 위소네가 말했다.

"자, 내 후원자가 되어주지 않겠나? 예술을 보호해줘!"

프레데릭은 체념한 듯 갑자기 종이를 꺼내 그 자리에서 뭔가를 써서 위소네에게 건넸다. 위소네는 얼굴이 밝아졌다. 위소네는 데로리에에게 쪽지를 보여주며 이렇게 말했다.

"사과하셔야죠, 나리."

이들의 친구 프레데릭이 공증인에게 1만 5,000프랑을 급히 보내달라고 부탁한 내용이었다.

"역시 자네야." 데로리에가 말했다.

"신사의 명예를 걸고 말하는데 자네는 훌륭한 사람이야. 언젠가 미술관의 위인 초상화 전시관에 자네 초상화가 걸릴 거야." 보헤미안이 말했다.

데로리에가 다시 말을 이었다.

"자네가 손해 보는 일은 없을 거야. 훌륭한 투자거든."

"물론이지." 위소네가 큰소리로 말했다. "거짓말이라면 내 목을 단두대에 내놓지."

위소네는 망상 같은 이야기를 늘어놓았고, 여러 가지 달콤한 약속(어쩌면 정말로 믿고 있는지도 몰랐다.)을 했다. 프레데릭은 이것이 다른 사람을 놀리려는 건지 자신을 놀리려는 건지 알 수 없었다.

그날 밤 프레데릭은 어머니의 편지를 받았다.

어머니는 그가 아직 장관이 되지 않은 것이 놀랍다며 농담을 했고, 요즘 건강에 대해 알렸으며, 이제는 로크 씨가 집에 찾아온다는 이야기를 들려주었다. '로크 씨는 홀아비니까 손님으로 초대한다고 문제가 되지는 않을 것 같구나. 루이즈는 훨씬 더 예뻐졌어.' 그리고 추신으로 '네 훌륭한 지인 당브뢰즈 씨에 대한 이야기가 없구나. 나 같으면 당브뢰즈 씨와의 인연을 잘 활용했을 것 같은데.'라고 덧붙였다.

안 될 것도 없지 않은가? 하지만 지적인 야심은 이미 사라졌고 재산도 넉넉지 않다는 걸 알았다.(이미 알고 있는 사실이었다.) 빚을 갚고 약속한 돈을 주면 재산에서 적어도 4,000프랑이 줄어들기 때문이다. 이런 생활에서 벗어나 뭔가에 몰두하고 싶었다. 다음 날 프레데릭은 아르누 부인의 집에서 저녁 식사를 하며 어머니가 직업을 빨리 가지라고 독촉한다고 했다.

"당브뢰즈 씨가 프레데릭 씨를 참사원에 들어가게 해주는 게 아닌가요? 당신에게 아주 잘 어울릴 텐데요." 아르누 부인이 말했다.

아르누 부인이 그러길 원한다면 프레데릭은 그에 따를 생각이었다.

당브뢰즈 씨는 처음 만났던 날과 마찬가지로 책상에 앉아 있었다. 그는 프레데릭에게 잠시 기다리라는 손짓을 했다. 그는 입구에서 등을 돌리고 있는 남자와 뭔가에 대해 진지하게 의논하고 있었다. 석탄과 여러 회사의 합병에 대한 이야기였다.

푸아 장군과 루이 필리프의 초상화가 거울 양편에 걸려 있었다. 서류 상자가 천장까지 쌓여 있었고, 짚으로 쿠션을 댄 의자가 여섯 개 있었다. 당브뢰즈는 사무를 보는 데 더 훌륭한 방은 필요 없다고 생각했다. 대연회를 준비하는 어두운 주방 같았다. 방구석에 있는 커다란 금고 두 개가 프레데릭의 시선을 끌었다. 대체 얼마만큼의 돈이 들어 있을까? 당브뢰즈가 금고 하나를 열자 철판이 돌아가면서 안에 든 푸른색 장부만이 보였다.

마침내 손님이 프레데릭 앞을 지나갔다. 우드리 영감이었다. 우드리와 프레데릭이 얼굴을 붉히며 인사하자 당브뢰즈가 놀라는 것 같았다. 그래도 당브뢰즈는 매우 친절했다. 젊은 친구를 대법관에게 추천하는 것보다 쉬운 일은 없었다. 대법관도 프레데릭을 채용하게 된다면 매우 기뻐할 것이다. 당브뢰즈는 며칠 뒤에 열 저녁 파티에 그를 초대하면서 인사를 마쳤다.

프레데릭이 그 파티에 가려고 마차에 올라탔을 때 로자네트에게서 편지가 왔다. 프레데릭은 램프 빛을 비추며 편지를 읽었다.

당신의 충고대로 했어요. 방금 나의 오세이지*를 쫓아버렸어요. 내일 저녁부터는 자유! 용감하다고 해줘요.

편지 내용은 이게 전부였다. 하지만 그 빈자리에는 프레데릭을 불러들이겠다는 뜻이 담겨 있었다. 그는 탄성을 지르고는 편지를 주머니에 넣고 출발했다.

기마경찰 두 명이 길가에 서 있었다. 정문 두 개 위에 죽 늘어선 조명이 빛났다. 안마당에서는 여러 하인들이 마차들을 차양 밑 층계 아래까지 큰 소리로 안내했다. 현관으로 가자 갑자기 시끄러운 소리가 그쳤다.

커다란 나무들이 계단참을 메우고 있었다. 둥근 도자기에서 새어 나오는 불빛은 마치 하얀 비단 천처럼 벽 위에서 물결처럼 춤을 추었다. 프레데릭은 서둘러 계단을 올라갔다. 현관에서 안내하는 남자가 그의 이름을 불렀다. 당브뢰즈 씨가 악수를 청하자 거의 동시에 당브뢰즈 부인이 나타났다.

그녀는 레이스로 장식된 보라색 드레스를 입고 있었고, 곱슬거리는 머리가 평소보다 더욱 풍성했으며 보석은 전혀 달고 있지 않았다.

---

* 아메리카 원주민의 한 종족. 여기서는 우드리 영감을 빗대 이야기한 것이다.

그녀는 프레데릭이 자주 오지 않아 섭섭하다면서 대화를 재치 있게 이끌었다. 손님들이 도착했다. 인사하는 모습도 제각각이었다. 상반신을 옆으로 비트는 사람, 굽신거리는 사람, 머리만 끄덕이는 사람 등 여러 가지였다. 이어서 부부 동반이나 가족 동반을 한 사람들도 도착해, 이미 손님으로 가득한 응접실로 전부 들어가더니 흩어졌다.

중앙 샹들리에 아래에는 커다란 둥근 의자가 있었고, 위에 놓인 화분의 꽃들이 주변에 둥그렇게 앉은 여자들의 머리 위로 깃털 장식처럼 비스듬히 늘어져 있었다. 다른 여자들은 창문에 달린 커다란 분홍빛 벨벳 커튼과 금빛 횡목이 달린 문의 높은 창구를 중심으로 대칭을 이루며 두 줄로 놓인 안락의자에 앉아 있었다.

모자를 들고 마루에 서 있는 한 무리 남자들은, 멀리서 보니 마치 검은 덩어리 같았다. 단춧구멍에 단 레지옹도뇌르 훈장이 여기저기 붉은 점을 이루었고, 넥타이의 단조로운 흰색 때문에 검은 덩어리 같은 모습이 더욱 돋보였다. 수염이 이제 막 나기 시작한 청년을 제외하고는 모두들 지루해하는 것 같았다. 몇몇 멋쟁이들은 무뚝뚝한 표정으로 발뒤꿈치로 서서 좌우로 몸을 흔들었다. 흰머리이거나 가발을 쓴 사람들이 많았고, 여기저기서 대머리가 빛났다. 붉거나 몹시 창백한 얼굴에서는 깊은 피로감이 느껴졌다. 그들은 정재계 쪽 사람들이었다. 당브뢰즈 씨는 학자 여러 명, 사법관들, 유명한 의사 두세 명도 초대했다. 사람들이 오늘 밤 파티와 당브뢰즈 씨의 엄청난 재산에 대해 칭찬하자 그는 그렇지 않다며 겸손하게 응대했다.

여기저기서 큼지막한 금줄 장식을 단 하인들이 지나갔다. 커다란 횃불 램프들이 불꽃 다발처럼 벽지 위로 퍼져갔고, 거울에 비쳐 다시 나타났다. 재스민 격자로 벽이 덮인 식당 안쪽에 요리가 차려진 식탁은 성당 중앙 제단이나 보석 진열장 같았다. 그 정도로 접시, 종, 식기, 은 숟가락과 도금된 숟가락들이 다면체 수정 유리컵들 사이에 가득 놓여 있었다. 다면체 수정 유리컵들은 고기 위에서 무지갯빛으로 서로 얽혔다. 다른 살롱 세 곳에는 미술 작품이 가득했다. 벽에는 유명 화가의 풍경화들이 걸려 있었고, 테이블 가장 자리에는 상아와 도자기들이 놓여 있었으며, 콘솔 위에는 중국 골동품이, 창문 앞에는 옻칠 칸막이가 있었다. 동백꽃 덤불은 난로 위로 기어올라 있었다. 멀리서 가벼운 음악이 꿀벌이 윙윙거리는 듯이 떨리는 소리를 냈다.

카드리유를 추는 사람은 별로 없었고, 춤을 추는 사람들도 의무적으로 추는 듯 무도회를 이끌어갔다. 프레데릭의 귀에 이런 대화가 들렸다.

"아가씨, 지난번 랑베르 씨 댁 자선 파티에 가셨나요?"

"아뇨."

"곧 더워지겠군요."

"오! 그래요, 벌써부터 푹푹 찌네요."

"이 폴카는 누구의 곡이죠?"

"글쎄! 잘 모르겠는데요, 부인!"

프레데릭 뒤에서는 한껏 멋을 낸 세 노인이 창가에 서서 음탕한 이야기를 수군거렸다. 다른 사람들은 철도와 자유무역에 대해 이야기했고, 어느 스포츠맨은 사냥에 관한 이야기를 했다. 정통 왕당파인 사람과 오를레앙파인 사람은 토론을 했다.

프레데릭은 이 무리 저 무리 사이를 왔다갔다하다가 카드 게임을 하는 살롱으로 들어갔다. 진지한 사람들 가운데 '지금은 수도 검찰청에 발령받은' 마르티농이 보였다.

밀랍처럼 하얀 통통한 얼굴은 귀밑으로 이어진 턱수염과 잘 어울렸다. 검은 턱수염이 잘 다듬어져 있었다. 나이에 걸맞은 우아함과 직업에 걸맞은 위엄을 풍기며 마르티농은 멋쟁이들처럼 엄지손가락을 겨드랑이 밑에 끼우고 중도파처럼 한 팔을 조끼 밑에 넣고 있었다. 에나멜 장화는 눈부시도록 광을 냈으나 사색가처럼 보이려고 관자놀이 근처를 면도한 모습이었다.

마르티농은 차갑게 두세 마디 던진 뒤 일행 쪽으로 갔다. 어느 지주가 이런 말을 했다.

"그것은 사회 전복을 꿈꾸는 사람들의 계급입니다!"

"그들은 노동 조직을 요구하고 있습니다!" 다른 남자가 말했다. "그게 가능한가요?"

"그건 힘들죠!" 세 번째 남자가 말했다. "즈누드 씨가 《세기》 지와 손잡고 있는 지금은요."

"거기다 보수파들이 스스로 진보적이라고 자처합니다! 우리에게 무엇을 가져다주려고요? 공화국! 마치 프랑스에서 공화국이 가능하기라도 한 것처럼."

모두들 프랑스에서는 공화제가 불가능하다고 선언했다.

"그러면서도 대혁명을 지나치게 강조하고 있어요. 그에 대한 이야기와 책들이 너무 많아요." 어느 남자가 큰소리로 말했다.

"어쩌면 그보다 더 진지하게 연구할 주제들이 있다는 걸 모르나보죠." 마르티농이 말했다.

어느 장관이 극장의 스캔들을 비판했다.

"예를 들어 신작 《여왕 마고》는 나가도 너무 나갔죠! 우리에게 발루아 왕조 이야기를 할 필요가 있습니까? 왕권을 부정적으로 바라보게 하는 거죠! 신문과 똑같습니다! 9월 법령은 너무 약합니다. 신문기자들의 입을 틀어막으려면 군법회의가 필요하다고 생각합니다. 조금이라도 불순한 말을 하면 군법회의에 넘겨야 합니다! 그래야죠!"

"오! 조심하세요, 조심하셔야죠!" 어느 교수가 말했다. "1830년에 귀하게 얻은 것을 공격하면 안 되죠! 우리의 자유를 존중합시다." 중앙집권화를 억제하고 도시가 거두는 과잉 이익을 지방으로 분배해야 한다는 이야기가 나왔다.

"하지만 지방이 타락했어요!" 어느 가톨릭 신자가 외쳤다. "종교를 다시 부활시켜야 합니다!"

마르티농이 서둘러 말했다.

"솔직히 그건 걸림돌이죠!"

그는 계급을 넘고 사치를 누리고 싶어하는 현대의 욕망 속에 모든 악이 있다고 했다.

"하지만 사치가 있어야 상업이 발달합니다." 어느 기업가가 이의를 제기했다. "또한 느무르 공작이 자신이 여는 파티에 반바지를 입고 오라고 한 것에는 찬성합니다."

"티에르 씨는 거기에 긴바지를 입고 왔었죠. 그가 뭐라고 했는지 아십니까?"

"예, 재치 있는 말이었죠! 하지만 그 사람은 선동하는 정치인이 되어가고 있습니다. 계급 대립 문제에 대한 그의 연설이 5월 12일 테러에 영향을 끼치지 않았다고는 할 수 없죠."

"아! 글쎄요!"

"에! 에!"

하인이 쟁반을 들고 카드놀이 살롱으로 들어가려 하는 바람에 이들은 양쪽으로 갈라지며 길을 터줄 수밖에 없었다.

녹색 갓을 씌운 촛불 아래로 정렬된 카드와 금화들이 테이블을 메웠다. 프레데릭은 그중 한 테이블 앞에서 카드놀이를 했으나 나폴레옹 금화 열다섯 닢을 잃었다. 그는 몸을 돌려 당브뢰즈 부인이 있는 규방의 입구로 갔다.

규방은 등받이 없는 의자에 앉아 있는 부인들로 가득했다. 부인들 주위로 부풀어 펼쳐진 긴 치마는 마치 가운데로 동체가 솟아오른 물결 같았다. 가슴이 깊이 팬 블라우스 가장자리로 젖가슴이 언뜻 보였다. 여자들은 대부분 제비꽃 다발을 들고 있었다. 장갑의 불투명한 색 때문에 이들의 하얀 팔이 두드러져 보였다. 술 장식과 풀 장식이 어깨에 늘어져 있었다. 몸을 조금만 비틀어도 옷이 미끄러져 내릴 것 같았다. 여자들의 단아한 얼굴이 도발적인 의상의 분위기를 누그러뜨렸다. 동물처럼 얼굴이 온순해 보이는 여자들도 있었다. 거의 반나체인 여자들이 모여 있는 모습은 하렘 내부를 연상시켰다. 데로리에는 머릿속으로 노골적인 비교를 하고 있었다. 실제로 갖가지 아름다움이 여기에 있었다. 화려한 장식품에서나 나올 법한 얼굴의 영국 여자들, 베수비오 화산처럼 화려하게 빛나는 검은 눈의 이탈리아 여자, 푸른색 옷을 입은 세 자매, 4월의 사과처럼 신선한 노르망디 여자 세 명, 자수정 장신구를 한 붉은 머리의 키 큰 여자, 머리에 깃털 장식처럼 꽂혀 있는 다이아몬드의 흰색 광채, 가슴 위를 장식한 보석들의 광채, 얼굴 가까이에서 빛나는 진주의 부드러운 광채가 보였다. 특히 이들 광채는 금반지, 레이스, 하얀 분, 깃털, 주홍색으로 칠한 작은 입술들, 진줏빛 치아의 광채와 어우러졌다. 천장이 둥근 아치형인 규방은 바구니처럼 보였다. 부채가 흔들릴 때마다 좋은 향기가 퍼져나갔다.

프레데릭은 코안경을 끼고 여자들 뒤에 서서 어깨가 모두 완벽한 건 아니라고 평가했다. 그는 여장군을 떠올렸다. 그러자 눈앞의 여자들에게 느끼는 유혹이 가라앉고 마음도 편안해졌다.

하지만 프레데릭은 당브뢰즈 부인을 계속 바라봤다. 입이 조금 크고 콧구멍이 지나치게 넓은 편이지만 매력 있다는 생각이 들었다. 특이한 우아함이 있었다. 구불거리는 머리카락에는 정열적인 우수가 감돌았고, 마노색 이마에는 많은 것을 담고 있었고 마치 지도자처럼 보였다.

그녀 옆에는 남편의 조카딸이 있었는데 별로 예쁘지 않은 젊은 여자였다. 당브뢰즈 부인은 방으로 들어오는 부인들을 맞이하기 위해 이따금 자리에서 일어났다. 여자들이 속삭이는 소리가 커지자 마치 새들이 지저귀는 소리 같았다.

튀니지 사절단과 그들의 의상이 화제에 올랐다. 어느 부인은 최근 학사원의 리셉션 파티에 참석한 적이 있다고 했고, 다른 부인은 프랑스 극장에서 새로 상연된 몰리에르의 〈돈 주앙〉에 대해 이야기했다. 당브뢰즈 부인은 조카에게 눈짓을 하며 손가락을 입에 갔다 댔으나 자기도 모르게 미소를 짓자 엄격한 태도와는 대조를 이루었다.

마르티농이 갑자기 다른 문을 통해 정면에 나타났다. 당브뢰즈 부인이 일어났다. 그는 그녀에게 팔을 내밀었다. 프레데릭은 마르티농이 어떤 예의를 보이는지 계속 보려고 카드놀이가 벌어지고 있는 테이블을 지나 넓은 응접실로 두 사람을 따라갔다. 당브뢰즈 부인은 곧 자신의 기사 마르티농에게서 떨어져 프레데릭에게 다정하게 말을 걸었다. 그녀는 카드놀이도 하지 않고 춤도 추지 않는 프레데릭을 이해한다고 했다.

"젊은 시절에는 마음이 슬프죠!" 그리고 그녀는 무도회 장면을 한번 둘러보더니 이렇게 말했다.

"이런 것도 다 재미있는 건 아니죠! 적어도 어떤 사람들에게는요!"

그녀는 죽 늘어선 안락의자 앞에서 멈추고 여기저기에 친절한 말을 건넸다. 양쪽에 대가 있는 코안경을 쓴 노인들이 그녀에게 아첨하려고 다가왔다. 그녀는 몇몇 노인에게 프레데릭을 소개했다. 당브뢰즈 씨는 프레데릭의 팔꿈치를 살짝 치고는 바깥 테라스로 데려갔다.

프레데릭은 그곳에서 어느 장관을 만났다. 일은 간단하지 않았다. 참사원 심의관 대리로 추천받기 전에 시험을 치러야 한다는 것이었다. 그는 왠지 자신감이 생겨 시험은 문제없다고 했다.

금융가는 로크 씨에게서 이미 프레데릭에 대한 칭찬을 들었다며 그의 대답에 놀라지 않았다. 프레데릭은 로크의 이름을 듣자 어린 로크 양과 그녀의 집, 방이 떠올랐다. 창가에서 마차꾼들이 지나가는 소리를 듣던 비슷비슷한 여러 날의 밤이 떠올랐다. 슬픈 추억이 떠오르자 자연스럽게 아르누 부인이 생각났다. 그는 아무 말 없이 테라스를 계속 걸었다. 어둠 속에서 십자형 유리창이 기다란 붉은색 판처럼 서 있었다. 무도회 소리가 차차 작아졌고 마차들이 떠나기 시작했다.

"왜 참사원에 들어가려는 건가?" 당브뢰즈 씨가 물었다.

그리고 당브뢰즈 씨는 자신의 경험에서 하는 말인데 관리는 아무것도 아니며 사업 쪽이 더 낫다고 자유주의자 같은 말투로 말했다. 프레데릭은 사업을 배우는 게 더 어렵다고 하면서 반박했다.

"아! 자네를 금방 사업가로 만들어줄 수 있어."

자기 사업을 돕게 하려는 것일까?

손안에 들어올 수도 있는 막대한 돈이 청년 프레데릭 앞에 번개처럼 지나갔다.

"들어가지." 금융가 당브뢰즈 씨가 말했다. "같이 밤참을 들겠나?"

세 시가 되자 사람들은 돌아갔다. 잘 차려진 테이블이 이들을 기다리고 있었다.

당브뢰즈는 마르티농을 보자 아내에게 다가가 나지막이 말했다.

"당신이 초대했어?"

그러자 당브뢰즈 부인이 쌀쌀맞게 대답했다.

"그래요!"

조카는 없었다. 사람들은 즐겁게 마시고 크게 웃었다. 대담한 농담에 그 누구도 놀라지 않았다. 꽤 오래 답답한 분위기가 이어지다 찾아온 이 가벼운 분위기를 누구나 즐기고 있었다. 오직 마르티농만이 진지한 표정이었다. 그는 점잔을 떨며 샴페인을 거절했고, 그러면서도 저자세에 예의가 매우 밝았다. 당브뢰즈 씨가 협심증 때문에 가슴이 답답하다고 불평하자 마르티농은 그의 건강에 대해 여러 번 물었다. 그리고 푸르스름한 눈으로 당브뢰즈 부인 쪽을 바라봤다.

그녀는 프레데릭에게 어떤 아가씨가 제일 마음에 드느냐고 물었다. 그는 특별히 눈여겨본 사람은 없으며 삼십대 여성이 더 좋다고 했다.

"어쩌면 그것도 바보 같은 생각은 아니죠!" 그녀가 대답했다.

그리고 모두 갈 준비를 하며 망토와 외투를 걸치자 당브뢰즈 씨가 프레데릭에게 말했다.

"며칠 내로 오전에 만나세. 이야기나 나누자고!"

마르티농이 계단 아래에서 시가에 불을 붙였다. 그런 그의 옆모습이 너무 무거워 보여 옆의 동료가 무심코 이렇게 말했다.

"자넨 정말 잘생겼어."

"덕분에 여자 몇 명을 돌아보게 만들었지!" 마르티농은 자신 있으면서도 화가 난 말투로 대답했다.

프레데릭은 자리에 누워 그날 파티에 대해 생각해보았다. 우선 자신의 복장은(여러 번 거울을 봤다.) 연미복 재단에서 무도회 장식 리본까지 흠잡을 데가 없었다. 유명 인사들과 이야기를 나누고 귀부인들을 가까이에서 봤다. 당브뢰즈는 매우 훌륭한 사람이었고 당브뢰즈 부인은 꽤 매혹적이었다. 부인의 한마디 한마디, 부인의 눈빛, 분석하기는 어렵지만 의미심장한 여러 가지를 떠올렸다. 그런 애인을 갖는다면 꽤 멋지지 않을까! 그렇게 되지 말라는 법은 없지 않은가? 그는 스스로 다른 남자와 비교했을 때 떨어진다고 생각하지는 않았다. 그녀는 그리 어려운 상대가 아닐지도 몰랐다. 이어서 마르티농이 떠올랐다. 프레데릭은 잠들면서 착실한 마르티농이 불쌍해 미소 지었다.

로자네트 생각에 프레데릭은 눈을 떴다. 편지에 있던 '내일 저녁부터'는 바로 오늘 만나자는 뜻이었다. 그는 아홉 시까지 기다렸다가 그녀의 집으로 달려갔다.

누군가가 자기보다 앞서 계단을 올라가 문을 닫았다. 프레데릭이 벨을 눌렀다. 델핀이 문을 열더니 마님이 안 계신다고 했다.

그는 고집을 부리고 사정했다. 아주 중요한 말을 전해야 한다고, 딱 한 마디만 하면 된다고 했다. 100수짜리 동전을 쥐어준 게 효과가 있는지 델핀은 프레데릭을 대기실로 안내해 홀로 남겨두었다.

로자네트가 나타났다. 잠옷 차림이었고 머리는 헝클어져 있었다. 그녀는 머리를 흔들며 지금은 만날 수 없다는 신호로 두 손을 내저었다.

그는 천천히 계단을 내려갔다. 저런 변덕쟁이는 본 적이 없었다. 도저히 이해할 수가 없었다.

바트나 양이 수위실 앞에서 그를 막아섰다.

"로자네트가 만나주었나요?"

"아뇨!"

"문 앞에서 쫓겨났군요?"

"어떻게 아시죠?"

"다 아는 수가 있죠! 오세요! 나가요! 숨이 막히네요!"

바트나 양은 프레데릭을 데리고 길가로 나갔다. 바트나 양은 숨을 헐떡였다. 그는 자신의 팔을 잡고 있는 그녀의 팔이 떨리고 있음을 느꼈다. 갑자기 그녀가 화를 냈다.

"아! 비열한 놈!"

"누구 말입니까?"

"그자요! 그자! 델마르!"

이 말에 프레데릭은 모욕감을 느끼고 말했다.

"확실합니까?"

"제가 뒤를 밟았거든요." 그녀가 큰 소리로 말했다. "그자가 들어가는 걸 봤어요! 이제 아시겠어요? 이럴 줄 알았어요. 나도 바보죠. 그자를 데려온 건 나였으니까요. 세상에! 그런 자를 들이고 먹이고 입혔으니. 그리고 난 신문사 여기저기를 뛰어다녔어요! 그를 엄마 같은 마음으로 사랑했거든요!" 그리고 바트나 양은 냉소적으로 말했다. "이 신사분은 벨벳 옷을 입은 여자, 자기 몫의 투자가 필요했겠죠. 아시겠어요? 그 계집애! 난 속옷 공장에서 일하던 시절부터 로자네트를 알았어요. 내가 아니었다면 수도 없이 나락에 빠졌을 거예요! 그래요! 그 애가 진료소에서 비참하게 생을 마감하게 하고 싶어요! 다 이야기하고 다닐 거예요!"

그녀는 오물을 쓸어가는 설거지물을 쏟아내듯 프레데릭 앞에서 경쟁자인 로자네트의 추한 면을 마음껏 쏟아내며 분노했다.

"로자네트는 쥐미약, 플라쿠르, 어린 알라르, 베르티노, 곰보 생발레리와도 잤어요. 아니! 다른 사람이지! 둘은 형제였죠. 어쨌든! 그 계집애한테 곤란한 일이 생길 때마다 내가 도와줬어요. 그런데 내가 얻은 게 뭐죠? 정말 탐욕스러운 계집애예요! 그 계집애와 만나는 건 내가 베푸는 배려예요. 우린

속한 세계가 다르거든요! 나는 그 계집애 같은 창녀가 아니고 몸을 팔지도 않아요. 그 계집애는 골도 비었어요! '카테고리(catégorie)'를 쓸 때 't'를 'th'로 쓴다니까요. 두 연놈이 잘 어울리긴 해요. 그놈도 예술가이고 천재인 척하지만 똑같아요! 그자가 머리가 있는 사람이었으면 이런 역겨운 짓은 안 했겠죠! 더 나은 여자를 버리고 바보 같은 계집애에게 가지는 않았을 거예요! 어쨌든 이제 상관없어요. 못난 놈이에요! 침이라도 뱉어주려고요! 그 계집을 만나면 그 상판에도 침을 뱉어 줄 거예요." 바트나 양은 침을 뱉었다. "그래요, 그 인간에 대한 나의 태도예요! 그리고 아르누는요? 너무 심하지 않나요. 아르누는 그 계집애를 여러 번 용서했어요! 아르누가 얼마나 참았는지 몰라요! 그 계집애가 아르누의 발에 입을 맞춰도 시원치 않죠. 정말 마음이 넓고 좋은 사람이라고요!"

프레데릭은 델마르에 대한 험담을 들으니 기분이 좋았다. 프레데릭은 아르누를 인정했다. 로자네트의 부정한 행동은 이해할 수 없었고 부당해 보였다. 노처녀 바트나 양이 흥분하는 소리에 그는 아르누에게 연민을 느꼈다. 어느새 그는 아르누의 집 앞에 와 있었다. 바트나 양에게 이끌려 푸아소니에르 변두리 거리까지 내려온 것이다.

"다 왔어요." 바트나 양이 말했다. "저야 올라갈 수 없지만 프레데릭 씨는 괜찮지 않아요?"

"뭘 어쩌라고요?"

"다 말해줘야죠, 당연히!"

프레데릭은 깜짝 놀라 정신이 번쩍 들었고, 비겁한 행동을 강요받고 있다는 걸 깨달았다.

"왜 그래요?" 바트나 양이 물었다.

그는 고개를 들어 3층을 바라봤다. 아르누 부인의 램프가 빛을 뿜고 있었다. 올라가선 안 될 이유가 없긴 했다.

"여기서 기다릴 테니 어서 가세요!"

이 명령조에 그는 냉정하게 말했다.

"저기 오래 있을 수도 있습니다. 그만 돌아가시죠. 그게 나을 겁니다. 내일 댁에서 뵙죠."

"안 돼요, 안 돼!" 바트나가 발을 동동 구르며 말했다. "그 분을 붙잡고 데려가요! 두 연놈이 있는 현장을 덮쳐야 해요!"

"델마르는 이미 돌아갔을 겁니다!"

바트나 양이 고개를 숙였다.

"그래요, 그럴지도 모르죠."

그녀는 마차가 오가는 길 한가운데에 말없이 서 있었다. 그리고 들고양이 같은 눈으로 프레데릭을 뚫어지게 바라보며 말했다.

"댁을 믿어도 되죠? 이제 우리 둘만의 약속이에요! 그럼 내일 봐요!"

프레데릭은 복도를 지나다가 서로 말을 주고받는 목소리를 들었다. 아르누 부인의 목소리였다.

"거짓말 말아요! 거짓말 말라고요!"

프레데릭이 들어가자 아르누 부부는 말을 그쳤다. 아르누는 이리저리 왔다갔다하고 있었고, 그녀는 난로 옆 작은 의자에 앉아 백짓장처럼 창백한 얼굴로 앞을 뚫어지게 바라보고 있었다. 프레데릭은 돌아가려 했다. 그때 아르누가 마침 잘됐다는 듯 그를 잡았다.

"하지만 왠지……." 프레데릭이 말했다.

"그냥 있게!" 아르누가 귓속말로 말했다.

아르누 부인도 이렇게 말했다.

"언짢아하지 마세요! 모로 씨! 부부 사이에 가끔 있는 일이니까요."

"괜히 일을 만든 거지." 아르누가 쾌활하게 말했다.

"여자들은 별것 아닌 일로 트집을 잡아. 하지만 집사람이 나쁜 게 아냐. 아니, 오히려 그 반대지! 다만 한 시간째 수많은 이야기로 날 못 살게 굴고 있어."

"그런 게 아니에요!" 그녀가 참을 수 없다는 듯 말했다.

"그러니까 그걸 샀잖아요."

"내가?"

"그래요, 당신이! 페르시아 가게에서!"

'캐시미어 말이군.' 프레데릭이 생각했다.

그 순간 그는 죄책감이 들면서 걱정이 되었다.

아르누 부인이 이어서 말했다.

"지난달 14일 토요일에요."

"아! 그날 난 분명히 크레유에 있었어. 당신도 알잖아."

"아뇨! 14일에는 우리 둘이서 베르탱 씨 초대로 저녁을 먹었어요."

"14일?" 아르누가 날짜를 생각하는 듯 위를 바라봤다.

"당신에게 물건을 판 사람이 금발 머리였잖아요!"

"내가 그 점원을 어떻게 기억하냐고!"

"그 점원은 당신 말을 듣고 라발 가 18번지라는 주소를 받아 적었어요."

"아니, 어떻게 알지?" 아르누가 놀라서 물었다.

그녀가 어깨를 으쓱했다.

"간단해요! 내 캐시미어 숄을 수선하러 갔더니 거기서 똑같은 숄을 아르누 부인에게 부쳤다고 지배인이 알려주었어요."

"같은 거리에 다른 아르누 부인이 사는 게 내 잘못이라는 거요?"

"그래요! 하지만 자크 아르누라면 다른 문제죠." 그녀가 말했다.

그러자 아르누는 결백을 주장하며 둘러댔다. 오해이고 우연이며 일어날 수 있으나 설명할 수 없는 일 중 하나라고 했다. 애매한 증거를 가지고 사람 함부로 넘겨짚지 말라고 했다. 그리고 운이 나쁜 르쥐르크의 예를 들었다.

"어쨌든 당신이 잘못 생각한 거요! 날 보고 무조건 맹세하란 거요?"

"그럴 필요 없어요."

"왜?"

그녀는 아무 말 없이 아르누를 똑바로 바라봤다. 그리고 손을 뻗어 벽난로 위에 있는 은상자를 열어 계산서를 펼쳐 보였다.

아르누는 귀까지 벌게졌고 얼굴이 일그러졌다.

"자, 어때요?"

"그런데……." 아르누가 천천히 대답했다. "이게 어떻게 증거가 된다는 거요?"

"아." 그녀의 목소리가 평소와 달랐다. 고통과 비웃음이 섞인 소리였다. "아!"

그는 계산서를 들고 앞뒤로 살피며 마치 큰 문제를 해결할 방법을 찾아야 하는 듯 계산서를 계속 바라봤다.

"아! 그래, 그래, 기억나." 마침내 그가 말했다. "이건 부탁 받은 거야. 프레데릭, 자네도 알지?"

프레데릭은 아무 말도 하지 않았다. "그 우드리 영감…… 에게 받은 부탁이야."

"누굴 주려고요?"

"영감의 애인."

"당신 애인이겠죠!" 그녀가 벌떡 일어나 소리쳤다.

"정말이야……."

"그만 둘러대요, 다 알고 있으니까!"

"아! 그래! 내 뒷조사를 했다는 거군!"

그녀가 차갑게 응수했다.

"당신의 섬세함에 상처를 주는 말인가?" 그가 말했다.

"이렇게 화가 나서 차분하게 이야기할 수 없을 때는 말이야." 그가 모자를 찾으며 말을 이었다. 그리고 한숨을 푹 쉬며 말했다.

"자네는 결혼하지 말게! 내 말 믿으라고."

그는 바깥바람을 쐬고 싶다면서 나갔다.

갑자기 매우 조용해졌다. 방 안의 모든 것이 더 이상 움직이지 않는 것 같았다. 카르셀 등 위로 둥근 빛이 천장을 하얗게 비췄다. 방구석에는 검은 장막이 겹쳐진 듯 어둠이 드리웠다. 시곗바늘 소리가 난롯불 타는 소리와 뒤섞였다.

아르누 부인은 난로 반대쪽 모퉁이에 놓인 의자에 앉아 몸을 떨며 입술을 깨물었다. 두 손으로 얼굴을 감싸고 있었고 흐느끼는 소리가 새어 나왔다. 울고 있었다.

프레데릭은 작은 의자에 앉아 환자를 위로하는 듯한 말투로 말했다.

"설마 저도 함께했으리라고 의심을……."

그녀는 아무 대답도 하지 않았다. 다만 마음속 생각을 계속 이야기했다.

"그이에게 자유를 주고 있어요! 그러니 거짓말을 할 필요는 없었다고요!"

"그렇죠." 그가 말했다. "아마 아르누 씨의 습관 때문에 일어난 일 같습니다. 아마 생각도 못했겠죠. 더 중요한 일이 있어서……."

"더 중요한 일이 뭐죠?"

"아! 아닙니다!"

그는 그녀의 말에 동의한다는 뜻으로 미소 지었고 고개를 숙였다. 아르누에게는 장점이 있지 않느냐, 아이들에게 다정하지 않느냐고 두둔했다.

"아! 그러면서 아이들에게도 안 좋은 영향을 주고 있어요!"

그는 아르누 씨가 성격이 너무 순하고 선해서, 그러니까 좋은 남자라서 그런 거라고 했다.

그러자 그녀가 큰 소리로 물었다.

"좋은 남자라는 게 무슨 말씀이세요?"

그는 아르누를 두둔하고 그녀를 위로하면서도 내심 기뻤다. 혹시 복수를 하기 위해서, 아니면 애정이 필요해서 그녀가 자신에게로 도망쳐올 수도 있으리라는 생각이 들어서였다. 희망이 커지면서 프레데릭의 사랑도 커져갔다.

지금까지 그녀가 이토록 매혹적이고 아름다워 보인 적은 없었다. 그녀가 이따금 숨을 들이쉴 때마다 가슴이 부풀어 올랐고, 한곳을 응시하는 눈은 마음속을 꿰뚫어 보는 듯했으며, 입은 자신의 영혼을 주려는 듯 약간 벌어져 있었다. 그녀는 가끔씩 입술 위로 손수건을 꾹 눌렀다. 그는 그녀의 눈물에 푹 젖은 모시 조각이 되고 싶었다. 그는 자신도 모르게 알코브 안쪽에 있는 침대를 바라봤고, 그 베개 위에 누운 그녀의 얼굴을 상상했다. 상상이 너무 선명해서 그녀를 껴안지 않기 위해 자제해야 할 정도였다. 그녀는 기분이 좀 풀렸는지 힘없이 축 처진 채 눈을 감고 있었다. 그는 좀 더 가까이 다가가 몸을 굽혀 그녀의 얼굴을 뚫어지게 바라봤다. 복도에서 장화 소리가 들렸다. 아르누였다. 두 사람은 그가 자기 방문을 닫는 소리를 들었다. 프레데릭은 아르누 부인에게 아르누의 방에 가봐도 좋은지 몸짓으로 물었다.

그녀도 몸짓으로 그러라는 신호를 보냈다. 이 무언의 대화는 합의, 즉 불륜의 시작 같은 기분이 들었다.

아르누는 잠자리에 들기 위해 프록코트를 벗고 있었다.

"집사람은 좀 어때?"

"나아졌어요." 프레데릭이 말했다. "곧 괜찮아질 겁니다."

그러나 아르누는 걱정하는 것 같았다.

"자네가 그 사람을 몰라서 그래. 요즘 신경이 예민해! 멍청한 점원 녀석! 너무 친절해서 탈이라니까! 그 망할 놈의 숄을 로자네트에게 주지 말 걸 그랬어."

"후회하지 마세요! 로자네트가 너무나 고마워서 어쩔 줄 모르더군요."

"그런가?"

프레데릭은 정말로 그렇게 생각했다. 우드리 영감을 쫓아낸 게 그 증거가 아닌가.

"아! 귀여운 암사슴!"

흥분한 아르누는 로자네트의 집에 가려고 했다.

"그러지 마세요! 아까 갔다 왔는데 아프더군요!"

"그러면 더더욱 가봐야지!"

아르누는 다시 프록코트를 급히 입고 휴대용 촛대를 집었다. 프레데릭은 바보 같은 이야기를 한 것 같아 후회하며, 오늘 밤은 부인 곁에 있어주는 게 예의라고 했다. 이대로 부인을 내버려두면 안 된다고 했다.

"솔직히 그러시면 안 됩니다! 거긴 급할 게 없잖아요! 내일 가면 되죠! 저를 봐서라도 그렇게 하세요."

아르누는 촛대를 내려놓고 프레데릭을 안았다.

"자넨 좋은 사람이야, 정말로!"

3장

이제 프레데릭에게는 초라한 생활이 시작되었다. 아르누 집의 식객 같은 존재가 된 것이다.

누가 몸이 아프기라도 하면 하루에 세 번씩 안부를 물으러 가기도 했고, 피아노 조율사에게 가기도 했고, 그 밖에 수없이 많은 배려를 생각해냈다. 그리고 마르트의 새침한 얼굴도, 외젠이 늘 지저분한 손으로 얼굴을 만지는 것도 즐거워하는 척 견뎠다. 저녁 식사도 같이 했는데, 아르누 부부는 식탁에 마주 앉은 채 한마디도 하지 않거나 아르누가 엉뚱한 말을 해서 부인의 기분을 상하게 하기도 했다. 식사를 마치고 나면 그는 방에서 아들과 함께 놀았다. 가구 뒤에 숨어 숨바꼭질을 하거나 베아르네 사람처럼 아들을 태우고 네발로 기어 다니기도 했다. 그가 밖으로 나가면 그녀는 늘 그렇듯이 남편에 대해 불평했다.

그녀를 화나게 하는 건 그의 좋지 않은 품행이 아니었다. 자존심이 상해 괴로운 것 같았다. 그녀는 남편이 섬세하지도 않고 품위도 없고 뻔뻔하다며 불만을 드러냈다.

"남편은 미친 것 같아요." 그녀가 말했다.

프레데릭은 그녀가 속마음을 털어놓도록 은근히 유도했다. 그는 곧 그녀의 생애에 대해 전부 알게 되었다.

부모는 샤르트르에 사는 소부르주아층이었다. 어느 날 아르누가 강변에서 스케치를 하다가(당시 그는 자신을 화가라고 생각했다.) 그녀가 성당에서 나오는 모습에 반해 청혼한 것이다. 그의 재산 때문에 집안 식구는 주저하지 않았다. 게다가 그는 그녀를 열렬히 사랑했다. 그녀가 이렇게 덧붙였다.

"물론 남편은 지금도 자기 방식대로 날 사랑하고 있어요."

두 사람은 처음 몇 달 동안 이탈리아를 여행했다.

그는 풍경과 걸작을 보면 열광하기는 했지만, 실제 하는 일은 포도주 맛에 대해 투덜거리거나 재미로 영국 사람들과 피크닉을 주선하는 것뿐이었다. 그는 그림을 되팔아 이익을 남기면서 미술상을 시작했다. 이어서 도자기 제조에 푹 빠졌다. 요즘은 다른 투기사업에 마음이 쏠려 있는 상태였다. 그는 점점 천박해지고 품위가 없어졌고 돈을 함부로 썼다. 그녀는 남편의 단점보다는 행동 전체를 비판했다. 전혀 변할 것 같지 않으므로 자신의 불행은 돌이킬 수 없다고 했다.

프레데릭은 자신의 인생도 실패작이라고 했다.

그러나 그는 아직 앞길이 창창한 나이였다. 절망할 이유가 있는가? 그녀가 그에게 친절하게 조언했다. "일을 하세요! 결혼도 하고요!"

그는 자신이 왜 슬픈지 진짜 이유를 밝히는 대신 씁쓸한 미소를 지었다. 마치 저주 받은 앙토니*를 조금 흉내 내며 또 다른 숭고한 이유가 있는 것처럼 행동했다.

욕망이 강할수록 실행하기 힘들어하는 사람들이 있다. 이런 사람들은 자기 자신에 대한 불신으로 당혹스러워하고 혹시 미움을 받지 않을까 고민한다. 게다가 그들의 깊은 애정은 정숙한 여자들과 같았다. 정숙한 여자들은 누군가의 눈에 띌까봐 겁을 내고, 평생 동안 시선을 아래로 둔 채 보낸다.

프레데릭은 아르누 부인에 대해 많이 알게 되었으나(어쩌면 그 때문인지도 모른다.) 예전보다 더 겁이 났다. 매일 아침

---

* 알렉상드르 뒤마의 희곡《앙토니》의 주인공. 사랑과 우울에 사로잡힌, 낭만주의의 대표적인 인물상이다.

마다 그는 대담해지자고 다짐했다. 그러나 그럴 때마다 극복할 수 없는 수줍음이 방해했다. 그녀는 다른 여자들과 달랐기에 어떠한 선례를 따를 수도 없었다. 너무 꿈만 꾼 나머지 그녀를 평범한 인간 이상으로 생각하게 되었다. 그녀 옆에 있으면 가위에 잘려나간 비단 천 조각보다도 자신이 하찮게 느껴졌다.

그리고 그는 끔찍하고 말도 안 되는 생각까지 했다. 예를 들어 밤중에 마취제와 열쇠를 갖고 그녀의 방에 들어갈까 하는 생각이었다. 그 어떤 것도 그녀에게 경멸당하는 것보다는 쉬워 보였기 때문이다.

그러나 아이들, 하녀 두 명, 방의 구조가 넘을 수 없는 장애물이었다. 그는 그녀를 독차지하고, 아무도 없는 먼 곳에서 둘이서 살기로 결심했다. 푸른 호수는 어디이고, 모래가 부드러운 해변은 어디이고, 스페인인지 스위스인지 근동 지방인지를 찾아보았다. 그리고 일부러 그녀가 더 화가 난 것 같은 날을 택해, 이런 상황에서 벗어나려면 헤어지는 것 외에는 뚜렷이 다른 방법이 없다고 말하기도 했다. 그러나 그녀는 아이들을 사랑하므로 그 같은 극단적인 길은 가지 않겠다고 했다. 프레데릭은 정숙한 아르누 부인을 더욱 존경하게 되었다.

오후가 되면 그는 전날 방문했던 일을 떠올리고 저녁에 찾아갈지를 생각하며 보냈다. 아르누의 집에서 저녁 식사를 하지 않은 날에는 아홉 시 정도에 길모퉁이에 있다가, 아르누가 건물 바깥문을 닫고 나오면 얼른 3층으로 뛰어올라가 천연덕스럽게 하녀에게 물었다.

"주인어른 계신가요?"

그러고는 그가 없다는 대답에 놀란 표정을 지었다.

아르누는 불쑥 돌아올 때가 많았다. 그런 날에는 생트안 거리에 있는 작은 카페로 가야 했다. 그곳은 요즘 르쟁바르가 자주 가는 곳이었다.

시민은 먼저 왕권에 대한 새로운 불만을 화제로 꺼냈다. 그리고 르쟁바르와 아르누는 친근한 말투로 장난스럽게 서로에 대해 거친 말을 주고받으며 이야기했다. 아르누는 그를 위대한 철학가로 생각하여, 재능을 낭비하는 걸 안타깝게 여기면서도 게으르다고 놀렸다. 시민은 그에게 마음도 따뜻하고 상상력이 풍부하다고 했지만 결정적으로 너무 부도덕하다고 했다. 르쟁바르는 관대함이라고는 전혀 없이 아르누를 대했고, 격식을 차리는 게 싫다면서 저녁 식사 초대도 거절했다.

가끔 헤어질 때쯤 아르누는 배가 고프다고 했다. 그는 오믈렛이나 익힌 사과를 먹고 싶어했다. 하지만 카페에는 먹을 것이 없었기에 그는 그것을 찾으러 사람을 보냈다. 그들은 기다렸다. 르쟁바르는 그대로 자리에 앉아 있었고 중얼거리면서 뭔가를 받아들였다.

그런데 르쟁바르는 늘 어두웠다. 반쯤 마신 유리잔을 앞에 두고 몇 시간이고 그대로 있었다. 세상 일이 자기 뜻대로 돌아가지 않다 보니 우울증에 빠져서 더 이상 신문도 읽지 않으려 했다. 영국이라는 말만 들어도 열을 냈다. 한번은 종업원의 서비스 태도가 나쁘다며 소리치기도 했다.

"이러니까 외국인들에게 무시당하는 거라고!"

이렇게 신경질 부릴 때가 아니면 그는 가만히 앉아 가게를 때려 부수기 위한 방법을 연구하며 시간을 보냈다.

그가 생각에 빠져 있을 때면 아르누는 다소 취기가 오른 눈으로 자신의 대범함 덕에 빛을 발했던 믿기 힘든 이야기를 담담하게 들려주었다. 프레데릭은 그의 인간성에 어느 정도 끌렸다.(어쩌면 깊은 곳에서 자신과 닮은 구석이 있기 때문이었다.) 그러면서 르쟁바르를 미워해야 한다고 생각하면서도 자신의 나약함을 나무랐다.

아르누는 그의 앞에서 아내의 성격과 고집, 부당한 편견에 대해 한탄했다. 전에는 그렇지 않았다고 했다.

"저라면 부인에게는 수당을 주고 혼자서 따로 살겠어요."

프레데릭이 말했다.

아르누는 아무 대꾸도 하지 않았다. 잠시 후 그는 아내에 대한 칭찬을 늘어놓기 시작했다. 마음씨가 착하고 헌신적이며, 지적이고 정숙하다고 했다. 그러더니 그녀의 신체적 장점에 대해 이런저런 이야기를 늘어놓았는데 마치 여관에서 자신의 보물을 자랑하는 사람 같았다.

한 가지 불행한 사건이 터지는 바람에 아르누는 균형이 깨지게 되었다.

그는 어느 도토 회사에 감사원의 일원으로 들어갔는데 남을 쉽게 잘 믿다 보니 확인 없이 정확하지 않은 보고서에 서명했고, 지배인이 매년 부정하게 작성한 재고 조사표를 통과시켰다. 그런데 회사가 망하면서 그는 민사상 다른 사람들과 함께 손해배상에 대한 보증을 서라는 명령을 받았다. 그 결과, 판결 이유로 벌금이 가중되어 3만 프랑 정도 손해를 봤다. 프레데릭은 이 소식을 신문에서 읽고 파라디 거리로 서둘러 갔다.

프레데릭은 아르누 부인의 방으로 안내받았다. 아침 식사 시간이었다. 난로 옆 작은 탁자 위에 밀크 커피 사발들이 어지럽게 놓여 있었다. 양탄자에는 낡은 슬리퍼가 널려 있고 안락의자 위에는 옷이 널려 있었다. 아르누는 속옷 차림에 털실로 짠 상의를 걸치고 있었고 눈이 빨갰으며 머리는 헝클어져 있었다. 귀앓이를 하는 어린 외젠은 작은 파이를 씹으며 울고 있었다. 그녀는 평소보다 창백한 얼굴로 남편과 아이들의 식사를 챙기고 있었다.

"아, 알고 있군!" 아르누가 한숨을 푹 쉬며 말했다. 프레데릭이 동정하는 태도를 보이자 아르누는 이렇게 말했다. "뭐, 사람을 믿은 게 죄지!"

그리고 아르누는 아무 말도 하지 않았다. 기력이 없었던 그는 식사를 하지 않겠다고 했다. 그녀는 어깨를 으쓱하고 고개를 들었다. 아르누는 손으로 이마를 쓸었다.

"어쨌든 난 죄가 없어. 비난받을 짓을 한 적이 없다고. 이게 웬 날벼락이람! 어떻게든 되겠지. 하지만 큰일이야!"

아내가 자꾸 권하자 아르누는 결국 브리오슈를 먹기 시작했다.

그날 저녁 아르누는 메종 도르 별실에서 아내와 단둘이서 저녁을 먹고 싶다고 했으나, 아르누 부인은 남편의 마음을 도저히 이해할 수 없으며 자신을 창녀 취급한다고 기분 나빠했다. 그러나 아르누는 오히려 애정의 표시라고 했다. 지루해진 그는 기분 전환을 위해 여장군의 집으로 갔다.

지금까지 사람들은 성격이 호탕한 아르누를 여러 면에서 그냥 봐주고 넘어갈 때가 많았다. 하지만 이번 소송 사건 때문에 평판 나쁜 사람으로 찍혀버렸다. 그의 집은 고독감에 휩싸였다.

프레데릭은 의리를 생각해서라도 전보다 더 아르누의 집을 자주 찾아가야겠다고 생각했다. 그는 이탈리아 극장의 일등석을 예약해 아르누 부부를 매주 데려갔다. 그러나 아르누 부부는 이미 권태기가 온 데다 서로에게 늘 양보만 해와서 견딜 수 없을 만큼 일상이 괴로운 지경이었다. 아르누 부인은 감정을 억눌렀고 아르누는 우울해했다. 행복하지 않은 두 사람의 모습을 보며 프레데릭은 슬퍼졌다.

그녀는 프레데릭에게 남편의 신임을 받고 있으니 남편의 사업에 대해 조사를 좀 해달라고 부탁했다. 프레데릭은 수치심이 들었다. 그녀에게 흑심을 품은 상태로 이 집에서 저녁 식사를 하는 것이 괴로웠기 때문이다. 그래도 그녀를 보호해야 할 것 같았고, 그녀에게 도움을 줄 수 있는 기회가 올지도 모른다고 생각해 계속 그 집을 찾아갔다.

무도회 이후 일주일이 지난 뒤 프레데릭은 당브뢰즈 씨를 찾아갔다. 당브뢰즈 씨는 프레데릭에게 자신이 운영하는 석탄 회사의 주식을 20주 정도 사라고 권했는데, 그 후로 프레데릭은 당브뢰즈의 집에 가지 않았다. 한편 데로리에가 편지를 여러 통 보내왔지만 프레데릭은 답장을 하지 않았다. 펠르랭은 초상화를 보러 오라고 했지만 매번 그는 거절했다. 하지만 로자네트와 알고 싶다고 고집을 피우는 시지에게는 프레데릭도 두 손 들고 말았다.

로자네트는 프레데릭을 다정하게 맞이했지만 전처럼 그의 목을 끌어안지는 않았다. 친구 시지는 자유분방한 여자 로자네트의 집에 가서 배우 델마르와도 이야기할 수 있게 되어 기뻐했다.

델마르는 어느 공연에서 루이 14세에게 충고를 하고 1789년 혁명을 예고하는 시골 사람 역을 맡아 유명세를 타자, 그 후에도 비슷한 역을 맡게 되었다. 모든 나라의 군주들을 비웃는 역할을 주로 맡게 된 것이다. 영국의 맥주홀 주인 역을 맡아 찰스 1세를 혼내는 연기도 했고, 살라망카의 대학생 역을 맡아 필립 2세를 저주하는 연기를 했으며, 생각이 깊은 아버지 역을 맡아 퐁파두르 부인에게 분노하는 역을 하기도 했는데 그 역할이 최고였다! 남자아이들은 델마르를 보려고 분장실 입구에서 기다렸다. 막간에 판매하는 델마르의 전기에서 그는 나이 든 어머니를 극진히 보살피고 복음서를 읽으며 가난한 사람들을 돕는, 성 뱅상 드 폴과 브루투스, 미라보가 뒤섞인 이미지로 묘사되어 있었다. 사람들은 그를 '우리의 델마르'라고 불렀다. 그는 전도의 사명을 띤 그리스도 같은 존재가 되었다.

이 모든 것이 로자네트를 매혹시켰다. 사랑을 중시하는 그녀는 아무 미련 없이 우드리 영감을 쫓아냈다. 아르누는 그녀의 이러한 성격을 잘 알고 있었고, 이를 이용해 얼마 안 되는 돈으로 오랫동안 관계를 유지해왔다. 여기에 우드리 영감이 등장하면서 세 사람은 서로 솔직하지 않은 상태로 지내왔다. 그녀가 자신에게만 충실하기 위해 우드리 영감을 차버렸다고 생각한 아르누는 생활비를 더 주었다. 하지만 그녀는 전보다 생활이 검소해졌는데도 돈을 달라고 계속 졸랐고, 아르누는 그런 상황을 도저히 이해할 수가 없었다. 그녀는 오랜 빚을 갚기 위해서라며 끝내 캐시미어 숄까지 팔았다. 그래서 그는 계속 돈을 주었고, 그녀는 그런 그를 애태우며 이용했다. 그의 집에는 계산서와 인지가 붙은 서류들이 빗발치듯 날아들었다. 프레데릭은 조만간 큰 위기가 닥칠 것을 예감했다.

어느 날 프레데릭은 아르누 부인을 만나러 갔다. 그녀는 외출 중이었다. 아르누는 아래층 가게에서 일하고 있다고 했다.

아르누는 대형 도자기들을 늘어놓고 신혼부부와 시골 부자를 속여 한몫 챙기려 하고 있었다. 그는 성형, 돌림판에 올리는 과정, 잔금이 가도록 구워진 상태, 광택에 대해 설명했다. 손님들은 잘 모르는 티를 내지 않으려고 고개를 끄덕이고는 물건을 샀다.

손님들이 나가자 그는 프레데릭에게 아침에 아내와 사소한 말다툼을 했다고 말했다. 아내가 어디에 돈을 쓰느냐는 질문을 하지 못하도록 미리 막기 위해 아르누는 로자네트는 더 이상 자신의 애인이 아니라고 말했다는 것이다.

"심지어 자네 애인이라고 말해버렸어."

프레데릭은 화가 났지만 심하게 탓하면 본심을 들킬 것 같아 우물거렸다.

"아! 큰 실수를 하셨군요!"

"뭐 어때?" 아르누가 말했다. "그 여자의 애인으로 보인다고 해서 부끄러울 게 있나? 나야 애인이긴 하지! 자네도 그런 오해를 받으면 오히려 기분 좋아야 하는 거 아닌가?"

로자네트가 말한 걸까? 그냥 넘겨짚는 건가? 프레데릭은 얼른 대답했다.

"아뇨! 전혀! 오히려 그 반대죠!"

"그럼 상관없지 않은가?"

"그래요! 상관없습니다."

아르누가 말을 이었다.

"자네는 왜 더 이상 거기에 가지 않나?"

프레데릭은 다시 갈 거라고 했다.

"아, 깜빡했군! 혹시…… 로자네트 이야기가 나오면……

아내에게 적당히 뭐라고 해야 하는데……. 자네가…… 그녀의 애인이라는 걸 믿도록 뭔가 찾아봐서 날 좀 도와주지 않겠나?"

청년 프레데릭은 대답 대신 모호하게 얼굴을 찡그렸다. 그는 이런 말도 안 되는 상황이 곤란했다. 그날 저녁 아르누 부인을 찾아간 프레데릭은 아르누의 주장은 거짓이라고 맹세했다.

"정말인가요?"

프레데릭은 진실해 보였다. 그녀는 한숨을 쉬더니 말했다. "프레데릭 씨를 믿어요." 그러더니 그녀는 아름다운 미소를 지었다. 이어서 고개를 숙이고는 그를 쳐다보지 않은 채 말했다. "하지만 그 누구도 프레데릭 씨에게 이래라저래라 간섭할 수는 없죠!" 그녀는 아무것도 눈치채지 못하고 있었다. 그가 그녀를 사랑해서 정절을 지키고 있다는 걸 그녀는 모르는 것 같았다! 그는 이에 모욕감을 느꼈다. 전에 로자네트를 유혹하기 위해 애썼던 일은 잊은 채 아르누 부인이 '누구도 간섭할 수 없다'고 한 말은 왠지 모욕적으로 느껴졌다.

이어서 아르누 부인은 이따금 그 여자 집에 가서 좀 살펴봐달라고 부탁했다. 아르누가 나타났다. 오 분 뒤 아르누는 프레데릭을 데리고 로자네트의 집으로 가려 했다.

참기 힘든 상황이 되었다.

프레데릭은 공증인에게서 다음 날 1만 5,000프랑을 보내겠다는 편지를 받고 잠시 그 상황에서 벗어날 수 있었다. 데로리에에게 지금까지 무심했던 것도 갚을 겸 이 좋은 조식을 알리러 갔다.

변호사는 트루아마리 거리에 있는, 안마당이 보이는 건물 6층에 살고 있었다. 타일을 바른 작은 방은 추웠고, 회색 벽지를 바른 서재는 장식이라고는 거울 옆에 놓인 흑단 액자에 넣어놓은 박사 학위 금메달뿐이었다. 마호가니 책장에는 책이 백 권 정도 빼곡히 꽂혀 있었다. 사방 구석으로는 녹색 벨벳 안락의자가 네 개 있었고, 난로에는 나뭇조각이 타고 있었다. 벨소리가 울리면 불을 붙일 수 있도록 옆에는 장작 다발이 놓여 있었다. 법률 상담 시간이어서 변호사 데로리에는 흰색 넥타이를 매고 있었다.

1만 5,000프랑 소식을 듣자(거의 포기하고 있었던 듯했다.) 그는 기쁘게 웃었다.

"잘됐어, 정말 잘됐어." 데로리에는 난로에 장작을 넣은 뒤 의자에 앉아 지난번에 말한 신문에 대해 이야기했다. 우선 위소네부터 떼어내야 한다고 했다.

"저 바보 멍청이 때문에 피곤해! 내가 보기에 가장 공정하고 가장 강력한 의견은 바로 그 어떤 의견도 갖지 않는 거야."

프레데릭은 놀라는 표정을 지었다.

"그래, 정치를 과학적으로 다뤄야 하는 시대야. 18세기 선배들이 시작하기는 했지. 루소 같은 문학가들이 정치에다 박애사상이나 시 같은 말도 안 되는 것들을 개입시킨 덕에 가톨릭 신자들이 제일 기뻐했지. 근대 개혁가들은 모두 하늘의 계시를 믿으니(난 증명할 수 있어.) 이렇게 연관시키는 게 당연하지. 자네가 폴란드를 위해 미사를 불렀다고 생각해봐. 사형집행인이었던 도미니크 회의의 신 대신 실내장식가 같은 낭만주의 신을 선택했다고 해봐. 자네가 '절대적인 것'에 대해 조상보다 자유롭지 않은 생각을 갖고 있지 않다고 해봐. 그렇다면 자네는 겉으로는 공화주의자이지만 속마음은 군주정치를 지지하는 셈이라고. 혁명가의 붉은 모자도 사제의 동그란 모자와 다를 게 없어질 거야. 다만 고문 대신 독방이, 신성모독 대신 종교에 대한 모욕이, 신성동맹 대신 유럽의 협조가 생겨나겠지. 모두 훌륭한 질서를 찬양하지만 사실 그 안에는 루이 14세 시대에 남은 찌꺼기와 볼테르의 퇴폐사상이 들어 있고, 그 위에다 나폴레옹 제정이라는 페인트를 칠한 뒤 영국 헌법 같은 걸 넣어 억지로 만들어낸 질서야. 그렇기 때문에 언젠가 시의회가 시장을, 도의회가 도지사를, 의회가 왕을,

신문이 권력을, 정부가 전 국민을 이리저리 괴롭히게 될 거야. 순진한 사람들은 누가 뭐라고 하든 비열하고 압제적인 의식에서 나온 민법을 고마워하며 눈물을 흘리지. 입법가들은 구습을 정리해야 한다는 사명감을 잊고 리쿠르고스* 방식으로 사회를 일정한 틀 안에 가둬두려고만 했어. 왜 법이 유언과 관련해 집안의 가장을 곤란하게 할까? 왜 부동산 강제 매매를 막는 걸까? 왜 방랑 생활을 범죄로 다룰까? 사실 경범죄도 안 되는 가벼운 것들이야! 그 외에 또 있지. 난 전부 알고 있어. 그래서 '법사상의 역사'라는 단편소설을 쓰려고 해. 아주 재미있을 거야! 목이 매우 마르군! 자네는?"

데로리에는 창밖으로 몸을 내밀어 문지기에게 술집에 가서 그로그 술을 사 오라고 시켰다.

"요약하자면 세 개의 당이 보여……. 아니! 세 개의 집단이지. 그 어떤 집단에도 관심은 없지만 말이야. 가진 자들, 가지지 못한 자들, 가지려고 노력하는 자들이지. 그런데 이 세 집단은 바보같이 권력을 맹목적으로 숭배한다는 점이 공통적이지. 예를 들어 마블리**는 철학자들이 자신의 이론을 발표하는 걸

---

* 고대 그리스시대 스파르타의 입법자.

** 프랑스의 역사가이자 철학가.

금지해야 한다고 했어. 기하학자 브롱스키는 검열을 가리켜 '추론의 자발성을 억누르는 비판적인 압제'라고 불렀어. 앙팡탱* 영감은 합스부르크 가문이 이탈리아를 제압하려고 알프스를 넘어 강력한 손을 뻗쳤다고 찬양했어. 피에르 르루**는 어느 웅변가의 말을 들으라고 강요하려 했지. 루이 블랑***은 국가라는 종교로 기울고 있고, 이 나라 국민은 충실한 신하처럼 정부에 열광하고 있어. 원칙을 끈질기게 강조하지만 합법적인 건 하나도 없어. 하지만 원칙이란 근원을 뜻하기 때문에 늘 혁명, 폭력 행위, 과도기적인 사실을 염두에 두어야 해. 그래서 우리가 신문에서 주장해야 하는 정부의 원칙은 의회라는 형태 속에 포함된 국민 주권에 있다고 봐야 하지. 의회는 이에 찬성하지 않겠지만, 어떤 면에서 국민의 주권이 신권보다 신성하단 건가? 어느 쪽이든 허구지. 형이상학이니 환상이니 지긋지긋해! 거리를 청소하는 데 교리는 필요하지 않아! 사람들은 내가 사회를 뒤집는다고 생각하겠지! 그래서? 안 될 건 뭐야? 사실 자네가 속한 사회는 깨끗하기도 했지."

---

*　프랑스의 사회주의자.
**　프랑스의 사회주의자.
***　프랑스의 사회주의자.

프레데릭은 할 말이 많았다. 하지만 데로리에의 의견이 세네칼과는 크게 달라서 퍽 안심이 되었다. 프레데릭은 그런 이론을 전개하면 일반적으로 사람들에게 미움을 받을지도 모른다고 반박하는 것으로 만족했다.

"그렇지 않아. 각 당파가 반대 당파를 증오하는 것처럼 보일 수 있기 때문에 모두 우리 신문을 믿게 되겠지! 자네도 참여해서 탁월한 비평을 신문에 기고해야지."

통념들, 아카데미 프랑세즈, 고등사범학교, 국립 예술원, 코미디 프랑세즈, 제도와 비슷한 것은 전부 공격해야 한다, 이를 통해 잡지에 하나의 일관성 있는 이론을 세울 수 있다, 그런 다음 잡지가 자리 잡으면 일간지로 바꾼다, 그때부터 인신공격을 시작한다는 것이 데로리에의 생각이었다.

"우리는 분명 존경받을 거야!"

그는 오래전에 품었던 꿈에 대해 이야기했다. 편집장이 되어 다른 사람들을 이끌고, 기사를 다듬고, 기사를 청탁하고 거절하는 것은 말로 표현할 수 없는 행복이었다. 안경알 안쪽에서 데로리에의 눈이 빛났다. 흥분한 그는 작은 잔으로 한 잔씩 기계적으로 계속 마셨다.

"자네는 일주일에 한 번씩 만찬을 열어야 할 거야. 꼭 그래야 해. 자네 수입의 절반을 써야 한대도 말이야! 모두가 오고 싫어하는 만찬이 되면 사람들이 모이는 중심이 되어 자네에게는 지렛대가 될 거야. 양쪽 의견이 있고 문학과 정치가 있는 모임이 되면 6개월 안에 우리는 파리의 명사가 될 거야."

그의 말을 들으면서 프레데릭은 마치 오랫동안 방에만 틀어박혀 있다가 밖으로 끌려나온 사람처럼 다시 생기가 솟는 기분이었다. 데로리에의 흥분에 전염된 것이다.

"그래, 난 게으르고 멍청했어. 자네 말이 맞아!"

"잘됐군!" 데로리에가 큰소리로 말했다. "예전의 프레데릭으로 돌아온 것 같아!"

데로리에는 프레데릭의 턱 밑에 주먹을 대며 말했다.

"아! 자네 때문에 마음이 아팠었지. 하지만 상관없어! 어쨌든 자네를 무척 좋아하니까."

두 사람은 감동하여 마치 껴안을 듯이 서로를 바라봤다.

대기실 입구에 여자의 모자가 보였다.

"여기 뭐하러 온 거야?" 데로리에가 말했다.

그의 애인 클레망스였다.

그녀는 우연히 이 앞을 지나다 들렀다고 했다. 데로리에가 너무 보고 싶었다면서, 같이 먹을 간식을 가져왔다며 과자를 테이블 위에 놓았다.

"서류 조심해!" 데로리에가 무뚝뚝하게 말했다. "상담 중에는 오지 말라고 벌써 세 번이나 말했잖아!"

그녀가 그에게 키스하려 했다.

"이봐! 어서 가! 썩 나가라고!"

그가 그녀를 밀쳐내자 그녀는 울음을 터뜨렸다.

"아, 정말 질리는군!"

"당신을 사랑하니까요!"

"내가 언제 사랑해달라고 했어? 시중 들어달라고 했지!"

그의 말이 너무나 냉정했는지 그녀는 울음을 그쳤다. 그녀는 창가에 서서 유리창에 이마를 대고 꼼짝도 하지 않았다.

그는 그녀의 태도와 침묵에 짜증이 났다.

"볼일 다 봤으면 마차를 부르지그래!"

그녀가 깜짝 놀라며 돌아섰다.

"날 쫓아내는군요!"

"맞아!"

그녀는 마지막으로 한 번 더 애원하려는 듯 커다란 눈으로 그를 뚫어지게 바라봤다. 그녀는 체크무늬 모직 숄을 두르고 잠시 주춤하다가 밖으로 나갔다.

"다시 부르지그래." 프레데릭이 말했다.

"내버려둬!"

그는 외출해야 한다면서 세면실 겸용으로 사용하는 주방

으로 갔다. 타일 위에는 장화 한 쌍이 있었고, 그 옆에는 먹다 남은 초라한 점심 식사가 놓여 있었다. 한쪽 구석에는 담요 한 장과 함께 매트리스가 둘둘 말려 있었다.

"자, 봤지?" 데로리에가 말했다. "내게는 후작부인들이 거의 찾아오지 않아! 그까짓 후작부인들이 없어도 상관없어! 다른 여자들도 마찬가지야. 아무 가치도 없는 여자들이 자네 시간을 잡아먹고 있어. 시간은 돈의 또 다른 형태야. 나는 부자가 아니야! 그런데 여자들은 하나같이 멍청하지! 정말 멍청해! 자네는 여자랑 이야기가 돼?" 프레데릭과 데로리에는 퐁네프 다리 모퉁이에서 헤어졌다.

"자, 됐어! 내일 받는 즉시 갖다 줘."

"알았어!" 프레데릭이 말했다.

그다음 날 프레데릭은 일어나자마나 1만 5,000프랑의 은행어음을 우편으로 받았다.

이 어음으로 은화 열다섯 자루를 받을 수 있었다. 그는 이 정도 돈으로 할 수 있는 일에 대해 생각해보았다. 마차를 팔지 않고 3년간 소유할 수 있고, 볼테르 강변에서 본 멋진 갑옷과 투구를 살 수 있고, 그 밖에 많은 것들, 그림과 책을 살 수 있고, 아르누 부인을 위해 꽃다발과 선물을 얼마나 살 수 있을 것인가! 신문에 큰돈을 허비하는 것보다는 나을 것 같았다! 그 순간 데로리에가 뻔뻔하게 느껴졌다. 더구나 전날 데로리에가 여자에게 인정머리 없이 대하는 걸 보고 우정도 식어가고 있었다. 프레데릭이 후회하고 있는데 놀랍게도 아르누가 갑자기 들어왔다. 아르누는 지친 사람처럼 침대에 걸터앉았다.

"무슨 일입니까?"

"난 망했어!"

아르누는 반루아라는 사람에게 빌린 1만 8,000프랑을 생트안 거리의 공증인 보미네의 사무실에 지불해야 한다고 했다.

"도무지 알 수 없는 재앙이야! 저당 잡았으니 그렇게 서두를 필요가 없는데 오늘 오후까지 지불하지 않으면 지불 명령을 보내겠다고 윽박지르더군."

"그렇게 되면요?"

"그러면 아주 간단하지. 내 재산을 차압하는 거야. 차압 딱지가 붙으면 난 망한 거지! 그 빌어먹을 돈을 누군가가 빌려줄 수 있다면, 그 사람이 반루아의 자리를 차지하면 나는 사는 건데! 혹시 자네 그런 돈 가지고 있나?"

머리맡 테이블 위에 놓여 있던 어음을 옆에 있던 책으로 슬쩍 덮으며 프레데릭은 대답했다.

"없습니다!"

그러나 아르누의 부탁을 거절하니 마음이 좋지 않았다.

"도움을 줄 사람이라도……?"

"아무도 없어! 8일 뒤에는 받을 돈이 있어! 아마 받을 수 있을 거야……. 월말까지 5만 프랑을 준다고 했거든!"

"그럼 지불하기로 한 사람들에게 부탁해보면 안 될까요?"

"그건 좀 그래!"

"유가증권이나 수표는요?"

"없어!"

"그럼 어쩌죠?" 프레데릭이 물었다.

"생각 중이야." 아르누가 말했다.

그는 아무 말 없이 방 안을 성큼성큼 왔다갔다했다.

"날 위해서가 아냐, 젠장! 아이들과 가련한 아내 때문이지."

그리고 그는 한 마디 한 마디 또박또박 말했다.

"뭐…… 어떻게 되겠지……. 짐을 전부 싸서…… 멀리 떠나야겠지……. 어디가 될지 모르겠지만……!"

"말도 안 돼요!" 프레데릭이 외쳤다.

아르누가 침착하게 물었다.

"이제 파리에서 어떻게 살겠어."

오랫동안 침묵이 흘렀다.

프레데릭이 먼저 말을 꺼냈다.

"그 돈을 빌린다면 언제 갚을 수 있습니까?"

프레데릭에게 돈이 있는 건 아니었다. 하지만 친구들을 만나 부탁해보면 구할 수 있을지도 모른다고 생각했다. 프레데릭은 옷을 입기 위해 벨을 울려 하인을 불렀다. 아르누는 고맙다고 했다.

"1만 8,000프랑이 필요하신 거죠?"

"오! 1만 6,000프랑으로도 충분해! 2,500프랑이나 3,000프랑은 은그릇을 팔면 마련할 수 있을 테니까. 물론 반루아가 내일까지 시간을 준다면 말이지. 다시 한번 말하지만 돈만 빌릴 수 있다면 8일 안에, 어쩌면 5, 6일 안에 꼭 갚을 거야. 맹세할 수 있어. 저당 잡힌 것도 있으니까. 위험은 조금도 없단 말이지. 무슨 말인지 알지?"

프레데릭은 알아들었다고 말하고는 즉시 나가보겠다고 했다.

하지만 프레데릭은 데로리에를 원망하며 집에 그대로 있었다. 데로리에에게 한 약속도 지키고 싶었고, 아르누도 도와주고 싶었기 때문이다.

'당브뢰즈 씨에게 말해볼까? 하지만 뭐라고 하면서 돈을 빌리지? 오히려 내가 석탄 주식을 살 돈을 가지고 가야 하는

상황인데! 아! 그 사람은 주식과 함께 어디로 가버렸으면! 그 주식을 내가 사야 할 의무는 없잖아!'

프레데릭은 당브뢰즈의 부탁을 거절한 것 같아 자유롭게 느껴졌고 속이 시원했다.

'하지만 내 쪽에서 손해 보는 건지도 몰라. 5,000프랑으로 10만 프랑을 벌 수도 있으니까! 주식 거래에서는 그런 일이 가끔 있지……. 그러니까 내가 한쪽과의 약속을 어기기만 한다면 뭐든 자유롭게 할 수 있는 게 아닐까? 데로리에가 기다려만 준다면! 아니, 아니, 그러면 안 되지. 갖다줘야 해!'

프레데릭은 추시계를 봤다.

'아! 서두를 게 뭐 있어! 은행은 다섯 시나 되어야 닫는데.'

그는 네 시 삼십 분에 돈을 받았다.

'지금은 소용없어! 지금은 없을 테니 오늘 밤에 가면 돼!' 이처럼 그는 자신의 결정을 바꿀 핑계를 찾아냈다. 궤변이 머릿속에 들어오면 뭔가 찝찝한 것이 남는 법이었다. 안 좋은 술을 마셨을 때처럼 그 의식은 뒷맛이 씁쓸했다.

그는 여러 대로를 산책하고 식당에서 혼자 저녁을 먹었다. 그리고 기분 전환을 위해 보드빌 극장에서 연극을 봤다. 하지만 마치 도둑질을 한 것처럼 돈이 신경 쓰였다. 그 돈을 잃어버린다 해도 슬프지 않을 것 같았다. 집에 돌아온 프레데릭은 편지 한 장을 발견했다. 편지 내용은 다음과 같았다.

어떻게 되어가나? 아내도 나와 함께 희망을 품고 기다리고 있네. 그럼, 이만.

그리고 간단한 서명.

'아르누 부인! 내게 부탁을 하고 있어!'

프레데릭이 급히 갚을 돈을 마련했는지 알아보기 위해 아르누가 곧바로 나타났다.

"여기 있습니다!" 프레데릭이 말했다.

스물네 시간 뒤 프레데릭은 데로리에에게 답장을 보냈다.

아직 받지 못했음.

변호사 데로리에는 사흘 연속 찾아왔다. 프레데릭에게 공증인에게 편지를 써달라고 독촉했고, 마침내 자신이 직접 르아브르에 다녀오겠다고 했다.

"그럴 필요 없어. 내가 갈게!"

2주가 다 되어가자 프레데릭은 아르누에게 빌려준 돈 1만 5,000프랑을 돌려받을 수 있는지 조심스럽게 물었다.

아르누는 지불일을 다음 날로, 그러고는 그다음 날로 미루었다.

프레데릭은 데로리에와 마주칠까봐 저녁이 되면 외출했다,

어느 날 저녁 프레데릭은 마들렌 성당 모퉁이에서 누군가와 부딪쳤다. 데로리에였다.

"돈 찾으러 가는 길이야." 데로리에가 말했다.

데로리에는 프레데릭을 따라 푸아소니에르 교외에 있는 어느 집 문 앞까지 갔다.

"기다려주게."

데로리에는 기다렸다. 사십삼 분이 지나서야 프레데릭은 아르누와 함께 나오더니 데로리에에게 좀 더 기다리라고 손짓을 했다. 도자기상 아르누와 그의 친구 프레데릭은 팔짱을 끼고 오트블 거리를 올라가 샤브롤 거리로 들어섰다.

미풍이 부는 캄캄한 밤이었다. 아르누는 천천히 걸었고 갈르리 뒤 코메르스에 대해 이야기했다. 생드니 큰길에서 샤틀레 거리까지 이어지는, 지붕이 있는 상가였다. 아르누는 갈르리 뒤 코메르스에 투자하는 건 아주 좋은 기회라면서 여기에 참여하고 싶어했다. 그는 이따금 걸음을 멈추고 가게 쇼윈도를 통해 바람기 있는 젊은 여공들의 얼굴을 보고는 다시 말을 이었다.

프레데릭은 뒤에서 들려오는 데로리에의 발소리가 그를

비난하고 양심의 가책을 느끼게 하는 듯했다. 하지만 쓸데없는 수치심과 말해봐야 소용없을지도 모른다는 두려움에 아르누를 재촉할 수가 없었다. 데로리에가 가까이 다가왔다. 프레데릭은 결심했다.

아르누는 무심한 어조로 돈이 잘 회수되지 않아서 지금은 1만 5,000프랑을 갚을 수 없다고 했다.

"그 돈이 필요한 건 아닌 것 같은데?"

그때 데로리에가 프레데릭 옆으로 와서 불렀다.

"솔직히 말해. 그 돈 있어, 없어?"

"사실 없어!" 프레데릭이 말했다. "다 날렸어!"

"아니, 어쩌다가?"

"도박하다가!"

데로리에는 아무 대답 없이 고개를 푹 숙이고는 자리를 떴다. 아르누는 그사이 담배 가게에서 시가에 불을 붙이고 있었다. 아르누가 돌아와 아까 그 젊은이는 누구냐고 물었다.

"아무도 아니에요! 친구입니다!"

이어서 삼 분 뒤 로자네트의 집 앞에 도착하자 아르누가 "올라가지." 하고 말했다. "로자네트가 자네를 보면 아주 기뻐할 거야. 요즘 자네, 사람들과 잘 안 만났잖아!"

가로등이 아르누의 얼굴을 정면에서 비췄다. 하얀 치아 사이로 시가를 문 채 행복해하는 듯한 아르누에게는 참을 수 없는 뭔가가 있었다.

"아! 오늘 아침에 우리 공증인을 찾아갔었어. 저당권 등기 일로. 집사람이 그렇게 하라고 해서."

"현명한 부인이시군요!" 프레데릭은 기계적으로 대답했다.

"나도 그렇게 생각해!"

그리고 아르누는 다시 아내를 칭찬하기 시작했다. 아내는 재치가 있고 마음이 따뜻하고 알뜰하다고 했다. 또한 그는 눈을 굴리며 나지막한 목소리로 덧붙였다.

"여자로서 육체적으로도 매력적이지!"

"안녕히 가세요!" 프레데릭이 말했다.

아르누가 움찔했다.

"이런! 왜 그러나?"

아르누는 프레데릭에게 반쯤 손을 내민 채 표정을 살폈다. 그의 얼굴에 나타난 분노에 당황하고 있었다.

프레데릭은 차갑게 대답했다.

"안녕히 가십시오!"

프레데릭은 아르누에게 화가 났고, 아르누 부인도 다시는 만나지 않겠다고 맹세하며 슬픔으로 가슴이 먹먹해진 채 브레다 거리 남쪽으로 향했다. 마치 구르는 조약돌처럼 빠르게 걸어갔다. 내심 아르누 부부가 헤어지기를 바랐는데, 반대로 아르누는 그녀를 사랑하고 있었다. 머리끝에서부터 영혼의 가장 깊은 곳까지 사랑하고 있었던 것이다. 아르누의 넉살 좋은 태도에 프레데릭은 무척 화가 났다. 뭐든 아르누의 것이었다. 그는 아르누가 로자네트의 집 앞에 있는 모습을 봤다. 그녀와의 관계도 정리해야 한다는 굴욕감과 자신의 비겁함에도 화가 났다. 빌린 돈에 담보를 주겠다는 아르누의 말도 겉으로는 예의 바른 듯했지만 실상은 프레데릭을 모욕하는 말이었다. 아르누의 목을 조르고 싶었다. 그러면서도 친구에게 비겁한 행동을 했다는 양심의 가책이 안개처럼 피어올랐다. 눈물이 앞을 가렸다.

데로리에는 마르티르 거리를 내려가다가 너무 화가 나서 크게 소리를 질렀다. 자신의 계획이 마치 쓰러진 오벨리스크처럼 허망하게 느껴졌기 때문이다. 큰 손해를 입은 것 같았고 강탈당했다는 느낌이 들었다. 프레데릭에 대한 그의 우정은 죽었다. 그런데 오히려 기쁘게 느껴졌다. 오히려 잘된 일이었다. 데로리에는 부자들에 대한 증오심에 휩싸였다. 세네칼의 의견에 공감하면서 앞으로는 이러한 생각을 위해 봉사하겠다고 다짐했다.

그동안 아르누는 난로 옆 안락의자에 편히 앉아 로자네트를 무릎 위에 앉히고 차를 마셨다.

프레데릭은 아르누 부부의 집에 다시는 가지 않았다. 마음 아픈 정열에서 벗어나 기분 전환을 하기 위해 원래 생각했던 주제 그대로 《르네상스의 역사》를 쓰기로 했다. 고전학자, 철학자, 시인들의 책을 책상 위에 쌓아두었고, 국립도서관에 있는 판화실로 마크 앙투안의 동판화를 보러 가고, 마키아벨리를 이해하기 위해 노력했다. 진지하게 공부하다 보니 마음이 조금씩 차분해졌다. 다른 사람들의 내면세계에 몰두하면서 자기 자신을 잊어갔고, 이것이 마음속 괴로움을 치유해주는 유일한 방법인 듯했다.

어느 날 프레데릭이 뭔가를 조용히 쓰고 있을 때 문이 열렸고, 하인이 아르누 부인이 왔다고 전했다. 틀림없이 그녀였다. 혼자 온 것일까? 아니었다. 어린 외젠을 안고 하얀 앞치마를 두른 하녀를 대동하고 왔다. 부인은 자리에 앉아 기침을 하며 말했다.

"저희 집에 안 오신 지 오래되었네요."

그가 딱히 변명거리를 찾지 못하자 그녀가 덧붙였다.

"프레데릭 씨가 신경 써주신 거죠!"

그가 물었다.

"제가 신경을 쓰다니요?"

"남편을 위해 해주신 일이요." 그녀가 말했다.

그는 '아무것도 아닙니다. 당신을 위해서 한 거예요!'라는 의미가 담긴 몸짓을 했다.

그녀는 아이를 하녀와 함께 응접실에서 놀고 있으라고 내보냈다. 서로의 건강에 대해 두세 마디 주고받고 나자 두 사람 사이에는 침묵이 흘렀다.

그녀는 스페인산 포도주 같은 색깔의 갈색 비단 옷에 담비털로 테두리가 장식된 검은색 벨벳 코트를 입고 있었다. 담비털은 손을 올려 쓰다듬고 싶은 충동을 느끼게 했고, 가운데 가르마를 타 좌우로 빗은 윤기 나는 머리카락은 입술을 갖다 대고 싶은 충동이 일었다. 하지만 그녀는 뭔가 불편한 감정을 느꼈는지 문 쪽으로 시선을 돌리며 말했다.

"여긴 좀 덥네요!"

그는 조심스러워하는 그녀의 시선을 느꼈다.

"이런, 죄송합니다. 양쪽 문은 밀기만 하면 열립니다."

"아! 그렇군요."

그리고 그녀는 미소를 지었는데, 마치 '난 아무것도 두렵지 않아요.'라고 말하는 듯했다. 그는 즉각 왜 그러느냐고 그녀에게 물었다. "아르누가 저보고 프레데릭 씨의 집으로 가서 어려운 말씀을 좀 드려달라고 해서요." 그녀가 말했다.

"뭐죠?"

"당브뢰즈 씨를 아시죠?"

"예. 조금요."

"아! 조금."

아르누 부인은 아무 말도 하지 않았다.

"괜찮으니 말씀해보세요."

그러자 그녀는 그저께 아르누가 1,000프랑 약속어음 네 장을 지불하지 못했다고 했다. 당브뢰즈 앞으로 발행된 어음으로, 그녀는 남편이 시킨 대로 서명을 했다고 한다. 그녀는 아이들이 물려받을 재산까지 날려버린 것을 후회하고 있었다. 하지만 불명예보다는 낫다고 했으며, 만일 당브뢰즈 씨가 기소를 중단해준다면 곧 갚을 수 있을 거라고 했다. 샤르트르에 있는 자기 소유의 작은 집을 팔 거라고 했다.

"안됐군요!" 프레데릭이 중얼거렸다.

"제가 부탁해볼 테니 맡겨주십시오."

"고마워요."

아르누 부인이 일어나 떠날 채비를 했다.

"아! 서두를 필요 없습니다."

그녀는 그대로 서서 천장에 매달린 한 몽골인의 화살 장식, 책꽂이, 제본된 책, 글 쓰는 도구를 찬찬히 바라봤다. 펜촉을 담아놓은 청동 접시를 들어보기도 했다. 그녀의 발뒤꿈치가 양탄자 여기저기에 멈췄다. 지금까지 그녀는 프레데릭의 집에 여러 번 왔으나 언제나 아르누와 함께였다.

지금은 그녀와 단둘뿐이었다. 프레데릭의 집에 단둘이라니 흔치 않은 일이었고 절호의 기회이기도 했다.

그녀는 그의 정원을 보고 싶다고 했다. 그는 그녀에게 팔짱을 끼게 하고 집 주변으로 30피트 정도 되는 정원을 보여주었다. 정원 주변에는 집들이 있었고, 관목과 화단으로 장식되어 있었다.

지금은 4월 초였다. 라일락 잎은 이미 푸르스름해졌고, 맑은 바람이 불고 있었다. 작은 새들이 지저귀는 소리와 멀리서 마차 공장 소리가 번갈아 들려왔다.

프레데릭은 삽을 가지러 갔다. 두 사람은 나란히 산책했다. 아이는 정원 쪽 길에서 작은 모래 산을 만들고 있었다.

아르누 부인은 이 아이가 나중에 상상력이 풍부한 사람이 될 것 같지는 않지만 성격은 순하다고 했다. 그러나 딸은 반대로 원래 성격이 차가워서 자신도 상처받을 때가 가끔 있다고 했다.

"달라질 겁니다." 그가 말했다. "미리 체념하면 안 됩니다."

그녀가 대답했다.

"체념해서는 안 되죠."

그녀가 무의식적으로 반복하는 말을 그는 자신을 격려하는 말로 느꼈다. 그는 정원에 유일하게 피어 있던 장미 한 송이를 꺾었다.

"기억하시죠……. 장미 꽃다발. 어느 날 저녁 마차에서."

"아! 그때는 저도 참 젊었는데!"

그녀는 자기 연민에 빠진 듯 씁쓸한 표정을 지으며 얼굴을 살짝 붉혔다.

"이 장미도 같은 신세가 되는 건가요?" 그가 나지막이 말했다.

그녀는 마치 물레에 실을 감듯 손가락 사이에 장미 줄기를 넣어 돌리면서 대답했다.

"아뇨! 이 장미는 소중히 간직할 거예요!"

그녀가 손짓으로 하녀를 부르자 하녀가 아이를 안아 올렸다. 길로 통하는 현관문 앞에서 그녀는 고개를 약간 기울이며 마치 키스하는 듯 다정한 눈길로 장미꽃 향기를 맡았다.

서재로 돌아온 프레데릭은 아르누 부인이 앉았던 안락의자와 그녀가 만져본 모든 물건들을 살펴봤다. 그녀의 흔적이 주변을 맴도는 것 같았다. 그 흔적이 그를 여전히 애무하는 것 같았다. '그녀가 여기에 있어!' 그는 속으로 생각했다.

그러자 무한한 애정의 물결이 그를 감쌌다.

그는 다음 날 열한 시에 당브뢰즈 씨의 집을 찾았다. 그는 식당으로 안내받았다. 당브뢰즈 씨는 아내와 마주 앉아 점심 식사를 하고 있었다. 조카딸이 부인 옆에 앉았고, 반대쪽에는 곰보 자국이 심한 영국인 여자 가정교사가 있었다.

당브뢰즈 씨는 프레데릭에게 함께 식사하자고 했지만 그는 거절했다. "무슨 일로 온 건가? 말해보게." 프레데릭은 넉살 좋게 아르누라는 사람 때문에 부탁이 있어 왔다고 했다.

"아! 아! 전에 그 미술상." 금융가가 잇몸을 드러낸 채 조용히 미소 지으며 말했다.

"전에 우드리가 보증을 섰는데 서로 사이가 나빠졌지."

그리고 그는 접시 가까이 놓인 편지와 신문들을 훑어봤다.

하인 두 명이 마루 위를 소리 없이 조용히 걸어다니며 시중을 들고 있었다. 세 개의 문에는 태피스트리가 장식되어 있었고, 하얀 대리석 분수가 두 개 있었으며, 접시 데우는 기구가 내뿜는 광채, 오르되브르의 배치, 냅킨이 접힌 부분까지 모든 것이 프레데릭이 전에 봤던 아르누 집의 점심 식사 장면과는 너무도 달랐다. 프레데릭은 당브뢰즈 씨의 식사를 방해하고 싶지 않았다.

당브뢰즈 부인은 프레데릭이 당황한 것을 눈치챘다.

"우리의 친구 마르티농은 가끔 만나세요?"

"그분 오늘 저녁에 오실 거예요." 조카가 신이 나서 말했다.

"아! 너도 알고 있니?" 당브뢰즈 부인이 차갑게 조카를 바라보며 물었다.

그때 하인 한 명이 당브뢰즈 부인에게 귓속말을 했다.

"네 재단사가 온 모양이구나……. 존슨 양!"

그러자 가정교사는 지시에 따라 조카를 데리고 나갔다.

당브뢰즈 씨는 의자 움직이는 소리가 방해가 되었는지 무슨 일이냐고 물었다.

"르쟁바르 부인이 왔어요."

"뭐, 르쟁바르! 그 이름 본 적 있어요. 서명을 본 적이 있죠."

프레데릭이 마침내 본론으로 들어갔다. 아르누는 관심을 둘 필요가 있는 사람이고, 오직 약속을 지키려는 생각에 아내의 집까지 팔려 한다고 말했다.

"그 부인이 매우 아름답다던데." 당브뢰즈 부인이 말했다.

금융가는 호탕하게 말했다.

"그 부부와 친한…… 친구 사이인가?"

프레데릭은 분명히 대답하지 않고, 한번 생각해주면 고맙겠다고 했다.

"자네가 원하면 그렇게 하지! 기다리겠네. 그나저나 난 시간이 있는데 아래 서재로 같이 내려가지 않겠나?"

식사가 끝났다. 당브뢰즈 부인은 가볍게 고개 숙이며 인사했는데 예의와 냉소가 뒤섞인 묘한 미소를 지었다. 프레데릭이 그런 생각을 할 틈도 없이 단둘이 되자 당브뢰즈 씨가 다짜고짜 말했다.

"주식을 사러 온 건 아닐 테고." 그러더니 변명할 틈도 주지 않고 말을 이었다. "좋아! 좋아! 사업에 대해 좀 더 알아야겠지."

당브뢰즈 씨는 프레데릭에게 담배를 권하고 이야기를 시작했다.

프랑스 석탄 총연합이 설립되었는데 인가가 나기만을 기다리고 있다고 했다. 합병만으로도 보안 비용과 노동비를 줄이고 수익을 올릴 수 있다고 했다. 게다가 회사는 노동자들이 기업에 관심을 갖게 하는 새로운 것을 생각하고 있다고 했다. 회사가 노동자를 위해 주택과 보건소를 세워주고, 끝으로는 노동자의 공급업자가 되어 원가로 물건을 파는 방식이었다.

"그러면 노동자도 이익을 볼 수 있지. 이것이 진정한 진보야. 공화주의자가 뭐라고 하든 승리의 대답이지! 우리의 고문으로는 프랑스 상원의원, 학사원 소속 학자, 퇴역한 공병 장교, 그 밖에 유명 인사들이 있어." 그는 취지를 담은 문서를 보여주었다. "이런 요건이 있으면 두려워하는 자본가를 안심시키고 현명한 자본가들을 불러들일 수 있어! 회사는 정부로부터 주문을 받고, 이어서 철도와 증기함선, 제련소, 가스회사, 부르주아의 주방으로부터도 주문을 받게 되지. 이렇게 해서 난방과 조명등으로 가장 가난한 집까지도 침투하게 되는 거야. 이런 판매를 어떻게 안전하게 할 수 있는지 궁금하겠지? 보호무역세 덕분에 가능해. 우리에게 도움을 줄 거야! 솔직히 나는 보호무역론자야. 국가가 우선이지!" 당브뢰즈 씨는 대표로 임명되었지만 자잘한 일, 특히 문서를 작성할 시간이 없다고 했다. "요즘 책을 거의 읽지 않아서 그리스어를 잊어버렸어. 내 생각을 표현해줄 수 있는 누군가가 필요해." 그리고 갑자기 당브뢰즈는 이렇게 말했다. "비서장이라는 직함으로 이 일을 한번 해보지 않겠나?" 프레데릭은 어떻게 대답해야 할지 몰랐다.

"뭐 걸리는 거라도 있나?"

당브뢰즈가 제안한 일은 매년 주주들을 위한 보고서를 쓰는 일이었다. 이 일을 하면 파리의 저명한 인사들과 일상적으로 접촉할 수 있을지도 몰랐다. 노동자 조합을 대표하는 지위이므로 노동자들에게도 당연히 존경받을 것이고, 이는 훗날 국회의원 선거에 출마하는 데 도움이 될 것이다.

프레데릭은 귀가 윙윙거리는 것 같았다. 이런 호의가 어디서 나온 걸까? 프레데릭은 고맙다는 인사를 되풀이했다.

하지만 누구의 소속도 되어서는 안 된다고 금융가는 말했다. 그러기 위해 최고의 방법은 주식을 보유하는 거라고 했다. 아주 좋은 투자로, 자본이 지위를 보장하고 지위가 자본을 보장한다고 했다.

"금액은 얼마입니까?" 프레데릭이 물었다.

"그건 원하는 대로. 4만에서 6만 정도면 될 거야."

그 액수는 당브뢰즈에게는 매우 적은 액수 같았다. 그의 권위가 매우 대단해서 프레데릭은 농장을 팔기로 결심했다. 프레데릭은 받아들였다. 당브뢰즈는 절차를 마무리하기 위해 조만간 만나자고 했다.

"그럼 자크 아르누 씨에게는 제가 이야기를……."

"원하는 대로 말해주게! 그도 딱한 처지니까. 마음대로."

프레데릭은 아르누 부부에게 안심해도 좋다는 편지를 써서 하인을 시켜 보냈지만 돌아온 건 '잘되었군!'이라는 답장뿐이었다.

하지만 이번에 프레데릭이 기울인 노력은 더욱 고마워해야 할 일이었다. 아르누 부부가 방문하거나 적어도 편지는 보낼 거라고 기대했으나 그들은 방문하지도 않았고 편지도 없었다.

잊어버린 걸까 아니면 일부러 그러는 걸까? 아르누 부인은 프레데릭의 집에 한 번 온 적이 있으니 다시 오지 못할 이유는 없지 않은가? 그녀가 의미심장한 분위기를 보이고 고백 비슷한 말을 한 것도 목적을 달성하기 위해 일부러 그런 것이었을까? 부부가 날 이용한 것일까? 그녀도 같이 공모한 건가? 프레데릭은 마음 같아서는 아르누의 집에 가보고 싶었으나 일종의 수치심 때문에 발이 떨어지지 않았다.

어느 날 아침(당브뢰즈와 만난 이후 3주가 지나) 당브뢰즈 씨가 편지를 보내 한 시간 뒤에 보자고 했다.

당브뢰즈를 만나러 가는 길에 프레데릭은 다시 한번 아르누 부부가 신경 쓰였다. 부부의 행동을 이해할 수가 없어서 불안감과 불길한 예감이 들었다. 그런 기분을 떨쳐버리기 위해 그는 마차를 불러 파라디 거리 쪽으로 달렸다.

아르누는 여행 중이었다.

"그럼 부인은요?"

"시골 농장에 계십니다."

"아르누 씨는 언제 돌아오십니까?"

"내일입니다. 확실합니다!"

아르누 부인은 혼자 있을 것이다. 좋은 기회였다. 뭔가 알

수 없는 의식이 프레데릭의 의식 속에서 '자, 가!' 하고 외쳤다.

그러면 당브뢰즈 씨는? 할 수 없지! 몸이 아프다고 하는 수밖에 없었다. 그는 역으로 달려가서 열차에 올랐다. '혹시 내가 잘못하는 게 아닐까? 아무렴 어때.'

좌우로 푸르른 평원이 펼쳐져 있었다. 열차가 달렸다. 기차역들이 배경처럼 미끄러져 스쳤고, 같은 방향으로 내뿜는 기차의 연기가 풀밭 위에서 커다란 덩어리를 이루며 춤을 추다 흩어졌다.

그는 의자에 혼자 앉아 지루한 표정으로 풍경을 내다봤다. 우울해서 그런지 매우 초조했다. 기중기와 가게들이 나타났다. 크레유였다.

낮은 언덕 두 개(하나는 민둥 언덕, 다른 하나는 숲이 무성한 언덕)에 지어진 도시 크레유는 교회 탑과 높고 낮은 집, 돌다리 덕분에 유쾌한 분위기가 감돌았다. 커다란 배 한 척이 강을 따라 내려갔고, 배 허리에서 강물이 바람에 흔들려 파도 소리를 내고 있었다. 못 박힌 예수 그리스도 상 아래에서 닭들이 밀짚을 헤치며 먹이를 쪼아 먹고 있었다. 한 여자가 젖은 빨래를 머리에 이고 지나갔다.

다리를 건너자 섬이 나왔고, 오른쪽으로는 폐허가 된 수도원이 보였다. 물레방아 한 대가 우아즈 강의 두 번째 지류를 넓게 가로막은 채 돌아가고 있었다. 공장이 위에 솟아 있었다. 공장의 웅장한 크기에 프레데릭은 깜짝 놀랐다. 그는 아르누를 더욱 존경하는 마음이 생겼다. 세 발짝 멀리에 있는 골목길에 이르렀다. 맨 끝에는 철문이 있었다.

프레데릭은 안으로 들어갔다. 수위 여자가 프레데릭을 부르며 큰소리로 물었다.

"허가증이 있나요?"

"왜죠?"

"공장을 방문하러 오신 거잖아요!"

프레데릭은 아르누 씨를 만나러 왔다고 퉁명스럽게 말했다.

"아르누 씨가 누구죠?"

"공장장, 여기 주인이요!"

"아뇨, 여긴 르뵈프 씨와 밀리에 씨의 공장이에요."

프레데릭은 이 여자가 농담을 한다고 생각했다. 공장 노동자들이 도착했다. 그는 두세 명의 노동자에게 물어봤지만 대답은 마찬가지였다. 그는 술에 취한 사람처럼 비틀거리며 마당에서 나왔다. 그가 어찌나 멍하게 보였는지 부슈리 다리에서 파이프를 물고 있던 남자에게서 잃어버린 거라도 있느냐는 질문을 받았다. 이 남자는 아르누의 공장을 알고 있었다. 공장은 몽타테르에 있다고 했다.

거기까지 가는 마차가 있는지 묻자 역에 가야만 있다는 대답이 돌아왔다. 그는 되돌아갔다. 늙은 말이 매여 있고 낡은 마구가 마차 채 사이에 늘어져 있는 허름한 사륜마차가 화물 취급소 앞에 처량하게 서 있었다.

소년 한 명이 필롱 영감을 찾아보겠다고 했다. 십 분 뒤 소년이 돌아왔다. 필롱 영감은 점심 식사 중이라고 했다. 프레데릭은 더 이상 기다릴 수 없어 걸어갔다. 하지만 건널목 울타리가 닫혀 있었다. 열차가 올 때까지 기다려야 했다. 마침내 그는 들판을 서둘러 걸어갔다.

온통 푸르른 들판은 거대한 당구대 융단처럼 보였다. 길 양쪽에는 철광석 부스러기들이 조약돌 무더기처럼 쌓여 있었다. 조금 더 멀리에는 공장 굴뚝이 나란히 연기를 뿜으며 서 있었다. 그 앞에는 둥근 언덕 위에 작은 탑이 있는 작은 성이 있었고, 그 옆에는 사각 종탑이 있었다. 그 아래에는 긴 벽이 나무 사이에서 불규칙한 선을 그리고 있었고, 훨씬 아래로 마을의 집들이 펼쳐져 있었다.

집들은 단층으로 계단이 세 개 있었다. 계단은 시멘트가 아니라 돌로 되어 있었다. 가끔 식료품 가게의 벨소리가 들렸다. 사람들의 무거운 발은 걸을 때마다 검은 진흙 속에 파묻혔고, 가랑비가 내리면서 창백한 하늘을 수많은 선으로 갈랐다.

프레데릭은 보도 한복판을 걸어갔고, 왼쪽 길 입구에서 커다란 아치 모양의 문을 보았다. 문에는 황금색으로 '도기류'라고 적혀 있었다.

아르누가 크레유 근교를 선택한 건 목적이 있어서였다. 자신의 공장을 다른 공장(오래전부터 신용을 얻은 공장) 옆으로 옮겨서 사람들에게 잘나가는 공장을 운영하는 듯한 인상을 주기 위해서였다.

건물의 주요 부분은 목장을 가로지르는 강가 바로 근처에 있었다. 정원에 둘러싸인 주인집은 현관 앞 계단에 선인장 화분이 네 개 놓여 있는 것으로 알 수 있었다. 백토 더미가 창고 아래에서 말라가고 있었다. 밖에도 백토 더미가 있었다. 마당 가운데에는 세네칼이 서 있었다. 세네칼은 여전히 붉은색 안감을 댄 푸른색 코트를 입고 있었다.

전직 가정교사는 차가운 손을 내밀었다.

"사장님을 만나러 왔나? 지금 안 계셔."

프레데릭은 당황해서 멍하게 대답했다.

"알고 있었어." 그리고 곧바로 이렇게 말했다. "아르누 부인 일로 왔어. 뵐 수 있나?"

"아! 사흘째 보지 못했어." 세네칼이 말했다. 그리고 그는 이런저런 불평을 하기 시작했다. 공장주가 제시한 조건을 받아들였을 때는 파리에 있을 생각이었지, 친구들과도 멀리 떨어져 신문도 없는 이런 시골에 처박혀 있을 줄은 몰랐다고 했다. 그러나 상관없다고 했다. 그런 건 그냥 넘어가기로 했다는 것이다. 하지만 아르누는 자신의 공을 전혀 알아주지 않는다고 했다. 게다가 그는 시각이 좁고 고리타분하고 일자무식이라고 했다. 예술적인 완벽을 추구하기 전에 석탄과 가스 난방이나 들여왔으면 좋겠다고 하면서 그가 망해가는 것 같다고 했다. 세네칼은 힘주어 말했다. 한마디로 일이 재미없다고. 자기 봉급 좀 올려달라고 그에게 부탁 좀 해달라고 프레데릭을 조르다시피 했다.

"진정해!" 프레데릭이 말했다.

프레데릭은 계단에서 아무도 만나지 못했다. 2층에서 아무도 없는 빈방을 들여다봤다. 응접실이었다. 큰소리로 불러봤지만 아무 대답도 없었다. 주방 담당도 하녀도 외출한 것 같았다. 그는 3층으로 올라가 문을 밀고 들어갔다. 아르누 부인이 거울 달린 옷장 앞에 혼자 있었다. 실내복의 허리띠가 약간 벌어져 허리 옆으로 늘어져 있었다. 검은색 머리카락 한쪽이 오른쪽 어깨 위로 흘러내려 있었다. 그녀는 한손으로는 틀어 올린 머리를 누르고 다른 한손으로는 핀을 꽂으려 하고 있었다. 그녀는 인기척에 소리를 지르고는 몸을 숨겼다.

잠시 후 그녀가 옷매무새를 단정히 하고 다시 나타났다. 그녀의 몸매, 눈, 옷이 스치는 소리, 모든 것이 프레데릭을 매혹했다. 그는 그녀에게 키스를 퍼붓고 싶은 마음이 굴뚝같았으나 가까스로 참았다.

"죄송해요." 아르누 부인이 말했다. "아까는……."

프레데릭은 용기를 내어 말을 막았다.

"하지만…… 정말 아름다우셨습니다……. 아까는."

그녀는 이 칭찬을 약간 노골적이라고 생각했는지 볼이 빨개졌다. 프레데릭은 혹시 자신이 그녀를 기분 나쁘게 한 건 아닌지 걱정했다.

그녀가 말을 이었다.

"무슨 좋은 소식이라도 있어서 오신 건가요?"

그는 뭐라고 대답해야 할지 몰랐다. 약간 씁쓸한 미소를 짓고는 잠시 생각에 잠긴 뒤 말했다.

"말씀드리면 믿으실 건가요?"

"왜 못 믿겠어요?"

그는 간밤에 악몽을 꿨다고 말했다.

"부인이 중병에 걸려 위독한 꿈이었습니다."

"아! 저도, 그이도 아픈 적이 없었는데요!"

"제가 꿈에서 본 건 부인뿐이었습니다."

그녀는 차분한 표정으로 그를 바라봤다.

"꿈이 늘 맞는 건 아니에요."

그는 더듬거리며 할 말을 찾다가 영혼의 친화력에 대해 길게 이야기했다. 공간을 초월해 두 사람을 연결하고, 두 사람이 느끼는 것을 알려주고, 두 사람을 하나로 만드는 힘이 존재한다고 말했다.

그녀는 고개를 숙이고 아름다운 미소를 지으며 그의 말을 들었다. 그는 그런 그녀를 곁눈으로 보며 기쁨을 느꼈고, 평소와는 달리 사랑의 마음을 자유롭게 털어놓았다. 그녀는 그에게 공장을 보여주겠다고 했다. 그녀가 계속 공장을 보여주겠다고 해서 그는 받아들였다.

아르누 부인은 프레데릭이 기분 전환을 할 수 있도록 계단을 장식한 박물관 같은 것을 보여주었다. 벽에 걸어놓거나 선반에 얹어놓은 도자기 견본들은 그동안 아르누가 얼마나 노력했고 열정을 품고 있었는지를 잘 보여주었다. 중국 도자기의 붉은 구리색을 만들어내려고 노력한 뒤 마졸리카식 도자기, 파엔자식 도자기, 동양식 도자기를 만들려 했고, 그중 몇 개는 나중에 완성될 것 같았다. 그리고 진열품 중에는 중국 고관들의 그림이 그려진 커다란 꽃병과 영롱한 황금빛 갈색을 띤 수프용 접시, 아라비아 문자로 장식된 단지, 르네상스풍 주전자, 인물 두 명이 붉은색으로 흐릿하게 그려진 넓은 접시가 있었다. 요즘 아르누는 간판 글자와 포도주 병을 만들고 있다고 했다. 하지만 그의 능력은 예술을 구현할 정도로 뛰어나지는 않았고, 그렇다고 이익만을 추구할 정도로 부르주아적이지도 못해서 그 결과 그 누구도 만족시키지 못해 파산했다는 것이었다. 프레데릭과 아르누 부인이 이렇게 구경하고 있는데 마르트가 지나갔다.

"이 아저씨 모르니?" 아르누 부인이 딸에게 말했다.

"알아요." 마르트가 말하더니 프레데릭에게 인사했다. 그녀의 맑은 눈은 그를 뭔가 의심하는 듯했고, 마치 '여기 뭐하러 왔어요?' 하고 말하는 듯했다. 그녀는 고개를 갸우뚱하며 계단을 올라갔다.

아르누 부인은 프레데릭을 안마당으로 데려가 도토를 빻는 법, 씻는 법, 체에 거르는 법을 진지하게 설명해주었다.

"점토 반죽이 중요해요."

그리고 그녀는 그를 커다란 통이 가득한 방으로 데려갔다. 통 안에는 수평 가늠대가 달린 굴대가 수직 방향으로 회전하고 있었다. 그는 그녀가 공장을 구경시켜준다고 했을 때 거절하지 못한 것을 후회했다.

"이건 교반기예요." 그녀가 말했다.

프레데릭은 아르누 부인에게는 왠지 맞지 않는 말이라고 생각했다.

폭이 넓은 벨트가 천장 양 끝에서 북 모양 기계를 감으며 빙글빙글 돌고 있었는데, 모든 움직임이 수학적이면서 왠지 신경에 거슬렸다.

그들은 그곳에서 나와 다 무너져가는 작은 창고 옆을 지나갔다. 예전에 원예 도구를 보관해두었던 곳이라고 했다.

"더 이상 쓸모가 없어요." 그녀가 말했다.

그는 떨리는 목소리로 말했다. "행복은 이런 곳에 있을지도 모르죠." 그의 말은 증기 펌프 소리에 묻혔다. 두 사람은 본을 뜨는 작업장으로 갔다.

좁은 테이블에 앉은 남자들이 회전판 위에 점토 덩어리를 올려놓았다. 왼손으로 점토 안을 파내고 오른손으로 표면을 다듬자 꽃이 피어나듯 꽃병들이 만들어졌다.

그녀는 좀 더 어려운 작품을 만들 때 사용하는 틀을 보여주었다.

다른 작업실에서는 가는 줄무늬를 넣거나 목 부분을 다듬거나 불쑥 튀어나오게 하는 작업을 하고 있었다. 위층 작업실에서는 연결 틈을 없애거나 앞 단계에서 잘못되어 구멍이 난 부분을 메우고 있었다.

격자창에도 방구석에도 길 한가운데에도 가는 곳마다 도자기들이 늘어서 있었다.

프레데릭은 지루해지기 시작했다.

"피곤하신 것 같은데요?" 아르누 부인이 물었다.

이대로 돌아가서는 안 된다는 생각에 그는 매우 관심 있는 척했다. 심지어 도자기 사업에 몰두하지 않은 것을 후회한다는 말까지 했다.

그녀는 이 말에 놀란 것 같았다.

"그랬다면 두 분 곁에서 살 수 있겠죠." 그는 그녀의 눈치를 살폈고, 그녀는 그 시선을 피하기 위해 작은 받침대에서 만들다 남은 점토를 집어 파이처럼 납작하게 빚은 다음 그 위에 자신의 손 모양을 찍었다.

"제가 가져가도 되겠습니까?" 그가 말했다.

"어린애 같은 면이 있으시네요." 프레데릭이 뭐라고 대답하려고 할 때 세네칼이 들어왔다.

부공장장인 세네칼은 입구에서부터 규칙을 위반한 걸 하나 발견했다. 작업장을 매주 청소해야 했으나, 오늘이 토요일인데도 노동자들이 아무것도 하지 않은 것이다. 그는 노동자들에게 한 시간 더 작업하라고 했다. "어쩔 수 없어!"

노동자들은 투덜거리지 않고 몸을 굽힌 채 일을 했다. 그러나 거칠게 숨을 쉬는 걸로 봐서는 화가 난 것 같았다. 여기서 일하는 노동자들은 큰 공장에서 쫓겨난 사람들이라 다루기가 쉽지 않았다. 공화주의자인 세네칼은 이 노동자들을 엄하게 다루고 있었다. 그가 이론적으로 관심을 기울이는 것은 오직 대중이었기 때문에 개개인에 대해서는 인정이 없었다.

프레데릭은 세네칼이 신경 쓰여 아르누 부인에게 가마를 보여주지 않겠느냐고 나지막한 목소리로 말했다. 두 사람은 1층으로 내려갔다. 그녀가 가마 사용법에 대해 설명하고 있는데 뒤따라온 세네칼이 두 사람 사이를 비집고 들어왔다.

세네칼이 직접 설명하면서 염화물, 유화물, 붕사, 탄산염 같은 화학용어를 사용했고, 연료의 여러 종류, 가마 넣는 방법, 온도계와 아궁이 바닥, 반죽에 넣는 약, 광택제, 금속에 대해 이야기하며 직접 시연해 보였다.

"듣지 않으시는군요." 그녀가 말했다. "그런데 세네칼 씨의 설명이 매우 명확하네요. 저보다 훨씬 많이 알고 있어요."

수학자는 이 말에 기분이 좋았는지 채색 작업을 보여주겠다고 했다. 프레데릭은 곤란해하는 눈길로 아르누 부인을 바라봤다. 그러나 그녀는 모른 척했다. 프레데릭과 단둘이 있고 싶지 않은 것 같았고, 그와 떨어져 있는 것도 원치 않는 것 같았다. 프레데릭이 아르누 부인에게 팔을 내밀었다.

"아, 괜찮아요. 계단이 너무 좁아서요."

위층으로 올라가자 세네칼이 여자들이 가득 있는 작업장의 문을 열었다.

여자 노동자들은 연필, 작은 유리병, 조개껍질, 유리판을 다루고 있었다. 처마 홈통을 따라 벽에는 무늬가 새겨진 판들이 늘어서 있었다. 얇은 종잇조각들이 흩어져 있었다. 쇠로 된 난로에서는 더운 열이 나왔고, 테레빈 기름 냄새도 섞여 풍겼다.

여자 노동자들은 대부분 옷차림이 지저분했다. 그중에 한 여자가 눈에 띄었다. 마드라스 천으로 만든 옷을 입고 긴 귀걸이를 단 여자였다. 날씬하고 육감적이었으며, 커다란 검은 눈에 입술은 흑인처럼 두꺼웠다. 허리는 스커트 끈으로 졸라맸고, 속옷 아래로 풍만한 가슴이 솟아 있었다. 그녀는 한쪽 팔꿈치를 작업대 위에 올려놓고 다른 한쪽 팔은 늘어뜨린 채 저 멀리 들판을 멍하니 바라보고 있었다. 그 옆에는 포도주 병과 햄이 널려 있었다.

규정상 작업장 안에서는 음식을 먹지 못하게 되어 있었다. 작업장의 청결과 노동자들의 위생을 위한 규칙이었다.

세네칼은 의무감에서 그러는지 거들먹거리려고 그러는지는 몰라도 그 여자 노동자에게 규칙이 적힌 액자를 가리키면서 큰소리로 말했다.

"어이! 거기 보르도 여자! 9조를 큰 소리로 읽어봐."

"어쩌실 건데요?"

"어쩔 거냐고? 벌금 3프랑을 내야지!"

여자 노동자는 대담하게도 세네칼을 정면으로 쳐다봤다.

"그래서요? 사장님이 돌아오시면 그 벌금은 철회하실 겁니다. 댁 같은 사람은 무섭지 않아요!"

그는 자습 감독이 교실을 돌아다니는 것처럼 뒷짐을 지고 왔다갔다하며 미소를 지을 뿐이었다.

"제13조, 명령 불복종, 10프랑!"

보르도 여자 노동자는 일을 시작했다. 아르누 부인은 체면 때문에 아무 말도 하지 않았지만 눈살을 찌푸렸다. 프레데릭이 중얼거렸다.

"민주주의자치고는 너무 엄격하군!"

세네칼이 거만하게 대답했다.

"민주주의는 개인주의의 방종이 아니야. 민주주의란 법 앞에서 평등한 거고, 노동이 공평하게 분배되는 것이고 질서를 지키는 거지."

"인류애를 잊었군." 프레데릭이 말했다.

아르누 부인이 프레데릭의 팔을 잡았다. 세네칼은 무언의 동의에 화가 났는지 자리를 떴다.

프레데릭은 마음이 놓였다. 아침부터 고백할 기회를 찾고 있었는데 마침내 기회가 온 것이다. 더구나 아르누 부인의 무의식적인 행동은 희망을 주었다. 프레데릭은 발이 시리다며 그녀에게 방으로 돌아가도 되겠느냐고 물었다. 그런데 막상 그녀 옆에 앉자 프레데릭은 당황스러운 기분이 들기 시작했다. 무슨 이야기부터 해야 할지 몰랐다. 다행히 세네칼이 떠올랐다.

"그런 벌을 주다니 그보다 어리석은 짓은 없죠." 프레데릭이 말했다.

그러자 아르누 부인이 말했다.

"엄격함이 필요할 때도 있는 것 같아요."

"부인처럼 다정한 분이 그런 말씀을 하시다니요! 아! 깜빡했군요. 부인은 이따금 남을 힘들게 하면서 즐거워하기도 하니까요."

"무슨 말씀인지 모르겠어요."

그녀의 말보다는 엄숙한 시선 때문에 프레데릭은 말을 멈췄다. 그래도 그는 계속 말을 하기로 결심했다. 마침 뮈세의 책 한 권이 옷장 위에 있었다. 그는 몇 페이지를 넘기고는 사랑이 주는 절망과 정열에 대해 이야기했다.

그녀는 그런 건 모두 불륜이거나 떳떳치 못한 거라고 했다.

청년은 그녀의 부정적인 반응에 상처받았다. 그래서 그녀와 논쟁하기 위해 신문에서 읽은 여러 자살 사건을 증거로 인용했고, 페드로, 디동, 로미오, 데그리외 등 유명한 문학 속 등장인물들을 찬양했다. 그는 자신의 말에 혼자 도취했다.

난롯불은 이미 꺼져 있었고, 빗방울이 유리창을 때리고 있었다. 그녀는 안락의자 팔걸이에 두 손을 얹고 그대로 앉아 있었다. 헝겊 모자는 스핑크스의 작은 띠처럼 늘어져 있었다. 어둠 속에서 그녀의 옆모습이 창백하게 빛났다.

프레데릭은 아르누 부인의 무릎에 달려들고 싶었다. 하지만 복도에서 발소리가 들려 차마 그럴 용기가 나지 않았다.

더구나 종교적인 경외감이 들어 용기를 낼 수 없었다. 그녀가 입고 있는 드레스도 어둠과 섞여 거대하고 무한하게 보여 들춰 올릴 수 없을 것 같았다. 그러나 바로 그 때문에 그의 욕망은 더욱 불타올랐다. 하지만 괜한 행동을 하거나 너무 무덤덤하게 있어서는 안 된다는 생각에 그는 신중함을 잃었다.

'내가 싫으면 날 쫓아내주었으면 좋겠어! 하지만 날 원한다면 용기를 좀 내주었으면 좋겠고!'

그가 한숨을 쉬며 말했다.

"그러니까 남자가 여자를…… 사랑한다는 것을 인정하지

않으시는 거군요?"

그러자 그녀가 대답했다.

"결혼할 여자라면 결혼하면 되겠죠. 하지만 결혼한 여자라면 거리를 두어야죠."

"후자의 경우에는 행복할 수 없다는 거군요?"

"그래요, 거짓, 불안, 후회 속에서 행복을 느낄 수는 없으니까요."

"무슨 상관입니까! 대신 큰 기쁨을 맛볼 수 있죠."

"그 대가가 너무 커요."

프레데릭은 반어법으로 부인을 공격하고 싶었다.

"정숙함이라는 것도 비겁함에 지나지 않는 것 아닙니까?"

"통찰력이라고 해야겠죠. 의무나 신앙을 잊은 여자라도 상식만 갖추고 있다면 충분합니다. 자기중심을 잘 잡으면 기본적으로 지혜로워지기 마련이죠."

"그야말로 부르주아층이 하는 말 같군요!"

"저는 제가 상류사회의 귀부인이라고 생각하지 않아요."

바로 그때 그녀의 아들이 뛰어왔다.

"엄마, 저녁 안 먹어?"

"그래, 곧 갈게."

프레데릭은 자리에서 일어났다. 동시에 마르트가 나타났

다. 그는 이렇게 갈 수는 없다고 생각했다. 애원하는 눈길로 그가 말했다.

"부인이 말씀하시는 그 여자들은, 그러니까 사랑에는 관심이 없다는 건가요?"

"아뇨. 하지만 관심 없는 척해야 할 때는 그래야 하죠."

아르누 부인은 두 아이를 양쪽에 안고 방문 앞에 섰다. 그는 아무 말 없이 머리 숙여 인사했다. 그녀는 그의 인사에 조용히 답했다.

그는 우선 한없이 막막해졌다. 희망이 없다는 걸 이런 식으로 이해하게 되다니 한 방 먹은 것 같았다. 심연 속으로 빠져 구해줄 사람도 없이 그대로 죽어야 하는 사람처럼 허탈했다.

그래도 그는 걸어갔다. 아무것도 보이지 않았고, 그저 발길 닿는 대로 걸었다. 돌에 걸리기도 했다. 길을 잘못 든 것이다.

나막신 소리가 귓가에 들려왔다. 주물공장에서 나오는 노동자들이었다. 그는 정신이 번쩍 들었다.

철도의 불빛이 지평선에 한 줄기 밝은 선을 그리고 있었다. 그는 열차가 출발하려 할 때 도착해 열차 안으로 들어가 그대로 졸았다.

한 시간 뒤 그는 대로에 섰다. 파리의 활기찬 밤이 느껴졌다. 갑자기 아르누의 공장에 갔던 일이 벌써 저 먼 과거처럼 느껴졌다. 그는 강해지기로 했다. 그리고 아르누 부인을 저주에 가까운 말로 거칠게 비난하며 마음속 고통을 달랬다.

"멍청한 여자, 바보, 잔인한 여자, 다시 또 생각하나봐라."

집으로 돌아온 그는 서재에서 편지를 발견했다. R. A라는 서명이 있고 푸른색 매끄러운 종이 여덟 장으로 된 편지였다.

편지는 다정한 말로 시작되었다.

어떻게 된 건가요? 요즘 심심해요.

글씨가 너무 엉망이어서 그는 편지를 바닥에 던지려고 했으나 추신에 적힌 글을 봤다.

내일 경마장에 데려가 주실 거라 믿어요.

이 초대의 의미는 뭘까? 로자네트의 수작인가? 그러나 아무 이유 없이 같은 남자를 두 번 놀릴 것 같지는 않았다. 호기심이 생긴 그는 편지를 다시 한번 주의 깊게 읽었다. 그의 눈을 끄는 내용이 있었다. '오해…… 잘못된 길로 접어들다…… 환멸…… 우리는 불쌍한 사람이에요…… 서로 만나는 두 줄기의 강처럼…….'

바람둥이 여자가 평소에 쓰는 내용이 아니었다. 도대체 무슨 변화가 생긴 걸까?

그는 한참 동안 편지를 손에 들고 있었다. 창포 향기가 났다. 글씨 모양과 불규칙한 행이 엉망으로 한 화장처럼 그의 마음을 흔들었다.

'거기 가면 안 될 이유가 있나?' 그는 속으로 생각했다. '만일 아르누 부인이 알게 되면? 아! 알라고 하라지. 차라리 잘됐어. 내게 질투를 느끼면 복수를 하는 셈이니까!'

4장

여장군은 준비를 마치고 프레데릭을 기다리고 있었다.

"와주셔서 고마워요."

그녀는 다정하고 쾌활한 아름다운 눈으로 부드럽게 그를 바라보면서 말했다.

모자 끈을 턱 아래로 맨 그녀는 긴 의자에 말없이 앉아 있었다.

"갈까요?" 프레데릭이 말했다.

그녀가 추시계를 바라봤다.

"아뇨, 한 시 반 전에는 안 돼요." 로자네트는 뭔가 애매한 마음을 다잡으려는 듯 말했다.

시계가 한 시 반을 가리켰다.

"이제 가요."

그녀는 마지막으로 다시 한번 머리를 손질하고, 델핀에게 이런저런 지시를 했다.

"저녁 식사 때 돌아오시나요?"

"왜? 우리는 밖에서 먹을 거야. 앙글레 카페나 다른 데서."

"알겠습니다."

강아지가 짖으며 로자네트 양에게 매달렸다.

"데리고 가도 되죠?"

프레데릭은 강아지를 마차까지 안고 갔다. 말 두 필이 매여 있는 커다란 사륜마차로 마부가 있었다. 마부석 뒤에는 프레데릭이 데려온 하인이 기다리고 있었다. 여장군은 그의 세심한 배려에 기뻐했다. 마차에 타자 그녀는 최근에 아르누의 집에 간 적이 있느냐고 그에게 물었다.

"안 간 지 한 달 됐군요." 그가 말했다.

"전 어제 만났어요. 오늘도 왔을지도 몰라요. 그나저나 아르누 씨, 큰일이더라고요. 또 소송에 걸렸대요. 뭔 일인지는 잘 모르지만 이상한 사람이에요."

"예, 이상한 사람이군요."

그는 담담하게 덧붙였다.

"그런데 이름이 뭐였더라? 그 가수였다는…… 델마르? 지금도 만나고 있습니까?"

"아뇨, 끝났어요." 그녀는 차갑게 말했다.

그녀와 델마르는 확실히 헤어진 것 같았다. 프레데릭은 희망을 품었다.

마차는 천천히 브레다 쪽으로 달렸다. 일요일이어서 길에 사람이 별로 없었고, 마차의 창밖으로 마을 사람들이 보였다.

마차는 점점 속도를 냈다. 마차 바퀴 소리에 지나가던 사람들이 고개를 돌렸다. 아래로 젖힌 포장의 가죽이 햇빛에 반짝였다. 하인은 상체를 뒤로 잔뜩 젖히고 있었다. 나란히 몸을 붙이고 있는 아바나산 강아지 두 마리는 마치 쿠션에 놓인 흰 담비 토시처럼 보였다. 프레데릭은 마차의 가죽 띠를 매고 마차의 흔들림에 몸을 맡겼다. 여장군은 미소 지으며 고개를 돌려 좌우를 살폈다.

그녀는 검은색 레이스 장식이 달린 진주색 밀짚모자를 쓰고 있었고, 아라비아식 코트에 달린 모자는 바람에 계속 나부꼈다. 그녀는 인도 사원의 탑처럼 끝이 뾰족한 라일락색 양산을 펴 햇빛을 가렸다.

"손가락이 참 예쁘군요." 프레데릭은 양산을 들지 않은 로자네트의 손을 다정하게 잡았다. 그녀는 사슬 모양 금팔찌를 끼고 있었다. "멋지군요. 어디서 난 겁니까?"

"오래전부터 갖고 있던 거예요." 그녀가 말했다.

그녀의 대답은 거짓말 같았지만 그는 크게 거슬리지 않았다. 오히려 이 상황을 이용하는 것이 낫다고 생각했다. 그는 그녀의 손을 잡으며 장갑과 소맷부리 사이에 입술을 갖다 댔다.

"그만해요. 누가 보면 어쩌려고요!"

"뭐 어때요!"

콩코르드 광장을 지나 콩페랑스 강변에서 빌리 강변에 이르자 어느 집 정원에 심은 레바논 삼나무 한 그루가 보였다. 그녀는 레바논을 중국의 일부로 생각했다고 하면서 자신은 모르는 게 너무 많다며 웃었고, 그에게 지리를 가르쳐달라고 부탁했다. 마차는 트로카데로의 오른쪽으로 이에나 다리를 건너고 샹드마르스 한가운데에 도착했고, 얼마 지나지 않아 경마장 안에 줄지어 선 다른 마차 옆에 멈췄다.

잔디로 덮인 언덕은 사람들로 가득했다. 육군 대학 발코니에도 관중들이 보였다. 체중 검사소 바깥쪽에 있는 스탠드 관람석 두 곳과 왕실석 앞에 있는 또 하나의 스탠드 관람석에는 화려하게 차려입은 사람들이 가득했다. 사람들은 경마가 아직은 생소한지 동경하는 듯한 표정을 짓고 있었다. 당시 경마 관객은 특수층에 한정되어 있어서 대중적인 분위기가 덜했다. 바지 끝을 구두 아래로 끌어당기는 끈을 차거나 벨벳 옷깃에 흰색 장갑을 끼던 시기였다. 여자들은 갖가지 화려한 드레스 차림으로 관람석에 앉아 있었는데 그 모습은 마치 커다란 꽃밭 같았다. 그 틈에서 군데군데 검은 점처럼 보이는 것은 남자들의 옷이었다. 관중의 시선은 알제리 출신 유명인인 부마자*에게 일제히 쏠렸다. 그는 특별석에서 참모 장교 두 사람 사이에 담담하게 앉아 있었다. 경마 클럽의 스탠드 관람석에는 근엄한 인상의 신사들이 모여 앉아 있었다.

극성팬들은 아래쪽에 두 줄로 세운 말뚝에 그물을 씌워놓은, 입장이 금지되어 있는 경주로 바로 옆에 있었다. 이러한 코스로 생긴 커다란 타원형 안은, 야자열매 주스를 파는 상인들이 울리는 방울 소리와 프로그램 팸플릿이나 시가를 파는 상인의 소리가 주변 소음과 섞여 굉장히 시끌벅적했다. 헌병이 왔다갔다하고 있었다. 기둥에 매달린 신호종이 울렸다. 말 다섯 필이 등장하자 사람들은 스탠드로 돌아왔다.

커다란 구름이 맞은편 느릅나무 가지 사이를 뭉게뭉게 지나가고 있었다. 로자네트는 비가 올 것 같다며 걱정했다.

"우산을 가지고 왔어요." 프레데릭이 말했다. "시간 때울 것들도 가져왔죠." 그는 마차의 트렁크를 열어 식료품이 들어

---

* 알제리 출신 장군으로, 1847년 프랑스의 포로로 잡혀 파리 사회에 편입해 살았다.

있는 바구니를 보여주었다.

"와, 우린 정말 잘 통하네요."

"앞으로 통하는 게 더 많을 거예요. 안 그래요?"

"그럴 것 같아요." 그녀는 얼굴을 붉혔다.

비단 재킷을 입은 기수들이 말을 한 줄로 정렬시킨 채 고삐를 잡고 있었다. 남자 한 명이 붉은색 깃발을 내리자, 기수 다섯 명이 허리를 숙인 채 출발했다. 처음에는 기수들이 서로 바짝 붙어 한 덩어리처럼 달렸다. 그러나 얼마 후 그 덩어리가 늘어나면서 사이가 벌어졌다. 노란 재킷을 입은 기수가 첫 코스 중간에서 말에서 아슬아슬하게 떨어질 뻔했다. 필리와 티비가 오랫동안 선두를 놓고 티격태격하는 듯하더니 잠시 후 톰푸스가 맨 앞으로 치고 나왔다. 그러다 출발 때 제일 마지막에 있던 클럽스틱이 속력을 내더니 앞서 달리던 기수들을 차례차례 추월해 선두로 달렸다. 놀라운 결과였다. 관중들이 미친 듯이 소리치고 발을 구르는 통에 목재 가건물이 흔들릴 정도였다.

"정말 신나요!" 로자네트가 말했다. "당신이 좋아요."

프레데릭은 자신의 행복을 더 이상 의심하지 않았다. 방금 그녀가 한 말에서 행복을 확신했다.

백 보쯤 떨어진 곳에 2인승 마차가 있었는데 마차에 앉아 있는 어느 부인이 보였다. 부인은 승강구로 몸을 내밀다가 이어 다시 마차 안으로 들어가기를 몇 번 반복했다. 프레데릭은 부인의 얼굴이 잘 보이지 않았으나 순간 의심이 들었다. 왠지 아르누 부인 같았기 때문이다. 그럴 리가 없었다. 그녀가 여기에 올 리가 없지 않은가?

프레데릭은 체중 검사소 주변 좀 산책하겠다고 하고 마차에서 내렸다.

"벌써 가려고요?" 로자네트가 말했다.

그는 못 들은 척하고 걸어갔다. 마차는 뒤로 물러나는 듯하더니 전속력으로 달리기 시작했다.

그 순간 그는 시지와 딱 마주쳤다.

"잘 있었나? 위소네는 저기 있어. 잠깐 다녀오지그래?"

프레데릭은 그 자리를 빠져 나와 사륜마차를 따라가려고 했다.

여장군이 돌아오라고 손짓했다. 시지는 그녀를 보더니 꼭 가서 인사하고 싶다고 했다.

그는 할머니의 장례식을 마치고 그동안 품어오던 이상을 실현하여 개성을 뽐내게 되었다. 스코틀랜드식 조끼와 짧은 예복, 작은 매듭의 리본이 달린 무도화, 모자 장식 끈에 꽂은 입장권 등 스스로 멋지다고 생각하던 영국 근위병식 멋을 거의 갖추고 있었다. 시지는 먼저 샹드마르스의 경마장에 대해 불평했고, 샹티이의 경마와 소극 공연을 이야기했고, 자정을 알리는 시계 소리가 열두 번 울리는 동안 포도주를 열두 잔 마실 수 있다고 호언장담했다. 또한 그는 시계가 열두 시를 치는 동안 샴페인 열두 잔을 마실 수 있다고 하면서, 여장군을 장난으로 만나보고 싶은 거라면 내기를 해도 된다고 했다. 그는 강아지를 다정하게 쓰다듬어주었다. 그는 마차에 기대어 지팡이 손잡이를 입에 댄 채 두 다리를 벌리고 허리를 쭉 펴고 있었다. 프레데릭은 그 옆에서 담배를 피우면서 그 사륜마차가 어떻게 됐는지 궁금해했다.

신호종이 울렸고 시지가 돌아가자 로자네트는 시지가 지루했다면서 다시 프레데릭과 단둘이 남게 된 것을 몹시 기뻐했다.

두 번째 경주에는 특이한 점이 없었고, 세 번째 경주 역시 한 남자가 들것에 실려나간 일을 빼면 마찬가지였다. 말 여덟 마리가 출발해 파리 시 대상을 놓고 겨루는 네 번째 경주는 다른 경주보다 흥미진진했다.

스탠드의 관중들이 어느새 벤치 위에 올라섰다. 마차 안에서 구경하던 사람들도 일어나서 망원경으로 기수들의 치열한 경기를 봤다. 주변 관중들을 배경으로 재킷을 입고 달리는 기수들은 붉은 점, 노란 점, 하얀 점, 파란 점처럼 보였다. 멀리서 보니 속도는 그리 빠른 것 같지 않았다. 샹드마르스의 저쪽 끝에서는 속도를 늦춘 듯이 보였고, 말들이 다리를 쭉 뻗어 배가 땅에 닿을 듯이 미끄러지며 나아가는 것처럼 보였다. 얼마 후 말들이 되돌아와 가까워지자 모습이 크게 보였고, 바로 앞을 지나갈 때는 바람이 불고 땅이 흔들리며 자갈이 튀었다. 기수들의 재킷은 배의 돛처럼 부풀어 오르며 펄럭였다. 채찍을 맞은 말은 미친 듯이 달려 기둥이 세워진 곳에 이르렀다. 드디어 결승점에 도착한 것이다. 번호표가 내려가고 또 다른 번호가 세워졌고 승리한 말은 박수 소리를 들으며 체중 검사장으로 안내되었다. 땀에 푹 젖은 말은 무릎이 뻣뻣해 보였고 목이 축 늘어져 있었다. 기수는 안장에 앉은 채 다 죽어가는 듯 힘없이 옆구리를 누르고 있었다.

이의 신청이 있어 최종 경주의 출발이 지연되었다. 관중들은 지루해하며 하나둘 흩어졌다. 스탠드 아래에서는 남자들이 잡담을 나누었다. 주로 야한 이야기였다. 거리의 여자들이 가까이 있다며 화를 내며 돌아간 상류층 부인도 있었다.

댄스홀의 인기인들과 통속극 여배우들도 보였다. 미인 여배우들만 인기를 끄는 것은 아니었다. 보드빌의 어느 작가가 '매춘부 루이 11세'라고 칭한, 다 늙은 조르진 오베르가 매우 짙은 화장을 하고 겨울인 양 담비 목도리를 두른 채 사륜마차에 비스듬히 누워 돼지 울음소리 같은 소리로 웃고 있었다. 재판으로 유명세를 탄 르무소 부인은 미국인 몇 명과 함께 커다란 마차 좌석에 당당하게 앉아 있었다. 고딕 양식의 성모상 같은 느낌을 주는 테레즈 바슈뤼는 장미로 가득한 화려한 화분을 흙받이판에 놓은 마차에 주름치마를 펼친 채 앉아 있었다. 여장군은 그런 호사스러운 모습을 질투했다. 그녀는 사람들로부터 관심을 끌기 위해 과장된 행동을 하며 큰 소리로 떠들었다.

그러한 로자네트를 알아보고 인사를 보내는 남자들도 있었다. 그녀는 남자들에게 인사를 하며 프레데릭에게 그들의 이름을 알려주었다. 남자들은 모두 백작, 자작, 공작, 혹은 후작들이었다. 그녀 곁에 있다는 이유로 부러워하는 시선을 받자 그는 으쓱한 기분이 들어 가슴을 폈다.

시지도 나이가 좀 더 많은 사람들에게 둘러싸인 채 이들 못지않게 즐거워했다. 주위에 서 있는 사람들은 마치 시지를 비웃는 듯 깃 장식 너머로 그를 바라봤다. 시지는 나이가 가장 많은 사람의 손을 두드리며 여장군 쪽으로 왔다.

로자네트는 배가 고팠는지 푸아그라를 한 조각 먹고 있었다. 프레데릭은 무릎에 포도주 병을 놓고 잡은 채 그녀가 권하는 잔을 받았다.

2인승 마차가 다시 나타났다. 정말로 아르누 부인이었다. 그녀의 얼굴은 매우 창백했다.

"샴페인 좀 줘요!" 로자네트가 말했다.

로자네트는 샴페인이 출렁이는 잔을 높이 들며 외쳤다.

"거기 계신 분! 정숙한 부인, 제 후원자의 마나님!"

주변에서 웃음소리가 들렸고 마차는 사라졌다. 프레데릭은 화가 나서 그녀의 옷을 움켜잡았다. 하지만 시지가 아까와 같은 자세로 그곳에 서 있었다. 그는 로자네트에게 오늘 저녁에 식사를 함께 하자고 유혹하기 시작했다.

"안 되겠는데요, 우리는 카페 앙글레에 같이 가기로 했거든요."

프레데릭은 못 들은 척하며 가만있었고, 시지는 실망하며 로자네트의 곁을 떠났다.

시지가 오른쪽 문에 기대 로자네트와 말하는 동안 위소네는 마차 왼쪽으로 와서 카페 앙글레라는 말을 듣고 이렇게 말했다.

"좋은 카페이긴 하지. 거기서 식사라도 할까?"

"원한다면." 프레데릭이 말했다. 그는 마차 한쪽에 푹 쓰러지듯 앉아, 돌이킬 수 없는 일이 일어났으며 목숨과도 바꿀 수 있다고 여겼던 위대한 사랑도 이제 잃어버린 것 같다는 생각을 하며 마차가 저쪽으로 사라지는 모습을 바라봤다. 하지만 밝고 경쾌한 또 하나의 사랑이 옆에 있었다. 그러나 그는 지칠 대로 지친 데다가 여러 가지 모순된 욕망이 뒤섞여 이제는 자신이 무엇을 원하는지조차 알 수 없었다. 그는 너무도 슬펐고 차라리 죽고 싶다는 생각마저 들었다.

사람들의 발소리가 시끄럽게 들리자 그는 고개를 들었다. 사람들은 너도나도 경주로에 쳐놓은 줄을 넘어 스탠드 관람석을 구경하려고 했다. 사람들이 돌아가고 있었고, 비가 내리기 시작했다. 마차들로 길이 혼잡했다. 위소네는 어디 갔는지 보이지 않았다.

"잘됐군." 프레데릭이 말했다.

"둘만 있는 게 더 좋죠?" 여장군은 그의 손을 슬쩍 잡으며 말했다.

바로 그때 말 네 마리와 두 기수가 모는 멋진 유개마차가 지나갔다. 마차는 놋쇠와 강철 도구가 번쩍거리고 있었고, 두 기수는 황금 장식이 달린 벨벳 상의를 입고 있었다. 마차에는 당브뢰즈 부인이 남편과 나란히 앉아 있었고, 맞은편에는 마르티농이 앉아 있었다. 세 사람 모두 깜짝 놀라는 표정을 지었다.

"날 봤어!" 프레데릭이 중얼거렸다.

로자네트는 마차 행렬을 좀 더 자세히 보고 싶다면서 마차를 세우자고 했다. 하지만 아르누 부인이 다시 나타날지도 모른다고 생각한 그는 마부에게 소리쳤다.

"그냥 가게, 계속 가라고! 앞으로 계속 가!"

사륜마차, 브리스카 마차, 작은 이륜마차, 장방형 마차, 말 두 마리가 끄는 마차, 술에 취한 채 노래를 부르는 노동자들이 타고 있는 가죽 커튼이 달린 운반 마차, 가족을 태운 채 아버지가 조심스럽게 말을 모는 마차 등 여러 마차가 있었다. 프레데릭이 탄 마차는 그들 사이에서 샹젤리제를 향해 달렸다. 모직물을 씌운 좌석이 있는 커다란 사륜마차는 졸고 있는 상류층 부인들을 태운 채 지나갔다. 화려한 작은 사륜마차는 근사한 연미복처럼 날씬한 좌석 하나만을 갖춘 채 지나갔다. 소나기가 더욱 세차게 내리고 있었다. 여기저기 우산, 양산, 우비가 보였다. 사람들은 서로 멀리서 "안녕하세요……. 예……? 아뇨……. 그럼, 이만." 하고 말을 주고받았다. 여러 사람들의 얼굴이 그림자 연극처럼 차례로 빠르게 지나갔다. 프레데릭과 로자네트는 다양한 마차의 바퀴들이 빙빙 도는 모습을 멍하니 바라보며 아무 말도 하지 않았다.

이따금 마차가 밀리면서 정체되어 몇 겹으로 죽 늘어서서 기다리기도 했다. 마차들이 바짝 붙자 사람들은 서로 훌끔거리며 얼굴을 쳐다봤다. 문에 문장이 새겨진 마차에 탄 사람들은 관중들을 차가운 시선으로 바라봤고, 합승마차 구석에 탄 사람들은 관중들을 부러운 눈으로 쳐다봤다. 거만하게 고개를 든 채 비웃는 사람도 있고, 감탄하여 멍하니 입을 벌린 사람도 있었다. 길 한복판에서 마차 사이를 비집고 남자를 태운 말이 달려오자 천천히 걸어가던 사람들이 말을 피해 뒤로 물러섰다. 말이 지나가자 다시 모든 것이 아까처럼 움직였다. 마부들은 고삐를 늦추고 긴 채찍으로 말을 때렸다. 말이 세차게 달리면서 재갈을 흔들며 주위에 거품을 내뿜었다. 석양빛이 비스듬히 비추었고, 비에 축축하게 젖은 말의 엉덩이와 마구에서 김이 무럭무럭 피어났다. 석양은 개선문 아래를 지나 사람 키 높이에 갈색 광선을 기다랗게 비추었다. 석양빛에 반사되어 차의 바퀴통, 문손잡이, 마차 채 끝, 안장 테가 빛났다. 말갈기와 옷, 사람들의 머리카락이 큰 강물처럼 구불구불 물결쳤고, 큰길 양쪽으로 녹색 벽처럼 솟은 가로수는 비에 젖어 빛나고 있었다. 푸른색 부분이 드문드문 보이는 하늘은 새틴 천처럼 부드럽게 펼쳐져 있었다.

프레데릭은 이런 여자와 나란히 앉아 마차를 타면 얼마나 행복할까 하고 생각한 적이 있었다. 지금 그 행복을 누리고 있었지만 이상하게도 전혀 즐겁지가 않았다.

비가 그쳤다. 예전에 왕실 가구 창고였던 곳의 기둥 사이에 서서 비를 피하던 사람들은 흩어져 돌아갔다. 루아얄 거리에서 생각을 바꿔 다시 대로 쪽으로 가서 산책하는 사람들도 있었다. 외무성 앞에는 구경을 즐기는 사람들이 계단 위에 줄지어 있었다.

중국식 목욕탕 근처 도로 몇 군데가 파여 있어서 마차는 속도를 줄였다. 옅은 갈색 코트를 입은 남자가 길 옆을 지나가고 있었는데, 마차가 지나가면서 그 남자의 뒤로 흙탕물이 튀었다. 그러자 남자는 화를 내며 고개를 돌렸다. 그 순간 프레데릭은 얼굴이 창백해졌다. 그 남자는 바로 데로리에였다.

카페 앙글레에서 프레데릭은 마차를 돌려보냈다. 그가 마부에게 돈을 내는 동안 로자네트가 먼저 올라갔다.

그녀는 계단에서 어떤 남자와 이야기하고 있었다. 그는 그녀의 팔을 잡았다. 그런데 또다시 복도 중간에서 다른 남자가 그녀를 불렀다.

"먼저 가 있어요." 로자네트가 말했다. "곧 갈게요."

그는 혼자 방으로 들어갔다. 열린 창을 통해 맞은편 집 창가에 서 있는 사람들이 보였다. 마른 아스팔트 위에는 여기저기서 커다란 물결무늬가 흔들리고 있었다. 발코니에 놓인 목련 한 그루에서 풍기는 향기가 방까지 퍼졌다. 목련의 향긋한 향기가 그의 마음을 가라앉혀주었다. 그는 거울 아래 있는 긴 의자에 푹 쓰러지듯이 앉았다.

여장군이 돌아와 그의 이마에 입 맞추며 말했다.

"무슨 슬픈 일 있어요?"

"그런 게 있어요." 프레데릭이 대답했다.

"당신만 그런 게 아니에요."

서로 함께 즐기며 슬픔을 잊자는 뜻인 것 같았다.

로자네트는 꽃잎 하나를 입에 물고 프레데릭 쪽으로 입술을 내밀었다. 꽃을 받아 물라는 것 같았다. 우아하면서도 관능적인 관대함이 느껴지는 그녀의 행동에 프레데릭은 마음이 편해졌다.

"왜 이렇게 나를 괴롭게 하는 겁니까?" 그는 아르누 부인을 생각하며 중얼거렸다.

"내가 괴롭힌다고요?"

로자네트는 그 앞에 서서 그의 어깨를 부드럽게 잡고는 눈을 가늘게 뜬 채 조용히 바라봤다.

그러자 그는 아르누 부인에게 품었던 정절과 원망이 끝을 알 수 없는 무력감 속으로 사라졌다.

"나를 사랑할 마음도 없으면서!" 로자네트를 무릎 위로 끌어안으며 그가 말했다.

그녀는 그가 하는 대로 따랐다. 그는 그녀의 허리를 두 팔로 안았다. 그녀의 비단 옷이 스치는 소리에 그는 흥분했다.

"두 사람 어디 있나?" 위소네의 목소리가 들렸다.

그녀는 얼른 일어나 방 저쪽으로 가서 문을 등지고 섰다.

그녀는 굴 요리를 주문했다. 세 사람은 식탁에 앉았다.

위소네는 재미없는 친구였다. 매일 잡다한 글을 쓰고 신문을 읽고 토론을 듣고 남을 설득하기 위해 횡설수설하다 보니, 스스로도 눈이 어두워져 정확한 판단을 내리지 못하고 있었다. 옛날에는 어느 정도 생활을 꾸려나갈 수 있었으나 요즘은 경제적으로 쪼들리고 모든 일이 뜻대로 되지 않아 짜증만 늘어가고 있었다. 더구나 그는 자신이 무능하다고 인정하지 않았기에 툭하면 다른 사람들을 공격적으로 대하거나 비웃는 소리만 했다. 신작 발레 〈오자이〉에 대한 이야기가 나오자 그는 그건 발레가 아니라 그저 그런 춤이라며 깎아내렸고, 발레 이야기가 나오자 오페라 극장에 대해 욕을 했다. 그다음에는 스페인 극단이 출연 중인 이탈리아 극장에 대해 "카스티야는 이제 지겨워 죽겠어."라고 말했다. 스페인에 낭만적인 환상을 품고 있었던 프레데릭은 이 말에 충격받았다. 그는 화제를 돌리기 위해 에드가 키네와 미키에비츠가 추방된 콜레주 드 프랑스에 대해 물었다. 드 메스트르를 우러러보는 위소네는 당국과 유심론 쪽 편을 들었다. 그는 논리적인 의견을 내놓는 사람들을 의심했고, 역사와 확실한 사실도 부정했다. 기하학이라는 말이 나오자 위소네는 "기하학 그까짓 게 뭔데!"라고 큰 소리로 외쳤다. 위소네의 행동은 마치 배우들을 흉내 내는 듯한 몸짓이 섞여 있었다. 특히 생빌이 그의 모델이었다.

프레데릭은 이런 허튼소리가 지긋지긋했다. 짜증스러워진 그는 식탁 밑에 있는 강아지 한 마리를 구둣발로 건드렸다.

강아지 두 마리가 속이 뒤집힐 듯 짖어대기 시작했다.

"강아지들은 집으로 돌려보냈으면 좋겠군요!" 그가 무뚝뚝하게 말했다.

로자네트는 안심하고 강아지를 맡길 사람이 없다고 했다.

그러자 그는 위소네를 돌아보며 "자네가 좀 도와주지 않겠나?" 하고 물었다.

"그러지 뭐, 나야 친절한 사람이니까."

그는 승낙하고 밖으로 나갔다.

그의 호의에 어떻게 보답해야 할까? 프레데릭은 그리 깊이 생각하지 않았다. 그는 로자네트와 다시 단둘이 있게 된 것이 기뻤다. 그때 종업원이 들어왔다.

"부인, 누가 찾으시는데요."

"뭐죠? 또 누구죠?"

"그래도 만나봐야죠." 로자네트가 말했다.

프레데릭은 로자네트를 소유하고 싶은 욕망으로 목이 탔다. 만일 이대로 그녀를 보내면 배신당한 기분이 들 것 같았다. 아니, 그녀가 무례하게 생각될 것 같았다. 어떻게 할 것인가? 아르누 부인을 모욕하는 것만으로는 분이 풀리지 않는 건가? 어쩔 수 없었다. 프레데릭은 모든 여자가 증오스러웠다. 순간 눈물이 핑 돌았다. 사랑뿐만 아니라 욕망마저도 거부당했기 때문이다.

여장군이 돌아와 시지를 소개했다. "제가 초대했어요. 잘했죠?"

"잘했군요!" 프레데릭은 사형수처럼 씁쓸한 웃음을 지으며 시지에게 자리에 앉으라고 권했다.

여장군은 메뉴를 들고 읽다가 낯선 요리 이름이 나오면 읽기를 멈췄다.

"리슐리외식 토끼 찜과 오를레앙식 푸딩 어때요?"

"아뇨, 오를레앙식은 안 됩니다." 시지가 말했다. 정통 왕조파인 시지가 나름 재치 있는 농담이라고 한 말이었다.

"그럼 샹보르식 가자미가 낫겠네요." 로자네트가 말했다.

그녀가 예의를 차리는 모습이 프레데릭은 영 거슬렸다.

그녀는 간단한 안심 스테이크, 새우, 송로버섯, 파인애플

샐러드, 바닐라 소르베로 정했다.

"나중에 더 보기로 하고 우선 이걸로 하죠. 참, 깜빡했네요. 소시지도요. 마늘이 안 들어간 걸로."

그녀는 카페 점원을 '젊은이'라고 부르기도 했고, 유리잔을 나이프로 두드리기도 했고, 천장에 빵 조각을 던지기도 했다. 이어서 그녀는 부르고뉴 포도주를 마시자고 했다.

"그 포도주는 처음부터 마시는 게 아니지요." 프레데릭이 말했다.

하지만 시지는 때로는 마셔도 된다고 했다.

"아니, 절대로 안 돼!"

"마셔도 돼. 확실해."

"거봐요, 괜찮다고 하잖아요."

로자네트의 눈빛은 '이분은 부자예요. 이분 말씀을 들어요.'라는 뜻을 담고 있었다.

그동안에도 방문이 계속 열렸고, 종업원은 큰 소리로 말했고, 옆방에서는 피아노로 왈츠를 신나게 치고 있었다. 대화 주제는 경마에서 승마 기술로, 그리고 두 경쟁 체제로 옮겨갔다. 시지는 보셰를, 프레데릭은 도르 백작을 두둔하자 로자네트는 어깨를 으쓱했다.

"그만두세요. 이분이 훨씬 많이 알고 있을 것 같은데요."

그녀는 테이블에 팔꿈치를 괴고 석류를 먹고 있었다. 앞에 놓인 촛불이 바람에 흔들리면서 그녀의 진줏빛 살결이 촛불의 하얀 빛에 반사되었고, 눈동자도 반사되어 반짝이며 빛났다. 그녀의 입술은 과일의 붉은색을 띠었고 작은 콧구멍이 살짝 벌름거렸다. 그녀의 모습에는 거만한 듯한 느낌과 몽롱한 느낌이 있었다. 프레데릭은 그 느낌에 화가 나기도 했지만 욕망이 끓어오르기도 했다.

잠시 후 그녀는 아까 본, 갈색 옷을 입은 하인을 거느린 커다란 사륜마차는 누구의 마차냐고 차분한 목소리로 물었다.

"당브뢰즈 백작부인의 마차입니다." 시지가 말했다.

"백작 부부는 굉장한 부자죠?"

"그럼요! 하지만 당브뢰즈 부인은 처녀 때 성이 부트롱 양이었고 도지사의 딸이라 재산은 별로 없었어요."

그에 비해 당브뢰즈는 유산을 많이 물려받았다고 하면서 시지는 그 유산에 대해 세세하게 설명했다. 그는 당브뢰즈의 집을 자주 드나드는 덕분에 그런 이야기를 잘 안다고 했다.

프레데릭은 시지에게 시비를 걸기 위해 일부러 반박했다. 당브뢰즈 부인의 처녀 때 성은 드 부르통이라고 하면서 귀족이 틀림없다고 했다.

"아무러면 어때요. 그나저나 나도 그런 마차 좀 타고 싶네요." 여장군은 몸을 뒤로 젖히며 기대앉았다.

그러자 소맷부리가 약간 벌어지면서 왼쪽 손목에 낀 오팔이 세 개 박힌 팔찌가 보였다.

프레데릭은 그것을 보았다.

"아니! 그런데……."

세 사람은 서로 마주 보면서 동시에 얼굴이 빨개졌다.

문이 빼꼼 열리고 모자 챙이 보이더니 위소네의 옆얼굴이 나타났다.

"연인을 방해했다면 실례."

그러나 그는 자신이 앉았던 자리에 시지가 앉아 있는 것을 보고는 깜짝 놀라 멈춰 섰다.

식기를 한 벌 더 가져왔다. 위소네는 배가 몹시 고팠는지 먹다 남은 음식 중 고기와 과일을 마구 집더니 한 손으로는 먹고 나머지 한 손으로는 마시면서 심부름 다녀온 이야기를 했다. 그는 강아지 두 마리를 모두 데려다주었고 집에는 별일 없다고 했다. 그러면서 하녀가 군인을 끌어들였다는 말을 했는데, 이는 로자네트를 흥분시키기 위해 일부러 지어낸 말이었다.

로자네트가 모자걸이에서 모자를 집었다. 프레데릭은 당황해서 벨을 울리고 저 멀리 있는 종업원에게 외쳤다.

"마차!"

"내 마차가 있어." 위소네가 말했다.

"하지만 그건……."

"이봐."

프레데릭과 위소네는 갑자기 얼굴이 창백해지더니 두 손을 떨면서 서로 잡아먹을 듯 노려봤다.

여장군이 시지의 팔을 잡고 아직도 자리에 앉아 있는 보헤미안을 가리키며 말했다.

"이분 좀 잘 부탁드려요. 숨이 막힌 것처럼 보여요, 정말요. 괜히 제 강아지들 때문에 고생하다가 잘못됐다는 소리는 듣고 싶지 않거든요."

문이 닫혔다.

"뭐지?" 위소네가 물었다.

"뭐긴 뭐야?"

"난 또……."

"뭔데?"

"그럼 이건가, 자넨?"

그다음 말은 몸짓으로 나타냈다.

"아니, 절대로!"

위소네는 더 이상 묻지 않았다.

그는 목적이 있어서 저녁 식사에 따라온 것이었다. 요즘 그의 신문은 '예술'이라는 이름을 버리고 '포수여, 제자리를 지켜라!'라는 슬로건과 함께 '타오르는 불길'이라는 뜻의 '플랑바르'라 불렸지만 판매 부수가 많지 않았다. 그래서 데로리에의 도움 없이 주간지로 바꾸려 하는 중이었다. 위소네는 옛날에 세웠던 계획과 새로 세운 계획에 대해 설명을 늘어놓았다.

프레데릭은 이해가 가지 않는다는 듯 모호하게 대답했다. 그는 테이블 위의 시가 몇 개비를 집어 들더니 "그럼, 이만." 하고는 가버렸다.

프레데릭은 계산서를 요구했다. 항목이 길었다. 냅킨을 팔에 두른 종업원은 프레데릭이 계산하기를 기다리고 있었다. 그때 마르티농과 닮은, 얼굴이 창백한 남자가 들어와 말했다.

"죄송하지만 마차 비용을 추가하는 것을 깜빡했군요."

"마차요?"

"아까 여기 계셨던 분이 개를 데려갈 때 탄 마차 말입니다."

종업원은 유감이라는 듯 얼굴이 시무룩해졌다. 그 순간 프레데릭은 시지의 뺨을 한 대 때리고 싶다는 생각을 했다. 프레데릭은 종업원에게 팁으로 20프랑을 주었다.

"감사합니다." 냅킨을 두른 종업원이 깊숙이 고개 숙여 인사했다.

다음 날 프레데릭은 하루 종일 분노와 모욕을 되새기며 하루를 보냈다. 시지의 빰을 때리지 못한 것이 분했다. 로자네트도 다시는 만나지 않겠다고 맹세했다. 그녀만큼 예쁜 여자는 얼마든지 찾을 수 있었다. 또한 그녀를 곁에 두려면 돈이 필요한데 차라리 농장을 판 돈을 주식에 투자해 부자가 되어, 각종 호화로운 생활을 하면서 그녀와 모두의 코를 납작하게 해줄 생각이었다. 밤이 되자 프레데릭은 자신이 그날 아르누부인을 한 번도 생각하지 않은 게 신기해 깜짝 놀랐다.

"잘됐지 뭐. 어쩌라고?"

그다음 날 아침 여덟 시부터 펠르랭이 프레데릭을 찾아왔다. 그는 우선 집 안의 가구를 칭찬하고 입에 발린 소리를 늘어놓았다. 그러더니 이렇게 물었다.

"일요일에 경마장에 갔었다며?"

"그래, 하지만 별로더군."

펠르랭은 영국산 말에 대해 비난하고 제리코의 말과 파르테논의 말을 칭찬했다. "로자네트와 같이 갔나?" 이어서 그는 로자네트를 은근히 칭찬했다.

하지만 프레데릭이 냉랭하게 반응하자 펠르랭은 당황했다. 로자네트의 초상화 이야기를 꺼내기가 민망해서였다.

펠르랭은 원래 로자네트의 초상화를 티치아노풍으로 그릴

생각이었지만, 모델의 변화를 보면서 점점 많은 물감을 덧바르고 그 위에 광채를 내면서 솔직하게 느끼는 감정대로 그려나갔다. 로자네트는 처음에는 기뻐했지만 델마르와 만나느라 정신없어 포즈 취하러 오는 것을 중단했다. 펠르랭은 하루 종일 혼자서 그림에 마음을 빼앗겼다. 그는 마음을 가라앉히고 그림을 찬찬히 바라보면서 그림에 엄숙함이 부족하다는 걸 알았다. 티치아노의 그림을 본 뒤 자신의 그림에 무엇이 부족한지를 분명히 알게 된 것이다. 그 후 펠르랭은 그림을 다시 그리기 시작했다. 처음에는 윤곽만 손볼 생각이었으나 고치다 보니 얼굴색이 달라졌고 배경도 다른 색을 덧칠하게 되었다. 마침내 얼굴이 선명해지고 명암으로 생동감이 생겼다. 전체적으로 탄탄해졌다. 마침내 여장군이 다시 나타났다. 하지만 로자네트가 감히 불만을 털어놓았고, 펠르랭도 당연히 고집을 부렸다. 그녀가 잘 모르고 하는 말에 화를 냈으나, 그러면서도 그는 어쩌면 그녀의 불평이 옳을지도 모른다는 생각을 하기 시작했다. 그는 며칠 동안 고민했다. 그 때문에 위경련에 불면증까지 걸렸고, 열이 나면서 자신감을 잃었다. 용기를 내서 그림을 손봤으나 마음에 들지 않았고, 수정 작업 결과도 좋지 않다고 생각했다.

그는 전람회에서 떨어져 섭섭하다고만 했고, 프레데릭에

게 로자네트는 왜 자기 초상화를 보러 오지 않느냐고 했다.

"그 여장군, 내가 알게 뭐야."

펠르랭은 프레데릭의 말에 대담해졌다.

"그럼, 이제 어쩌지? 그 여자는 이제 그림이 필요 없다고 하던데."

펠르랭은 프레데릭에게 말하지 않았지만 사실 로자네트에게 500프랑이 필요하다고 말해버렸다. 하지만 그녀는 그림 비용은 누군가가 치를 거라고 생각했고, 그보다 더 급히 해결할 일이 많아 아르누에게 그림 이야기는 하지도 않았다.

"아르누 씨는 뭐라고 하던가?" 프레데릭이 물었다.

그녀는 그를 아르누에게 보냈다. 하지만 전직 미술상은 초상화는 필요 없다고 했다.

"아르누는 그 초상화가 로자네트의 것이라고 하지 않더군."

"사실 그 여자 거잖아."

"뭐? 로자네트가 자네에게 가보라고 해서 왔어." 펠르랭이 대답했다.

로자네트의 초상화를 잘 그렸다고 생각한다면 펠르랭도 굳이 팔려고 하지 않았을 것이다. 이 그림이 팔리면(큰 액수로 팔리겠지만) 비평에 새 바람을 불어넣고 자신도 유명해질 거라고 생각했다. 프레데릭은 이 상황에서 벗어나고 싶어서

값이 얼마인지 정중하게 물었다.

그러나 그가 엄청난 액수를 부르자 프레데릭은 화가 나서 대답했다.

"말도 안 돼. 절대 못 줘!"

"하지만 로자네트는 자네 애인이잖아. 자네가 초상화를 그려달라고 의뢰한 거고."

"난 그냥 소개만 했을 뿐이야."

"그런 소리를 해봐야 내가 그 따위 그림을 계속 가지고 있을 것 같아?"

펠르랭은 머리끝까지 화가 났다.

"자네가 이렇게 욕심이 많은 줄은 몰랐어."

"난 자네가 이렇게 구두쇠인지 몰랐어. 그럼 이만."

펠르랭이 나가자 이어서 세네칼이 나타났다.

프레데릭은 당황했고 불안감을 느꼈다.

"무슨 일인가?"

세네칼은 그동안 자신에게 일어난 일을 이야기했다.

"토요일 아홉 시쯤에 아르누 부인의 편지를 받았어. 파리로 와달라는 내용이었지. 마침 크레유로 마차를 부르러 갈 사람이 없어서 부인은 나에게 마차를 좀 불러달라고 했어. 하지만 내 일이 아니라 거절했지. 부인은 나갔다가 일요일 밤에 돌아왔어. 그런데 어제 아침에 아르누가 갑자기 공장에 나타났어. 그 보르도 여공이 나에 대해 불평을 마구 늘어놓더군. 그와 그 여자 사이에서 무슨 일이 있었는지는 알고 싶지 않지만 어쨌든 모두가 있는 자리에서 그 보르도 여공이 내게 낸 벌금을 돌려줬어. 그와 난 말다툼을 했어. 결국 그는 내 남은 봉급을 계산해주더니 나가라고 했어. 그래서 여기 온 거야."

이어서 세네칼은 또박또박 말했다.

"난 후회 같은 건 안 해. 할 일을 했을 뿐이라고. 별거 아니지만 이것도 자네 탓이지."

"뭐?" 프레데릭은 속마음을 들킨 것 같아 자기도 모르게 큰 소리로 말했다.

하지만 세네칼은 아무것도 모르는 것 같았다. 그의 대답은 이를 명확히 입증해주었다.

"자네가 날 아르누에게 소개하지만 않았어도 난 더 나은 일자리를 찾을 수 있었을지도 몰라."

프레데릭은 양심의 가책을 느꼈다.

"내가 도울 일이라도 있나?"

세네칼은 아무 일이라도 좋으니 일자리를 좀 구해달라고 했다.

"자네한테는 쉬운 일이잖아. 아는 사람도 많고. 데로리에

말로는 당브뢰즈 씨도 안다면서."

이런 식으로 데로리에의 이야기를 듣게 되자 그의 친구 프레데릭은 불쾌했다. 더구나 샹드마르스에서 만난 이후로 당브뢰즈를 다시 찾아가고 싶은 생각이 들지 않았다.

"사람을 추천할 정도로 잘 아는 사이는 아니야."

세네칼은 프레데릭의 거절을 담담하게 받아들였다. 그는 아무 말도 하지 않다가 입을 열었다.

"이렇게 된 건 다 그 보르도 여공과 자네의 아르누 부인 때문이야."

'자네의'라는 말에 프레데릭은 세네칼에게 품고 있던 약간의 호감마저 사라져버렸다. 그래도 그는 마음을 써서 책상 열쇠 쪽으로 손을 뻗었다.

세네칼이 먼저 알아차리고는 말했다.

"고마워!"

이어서 세네칼은 자신의 어려운 처지는 잊었는지 조국에 대한 이야기를 늘어놓았고, 이어서 왕의 생일에 도뇌르 훈장이 마구 뿌려졌다는 이야기, 내각 개편, 당시 스캔들로 많은 사람들 입에 오르내리던 드루야르와 베니에 사건*에 대해 말

---

* 사기와 공금횡령 사건.

했고, 부르주아층을 비판하며 혁명이 머지않았다고 했다.

세네칼은 벽에 걸려 있는 일본 단도를 쳐다봤다. 세네칼은 일본 단도를 손에 들고 살펴본 다음 불쾌하다는 표정으로 그것을 긴 의자 위에 집어 던졌다.

"잘 있게. 난 노르트담드로레트 거리까지 가봐야 해서."

"왜?"

"오늘은 고드프루아 카베냐크*가 사망한 날이거든. 그는 일을 하다 말고 쓰러졌지. 하지만 그걸로 모든 게 끝난 건 아냐. 또 누가 알아?"

그리고 세네칼은 당당하게 프레데릭에게 손을 내밀었다.

"우린 다시는 보지 못할 거야. 잘 있으라고."

프레데릭은 두 번이나 잘 있으라고 한 그의 말과 일본 단도를 바라보며 불쾌해하던 모습, 그의 심각한 모습이 머릿속에서 오랫동안 떠나지 않았지만 곧 털어버렸다.

그 주에는 르아브르에 있는 공증인으로부터 밭을 팔고 받은 돈 17만 4,000프랑이 도착했다. 그는 그 돈의 반으로는 국채를 샀고, 나머지 절반으로는 사업을 해보려고 주식 중개인에게 가지고 갔다.

---

* 혁명 전 공화주의 운동의 지도자.

그는 유명한 고급 레스토랑에서 식사를 하기도 하고 극장을 다니기도 하면서 기분 전환을 했다. 그러던 어느 날 위소네에게서 편지가 왔다. 로자네트가 경마 다음 날 시지를 차버렸다는 이야기를 재미있다는 듯이 쓴 내용이었다. 프레데릭은 그 편지를 읽고 기쁜 나머지 위소네가 왜 이런 편지를 써서 보냈는지에 대해서는 생각하지 않았다.

그로부터 사흘 뒤 프레데릭은 우연히 시지와 마주쳤다. 그는 태연하게도 다음 주 수요일 저녁 식사에 프레데릭을 초대했다.

그날 아침 프레데릭은 집행 통고를 한 통 받았다. 재판소의 판결에 따라 샤를 장 밥티스트 우드리가 아르누의 벨빌 토지를 소유하게 되었고, 그 대금으로 22만 3,000프랑을 지불할 준비가 되어 있다는 내용이었다. 하지만 토지 저당 총액이 토지 매입가를 초과하기 때문에 프레데릭의 채권은 휴지 조각이 되어버렸다.

아르누가 깜빡 잊고 처리를 하지 않은 것이었다. 프레데릭은 아르누에게 화가 났지만 점차 화가 가라앉았다. '될 대로 되라지. 아르누가 이렇게 해서라도 살게 되었다면 다행이지 뭐. 내가 죽는 것도 아니고. 그 생각은 이제 그만하자.'라고 그는 생각했다.

프레데릭은 책상 위에 있던 오래된 서류를 뒤적이다가 위소네의 편지에서 미처 읽지 못한 추신이 있다는 것을 발견했다. 현재 진행 중인 신문 사업과 관계된 내용이었는데 5,000프랑만 꼭 좀 보내달라는 내용이었다.

"아, 정말 귀찮군."

그는 거절하는 내용의 편지를 간단하게 보냈다. 메종도르에 가기 위해 그는 옷을 갈아입었다.

시지는 나이가 가장 많고 뚱뚱한 백발 신사부터 한 명씩 손님을 소개했다.

"질베르 데졸네 후작님, 나의 대부셔. 그리고 앙셀므 드 포르샹보 씨.(호리호리한 금발 청년이었는데 벌써부터 머리가 벗어지고 있었다.)" 이어서 그는 소박한 인상의 사십대 남자를 가리켰다. "내 사촌형 조제프 보프뢰. 그리고 이쪽은 은사 브주 씨야." 브주 씨는 짐마차의 마부 같기도 하고 신학생 같기도 했는데, 수염이 무성했고 긴 프록코트를 입고 있었지만 맨 아래 단추 하나만을 잠궈서 마치 가슴에 숄을 두른 듯이 보였다.

시지는 또 한 사람을 기다리고 있었다. 코맹 남작이었다. 시지는 코맹 남작이 "올 것 같긴 한데 확실하지 않다"고 했다. 시지는 방을 계속 들락날락거리며 초조해했다. 여덟 시가 되자 불이 환히 켜졌고, 손님들은 인원수에 비해 큰 방으로 안내되었다. 자랑하고 싶은 마음에 시지가 일부러 큰 방으로 안내한 것이었다.

프랑스의 전통 풍습대로 꽃과 과일이 가득 담긴 은도금 장식 접시들이 식탁 가운데 있고, 소금에 절인 음식과 생선, 양념을 가득 담은 긴 장방형 접시 몇 개가 주위에 있었다. 얼음으로 차갑게 한 장미향 포도주 병들도 여기저기 놓여 있었다. 높이가 다른 잔 다섯 개가 용도를 알 수 없는 정교한 식기들과 함께 각 접시 앞에 놓였다. 첫 요리부터 화려했다. 샴페인에 담근 철갑상어 머리, 토카이 포도주가 가미된 요크 햄, 티티새 그라탱, 메추라기 구이, 베샤멜소스를 뿌린 고기 파이, 붉은색 자고새 튀김 등이 있었다. 요리가 담긴 접시는 송로버섯과 가늘게 썬 감자로 가장자리가 장식되어 있었다. 천장에 있는 샹들리에와 주변 촛대에 꽂힌 촛불이 다마스커스 커튼을 친 방 안을 밝게 비추었다. 검은색 정장을 한 하인 네 명이 모로코가죽이 덮인 안락의자 뒤에 서 있었다. 손님들은 화려한 풍경에 감탄했고, 그중에서도 가정교사 세네칼은 더욱 감탄했다.

"오늘 밤 주인공이 엄청난 자리를 마련하셨군요. 멋져요."

"그런가요?" 시지가 말했다. "농담이시겠죠."

시지는 음식을 먹자마자 말을 했다.

"그나저나 데졸네 아저씨, 팔레루아얄 극장에서 하는 〈아버지와 문지기〉 보셨나요?"

"그럴 시간이 있나?" 후작이 말했다.

그는 오전 내내 과수 재배에 대한 강의를 했고, 밤에는 농업 모임에서 시간을 보냈으며 오후 내내 공기구 공장에서 연구에 몰두했다. 1년의 사분의 삼에 해당하는 기간은 생통즈에 살기 때문에 파리에 올라왔을 때는 거의 모든 시간을 연구에 몰두했다. 콘솔에 놓인 후작의 챙이 넓은 모자에는 소책자가 가득 꽂혀 있었다.

포르샹보가 포도주를 거절하자 시지가 말했다.

"왜 사양하나? 마시라고. 총각 시절을 마지막으로 기념하는 만찬인데 너무하는군."

손님들은 몸을 숙여 그에게 축하 인사를 보냈다.

"아내 될 분은 분명 아름답겠지?" 가정교사가 말했다.

"당연하죠." 시지가 큰 소리로 말했다. "하지만 이 친구가 잘하는 일인지 모르겠어요. 결혼이란 바보 같은 짓이니까요."

"너무 가볍게 말하는군." 먼저 세상을 뜬 아내 생각에 눈물을 글썽이며 데졸네가 말했다.

포르샹보가 냉소적인 미소를 띠며 여러 번 말했다.

"자네도 언젠가는 그러게 될 거야. 그러게 된다고." 그 말을 듣자 시지는 반박했다. 그렇게 되느니 차라리 자유롭게 즐기면서 섭정 시대처럼 사는 게 낫다고 했다. 이어서 시지는 〈파리의 비밀〉에 등장하는 로돌프 공처럼 시테 섬의 허름한 뒷골목 술집에 가기 위해 발로 킥복싱을 배우고 싶다고 하면서 주머니에서 작은 사기 파이프를 꺼내기도 했고, 하인들을 마구 부렸으며 포도주를 벌컥벌컥 들이켜기도 했다. 그리고 자기를 내세우려고 음식을 타박하기도 했다. 그가 송로버섯을 내가라고까지 하자 송로버섯을 맛있게 먹고 있던 가정교사는 시지의 비위를 맞춰주었다.

"자네 할머니가 만들어주는 거품 낸 달걀 맛은 그 어떤 것도 따라잡을 수 없지."

가정교사는 옆에 앉은 농학자와 다시 이야기를 시작했다. 농학자는 시골에서는 딸들을 소박한 환경에서 키울 수 있어 좋다고 했다. 제자의 일을 봐주고 싶었던 가정교사는 그에 대한 농학자의 영향력을 눈치했고, 농학자의 생각에 감탄하는 척하며 은근히 비위를 맞췄다.

프레데릭은 시지에게 화가 난 상태로 왔지만 그가 어리석게 굴 때면 화가 좀 가라앉기도 했다. 하지만 시지의 행동과 표정을 보면 카페 앙글레에서 저녁 식사를 하던 때가 생각나면서 다시 부아가 치밀었다. 그래서 그는 재산은 없지만 사냥을 즐기고 주식에도 투자하고 있는, 시지의 사촌형인 마음씨 좋은 조제프가 나지막이 속삭이는 소리에 귀를 기울였다. 시지는 농담조로 조제프에게 '도둑놈'이라고 했다. 그러고는 갑자기 외쳤다.

"남작이 왔군."

서른 정도 되어 보이는 남작은 활달해 보였다. 외모는 투박한 편이었으나 행동은 세련되었다. 모자를 비스듬히 쓰고 있었고 옷깃에는 꽃을 꽂고 있었다. 시지가 이상적으로 생각하는 남자였다. 시지는 남작이 오자 좋아서 어쩔 줄 몰라했다. 남작이 있다는 것만으로도 흥분해서 서투르게 익살스러운 말을 늘어놓았다. 브뤼예르 닭 요리가 나오자 그는 "라 브뤼예르의 인물 가운데 이게 최고죠."라고 말했다.

그러고는 코맹 씨에게 손님들은 잘 알지 못하는 사람들에 대해 이런저런 질문을 하다가 갑자기 뭔가 생각난 듯 그에게 물었다.

"내 생각 해봤나?"

남작은 어깨를 으쓱했다.

"자네는 나이가 어려서 안 되겠어."

시지는 남작이 가입한 클럽에 들어가고 싶다고 부탁한 적이 있었던 것이다. 남작은 시지의 자존심을 건드리지 않기 위해 덧붙였다.

"잊고 있었군. 그때 내기에서 이긴 거 축하해!"

"무슨 내기?"

"경마장에서 한 내기 말이야. 그날 밤 안으로 그 여자 집에 가겠다고 내기를 했잖아."

프레데릭은 순간 채찍으로 한 대 맞은 것 같았으나 시지의 당황한 표정을 보고는 마음을 다잡았다.

사실 여장군은 그런 일이 있은 뒤 후회하고 있었는데, 마침 첫 애인이자 후원자인 아르누가 찾아왔다. 두 사람은 시지에게 방해가 되니 나가달라고 하면서 격식을 차리지 않고 내보냈다.

시지는 못 들은 척했다. 남작은 계속 말했다.

"로즈는 요즘 어때? 다리는 여전히 예쁜가?" 그 말로 남작은 그 여자와 은밀한 관계를 가진 적이 있다는 점을 암시했다.

프레데릭은 기분이 나빠졌다.

"그렇게 얼굴 붉힐 필요는 없지." 남작이 말했다. "좋은 일을 했으니까."

그러자 시지가 끌끌 혀를 차며 말했다.

"그리 좋지도 않지."

"왜?"

"그렇게 특별한 여자 같지는 않거든. 그 정도면 얼마든지 손에 넣을 수 있는 그런 여자들 가운데 하나지. 매춘부니까."

"아무나 살 수 있는 건 아니지." 프레데릭이 날카롭게 말했다.

"혼자만 특별하다고 생각하나보군." 시지가 빈정댔다. "정말 웃겨."

식탁에 있던 손님들이 웃었다.

프레데릭은 가슴이 뛰고 답답한 느낌이 들어 물을 연거푸 두 잔 마셨다.

남작은 로자네트를 생각하면 즐겁다고 했다.

"그 여자는 요즘도 아르누라는 남자와 만나고 있나?"

"모르겠어." 시지가 말했다. "잘 모르는 남자라서 말이야."

그러더니 시지는 아르누를 사기꾼 같은 사람이라고 했다.

"잠깐!" 그 말에 프레데릭이 외쳤다.

"지어낸 이야기가 아니야! 소송도 걸렸다더군."

"그렇지 않아!"

프레데릭은 아르누를 변호하기 시작했다. 아르누가 성실한 사람이라고 강조했고, 그렇게 변호하다 보니 자신도 그렇게 믿게 되어 숫자와 증거를 꾸며대며 말했다. 시지는 아르누에 대해 응어리가 많은 데다 술까지 취해 있어 자기 고집을 꺾지 않았다. 프레데릭은 심각한 얼굴로 말했다.

"날 모욕할 셈인가?"

프레데릭은 피우던 시가처럼 이글이글 타는 눈으로 시지를 쏘아봤다.

"그런 건 아냐. 그 아르누란 사람은 좋은 것을 하나 가지고 있지. 그 점은 자네 말이 맞아. 부인 하나는 잘 두었더군."

"그 부인을 아나?"

"당연하지. 소피 아르누를 모르는 사람이 있나?"

"뭐?"

시지는 일어나 더듬거리며 아까 했던 말을 되풀이했다.

"모르는 사람이 있느냐고?"

"입 다물어! 그 부인은 네가 만나는 여자들과는 다른 부류야."

"그러면 더 좋지."

프레데릭은 시지의 얼굴을 향해 접시를 던졌다.

접시는 순식간에 식탁 위로 날아가더니 병 두 개를 쓰러뜨리고 과일과 사탕절임이 담긴 그릇을 깨뜨렸다. 그리고 가운데를 장식한 대접에 부딪치면서 세 조각으로 깨졌다. 접시 파편이 시지의 배에 맞았다.

손님들은 모두 일어나 프레데릭을 말리려고 했다. 그는 미친 듯이 소리 질렀다. 데졸네가 몇 번이고 반복해 말했다.

"진정하라고, 진정해. 왜 그러나."

"끔찍하군." 가정교사가 빈정댔다.

포르상보는 서양 자두처럼 창백해진 채 떨고 있었고, 조제프는 낄낄 웃었다. 하인들은 쏟아진 포도주를 닦고 마루에 떨어진 접시 조각을 주워 담았다. 남작은 자리에서 일어나 창문을 닫았다. 마차 몇 대가 지나가는 소리가 들렸다. 혹시 여기서 벌어지는 소동이 밖에까지 들릴까봐 창문을 닫은 것이다.

프레데릭이 접시를 던지던 순간에 손님들은 각자 자기 이야기를 하느라 정신이 없어서 그가 화가 난 이유가 아르누 때문인지 아니면 로자네트 때문인지 혹은 다른 누구 때문인지 알지 못했다. 확실한 건 프레데릭이 황당하게도 난리를 피웠다는 점이었다. 그런데도 그는 사과할 마음이 없다고 단호하게 밝혔다.

데졸네와 시지의 사촌형 조제프, 포르상보까지 프레데릭을 달래려고 애썼다. 남작은 시지를 위로하고 있었다. 시지는 흥분한 나머지 눈물을 흘렸고, 프레데릭은 더욱 화가 났다. 날이 샐 때까지 결론이 날 것 같지 않자 남작이 마무리 지었다.

"시지 자작이 내일 프레데릭 씨 댁으로 입회인을 보낼 겁니다."

"시간은?"

"괜찮다면 정오로 하죠."

"좋습니다."

프레데릭은 밖으로 나와 숨을 크게 들이마셨다. 그동안 감정을 억누르며 살았지만 이렇게 표출하고 나니 시원했다. 뭔가 남자다워진 것 같은 기분이 들었고 온몸에 힘이 넘치는 것 같았다. 입회인은 두 명이 필요했다. 프레데릭의 머릿속에 제일 먼저 떠오른 사람은 르쟁바르였다. 프레데릭은 생드니 거리에 있는 카페 쪽으로 걸어갔다. 카페는 닫혀 있었으나 문 위 유리창에는 빛이 새어 나오고 있었다. 문이 열리자 프레데릭은 차양 밑으로 고개를 숙이고 카페로 들어갔다.

계산대 맨 끝에 있는 촛불이 아무도 없는 홀을 비추고 있었다. 의자는 다리가 위로 향하도록 테이블 위에 정리되어 있었다. 주인과 아내는 종업원과 함께 주방에서 가까운 한쪽 구석에서 저녁을 먹고 있었다. 르쟁바르 역시 모자를 쓴 채 함께 저녁을 먹고 있었다. 그래서 종업원은 한 입 먹을 때마다 옆으로 몸을 돌려야 했다. 프레데릭은 르쟁바르에게 사정을 간단히 설명하고 입회를 부탁했다. 르쟁바르는 아무 말도 하지 않았다. 그는 눈을 굴리면서 생각에 골똘히 잠겨 방 안을 여기저기 다니더니 마침내 말했다.

"좋아, 맡겠네."

결투 상대가 귀족이라는 프레데릭의 말에 르쟁바르는 살기 어린 미소를 띠었다.

"눈 깜짝할 사이에 해치울 수 있으니 걱정 마. 안심하라고. 우선…… 칼로……."

"하지만." 프레데릭이 말을 막았다. "난 무기를 정할 권리가 없어."

"무조건 칼이어야 해!" 르쟁바르가 단호하게 말했다. "칼을 쓸 줄은 아나?"

"조금."

"뭐라고? 조금밖에 모른다고? 그런 놈들은 칼을 들고 정신없이 달려들 거라고. 펜싱 수업도 있잖아. 알지? 상대와 거리를 많이 두고 언제나 반드시 원 안으로 돌아야 해. 그러면서 뒤로 자꾸 가는 거지. 이건 규칙 위반이 아니니까 상대를 진 빠지게 해야 해. 그런 다음 과감하게 찌르는 거야. 어설프게 잔꾀를 부려서는 안 돼. 푸제르식 공격법도 안 돼. 하나둘 하면서 곧바로 찌르는 거야. 그리고 열쇠를 돌릴 때처럼 손목을 돌리면서 팔을 흔들라고. 보티에 영감, 지팡이 좀 빌려줘. 그거면 돼."

르쟁바르는 가스등을 불을 붙일 때 쓰는 막대기를 잡고 왼팔을 굽힌 뒤 오른팔을 꺾어 칸막이를 향해 찌르는 시늉을 했다. 발을 구르며 난관에 부딪친 듯한 시늉을 하면서 "자, 어때?" 하고 외쳤다. 그의 그림자가 확대되어 벽에 비쳤다. 그의 커다란 그림자가 천장에 닿을 듯한 모자와 함께 벽에 비쳤다. 카페 주인은 "좋아, 정말 잘하는군!" 하며 간간이 감탄하듯 외쳤다. 카페 주인의 아내는 걱정되는 표정이었으나 감탄하면서 보고 있었다. 르쟁바르를 존경하고 있던 전역병 테오도르는 매우 감탄했는지 못 박힌 듯 우뚝 서 있었다.

다음 날 아침 프레데릭은 뒤사르디에의 상점으로 뛰어갔다. 옷감이 선반에 쌓여 있거나 테이블에 비스듬히 놓여 있었고, 여기저기 나무 걸이에 숄이 걸려 있는 방을 지나자 뒤사르디에의 모습이 보였다. 격자로 둘러싸인 방에서 그는 장부들 틈의 책상 앞에 앉아 뭔가를 적고 있었다. 뒤사르디에는 일을 멈췄다.

입회인들은 정오에 왔다. 프레데릭은 절차에 따라 협상에 참여해서는 안 된다고 생각했다.

남작과 조제프는 사과만 하면 모든 것이 해결될 거라고 했다. 그러나 르쟁바르는 프레데릭에게 절대로 양보해서는 안 되고, 아르누의 명예를 끝까지 지키려면(프레데릭은 그 이상 아무 말도 하지 않았다.) 시지가 먼저 사과해야 한다고 했다. 코맹은 르쟁바르의 건방진 태도에 화를 냈다. 시민 르쟁바르는 고집을 꺾지 않았다. 화해가 불가능해지자 결투를 하기로 했다.

그런데 다른 문제들이 생겼다. 규칙대로 하자면 먼저 시비를 당한 시지가 무기를 정할 권리가 있었다. 하지만 르쟁바르는 시지가 먼저 무례하게 굴었다고 했다. 시지의 입회인들은 말도 안 되는 소리이고 프레데릭이 먼저 폭력을 휘둘러 시지에게 큰 모욕을 주었다고 외쳤다. 르쟁바르는 무례한 말에 순간 발끈해서 물건을 던진 건 폭력이 아니라고 했다. 네 사람은 군인에게 판결을 맡기기로 하고, 일단 병영으로 가서 장교의 의견을 묻기로 했다.

그들은 오르세 강변에 있는 병영에서 멈췄다. 코맹이 대위 두 명에게 다가가 어떤 분쟁이 벌어졌는지 설명했다.

하지만 시민이 옆에서 계속 끼어들다 보니 이야기가 산만해져서 두 대위는 무슨 말인지 하나도 알아듣지 못했다. 두 대위는 사건이 어떻게 되었는지 자세히 보고서를 써오라고 했고, 그다음에 결정하자고 했다. 네 사람은 다시 카페로 갔고, 이번 일을 익명에 부치기 위해 시지는 H, 프레데릭은 K라는 이니셜로 쓰기로 했다.

네 사람은 다시 병영으로 갔다. 두 대위는 자리를 비웠다가 잠시 후 돌아왔고, 무기 선택권은 H에게 있다고 분명하게 결정했다. 네 사람은 시지의 집으로 다시 돌아왔다. 르쟁바르와 뒤사르디에는 안에 들어가지 않고 길에 서 있었다.

시지는 병영에서 내린 결정에 이성을 잃을 정도로 흥분한 나머지 여러 번 묻고 또 물었다. 코맹으로부터 르쟁바르의 주장을 들은 시지는 속으로는 르쟁바르의 주장에 따를 마음도 있었으나 "그렇지만"이라고 중얼거렸다. 잠시 후 시지는 소파에 푹 쓰러지듯 앉아 결투 같은 건 하지 않겠다고 했다.

"에? 뭐라고?" 남작이 말했다.

시지는 알 수 없는 말을 웅얼거렸다. 그는 프레데릭과 마주 서서 권총으로 결투하고 싶다고 중얼거렸다.

"컵에 비소를 넣은 다음 제비뽑기를 해서 진 사람이 마시는 방법이 나을 거야. 그 편이 낫다고 책에서 읽은 적이 있어."

가뜩이나 참을성 없는 남작은 소리를 질렀다.

"저 사람들은 지금 네 대답을 기다리고 있어. 지금 이게 뭐하는 짓이야. 어떻게 할 거야, 칼로 할 거야?"

시지는 대답 대신 고개를 끄덕였다. 다음 날 아침 일곱 시에 마이요 문에서 만나기로 했다.

뒤사르디에는 일하러 가야 했기 때문에 르쟁바르가 프레

데릭에게 알리러 갔다.

프레데릭은 하루 종일 아무 소식도 듣지 못해 이미 지쳐 있었다.

"좋아, 그렇게 하자고." 프레데릭이 외쳤다.

르쟁바르는 프레데릭의 태도에 만족스러웠다.

"시지 쪽이 우리보고 사과하라고 했어. 별것 아닌데 사과 한마디 하는 게 뭐 그리 어렵냐고 하더군. 하지만 내가 딱 잘라 거절했어. 거절하는 게 당연하지."

"물론이지." 프레데릭이 대답했다. 하지만 대답은 그렇게 했지만 다른 사람을 입회인으로 세우는 편이 더 낫지 않았을까 하고 생각했다.

혼자 남게 된 프레데릭은 큰 소리로 여러 번 말했다.

"결투를 한다. 결투를 한다고. 우습군!"

프레데릭은 방 안을 왔다갔다하다가 거울 앞을 지나면서 얼굴이 창백하게 질린 자신의 모습을 봤다.

겁이 나는 건가?

결투장에 나가면 겁이 날지도 모른다는 생각이 들자 그는 갑자기 너무 불안해졌다.

'만일 내가 죽으면 어쩌지? 아버지도 결투로 세상을 떠나셨는데. 틀림없이 나도 죽을 거야.'

그는 문득 상복을 입은 어머니의 모습이 떠올랐고, 이어서 여러 가지 장면이 뒤죽박죽 떠올랐다. 그는 겁이 많은 자기 자신에게 화가 났다. 갑자기 용기가 치솟았고 피에 굶주리는 듯한 기분이 들었다. 천만 명이라도 와봐라, 어디 꿈쩍할 줄 알고? 흥분이 가라앉자 그는 마음을 단단히 먹게 된 것 같아 오히려 기뻤다. 그는 시간을 때우기 위해 오페라 극장으로 갔다. 극장에서는 발레 공연이 있었다. 그는 음악을 들으며 오페라 망원경으로 발레 댄서를 봤고 막간에는 펀치를 마셨다. 집으로 돌아온 그는 서재와 가구를 보면서 여기에 이렇게 있는 것도 어쩌면 마지막일지도 모른다는 생각에 마음이 약해졌다.

그는 정원으로 내려갔다. 별들이 반짝이고 있었다. 그는 별들을 바라봤다. 한 여자를 위해 결투한다는 생각이 들자 자신이 용감하고 고귀한 사람처럼 느껴졌다. 그는 편안한 마음으로 자리에 누웠다.

한편 시지는 마음이 불편했다. 남작이 돌아간 뒤 조제프가 이런저런 방법으로 용기를 불어넣어주고 있었으나 자작 시지는 별 반응을 보이지 않았다. 남작이 이렇게 말했다.

"지금이라도 결투를 포기하고 싶다면 내가 전하지."

시지는 그래달라고 분명하게 말하지는 않았으나 남작이

아무 말 없이 그냥 그렇게 해주지 않는 게 원망스러웠다.

시지는 밤중에 프레데릭이 기절해 죽거나 아니면 갑자기 폭동이 일어나 바리케이드가 쳐져 불로뉴 숲 근처 출입이 금지되거나, 입회인 한 명이 무슨 일이 생겨서 오지 못한다고 했으면 좋겠다고 생각했다. 입회인이 모두 참석해야 결투가 이루어지기 때문이었다. 시지는 급행열차를 타고 아무 데로나 도망치고 싶었다. 의학에 대해서는 잘 몰랐기 때문에 그냥 죽은 것처럼만 보이게 만드는 약이 없는 것이 한이 될 뿐이었다. 아니 차라리 중병에 걸렸으면 좋겠다는 생각까지 들었다.

시지는 조언을 구하고 도움을 받을 생각으로 데졸네를 모셔오라고 사람을 보냈다. 그런데 데졸네는 외동딸이 병이 났다는 전보를 받고 생통즈에 갔다는 것이었다. 시지는 왠지 불길한 기분이 들었다. 그나마 가정교사 브주 씨가 찾아와주어서 다행이었다. 시지는 마음속 고민을 털어놓았다.

"어쩌면 좋죠, 어쩌면 좋을까요?"

"자작, 내가 자네라면 중앙 시장 상인 한 명에게 돈을 주고 결투할 상대를 두들겨 패주라고 할 것 같아."

"그러면 누가 사주한 건지 다 밝혀질 겁니다." 시지가 대답했다.

시지는 끙끙거리며 고민하다가 한참 뒤에 자신의 생각을

말했다.

“인간에게는 결투할 권리가 있을까요?”

“야만적인 시대의 유산에 불과하지. 하지만 이제 어쩔 수 없지 않은가?”

브주 선생은 배려하는 마음에서 저녁을 함께 먹자고 했다. 제자 시지는 아무것도 먹지 않았고 식사 시간이 끝나자 한 바퀴 돌고 싶다고 했다.

시지는 교회 앞을 지나가며 이렇게 말했다.

“잠깐 들어가보실래요? 안에 구경도 하고요.”

브주는 잘됐다고 생각하며 시지에게 성수를 보여주기도 했다.

이번 달은 성모 마리아를 위한 달이어서 제단은 꽃으로 덮여 있었고, 몇몇 사람은 오르간에 맞춰 노래를 듣고 있었다. 하지만 시지는 지금의 종교 의식 분위기가 마치 장례식처럼 느껴져 기도를 할 수가 없었다. 〈심연에서〉*의 노랫소리가 들려오는 것 같았다.

“이만 가죠. 기분이 좋지 않군요.”

시지와 브주는 밤새 카드놀이를 했다. 시지는 악운을 미

---

* 죽은 이를 기리는 기도의 노래.

리 털어버리기 위해 일부러 지려고 애썼고, 그 덕에 브주는 돈을 꽤 많이 땄다. 지친 시지는 새벽이 되어서야 카드놀이 테이블 위에 푹 쓰러졌고, 그렇게 엎드린 채 악몽에 시달리며 잠들었다.

용기라는 것이 자신의 약한 마음을 지배하는 의지라면 시지는 용기가 있다고 할 수 있었다. 함께 갈 입회인을 보자 시지는 이제 돌이킬 수 없다는 걸 알고 온 힘을 다해 몸을 꼿꼿이 세웠다. 그의 허영심은, 이제 와서 물러서면 자신의 명예가 떨어진다는 생각을 일깨워주었다. 코맹은 시지에게 당당한 얼굴이라며 칭찬했다.

하지만 시지는 마차를 타고 가다가 따뜻한 아침 햇살을 받자 힘이 빠지면서 기운이 없어졌다. 지금 어디를 향해 가고 있는지도 모를 정도였다.

남작은 시체에 대해, 시체를 시내로 운반하는 방법에 대해 이야기하며 시지의 두려움을 부추기면서 재미있어했다. 조제프는 옆에서 맞장구를 쳤다. 그들은 이번 결투를 대수롭지 않게 생각했고, 어떻게든 무사히 마무리될 거라고 생각하고 있었다.

시지는 고개를 푹 숙여 가슴에 묻었고, 잠시 후 고개를 들어 의사를 데리고 오지 않았다고 지적했다.

"필요 없어." 남작이 말했다.

"위험하지 않다는 거야?"

조제프가 진지한 말투로 이렇게 말했다.

"위험하지 않기를 바랄 뿐이지."

모두 침묵을 지켰다.

일곱 시 십 분에 마이요 문 앞에 도착했다. 프레데릭과 그의 입회인들은 모두 검은색 옷을 입고 먼저 와 있었다. 르쟁바르는 넥타이 대신 군인처럼 털이 달린 어설픈 깃을 달고 있었고, 결투를 위해 특별히 만든 긴 바이올린 상자 같은 것을 들고 있었다. 양쪽은 차가운 태도로 인사를 나누었다. 그리고 결투하기에 적당한 장소를 찾기 위해 마드리드 거리를 지나 불로뉴 숲 앞으로 나란히 갔다.

르쟁바르는 뒤사르디에와 자신 사이에서 걸어가고 있는 프레데릭에게 말했다.

"겁이 좀 나긴 하지? 원하는 게 있으면 주저 없이 말하라고. 나도 이런 경험이 있긴 해. 인간이라면 겁이 나는 게 당연하지."

그리고 르쟁바르는 나지막이 말을 이었다.

"담배 끄라고. 기운 빠지니까."

프레데릭은 들고 있던 담배를 집어 던지고 당당히 걸어갔다. 그 뒤로는 자작 시지가 두 입회인의 팔에 기댄 채 걸어가고 있었다.

행인들이 드문드문 지나갔다. 하늘은 푸르렀고 토끼가 뛰어다니는 소리가 가끔 들렸다. 어느 오솔길 모퉁이에서는 마드라스 직 옷을 입은 여자가 작업복 차림 남자와 이야기를 하고 있었다. 마로니에 나무 아래 큰길에서는 무명으로 된 윗옷을 입은 마부들이 말을 보살피고 있었다. 마부들과 말을 보면서 시지는 전날 밤에 코안경을 끼고 아끼는 갈색 말을 탄 채 무개 사륜마차 옆에 바싹 붙어서 가던 행복한 날들을 회상했다. 즐거웠던 추억이 떠오르자 마음이 더욱 복잡하고 무거워졌다. 갑자기 목이 타는 듯 말랐고, 파리가 윙윙거리는 소리가 동맥이 뛰는 소리와 뒤섞였으며, 발이 그대로 모래 속으로 꺼지는 기분이었다. 아주 먼 옛날부터 걸어온 것 같은 느낌이었다.

입회인들은 계속 걸었고 길 양쪽을 살폈다. 카트랑 십자가 쪽이 좋을지 아니면 바가텔 벽 아래가 좋을지 서로 의논했다. 마침내 오른쪽으로 접어들어 소나무로 둘러싸인 오각형 장소에서 걸음을 멈추었다.

땅의 높이가 양쪽 모두 같은 곳을 결투 장소로 택했다. 결투를 할 프레데릭과 시지가 설 자리를 표시했다. 르잴바르가

상자를 열었다. 상자에는 빨간 양피가 깔려 있었고, 그 위에 칼 네 자루가 놓여 있었다. 칼 네 자루는 가운데가 움푹 파이고 손잡이는 금속 선으로 장식되어 있었다. 나뭇잎 사이로 새어 드는 햇빛이 칼을 비추었다. 시지는 그 칼들이 피의 연못을 헤엄치는 은색 살무사처럼 보였다.

르쟁바르는 칼 네 자루의 길이가 모두 같다는 걸 보여준 뒤 필요하다면 결투를 나누어 하겠다고 하면서 자신도 한 자루를 집었다. 코맹은 지팡이를 잡고 있었다. 잠시 침묵이 흘렀다. 서로 얼굴을 바라봤다. 모두의 얼굴에 어떤 공포나 잔인함이 어려 있었다.

프레데릭은 프록코트와 조끼를 벗었다. 시지 역시 조제프의 도움을 받아 옷을 벗었다. 시지가 넥타이를 풀자 목에 건 메달이 보였다. 그것을 본 르쟁바르는 연민의 미소를 지었다.

바로 그때 코맹이(프레데릭에게 다시 한번 생각할 기회를 주기 위해) 트집을 잡으려 했다. 그는 한 손에 장갑을 낄 권리와 왼손으로 상대의 칼을 쥘 권리를 요구했다. 초조해하던 르쟁바르는 그에 반박하지 않았다. 남작이 프레데릭에게 말했다.

"모든 건 당신에게 달렸습니다. 실수를 인정하는 건 불명예가 아닙니다."

뒤사르디에가 찬성한다는 뜻의 몸짓을 했다. 르쟁바르는 화를 냈다.

"우리가 여기 오리털이나 뽑으러 온 줄 압니까? 참 한심하군요……. 어서 준비나 하십시오."

결투를 할 프레데릭과 시지가 마주 섰고, 입회인들은 각각 자기편에 섰다. 르쟁바르가 신호를 보냈다.

"시작!"

시지의 얼굴이 백짓장처럼 하얗게 질렸고 손에 든 칼의 끝이 채찍처럼 흔들렸다. 갑자기 시지가 고개를 뒤로 젖히고 두 팔을 쫙 벌리더니 뒤로 넘어져 정신을 잃고 말았다. 조제프가 시지를 안아 일으켜 코에 작은 병을 갖다 대며 힘껏 흔들었다. 그러자 시지가 눈을 뜨고 일어나더니 갑자기 머리가 어떻게 된 듯 칼을 쥐고 덤벼들었다. 칼을 들고 서 있던 프레데릭은 앞을 노려보며 한 손을 높이 든 채 시지의 공격을 기다렸다.

"정지! 정지!" 길 쪽에서 누군가 외쳤다. 이어서 말발굽 소리가 들리더니 이륜마차의 덮개에 휩쓸려 나뭇가지 몇 개가 부러졌다. 한 남자가 마차 밖으로 몸을 내밀더니 손수건을 흔들면서 계속 외쳐댔다.

코맹은 경찰이 온 줄 알고 지팡이를 번쩍 들어 올렸다.

"정지! 시지 자작이 피를 흘리고 있어."

"내가?" 시지가 말했다.

시지는 넘어질 때 왼쪽 엄지손가락을 다친 것 같았다.

"그건 넘어질 때 다친 거요." 르쟁바르가 말했다.

남작은 못 들은 척했다.

이륜마차에서 뛰어내린 남자는 아르누였다.

"늦은 건가? 다행히 아직 괜찮군. 다행이야!"

아르누는 프레데릭을 안고 온몸을 어루만지더니 얼굴에 입을 맞췄다.

"결투를 하게 된 이유에 대해 들었어. 옛 친구인 날 변호해 주었다며! 고마워, 정말 고마워! 절대 잊지 않을 거야! 자넨 좋은 사람이야! 정말 좋은 사람이라고!"

아르누는 프레데릭을 바라보며 눈물을 흘리면서 기쁨의 미소를 지었다.

자작이 조제프를 돌아봤다.

"이렇게 훈훈한 광경을 보니 우리가 여기에 있는 게 어색하군. 결투는 끝났어. 여러분, 안 그렇습니까? 자작, 다친 팔을 내 목도리로 감싸요." 그리고 다시 한번 확인하듯 말했다. "이걸로 원한은 끝난 거야."

두 결투자는 마지못해 악수를 했다. 자작과 코맹, 조제프는 어디론가 가버렸고, 프레데릭은 친구들과 함께 그 반대편으로 걸어갔다.

멀지 않은 곳에 마드리드 레스토랑이 있으니 아르누는 거기서 맥주를 한 잔씩 하자고 했다.

"점심을 먹어도 좋고요." 르쟁바르가 말했다.

하지만 뒤사르디에는 시간이 없었기 때문에 그들은 정원에서 목만 축이기로 했다. 모두들 마치 일이 잘되었을 때와 같은 여유로운 즐거움을 누렸다. 하지만 르쟁바르는 딱 좋은 순간에 결투가 중단되었다면서 투덜거렸다.

아르누는 르쟁바르의 친구인 콩팽이라는 남자에게 결투에 대해 들었다고 했다. 그는 자신 때문에 결투가 벌어진다는 말을 듣고 결투를 중단시키기 위해 초초하게 달려온 것이었다. 아르누는 이 점에 대해 프레데릭에게 좀 더 자세히 설명해달라고 부탁했다. 프레데릭은 아르누의 다정한 말에 감동했다. 더 이상 아르누를 착각하게 하는 건 왠지 마음에 걸려 차마 말할 수가 없었다.

"제발 부탁이니 그 이야기는 그만하죠."

아르누는 프레데릭이 섬세한 성격이라고 생각했다. 그는 평소처럼 가벼운 이야기로 대화 주제를 바꿨다.

"무슨 일이 있었나?"

아르누가 르쟁바르에게 물었다.

두 사람은 지불 기한에 대해 이야기했다. 그리고 좀 더 편안하게 이야기하기 위해 다른 테이블로 옮겨 앉아 다시 이야기를 주고받았다.

프레데릭의 귀에 이런 말이 들려왔다. "그래요, 신청할게요! 하지만 자네, 물론……. 최종적으로 300프랑으로 하기로 했어요. 수수료치고는 괜찮은데요!" 분명 아르누와 시민은 함께 많은 일을 꾸미고 있는 것 같았다.

프레데릭은 1만 5,000프랑 이야기를 꺼내려다 말았다. 아까 아르누가 건넨 다정한 이야기를 생각하면, 아무리 돌려서 이야기한다 해도 곤란한 이야기를 하는 것 자체가 왠지 걸렸다. 더구나 프레데릭은 피곤하기도 했고, 그런 돈 이야기를 하기에 적절한 장소인 것 같지도 않았다. 결국 이 이야기는 나중에 하기로 했다.

아르누는 나무 그늘에 앉아 유쾌하게 웃으며 담배를 피우고 있었다. 그리고 정원을 향해 뻗어 있는 별실 문을 바라보며 거기에 자주 갔다고 했다.

"물론 혼자는 아니었겠죠?" 르쟁바르가 말했다.

"당연하지."

"바람둥이군요, 아내도 있으면서."

"그러는 자네는?" 아르누가 말했다. 아르누는 여유 있게 미소 지으며 말을 이었다. "이 건달은 어딘가에 방을 얻어놓고 어린 여자들을 끌어들이는 게 분명해."

르쟁바르는 눈썹을 치켜뜨는 것으로 그 말을 인정했다. 두 사람은 여자 취향에 대해 이야기했다. 아르누는 요즘은 어린 여자들, 여공 같은 여자들이 좋다고 했다. 르쟁바르는 '새침데기'는 질색이고 현실적인 여자가 좋다고 했다. 아르누는 여자는 진지하게 상대하면 안 된다는 결론을 내렸다.

'아르누는 말은 저렇게 하지만 아내를 사랑하고 있지.' 프레데릭은 집으로 돌아오면서 생각했다. 프레데릭은 아르누가 솔직하지 않다고 생각했다. 그런 아르누를 위해 결투까지 하려 했다니 억울하다는 생각이 들었다.

반면 프레데릭은 뒤사르디에의 진정한 우정을 고맙게 생각하고 있었다. 뒤사르디에는 프레데릭의 말대로 거의 매일 그의 집을 찾아왔다.

프레데릭은 뒤사르디에에게 티에르, 뒬로르, 바랑트, 라마르틴의 《지롱드 당사》 등 여러 책을 빌려주었다. 진지하면서도 성실한 뒤사르디에는 프레데릭의 말을 열심히 들었고, 마치 스승의 말을 듣듯이 프레데릭의 의견에 따랐다.

어느 날 뒤사르디에가 헐떡이며 프레데릭을 찾아왔다.

이날 아침 뒤사르디에는 큰길에서 급히 달려오는 남자와

부딪쳤는데 알고 보니 세네칼의 친구였다고 한다. 그 친구에게 "세네칼이 붙잡혔어. 난 도망쳐 나오고."라는 말을 들었다는 것이다.

사실이었다. 뒤사르드디에가 온종일 알아봤는데 세네칼이 정치범으로 감옥에 갇혔다는 것이다.

세네칼은 직공장의 아들로 리옹에서 태어났으며, 샬리에의 제자 밑에서 배웠다. 파리로 와서는 가족협회* 회원이 되었다. 이러한 행동 때문에 그는 경찰에게 요주의 인물이 되어 계속 감시당하고 있었다. 더구나 세네칼은 1839년 5월 사건에 직접 가담하기도 했다.

세네칼은 그 후로 계속 숨어 지냈으나 시간이 지날수록 사회에 대한 분노가 커졌고, 알리보**를 광적으로 숭배하게 되었다. 사회에 대한 자신의 불만과 왕정제에 대한 불만이 합해져 이 주나 한 달 만에 세계를 뒤엎을 혁명을 꿈꾸며 매일 아침 잠에서 깼다. 그러다 동지들의 나약함을 혐오하게 되고, 자신의 꿈이 이루어지지 않자 분노해 나중에는 조국에 큰 실망을 하게 되었다. 결국 소이탄을 사용하는 비밀 계획에 화학

---

* 사회주의 비밀결사.

** 루이 필리프를 암살하려다가 처형된 인물.

자 자격으로 참가했으며, 마침내 공화정을 세우기 위한 최후의 시도로 몽마르트르에서 폭약 실험을 하려고 폭약을 가지고 가다가 경찰에 체포된 것이었다.

뒤사르디에 역시 세네칼처럼 세계를 해방시키고 행복하게 해줄 공화제를 바라고 있었다. 그는 열다섯 살이 되던 해 어느 날, 트랑스노냉 거리의 어느 식료품 가게 앞에서 군인들이 사람들의 머리카락이 붙어 있는 총대와 피투성이가 된 칼을 들고 있는 모습을 본 적이 있었다. 이때부터 그는 정부를 무자비한 권력의 화신으로 생각하게 되었고 헌병을 살인자라고 생각하게 되었다. 세상에서 악한 것은 권력 때문이라는 순진한 생각을 품고 있었고, 권력을 증오하는 마음이 커지면서 동시에 감수성도 예민해졌다. 뒤사르디에는 예전부터 세네칼의 웅변에 감동했다. 세네칼이 죄가 있든 없든, 세네칼의 행위가 정당하든 아니든 그에게는 중요하지 않았다. 권력의 희생양이 된 세네칼을 꼭 도와야 한다는 생각뿐이었다.

"상원은 세네칼에게 유죄를 선고할 겁니다. 얼마 후에 세네칼은 죄수처럼 호송차에 실려 몽생미셸에 끌려가 정부의 손에 살해당하겠죠. 오스탕은 제정신이 아닙니다. 스퇴방은 자살했고요! 바르베는 다리와 머리카락을 잡힌 채 질질 끌려가 독방에 갇혔습니다. 정말 잔인해요. 아주 지독한 놈들입니다!"

뒤사르디에는 분노가 끓어올라 말을 잇지 못했고, 가슴이 답답한지 방 안을 이리저리 왔다갔다했다.

"무슨 방법을 찾아야 합니다. 하지만 어떻게 해야 할지 도무지 모르겠습니다. 세네칼을 구해보는 게 어떨까요? 뤽상부르로 호송되는 도중에 호위병을 덮치면 어떨까요? 건장한 남자 열두 명만 있으면 됩니다."

뒤사르디에의 눈빛은 활활 타올랐고, 프레데릭은 그의 눈을 보며 전율했다.

프레데릭은 세네칼이 생각보다 대단하게 생각되었고, 그가 겪은 고생이며 갖은 어려운 생활을 생각해봤다. 뒤사르디에만큼 그를 숭배하지는 않았지만 하나의 사상에 몸을 바치는 사람에게 존경심을 느꼈다. 프레데릭은 만일 그때 그를 도와주었다면 그가 지금 이렇게까지 되지는 않았을 텐데 하고 생각했다. 두 친구는 세네칼을 구할 방법이 없을지 열심히 궁리해보았다.

그러나 문제는 세네칼 주변에 접근하기가 어렵다는 것이었다.

프레데릭은 세네칼이 앞으로 어떻게 될지 알아보려고 3주 동안 도서관을 다니며 이 신문 저 신문을 들춰봤다.

어느 날 프레데릭은 《플랑바르》를 몇 호 읽게 되었다. 논설은 여전히 유명인을 비판하는 데 열 올리고 있었고, 그 밖에도 사교계 소식, 가십 기사, 오데옹 극장과 카르팡트라와 양식 방법을 비아냥거리는 기사, 사형수에 대한 비난 기사가 실려 있었다. 우편선 실종 사건은 1년 동안이나 웃음거리가 되고 있었다. 세 번째 예술란에는 일화와 조언 형식으로 야간 공연 보고, 작품 분석과 함께 양복점 광고가 실려 있었고, 시집 한 권과 장화 한 켤레를 똑같은 방식으로 다루고 있었다. 그나마 유일하게 진지한 기사는 소극장에 대한 비평이었다. 두세 군데 극장 지배인을 집중적으로 비판하는 내용이었다. 그리고 퓌낭뷜 극장의 무대 장치와 델라스망 극장의 미녀 배우에 대한 이야기를 통해 예술적 관심을 표명하고 있었다.

프레데릭은 신문을 전부 덮어버리려다가 순간 '한 미녀를 놓고 싸우는 세 남자'라는 기사가 눈에 들어왔다. 바로 프레데릭의 대한 이야기가 거침없이 흥미롭게 전개되고 있었다. 그는 자신에 대한 기사라는 것을 알아차렸다. 프레데릭은 '상스 학교를 나왔으나 상스*가 없는 젊은이'로 계속 풍자되고 있었다. 심지어 그에 대해 시골 출신 가난뱅이가 상류사회 인사들과 친분을 맺으려 애쓰고 있으며 어디서 굴러먹다 온지

---

* 프랑스어로 'sense'는 센스를 의미한다.

도 알 수 없는 바보 같은 사람이라는 내용까지 있었다. 반면 시지는 초대받지 않은 저녁 식사 모임에 가서 여자를 유혹하는 내기에 이기고, 결투장에서도 신사처럼 당당하게 행동한 인물로 소개되었다. 프레데릭도 나름 용감한 사람으로 소개되는 부분이 있기는 했으나 여자의 후원자가 제때 나타나 말린 덕분에 결투가 중단되었다고 나왔다. 기사 전체는 전반적으로 비아냥거리는 분위기였다.

'두 사람의 우정이 이렇게까지 된 이유는 무엇인가? 정말 심각한 문제다! 바질의 말에 따르면 누가 속은 것인가?'

위소네가 프레데릭에게 5,000프랑을 빌리려다 거절당하자 이런 식으로 복수하는 게 분명했다.

어떻게 하면 좋을까? 프레데릭이 따져 묻는다 해도 보헤미안은 무슨 소리냐며 시치미를 뗄 게 분명했다. 그러니까 그냥 모르는 척하는 게 최선이었다. 어차피 《플랑바르》를 읽는 사람은 아무도 없으니.

도서관에서 나온 프레데릭은 어느 그림 가게 앞에 사람들이 모여 있는 걸 보았다. 사람들은 어느 여인의 초상화를 보고 있었는데, 초상화 아래에는 검은색 글씨로 '로즈 앙네트 브롱양. 노장 출신의 프레데릭 모로 씨 소유'라고 적혀 있었다.

바로 로자네트, 아니 로자네트와 닮은 여성의 초상화였다.

초상화 속 여자는 앞을 바라보며 가슴을 풀어 헤치고 머리카락은 자연스럽게 늘어뜨린 채 붉은색 벨벳 지갑을 들고 있었다. 배경으로는 공작새가 벽면을 가릴 정도로 날개를 활짝 펼치면서 여자의 어깨 위로 부리를 내밀고 있었다.

스스로 유명한 화가라고 생각하는 펠르랭은 이런 식으로 그림을 전시하면 파리에서 관심을 끌 것이라 생각했고, 프레데릭이 그림값을 지불할 수밖에 없을 거라고 생각한 거였다.

혹시 화가 펠르랭과 언론인 위소네가 짜고 벌인 일일까?

결투는 방패막이가 되어주지 않았다. 프레데릭은 그저 세상의 웃음거리로 전락했고 비웃음을 사기만 했다.

그로부터 사흘 뒤인 6월 말쯤에 북부 철도의 주가가 15프랑으로 올랐다. 전달에 2,000주를 산 프레데릭은 3만 프랑을 벌었다. 이러한 행운이 찾아오자 그는 자신감을 얻었다. 이제는 그 누구의 힘도 빌릴 필요가 없었고, 지금까지 겪은 골치 아픈 문제들은 자신이 소심하고 우유부단해서 그런 거라고 생각하게 되었다. 여장군에게는 처음부터 과감하게 대했어야 했고, 위소네와는 처음부터 절교했어야 했으며, 펠르랭 때문에 평판이 나빠지지 않도록 손을 썼어야 했다. 이제는 그 무엇도 겁내지 않는다는 걸 보여주기 위해 프레데릭은 당브뢰즈 부인의 저택에서 정기적으로 열리는 저녁 파티에 참석했다.

그와 동시에 도착한 마르티농이 대기실 한가운데에서 그를 돌아봤다.

"아! 자네도 왔나?" 마르티농은 프레데릭을 보자 놀라워하며 불쾌하다는 듯한 표정을 지었다.

"난 여기 오면 안 되는 건가?"

프레데릭은 마르티농이 어째서 이런 반응을 보이는지에 대해 생각하며 응접실로 들어갔다.

구석마다 램프가 놓여 있기는 했지만 불빛은 약했다. 활짝 열린 창문 세 개의 그림자가 어두컴컴한 사각형 모양으로 드리워 있었기 때문이었다. 그림 아래에 있는 화분들이 창과 창 사이 벽을 사람의 키 높이 정도로 가리고 있었다. 안쪽 구석에 걸려 있는 거울은 은으로 된 찻주전자와 사모바르를 비추고 있었다. 가만히 속삭이는 소리와 양탄자 위를 걸어다니는 무도화 소리가 들렸다.

검은색 정장을 입은 남자들, 이어서 커다란 갓이 씌워진 램프의 불빛이 비추고 있는 원탁 테이블과 여름옷을 입은 일고여덟 명의 부인들, 그리고 좀 더 떨어진 곳에 흔들의자에 앉아 있는 당브뢰즈 부인이 프레데릭의 눈에 들어왔다. 당브뢰즈 부인의 자홍색 호박단 드레스의 갈라진 옷소매에는 모슬린 주름이 잡혀 있었고, 옷감의 부드러운 색은 머리카락 색과 잘 어울렸다. 당브뢰즈 부인은 쿠션 위에 한쪽 발끝을 올려놓고 몸을 약간 뒤로 젖힌 채 꼼짝하지 않고 있었는데, 마치 정교한 미술 작품이나 고귀한 꽃처럼 조용히 앉아 있었다.

당브뢰즈와 백발 노인이 응접실을 가로질러 가고 있었다. 여기저기 놓인 기다란 작은 의자에 편하게 걸터앉아 이야기를 나누고 있는 사람들도 있었고, 방 안에 빙 둘러서 있는 사람들도 있었다.

사람들은 수정안, 재수정안, 그랑댕 씨의 연설과 브누아 씨의 반박 등에 대해 이야기하고 있었다. 제3당의 행동은 확실히 지나쳤다! 중도좌파는 원래의 출신을 잊어서는 안 된다! 내각은 심각한 타격을 입었다! 하지만 후계자가 나타나지 않아 안심이다. 간단히 말하면 현재 상황은 1834년과 똑같았다.

이런 이야기에 지루해진 프레데릭은 여자들이 있는 곳으로 갔다. 마르티농은 모자를 옆구리에 낀 채 여자들 옆에 서 있었다. 살짝 옆으로 돌린 마르티농의 얼굴은 세브르 도자기처럼 절묘했다. 마르티농은 테이블 위에 놓인 《그리스도의 모방》과 《고타 연감》 사이에서 잡지 《듀 몽드》를 꺼내더니 어느 유명한 시인을 신랄하게 비판했고, 요즘 생프랑수아 강연회에 꼭 참석한다고 했으며, 목이 쉬었다고 불평하며 가끔씩 사탕을 입에 넣기도 했다. 그리고 음악 이야기를 하기도 하면서 가볍게 행동했다. 당브뢰즈의 조카딸 세실 양은 소매 끝에 수를 놓으면서 하늘색 눈동자로 마르티농을 흘긋 바라보았다. 납작코인 가정교사 존슨 양은 태피스트리를 내려놓았다. 세실 양과 존슨 양은 마음속으로 감탄하고 있는 것 같았다.

'정말 잘생겼어!'

당브뢰즈 부인이 마르티농 쪽으로 시선을 돌렸다.

"부채 좀 집어주실래요? 저기 받침대 위에 있는 거요, 아니 그쪽이 아니라 이쪽이요."

그녀가 일어섰다. 그리고 이곳을 향해 돌아오는 마르티농과 응접실 한가운데에서 마주쳤다. 그녀가 재빨리 몇 마디 했는데 뾰로통한 표정으로 봐서는 잔소리를 하는 듯했다. 마르티농은 어색하게 미소 짓고는 진지한 표정으로 이야기하고 있는 남자들 쪽으로 갔다. 당브뢰즈 부인은 자리로 돌아와 소파 팔걸이 위로 몸을 기울이며 프레데릭에게 말했다.

"그저께 만난 어떤 분이 프레데릭 씨 이야기를 하더군요. 시지 씨라고 하던데 아시죠?"

"예……. 조금."

갑자기 그녀가 큰 소리로 외쳤다.

"아! 공작부인, 어서 오세요!"

당브뢰즈 부인은 연한 갈색 호박단 옷에 긴 리본이 달린 망사 레이스 모자를 쓴 키 작은 노부인을 맞이하기 위해 입구까지 갔다. 다르투아 백작이 망명했을 당시에 알았던 동료의 딸로, 남편은 제정 시대의 지도자였고 1830년에 상원의원을 지냈다. 과부인 이 노부인은 예나 지금이나 궁정과 돈독한 관계를 맺고 있어서 많은 것을 얻을 수 있었다. 서서 이야기하던 남자들도 노부인이 지나가도록 비켜선 다음 다시 이야기를 시작했다.

토론 주제는 빈곤이었다. 남자들은 빈곤에 대한 표현은 뭐든 부풀려져 있다고 생각하고 있었다.

마르티농은 반대 의견을 내놓았다. "가난은 존재합니다. 그건 인정해야 합니다! 해결책은 과학이나 정부에 달려 있는 것이 아닙니다. 그야말로 완전히 개인의 책임입니다. 하층 계급은 잘못된 습관을 버려야 가난에서 벗어날 수 있습니다. 민중은 더 도덕적이 되어야 덜 가난해집니다."

당브뢰즈 씨는 자본이 많아야 일을 제대로 할 수 있다고 했다. 방법은 오직 하나라는 거였다. "생시몽 파가 바라는 대로(아, 이들에게도 좋은 점은 있습니다! 모두에게 공평해야죠.) 공공의 부를 늘려갈 수 있는 사람들에게 '진보'라는 큰 사명을 맡겨야 합니다." 화제는 이제 철도, 석탄과 같은 산업 경영에 관한 것으로 옮겨갔다. 당브뢰즈 씨가 프레데릭에게 나지막한 목소리로 말했다.

"우리가 이야기했던 건과 관련해 날 찾아오지 않았더군."

프레데릭은 그동안 몸이 아팠다고 했으나 변명이 궁색한 것 같아 다시 말했다.

"게다가 돈이 필요하기도 했고요."

"마차를 사기 위해서요?" 당브뢰즈 부인이 차를 들고 지나가다가 고개를 갸우뚱하더니 프레데릭을 잠시 바라봤다.

그녀는 프레데릭을 로자네트의 애인이라 생각하고 비아냥대는 것 같았다. 순간 그는 나란히 앉아 있는 부인들이 모두 속삭이면서 자신을 쳐다본다고 생각했다. 그는 부인들이 무슨 생각을 하는지 알아보기 위해 그들이 있는 곳으로 갔다.

테이블 맞은편에서는 마르티농이 세실 양 가까이에서 앨범을 살펴보고 있었다. 스페인 의상을 그린 판화 앨범이었다. 마르티농은 설명 부분을 큰 소리로 읽었다. "세비야의 여자, 발렌시아의 정원사, 안달루시아의 투우사." 이어서 페이지 아랫부분까지 한번에 내려오며 계속 읽었다.

"발행인 자크 아르누! 자네 친구지?"

"그래." 프레데릭은 마르티농의 태도에 불쾌해하며 대답했다.

그때 당브뢰즈 부인이 끼어들었다.

"언제 한번 아침에…… 저희 집에 오신 적이 있었는데…… 집 문제 때문이었죠? 그래, 아르누 부인의 집 때문이었죠?(이 말은 '그녀가 당신 애인이죠?'라는 의미였다.)"

프레데릭은 귓불까지 빨개졌다. 마침 당브뢰즈가 옆으로 오더니 이렇게 덧붙였다.

"아르누 부부에게 관심이 많은 것 같던데."

이 말에 프레데릭은 당황스러웠다. 하지만 당황하는 모습을 보이면 더 의심을 살 것 같았다. 바로 이때 당브뢰즈가 바로 옆에서 진지하게 말했다.

"설마 사업을 같이 하려는 건 아니겠지?"

프레데릭은 고개를 흔들며 몇 번이고 아니라는 뜻을 밝혔지만 조언을 하려는 자본가의 의도는 알지 못했다.

프레데릭은 돌아가고 싶었으나 비겁하다는 인상을 줄까봐 걱정되어 참았다. 하인이 찻잔을 치우고 있었다. 당브뢰즈 부인은 푸른색 옷을 입은 외교관과 이야기하고 있었다. 젊은 여자 두 명은 이마가 닿을 정도로 가까이 서서 서로 반지를 보여주고 있었고, 다른 여자들은 반원형으로 배치된 소파에 앉아 흑발 혹은 금발로 둘러싸인 흰 얼굴을 조용히 움직이고 있었다. 프레데릭에게 신경 쓰는 사람은 아무도 없었다. 그는 발길을 돌렸다. 한참 동안 사람들 사이를 지나 현관까지 가서 어느 테이블을 지나가려 할 때였다. 테이블 위에 있던 중국 화병과 벽 사이에 신문이 접힌 채 놓여 있었다. 프레데릭이 신문을 끄집어내보니 '플랑바르'라는 글자가 보였다.

누가 가져온 걸까? 시지! 분명 다른 사람은 아니다. 누군들 어떤가? 여기 있는 사람들은 이 기사를 믿을 것이다. 아니, 이미 믿고 있을지도 모른다. 왜 이렇게 끈질긴 걸까? 주변 사람들이 침묵으로 야유하는 것 같았다. 그는 사막을 방황하는 기분이었다. 바로 그때 마르티농의 목소리가 들렸다. "아르누 이야기가 나와서 말이야. 그가 고용했던 사람 이름을 소이탄 범인 명단에서 봤는데, 그 사람이 우리가 아는 세네칼인가?"

"맞아." 프레데릭이 말했다.

마르티농은 큰 소리로 여러 번 되풀이해 이렇게 말했다.

"뭐? 우리가 아는 그 세네칼? 세네칼!"

사람들이 소이탄 사건에 대해 마르티농에게 물었다. 그가 검찰청에서 근무하기 때문에 여러 가지를 알고 있을 거라고 생각한 것이었다.

하지만 마르티농은 아무것도 들은 게 없다고 했고, 세네칼도 두세 번밖에 만난 적이 없어 잘 알지 못하지만 성격이 나쁘다고 소문 나 있다고 말했다. 마르티농의 말에 프레데릭은 화가 나 큰 소리로 반박했다.

"그렇지 않습니다! 아주 정직한 사람입니다."

"말씀은 그렇게 하시지만 음모를 꾸미는 사람이 정직한 사람일까요?" 한 지주가 말했다.

여기 있는 사람들은 대부분 지금까지 적어도 네 개의 정권을 겪어봤다. 그리하여 재산을 보호하고 불편과 가난을 피하기 위해라면 본능적으로 국력을 숭배하는 노예근성으로 프랑스와 인류도 팔 수 있는 사람들이었다. 사람들은 모두 정치 범죄는 절대 용서할 수 없다고 했다! 정치 범죄보다는 차라리 생계형 범죄가 더 낫다면서 어느 가장이 빵집에서 빵 한 조각을 훔쳤다는 이야기를 했다.

어느 행정관은 심지어 큰 소리로 이렇게 말했다.

"비록 내 형제라도 음모를 꾸민다면 반드시 고발할 겁니다."

프레데릭은 저항권의 개념을 예로 들었다. 그는 데로리에에게 들은 두세 마디 문구를 생각해내면서 드졸므와 블랙스톤의 말, 영국의 권리 장전, 1791년 헌법 2조를 인용했다. 저항권 덕분에 나폴레옹이 폐위를 선언했고, 이 저항권은 1830년에 헌장 제일 처음에 명시되어 인정받고 있다는 이야기도 했다.

"군주가 계약을 지키지 않는다면 그 군주 체제는 정의에 의해 무너지게 될 겁니다."

“너무 무서운 말이네요!” 도지사 부인이 큰 소리로 말했다.

다른 부인들은 총성이라도 들은 듯 두려워하며 아무 말도 하지 않았다. 당브뢰즈 부인만이 흔들의자에 앉아 그의 말을 들으며 미소 짓고 있었다.

카르보나르 당원이었던 어느 사업가는 오를레앙 가문이 훌륭하다는 걸 증명하기 위해 애썼다. 물론 여러 남용 문제도 있었지만…….

“그래서요?”

“그렇게 말씀하시면 안 되죠! 야당의 시끄러운 반대가 산업계에 얼마나 손해를 끼치는지 아신다면요!”

“산업계가 어떻게 되든 제 알 바 아닙니다.” 프레데릭이 말했다.

그는 늙은이들의 부패한 생각에 화가 났다. 그러자 소심한 사람에게 갑자기 용기가 생기는 것처럼 프레데릭도 자본가, 국회의원, 정부, 국왕을 신랄하게 비판했고, 아랍인을 옹호하는 말을 내뱉었다. “잘한다, 계속해!” 하고 야유 섞인 말로 부추기는 사람도 있었고, “왜 저렇게 흥분하는 거야!” 하고 투덜거리는 사람도 있었다.

그는 이쯤하는 것이 좋겠다는 생각이 들어 돌아가려고 했다. 그때 당브뢰즈가 프레데릭에게 전에 제안했던 비서직에 대해 다시 언급했다.

"아직 결정된 건 없네! 하지만 서둘러주게."

그리고 당브뢰즈 부인이 이렇게 말했다.

"나중에 또 만나는 거죠?"

프레데릭은 당브뢰즈 부부의 말 역시 야유로 받아들였다. 이런 집에 다시 오나봐라. 이런 사람들과는 다시는 만나지 않으리라. 그는 단단히 결심했다. 그는 당브뢰즈 부부가 자신의 말 때문에 기분이 상했다고 생각했다. 사교계라는 곳이 세상 돌아가는 일에 얼마나 무심한지 그는 모르고 있었다. 그는 자신의 말을 전혀 지지하지 않은 부인들에게는 더욱 화가 났다. 지지의 눈길을 보내는 부인조차 한 명도 없었다. 자신의 말에 감동하지 않은 부인들이 그는 원망스러웠다. 하지만 당브뢰즈 부인은 뭔가 우울하고 차가운 느낌이 있어서 다른 부인들과는 느낌이 달랐다. 그녀는 애인이 있을까? 누구지? 외교관, 아니면 다른 사람? 혹시 마르티농일까? 그럴 리가 없다. 프레데릭은 마르티농에게 질투를, 당브뢰즈 부인에게는 알 수 없는 원망을 느꼈다.

그날 밤에도 뒤사르디에가 프레데릭을 기다리고 있었다. 마침 프레데릭은 가슴이 터질 것 같은 기분이어서 뒤사르디에를 보자 울분을 터뜨렸다. 그의 불평은 모호하고 이해하기 어려웠지만 그런 프레데릭을 보는 직원 뒤사르디에는 슬펐다. 프레데릭은 외롭다고 한탄하기도 했다. 뒤사르디에는 잠시 주저하다가 데로리에의 집에 가보지 않겠느냐고 했다.

프레데릭은 변호사 데로리에의 이름을 듣자 그를 다시 만나고 싶은 충동을 느꼈다. 프레데릭이 느끼는 지적인 외로움은 뒤사르디에가 풀어주기는 힘들었다. 프레데릭은 뒤사르디에에게 데로리에와 다시 만날 수 있도록 중간에서 힘을 좀 써달라고 했다.

한편 데로리에 역시 프레데릭과 사이가 멀어진 뒤로 삶이 공허하다고 느끼고 있었다. 프레데릭이 우정 어린 태도로 다가오자 데로리에는 마음이 풀렸다. 두 사람은 포옹을 나누고 이런저런 이야기를 주고받았다.

프레데릭은 데로리에의 조심스러운 태도에 연민을 느끼며 옛날 잘못을 사과하는 의미에서 전에 1만 5,000프랑을 다 날리고 만 이야기를 꺼냈다. 하지만 그 날린 돈이 데로리에에게 주려던 돈이었다는 이야기는 하지 않았다. 그러나 변호사 데로리에는 그 의미를 눈치챘다. 하지만 데로리에는 전부터 아르누에 대해 자신이 짐작하던 바가 맞았다고 생각했다. 그래서 이제는 프레데릭에 대한 원망도 풀어져 과거에 했던 약속에 대해서는 이야기하지 않았다.

하지만 프레데릭은 데로리에가 아무 말도 하지 않자 그가 잊어버렸다고 생각했다. 며칠 뒤 프레데릭은 자신이 날려버린 돈을 찾을 수 없겠느냐고 물었다.

데로리에는 처음에 잡은 저당에 이의를 제기하고 아르누를 사기 전매자로 고소할 수 있으며 아르누 부인에 대해서는 주거 퇴거 소송을 제기할 수 있다고 했다.

"안 돼! 안 돼! 부인은 안 돼!" 프레데릭이 외쳤다. 전직 법률사무소 서기 데로리에의 추궁에 프레데릭은 마침내 진실을 밝혔다. 하지만 데로리에는 프레데릭이 아직도 진실을 전부 이야기하지 않고 뭔가 말하기 어려워하는 게 있는 것 같다는 생각에, 자신을 믿어주지 않는 것 같아 마음 상해했다.

하지만 두 사람은 예전처럼 다시 사이가 좋아졌다. 뒤사르디에가 옆에 있는 것이 귀찮을 정도로 프레데릭과 데로리에는 둘만 있는 게 즐거웠다. 두 사람은 약속이 있다는 핑계를 대며 뒤사르디에를 떼어놓았다. 사람들과의 관계에서 중개 역할만 하는 사람이 있다. 다른 사람들은 그런 역할을 하는 사람을 다리처럼 밟고 건너서 더 멀리 가버리곤 한다.

프레데릭은 데로리에에게 아무것도 숨기지 않았다. 프레데릭은 석탄 회사와 관련된 이야기와 당브뢰즈의 제안을 데로리에에게 털어놓았다. 데로리에는 생각에 잠겼다.

"희한하군! 그런 자리라면 법률을 더 많이 아는 사람이 맞을 텐데 말이야."

"네가 도와줄 테니 상관은 없지." 프레데릭이 말했다.

"그래……. 그렇긴 하지. 물론 도와주고말고."

그 주에 프레데릭은 어머니로부터 온 편지를 데로리에에게 보여주었다.

모로 부인은 예전에 로크 영감을 나쁘게 생각한 건 잘못된 생각이었고, 로크 영감이 자기 행동에 대해 납득할 만한 설명을 했다고 말했다. 모로 부인은 로크 영감의 재산에 대해 이야기했고, 나중에 루이즈와 프레데릭의 결혼도 생각해볼 수 있는 문제라고 했다.

"괜찮은데." 데로리에가 말했다.

프레데릭에게는 말도 안 되는 일이었다. 그는 로크 영감은 늙은 사기꾼 같은 사람이라고 했으나 데로리에는 그런 건 문제가 되지 않는다고 했다.

7월 말에 알 수 없는 이유로 북부 철도의 주가가 폭락했다. 주식을 팔지 않고 가지고 있었던 프레데릭은 6만 프랑을 손해 보게 되었고 수입이 상당히 줄었다. 그는 비용을 줄이거나 직업을 갖거나 유리한 결혼이라도 해야 했다.

그러자 데로리에가 로크 양 이야기를 했다. 프레데릭은 로크 양이 어떤지 보러 가기도 할 겸, 피곤한 상태라 시골 어머니 집에서 휴식을 취하기도 할 겸 고향으로 내려갔다.

프레데릭은 달빛 아래 노장 거리를 걸으며 옛날 생각에 잠겼다. 마치 오랜 여행에서 돌아온 듯 마음이 복잡했다.

모로 부인의 집에는 옛 지인들이 전부 모여 있었다. 강블랭 씨, 외드라 씨, 샹브리옹 씨, 르브룅 가문의 '오제 아가씨들'이 있었다. 로크 영감과 모로 부인 맞은편 카드 테이블 앞에는 로크 양이 앉아 있었다. 루이즈는 성숙한 여인이 되어 있었다. 그녀가 소리 지르며 일어나자 모두 왁자지껄 움직였다. 루이즈는 한참 동안 그대로 서 있었다. 그녀의 얼굴은 테이블 위에 놓인 은촛대 네 개의 촛불 빛을 받아 더 창백해졌다. 그녀는 다시 카드놀이를 했지만 손을 떨고 있었다. 따뜻한 그녀를 보면서 프레데릭은 자존심 상했던 것을 잊고 기쁜 마음이 되었다. '넌 날 사랑하게 될 거야!' 그는 생각했다. 그는 파리에서 느꼈던 실망을 여기서 풀어보겠다는 마음으로 유행의 첨단을 걷는 파리 사람인 척했다. 여러 신문에서 들은 연극에 대한 소문과 사교계 일화들을 들려주면서 고향 사람들의 이목을 사로잡았다.

다음 날 모로 부인은 루이즈의 장점과 언젠가 루이즈가 갖게 될 숲과 농가에 대해 이야기했다. 로크 영감은 재산이 꽤 많았다.

로크 영감은 당브뢰즈 씨를 위해 이것저것 투자하면서 자신도 재산을 모았던 것이었다. 유리한 저당을 잡을 수 있는 사람들에게만 돈을 빌려준 덕분에 이자와 수수료를 모두 챙길 수 있었다. 게다가 철저히 관리해서 자금이 안전했다. 로크 영감은 차압을 해야 할 때는 주저하지 않았고, 차압한 뒤에는 저당 잡은 것을 싼값에 사들였다. 당브뢰즈 씨는 자신의 돈이 잘 회수되는 것을 보고 사업이 제대로 되고 있다고 생각했다.

하지만 불법적인 운영 때문에 당브뢰즈 씨는 관리인인 로크 영감에게 약점을 잡혔다. 당브뢰즈 씨가 프레데릭을 반갑게 맞이한 것도 로크 영감이 부탁했기 때문이었다.

사실 로크 영감은 딸 루이즈를 백작부인으로 만들고 싶은 욕심이 내심 있었다. 딸의 행복을 걸고 도박을 하지 않고 목표를 이루기에는 프레데릭이 적당한 상대라고 생각하고 있었다.

당브뢰즈의 후원을 통해 프레데릭이 외할아버지의 귀족 칭호를 받을 수 있게 할 수도 있을 것 같았다. 모로 부인은 푸방 백작의 딸이며 샹파뉴 지방에서 가장 오래된 가문인 라베르나르 집안 출신에 데트리니 집안과도 친척 관계였다. 모로 집안의 경우 빌르뇌브 라르슈베크 물레방앗간의 오랜 비문에는 이 물레방앗간을 1596년에 세운 자콥 모로라는 인물에 대한 기록이 있었다. 그 아들인 피에르 모로는 루이 14세의 말을 관리하던 인물로 그의 무덤은 생니콜라 예배당 안에 있었다.

하인의 자식으로 태어난 로크 영감은 가문의 명예를 부러워했다. 프레데릭이 백작 칭호를 얻지 못한다면 다른 데서라도 위안을 찾을 생각이었다. 당브뢰즈가 그를 상원에 추천하게 해서 국회의원이 되게 할 수도 있었다. 그렇게 되면 프레데릭이 사업을 도와줄 수 있고, 공급이나 허가 등을 얻어내는 데 힘이 되어줄 수도 있을 거라 생각했다. 그뿐 아니라 로크 영감은 그의 성격도 마음에 들었다. 그러다 보니 로크 영감은 프레데릭을 사위로 욕심내게 되었다. 사실 이 생각은 이미 오래전부터 하고 있었지만 그 생각이 나날이 더 커지고 있었다.

로크 영감은 최근에 교회에도 자주 나갔으며, 귀족 칭호를 얻을 수 있을지도 모른다는 생각에 모로 부인의 마음에 들기 위해 애썼다. 하지만 모로 부인은 결정적인 대답은 나중으로 미루었다.

일주일이 지나자, 결정된 건 없지만 사람들은 벌써부터 프레데릭을 루이즈의 남편감으로 생각하게 되었다. 로크 영감도 아무렇지 않게 그들이 단둘이 있도록 내버려두었다.

5장

데로리에는 프레데릭으로부터 받은 위임 증서 사본과 모든 권한을 위임받은 정식 위임장을 갖고 왔다. 하지만 6층으로 올라간 데로리에는 음침한 서재 가운데에 놓인 무두질한 양피 소파에 앉자 인지가 붙은 서류만 보아도 속이 메스꺼웠다.

데로리에는 이런 것에 정말 질려가고 있었다. 그뿐 아니라 한 끼에 32수인 싸구려 식당, 시내에 갈 때 타는 합승마차, 가난과 노력에도 진저리가 났다. 그는 서류들을 집어 들었다. 다른 서류들도 옆에 있었다. 탄광 목록과 매장량에 관한 상세한 정보가 담긴 석탄 회사 팸플릿이었다. 프레데릭이 그의 의견을 알아보기 위해 남겨두고 간 것이었다.

데로리에는 문득 당브뢰즈 씨의 집에 찾아가 비서로 써달라고 부탁할까 하는 생각이 들었다. 하지만 그러려면 주식을 얼마 정도 사야 할 것이었다. 그는 곧 괜한 생각을 했다며 중얼거렸다.

"아, 안 돼! 그러면 곤란해질 거야."

데로리에는 1만 5,000프랑을 어떻게 다시 돌려받을 수 있을지에 대해 생각했다. 이 정도 금액은 프레데릭에게는 아무것도 아니었으나 자신에게는 큰 힘이 되는 액수였다. 데로리에는 프레데릭에게 돈이 많다는 것에 화가 났다.

'프레데릭은 돈을 쓸데없이 낭비하고 있어. 이기주의자! 1만 5,000프랑 따위 내가 알게 뭐람!'

프레데릭은 그 돈을 왜 아르누에게 빌려주었을까? 보나 마나 아르누 부인의 아름다운 눈 때문이었겠지. 그녀는 그 녀석의 애인이었어! 데로리에는 의심하지 않았다. '돈이 필요한 또 하나의 이유지!' 데로리에는 증오심이 끓어올랐다.

데로리에는 프레데릭의 인격 그 자체에 대해 생각해보았다. 프레데릭은 자신에게 항상 여성스러운 매력으로 다가왔다. 데로리에는 자신이 이루지 못하는 성공을 이루는 프레데릭에게 감탄하는 마음도 생겼다.

하지만 어떤 일에든 의지가 가장 중요하지 않을까? 의지만 있으면 어떠한 승리도 얻을 수 있으므로.

'그래! 그러면 재미있겠군!'

하지만 데로리에는 프레데릭을 배반하는 것이 수치스러웠다. 하지만 이내 '겁내는 거야?' 하고 생각했다.

아르누 부인은(프레데릭에게 자주 듣다 보니) 데로리에의 상상 속에서 매우 아름다운 모습으로 그려졌다. 프레데릭이 아르누 부인에게 품고 있는 끈질긴 사랑은 마치 골칫거리처럼 데로리에를 짜증 나게 했다. 너무 근엄한 자신의 태도도 지겨웠다. 상류사회 여성(아니면 데로리에가 그렇게 생각하는 여성)은 수많은 미지의 즐거움을 나타내는 상징과 축소판처럼 생각되었고, 그에 매력을 느꼈다. 가난한 데로리에는 가장 분명한 형태의 사치를 원하고 있었다.

'프레데릭이 화를 좀 내면 어때? 프레데릭은 지금까지 내게 상처 주는 행동을 많이 했으니 나도 마음에 두지 말아야지. 더구나 프레데릭과 아르누 부인이 서로 좋아한다는 증거도 없잖아. 프레데릭도 아니라고 했고. 그럼 나도 마음대로 해도 돼.'

행동에 옮기고 싶은 욕망이 그를 떠나지 않았다. 자신의 능력을 시험해보고 싶었다. 어느 날 데로리에는 갑자기 장화에 광을 내고 흰 장갑을 사고, 복수심과 동정심, 모방과 과감함이 뒤섞인 묘한 힘에 이끌려 자신이 프레데릭이 된 듯한 기분으로 행동에 나섰다.

데로리에는 자신을 '데로리에 박사'라고 전하게 했다.

아르누 부인은 박사를 부른 일이 없었기에 깜짝 놀랐다.

"아! 정말 실례했습니다. 전 법학박사입니다. 모로 씨 일로 찾아왔습니다."

그 이름에 아르누 부인은 동요하는 것 같았다.

'잘됐어!' 데로리에는 생각했다. '그를 원했으니 나도 원하겠지!' 데로리에는 남편 노릇보다는 애인 노릇을 대신하는 것이 더 쉽다는 흔한 말을 생각하며 더 대담하게 행동했다.

데로리에는 전에 헌법재판소에서 아르누 부인을 본 적이 있다고 하면서 그 날짜까지 댔다. 그의 기억력에 아르누 부인은 놀랐다. 그는 나지막한 목소리로 말을 이었다.

"어려움이 있으셨다고요……. 사업 일로."

아르누 부인은 아무 말도 하지 않았다. 그러니까 사실인 것이다.

데로리에는 이런저런 이야기, 집 이야기, 공장 이야기를 하기 시작했다. 그러고는 거울 근처에 걸린 타원형 초상화를 보더니 물었다.

"이건 가족 초상화인가보죠?"

데로리에는 노부인의 초상화를 뚫어지게 바라봤다. 아르

누 부인의 어머니였다.

"인상이 참 좋으시네요. 남쪽 지방 분위기가 풍기는 인상이군요."

아르누 부인이 샤르트르 출신이라고 하자 그가 말했다.

"샤르트르요! 멋진 도시죠."

그는 샤르트르 성당과 파테에 대해 찬사를 던지고 나서 다시 노부인의 초상화 이야기를 꺼내며 아르누 부인과 여기저기 닮았다면서 간접적으로 아부를 늘어놓았다. 그녀는 놀라지 않았다. 자신감을 얻은 데로리에는 아르누 씨와는 전부터 아는 사이라고 했다.

"대단한 분인데! 하지만 일을 망치셨어요! 저당만 해도 어떻게 그런 실수를……."

"예, 알고 있습니다." 그녀가 어깨를 으쓱하며 대답했다.

그녀는 자신도 모르게 남편에 대해 이런 식으로 실망감을 나타냈고, 이에 용기를 얻은 데로리에는 계속 말을 이었다.

"도토 회사 건도 그렇습니다. 모르고 계실 수도 있지만 정말 큰일 날 뻔했죠. 아르누 씨의 평판마저……."

그녀가 눈살을 찌푸리자 그는 말을 멈췄다.

데로리에는 화제를 돌려 남편 때문에 재산을 잃은 부인에게는 연민이 느껴진다고 했다.

“하지만 저희 재산은 모두 남편 거예요. 제 재산은 하나도 없답니다.”

그는 상관없었다. 혹시 모를 일이었다……. 경험 있는 사람이라면 도움이 될 수 있었다. 자기라도 괜찮으면 기꺼이 도움을 주겠다며 능력을 은근히 자랑했다. 데로리에는 번쩍이는 안경 너머로 그녀를 똑바로 바라봤다.

그녀는 최면에 걸린 듯 멍하게 있다가 갑자기 물었다.

“찾아오신 용건을 말씀해주세요!”

데로리에가 서류를 펼쳤다.

“프레데릭에게 받은 위임장입니다. 이 서류가 지불 명령을 내릴 집행관에게 전달되면 간단합니다. 스물네 시간 안에……. (아르누 부인은 태연해 보였다. 데로리에는 방법을 바꿨다.) 그런데 이해가 가지 않습니다. 프레데릭이 어째서 돈을 독촉하기로 했는지. 그 친구에게는 이 돈이 그렇게 필요하지는 않거든요.”

“글쎄요! 그때 모로 씨는 정말 친절하셨는데…….”

“물론 그랬겠죠.”

그는 프레데릭을 칭찬하다가 프레데릭이 건망증이 있고 자기밖에 모르며 인색하다면서 은근히 깎아내리기 시작했다.

“박사님의 친구분 아닌가요?”

"친구라 해도 결점은 보이죠. 그 친구는……. 뭐라고 해야 할까요? 연민 같은 걸 잘 몰라요."

그녀는 두툼한 서류 뭉치를 넘겨보면서 이따금씩 데로리에의 말을 막으며 어떤 단어에 대해서는 설명해달라고 했다.

데로리에가 아르누 부인의 어깨너머로 몸을 굽히면서 얼굴을 너무나 바짝 들이댔는지 두 사람의 뺨이 서로 닿았다. 그녀는 얼굴이 빨개졌다. 그녀의 얼굴이 빨개지자 데로리에는 흥분했다. 그는 그녀의 손에 키스를 퍼부었다.

"지금 뭐 하시는 거죠?"

그녀가 벽에 기대선 채 화가 난 듯한 커다란 검은 눈으로 노려보자 데로리에는 꼼짝도 하지 못했다.

"들어주십시오! 부인을 사랑합니다!"

그녀가 갑자기 웃음을 터뜨렸다. 날카롭고 절망적이고 잔인한 웃음이었다. 그는 그녀의 목을 졸라 죽여버리고 싶은 충동을 느낄 정도였다. 하지만 마음을 억누르고 은총을 부탁하는 패자 같은 표정으로 말했다.

"잘 모르시는군요. 저라면 그 친구처럼은 안 할 겁니다."

"누구 말씀이시죠?"

"프레데릭이요."

"모로 씨는 불안하게 하지 않아요. 아까도 말씀드렸듯이."

"오! 실례! 정말 실례했습니다."

이어서 그는 날카로운 목소리로 질질 끌며 이야기했다.

"그 친구에게 관심이 있으니 이 말씀을 들으면 기뻐하실지도 모르겠군요."

아르누 부인의 얼굴이 백짓장처럼 창백해졌다. 옛 서기 데로리에가 말했다.

"그 친구는 곧 결혼합니다."

"그분이!"

"예, 늦어도 한 달 뒤에 로크 양과 결혼합니다. 로크 씨는 당브뢰즈 씨의 관리인이죠. 그래서 프레데릭은 그 일 때문에 노장에 갔습니다."

아르누 부인은 마치 큰 충격을 받은 듯 두 손으로 가슴을 움켜잡았지만 곧 벨 끈을 잡아당겼다. 데로리에는 밖으로 쫓겨나기 전까지 기다리지 않았다. 아르누 부인이 돌아봤을 때 이미 그는 자리에 없었다.

그녀는 숨이 조금 막혔다. 그녀는 숨을 쉬기 위해 창가로 다가갔다.

맞은편 보도 위에서 셔츠 차림 남자가 물건을 포장한 상자에 못을 박고 있었고, 삯마차 몇 대가 지나가고 있었다. 그녀는 창문을 닫고 의자로 돌아와 앉았다. 주변의 높은 건물들이 햇빛을 가려서 방 안은 싸늘했다. 아이들은 나가고 없었고 주변은 움직임 없이 조용했다. 마치 끝없는 허공 속에 내던져진 기분이었다.

'그분이 결혼을 하다니! 어떻게!'

그녀는 신경질적으로 몸을 떨었다.

'내가 왜 이러지? 혹시 그분을 사랑하는 걸까?'

그리고 갑자기 혼잣말을 했다.

"그래, 사랑하고 있어……. 그분을 사랑하고 있어."

그녀는 깊은 곳으로 한없이 빠져드는 기분이었다. 추시계가 세 시를 울렸다. 시계 소리가 서서히 잦아들고 있었다. 아르누 부인은 희미해져가는 진동 소리를 듣고 있었다. 그리고 어느 한곳을 응시한 채 미소 지으며 소파에 걸터앉아 있었다.

그날 오후 같은 시간에 프레데릭과 루이즈는 섬 한쪽 끝에 있는 로크 영감의 정원을 산책하고 있었다. 나이 든 하녀 카트린은 두 사람을 멀리서 지켜보고 있었다. 프레데릭과 루이즈는 나란히 걸었다. 그가 이렇게 말했다.

"예전에 제가 들판으로 데리고 나오곤 했는데 지금도 기억해요?"

"정말 다정했죠!" 루이즈가 대답했다. "내가 모래로 과자를 만들 때, 모래를 물뿌리개에 담을 때 같이 담아주고 그네를 밀어주셨죠!"

"여왕님, 후작부인 이름을 가졌던 인형들은 다 어떻게 됐나요?"

"그러고 보니 어떻게 됐는지 모르겠네요!"

"강아지 모리코는?"

"가엾게도 물에 빠져 죽었어요."

"그럼 그 돈키호테는? 함께 판화에 색을 칠하던 그 책은요?"

"아직 가지고 있어요!"

그는 그녀가 첫영성체를 받던 날을 떠올렸다. 저녁 기도 종소리가 울리자 루이즈가 흰색 베일을 쓰고 커다란 초를 든 채 다른 소녀들과 함께 성가대석 주위를 돌던 모습이 매우 귀여웠다고 말했다.

그녀는 그런 추억에는 별 관심이 없는지 아무 대답도 하지 않았다. 잠시 후 그녀가 이렇게 말했다.

"내게 소식 한번 전하지 않다니 정말 너무해요!"

그는 바쁜 일이 많았다고 둘러댔다.

"무슨 일을 하고 있는데요?"

그는 순간 당황했으나 정치학을 공부하는 중이라고 했다.

"아!" 그녀는 더 이상 묻지 않았지만 계속 말을 이었다. "뭔가 하는 일이 있잖아요. 하지만 난……."

루이즈는 하루하루가 지루하다고 했다. 만날 사람도 재미있는 일도 없어서 기분 전환할 것도 없다고 했다. 말을 타고 싶다고도 했다.

"부사제님은 젊은 여자에게 승마는 맞지 않는다고 하세요. 예의범절 따위 바보 같아요. 옛날에는 뭐든지 할 수 있었는데 요즘은 그 무엇도 마음대로 못해요."

"하지만 아버님께 사랑받고 있지 않습니까?"

"그래요, 하지만……."

그녀는 한숨을 푹 내쉬었다. '그것만으로는 행복해질 수 없죠.'라고 말하는 듯했다.

그리고 침묵이 흘렀다. 걸을 때마다 모래가 사각거리는 소리와 물이 떨어지는 소리만 들렸다. 센 강이 노장 상류에서 양쪽으로 갈라지기 때문이었다. 물레방아를 돌리는 지류는 이쪽으로 물을 많이 쏟아냈고, 좀 더 밑에서 강줄기와 합류했다. 다리에서 오면 오른쪽 강변에는 잔디가 깔린 비스듬한 언덕이 있었고, 하얀 집이 언덕을 굽어보고 있었다. 왼쪽에는 포플러가 늘어선 목장이 있었고, 정면에 보이는 지평선은 굽이진 강으로 둘러싸여 있었다. 강물은 거울처럼 평평했다. 커다란 곤충들이 잔잔한 수면 위를 가볍게 지나갔다. 강변에는 갈대와 등나무 덤불이 뒤섞여 있었다. 각종 식물에는 황금색

꽃봉오리가 달려 있거나 노란색 꽃들이 매달려 있었고, 초록빛을 띤 맨드라미 꽃대가 서 있었다. 강의 작은 만에는 수련이 피어 있었다. 늑대 덫을 숨긴 버드나무 고목이 일렬로 늘어서 있어서, 마치 섬에서 보면 정원의 경계 같았다.

다른 편으로 소유지 안쪽에는 슬레이트 지붕으로 덮인 벽이 채소밭을 둘러싸고 있었다. 최근에 정돈된 네모난 채소밭은 마치 갈색 판자처럼 보였다. 멜론에 씌워진 종 모양 유리가 좁은 묘판 위에서 일렬로 반짝였고, 아티초크, 강낭콩, 시금치, 당근, 토마토를 작은 깃털 술처럼 보이는 아스파라거스 밭까지 심어놓았다.

집정 내각 시절에 이 소유지는 호화 별장으로 불렸다. 그 후로 나무가 아무렇게나 방치되어 자랐다. 참으아리가 소사나무 울타리에 엉겨 있고, 좁은 산책길에는 이끼가 덮이고 여기저기 가시나무가 무성하게 자라 있었다. 풀 아래에는 석고상 파편이 흩어져 있었고, 걷다 보면 철사 같은 것이 발에 걸렸다. 건물은 1층에 방 두 개밖에 남아 있지 않았다. 파란 벽지가 너덜거렸다. 건물 앞에는 이탈리아풍 포도나무 덩굴이 길게 뻗어 있고, 벽돌 기둥으로 지지한 나무 격자가 포도 덩굴을 받치고 있었다.

프레데릭과 루이즈는 포도나무 아래까지 왔다. 틈이 일정하지 않은 나뭇잎 사이로 햇빛이 새어 들어왔다. 그는 옆에 앉은 그녀에게 이야기하면서 그녀의 얼굴에 비치는 나뭇잎 그림자를 바라봤다.

그녀는 빨간 머리를 위로 묶은 다음 끝에 핀을 꽂고 있었다. 유리알이 달린 모조 에메랄드 핀이었다. 그녀는 상복 차림이었으나 장밋빛 비단으로 장식된 짚신을 신고 있었다.(루이즈의 취향은 어린아이 같았다.) 시장에서 산 게 분명한 촌스러운 신발이었다.

그는 멋진 신발이라며 놀리듯이 말했다.

"놀리지 마세요!" 그녀가 말했다. 그녀는 잿빛 펠트 모자부터 비단 양말까지 프레데릭의 차림을 훑어보며 감탄했다.

"정말 멋쟁이시군요!"

그녀는 그에게 책을 좀 추천해달라고 했다.

그가 책 제목을 몇 가지 알려주자 그녀는 이렇게 말했다.

"아! 정말로 아는 게 많으시네요!"

그녀는 어릴 때부터 종교적 순결함, 본능적인 뜨거운 욕구가 뒤섞인 어린아이 같은 애정에 사로잡혀 있었다. 그녀에게 프레데릭은 친구이자 오빠이자 선생님 같은 존재였다. 정신적으로 위안을 주는 존재이자 가슴을 뛰게 하는 상대였다. 자신도 모르게 마음속 깊은 곳에 은밀한 도취감을 끝없이 심어

준 사람이었다. 그런데 어머니가 세상을 떠나 슬퍼하고 있을 때 그녀는 그가 떠나자 두 번이나 절망에 빠지게 되었다. 그가 멀리 떠나자 그녀는 추억 속에 남은 그를 점점 이상화시켰다. 루이즈는 이번에 후광이 비치는 듯한 그를 다시 만나게 된 것 같아 기뻐서 어쩔 줄 몰라하고 있었다.

프레데릭은 태어나서 처음으로 사랑받는다는 기분을 느꼈다. 유쾌한 감정 정도였으나 어쨌든 즐거웠고 가슴이 부풀어 올랐다. 그는 두 팔을 벌리고 고개를 뒤로 한껏 젖혔다.

하늘에서 커다란 구름이 지나가고 있었다.

"구름이 파리로 가고 있네요." 그녀가 말했다. "저 구름과 같이 가고 싶으신 거죠?"

"내가! 왜?"

"저야 모르죠."

그녀는 날카로운 눈빛으로 그의 얼굴을 살피며 말했다.

"혹시 파리에…… (그녀는 할 말을 찾았다.) 사랑이 있을지 모르죠."

"사랑 같은 건 없어요!"

"정말요?"

"그래요, 아가씨, 물론이죠!"

소녀였던 그녀가 1년도 채 안 되어 이렇게 변해 있어 그는 놀라고 있었다. 그는 한참 동안 아무 말도 하지 않다가 입을 열었다.

"예전처럼 말을 편하게 할까요?"

"아니요."

"왜요?"

"그냥요!"

그는 계속 고집을 부렸다. 그녀는 고개를 푹 숙이며 말했다.

"그럴 엄두가 안 나요!"

두 사람은 정원 끝에 있는 리봉 모래사장까지 갔다. 그는 아이처럼 장난치고 싶은 마음에 자갈을 주워 물 위에 던졌다. 그녀가 앉자고 해서 그는 앉았다. 그는 둑 아래로 떨어지는 물을 보며 말했다.

"나이아가라 폭포 같군요!"

프레데릭은 머나먼 나라와 긴 여행에 대해 이야기했다. 루이즈는 그런 여행을 하면 어떨까 하는 생각에 황홀해했다. 그녀는 폭풍도 사자도 그 무엇도 무섭지 않다고 생각했다.

두 사람은 나란히 앉아 이야기하면서 모래를 쓸어 모은 뒤 손가락 사이로 흘려보냈다. 들판에서 불어오는 따뜻한 바람에는 라벤더 향기와 수문 뒤에 고정된 배의 타르 냄새가 섞여 있었다. 폭포수 위로 햇빛이 비쳤다. 물이 떨어지는 작은 둑에 쌓인 푸른색 돌들이 마치 연결되어 있는 얇은 은색 베일을 통해 보이는 것 같았다. 기다란 거품 줄기가 박자를 맞춰 아래에서 다시 튀어 올랐다. 이어서 그것은 다시 거품이 되어 빙글빙글 돌다가 서로 부딪쳐 나뉘더니 투명한 물에 섞여 들었다.

그녀는 물고기의 삶이 부럽다고 했다.

"물속에서 자유롭게 돌아다니고, 물의 애무를 받으면 기분이 참 좋을 것 같아요."

그녀는 관능적인 아양을 부리며 몸을 떨었다.

그때 누군가가 부르는 소리가 들렸다.

"어디 계세요?"

"하녀가 부르고 있군요." 프레데릭이 말했다.

"상관없어요! 괜찮아요!"

루이즈는 그대로 있었다.

"화낼 것 같은데." 그가 말했다.

"상관없어요! 더구나……." 로크 양은 하녀는 자기 마음대로 할 수 있다는 뜻의 몸짓을 했다.

그러면서 그녀는 자리에서 일어나 머리가 아프다고 했다. 나무 더미가 있는 큰 창고 쪽으로 가면서 그녀가 물었다.

"여기 들어가볼래요? 숨바꼭질하듯이."

그는 그녀의 사투리를 못 알아듣는 척했고 억양을 놀려대기까지 했다. 그녀는 입가를 살짝 오므리고 깨물며 뾰로통한 표정을 짓더니 그에게서 떨어졌다.

그는 그녀에게 다가가 나쁜 뜻으로 한 말은 아니며 그녀를 많이 좋아한다고 했다.

"정말요?" 그녀는 큰 소리로 말하며 그를 바라봤다. 주근깨가 약간 있는 그녀의 얼굴은 밝은 미소로 환해졌다.

그는 그녀의 솔직한 감정 표현과 생생한 젊음에 매료되어 말했다.

"거짓말할 이유가 있겠어요? 못 믿는 거죠……. 응?" 그는 왼쪽 팔로 그녀의 허리를 감쌌다.

그녀는 목에서 비둘기 울음처럼 감미로움에 취해 외치는 소리를 내더니 고개를 뒤로 젖히면서 정신을 잃었다. 그는 그녀를 부축했다. 지금까지 점잖게 행동하던 그도 별수 없었다. 몸을 맡긴 순결한 그녀 앞에서 웬지 두려움을 느낀 것이었다. 잠시 후 그는 그녀를 부축해 몇 발자국 천천히 걷게 해주었다. 그는 더 이상 다정한 말을 건네지 않았고, 두 사람 사이와는 별로 관계없는 노장의 사교계에 대해서만 이야기했다.

갑자기 그녀가 그를 밀치고 서둘러 말했다.

"날 데리고 갈 용기가 없는 거야!"

그는 깜짝 놀란 표정으로 그 자리에 멈췄다. 그녀가 흐느겨 울며 그의 품 안으로 뛰어들었다.

"당신 없이 어떻게 살 수 있을까요!"

그는 그녀를 열심히 달래주었다. 그녀는 그의 얼굴을 더 자세히 보려고 어깨에 두 손을 얹었다. 그녀는 야생적인 느낌이 드는 촉촉한 푸른 눈동자로 그를 뚫어져라 바라봤다.

"제 남편이 되어주시겠어요?"

"그야……." 그는 대답할 말을 찾으며 더듬거렸다. "저야 좋지만……."

그때 로크 영감의 사냥 모자가 라일락 그늘 아래에 나타났다.

이후 그는 '자신의 젊은 친구' 프레데릭을 이틀 동안 데리고 다니면서 근처 땅을 보여주었다. 집으로 돌아온 프레데릭은 편지 세 통을 발견했다.

한 통은 당브뢰즈에게 온 것으로 다음 화요일 저녁 식사에 초대한다는 편지였다. 이렇게 갑자기 정중하게 대하는 이유는 뭘까? 프레데릭이 지난번에 보인 무례한 태도를 용서한 걸까?

다른 한 통은 로자네트에게 온 편지로, 자신을 위해 목숨을 바치려 한 것에 감사한다는 내용이었다. 처음에 그는 그녀의 편지를 잘 이해할 수 없었는데 나중에야 이해했다. 그녀는 그의 우정에 호소한다느니 따뜻한 마음을 믿고 있다느니 무륜을 꿇고 애원한다느니 빙빙 돌려 말하면서, 꼭 필요해서 그러니 500프랑만 구해주면 좋겠다고 썼다. 빵을 구걸하듯 부탁하고 있었다. 그는 즉시 돈을 빌려주기로 했다.

마지막 편지는 데로리에가 보낸 편지로, 채권자 대리 행위에 관한 지루한 내용으로 가득해 편지의 취지를 알 수 없었다. 변호사는 아직 어떤 방법을 택할지 결정하지 않았다고 했고, '돌아올 것 없어!'라고 지나치게 강조하며 자신에게는 신경 쓰지 않아도 된다고 했다.

프레데릭은 이런저런 추측을 해보다 문득 돌아가고 싶은 생각이 들었다. 편지에서 데로리에가 이러쿵저러쿵 지시를 하는 것 같아 불쾌했던 것이다.

또한 그는 파리의 대로가 그리웠다. 어머니는 계속 졸라댔고, 로크 영감은 계속 주변을 맴돌았고, 루이즈는 나날이 강렬한 애정 표현을 하는데 확실한 대답을 할 수 없으니 부담스러웠다. 신중히 생각해볼 일이니 좀 떨어져 있다 보면 결론을 제대로 내릴 수 있을 것 같았다.

그는 파리로 가기 위해 적당한 이유를 지어냈다. 모두에게 돌아올 거라고 했고, 스스로도 그렇게 결심하고 파리로 출발했다.

6장

프레데릭은 파리로 돌아왔으나 전혀 즐겁지 않았다. 8월 말 저녁의 대로는 텅 빈 듯 느껴졌다. 여기저기 아스팔트에서는 커다란 가마솥처럼 뜨거운 열기가 피어오르고 있었고, 사람들은 얼굴을 찌푸린 채 지나다녔다. 집들은 대부분 덧문이 잠겨 있었다. 혼자 식사하면서 그는 외로웠고, 문득 로크 양이 생각났다.

결혼이 꼭 쓸데없는 일인 것 같지는 않았다. 둘이서 이탈리아와 근동 등 여러 나라를 여행할 수 있을지도 모른다! 언덕 위에 서서 이국적인 풍경을 바라보는 루이즈의 모습, 피렌체의 화랑에서 프레데릭에게 팔짱을 끼고 그림 앞에서 멈춰서는 그녀의 모습이 상상되었다. 착하고 어린 루이즈가 찬란한 예술과 자연 앞에서 활짝 피어나는 모습을 본다면 얼마나 즐거울까! 지금의 환경에서 벗어나면 그녀는 사랑스러운 아내가 될 것 같다는 생각이 들었다. 로크 영감의 재산에도 관심이 가는 건 사실이었으나 그런 이유 때문에 마음을 정한다면 왠지 남자답지 못하고 비겁한 것 같았다. 그는 이런 생각을 하는 자신이 혐오스러웠다.

하지만 그는 (무엇을 하든) 생활 방식은 바꾸자고 결심했다. 더 이상 결실 없는 사랑에 마음을 빼앗기지 말자고 결심한 것이다. 그러다 보니 그녀의 부탁도 조금 부담스럽게 느껴졌다. 그녀는 아르누의 상점에 가서 트루아 현의 사무소에서 본 것과 비슷한 다양한 빛깔의 커다란 흑인 조각상 두 점을 사다 달라고 부탁한 적이 있었다. 그녀는 아르누 가게 물건의 특징을 알고 있었다. 다른 가게가 아니라 꼭 아르누의 가게에서 사달라고 했다. 그는 아르누의 가게에 갔다가 또다시 옛사랑에 빠질까봐 내심 두려웠다.

저녁 내내 이런 생각에 잠겨 있던 그는 자리에 누우려고 했다. 그때 한 여자가 집 안으로 들어왔다.

"저예요." 바트나 양이 미소 지으며 말했다. "로자네트의 부탁을 받고 왔어요."

두 사람은 화해한 걸까?

"물론이죠. 저 그렇게 성격이 못되지 않았어요. 로자네트도 가엾고……. 전부 이야기하려면 길어요."

그녀에 따르면 여장군이 그를 만나고 싶어한다고 했다. 편지가 파리에서 노장으로 돌아갔기 때문에 그녀는 답장을 기다리고 있다고 했다. 바트나 양은 로자네트가 그에게 쓴 편지의 내용은 모른다고 했다. 그는 바트나 양에게 요즘 여장군은 어떻게 지내느냐고 물었다.

바트나 양은 요즘 그녀는 체르누코프 공작이라는 부자와 함께 산다고 했다. 공작은 러시아 출신으로 지난여름 샹드마르스 경마장에서 로자네트를 본 적이 있다고 했다.

"공작은 마차 세 대, 승마용 말, 하인, 영국식 차림을 한 하인, 별장, 이탈리아 극장 좌석 등 여러 가지를 전부 가진 사람이죠."

바트나 양은 마치 자신이 이러한 재산 변화에서 이득을 보기라도 한 듯 더욱 신나고 행복에 겨워 보였다. 그녀는 장갑을 벗고 방 안의 골동품과 가구들을 살펴봤다. 그리고 골동품 가게 주인처럼 하나하나 가격을 매기더니, 자신과 의논했으면 더 저렴하게 살 수 있었을 거라고 했다. 그러면서도 프레데릭의 훌륭한 취향은 인정했다.

"이거 예쁘네요. 정말 멋져요! 당신 같은 분이 아니면 갖지 못했을 안목이에요."

그녀는 알코브 침대 머리에 쪽문이 있는 걸 보고 물었다.

"이 문으로 애인들이 나가게 하나보군요?"

그녀는 다정한 손길로 프레데릭의 턱을 만졌다. 날씬하고 부드러운 그녀의 손이 닿자 프레데릭은 몸을 떨었다. 그녀의 소매 깃에는 레이스 장식이 달려 있었고, 녹색 옷가슴에도 기마병 같은 장식 끈이 달려 있었다. 챙이 넓은 검은색 망사 모자로 이마를 반쯤 가리고 있었고 그 아래로 눈빛이 반짝였다. 양쪽으로 가르마를 탄 머리에서 파출리 향이 풍겼다. 작은 탁자 위에 놓인 램프는 마치 극장의 조명등처럼 그녀를 밑에서부터 위로 비추었다. 그 때문에 턱이 두드러져 보였다. 그는 갑자기 표범처럼 몸이 굽이치는 못생긴 여자 앞에서 강렬한 갈망, 동물적인 욕정을 느꼈다.

그녀는 지갑에서 네모난 종이를 세 장을 꺼내더니 당당한 목소리로 말했다.

"이것 좀 사주세요!"

델마르의 공연 표였다.

"뭐라고요? 그 사람 겁니까?"

"물론이죠."

그녀는 더 이상 설명하지 않았다. 여느 때보다도 열렬히 그를 좋아한다고 했다. 그녀 말에 따르면 그는 '당대 최고' 반열에 올라 있는 것 같았다. 그러므로 이제 그는 단순히 여러 인물로 분해 연기하는 것이 아니라 프랑스 정신과 민중 그 자체를 상징하며 연기한다고 덧붙였다. 다시 말해 델마르는 인도주의적인 영혼을 가졌고, '예술이라는 천직'을 이해하는 배우라는 것이었다. 프레데릭은 그에 대한 과장된 칭찬을 더 이상 듣고 싶지 않아서 바트나 양에게 얼른 표 석 장을 샀다.

"거기 가서 이런 이야기는 할 필요 없어요! 어머나, 늦었네! 이제 가봐야 해요. 참, 주소를 알려드린다는 걸 깜빡했네요. 그랑주 바틀리에 거리 14번지예요."

그녀는 문 앞에서 인사했다.

"잘 있어요, 사랑받는 남자!"

'누구한테 사랑을 받는다는 거야?' 프레데릭은 생각했다. '이상한 여자군.'

그는 문득 뒤사르디에가 한 말을 떠올렸다. 언젠가 뒤사르디에는 그녀에 대해 "신경 쓸 것 없어!"라고 하면서 은근히 창피하다는 암시를 비춘 일이 있었다.

다음 날 프레데릭은 여장군의 집으로 갔다. 밖으로 차양을 친 새 집이었다. 층계참마다 거울이 걸려 있었고 창문 앞에는 시골풍 화분이 놓여 있었으며 계단 위에는 천으로 된 융단이 깔려 있었다. 밖에서 들어오자 계단이 시원해서 기분이 상쾌했다.

붉은색 조끼를 입은 하인이 문을 열어주었다. 대기실에는 여자와 남자가 긴 의자에 앉아 기다리고 있었다. 이 집에 드나드는 상인들 같았다. 마치 장관의 대저택 현관에 온 것 같은 느낌이었다. 왼쪽에는 식당으로 통하는 문이 반쯤 열려 있었다. 안에 있는 찬장의 빈 병들, 의자 등에 걸린 냅킨 등이 보였다. 식당과 같은 방향으로 복도가 뻗어 있었고, 황금빛 막대들이 장미 가지를 받치고 있었다. 아래쪽 마당에서는 두 남자가 팔을 걷어붙이고 지붕 있는 사륜마차를 닦고 있었다. 간혹 글경이가 돌에 부딪치는 소리와 함께 그들의 목소리가 들렸다.

하인이 다시 나오더니 "마님이 만나겠다고 하십니다."라고 했다. 프레데릭은 하인의 안내를 받아 두 번째 대기실과 커다란 응접실을 지났다. 응접실에는 노란색 비단이 드리워 있었고 사방의 모퉁이에 있는 밧줄꼴 쇠시리가 천장에서 합해져 덩굴무늬가 있는 닻줄 모양 샹들리에까지 연결되어 있었다. 지난밤에 파티라도 열었는지 탁자 위에 시가의 재가 떨어져 있었다.

프레데릭은 색유리 창을 통해 희미한 빛이 들어오는 규방으로 들어갔다. 방문 윗부분은 클로버 모양이 조각된 목재 장식으로 이루어져 있었다. 난간 뒤로는 자주색 매트 세 개를 가지런히 놓아 긴 의자처럼 사용하고 있었다. 백금 담배통이 그 위에 굴러다니고 있었다. 난로 위에는 거울 대신 갖가지 수집품이 놓여 있는 피라미드 모양의 장식 선반이 달려 있었다. 낡은 은시계와 보헤미아산 나팔, 보석 고리, 옥으로 된 단추, 칠보, 사기 인형, 긴 옷을 입은 비잔틴 양식의 도금된 작은 성모상이 선반에 놓여 있었다. 이 모든 것이 양탄자의 푸른색과 의자에서 반사되는 진줏빛, 갈색 가죽으로 덮인 벽의 연한 황갈색과 어우러져 황금빛 석양 속으로 녹아들었다.

로자네트가 모습을 나타냈다. 장밋빛 비단 상의에 흰색 캐시미어 바지를 입었고, 피아스터 은화로 만든 목걸이를 하고 있었다. 머리에 쓴 붉은색 둥근 모자에는 재스민 가지가 감겨 있었다.

그는 놀라는 몸짓을 했다. 그러고는 그녀가 '부탁한 것'이라면서 지폐를 내놓았다.

그녀는 깜짝 놀라며 그를 바라봤다. 그는 돈을 어디에 놓아야 할지 몰라 한참 동안 손에 들고 있다가 말했다.

"자, 받아요!"

그녀는 그가 내민 돈을 받았지만 긴 의자에 던져놓았다.

"참 친절하시네요."

그녀는 벨빌의 땅값을 갚기 위해 매년 이런 식으로 돈을 내고 있다고 했다. 그는 그녀의 무례한 말에 화가 났다. 어쨌든 잘된 일이었다. 이런 식으로 옛날 일을 복수하는 셈이니.

"앉으세요." 그녀가 말했다. "좀 더 가까이요." 그녀는 정색하며 말을 이었다. "고맙다는 인사를 드려야겠네요. 목숨을 걸고 결투를 해주셔서."

"별것 아닙니다."

"별일 아니라뇨! 훌륭한 일이죠!"

여장군은 민망할 정도로 찬사를 늘어놓았다. 그녀는 프레데릭이 결투한 이유가 아르누 한 사람을 위해서라고 생각하고 있었다. 아르누가 그녀에게 그렇게 말한 것 같았다.

'날 놀리는 건지도 모르지.' 그는 생각했다. 그는 볼일이 끝나자 약속이 있다면서 일어났다.

"아뇨! 그냥 계세요!"

그는 다시 자리에 앉아 그녀의 옷을 칭찬했다.

그녀는 의기소침한 표정으로 말했다.

"공작은 이렇게 하고 있어야 좋아해요. 저런 것도 피우라고 하더라고요." 그녀가 담배통을 가리켰다. "한번 피워보실래요?"

하인이 불을 가져왔다. 하지만 모조 황금에 불이 잘 붙지 않자 로자네트는 발을 구르며 안달했다. 그녀는 노곤해졌는지 쿠션을 겨드랑이 아래에 끼고 한쪽 무릎을 구부리고 몸을 약간 비틀었으며, 한 발을 똑바로 뻗어 올리고는 긴 의자에 꼼짝하지 않고 앉아 있었다. 그녀의 팔에는 붉은색 모로코 가죽으로 된 관이 팔찌에 감겨 있었다. 그녀는 호박 물부리에 입술을 대고는 자욱한 연기 속에서 눈을 깜빡이며 프레데릭을 바라봤다. 그녀가 숨을 쉴 때마다 물이 보글거리는 소리를 냈다. 그녀가 중간중간 중얼거렸다.

"당신은 정말로 다정해요, 친절한 분이죠."

그는 재미있는 얘깃거리가 없나 하고 생각했다. 그는 순간 바트나 양이 생각났다.

그는 바트나 양이 고상해 보인다고 했다.

"당연하죠!" 여장군이 말했다. "제가 있어서 행복한 거예요, 그 여자는!"

그녀는 더 이상 아무 말도 하지 않았다. 그 정도로 두 사람의 대화는 제한되어 있었다.

두 사람 모두 속박과 장애물 같은 것을 느끼고 있었다. 로자네트는 프레데릭이 자기 때문에 결투한 거라고 생각해서 처음에는 매우 의기양양했다. 하지만 그가 자신의 행동을 자랑하러 오지 않자 놀란 것이었다. 결국 그녀는 그를 다시 오게 하기 위해서는 500프랑이 필요하다는 생각이 들었다. 그런데 그가 감사의 대가로 자신에게 애정을 구걸하지 않자 그녀는 당황스러웠다! 그러면서도 그녀는 그가 고상한 남자라는 생각이 들어 감탄했고, 다정하게 말했다.

"우리와 같이 바다에 수영하러 갈래요?"

"우리라니 누구 말입니까?"

"저랑 그이요. 옛날 연극에 나오는 장면처럼 당신을 사촌오빠라고 소개할게요."

"말도 안 되는군요!"

"그리고 우리 숙소 근처에 묵으세요."

돈 많은 남자를 피해 몸을 숨긴다는 사실에 프레데릭은 모욕감을 느꼈다.

"아뇨! 그건 말도 안 돼요!"

"그럼 편할 대로 하세요."

로자네트는 눈에 눈물이 고이자 고개를 돌렸다. 그 눈물을 본 프레데릭은 그녀에게 관심이 있다는 걸 보여주기 위해 이렇게 잘 사는 모습을 보니 기쁘다고 했다.

그녀는 어깨를 으쓱했다. 그녀를 슬프게 하는 사람이 있는 걸까? 혹시 그 돈 많은 남자가 그녀에게 사랑을 주지 않는 것이 아닐까?

그녀는 "절 언제나 사랑해주고 있어요."라고 하면서 덧붙였다.

"어떤 방식이냐가 문제죠."

여장군은 "더워서 숨이 막힐 것 같다"면서 상의를 벗었다. 허리 주위에 비단 속옷 하나만 걸친 모습이 되었다. 로자네트는 도발적인 노예처럼 한쪽 어깨로 고개를 기울였다.

사리분별을 하지 않는 이기적인 남자라면 자작이나 코맹 씨, 그 밖의 다른 남자가 갑자기 나타날지도 모른다는 생각은 하지 않았을 것이다. 하지만 프레데릭은 이미 여러 번 이런 시선에 속아봤기 때문에 또다시 망신당할 일은 하지 않았다.

그녀는 요즘 그가 누구와 알고 지내는지, 어떤 일을 하고 있는지 궁금해했다. 심지어 그의 사업에 대해서도 물었고, 필요하다면 돈을 빌려줄 수 있다고 했다.

그는 더 이상 그 자리에 있을 수가 없어서 모자를 집었다.

"그럼 거기서 즐겁게 지내요. 안녕히 가세요."

그녀는 눈을 크게 뜨면서 차갑게 말했다.

"잘 가요!"

프레데릭은 노란색 응접실과 두 번째 대기실을 지나갔다. 테이블에는 명함이 가득한 단지와 잉크병이 있었고, 그 사이에는 세공된 은상자가 있었다. 아르누 부인이 가지고 있던 것이었다! 그는 갑자기 연민이 생기는 동시에 신성한 것이 더럽혀진 것 같은 찜찜한 기분을 느꼈다. 그는 그 은상자를 만져보고 열어보고 싶었다. 하지만 누군가에게 들키기라도 할까 봐 두려워 그대로 나갔다.

그는 아르누의 집에 가기 위해 용기를 내지 않았고, 다시는 그 집에 가지 않았다.

그는 하인을 시켜 흑인 조각상 두 개를 사 오라고 시켰고, 주문한 물품은 그날 저녁에 노장으로 소포로 배달되었다. 다음 날 그는 데로리에의 집에 가기 위해 비비엔 거리에서 대로로 꺾이는 모퉁이를 지나다가 아르누 부인과 딱 마주쳤다.

처음에 두 사람은 뒤로 물러섰다. 그리고 똑같이 미소 지으며 다가섰다. 하지만 잠시 동안 두 사람은 어느 쪽도 말을 하지 않았다.

햇빛이 아르누 부인을 감쌌다. 그녀의 갸름한 얼굴, 긴 눈썹, 어깨 선이 보이는 검은색 레이스 숄, 비둘기색 비단 옷, 모자 끝에 꽂은 제비꽃, 이 모든 것이 프레데릭에게는 놀라울 만큼 화려하게 다가왔다. 그녀의 아름다운 눈빛에는 부드러움이 넘쳐흘렀다.

"아르누 씨는 잘 지내십니까?" 프레데릭이 말했다.

"덕분에 잘 있어요!"

"아이들은?"

"모두 잘 있어요."

"아! 아, 날씨가 참 좋지 않나요?"

"정말 화창한 날씨예요."

"장 보러 가시는 겁니까?"

"예."

그녀는 고개를 천천히 숙이며 인사했다.

그녀는 악수도 청하지 않았고 다정한 말 한마디 건네지 않았으며, 집에 오라는 말도 하지 않았다. 하지만 상관없었다! 프레데릭은 이번 재회는 아무리 아름다운 사랑의 모험이 있다 해도 바꾸지 않을 것이다. 그는 계속 걸어가면서 이 즐거움을 다시 음미했다.

프레데릭을 보자 데로리에는 놀라는 듯했지만 분한 마음은 내보이지 않았다. 프레데릭이 아직 아르누 부인에게 고집스럽게 희망을 품고 있었기 때문이었다. 데로리에는 방해받지 않고 그녀에게 구애하기 위해 그에게 시골에 더 있으라고 했던 것이었다.

데로리에는 아르누 부인을 찾아갔던 일에 대해 이야기했다. 아르누 부부의 재산이 공동 소유인지 알아보기 위해 갔고, 공동 소유라면 부인을 상대로 소송을 걸 수 있다고 했다. "자네가 결혼한다고 했더니 부인의 표정이 묘하더군."

"이런, 그런 말을 지어내면 어떡하나?"

"그런 말이라도 해야 자네가 돈이 필요하다는 이유를 댈 수가 있지. 그나저나 부인이 묘한 표정을 짓는 것을 보니 자네에게 관심이 아주 없지는 않은 것 같았어."

"정말인가?" 프레데릭이 큰 소리로 말했다.

"아, 드디어 본심이 나오는군. 솔직하게 이야기해봐!"

하지만 프레데릭은 아르누 부인을 사랑하고 있어도 소심한 마음이 더 컸다.

"아냐……! 정말이라고……! 맹세코!"

데로리에는 프레데릭이 머뭇거리며 부정하자 더욱 확신했다. 데로리에는 그를 격려하며 어서 자세히 이야기해달라고 했다. 하지만 프레데릭은 아무 말도 하지 않았고, 이야기를 꾸며내고 싶은 마음도 참았다.

프레데릭은 저당에 대해서는 아무것도 하지 말고 기다리자고 했다. 데로리에는 잘못하는 거라고 하면서 흥분하며 충고했다.

데로리에는 예전과 달리 우울하고 공격적이었으며 신경질적이었다. 심지어 1년이 지나도 운명이 자기편이 아니면 배를 타고 아메리카 대륙으로 가든지 총으로 머리를 쏴서 자살하든지 하려고 했다. 늘 흥분하며 말하고 흑백논리에 사로잡혀 있는 데로리에를 보며 프레데릭이 말했다.

"세네칼 같군."

이 말을 듣자 데로리에는 세네칼이 생펠라지에서 석방되었다고 알려주었다. 예심에서 증거 불충분으로 기소가 되지 않은 것 같다고 했다.

뒤사르디에가 세네칼의 석방을 축하하기 위해 '펀치'를 한턱 쏘고 싶다고 하면서 프레데릭에게 '참석해달라고' 전해주었다. 술자리에는 세네칼에게 친절을 베푼 위소네도 참석한다고 했다.

사실 《플랑바르》는 최근에 사업부를 따로 만든 다음 안내서에 '포도주 직거래점 – 광고 대리점 – 대금 회수 상담소'라는 문구를 넣었다. 하지만 보헤미안은 혹시 이 사업으로 문학적 명성에 해를 입을까봐 수학자 세네칼을 회계부로 채용하기로 한 것이었다. 초라한 직책이지만 이마저 없으면 세네칼은 굶어 죽을 지경이었다. 프레데릭은 마음씨 좋은 직원 뒤사르디에를 봐서라도 그 초대를 받아들이기로 했다.

뒤사르디에는 사흘 전부터 다락방의 붉은색 바닥에 직접 왁스칠을 하고, 안락의자를 털고 벽난로 위의 먼지를 닦아냈다. 난로 선반에는 종유석과 야자열매 사이에 유리 덮개가 있는 대리석 시계를 놓았다. 가지고 있는 촛대와 휴대용 촛대만으로는 부족했기에 문지기에게 큰 촛대 두 개를 더 빌렸다. 이렇게 해서 서랍장 위에는 촛불 다섯 개가 빛났고, 서랍장 위 냅킨 세 장 위에는 마카로니, 비스킷, 브리오슈, 그리고 맥주 열두 병이 놓여 있었다. 맞은편 노란색 종이가 발린 벽에는 작은 마호가니 책장이 있었다. 책장에는《라샹보디의 우화》,《파리의 비밀》, 노르뱅의《나폴레옹 전기》가 꽂혀 있었다. 침대를 놓는 자리인 움푹 들어간 벽 가운데에는 자단나무 액자에 넣은 베랑제의 얼굴이 미소 짓고 있었다.

초대받은 사람들 중에는 (데로리에와 세네칼 이외에) 최근에 약사 시험에 합격했으나 돈이 없어 개업하지 못한 남자, 뒤사르디에와 같은 가게에서 일하는 청년, 포도주 중개인, 건축가, 보험회사 직원이 있었다. 르쟁바르가 참석하지 못해서 모두들 섭섭해했다.

다들 뒤사르디에를 통해 프레데릭이 당브뢰즈의 집에서 열정적으로 주장을 펼친 일을 이미 들었기 때문에 그를 반갑게 맞이했다. 하지만 세네칼은 프레데릭에게 무뚝뚝하게 손만 내밀었다.

세네칼은 벽난로에 기대 있었다. 다른 사람들은 파이프를 물고 의자에 앉아 보통선거에 대한 세네칼의 이야기를 들었다. 보통선거로 민주주의가 승리하고 복음서의 정신이 실현된다는 이야기였다. 게다가 때가 오고 있다고 했다. 개혁 연회가 지방에서 연달아 열리고 있었다. 피에몽, 나폴리, 토르카나…….

"맞아." 데로리에가 그의 말을 끊었다. "이런 상태는 더 이상 계속되지 않을 거야!"

데로리에는 지금의 상황을 설명했다.

프랑스는 영국으로부터 루이 필리프의 승인을 받기 위해 네덜란드를 희생시켰고, 스페인 왕실과의 결혼 문제 때문에 영국과 프랑스의 제휴 계획도 무산되었다고 했다! 스위스에서는 기조 씨가 네덜란드인들이 바라는 대로 1815년의 조약을 지지하고 있다고 했다. 독일에 의해 관세 동맹을 맺은 프러시아는 훗날 프랑스의 발목을 잡을 것이며, 근동 문제도 아직 해결되지 않고 있다고 했다.

"콘스탄티누스 대공이 도말 전하에게 선물을 보냈다고 해서 러시아를 믿어도 된다는 뜻은 아니지. 국내 정세는 또 어떻고. 요즘처럼 앞이 보이지 않고 모든 것이 어리석은 시기도 없었어. 정부 여당도 다수파를 차지하지 못하고 있단 말이지. 요즘 표현대로라면 제대로 되는 게 아무것도 없어!" 데로리에는 주먹을 허리에 대고 이렇게 말했다. "상황이 이런데도 저들은 만족스럽다는 이야기나 하고 있지!"

데로리에의 비꼬는 말에 모두들 박수를 쳤다. 뒤사르디에가 맥주병을 땄다. 거품이 솟으면서 커튼에 튀었으나 상관하지 않았다. 뒤사르디에는 파이프에 담배를 넣어주고 브리오슈를 잘라 나누어 준 다음 펀치가 왜 아직 안 오느냐면서 아래층을 들락날락거렸다. 잠시 후 모두들 정부의 권력을 탐탁지 않게 생각하고 있었기 때문에 흥분하기 시작했다. 정당한 불만을 늘어놓는 사람도 있었고 바보 같은 비난을 하는 사람도 있었다.

약사는 함대의 상태가 형편없다고 걱정했다. 보험회사 직원은 술트 원수가 부리는 두 호위병을 비난했다. 데로리에는 최근에 릴을 거점으로 삼은 예수회 회원들을 비판했다. 세네칼은 쿠쟁을 격하게 비난했다. 쿠쟁의 절충주의 이론은 이성을 통해 확신을 끌어내는 것이어서 이기심만 키울 뿐이고 연대 의식을 해친다는 것이었다. 포도주 중개인은 이런 것에 대해서는 잘 모르기 때문에 그간 여러 수치스러운 일은 다 잊었다고 했다.

"북부 노선에 있는 왕실 전용 차량은 8만 프랑이나 한다더군! 그 돈은 누가 다 낸 거지?"

"그래, 누가 낸 거지?" 직원 뒤사르디에는 마치 자기 주머니에서 돈이 빠져나가기라도 한 것처럼 분노했다.

증권거래소의 자본가들과 공무원의 부정부패에 대한 비난이 계속되었다. 세네칼은 좀 더 위쪽을 바라봐야 한다면서 섭정 시대의 관례를 그대로 물려받으려는 귀족들을 우선 비난해야 한다고 했다.

"다들 봤지? 몽팡시에 공작의 친구들이 술에 취해 뱅센에서 돌아오면서 노래를 불렀고, 그 때문에 포부르 생탕투안의 노동자들이 잠을 제대로 못 잤다고."

"도둑을 처단하라고 소리 지른 사람들도 있었어." 약사가 말했다. "나도 고함 지른 사람 중 하나지."

"잘된 일이야! 테스트와 퀴비에르 재판 이후로 민중도 많이 깨어났어."

"그 재판은 별로더군." 뒤사르디에가 말했다. "노병의 명예를 떨어뜨린 일이었으니까."

"그거 아나?" 세네칼이 말을 이었다. "프라슬랭 공작부인의 집에서 발견된 것이……."

그때 문이 열리면서 위소네가 들어왔다.

"안녕하십니까."

위소네가 침대에 걸터앉으며 말했다.

그는 그 기사에 대해서는 아무 말도 하지 않았다. 여장군이 엄청나게 비난했기 때문에 지금은 그 기사를 쓴 것을 후회하고 있었다.

위소네는 뒤마 소극장에서 〈붉은 집의 기사〉를 보고 오는 길이라면서 연극은 별로였다고 했다.

그의 평가에 모두 놀라는 표정을 지었다. 그 연극은 철학적 메시지와 무대 배경이 흥미로운 작품이었기 때문이다. 사람들은 그의 평에 반대 의견을 냈다. 세네칼은 토론을 매듭짓기 위해 그 연극이 민주주의에 도움이 되느냐고 물었다.

"글쎄…… 도움이 되는 것 같긴 한데…… 스타일이……."

"그렇다면 좋은 연극이지. 스타일이 그렇게 중요한가? 사상이 중요한 거지!"

프레데릭이 무슨 말을 하려 했으나 세네칼이 그의 말을 가로막았다.

"내가 아까 주장한 것 말이야. 즉 프라슬랭 사건은……."

이번에는 위소네가 말을 막았다.

"그만해, 그만하라고! 그 말은 너무 많이 들어서 지긋지긋하다고!"

"지긋지긋한 건 자네뿐만이 아냐." 데로리에가 거들었다.

"그 사건으로 신문 다섯 종이 판매 금지 처분을 당했어. 신문 다섯 종이 말이야! 알아? 적어둔 글을 한번 읽어볼 테니 들어보라고."

데로리에는 수첩을 꺼내 읽었다.

"전례 없이 훌륭한 공화제가 수립된 이후 출판법을 위반하다 걸린 건수는 1,229건. 작가가 받은 판결은 총 3,141년 징역, 총 711만 500프랑의 벌금. 대단하지 않나?"

모두들 씁쓸하게 웃었다. 프레데릭도 같이 있는 사람들처럼 흥분해 큰 소리로 말했다.

"《온건 민주주의》 잡지도 〈여성의 역할〉이라는 연재소설을 실어서 고발당했지."

"자! 좋아!" 위소네가 말했다. "여성에 대한 우리 역할도 금지될 수 있겠지."

"금지되지 않은 것이 있기는 한가?" 데로리에가 외쳤다. "뤽상부르 공원에서 담배를 피우는 것도 금지됐고, 피오 9세를 찬양하는 노래를 불러서도 안 되잖아."

"인쇄소 노동자들의 연회도 금지야." 누군가가 기어드는 목소리로 말했다.

침대 옆 벽의 그늘 아래 지금까지 아무 말 없이 앉아 있던 건축가가 처음으로 입을 열었다. 지난주에는 루제라는 남자가 국왕 모욕죄로 처벌받았다고 했다.

"루제* 튀김!" 위소네가 농담을 했다.

세네칼은 위소네의 농담이 못마땅했다. 세네칼은 위소네에게 반역자 뒤무리에의 친구였던 시청의 광대를 옹호하는 거냐며 공격했다.

"내가? 오히려 그 반대지!"

위소네는 루이 필리프는 평범하고 국민군 병사처럼 무능하며, 속물에 짜증나는 자라고 했다. 그러면서 그는 한 손을 가슴에 얹고 정중한 말투로 말을 이었다. "기쁨은 새로움을 가져오고…… 폴란드 국민은 망할 리 없으며…… 우리의 위대한 사업은 계속되어야 하고…… 우리 가족을 위해 자비를……." 모두 웃으면서 그를 보고 유쾌하고 유머가 풍부하다고 했다. 음식점 주인이 커다란 그릇에 펀치를 가져오자 자리는 더욱 흥이 무르익었다.

술과 촛불의 열기로 방 안이 따뜻해졌다. 다락방 불빛이 안마당을 지나 맞은편 지붕 근처와 어둠 속에 서 있는 벽난로의 굴뚝을 비추었다. 그들은 큰 소리로 떠들었다. 나중에는 외투를 벗어버리고 가구를 두드리며 건배하기도 했다.

위소네가 외쳤다. "여자들을 불러오는 게 좋잖아. 그러면

---

* 프랑스어로 '루제(Rouget)'는 생선 요리 이름이기도 하다.

〈넬의 탑〉*처럼 할 수 있고, 지방색이 풍기고 렘브란트 스타일이 되겠지, 젠장!"

그러자 아까부터 펀치를 젓던 약사가 가슴을 활짝 펴고 노래를 불렀다.

우리 집 외양간에는 커다란 소 두 마리가 있네
크고 하얀 소 두 마리……**

세네칼은 무질서한 것이 싫어 약사의 입을 막았다. 같은 건물에 사는 사람들이 뒤사르디에의 방에서 일어나는 소란에 창밖을 내다봤다.

마음씨 좋은 청년 뒤사르디에는 기분이 좋았다. 그는 나폴레옹 거리 강변에서 자주 만나던 일이 생각난다고 했다. 하지만 그중 몇몇은 이 자리에 없었다. "펠르랭도……."

"펠르랭은 없어도 돼." 프레데릭이 말했다.

데로리에가 마르티농의 소식을 물었다.

"그 재미있는 선생 친구는 요즘 어떻게 지내고 있나?"

---

* 알렉상드르 뒤마의 희곡.
** 공화주의자이며 사회주의자인 인기 시인 피에르 뒤퐁의 노래.

프레데릭은 마르티농에 대해 반감을 드러내며 재능과 성격, 그의 위선적인 면을 부정적으로 이야기하며 깎아내렸다. 프레데릭은 마르티농이야말로 졸부 촌놈이고, 부르주아는 신흥 부자일 뿐 예전의 상류층은 아니라고 했다. 민주주의자들은 모두 이에 동의했다. 마치 프레데릭이 옛 상류층의 한 사람이라도 되는 듯, 여기 있는 모든 참석자들이 신흥 부자와 관계되어 있기라도 한 듯 모두 프레데릭이 있어 즐거워했다. 약사는 프레데릭을 프랑스 상원의원이자 민중의 대표인 달통셰에 비유했다.

이제 돌아가야 할 시간이 되었다. 모두 뜨거운 악수를 나누고 헤어졌다. 뒤사르드디에는 프레데릭과 데로리에에게 다정한 친구로서 작별 인사를 나누었다. 길거리로 나오자 데로리에는 아무 말 없이 뭔가를 생각하다가 입을 열었다.

"펠르랭에 대해 감정이 많이 안 좋은가보군?"

프레데릭은 펠르랭에 대한 반감을 드러냈다.

하지만 펠르랭은 그 초상화를 이미 떼어놓았다. 별것도 아닌 일로 원수 같은 사이가 되어서는 안 되지 않은가! 적을 만들어봐야 좋을 것도 없고 말이다.

"화를 잠시 참지 못해서 경솔한 짓을 한 거겠지. 돈이 없어서 그랬을 거야. 자네는 이해하지 못하겠지만!"

데로리에는 집으로 들어갔다. 하지만 프레데릭은 직원 뒤사르디에에게 잡히는 바람에 갈 수가 없었다. 뒤사르디에는 프레데릭에게 로자네트의 초상화를 사달라고 했다. 펠르랭은 이제 프레데릭을 협박하기보다는 이 두 사람을 조종해 목적을 이루려고 했다.

나중에 데로리에도 이 이야기를 꺼내며 프레데릭을 설득했다. 화가의 입장에서는 무리한 비용을 요구하는 건 아니라고 했다.

"내 생각으로는 대략 500프랑이면……."

"알았어, 이걸 전해주라고! 자, 여기." 프레데릭이 말했다.

그림은 그날 밤에 배달되었다. 초상화는 처음 봤을 때보다 더 천박해 보였다. 여러 번 수정한 탓인지 중간색과 명암 부분이 납빛이 되었고, 전체적인 균형을 깨뜨리는 몇 군데 밝은 부분에 대비되어 어두워 보였다.

프레데릭은 초상화에 시원하게 욕을 퍼부으며 억지로 구입한 데 대한 분풀이를 했다. 데로리에는 프레데릭의 말을 그대로 믿어주고 잘한 일이라며 칭찬했다. 데로리에는 펠르랭이 여전히 결사대를 조직해 이끌고 싶다는 생각을 하고 있다고 했다. 세상을 살다 보면 자신이 하고 싶지 않은 일을 친구에게 시키고 기뻐하는 사람도 있다.

프레데릭은 당브뢰즈의 집에는 찾아가지 않았다. 주식을 살 돈이 없었기 때문이다. 변명을 하자면 한도 끝도 없을 것 같았다. 어떻게 해야 할지 몰랐다. 하지만 자신이 옳을지도 몰랐다. 요즘 같은 시대에는 확실한 게 없었다. 석탄 사업 역시 마찬가지였다. 당브뢰즈 같은 사람들과는 교류하지 않는 편이 낫다는 생각이 들었다. 데로리에의 설득에 프레데릭은 사업을 포기하기로 했다. 데로리에는 부르주아를 증오하다 보니 도덕적으로 변했다. 또한 데로리에는 프레데릭이 평범하게 살기를 바랐다. 그래야 늘 평등한 관계로, 좋은 친구 사이로 지낼 수 있기 때문이었다.

프레데릭이 로크 양에게 보낸 물건은 주문한 것과는 완전히 달랐다. 로크 영감이 편지로 설명해주어서 알게 된 사실이었다. 그는 편지를 이런 농담으로 마무리했다.

'흑인의 병을 옮길 위험을 무릅쓰고.'

할 수 없이 프레데릭은 아르누의 집에 다시 가야 했다. 하지만 가게에는 아무도 없었다. 장사가 되지 않으니 직원들도 주인처럼 게을러진 것이다.

프레데릭은 가게 한가운데에 놓인 진열대를 따라 걸었다. 진열대에는 도자기들이 놓여 있었다. 그는 계산대 앞에 이르자 일부러 발소리를 크게 냈다.

칸막이 커튼을 젖히면서 아르누 부인이 나타났다.

"아, 부인이! 여기에!"

"예." 그녀는 조금 당황한 듯 말을 더듬었다. "뭐 좀 찾을 게 있어서요……."

책상 옆에 그녀의 손수건이 있었다. 그녀는 뭔가 마음에 걸리는 게 있어서 그걸 확인하러 남편의 가게에 온 것 같았다.

"그런데 무슨 일로……." 그녀가 말했다.

"별것 아닙니다, 부인."

"점원들도 이렇게 가게를 비워두고, 해도 너무하네요."

프레데릭은 지금 상황이 오히려 기뻤기 때문에 점원을 나무랄 마음이 없었다.

그녀는 냉소적인 눈으로 프레데릭을 바라봤다.

"그런데 결혼은요?"

"결혼이라니 누가요?"

"프레데릭 씨요."

"저요? 아닙니다!"

그녀는 거짓말하지 말라는 몸짓을 했다.

"그것이 사실이라 한들 어떻단 겁니까? 아름다운 꿈에 절망하면 누구나 평범한 것으로 도망치죠."

"당신이 꿈이라고 말씀하시는 것도…… 그리 순수한 것은 아니더군요."

"그게 무슨 말씀이십니까?"

"경마장에…… 사람들과 함께 오는 걸 보면."

프레데릭은 여장군이 원망스러웠다. 기억나는 일이 있었다.

"그건 부인 때문입니다. 언젠가 아르누 씨를 위해 그 여자분을 만나달라고 하셨죠."

그녀가 고개를 저으며 말했다.

"그 핑계로 프레데릭 씨도 즐긴 거예요."

"아닙니다. 별것 아닌 그런 일은 다 잊으세요."

"그렇죠, 프레데릭 씨는 조만간 결혼하실 거니까요."

그녀는 한숨을 쉬지 않으려고 입술을 깨물었다.

그러자 그가 외쳤다.

"다시 한번 말씀드리지만 다 거짓말입니다. 지적인 욕구와 습관들을 보면, 제가 시골에 살면서 카드놀이나 하고 석공들을 감독하기나 하고 나막신을 신고 다니려 하겠습니까? 뭘 위해서요? 제 상대가 될 여성이 부자라는 소리를 어디선가 들으셨겠죠? 아! 전 돈 같은 건 상관없습니다. 세상에서 가장 아름답고 가장 다정하고 가장 매력적인 상대, 그러니까 낙원 같은 상대를 찾았는데, 그런 제게 다른 사람이 눈에 들어오겠습니까?"

그는 그녀의 얼굴을 두 손으로 감싸더니 눈꺼풀에 입을 맞추며 강조했다.

"절대! 절대! 결혼은 하지 않을 겁니다! 절대! 절대로요!"

그녀는 놀라움과 황홀감에 취해 꼼짝도 하지 않고 그의 애무에 몸을 맡겼다.

계단 위에서 가게 문이 닫히는 소리가 들렸다. 그녀는 얼른 물러섰다. 그녀는 프레데릭에게 가만히 있으라는 듯 손을 뻗은 채 그대로 있었다. 발소리가 다가오더니 밖에서 누군가의 목소리가 들렸다.

"마님, 계십니까?"

"들어오세요."

아르누 부인은 계산대 위에 한쪽 팔꿈치를 올려놓고 손가락 사이에 펜을 끼고 조용히 굴렸다. 경리가 문을 열고 들어왔다.

프레데릭은 일어섰다.

"실례지만, 부탁드린 건 분명히 되는 거죠? 믿어도 되겠죠?"

아르누 부인은 아무 말도 하지 않았다. 하지만 그 무언의 공모로 마치 부정을 저지른 여자처럼 얼굴이 빨개졌다.

다음 날 프레데릭은 아르누 부인을 다시 찾아갔다. 방으로 안내받은 그는 전날의 성과를 이어가기 위해 인사치레는 건

너뛰고 샹드마르스에서 마주친 일에 대해 변명했다. 거기서 여자와 같이 있었던 건 우연이었고, 미인이라 해도(사실은 아니지만) 자신의 마음이 이미 다른 사람에게 있는 이상 한순간이라도 그 여자에게 흔들린 적은 없다고 했다.

"잘 아시잖아요. 제가 이미 말씀드렸고요."

그녀는 고개를 숙였다.

"그런 말씀을 들으니 마음이 아프네요."

"왜죠?"

"이제 더 이상 프레데릭 씨를 만나선 안 된다는 생각이 들어서요."

그는 자신은 순수하다고 말했다. 과거를 보면 미래도 알 수 있다고 하면서, 절대로 부인의 생활을 곤란하게 하거나 원망하여 부인을 괴롭히지는 않을 생각이라고 했다.

"하지만 어제는 마음을 억누를 수 없어서……."

"어제 일은 서로 없었던 일로 해요."

하지만 가련한 두 사람이 슬픔을 나누겠다는데 무엇이 문제인가?

"부인 역시 행복하지 않아요. 오! 전 부인을 잘 알아요. 부인은 헌신과 애정을 갈망하지만 채워줄 사람이 없죠! 하지만 전 부인이 원하는 건 뭐든 다 할 겁니다. 부인을 곤란하게 하는 일은 절대 하지 않을 거고요……. 절대로요."

그는 무거운 마음에 짓눌려 쓰러지듯 자기도 모르게 무릎을 꿇었다.

"일어나세요!" 그녀가 말했다. "제발요!"

그녀는 그에게 자기 말대로 하지 않으면 다시는 만나지 않겠다고 했다.

"그렇게는 못할 겁니다." 그가 대답했다. "세상에서 제가 할 일이 뭐가 있겠습니까? 사람들은 부와 명예, 권력에 집착하지만 전 직업도 없습니다. 오직 당신 생각뿐입니다. 당신만이 저의 전 재산이고 인생의 목적이며 생각의 중심입니다. 공기가 없으면 살 수 없듯이 당신 없이는 전 살 수 없습니다. 제 영혼은 부인의 영혼을 갈망하고 우리 두 영혼은 결합하지 않으면 안 됩니다. 제가 얼마나 그 결합을 원하는지 느껴지지 않으십니까?"

아르누 부인은 온몸을 떨기 시작했다.

"오! 그만 가보세요! 제발요!"

그녀의 당황한 표정에 그는 말을 멈췄다. 대신 그는 앞으로 나아갔다. 그녀는 두 손을 모으며 뒤로 물러섰다.

"저를 내버려두세요, 제발요. 부탁이에요, 제발."

그는 그녀를 진심으로 사랑하기에 그 자리를 떠났다.

얼마 지나지 않아 그는 과감하지 못했던 자신에게 화가 나고 바보처럼 느껴져, 스물네 시간 뒤에 다시 그녀를 찾아갔다.

부인은 집에 없었다. 프레데릭은 미칠 듯이 타오르는 정열과 분노로 층계에 그대로 서 있었다. 아르누가 나오더니 생클루 별장은 더 이상 소유하고 있지 않아서 아내는 오늘 아침 오퇴유에 빌려놓은 작은 별장으로 갔고 거기서 머물다 올 거라고 했다.

"또 변덕을 부리는 거지. 하지만 그 편이 아내를 위해서도, 날 위해서도 좋아. 잘됐어! 오늘 저녁 식사나 같이 하지 않겠나?"

그는 급한 일이 있다고 둘러댄 뒤 오퇴유로 바로 달려갔다.

아르누 부인은 자신도 모르게 기쁨의 탄성을 질렀다. 그러자 그도 마음이 풀렸다.

그는 사랑에 대한 이야기는 하지 않았다. 그녀를 안심시키기 위해 신중하게 행동했다. 그는 또 찾아와도 되는지 물었고 그녀는 "그럼요."라고 말하고 손을 내밀었으나 이내 그의 손에서 얼른 손을 뺐다.

그 후로 프레데릭은 아르누 부인을 여러 번 찾아갔다. 갈 때마다 마부에게 팁은 두둑하게 줄 테니 마차를 빨리 몰아달라고 했다. 그래도 마차가 느리게 달리는 것 같아 그는 내려서 숨이 차도록 뛰어 합승마차에 타기도 했다. 그는 합승마차에서 맞은편에 앉은 승객들을 보며, 그녀의 집에 가지 않는 그들의 인생이 문득 불쌍하다는 생각이 들어 한심하게 여기는 시선으로 흘끔흘끔 바라봤다.

그녀의 별장은 지붕 한쪽이 커다란 인동덩굴로 덮여 있어서 멀리서도 잘 보였다. 바깥은 붉은색 페인트칠이 된 스위스 산장 모양의 집으로 외부에 테라스가 있었다. 마당에는 오래된 밤나무가 세 그루 있었고, 나무통에 받쳐 세워놓은 밀짚파라솔이 마당 한가운데에 있었다. 벽의 슬레이트 울타리 밑에는 기어오르다 만 커다란 포도 덩굴이 서로 엉킨 밧줄처럼 여기저기 늘어져 있었다. 잡아당기기 힘든 격자문의 초인종은 소리를 길게 끌면서 울렸다. 한참 기다리자 인기척이 들렸다. 매번 그는 숨이 막히는 듯한 고통과 불안을 느꼈다.

잠시 후 하녀가 모래를 밟고 걸어오는 소리가 들렸다. 아르누 부인이 직접 나올 때도 있었다. 그녀가 잔디밭에서 몸을 굽혀 제비꽃을 꺾고 있는데 프레데릭이 가까이 다가간 적도 있었다.

그녀의 딸은 성격이 좋지 않아 수도원 학교에 보냈다고 했다. 아들은 오후까지 학교에 있었고, 아르누는 르쟁바르나 콩팽과 함께 팔레루아얄에서 늦게까지 점심 식사를 하는 일이 많았다. 그러므로 두 사람이 갑작스럽게 방해받을 염려는 없었다.

프레데릭과 아르누 부인은 모든 것이 허락되는 사이가 아니라는 걸 서로 알고 있었다. 그 무언의 약속으로 우려할 만한 일이 일어날 위험이 거의 없었기에 편안하게 이야기 나눌 수 있었다.

그녀는 예전에 샤르트르의 친정에서 보내던 나날을 생각했다. 열두 살 때까지는 신앙에 독실했고, 음악에 관심을 두면서 마을 성벽이 보이는 작은 방에서 밤늦게까지 노래를 불렀다고 했다. 프레데릭은 중학교 때 우울증에 걸렸던 일, 서정적인 마음에 사로잡혀 바라본 하늘에서 어떤 여자의 얼굴이 빛나고 있었는데 그녀를 처음 본 순간 그 여자와 너무 닮았음을 알아차린 일에 대해 이야기했다.

두 사람은 서로 알게 되어 집을 오가던 시절에 대해 주로 이야기했다.

프레데릭은 그녀가 입었던 옷의 색깔, 언젠가 누군가가 갑자기 찾아온 일, 그녀가 했던 사소한 이야기에 대해 말했다. 그녀는 그의 기억력에 깜짝 놀라며 말했다.

"그래요, 생각나요!"

두 사람은 취미와 생각이 거의 같았다. 서로 상대의 말을 듣고 있다가 외치곤 했다.

"나도 그래요!"

그러면 다른 한쪽이 말했다.

"나도 그래요!"

그리고 두 사람은 운명을 자주 원망하곤 했다.

"하늘도 무심하군요! 우리가 좀 더 일찍 만났더라면 좋았을 텐데!"

"제가 조금만 젊었어도!" 그녀가 한숨을 쉬며 말했다.

"아뇨, 제가 나이가 더 많았더라면 좋았을 겁니다."

두 사람은 오직 사랑으로만 이루어진 생활을 상상했다. 깊은 고독을 채울 수 있을 정도로 풍요롭고, 어떤 기쁨보다도 크고 어떤 슬픔에도 담담할 수 있는 생활, 서로의 생각을 끊임없이 계속 주고받으며 시간 흐르는 것도 잊는, 별빛처럼 빛나는 고상한 생활을 상상했다.

두 사람은 주로 문밖 계단에 앉았다. 가을이 되자 두 사람 앞에는 노랗게 물든 나뭇가지가 높고 낮은 곡선을 그리며 창백한 하늘의 지평선까지 이어져 있었다. 어떤 때에는 두 사람은 가로수 끝까지 걸어가 회색 천을 씌운 긴 의자만 있는 별채로 들어갈 때도 있었다. 거울은 여기저기 얼룩이 가득했고 벽에서는 퀴퀴한 냄새가 났다. 하지만 두 사람은 서로의 이야기, 다른 사람들의 이야기를 생각나는 대로 주고받으며 가슴 떨리는 시간을 보냈다. 덧문 틈으로 들어온 햇빛이 천장에서 바닥의 돌까지 비추며 마치 하프의 현 같은 무늬로 스며들었다. 빛줄기 속에서 먼지가 빙빙 돌 때면 아르누 부인은 손을 뻗어 햇빛 줄기를 막으며 장난을 쳤고, 프레데릭은 그런 그녀의 손을 가만히 잡고 정맥이 얽힌 모양과 피부 결, 손가락 모양을 바라봤다. 그녀의 손가락 모두가 그에게는 단순한 손가락이 아니라 그 이상의 것, 마치 살아 있는 인간 그 자체처럼 느껴졌다.

그녀는 그에게 장갑을 주었고, 그다음 주에는 손수건을 주었다. 그녀는 그를 프레데릭이라고 친근하게 불렀고, 그는 그녀를 '마리'라고 불렀다. 그는 그녀의 이름이 황홀감에 빠져 속삭일 때 부르기 위해 지어진 이름이고, 이 안에 향불에서 나는 연기와 장미꽃이 듬성듬성 담겨 있는 기분이 든다고 했다.

두 사람은 그가 방문할 날을 미리 정해놓았다. 그러면 우연인 듯 그녀가 밖으로 나와 먼 거리까지 그를 마중 나오기도 했다.

행복이 가져다주는 나른함에 취한 아르누 부인은 프레데릭의 애정을 자극할 만한 일은 하지 않았다. 계절이 다 가도록 아르누 부인은 갈색 벨벳 선으로 가장자리를 장식한 갈색 비단 실내복만 입었다. 품이 넉넉한 옷은 오히려 아르누 부인의 부드러운 몸매와 진지한 표정과 잘 어울렸다. 아르누 부인은 8월과 같은 느낌의 여자였다. 부드러움과 배려가 있는 이 계절에는 정열의 힘과 원숙함이 섞여 있어 젊은 시절보다 눈빛에 뜨거움을 간직하고 있었고, 활짝 피어난 꽃처럼 균형과 풍부함이 넘쳤다. 아르누 부인이 지금처럼 부드럽고 다정했던 때는 없었다. 프레데릭과는 우려할 일이 일어나지 않을 것이라고 확신한 그녀는, 지금의 행복은 그동안의 고통을 극복한 대가로 얻은 귀한 것이라고 생각하며 몸을 맡겼다. 얼마나 즐겁고 새로운 감정인가! 아르누의 천박함과 프레데릭의 열렬한 사랑 사이에는 깊은 심연이 있었다.

한편 프레데릭 역시 간신히 얻은 이 모든 것을 혹시나 단 한 번의 실수로 잃어버리지는 않을까 하는 마음에, 기회를 다시 잡을 수 있다 하더라도 어리석은 짓은 하지 않기로 다짐했다. 그는 그녀가 스스로 몸을 맡기기를 바랐고, 자신이 먼저 경솔한 짓을 할 생각은 없었다. 그녀가 자신을 사랑하고 있다는 확신이 들었기 때문에 소유하기 전의 짜릿함을 느끼고 있었다. 또한 그녀의 성품으로 인한 매력은 프레데릭의 몸보다도 마음을 흔들었다. 한없는 기쁨이었고, 최고의 행복의 가능성마저도 잊게 만드는 황홀감이었다. 하지만 아르누 부인과 떨어져 있을 때는 격렬한 욕망이 그를 괴롭혔다.

얼마 후 두 사람은 이야기를 나누다가 오랫동안 침묵하는 순간이 생겼다. 때로는 뭔가 부끄러움을 느껴 서로 얼굴을 붉히기도 했다. 사랑을 감추기 위해 뭐든 조심스럽게 행동하다 보니 도리어 그 사랑이 드러나기도 했다. 사랑이 쌓일수록 두 사람은 행동을 조심했다. 마음과는 다르게 행동하다 보니 두 사람의 감수성은 나날이 예민해졌다. 젖은 낙엽 냄새에 황홀해했고, 동쪽에서 부는 바람 소리에 괴로워하고, 초조함과 불안감을 느끼기도 했다. 발소리만 나도, 주변에서 판자가 삐걱대는 소리만 나도 두 사람은 마치 죄를 지은 듯 깜짝 놀랐다. 깊은 연못 속에 가라앉은 느낌이 들기도 하고, 폭풍 전야에 공기가 몸을 감싸는 느낌이 들기도 했다. 이때 프레데릭이 자기도 모르게 한탄하면 아르누 부인은 자신을 질책했다.

"그래요, 제가 나빠요! 제 행동은 마치 바람난 여자 같아요! 그러니 다시는 오지 마세요!"

그러면 그는 변함없이 사랑한다고 말했고, 그녀는 그 말에 기뻐했다.

그녀가 파리에 돌아오고 새해를 맞아 여러 가지 일이 생기는 통에 프레데릭과 아르누 부인은 한참 동안 만나지 못했다. 그 후 다시 찾아온 그는 전보다 대담하게 행동했다. 이에 부담을 느낀 그녀는 뭔가 지시할 일이 있다는 핑계를 대며 계속 자리를 비웠고, 프레데릭의 애원에도 계속 손님을 맞았다. 레오타드, 기조 씨, 교황, 팔레르모의 폭동, 불안감이 감도는 12지구 개혁 연회 소문 등이 화제에 올랐다. 그는 정부를 신랄하게 비판하며 마음의 울분을 풀었다. 그 역시 데로리에처럼 세상이 뒤집혔으면 좋겠다고 생각할 정도로 분노하고 있었다. 그녀 역시 우울한 기분이었다.

한편 아르누는 여전히 별난 행동을 계속했고, 최근에는 보르도라는 별명의 여공을 데리고 살고 있었다. 그는 프레데릭에게 그 이야기를 했다. 프레데릭은 그 말을 듣고 "아르누 씨가 먼저 배반했으니……."라는 말로 논쟁을 이끌어내려 했다.

"오! 전 별 상관 안 해요." 아르누 부인이 대답했다.

그녀의 대답에 프레데릭은 혹시 이 관계를 들켜버린 건 아닌가 하는 생각이 들었다. 아르누가 의심하고 있는 건 아닐까?

"아니에요, 아직은!"

어느 날 밤 남편이 두 사람만 남겨두고 외출을 했는데 돌아와서 문 뒤에서 엿들었으나 수상한 말이 전혀 들리지 않자 그 후로는 전혀 의심 없이 지낸다고 했다.

"당연하지 않습니까?" 프레데릭이 씁쓸하게 말했다.

"그래요, 그렇긴 하죠!"

그런 말은 하지 않는 편이 좋았을 텐데.

어느 날이었다. 프레데릭이 늘 방문하는 시간에 아르누 부인이 없었다. 그는 배신당한 듯한 기분이 들었다.

그리고 언젠가는 그가 자신이 늘 가지고 오는 꽃이 컵에 꽂혀 있는 것을 보고 화를 냈다.

"어디에 꽂으라는 건가요?"

"아! 거긴 말고요! 어쩌면 당신의 가슴에 꽂히는 것보다는 덜 차가울지도 모르겠군요."

며칠 뒤 프레데릭은 아르누 부인이 아무 말 없이 지난밤에 이탈리아 극장에 갔다고 나무랐다. 그는 "당신을 보고 반한 남자나 사랑을 느낀 남자가 있을지도 모르니까요."라고 하면서 시비를 걸었다. 사실 그는 그녀와 말다툼을 해서 괴롭히려고 일부러 그런 것이었다. 그녀를 증오하기 시작한 그는 이렇게 하면 왠지 그녀를 원망하는 괴로움을 같이 나눌 수 있을 것만 같았다.

어느 오후(2월 중순쯤) 프레데릭이 찾아가자 아르누 부인은 수심에 잠겨 있었다. 외젠이 목이 아파서 의사에게 진찰을 받았다고 했다. 의사는 유행성 감기라면서 대수롭지 않게 여기며 걱정 말라고 했다는 것이다. 그는 열이 심한 듯한 외젠을 보고 놀랐지만 그녀에게는 이 또래 아이들은 이런 감기에 걸려도 금방 낫는다면서 안심시켰다.

"정말요?"

"그럼요, 정말입니다."

"오! 정말 고마워요!"

그녀는 프레데릭의 손을 잡았고, 그는 그 손을 꽉 쥐었다.

"오! 이러지 마세요."

"큰일 날 건 없지 않습니까. 위로해주는 사람이 내민 손이니까요……. 제가 하는 다른 말은 다 믿으면서 사랑한다는 말은 믿지 않는군요."

"의심하는 게 아니에요."

"그럼 무엇 때문에 망설이는 겁니까. 마치 제가 여자나 건드리는 한심한 바람둥이라도 되는 것처럼."

"오! 그런 게 아니에요, 정말로요."

"증거를 하나라도 보여주신다면 믿겠습니다."

"증거라뇨?"

"누구에게나 보일 수 있는 증거요. 전에 한번 보여주신 적이 있죠."

프레데릭은 어느 겨울, 해가 질 무렵에 둘이서 함께 안개 속으로 외출했던 일에 대해 이야기했다. 이제 아득한 옛날 일이었다. 그는 딴생각을 하지 않고 있고 주변에는 수근대는 사람도 없으니, 그녀가 두려움 없이 그의 팔을 잡고 사람들 앞에 나서지 못할 이유가 없지 않은가?

"좋아요." 아르누 부인이 말했다. 그녀가 단호하게 대답하자 프레데릭은 오히려 놀랐다.

그는 재빨리 말을 이었다.

"트롱셰 거리와 페르므 거리의 모퉁이에서 기다려도 될까요?"

"아! 하지만……." 아르누 부인이 주저했다.

하지만 그는 대답을 기다리지 않고 말을 이었다.

"화요일, 괜찮죠?"

"화요일요?"

"그래요, 두 시와 세 시 사이에."

"알았어요, 갈게요!"

그녀는 대답하더니 부끄러운 듯 고개를 돌렸다. 그는 그녀의 목덜미에 입을 맞추었다.

"오! 안 돼요." 아르누 부인이 말했다. "이러면 후회할 수도 있어요."

그는 여자들이 흔히 그렇듯 아르누 부인도 마음을 바꿀까봐 두려워 얼른 뒤로 물러났다. 현관에서 프레데릭은 다시 한번 다정하게 약속을 확인했다.

"그럼 화요일에!"

그녀는 체념한 듯 아름다운 시선을 조용히 내렸다.

프레데릭에게는 한 가지 계획이 있었다.

비나 뜨거운 햇살을 피하자고 하면서 그녀를 어느 집 문 앞으로 이끈 다음 그 안으로 데려가려는 계획이었다. 다만 적당한 집을 찾는 일이 문제였다.

그는 적당한 집을 찾아다니다가 트롱셰 거리 중간쯤에 '가구 딸린 방 임대'라는 간판이 붙어 있는 집을 보았다.

그의 뜻을 알아차린 종업원은 그에게 2층으로 올라가 입구가 두 개 있고 작은 방이 딸린 방을 보여주었다. 프레데릭은 이 방을 한 달 동안 빌리는 조건으로 선금을 지불했다.

이어서 프레데릭은 진귀한 향수를 사려고 가게 세 곳을 둘러봤다. 붉은색 목면 침대 커버가 보기 흉해서 이를 대신할 모조 기퓌르 레이스를 샀고, 푸른색 비단 슬리퍼 한 켤레도 샀다. 너무 지나치면 안 될 것 같아 물건은 이 정도만 사기로 했다. 방으로 돌아온 프레데릭은 마치 임시 제단을 만드는 사람처럼 경건하게 가구 배치를 바꾸고, 커튼 주름을 바로 잡았으며 난로 위는 히스 꽃으로, 서랍장 위는 제비꽃으로 장식했다. 할 수만 있다면 바닥을 온통 황금으로 깔고 싶었다. '내일이다.' 그는 생각했다. '그래, 내일이야. 꿈이 아니라고.' 기대에 부풀어 가슴이 쿵쾅거렸다. 준비를 다 마치자 그는 마치 그곳에 잠들어 있는 행복이 깨어나 달아날까봐 걱정이라도 하듯 열쇠를 주머니에 넣고 나왔다.

집으로 돌아오니 어머니에게서 편지가 와 있었다.

왜 이렇게 돌아오지 않는 거니? 네 행동이 우스꽝스러워 보이기 시작하는구나. 네가 이번 결혼을 망설이는 건 이해가 되지만 긍정적으로 잘 생각해봐라!

어머니는 편지에서 로크 영감의 연수입 4만 5,000리브르를 강조했다. 그뿐 아니라 소문이 나기 시작했고, 로크 영감도 프레데릭의 확답을 기다리고 있었다. 루이즈는 지금 이 상황을 힘들어하고 있다고 했다. '그 애는 널 무척 사랑하고 있단다.'라고 어머니는 썼다.

프레데릭은 편지를 끝까지 읽지 않고 구겨서 던져버리고 이어서 다른 편지를 뜯었다. 데로리에에게서 온 편지였다.

친구!

때가 무르익었어. 자네의 약속을 믿고 기다리고 있겠네. 내일 아침 일찍 팡테옹 광장에 모이기로 했어. 카페 수플로로 오면 돼. 시위 전에 자네에게 꼭 할 말이 있어.

'쳇, 시위야 뻔하지. 지긋지긋해! 대단히 고맙지만 내겐 더 즐거운 약속이 있단 말이지.'

다음 날 열한 시에 프레데릭은 집에서 나왔다. 준비한 걸 마지막으로 점검하고 싶었고, 아르누 부인이 약속 시간보다 일찍 나올 수도 있다고 생각해서였다. 트롱셰 거리로 나오자 마들렌 성당 뒤에서 큰 소리가 났다. 조금 더 걸어가자 광장 왼쪽 구석에서 노동자 차림의 사람들과 시민들이 보였다.

사실 개혁 연회의 모든 가입자들은 여기로 모이라는 선언문이 각 신문에 실리면서 일이 커졌다. 정부는 집회를 금지한다는 포고문을 실었다. 집회 전날 야당 의원들은 집회를 단념했으나 윗선의 이런 결정을 모르는 애국자들은 정해진 장소에 모였고, 이를 구경하기 위해 사람들이 모인 것이었다. 학생 대표들은 오디옹 바로*의 집으로 갔으나 대표단은 외무성에 있었다. 연회가 열릴지, 정부가 위협을 할지, 국민군이 출동할지 아는 사람이 없었다. 사람들은 정부뿐만 아니라 국회의원들에게도 반감이 커졌다. 사람들의 수는 점점 많아졌고

---

* 프랑스 정치인.

갑자기 〈라 마르세예즈〉의 후렴구가 울려 퍼졌다.

학생들이 도착했다. 그들은 두 줄로 서서 흥분한 표정으로 주먹을 흔들었고, 소리를 맞춰 "개혁 만세! 기조는 물러가라!"라고 외치면서 발맞추어 앞으로 나아갔다.

프레데릭의 친구들도 물론 이 대열에 있었다. 이러고 있다가는 친구들에게 들켜 억지로 합세해야 할지도 모른다는 생각에 그는 서둘러 아르카드 거리 쪽으로 피했다.

학생들은 마들렌 성당 주변을 두 번 돌고는 콩코르드 광장 쪽으로 향했다. 광장에는 사람들이 잔뜩 모여 있었다. 멀리서 보니 모여 있는 사람들이 마치 밀밭에서 흔들리는 검은색 밀이삭 같았다.

성당 왼쪽에서는 군대가 전투 태세를 갖추고 있었다.

하지만 몇 군데 무리 지어 있는 사람들은 꼼짝하지 않았다. 사람들을 해산시키기 위해 사복 경찰들이 가장 반항적인 사람 몇 명을 거칠게 끌고 파출소로 갔다. 프레데릭은 분노했지만 소리 지르지는 않았다. 자칫하다 붙잡히면 아르누 부인과 만날 수 없기 때문이었다.

잠시 후 철모를 쓴 파리 헌병들이 나타났다. 그들은 칼의 평평한 부분으로 사람들을 후려쳤다. 말 한 필이 쓰러졌다. 사람들이 말을 일으켜 세우려고 달려갔다. 하지만 기수가 말에 다시 올라타자마자 사람들은 전부 도망쳤다.

이윽고 주변이 조용해졌다. 아스팔트를 적시던 가랑비도 멎었다. 구름은 서풍에 밀려 천천히 흩어지고 있었다.

그는 앞뒤를 살피며 트롱셰 거리를 걸었다.

두 시를 알리는 종이 울렸다.

'이제 시간이 되었군.' 그는 생각했다. '부인은 집에서 나와 이리로 오고 있을 거야.' 이어서 일 분이 지나자 그는 생각했다. '여기까지 오려면 시간이 좀 걸릴 거야.' 세 시 전까지 프레데릭은 마음을 가라앉히려 애썼다. '늦은 게 아니야. 조금만 참자.'

그는 시간을 때우기 위해 주변 가게 몇 곳을 구경하며 다녔다. 서점, 마구 가게, 상복을 파는 가게가 전부였다. 가게를 하도 둘러봤더니 책 제목, 마구, 옷감을 모두 기억하게 되었다. 가게 주인들은 그가 너무 왔다갔다하자 처음에는 의아해하다가 나중에는 겁을 먹고 문을 닫았다.

그녀에게 무슨 일이 생긴 게 틀림없었고, 그녀도 그 때문에 괴로워하고 있을 것이다. 하지만 조금만 더 기다리면 기쁨을 경험하게 될 것이다. 아르누 부인이 확실히 올 거라고 믿었다. '분명 약속했으니까.' 하지만 프레데릭은 왠지 불안했다.

불안한 생각에 그는 빈집으로 돌아왔다. 어쩌면 그 순간 그녀가 길가에 와 있을지도 모른다는 생각에 그는 다시 길가로 뛰어나갔다. 하지만 아무도 없었다. 그는 다시 길가를 어슬렁거렸다.

그는 보도의 갈라진 틈, 홈통의 구멍 난 부분, 문 위의 번지수를 자세히 바라봤다. 평소라면 그냥 지나쳤을 이러한 사소한 것들이 지금은 친구 혹은 비웃으며 바라보는 구경꾼처럼 생각되었다. 반듯한 집들의 외관이 냉혹하게 보였다. 그는 발이 시려워서 괴로웠다. 너무 실망한 나머지 아무 느낌도 없었고, 자신의 발소리만 들어도 머릿속이 쿵쾅거렸다.

회중시계가 네 시를 가리키자 그는 현기증이 났고 불안했다. 열심히 시를 중얼거리거나 숫자를 그냥 세어보거나 이야기 줄거리를 생각하기도 했다. 그러나 소용없었다.

아르누 부인의 모습이 눈앞에 어른거릴 뿐이었다. 프레데릭은 달려나가 그녀를 맞이하고 싶었다. 그녀와 엇갈리지 않으려면 어느 길로 가야 할까?

그는 심부름꾼에게 5프랑을 주고 파라디 거리의 자크 아르누 씨 집으로 가서 문지기에게 부인이 집에 계시는지 알아봐달라고 부탁했다. 그리고 그는 페르므 거리와 트롱셰 거리가 한눈에 보이는 곳에 서 있었다. 저기 대로 쪽에 사람들이 지나가는 모습이 어렴풋이 보였다. 용기병의 깃털, 부인 모자 같은 것도 가끔 보였다. 그는 눈을 크게 뜨고 혹시 그녀가 아닐까 하는 생각에 유심히 바라봤다. 누더기 차림의 소년이 상자 속 마멋을 그에게 보여주고는 미소 지으며 구걸했다.

벨벳 옷을 입은 심부름꾼이 도착했다. "문지기 말로는 마님이 나가시는 걸 못 봤다고 합니다." 누구에게 잡혀 있는 건가? 몸이 아프다면 문지기가 말해줬을 텐데. 손님이 온 건가? 손님이 왔다면 거절할 수는 없을 테니까. 순간 프레데릭은 뭔가가 떠올라 이마를 탁 쳤다.

'참, 나도 바보로군. 시위 때문일 거야.' 그럴듯한 이유라는 생각에 프레데릭은 안도의 한숨을 쉬었다. 하지만 이어서 그는 다시 불안한 생각이 들었다. '하지만 부인의 집 주변은 조용하잖아.' 문득 무서운 의심이 들기 시작했다. '혹시 부인이 오지 않는다면? 혹시 그날 약속한 것도 날 내보내기 위해서가 아니었을까? 아냐, 그럴 리가 없어. 오지 못하는 건 무슨 일이 있어서일 거야. 갑자기 예상치 못한 일이 생긴 것일 수도 있어. 그렇다면 편지가 와 있을지도 몰라.' 그는 룅포르에 있는 집으로 편지가 왔는지를 알아보기 위해 방을 안내해준 호텔 종업원에게 부탁했다.

편지는 온 것이 없다고 했다. 아무 소식이 없어 프레데릭은 오히려 안심했다.

프레데릭은 동전을 아무렇게나 집어 들어 수를 세어보거나 행인의 모습을 보거나 말의 털 색깔을 보면서 스스로 점을 쳐봤다. 혹시 패가 좋지 않으면 믿지 않으려고 애썼다. 그러나 기다리다 지친 그는 아르누 부인에게 화가 나서 작은 목소리로 저주를 퍼부었다. 하지만 축 처져서 우울해 있다가도 희망을 놓지 않았다. 조금만 기다리면 그녀가 나타날 거라고 생각하기도 하고, 드디어 왔을지도 모른다는 생각에 고개를 돌려 뒤를 보기도 했다. 하지만 아무도 없었다. 딱 한 번 그녀와 키가 같고 비슷한 옷을 입은 부인이 보였다. 약 서른 걸음 정도 떨어진 곳이었다. 프레데릭은 그 여자를 쫓아가봤지만 아르누 부인이 아니었다. 다섯 시가 되었다! 다섯 시 반, 그리고 여섯 시! 가스등에 불이 켜졌다. 하지만 아르누 부인은 오지 않았다.

한편 아르누 부인은 전날 밤에 트롱셰 거리에 오래전부터 서 있는 꿈을 꾸었다. 뭔가 분명치 않지만 중요한 것을 기다리고 있었다. 남의 눈에 띌까봐 초조했다. 그런데 공교롭게도 개 한 마리가 짖으면서 옷자락을 물고 늘어졌다. 아무리 쫓아버리려 해도 개는 더 악착같이 달라붙어서 크게 짖어댔다. 그때 그녀는 눈을 떴다. 개가 짖어대는 소리가 계속 들렸다. 아르누 부인은 귀를 기울였다. 그런데 그 소리는 아들의 방에서 들려오고 있었다. 그녀는 맨발로 달려갔다. 아들이 기침을 하고 있었다. 아들은 두 손이 타는 듯이 열이 나 뜨거웠고 얼굴은 빨개져 있었으며, 목소리가 쉬었고 숨소리는 괴로운 듯했다. 그녀는 아침까지 아들의 이불 위로 몸을 숙인 채 움직이지 않고 지켜봤다.

여덟 시가 되자 국민군 중에서 북 치는 사람이 아르누에게 와서 동료들이 기다리고 있다고 알려주었다. 아르누는 서둘러 제복을 입었고, 콜로 의사 선생에게 들렀다 가겠다고 말하며 나갔다. 아르누 부인은 열 시가 돼도 콜로 선생이 오지 않자 심부름꾼을 보냈다. 콜로 선생은 시골에 갔고 대신 진찰하는 젊은 의사는 물건을 사러 갔다고 심부름꾼이 알렸다.

외젠은 긴 베개를 베고 머리를 옆으로 누인 채 계속 이마를 찌푸리거나 콧구멍을 벌름거렸다. 아들의 가련한 작은 얼굴이 시트보다 더 창백했다. 외젠이 숨을 쉴 때마다 목에서 가래 섞인 소리가 났고, 호흡은 짧고 건조해서 쇳소리 같은 소리에 가까웠다. 기침 소리는 마치 마분지로 만든 강아지들이 짖어대는 소리를 내게 하는 매몰찬 기계장치 소리처럼 들렸다.

아르누 부인은 갑자기 두려운 생각이 들어서 도와달라고 외치며 벨을 잡아당겼다.

"의사 선생님 좀! 의사 선생님!"이라고 외쳤다.

십 분 뒤 흰색 넥타이를 매고 희끗한 수염을 깨끗이 정리한 노신사가 찾아왔다. 노신사는 외젠의 습관, 나이, 체질에 대해 질문하고, 외젠의 목을 들여다보고 등에 귀를 대본 다음 처방전을 주었다. 그녀는 노신사의 침착한 태도가 가증스러웠다. 의사에게서 시체 방부제 냄새가 났다. 그녀는 의사를 때리고 싶었다. 그는 저녁에 다시 오기로 하고 돌아갔다.

얼마 후 심한 기침이 다시 시작되었다. 아이는 갑자기 몸을 일으키기도 했다. 경련이 일어나 가슴이 벌렁벌렁 뛰었고, 마치 힘차게 달려 숨을 헐떡이는 것처럼 숨 쉴 때마다 배가 쑥 들어갔다. 마침내 아이는 고개를 뒤로 젖히고 입을 크게 벌리더니 쓰러지고 말았다. 그녀는 약병에 든 토근즙과 가래를 없애는 케르메스 물약을 먹이기 위해 조심스럽게 애썼다. 하지만 아이는 가냘프게 신음하며 수저를 밀쳤다. 뭔가 말을 하려는 것 같았으나 깊은 숨만 내쉴 뿐이었다.

그녀는 의사의 처방전을 다시 읽어보았다. 처방전을 보면 겁이 덜컥 났다. 혹시 약사가 약을 잘못 지어준 건 아닐까? 그녀는 아무것도 할 수 없는 자신이 원망스러웠다. 콜로 선생의 제자가 찾아왔다.

그는 겸손한 청년으로, 의사가 된 지 얼마 되지 않았기에 자신의 생각을 이야기했다. 처음에는 실수할까봐 걱정이 되어 분명하게 말하지는 않았으나, 마침내 얼음으로 열을 식히라는 처방을 내렸다. 얼음을 구하는 데 시간이 꽤 걸렸다. 얼음을 넣은 주머니가 찢어지는 바람에 외젠의 셔츠를 갈아 입혀야 했다. 이런 혼란으로 아이는 아까보다 심한 발작을 일으켰다.

아이는 마치 목을 조르는 방해물을 떼어내려는 듯이 목 근처 속옷을 잡아 뜯었다. 그리고 숨을 쉴 때마다 무언가를 잡으려는 듯 벽을 긁거나 침대의 커튼을 잡아당겼다. 아이는 얼굴이 파랗게 질렸고 온몸은 식은땀으로 흠뻑 젖었으며 계속 야위어가는 것 같았다. 아이는 겁에 질려 일그러진 두 눈으로 엄마를 바라봤다. 그는 그녀의 목을 끌어안으며 필사적으로 매달렸다. 그녀는 울음을 참으며 부드러운 목소리로 속삭였다.

"그래, 내 사랑, 내 천사, 내 보물!"

잠시 후 조용해졌다.

아르누 부인은 아이의 마음을 가라앉혀주기 위해 인형과 그림책을 침대 위에 놓아두었고, 심지어 노래도 불러주려고 했다.

그녀는 옛날에 이 장식 융단이 깔린 의자에 앉아 아이를 포대기에 감싸 안고 재울 때 불러주었던 자장가를 부르기 시작했다. 아이는 머리에서 발끝까지 바람을 맞는 파도처럼 몸을 떨었다. 눈알이 튀어나와 있었다. 그녀는 아이가 곧 죽어버릴 것만 같아서 고개를 돌려 보지 않으려고 애썼다.

그러다 그녀는 다시 용기를 내어 아이를 바라봤다. 아이는 아직 살아 있었다. 괴롭고 우울하고 절망적인 시간이 계속되는 것 같았다. 시간이 매분 지날 때마다 고통이 더욱 커졌다. 아이는 기침을 할 때마다 몸이 부러질 듯 앞으로 계속 고꾸라졌다. 마침내 아이는 양피지 관 같은 이상한 것을 토해냈다. '이게 뭐지? 장의 일부분이 나온 걸까?' 그녀는 생각했다. 하지만 아이는 다행히 규칙적으로 천천히 숨 쉬기 시작했다. 아이가 아까보다 편안해지자 그녀는 오히려 걱정이 되었다. 콜로 선생이 찾아왔을 때 그녀는 마치 화석처럼 멍하게 서 있었다. 그는 아이가 이제 괜찮아졌으니 안심하라고 했다.

처음에 그녀는 무슨 소리인지 몰라 다시 물었다. 혹시 의사가 그냥 하는 위로의 말이 아닐까? 의사는 안심한 듯한 태도를 보이며 돌아갔다. 그러자 그녀는 지금까지 가슴을 죄던 밧줄 같은 것이 모두 풀리는 기분이었다.

'이제 괜찮다니! 정말일까?'

그녀는 갑자기 프레데릭에 대한 생각이 분명하게, 진지하게 들었다. 하느님의 경고가 틀림없었다. 다행히 하느님이 자신을 불쌍하게 생각해 그 이상의 벌은 주지 않은 것이었다. 만일 프레데릭과의 사랑에 계속 흔들린다면 그 이상의 벌을 받게 될 거라는 생각이 들었다. 더구나 아들은 엄마 때문에 세상 사람들에게 모욕을 받게 될지도 몰랐다. 아르누 부인은 문득 결투를 하다가 다쳐 들것에 실려오는 아들의 모습이 보이는 듯했다. 그녀는 얼른 일어나 작은 의자에 몸을 던지고, 온 힘과 영혼을 다해 자신이 처음 느낀 사랑과 그로 인한 잘못을 제물처럼 신에게 바쳤다.

한편 프레데릭은 집으로 돌아왔다. 안락의자에 털썩 앉자 아르누 부인을 저주할 기운도 없이 졸음이 몰려왔다. 악몽에 시달리는 가운데 빗소리가 들렸다. 그는 아직도 그 길에 서 있는 것 같았다.

다음 날 그는 이대로 단념할 수 없어 다시 한번 아르누 부인의 집으로 심부름꾼을 보냈다.

심부름꾼이 말을 제대로 전하지 않은 건지 아니면 그녀에게 한마디로 설명할 수 없는 피치 못할 사정이 있는 건지 심부름꾼은 지난번과 같은 말을 전했다. 이렇게 무례할 수가! 그는 자존심이 상해 분노가 치밀었다. 그녀에 대해 더 이상 욕구도 품지 않겠다고 맹세했다. 순간 나뭇잎이 태풍에 떨어진 것처럼 사랑도 사라졌다. 마음이 홀가분해지자 금욕적인 기쁨을 느꼈고 대담한 행동을 하고 싶었다. 그래서 그는 거리로 나와 정처 없이 돌아다녔다.

변두리에 사는 노동자들은 소총과 낡은 검을 들고 지나갔다. 그중 몇몇은 붉은색 혁명 모자를 쓰고 있었다. 모두 하나같이 〈라 마르세예즈〉와 〈레 지롱댕〉을 부르고 있었다. 국민군 대원들은 소속 지역으로 가기 위해 급히 걸어가고 있었다. 멀리서 북소리가 울려왔다. 생마르탱 문에서는 전투가 벌어지고 있었다. 활기차고 호전적인 분위기가 감돌았다. 프레데릭은 계속 걸었다. 도시의 소란이 오히려 프레데릭의 마음을 기쁘게 했다.

프라스카티 근처에 가까워지자 여장군의 집 창문이 보였다. 젊은 혈기 때문인지 그는 엉뚱한 생각이 떠올랐다. 그는 대로를 가로질러 갔다.

대문을 막 닫으려는 참이었다. 하녀 델핀이 대문 위에 목탄으로 '무기 양도'라고 쓰다가 프레데릭을 보자 큰 소리로 말했다.

"아! 아씨에게 일이 났어요. 오늘 아침에 무례하게 군 마부를 내보냈죠. 아씨는 사방에서 약탈이 일어나고 있다면서 불안해하세요! 잔뜩 겁에 질려 계세요! 주인 나리도 안 계시고요."

"주인 나리라니?"

"공작님이요."

프레데릭은 로자네트의 방으로 들어갔다. 여장군은 속치마 바람에 머리는 헝클어뜨린 채 당황한 모습으로 나타났다.

"아! 고마워요, 절 살려주러 오셨군요! 이번이 두 번째고요. 그러면서 생색도 내지 않고."

"미안해요!" 그는 그녀의 허리를 두 손으로 껴안으며 말했다.

"어머, 뭐 하는 거예요?" 여장군은 뜻밖의 행동에 놀라 더듬거리며 물었다.

그러자 그가 대답했다.

"유행대로 나도 스스로 개혁을 한 겁니다."

그는 그녀를 긴 의자 쪽으로 밀어붙이며 키스를 퍼부었다. 그녀는 키스를 받으면서 계속 웃었다.

두 사람은 오후 내내 창문을 통해 사람들을 바라봤고, 저녁 식사를 하러 트루아프레르프로방소에 갔다. 그들은 여유있게 맛있는 식사를 즐겼다. 마차가 없었기 때문에 두 사람은 걸어서 돌아왔다.

내각이 달라졌다는 소식에 파리의 분위기가 바뀌었다. 모두들 기뻐했다. 사람들은 거리를 다녔고, 건물 각층에 있는 조명은 마치 대낮처럼 주변을 밝게 비추었다. 지쳐버린 병사

들은 우울한 표정으로 병영으로 천천히 돌아갔다. "보병 만세!"라는 소리가 들려와도 이들은 아무 대답 없이 걸어갔다. 반대로 국민군 사관들은 흥분한 얼굴로 칼을 흔들며 "개혁 만세!"라고 외쳤다. 그 소리를 들을 때마다 두 연인은 웃었다. 프레데릭은 농담을 하며 유쾌하게 이야기했다.

그들은 뒤포 거리를 지나 큰길에 이르렀다. 여기저기 집 앞에 주렁주렁 걸린 초롱은 불로 된 화환 같았다. 그 아래로는 사람들이 서로 밀치며 움직이는 모습이 희미하게 보였다. 어두컴컴한 사람들 틈 사이로 총검이 하얀 빛을 내뿜었다. 함성이 크게 울렸다. 사람들이 너무 밀집해 있어서 그대로 돌아갈 수가 없었다. 두 사람이 코마르트탱 거리로 접어들었을 때 갑자기 등 뒤에서 비단을 찢는 듯한 소리가 들렸다. 카퓌신 거리에서 일제사격이 있었던 것이다.

"아! 시민 몇 명을 해치우고 있군." 프레데릭이 담담하게 말했다. 잔인하지 않은 사람도 다른 사람들에게서 너무 멀리 떨어져 있으면 죽음 앞에서도 눈 하나 깜짝하지 않는 경우가 있는 법이다.

로자네트는 프레데릭의 팔을 붙잡고 이를 딱딱 부딪치며 떨었다. 그녀는 스무 걸음 이상은 못 걷겠다고 했다. 그 순간 그는 아르누 부인에 대한 증오심이 불타오르면서 아르누 부인을 더욱더 모욕하자고 생각했다. 그는 로자네트를 트롱셰 거리에 있는 건물로 데려가 아르누 부인을 위해 준비해둔 방으로 안내했다.

꽃은 아직 시들지 않았다. 침대 위에는 두꺼운 레이스가 펼쳐져 있었다. 프레데릭은 옷장에서 작은 슬리퍼를 꺼냈다. 로자네트는 매우 세심한 배려라고 생각했다.

한 시 정도 되었을까. 로자네트는 멀리서 들리는 아득한 차 소리에 눈을 떴다. 프레데릭은 얼굴을 베개에 묻고 흐느끼고 있었다.

"왜 그래요?"

"너무 행복해서." 그가 말했다. "오래전부터 당신을 원했거든."

3부

1장

사격 소리에 프레데릭은 갑자기 잠에서 깼다.* 로자네트가 아무리 말려도 그는 무슨 일이 있는지 알아보고 싶다고 했다. 그는 총성이 들려온 샹젤리제 쪽으로 내려갔다. 생토노레 거리 모퉁이에서 마주친 공장 노동자들이 외쳤다.

"아니! 그쪽이 아닙니다! 팔레루아얄로!"

프레데릭은 이들을 따라갔다. 아송프시옹 성당의 철책이 뽑혀 있었다.

조금 더 가보니 바리케이드를 치다 만 것처럼 포석 세 장이 길바닥에 굴러다니고 있었고, 기마병을 막는 데 사용했던

---

* 1848년 2월에 프랑스 파리에서 일어난 '2월 혁명'을 의미한다.

유리 파편과 철사 뭉치가 흩어져 있었다. 바로 그때 물방울무늬에 색깔 있는 운동복을 입고 어깨 위로 검은색 머리카락을 휘날리는, 얼굴이 창백해 보이는 키 큰 젊은 남자가 골목에서 뛰어 나왔다. 그는 군인용 장총을 들고 실내화를 신은 채 발끝으로 마치 몽유병 환자처럼, 호랑이처럼 잽싸게 걸어 나갔다. 폭발음이 간간이 들렸다.

전날 밤 카퓌신 거리에서 사살된 사람 중 다섯 명의 시신이 마차에 실려 거리를 지나가는 광경을 보자 민중의 심리가 돌변했다. 부관들이 차례로 튈르리 궁전에 모였고, 몰레 씨가 돌아오지 않자 티에르는 또 나른 내각을 세우려 했다. 국왕은 말도 안 되는 소리를 하다가 주저하더니 뷔조*에게 총지휘권을 주면서도 일부 권한을 제한했다. 그러는 동안 하나의 팔에 이끌려 지휘를 받는 듯이 순식간에 시위가 일어났다. 군중을 향해 열정적으로 웅변하는 남자들이 여기저기에서 나타났고, 교회로 들어가 힘차게 종을 울리는 사람들도 있었다. 총알이 만들어지고 탄약통에 실렸다. 가로수, 공중화장실의 벤치, 철책, 가로등, 모든 것이 모조리 뽑히고 뒤집혔다. 아침이 되자 파리는 바리케이드로 뒤덮여 있었다. 저항은 계속되지

---

* 잔인한 것으로 유명했던 프랑스의 장군.

못했다. 여기저기 국민군이 개입했기 때문이다. 여덟 시가 되자 군중은 병영 다섯 곳과 모든 구청, 전략적인 주요 지점들을 평화로운 방법 혹은 무력으로 점령했다. 왕정은 급속히 몰락했다. 군중은 죄수 50명을 풀어주기 위해 샤토 도의 초소를 공격하고 있었으나 정작 죄수들은 그곳에 없었다.

무장한 군중이 광장을 가득 메우고 있어서 프레데릭은 광장 입구에서 걸음을 멈추었다. 몇몇 보병 중대가 생토마 거리와 프로망토 거리를 막고 있었다. 거대한 바리케이드가 발루아 거리의 입구를 가로막고 있었다. 바리케이드 꼭대기에서 자욱한 최루탄 연기가 갈라졌고, 그 사이로 남자 여러 명이 힘차게 달려가는 모습이 보였다. 남자들의 모습은 이내 사라졌다. 총격이 다시 시작되었다. 초소 쪽에서 방어 사격 소리가 들렸으나 초소 안에는 군인의 모습이 보이지 않았다. 참나무 덧문으로 덮여 있는 창문에 총안이 뚫려 있었다. 3층으로 지어진 초소는 좌우에 날개가 있었고 1층에 분수가 있었다. 가운데 작은 입구가 있는 이 커다란 건물은 총탄 세례 때문에 하얀 자국이 나 있었다. 계단 세 개로 이루어져 있는 현관 앞 층계에는 아무도 없었다.

프레데릭 옆에서는 그리스 모자에 편물 재킷을 입고 탄약 상자를 멘 남자가 마드라스 천을 두른 여자와 말다툼을 하고 있었다. 여자가 말했다.

"돌아가요, 참 나! 집으로 돌아가자고요!"

"이거 놔!" 남편이 말했다. "수위실은 당신 혼자 지킬 수 있잖아. 이거 봐요, 시민, 한 가지 물읍시다. 제 말이 맞지 않습니까? 전 1830년, 1832년, 1834년, 1839년에 모든 의무를 다했습니다. 더구나 오늘은 모두가 싸우고 있죠. 그런데 제가 싸우지 않아서야 되겠습니까? 자, 그만 가라고!"

문지기의 아내는 남편과 옆에 있던 마흔 살 정도 되는 국민군의 설득에 그대로 돌아갔다. 국민군은 순박해 보이는 인상에 금빛 수염을 기르고 있었다. 국민군 남자는 혼란스러운 상황에서도 마치 정원에 있는 정원사처럼 침착하게 프레데릭과 이야기하면서 총에 탄환을 넣고 있었다. 감촉이 거친 옷을 걸친 젊은 남자는 어느 나리에게 얻었다면서 멋진 엽총을 한 번 쏴보고 싶은 마음에 탄약이나 얻을까 하고 국민군 남자에게 아부하고 있었다.

"내 등 뒤에 바짝 붙으라고." 시민이 소리쳤다. "몸을 숨겨. 잘못하면 총에 맞는다고!"

돌격을 알리는 북소리가 들렸다. 날카로운 외침과 승리의 함성이 들렸다. 쉴 새 없는 소란에 군중이 동요하고 있었다. 프레데릭은 두 집단 틈에 끼어 매료된 채 이 상황을 매우 즐기며 꼼짝도 하지 않았다. 쓰러진 부상자와 사상자도 실제로 다치거나 죽은 사람처럼 보이지 않았다. 그저 한 편의 연극을 보는 기분이었다.

물결치듯 수많은 군중 너머로 검은색 정장 차림에 벨벳 안장을 얹은 흰색 말을 타고 있는 노인이 보였다. 그는 한 손에는 푸른 나뭇가지를, 다른 한 손에는 서류 한 장을 들고 계속 흔들었다. 하지만 아무도 주목하지 않자 그냥 돌아갔다.

보병 부대의 모습은 보이지 않고 파리 경찰 대원들만 초소를 지켰다. 용감한 군중 한 무리가 정면 계단으로 밀고 올라갔다. 이 군중 무리가 쓰러지자 다른 군중 무리가 올라갔다. 철봉으로 문을 때리자 쾅쾅 소리가 났다. 하지만 파리 경찰대는 꿈쩍도 하지 않았다. 건초를 가득 실은 사륜마차 한 대가 마치 커다란 횃불처럼 타오르더니 벽 쪽에 끌려 나왔다. 장작 다발, 밀짚, 알코올 통이 신속하게 옮겨졌다. 불길은 돌벽을 따라 높이 치솟았다. 건물 여기저기서 마치 유기공처럼 연기가 새어 나왔다. 꼭대기에 있는 난간 틈으로는 커다란 불길이 요란한 소리를 내며 타올랐다. 팔레루아얄 2층은 국민군으로 가득 찼다. 광장과 마주 보는 창문은 모두 사격용으로 사용되고 있었다. 총알이 날아갔고, 타격을 입은 분수에서 물이 피와 섞여 바닥에 물웅덩이를 만들었다. 물웅덩이에 미끄러지면서 사람들은 옷과 군모, 무기에 발이 걸렸다. 프레데릭도 뭔가 뭉클한 것에 발이 걸린 것 같아 내려다보니 진창에 엎어져 있는 회색 외투를 입은 어느 중사의 손이었다. 국민군이 계속해서 새로 몰려오자 정부군은 초소로 밀려들어갔다. 총격은 더욱 격렬해졌다. 주변 술집들이 문을 열어서 사람들은 술집에 들어가 담배를 피우고 맥주 한 잔을 들이켜고는 다시 돌아가 싸우곤 했다. 떠돌이 개 한 마리가 짖어대자 사람들이 웃었다.

한 남자가 허리에 총을 맞고 신음하며 프레데릭의 어깨에 부딪쳤다. 프레데릭은 비틀거렸다. 잘못하다가는 자신이 이 총에 맞았을지도 모를 일이었다. 그 생각에 프레데릭은 분노하여 앞으로 뛰어나가려 했으나 국민군 병사 한 명이 그를 붙잡았다.

"소용없어요. 국왕은 방금 떠났습니다! 못 믿겠으면 가서 직접 보세요!"

자신 있는 그의 말에 프레데릭은 침착해졌다. 카루젤 광장은 조용했다. 낭트 저택은 여전히 당당하게 서 있었다. 그 뒤로 보이는 집들과 정면에 보이는 루브르 궁전의 둥근 지붕, 오른쪽으로 길게 이어진 목조 아케이드, 허름한 노점들까지 구불구불 이어져 있는 공터는 마치 잿빛 안개에 잠겨 있는 듯했다. 멀리서 들려오는 시끄러운 소리도 안개 속으로 스르르 사라져버리는 느낌이었다. 광장 저쪽 튈르리 궁전 위로는 구름 사이로 밝은 햇살이 비쳐 들었고, 창문이 햇살을 받아 하얗게 두드러졌다. 개선문 옆에는 죽은 말 한 마리가 쓰러져 있었다. 철책 저편에는 사람들이 대여섯 명 모여 이야기를 하고 있었다. 성문은 열려 있었고, 문 옆에 선 하인들은 사람들이 자유롭게 들어가도록 내버려두었다.

계단 아래 작은 방에서는 카페오레를 대접하고 있었다. 구경꾼 몇 명이 테이블에 앉아 농담을 주고받고 있었다. 다른 사람들은 모두 서 있었는데, 그중에는 합승마차의 마부도 있었다. 마부는 설탕 가루가 든 병을 움켜쥐고는 겁먹은 시선으로 주변을 살피더니 유리 단지에 코를 박고 정신없이 먹었다. 커다란 층계 아래에는 남자 한 명이 장부에 이름을 적고 있었다. 프레데릭은 뒷모습만 보고 그를 알아봤다.

"어이, 위소네!"

"그래." 위소네가 말했다. "왕궁에 들어가려고. 정말 웃기지 않나?"

"위로 올라가볼까?"

두 사람은 총독의 방으로 들어갔다. 벽에 걸린 유명인의 초상화들 가운데 뷔조의 초상화만 찢겨 있었고 나머지는 무사했다. 장군들은 대포를 배경으로 검을 짚고 비스듬히 기대듯 서 있었다. 그 진지한 자세는 주변 풍경과는 어울리지 않았다. 커다란 추시계가 한 시 이십 분을 가리켰다. 갑자기 〈라 마르세예즈〉가 울려 퍼졌다. 위소네와 프레데릭은 난간 밖으로 몸을 내밀었다. 군중들이 부르고 있었다. 많은 사람들이 계단으로 밀려왔다. 모자를 쓰지 않은 맨 머리, 철모, 붉은색 혁명모, 총검, 어깨들이 정신없이 무리를 이루어 흔들거리며 계단 쪽으로 밀려오고 있었다. 밀려오는 힘은 마치 춘분 혹은 추분 때 거대한 밀물에 뒤로 밀려나는 강물처럼 대단했다. 기나긴 거친 소리가 억제할 수 없는 충동에 떠밀려 위로 계속 올라오는 이 우글거리는 무리 속에서 사람들은 사라져버렸다. 위로 올라오자 사람들은 흩어졌고 노랫소리도 멈췄다.

발소리와 찰랑거리는 듯한 말소리만이 들렸다. 순한 사람들은 그저 바라보기만 했다. 하지만 사람들이 서로 밀고 당기는 바람에 팔꿈치에 유리창이 까지거나, 조각상이 탁자에서 떨어졌다. 사람들의 힘에 벽에 댄 판자가 삐걱댔다. 사람들 모두 얼굴이 벌게졌고 땀을 흘리고 있었다. 위소네가 말했다.

"영웅들의 몸에서 좋지 않은 냄새가 나는군."

"자넨 참 거슬리는군." 프레데릭이 말했다.

프레데릭과 위소네는 사람들에게 밀려 방 안으로 들어갔

다. 천장은 붉은색 벨벳 닫집으로 장식되어 있었다. 그 아래 놓인 왕좌에는 검은색 수염에 셔츠를 풀어헤친 노동자 한 명이 마치 중국 도자기 인형처럼 유쾌하고 우스운 모습으로 앉아 있었다. 몇몇 사람들이 그 왕좌에 앉으려고 단상을 올라가고 있었다.

"어리석은 것들." 위소네가 말했다. "저런 것이 국민이 주권을 갖는다는 의미이군."

왕좌는 사람들의 손에 들려 좌우로 흔들리면서 방을 지나갔다.

"저 흔들리는 모습을 좀 봐. 국가라는 배가 태풍이 부는 바다에서 흔들리는 것 같군. 아주 캉캉을 추고 있군! 캉캉을 추고 있어!"

왕좌는 창가로 운반되었다. 사람들이 휘파람을 부르며 왕좌를 밖으로 내던졌다.

"이런 딱하게 되었군그래."

왕좌가 마당으로 떨어지는 광경을 보며 위소네가 말했다. 왕좌는 다시 사람들의 힘으로 힘껏 들린 채 바스티유까지 운반되어 불태워졌다.

사람들은 왕좌가 불에 타자 행복한 미래가 도래하기라도 한 듯 환호성을 질렀다. 군중은 복수하려는 생각보다는 자신들이 차지했다는 것을 과시하기 위해 거울과 커튼, 샹들리에, 촛대, 테이블, 의자, 발판, 가구, 화첩, 자수 바구니 등을 모두 부쉈다. 승리를 거두었으니 이런 소란쯤이야 상관없다는 생각이었다. 군중은 비꼬는 표정을 지으며 레이스와 캐시미어를 몸에 대보았다. 황금빛 술 장식이 공장 노동자의 작업복 소매에 감겼고, 타조 깃털이 달린 모자가 대장장이의 머리를 장식했으며, 레지옹 도뇌르 훈장 띠가 창녀의 허리띠가 되었다. 모두들 자기 하고 싶은 대로 하고 있었다. 춤추는 사람들, 술을 마시는 사람들도 있었다. 왕비의 방에서는 한 여자가 머리에 포마드를 잔뜩 바르고 있었다. 병풍 아래에서는 도박꾼 두 명이 카드놀이를 하고 있었다. 위소네는 프레데릭에게 어느 남자를 가리켰다. 발코니에서 팔을 괴고 사기 파이프를 피우고 있는 남자였다. 도자기가 부서지고 크리스탈 파편이 바닥에 나뒹구는 소리가 마치 하모니카 멜로디처럼 끝없이 들려와서 더욱 요란했다.

이제 소란은 사악한 빛깔을 띠었다. 군중은 야비한 호기심에 이끌려 이 방 저 방 다니며 서랍을 열었다. 죄수들은 왕녀의 침대에 팔을 쑤셔 박으며 왕녀를 겁탈하지 못하는 분풀이를 대신해 침대에서 뒹굴었다. 인상이 좋지 않은 사람들은 훔칠 게 없나 하고 조용히 여기저기 두리번거렸다. 하지만 사람들이 너무 많았다. 입구에서 보면 여러 방이 한 줄로 늘어서 있었다. 그 안에는 시커먼 군중 무리가 먼지에 둘러싸여 찬란한 금빛 속에서 움직이고 있었다. 누구나 가슴을 헐떡이고 있었다. 열기 때문에 공기가 답답했다. 프레데릭과 위소네는 숨이 막힐 것 같아 밖으로 나왔다.

두 사람은 대기실을 지나다가 창녀 한 명을 봤다. 옷더미 위에 한 창녀가 마치 자유의 여신상처럼 눈을 커다랗게 뜨고 무서운 얼굴로 꼼짝도 하지 않고 서 있었다.

두 사람이 밖으로 나와 서너 걸음 걸어가자 모자 달린 외투를 입은 헌병이 다가와 모자를 벗어 들고 군중을 향해 정중하게 허리를 굽혔다. 모자를 벗은 헌병의 머리는 약간 벗겨져 있었다. 그 인사에 누더기 차림의 승리자 군중은 어깨를 으쓱했다. 이 장면에 프레데릭과 위소네도 기분이 좋아졌다.

두 사람은 열기 같은 것을 느끼며 활기를 되찾았고, 팔레루아얄로 돌아왔다. 프로망토 거리 입구에 병사들의 시체가 짚 위에 쌓여 있었다. 프레데릭과 위소네는 그 시체 더미 옆을 아무런 감각 없이 지나갔다. 이렇게 담담한 것도 왠지 뿌듯했다.

팔레루아얄은 사람들로 가득했다. 마당에는 산더미 같은 장작더미가 일곱 개나 타고 있었다. 창문 여기저기서 군중은 피아노, 서랍장, 추시계 같은 것을 던졌다. 소방펌프 몇 대가 지붕까지 물을 뿜었다. 검으로 호스를 자르려는 불량한 사람들이 있었다. 프레데릭은 어느 이공과 학생에게 저런 못된 짓은 못하게 해야 하지 않느냐고 말했다.

하지만 학생은 무슨 말인지 잘 알아듣지 못했다. 안마당을 둘러싼 회랑 두 곳에서는 하층민들이 포도주 저장고를 차지하고 마구 술을 마시고 있었다. 포도주가 작은 시내처럼 흘러 발을 적셨다. 불한당들은 바닥이 움푹 들어간 포도주 병을 술잔인 양 술을 따라 마시며 수다를 떨었다.

"나가자고." 위소네가 말했다. "민중이 혐오스러워."

오를레앙 회랑을 쭉 따라 부상자들이 바닥에 매트리스를 깔고 누워 있었고, 담요 대신 붉은색 커튼을 덮고 있었다. 인근에 사는 부인들과 젊은 여자들은 수프와 속옷을 가져오고 있었다.

"아무래도 상관없어!" 프레데릭이 말했다. "민중이 대단하다는 생각이 드는군."

커다란 정면 현관에는 흥분한 사람들로 가득했다. 이들은 아예 전부 부숴버릴 생각으로 위층으로 올라가려고 했다. 국민군은 계단 중간에서 이를 막고 있었다. 그중 가장 눈에 띄는 사람은 사냥꾼으로, 모자를 쓰지 않아 머리털은 위로 솟아 있었고 조각난 병사용 가죽 장비를 들고 있었다. 윗도리와 바지의 경계선에 셔츠가 삐져나와 있었다. 그 남자는 사람들에게 둘러싸여 몹시 흥분해 버둥거리고 있었다. 시력이 좋은 위소네는 멀리서도 그 남자가 아르누임을 알아봤다.

프레데릭과 위소네는 바람을 쐬기 위해 튈르리 궁전 마당까지 왔다. 두 사람은 벤치에 앉아 한참 동안 눈을 감고 있었다. 정신이 멍했고 말할 기운도 없었다. 옆에서는 사람들이 서로 이야기를 나누며 지나가고 있었다. 오를레앙 공비가 섭정으로 임명되었으니 모든 게 끝났다느니 하는 얘기가 들렸다. 빠르게 결말이 난 데 대해 일종의 안도를 느끼고 있을 때 왕궁의 다락방 문들이 열리면서 하인들이 나타나 제복을 찢었다. 그들은 왕실의 하인을 그만둔다는 의미로 제복을 찢어 마당으로 던졌다. 군중은 하인들에게 야유를 날렸고 하인들은 다시 안으로 들어갔다.

프레데릭과 위소네는 총을 어깨에 메고 나무 사이를 당당하게 걸어가는 키 큰 남자를 바라봤다. 붉은색 공장복 차림으로 허리에는 탄약대를 두르고 있었고 모자 아래 이마에는 손수건을 두르고 있었다. 그 남자가 고개를 돌렸다. 뒤사르디에였다. 뒤사르디에는 프레데릭과 위소네를 보자 그들의 품 안으로 달려들었다.

"아! 이렇게 만나게 되다니!" 뒤사르디에는 그 이상 아무 말도 하지 못했다. 그는 기쁨과 피로로 숨을 헐떡였다.

뒤사르디에는 이틀 동안 잠을 자지 못했다고 했다. 라탱 구의 바리케이드에서 일했고, 랑뷔토 거리에서 싸웠으며, 용기병 세 명을 구했고, 뒤누아예 부대와 튈르리 궁으로 들어간 다음 의회로 진입한 뒤 시청에 다녀오는 길이라고 했다.

"거기서 오는 길이야! 일은 다 잘되어가고 있어! 민중이 승리를 거둔 거야! 노동자와 시민이 서로 끌어안았지! 방금 내가 보고 온 것을 봤어야 하는데! 용감하고 멋진 사람들이었어. 보기 좋았다고!"

그는 두 사람이 무기를 갖고 있지 않다는 걸 알아채지 못한 채 말했다.

"여기서 만날 줄 알았어. 괴로운 일은 잠시였으니 그까짓 거야."

그의 뺨에서 피가 흘렀다. 두 사람은 무슨 일이냐고 물었다.

"별것 아니야. 총검에 긁혀서 그래."

"그래도 치료를 해야지."

"이래 봬도 튼튼하니까. 괜찮다고! 방금 공화제가 선포되었으니 모두 행복하게 됐어. 아까 앞에 있던 신문기자들이 하는 소리를 들었는데, 폴란드와 이탈리아도 자유국가 대열에 합류할 거라고 하더군. 더 이상 국왕은 없는 거지. 알겠지! 온 세상이 자유로워지는 거야. 온 세상이!"

그는 그런 세상이 이미 온 듯 의기양양하게 두 팔을 벌렸다. 그때 남자들이 긴 행렬을 이루며 물가 테라스 위를 달리고 있었다.

"참, 깜빡했네! 요새가 점령됐어. 이제 가봐야 할 것 같군! 그럼 이만!"

그는 돌아서서 총을 높이 흔들며 그들에게 외쳤다.

"공화국 만세!"

왕궁의 굴뚝에서 검은 연기가 솟았고 불꽃이 사방으로 흩어졌다. 멀리서 들리는 종소리는 양 떼의 울음소리처럼 시끄러웠다. 승리자들은 여기저기서 무기를 풀어놓았다. 프레데릭은 호전적인 성격은 아니었으나 그래도 갈리아인의 피가 끓어오르는 것을 느꼈다. 열광하는 군중의 힘에 이끌리고 있었던 것이다. 그는 탄약 냄새가 풍기는 공기를 힘차게 들이마셨고, 무한한 애정과 숭고한 감동에 몸을 떨었다. 전 인류의 심장이 고동치는 것 같은 기분이었다.

위소네가 하품을 하며 말했다.

"난 시민들에게 소식을 전하러 가야겠어."

프레데릭은 증권거래소 앞 광장에 있는 위소네의 신문사

까지 따라갔다. 프레데릭은《트루아》신문사에 보내고자 자기 서명을 한 다음 서정적인 문체로 시위 사건에 대한 보고서를, 진짜 기사를 쓰기 시작했다. 그런 다음 그들은 식당으로 가서 저녁 식사를 했다. 위소네는 내내 생각에 잠겨 있었다. 특이한 성격인 위소네도 이번 혁명의 괴상함은 받아들이기 힘들어했다.

커피를 마신 두 사람은 뭐 새로운 것이 없나 하고 파리 시청으로 갔다. 위소네는 장난스러운 본성이 돌아왔다. 바리케이드를 영양처럼 기어오르기도 했고, 애국심을 자극하는 농담을 보초와 주고받기도 했다.

그들은 횃불 아래서 임시정부가 선포되는 포고문을 들었다. 프레데릭은 피곤한 몸을 이끌고 한밤중이 되어서야 집으로 돌아왔다.

"어때?" 그는 하인의 시중을 받으며 옷을 벗으며 물었다. "만족스러운가?"

"물론이죠. 하지만 그 틈을 타서 건방지게 날뛰는 민중은 마음에 안 들어요."

다음 날 잠에서 깬 프레데릭은 데로리에를 생각하고 서둘러 달려갔다. 데로리에는 지방 위원으로 임명되어 떠났다는 소식을 들었다. 전날 저녁에 데로리에는 운 좋게도 르드뤼 롤랭*과 만나 법과대학 출신이라는 걸 내세워 계속 졸라대 마침 내 한자리 얻은 것이다. 문지기는 프레데릭에게 돌아오는 주에야 데로리에가 편지로 주소를 알려준다고 했다고 전했다.

프레데릭은 여장군을 만나러 갔다. 그녀는 자신을 혼자 내버려두어서 토라졌는지 새침하게 그를 맞았다. 이제 평화가 왔으니 안심하라고 몇 번이나 달랜 뒤에야 그녀는 마음을 풀었다. 이제 모든 게 안정되었고 무서워할 건 없다고 말하며 프레데릭은 그녀에게 키스했다. 그녀는 공화제에 찬성한다고 했다. 파리 대주교, 사법관, 참사원, 학사원, 총독, 샹가르니에 장군**, 팔루 백작***, 나폴레옹파, 정통 왕정파, 많은 오를레앙 왕조파가 놀라울 정도로 열심히, 재빠르게 찬성한 것처럼 말이다.

왕정이 급속도로 붕괴되고 충격이 지나가자 시민들은 자신이 아직 살아 있는 것을 신기하게 여길 정도였다. 도둑 몇 명이 즉심에 회부되어 재판도 없이 총살되었으나 이상하게 생각하는 사람은 없었다. 한 달 동안 사람들은 붉은 깃발에

---

* 프랑스의 정치가로 왕정하에서 공화주의를 옹호했다. 부르주아층을 대표하는 급진주의자로 2월 혁명 때는 임시정부의 내무 장관을 지냈다.

** 우파의 수장.

*** 자유 가톨릭파의 수장.

대한 라마르틴의 말 "샹드마르스를 일주한 것에 지나지 않는데 삼색기는……."이라는 말을 되풀이했다. 사람들은 삼색기 아래 질서를 지키며 있었으나 사실 어느 당파든 삼색 중 자신이 좋아하는 색만을 바라보았고, 권력이 강해지면 나머지 두 색을 떼어버리겠다고 속으로 다짐하고 있었다.

일이 중단된 상태여서 사람들은 불안감과 호기심에 밖으로 나왔다. 옷차림에 신경 쓰지 않는 분위기라 사회적 계급이 느껴지지 않았다. 증오는 사라지고 희망만이 느껴졌다. 군중은 화기애애한 분위기에 둘러싸여 있었다. 모두 사육제나 야영을 하는 듯 즐거워했다. 혁명 직후 파리의 모습만큼 재미있는 것도 없었다.

프레데릭은 여장군과 팔짱을 끼고 여기저기 산책했다. 로자네트는 누군가의 단춧구멍에 훈장이 매달려 있고 창문마다 국기가 게양되어 있고 벽마다 여러 가지 색 포스터가 붙어 있는 것을 보고 재미있어했으며, 길 한가운데 의자 위에 놓인 부상자 의연금 모금함에 동전을 넣었다. 그리고 루이 필리프를 과자 장수, 흥행사, 개나 거머리로 묘사해 그린 만화를 볼 때마다 걸음을 멈추었으나 검을 차고 장식 띠를 두른 코시디에르의 부하를 보면 무서워했다. 사람들이 자유의 나무를 심고 있는 모습이 보였다. 성직자들은 황금색 줄을 단 시종들을 데리고 공화국을 축복하는 의식에 참석했다. 군중은 이를 흐뭇하게 바라봤다. 여러 요구 사항을 갖고 시청으로 향하는 사절단들의 모습이 가장 눈에 띄었다. 여느 상인이나 공장이나 지금의 어려운 상황을 정부가 해결해줄 것으로 기대하고 있었다. 하지만 조언이나 축하를 하거나 잠깐 들러 기구가 운영되는 상태를 보러 가려는 사람들도 있었다.

3월 중순의 어느 날, 프레데릭은 로자네트의 부탁을 받아 라탱 구에 가기 위해 아르콜 다리를 건너려 하고 있었다. 바로 그때였다. 희한한 모자를 쓰고 수염을 기른 사람들이 일렬로 줄 서서 다가오는 모습이 보였다. 맨 앞에서 북을 두드리며 걷는 사람은 전에 화가의 모델을 하던 흑인이었고, 뒤이어 '회화 예술가'라고 쓴 깃발을 바람에 날리며 오는 남자는 펠르랭이었다.

펠르랭은 프레데릭에게 잠깐 기다리라는 듯한 손짓을 했다. 몇 분 뒤 그는 정부가 석공과 면담 중이라 잠시 시간이 생겼다면서 다시 나타났다. 그는 지금 동료들과 함께 예술의 광장 같은 것을 세우고자 청원하러 가는 중이라고 했다. 미학적으로 이익이 있는지 심사하는 증권거래소 같은 개념이라고 했다. 각자 재능이 있는 예술가들이 뭉치는 것이므로 뛰어난 작품들이 계속 나올 것이고, 파리는 거대한 건축물로 뒤덮이게 될 거라는 얘기였다. 펠르랭은 자신이 그 장식을 맡을 것이고, 공화국을 상징하는 그림을 이미 그리기 시작했다고 했다. 동료 한 명이 오더니 가축 산업 사절단에게 동료 하나가 쫓기고 있다면서 그를 데리러 왔다.

"바보같이!" 군중 속에서 누군가가 중얼거렸다. "허풍밖에 없군. 뭐 하나 제대로 되는 게 없어."

이렇게 말한 사람은 르쟁바르였다. 르쟁바르는 프레데릭에게 인사도 없이 반갑다고 하면서 고민을 이야기했다.

시민은 수염을 잡아당기고 눈알을 굴리며 이 거리 저 거리 다니다 우울한 뉴스를 들으면 이를 퍼뜨렸다. 그리고 "조심하라고, 머지않아 꼼짝도 못할 테니까.", "공화국을 은근슬쩍 감추고 있어."라는 두 마디 말만 덧붙였다. 르쟁바르는 모든 게 불만스러웠고, 특히 프랑스가 원래 국경을 회복하지 못한 게 불만이라고 했다. 그는 라마르틴의 이름을 들을 때마다 으쓱했고, 르드뤼 롤랭 같은 사람은 상황을 이끌어가는 능력이 없는 사람으로 생각했으며, 뒤퐁(들 뢰르)*은 늙은 얼간이, 알베르**는 바보 멍청이, 루이 블랑***은 몽상가, 블랑키****는 위

---

* 임시정부 의장.
** 노동자 출신으로는 유일하게 임시정부 의원이 되었다.

험한 인물이라며 험담을 했다. 어떻게 하면 좋겠느냐는 프레데릭의 질문에 뒤사르디에는 그의 팔을 으스러지도록 꽉 쥐며 대답했다.

"라인 강을 차지해야지. 라인 강을 빼앗아야 한다고!"

그리고 그는 반동분자를 비난했다.

반동분자가 정체를 드러내고 있었다. 뇌이유 궁의 별궁과 쉬렌 성 약탈, 바티뇰 방화, 리옹의 폭동. 광란과 피해는 심해져갔다. 르드뤼 롤랭의 공문, 지폐의 강제 통용, 60프랑으로 폭락한 국채, 그리고 심각한 부정부패에 한 술 더 떠서 45상팀의 과세도 있었다. 하지만 이 모든 것의 배후에는 사회주의가 있었다. 사회주의 이론은 거위 놀음처럼 새로운 것이었다. 40년 동안 꾸준히 논의되어왔고 책장을 몇 개나 채울 정도로 책이 나왔으나, 중산층 시민은 아직도 사회주의 이론을 들으면 별똥별이라도 본 듯 깜짝 놀라며 화를 냈다. 하지만 어느 사상이든 처음 등장할 때는 증오심을 자극하지만 시간이 지나면 영광을 얻게 되는 법이었다. 그렇기 때문에 아무리 보잘것없는 사상도 적대자들을 늘 지배하게 되는 것이다.

*** 프랑스 사회주의자.

**** 프랑스 사회주의자이자 혁명가.

소유권은 종교처럼 자연스럽게 받아들여졌고 신과 혼동될 정도였다. 이에 따라 소유권을 공격하는 것은 무모한 도전이자, 인육을 좋아한다고 말하는 것 같은 대담한 고백처럼 여겨졌다. 가장 인도적인 법률이 제정되었으나 공화제에는 1793년의 망령이 다시 나타나 공화국이라는 단어 하나하나에서 단두대의 칼날이 흔들렸다. 사람들은 약점이 많은 공화제를 증오했다. 프랑스에는 지도자가 없다면서, 지팡이를 잃은 시각장애인, 아니 하녀의 손을 놓친 아이처럼 공포에 질려 울고 있었다.

그중 가장 두려움에 떠는 사람은 당브뢰즈 씨였다. 상황이 새롭게 바뀌면서 그의 재산과 경험이 위기를 맞은 것이었다. 그에게는 더할 나위 없이 좋았던 제도와 현명한 국왕이 모두 뒤엎어진 것이다. 그는 땅이 꺼지는 기분이었다. 시위가 일어나고 그다음 날 그는 하인 세 명을 내보내고 말을 몇 마리 팔았으며, 외출할 때는 펠트 모자를 사서 쓰고 수염을 기를 생각까지 하고 있었다. 당브뢰즈 씨는 그저 집에 틀어박혀 허무해했고, 자신의 사상과는 정반대되는 사상을 이야기하는 신문을 읽으면서 괴로워하고 허탈해했다. 파이프에 대한 플로콩의 농담에도 웃을 수가 없었다.

이전 왕조를 지지했던 당브뢰즈 씨는 샹파뉴에 있는 소유지에서 군중이 들고일어나지는 않을지 겁내고 있었다. 그때 프레데릭이 쓴 신문의 글을 우연히 읽게 된 당브뢰즈 씨는 프레데릭은 영향력 있는 젊은이이니 자신을 돕지는 못하더라도 보호해주지는 않을까 하는 생각에, 어느 날 아침 마르티농을 데리고 그의 집으로 갔다.

당브뢰즈는 특별히 용건이 있어서가 아니라 잠깐 만나서 할 이야기가 있다고 했다. 그리고 자신은 이번 사건을 기뻐하고 있으며, 사실은 공화주의자였으므로 자유, 평등, 박애라는 숭고한 슬로건을 진심으로 환영한다고 했다. 이전 정부 밑에서 내각에 찬성하는 투표를 했던 것은 반드시 이뤄야 하는 변화를 앞당기기 위해서라고 했고, 기조에 대해서는 "어쨌든 그 자는 우리를 궁지에 몰아넣었으니까."라고 하며 분노했다. 반대로 르마르틴은 존경한다고 했다. "붉은 깃발만 봐도 정말 훌륭하지."

"예, 알고 있습니다." 프레데릭이 말했다.

그리고 당브뢰즈 씨는 노동자에게 동조하는 발언을 했다.

"어쨌든 우리는 다 노동자니까." 당브뢰즈는 계속 공정한 태도를 보이면서 프뤼동은 논리적인 사람이라고까지 했다. "정말로 논리적인 인물이죠." 이어서 그는 매우 지적인 사람들이 그러듯 초월한 듯한 표정으로 회화 전람회에서 펠르랭의 그림을 봤다고 했고, 펠르랭의 그림은 독창성과 묘사력이 뛰어나다고 했다.

마르티농은 그의 말에 일일이 맞장구쳐주었다. 마르티농 역시 공화제를 지지해야 한다고 생각하는 듯 농부인 아버지 이야기를 했고, 농민다우면서 평민 같은 태도를 유지했다. 이어서 대화 주제는 국민의회 선거와 포르텔 지구의 입후보자로 옮겨갔다. 야당 입후보자는 선거에서 이길 가능성이 없다는 이야기였다.

"프레데릭 씨가 대신 나가면 좋을 것 같군요." 당브뢰즈 씨가 말했다.

프레데릭은 말도 안 되는 소리라고 했다.

"왜죠?" 당브뢰즈 씨는 프레데릭이라면 정치 성향 덕에 과격파의 표를, 가문 덕분에 보수파의 표를 얻을 수 있을 거라고 했다. "나의 영향력이 도움이 될 수도 있고." 은행가는 미소 지으며 말했다.

프레데릭은 어떤 방법이 좋을지 모르겠다고 했다. 그러자 당브뢰즈 씨는 별로 어려운 일이 아니라고 했다. 파리의 어느 정치 클럽에서 오브 현의 애국자들에게 보내는 추천서 한 통이면 되고, 이를 위해 제일 중요한 것은 평범한 신념보다는 눈에 띄는 정책을 발표하는 거라고 했다.

"써서 내게 가져와봐요. 오브 현이 어떤 것을 좋아하는지 아니까. 다시 한번 말하지만 프레데릭 씨는 국가와 우리 모두를 위해, 그리고 나를 위해 큰일을 할 인물이 될 겁니다."

당브뢰즈 씨는 지금 같은 상황에서는 서로 도와야 하고, 만일 프레데릭에게 도움이 필요하면 자신과 친구들이 돕겠다고 했다.

"너무 감사합니다."

"또 이쪽에서도 도움을 요청하는 것이고."

확실히 은행가는 솔직한 사람이었다. 프레데릭은 당브뢰즈 씨의 권고를 여러 번 생각하다가 갑자기 현기증이 일며 눈이 부시다는 생각이 들었다.

혁명 의회에서 활약한 위인들의 모습이 눈앞에 떠올랐다. 마치 웅장한 새벽이 펼쳐지는 기분이었다. 로마, 빈, 베를린에서 소요가 일어나는 중이었고, 베네치아에서는 오스트리아인이 추방되는 등 온 유럽이 혼란스러웠다. 지금이야말로 유럽의 변화에 동참해야 할 시기인 것 같았다. 프레데릭은 여기에 하원의원의 의상에도 끌렸다. 깃이 접힌 조끼를 입고 삼색 띠를 두른 자신의 모습이 상상되었다. 상상만으로도 흥분한 프레데릭은 뒤사르디에에게 자신의 마음을 털어놓았다. 이 착한 젊은이의 열정은 아직 식지 않았다.

"물론이지. 출마하라고!"

프레데릭은 데로리에에게 의견을 물었다. 지방의원으로 고향으로 발령되어 간 데로리에는 답답한 반대 때문에 일에 방해를 받고 있어서인지 전보다 더 자유주의자가 되어 있었다. 그는 즉시 프레데릭을 열렬히 지지한다는 의견을 보내왔다.

하지만 프레데릭은 더 많은 사람들의 지지를 받고 싶어서 바트나 양도 있는 자리에서 로자네트에게 자신의 출마 의지를 이야기했다.

바트나 양은 파리에서 흔히 볼 수 있는 독신 여성이었다. 수업을 마친 뒤 혹은 쉽게 작업한 그림이나 원고를 팔기 위해 치마가 흙투성이가 되도록 돌아다니다가 밤이 되어서야 돌아와 혼자 식사를 만들어 먹고, 난로에 발을 녹이고, 어두컴컴한 램프 아래서 사랑과 가족, 가정과 재산, 즉 자신이 갖지 못한 것을 상상하는 그런 여자였다. 다른 독신 여성과 마찬가지로 그녀도 혁명을 세상에 복수할 수 있는 시기로 보면서 환영했다. 그녀는 현재 사회주의를 열렬히 신봉하며 선전하고 있었다.

그녀는 여성이 해방되어야 프롤레타리아 혁명이 이루어진다고 했다. 여성에게 모든 직업의 문이 열려야 하고, 아버지를 대상으로 친자 확인을 의뢰할 수 있어야 하며, 새로운 법이 만들어져야 하고, 지금의 법은 폐지되어야 하며, 좀 더 합리적인 결혼법이 마련되어야 한다고 했다. 그런 날이 오면 프랑스 여성은 모두 프랑스 남성과 결혼하거나 노인의 양녀가 될 것이라고 했다. 유모와 산파도 국가에서 급료를 받아야 하고, 여성의 출판물을 검토하는 심사위원, 여성 전문 출판사, 여성을 위한 이공계 학교, 여성을 위한 국민군, 여성을 위한 모든 것이 있어야 한다고 했다. 정부가 여성의 권리를 보호하지 않으면 여성이 스스로의 힘으로 권리를 얻어야 하고, 여성 1만 명이 총을 들고 일어난다면 파리 시청은 놀라서 떨 것이라고 했다.

프레데릭의 출마는 바트나 양의 생각과도 맞는 부분이 있었다.

그녀는 그에게 지평선 위에 떠오를 영광이 떠오르고 있다면서 잘해보라고 격려해주었다. 로자네트는 그가 출마하면 하원에서 연설하는 애인이 생긴다는 생각에 기뻐했다.

"그러면 좋은 자리도 날 거예요."

원래 유약한 성격인 프레데릭은 광기에 찬 세상의 흐름에 휩쓸렸다. 그는 연설문을 쓴 다음 당브뢰즈 씨에게 보여주러 갔다.

대문이 닫히는 소리가 났고, 창문의 커튼 한쪽이 열리더니 어떤 여성의 모습이 보였다. 하지만 누구인지 알아볼 여유가 없었던 그는 신경 쓰지 않고 대기실로 들어갔다. 어느 그림 하나가 프레데릭의 걸음을 멈추게 했다. 펠르랭의 그림으로, 임시로 의자에 놓여 있었다. 예수 그리스도가 처녀의 숲을 지나가는 기차를 운전하는 그림으로, 공화제와 진보, 문명을 상징하는 그림이었다. 프레데릭은 그 그림을 한참 동안이나 들여다보다가 이렇게 말했다.

"정말 파렴치하군."

"그렇죠?" 어느새 당브뢰즈 씨가 나타나 나지막이 말했다. 그는 프레데릭이 그림 자체가 아니라 그림이 찬양하는 사상을 비판한다고 생각했다. 마침 마르티농도 찾아왔다. 세 사람은 서재 쪽으로 갔다. 프레데릭이 원고를 꺼내려는데 조카인 세실 양이 들어와 순진한 척 물었다.

"큰어머니 여기 안 계세요?"

"안 계시단다." 당브뢰즈 씨가 말했다. "하지만 들어오고 싶으면 들어와라."

"감사하지만 전 가볼게요."

세실이 나가자 마르티농은 손수건을 찾는 척했다.

"외투 속에 놓고 온 것 같은데 잠깐 실례하겠습니다."

"다녀오게!" 당브뢰즈 씨가 말했다.

당브뢰즈 씨는 마르티농의 연극에 넘어가는 게 아니라 오히려 부추기는 것 같았다. 어떻게 된 걸까? 마르티농은 곧 돌아왔고, 프레데릭은 써온 연설문 원고를 읽기 시작했다. 원고 두 번째 페이지에서 금전적 이해가 한쪽으로 몰려 있는 건 부당하다는 내용이 나오자 당브뢰즈 씨는 얼굴을 찌푸렸다. 프레데릭은 개혁이 필요한 여러 항목을 읽어가면서 자유로운 상업 활동을 예로 들었다.

"뭐? 하지만……."

프레데릭은 당브뢰즈 씨의 말을 듣지 못하고 계속 읽어나갔다. 금리에 대한 과세, 누진세, 유럽연합의 창설, 민중의 교육, 미술에 대한 후원이 프레데릭이 주장하는 것이었다.

"들라크루아나 위고 같은 인물에게 국가가 연금 10만 프랑을 주는 것이 왜 부당하다는 겁니까?"

프레데릭의 연설문은 상류층에 대한 충고로 마무리되었다.

"부자들이여, 아까워하지 말고 주자, 주어야 한다!"

프레데릭은 연설문을 다 읽고 나서 꼼짝하지 않고 서 있었다. 앉아서 듣고 있던 당브뢰즈 씨와 마르티농은 아무 말도 하지 않았다. 마르티농은 눈을 크게 뜨고 있었고, 당브뢰즈 씨는 얼굴이 창백하게 질려 있었다. 하지만 당브뢰즈 씨는 불편한 마음을 미소로 숨기며 이렇게 말했다.

"완벽하군, 자네 연설은." 당브뢰즈 씨는 연설문 내용에 대해 이야기하지 않기 위해 일부러 연설문의 문체에 대해서만 칭찬했다.

사실 그는 순한 젊은이가 보여주는 이 신랄함이 시대의 징조인 것 같아 두려웠다. 그런데 프레데릭의 연설문 내용에 독기가 가득하자, 시대의 분위기인 것만 같아 두려워진 것이었다. 마르티농은 당브뢰즈 씨를 안심시키기 위해 열심히 이야기했다. 언젠가는 보수파가 다시 복수할 것이고 지방마다 임시정부의 위원들이 쫓겨나고 있다고 했으며, 선거는 4월 23일로 아직 시간이 있으므로 당브뢰즈 씨가 오브 현에 출마해야 한다고 했다. 마르티농은 마치 비서, 아니 자식처럼 당브뢰즈 씨 옆에서 이것저것 도와주었다.

프레데릭은 뿌듯한 기분으로 로자네트의 집으로 갔다. 델마르가 와 있었다. 그는 센 현에 출마하기로 했다고 했다. 그는 '민중에게 호소합니다'라는 유인물에서 민중을 다정하게 부르며, 자신은 민중을 이해하고 있으며 민중을 구하기 위해 예술에 의한 십자가에 못 박히기로 했다고 외치면서, 자신이야말로 민중의 화신이자 민중의 이상이라고 주장했다. 실제로 그는 자신이 대중에게 막강한 영향력을 미치고 있다고 생각한 나머지 어느 정부 부처 사무실에서 혼자서 폭동을 진입하겠다고 말한 적도 있었다. 어떤 방법으로 진압할 것이냐고 묻는 질문에 델마르는 "겁먹지 않고 얼굴만 보여주면 됩니다."라고 말했다.

프레데릭은 델마르의 비위를 건드리려고 자신도 출마할 것이라고 알렸다. 그러자 델마르는 프레데릭을 미래의 동료로 여겼고, 지방 선거구를 목표로 하고 있다는 걸 알게 되자 그를 돕겠다고 했으며 정치 클럽에도 소개하겠다고 했다.

프레데릭과 델마르는 거의 모든 정치 클럽을 찾아 돌아다녔다. 붉은색과 푸른색, 과격파와 온건파, 엄격한 곳과 느슨한 곳, 신비주의 지지자와 주정뱅이 지지자, 국왕의 죽음을 선고하는 곳, 식료품 가게의 사기 행위를 비난하는 클럽이라면 어디든 찾아다녔다. 그러나 어느 정치 클럽에 가도 세입자는 집주인을 증오하고, 공장 노동자는 검은색 양복을 입은 사람을 증오하고, 부자는 가난한 사람들에 대해 음모를 꾸미고 있었다. 경찰관에게 고초를 당했다며 배상금을 요구하는 사람도 있었고, 발명품을 위해 후원을 해달라고 부탁하는 사람도 있었으며, 푸리에식 공동체 계획, 면 단위 염가 백화점 건립 계획, 공익을 위한 여러 시설 같은 많은 문제가 있었다. 여기저기서 마치 어리석은 혼란함 속에서 총명한 재치가 번쩍이거나 흙탕물이 튀는 것처럼 거칠게 주장하는 사람들이 웅변 같은 연설을 해댔다. 맨가슴에 어깨끈을 두르고 그 위에 군도를 매단 상스러운 사람은 입술을 통해 웅변술을 뽐냈다. 겸손한 신사인 척 나타나 평민의 마음에 드는 말을 하기도 했고, 평민들처럼 손에 굳은살이 박인 듯 보이려고 일부러 손을 씻지 않고 오는 귀족들도 있었다. 이 신사는 어느 애국자에 의해 정체가 탄로 나 가장 용감한 사람들에게 욕을 먹자 화가 나서 물러나버렸다. 겉으로 정의로운 척하려면 변호사처럼 상대를 물고 뜯어야 했고, '건립 공헌, '사회 문제', '작업장' 같은 비유를 많이 써야 하는 것이 암묵적인 규칙이 되어 있었다.

델마르는 말할 기회만 있으면 늘 이용했다. 할 말이 다 떨어지면 한 주먹을 허리에 대고 다른 팔을 조끼 안에 넣은 다음 얼굴이 잘 보이도록 고개를 옆으로 돌리고 당당한 포즈를 취했다. 이어서 쏟아지는 박수 소리. 바트나 양이 한쪽 구석에서 박수를 치고 있었다.

연사로 나선 사람들의 연설은 그저 그랬으나 프레데릭은 차마 나설 용기가 나지 않았다. 그가 보기에 이들은 하나같이 경박하거나 너무 공격적이었다.

뒤사르디에는 여기저기 알아보고 다니더니 생자크 거리에 '지식인 클럽'이 있다고 프레데릭에게 알려주었다. 뒤사르디에는 희망이 느껴진다면서 친구들을 데리고 그 클럽에 가겠다고 했다.

그는 지난번 펀치 파티에 초대한 친구들을 데려왔다. 장부 담당 직원, 포도주 중개인, 건축가였다. 펠르랭도 왔다. 위소네도 올지 모른다고 했다. 입구 앞 도로에는 르쟁바르와 남자들이 함께 서 있었다. 한 명은 르쟁바르의 친구로 눈이 벌겋고 곰보에 키가 작은 남자였다. 다른 한 명은 르쟁바르도 잘 모르는 사람으로, 바르셀로나의 애국자라고 알려져 있으나 마치 검은 원숭이처럼 보일 정도로 털보였다.

이들은 통로를 지나 넓은 방으로 안내받았다. 목수가 사용하는 방인 듯 벽에서 횟가루 냄새가 났다. 석유램프 네 개가 나란히 매달려 불빛을 비추고 있었다. 안쪽 구석 연단에는 종이 놓인 테이블이 있었다. 아래에도 테이블이 있었다. 양쪽에는 서기용 낮은 테이블이 나란히 놓여 있었다. 여러 개의 긴 의자에 나누어 빽빽이 앉아 있는 청중은 늙은 삼류 화가, 자습 감독, 아직 책을 출간하지 않은 문학인 같은 사람들이었다. 대부분 깃이 꼬질꼬질한 외투를 입고 있었고, 군데군데 모자를 쓴 부인과 작업복을 입은 노동자도 보였다. 노동자들이 구석을 가득 메우고 있었다. 별로 할 일이 없거나 박수 부대로 동원되어 온 노동자들이었다.

프레데릭은 조심스럽게 뒤사르디에와 르쟁바르 사이에 앉

았다. 르쟁바르는 지팡이 위에 두 손을 얹고는 그 위에 턱을 괴고 눈을 감았다. 반대쪽 구석에서는 델마르가 서서 청중을 바라봤다.

세네칼이 의장석에 나타났다.

선량한 직원은 순진하게도 세네칼이 있으면 프레데릭이 기뻐할 거라고 생각했다. 하지만 프레데릭은 인상을 찌푸렸다.

청중은 의장에게 예의를 표했다. 세네칼은 2월 25일에 노동자들에게 조직을 만들라고 요구한 사람 중 하나였고, 그다음 날에는 시청 공격을 찬성한다고 프라도에서 연설을 한 적이 있었다. 이 당시에는 역사적 인물을 따라 하는 것이 유행이어서 생쥐스트를 따라 하는 사람, 당통을 따라 하는 사람, 마라를 따라 하는 사람 들이 있었다. 세네칼은 블랑키를 따라 하고 있었고, 블랑키는 로베스피에르를 따라 하고 있었다. 머리를 짧게 깎은 그는 검은색 장갑을 끼고 있었고 딱딱하면서도 예의 바른 인상을 주었다.

그는 흔히 사용하던 인권 선언을 읽으며 개회를 선언했다. 그때 누군가가 펠랑제의 〈민중의 회상〉을 우렁차게 불렀다.

그러자 소리를 지르는 사람들이 있었다.

"아냐, 그게 아냐!"

"〈라 카스케트〉*를 불러!" 한쪽 구석에서 애국주의자들이 외쳤다.

그들은 당시 유행하던 시를 합창했다.

나의 카스케트 앞에서 비단 모자를 벗어 던져라

노동자들 앞에 무릎을 꿇어라

의장이 큰 소리로 외치자 청중은 조용해졌다. 비서가 투서를 차례로 열었다.

"우리 청년들은 매일 밤 팡테옹 앞에서 《국민의회》** 한 부를 태우고 있다. 애국자라면 우리와 함께 행동하기를 바란다."

"브라보! 찬성!" 군중이 대답했다.

"도핀 거리의 인쇄소 주인인 시민 장 자크 랑그르뇌는 테르미도르 폭동 희생자를 위한 기념비가 세워지기를 바란다."

"전직 교수였던 미셸 에바리스트 네포뮈센 뱅상은 유럽 민주주의 국가들에서 언어가 통일되기를 바란다. 라틴어 같은 사어를 개량해 쓰는 것도 좋은 방법이다."

"안 돼! 라틴어는 안 돼!" 건축가가 소리쳤다.

---

* 당시 유행하던 노래의 제목으로, 원래는 학생과 선원들이 쓴 모자를 뜻한다.

** 보수적인 신문.

"왜 안 되죠?" 감독 교사가 따졌다.

그러자 두 사람 사이에 토론이 벌어졌다. 다른 사람들도 이 토론에 끼어들어 상대방을 설득하고 자신의 의견을 주장했다. 얼마 후 토론이 지루해지자 많은 사람들이 돌아갔다.

높은 이마 아래로 녹색 안경을 낀 자그만 노인이 긴급 보고가 있다며 발언권을 신청했다.

세금 할당에 대한 보고서였다. 숫자가 계속 나열되면서 언제 끝날지 알 수가 없었다. 지루해진 청중은 처음에는 조그만 소리로 잡담을 하다가 나중에는 큰 소리로 떠들었다. 노인은 상관하지 않았다. 나중에는 휘파람과 야유가 터져 나왔다. 세네칼이 청중에게 조용히 하라고 외쳤다. 노인은 기계적으로 계속 떠들어댔다. 팔을 붙잡자 노인은 겨우 연설을 그쳤다. 노인은 꿈에서 깨어난 듯 조용히 안경을 벗으며 말했다.

"실례합니다. 시민 여러분, 실례했습니다. 그만 물러가죠. 죄송합니다."

프레데릭은 노인이 연설 낭독을 제대로 끝맺지 못하고 퇴장하자 불안했다. 연설문 초고는 주머니 속에 있었지만 왠지 즉석연설이 나을 것 같다는 생각도 들었다.

의장이 이제 중요한 사항인 선거 문제에 대해 토의하겠다고 선언했다. 공화주의자의 조합 명부에 관한 토론은 하지 않겠다고 했으며, 시청의 거물에게는 미안한 이야기지만 지성인 클럽도 다른 클럽과 마찬가지로 입후보자 명부를 작성할 권리가 있으므로 민주주의를 바라는 시민은 자신의 이력을 이야기하라고 했다.

"자, 일어나." 뒤사르디에가 말했다.

사제 복장을 한, 곱슬머리에 혈기가 왕성해 보이는 어느 남자가 이미 손을 들고 있었다. 남자는 매우 빠른 말투로 이름은 뒤크르토이고 사제이자 농학자로 《비료》라는 책을 쓴 적이 있다고 자기소개를 했다. 이 남자도 쫓겨나 원예 서클로 돌아가게 되었다.

이어서 노동자 복장의 애국자가 연단에 올랐다. 어깨가 딱 벌어지고, 커다란 얼굴은 온순한 인상인 평민으로, 검은 머리카락을 길게 늘어뜨리고 있었다. 육감적인 느낌까지 나는 눈빛으로 한 바퀴 빙 둘러보더니 고개를 뒤로 젖히고 두 팔을 벌리며 말했다.

"오, 여러분! 여러분은 뒤크르토를 추방했습니다. 올바른 일이긴 하지만 신앙이 없어서가 아닙니다. 우리는 모두 독실하니까요."

몇몇 사람들은 입을 벌리고 마치 세례를 받으려는 사람처럼 멍한 표정으로 귀를 기울였다.

"뒤크르토가 성직자이기 때문에 추방당한 게 아닙니다. 우리들 또한 성직자니까요. 노동자는 성직자입니다. 사회주의를 창시한 분, 우리 모두가 스승으로 모시는 예수 그리스도가 성직자였던 것처럼요."

그는 마침내 신의 세계를 펼칠 때가 왔다고 했다. 복음서는 1789년에 실천되었고, 노예제 폐지 다음에 해야 할 일은 무산 계급의 폐지라고 했다. 증오를 끝내고 사랑이 시작되는 세계에 살게 될 것이라고 했다.

"기독교는 새로운 건축의 핵심이며 초석입니다."

"우리를 뭘로 보는 겁니까?" 포도주 중개인이 외쳤다. "저런 성직자를 누가 나오게 한 거야?"

포도주 중개인의 참견으로 한바탕 난리가 났다. 모두들 긴 의자 위로 올라가 주먹을 흔들며 "무신론자!", "귀족!" "천민!"이라고 외쳤다. 의장인 세네칼은 종을 울리며 "조용히 하세요! 조용히!"라고 점점 크게 외쳤다. 하지만 포도주 중개인은 성격이 대담한 데다 오기 전에 마신 커피 세 잔의 힘에 취해 사람들에게 둘러싸여도 미친 듯이 할 말을 다 했다.

"내가 귀족이라고? 그딴 소리 말라고!"

변호할 시간이 주어졌다. 포도주 중개인은 성직자가 있는 한 뜻을 이룰 수 없다고 했다. 방금 경제 이야기를 했으니 교회와 성합을 폐지하고 모든 종교를 없애면 경제성의 좋은 예가 이루어질 것이라고 했다.

하지만 그건 극단적인 발언이라고 하는 사람도 있었다.

"그래요, 난 극단적으로 말하고 있는 겁니다. 하지만 배가 폭풍을 만나면……."

비유가 끝나기도 전에 다른 사람이 중간에 끼어들었다.

"좋아요. 하지만 한번에 무너뜨리는 것처럼 극단적인 방법입니다. 마치 석공이 아무 생각 없이 하는 것처럼……."

"석공을 모욕하는 거요?" 석고 가루가 여기저기 묻은 한 시민이 소리쳤다.

싸움을 건다고 생각한 석공은 욕을 하면서 상대 남자를 때리려고 벤치 쪽으로 달려들었다. 세 사람이 말린 덕에 그를 끌고 나갈 수 있었다.

노동자는 여전히 연단 위에 있었다. 서기 두 명이 노동자에게 내려가라고 하자 그는 공평하지 않다고 불평했다.

"아무리 반대해도 계속 주장할 겁니다. 사랑하는 조국 프랑스에 영원한 사랑을! 공화국에 영원한 사랑을!"

"시민 여러분!" 콩팽이 외쳤다. "시민 여러분!"

콩팽은 "시민 여러분!"이라는 말을 여러 번 하고 주위가 조용해지자 연단 위에 손을 올려놓았다. 손은 마치 나무토막처럼 뭉툭하고 붉었다. 콩팽은 몸을 앞으로 내밀고 눈을 깜빡이며 말했다.

"송아지 머리를 좀 더 보급해야 한다고 생각합니다."

청중은 혹시 잘못 들은 게 아닌가 하고 가만히 있었다.

"예, 송아지 머리요."

300명이 일제히 웃었다. 천장이 흔들릴 정도로 웃음소리가 커졌다. 콩팽은 웃는 사람들을 보면서 화를 내며 말을 이었다.

"여러분, 왜 그러십니까? 송아지 머리를 모르십니까?"

사람들은 최고조로 흥분하며 웃어댔다. 모두 서로 옆구리를 찌르며 미친 듯이 웃었다. 너무 웃어서 긴 의자에서 뒹굴다 떨어지는 사람들도 몇 명 있었다. 콩팽은 더 이상 참을 수가 없어 르쟁바르에게 가서 같이 나가자고 했다.

"아니, 난 끝까지 남아 있을 거야." 시민이 말했다.

르쟁바르의 대답에 프레데릭은 굳게 결심했다. 그는 지지를 얻으려고 친구들의 얼굴을 찾아 두리번거리다가 맞은편에서 펠르랭이 연단에 오르는 모습을 봤다. 그는 거만한 말투로 군중을 향해 말했다.

"여기 예술 대표자는 없습니까? 전 그림을 그리는……."

"그림 따위 필요 없어요!" 볼에 붉은 반점이 있는 마른 남자가 퉁명스럽게 외쳤다.

펠르랭은 말을 중간에 자르면 어떡하느냐고 했다.

하지만 남자는 비극적인 어투로 말했다.

"정부는 하루 빨리 매춘과 빈곤을 없애는 법령을 만들어야 하지 않을까요?"

남자의 이 말은 군중 사이에서 지지를 얻었다. 이에 힘입어 남자는 대도시의 부정부패를 신랄하게 비난했다.

"정말 수치스럽고 더러운 일이죠. 메종 도르에서 나오는 부르주아들을 잡아다 얼굴에 침을 뱉어야 합니다. 정부가 방탕한 생활을 조장하지 않았으면 좋겠습니다. 더구나 세관의 관리들이 우리의 딸이자 누이들에게 더러운 짓을 하고 있습니다!"

멀리서 말하는 소리가 들렸다.

"웃기는군."

"꺼지라고 해!"

"우리들에게 세금을 거두어 유흥비를 대주는 셈인 거죠. 배우들의 비싼 몸값은……."

"발언권을 주십시오!" 델마르가 외쳤다.

그는 연단으로 뛰어올라가 모두를 밀어젖히고 특유의 당당한 포즈를 취했다. 그는 방금 전의 말도 안 되는 비판은 들을 필요도 없다고 한 뒤 배우가 사람들을 교화시키는 데 얼마나 큰 역할을 하는지에 대해 말했다. 극장은 국민 교육의 중심이므로 극장 개혁에 찬성한다고 했다. 그러면서 관리의 특권 같은 것은 없애야 한다고 했다.

"그렇습니다! 어떤 종류의 특권이라도 말입니다!"

그의 연기는 대중을 흥분시켰다. 청중은 과격할 정도로 열렬하게 동의했다.

"아카데미를 폐지하라! 학사원을 폐지하라!"

"전도를 폐지하라!"

"대학 입학시험을 폐지하라!"

"학위도 폐지하라!"

"학위는 그대로 둬야 합니다." 세네칼이 외쳤다. "그러나 이 문제는 유일한 진실의 심판자인 민중이 투표로 결정하게 해야 합니다."

세네칼은 제일 중요한 것은 우선 돈 많은 사람들의 튀어나온 머리를 잘라 다른 사람들과 똑같은 키로 만드는 일이라고 했다. 가난한 사람들은 오두막에 살면서 잘 먹지도 못하며 여러 가지 착한 일을 하지만, 부자들은 황금 천장 아래서 목구멍까지 탐욕에 차 있다고 설명했다. 박수가 터져 나왔다. 박수 소리가 너무 크게 들리자 세네칼은 말을 멈추고는 잠시 눈을 감고 고개를 뒤로 젖힌 채 자신으로 인해 일어난 분노에 몸을 맡기듯 그대로 서 있었다.

얼마 후 그는 법률 조항처럼 딱딱하고 독단적인 말투로 말을 이어갔다. 국가가 은행과 보험회사를 관리해야 하고, 재산 상속을 폐지해야 하고, 노동자를 위한 생활 원조를 실시해야 한다고 했다. 앞으로 더 많은 것을 바꿔야 하지만 우선은 이러한 것들부터 바꿔야 한다고 했다. 그리고 선거 문제에 대해 말했다.

"순수하고 바른 시민, 완전히 새로운 인물이 필요합니다. 누구 없습니까?"

프레데릭이 일어났다. 친구들이 지지를 보냈다. 하지만 세네칼은 푸키에탱빌* 같은 표정을 지으며 프레데릭의 성과 이름, 이력, 행동거지에 대해 물었다.

프레데릭은 짧게 대답하고 입술을 깨물었다. 세네칼은 프레데릭 후보에 대해 이의 신청이 있느냐고 물었다.

"이의 없습니다! 없습니다!"

하지만 세네칼이 이의가 있다고 했다. 청중은 긴장한 채 귀를 기울였다. 세네칼은 프레데릭 후보는 민주주의 기관의

---

* 프랑스혁명기의 공포정치 때 설치된 혁명 재판소의 검사.

설립, 신문사 창립을 위해 후원하기로 하고는 약속을 지키지 않았다고 했고, 2월 22일에 통지를 받고도 팡테옹 광장에 나타나지 않았다고 했다.

"분명 그를 튈르리에서 봤습니다." 뒤사르디에가 외쳤다.

"이 사람을 팡테옹에서 봤다고 맹세할 수 있습니까?"

뒤사르디에는 고개를 숙였다. 프레데릭은 아무 말도 하지 않았다. 친구들은 눈살을 찌푸리며 프레데릭을 불안한 눈으로 바라봤다.

"후보자, 후보자의 사상을 우리에게 증명해줄 애국자를 한 사람이라도 댈 수 있습니까?" 세네칼이 말했다.

"저요!" 뒤사르디에가 말했다.

"아니, 다른 사람이어야 합니다."

프레데릭은 펠르랭을 바라봤다. 펠르랭은 손짓 발짓으로 '난 아까 쫓겨났어. 도움이 안 된다고.'라고 말하는 듯했다.

프레데릭은 팔꿈치로 르쟁바르를 찔렀다.

"그래, 내가 나가지!"

르쟁바르는 연단으로 뛰어올라가 뒤따라온 스페인 사람을 가리키며 말했다.

"시민 여러분, 바르셀로나의 애국자를 소개합니다."

스페인 사람은 허리를 깊숙이 숙여 인사하고는 꼭두각시처럼 은빛 눈을 굴리며 한 손을 가슴에 대고 스페인어로 말했다.

"시민 여러분! 제게 주신 명예를 영광스럽게 생각합니다. 여러분의 지지와 배려는 소중합니다."

"발언권을 요구합니다!" 프레데릭이 외쳤다.

"스페인의 자유를 규정하는 기본 규약인 카디스 헌법이 선포된 이후 최근의 혁명까지 우리의 조국은 영웅적인 순교자를 많이 배출하고 있습니다."

프레데릭은 다시 한번 끼어들려고 했다.

"하지만 시민 여러분!"

스페인 사람이 말을 이었다.

"다음 주 화요일에 마들렌 성당에서 추도식이 있습니다."

"바보 같은 소리! 그런 말을 누가 이해한다고!"

프레데릭의 말에 군중이 화가 났다. "쫓아내! 쫓아내라고!"

"누구 말입니까? 저요?" 프레데릭이 물었다.

"그래, 자네." 세네칼이 엄숙하게 말했다. "나가!"

프레데릭은 일어나 나가려고 했다. 그때 스페인 사람의 목소리가 뒤에서 들렸다.

"그러므로 모든 스페인 사람들은 각 클럽과 국민군 대표가 그 추도식에 모여주시길 바라고 있습니다. 스페인과 전 세계의 자유를 위해 파리의 성직자 한 분이 본 누벨 궁에서 추도 연설을 해주실 겁니다. 프랑스 국민에게 영광이 있길! 제가 다른 나라 시민이 아니었다면 감히 프랑스 국민을 세계 일등 국민이라고 할 것입니다."

"귀족 자식!" 어느 껄렁한 남자가 주먹을 흔들며 프레데릭에게 외쳤다. 마침 프레데릭은 화가 나서 안마당으로 뛰어나가려던 참이었다.

프레데릭은 지금까지 헌신적으로 행동한 것이 후회스러웠지만 자신을 향한 비난은 정당하지 않다고 생각했다. 입후보할 때부터 이런 꼴을 당할 것을 예상했었어야 했는데! 그런데 저기에 모인 사람들은 어째서 하나같이 멍청할까? 프레데릭은 자신은 멍청한 저들과는 다르다고 생각하면서 상처 입은 자존심을 일으켜 세울 수 있었다.

프레데릭은 로자네트를 만나고 싶다는 생각이 들었다. 추한 광경과 허세에 시달린 탓에 아름다운 로자네트를 보면 마음이 나아질 것 같았다. 그녀는 그가 정치 클럽에 갔던 것을 알고 있었지만 그 일에 대해서는 묻지 않았다.

그녀는 난로 옆에 앉아 옷의 안감을 뜯고 있었다. 매우 낯선 모습이었다.

"뭘 하고 있는 거요?"

"보면 몰라요?" 로자네트가 쌀쌀맞게 대답했다. "헌 옷을 깁고 있잖아요. 당신의 공화제도 이와 같죠."

"왜 나의 공화제라는 거지?"

"그럼 나의 공화제인가요?"

로자네트는 최근 두 달 동안 일어난 일이 모두 프레데릭 때문이라고 했다. 그가 혁명 같은 것을 일으켰기 때문에 자신이 몰락하게 되었고, 부자들이 모두 파리를 떠나버렸으므로 자신은 시립 병원에서 비참하게 죽을 거라고 했다.

"당신은 일정한 수입이 있으니까 태평하겠지만 이대로 가다간 당신 수입도 오래가지는 못할 걸요."

"그럴지도 모르지." 프레데릭이 말했다. "헌신적인 사람일수록 인정받지 못하고 손해를 보는 법이지. 양심을 지켜서 구원받을 수는 있겠지만 야비한 놈들과 상종하다 보면 자기희생이고 뭐고 다 지겹긴 하지."

로자네트가 눈을 가늘게 뜨고 그를 바라봤다.

"뭐라고요? 자기희생? 일이 잘 안 풀렸나보군요. 잘된 일이잖아요. 당신도 나라를 사랑하는 마음으로 돈을 내는 게 어떤 건지 알게 됐으니까요. 거짓말하지 말아요. 이미 다 알고 있어요. 300프랑이나 기부했다죠? 공화제가 당신 애인이라도 되나요? 그렇게 좋으면 공화제와 함께 살아요!"

로자네트의 헛소리에 프레데릭은 절망감에 이어 더욱 깊

은 실망감을 느꼈다.

그는 방 한쪽 구석에 앉았다. 그녀가 옆으로 다가왔다.

"내 생각 좀 해주세요. 나라에도 가정처럼 주인이 있어야 해요. 주인이 없으면 제각각 속임수나 쓰지 않겠어요? 우선 르드뤼 롤랭이 지금 빚에 쪼들려 꼼짝 못하고 있다는 건 잘 알려져 있죠. 라마르틴이면 된다고 하지만 시인이 정치를 어떻게 알아요? 고개를 흔들어봐야 소용없어요. 다른 사람들보다 똑똑한 척해도 소용없다고요. 내 말이 맞아요. 당신은 늘 말도 안 되는 이론만 따지니까 말이 안 통해요. 예를 들어 생로크에 가게를 연 푸르니에퐁텐 같은 사람은 얼마를 손해 보는 줄 알아요? 무려 80만 프랑이에요. 맞은편 소포 포장 가게 주인 고메르 씨도 공화주의자라는데, 아내 머리를 부젓가락으로 때리기나 하고 압생트만 마셔대다 정신병원 신세를 지게 됐다고요. 공화주의자라 해도 25퍼센트밖에 지지하지 않는 공화제이니 적당히 하는 게 좋을 거예요."

프레데릭은 방을 나왔다. 천박한 말투에서 본성이 드러난 멍청한 로자네트에게서 정이 떨어진 것이다. 어느 정도 애국심이 돌아온 것 같은 느낌이 들 정도였다.

그녀는 기분이 점점 더 나빠졌다. 더구나 바트나 양이 흥분해 있어서 그녀는 더욱 초조했다. 바트나 양은 자신에게 사명이 있다고 믿으면서 열심히 이야기했다. 더구나 바트나 양은 이런 일에 대해서는 더 잘 알기 때문에 로자네트는 바트나 양과의 토론에서는 꼼짝없이 졌다.

어느 날 바트나 양은 위소네 때문에 화가 나서 들어왔다. 그가 여성 클럽에서 비열한 행동을 했다는 것이었다. 하지만 로자네트는 오히려 위소네의 역성을 들었고, 자기도 이제 남장을 하고 그 클럽에 가서 생각을 거침없이 말하고 반대하는 사람들은 회초리로 때려주고 싶다고 했다. 마침 프레데릭이 들어왔다.

"당신도 같이 가줄 거죠?"

프레데릭이 있든 말든 바트나 양과 로자네트는 한 명은 부르주아인 척, 또 한 명은 철학자인 척하며 싸움을 했다.

로자네트는 여자는 사랑을 하고 아이를 키우고 살림이나 잘하면 된다고 했다.

하지만 바트나 양은 여자도 정부의 일원이 되어야 한다고 주장하면서, 옛날 갈리아 여성과 앵글로색슨 여성은 법률을 만들었고, 위롱족 여자는 최고 회의에도 참석한다고 설명했다. 그리고 문명은 남녀가 똑같이 참여해 만들어가야 하고, 여자도 모두 협력해야 하며, 이기주의 대신 박애가, 개인주의 대신 협동이, 토지 분할 대신 대규모 농업 경작법이 필요하다고 했다.

“농업에 대해 잘 아네.”

“당연하지. 인류와 관계된 문제이고 인류의 미래가 달려 있잖아.”

“네 미래나 생각하지그래.”

“그건 네 알 바 아냐.”

둘 다 머리끝까지 화가 났다. 프레데릭은 둘을 말리려 했다. 그러나 바트나 양은 더욱 흥분한 나머지 공산주의를 지지한다고 했다.

“바보 같아.” 로자네트가 말했다. “그런 일이 과연 살아생전에 이루어질까?”

로자네트는 에세네 종파, 모라비아 교도, 파라과이의 예수회 수도사, 오베르뉴 지방의 티에르 근교에 사는 팽공 일족을 예로 들었다. 로자네트가 몸짓을 심하게 섞어가면서 이야기하자 금으로 된 자그마한 양 모양 장식과 시곗줄이 서로 얽혔다.

로자네트의 얼굴이 갑자기 놀라울 정도로 창백해졌다.

바트나 양이 뒤엉킨 줄을 풀어주었다.

“그렇게 애쓰지 않아도 돼.” 로자네트가 말했다. “너의 정치적 의견은 이미 알았으니까.”

“뭐?” 바트나 양은 숫처녀처럼 얼굴이 빨개졌다.

"내 말이 무슨 뜻인지 알 텐데."

프레데릭은 무슨 상황인지 이해가 되지 않았다. 분명 두 여자는 사회주의보다 더 중요한 문제로 서로 마음에 앙금이 있는 것 같았다. 그 깊은 앙금이 드러난 것 같았다.

"무슨 상관이야." 바트나 양이 당당하게 말했다. "이건 빌린 거야, 빌린 거라고."

"이런! 나도 빚은 있어. 수천 프랑이나 되지. 하지만 난 빌린 것뿐이지, 남의 것을 훔치거나 하지는 않아."

바트나 양은 억지로 웃으려 했다.

"그래! 거짓말이라면 불에 손을 집어넣겠다고 맹세할 수 있어."

"조심해! 손이 바싹 말라 있어서 금방 타오를 테니까."

바트나 양은 자신의 손을 로자네트에게 들이대며 말했다.

"이 손이 마음에 든다고 한 너의 남자들도 있어."

"안달루시아 남자들이겠지. 캐스터네츠 같은 자들."

"뭐라고? 이 창녀!"

여장군은 정중하게 인사하듯 고개를 숙였다.

"그쪽도 다를 바 없잖아."

바트나 양은 아무 말도 하지 않았다. 관자놀이에 땀이 맺혔고 양탄자를 뚫어지게 바라보며 헐떡였다. 그리고 문 쪽으로 가더니 벌컥 문을 열며 말했다.

"잘 있어. 어디 두고 보자고."

"좋을 대로!" 로자네트가 말했다.

로자네트는 감정을 억누르느라 지쳐 있었다. 이윽고 긴 의자에 쓰러져 몸을 떨며 욕을 하더니 울음을 터뜨렸다. 바트나 양의 협박에 괴로워하는 것일까? 그런 말을 마음에 둘 여자가 아니었다. 혹시 바트나 양에게 빚이 있는 건 아닐까? 금으로 된 자그만 양 모양 장식이 문제인 것 같았다. 선물로 받은 것 같은데. 로자네트는 울면서 델마르의 이름을 불렀다. 로자네트는 아직도 그 엉터리 배우를 사랑하고 있는 게 분명했다.

'그럼 난 왜 끌어들인 거지?' 프레데릭은 생각했다. '어째서 그 남자가 다시 돌아온 걸까? 이 여자가 나를 곁에 붙잡아 두려고 하는 이유는 누구 때문일까? 이 모든 행동의 의미는 뭐지?'

로자네트는 계속 흑흑거리며 울먹였다. 긴 의자에 옆으로 누워 두 손으로 오른쪽 볼을 감싼 그녀의 모습이 귀엽고도 애처로워 프레데릭은 그녀의 이마에 다정하게 키스했다.

그녀는 그에게 사랑을 맹세했다. 공작은 최근에 떠나버렸으니 이제 두 사람은 완전히 자유라고 했다. 하지만 지금은 상황이 매우 난처하다고 했다. "내가 요즘 낡은 안감을 기우는 걸 봤겠죠." 이제 마차도 없었다! 가구 장수들이 침대와 응접실에 있는 가구를 다시 내놓으라 한다고 했다. 그녀는 어찌하면 좋을지 모르겠다고 했다.

그는 "걱정 마, 내가 내줄 테니."라고 말하고 싶었으나 로자네트가 혹여 거짓말을 하는 것일지도 모른다는 의심이 들어 그만두었다. 그녀에게 속은 적이 있어서였다. 그는 그녀를 위로해주기만 했다.

로자네트의 걱정은 엄살이 아니었다. 가구를 돌려주고, 드루오 거리에 있는 멋진 집을 내놓아야 했던 것이었다. 그녀는 푸아소니에르 대로를 마주 보는 5층을 새로 구했다. 전에 응접실을 장식했던 골동품만으로도 방 세 개를 충분히 멋지게 꾸밀 수 있었다. 창에는 중국풍 발을 드리웠고 테라스에는 차양을 쳤고, 응접실에는 아직 새것 같은 중고 양탄자를 깔았으며 장밋빛 비단을 씌운 의자 몇 개를 놓았다. 프레데릭은 로자네트가 이런 물건들을 사는 데 돈을 꽤 대주었다. 그는 자기 집을 마련하고 아내를 얻는 새신랑 같은 기분을 처음으로 맛보았다. 그는 이 집이 마음에 들어 매일 밤마다 자러 왔다.

어느 날 아침 그는 현관방에서 밖으로 나오려다가 4층 계단을 올라오는 국민군 모자를 보았다. 어디로 가는 남자일까? 그는 그대로 서서 기다렸다. 남자는 고개를 약간 숙인 채 올라왔다. 남자가 고개를 들었다. 아르누였다. 모든 게 분명해졌다. 두 사람은 당황해 얼굴을 붉혔다.

"몸이 좀 나아졌다고 들었는데 그런가?" 아르누는 로자네트에게 병문안을 온 척했다.

프레데릭도 같은 방법을 썼다. "예, 하녀가 그러더군요." 로자네트와는 만나지 않는 척 말했다.

두 사람은 마주 서서 난처해하며 서로 얼굴을 바라봤다. 두 사람 모두 로자네트 집으로 가지 않으려고 버티고 있었다. 아르누가 난처한 분위기를 마무리 지었다.

"그럼 다음에 다시 와야겠군. 자네는 지금 어디로 가는 길인가? 같이 가지."

밖으로 나오자 아르누는 평소처럼 자연스럽게 이야기를 했다. 아르누는 질투라는 걸 모르거나 사람이 너무 좋은 나머지 화도 낼 줄 모르는 것 같았다.

아르누의 머릿속은 조국의 일로 가득했다. 그는 늘 제복을 입고 있었다. 3월 29일에 그는 《프레스》 지의 사무실을 지켰다. 하원 난입 사건 때는 용기를 발휘했고, 아미앵 국민군을 위한 연회에 참석하기도 했다.

그와 함께 오래전부터 국민군에 근무해온 위소네는 그 누구보다도 많은 술과 시가의 혜택을 누리고 있었다. 원래 예의가 없는 위소네는 아르누의 의견에 반대할 때가 많았고, 법령의 조악한 문장과 뤽상부르 공회*, 베쥐비앵 협회**, 이탈리아 북부 티롤 사람들, 소 대신 말이 끌고 못생긴 여자들이 그 뒤를 따르는 농업용 장식 수레를 신랄하게 비난했다. 하지만 반대로 아르누는 정부를 옹호하고 정당의 결합을 꿈꾸었다. 아르누는 사업이 점점 어려워졌지만 상관하지 않았다.

그는 프레데릭과 여장군 로자네트의 관계를 알고 있었으나 조금도 슬퍼하지 않았다. 그동안 공작 대신 그녀에게 수당을 다시 지불하고 있었으나, 이제는 프레데릭과의 관계를 빌미로 수당을 끊을 핑계가 생겼기 때문이다. 아르누가 사정을 설명하며 이제 어렵겠다고 하자 로자네트는 받아들였다. 그는 그녀의 태도를 보며 이런 생각을 했다. 자신이야말로 그녀의 마음을 차지한 유일한 남자구나. 그는 자신감으로 젊어진 듯한 기분이 들었다. 그는 프레데릭이 여장군의 생활비를 대고 있다고 확신했다. 그렇기에 자신이 프레데릭을 멋지게 속이고 있다고 생각해, 그가 하고 싶은 대로 놔두기로 했다.

하지만 프레데릭은 이런 식으로 아르누와 로자네트를 공

---

* 루이 블랑이 연 노동 문제 협의회.
** 1848년 2월 혁명을 맞아 여권 신장을 주장하며 만들어진 여성 단체.

유하는 것이 썩 기분 좋지 않았다. 아르누의 정중함마저 야유처럼 느껴져 더 불쾌했다. 하지만 괜히 프레데릭이 아르누에게 화를 내면 아르누 부인에게 돌아갈 기회를 포기해버리는 것이 될지도 몰랐다. 아르누는 아르누 부인의 소식을 들을 수 있는 유일한 통로였다. 도자기 상인은 습관적으로 아내 이야기를 했고, 프레데릭에게 요즘은 왜 아내를 만나러 오지 않느냐고 물었다.

프레데릭은 마땅한 핑계가 없어서, 몇 번 찾아갔으나 부인을 만날 수 없었다고 했다. 아르누는 이 말을 믿었다. 그는 가끔 아내 앞에서 프레데릭이 오지 않는다면서 아쉽다는 표정으로 이야기한 적이 있었다. 그럴 때면 부인은 프레데릭이 찾아오기는 했지만 그때마다 마침 자신이 집에 없었다고 했다. 아르누 부인과 프레데릭의 거짓말은 모순이 없고 묘하게 들어맞았다.

순한 청년을 속이는 일이 재미있었던 아르누는 더욱 예의바르게 굴었다. 아르누는 침착한 프레데릭에게 매우 친밀하게 대했는데, 그를 바보로 봤기 때문이 아니라 믿었기 때문이었다. 어느 날 아르누는 프레데릭에게 편지를 보내 급한 일 때문에 하루 동안 시골에 다녀온다면서 보초를 좀 대신 서달라고 부탁했다. 프레데릭은 그의 부탁을 거절할 수 없어서 카루젤 초소로 갔다.

프레데릭은 국민군의 세계를 참고 견뎌야 했다. 늘 술을 마셔대는 익살스러운 정련공을 빼면 모두 몸에 찬 탄약 주머니보다도 못한 바보처럼 보였다. 중요하다고 하는 말이라고는 가죽 장비가 벨트로 바뀔 것이라는 대화였다. 국민 작업장*에 분노하는 사람들도 있었다. "어떻게 된 거야?" 하고 누군가가 물으면 대답하는 사람은 마치 깊은 연못가에 서 있는 듯 눈을 크게 뜨며 "이렇게 계속되게 놔둘 수는 없어. 끝장을 내야지!"라고 대답하는 식이었다. 좀 더 대담한 사람은 "이런 상태가 계속되지는 않을 거야. 끝내야지."라고 대답했다. 이런 이야기가 밤늦게까지 계속되자 프레데릭은 너무나 지루했다.

열한 시에 아르누가 나타났다. 프레데릭은 깜짝 놀랐다. 아르누는 일이 일찍 끝나서 프레데릭을 해방시켜주려고 뛰어왔다고 했다.

사실 아르누는 볼일이 없었다. 로자네트와 스물네 시간 동안 오붓하게 보내려고 거짓말을 한 것이었다. 하지만 자신의 정력을 너무 과신했는지 로자네트와의 정사에 피곤함을 느꼈고, 동시에 후회스러운 감정이 들었다. 그는 프레데릭에게 감

---

* 2월 혁명 당시 파리의 실업자들에게 일자리를 주기 위해 세운 공장.

사 인사를 할 겸 밤참이라도 대접하려고 일찍 온 것이었다.

"고맙지만 배는 고프지 않아요. 집에 있는 침대만 생각날 뿐입니다."

"그럼 아침이나 같이 하지. 곧 날이 밝을 테니. 많이 피곤한 모양이군. 하지만 집에 돌아가기에는 너무 늦은 시간이야."

프레데릭은 이번에도 아르누가 하자는 대로 했다. 그가 생각보다 일찍 돌아오자 동료들, 특히 정련공이 매우 환영했다. 모두들 그를 좋아했다. 호탕한 성격의 아르누는 위소네가 없어서 섭섭하다는 말까지 했다. 그는 잠시라도 눈을 좀 붙이고 싶다고 했다.

"자네도 내 옆에 눕게." 아르누가 프레데릭에게 말했다. 아르누는 가죽 장비도 풀지 않은 채 접이침대에 누웠다. 규칙 위반이었지만 아르누는 비상소집을 염두해 총을 떼어놓지 않았다. 이윽고 아르누는 "내 사랑! 내 작은 천사!"라고 중얼거리더니 잠이 들었다.

이야기하고 있던 사람들도 말을 멈추었다. 초소 안은 점점 조용해졌다. 프레데릭은 벼룩에 시달리며 주위를 둘러봤다. 누런 칠이 되어 있는 벽 중간쯤에 가늘고 긴 선반이 달려 있었고, 배낭이 작은 혹처럼 늘어져 있는 아래에는 납빛 총이 일렬로 세워져 있었다. 국민군들이 코 고는 소리가 들렸고,

그들의 배가 어둠 속에서 희미하게 보였다. 난로 위에는 빈 병과 접시가 몇 개 놓여 있었다. 짚을 넣은 의자 세 개가 테이블을 둘러싸고 있었고, 테이블 위에는 트럼프 카드가 널려 있었다. 긴 의자 한가운데 놓인 북은 끈이 늘어져 있었고, 따뜻한 바람이 문에서부터 불어와 석유등에서 그을음이 번졌다. 아르누는 두 팔을 벌리고 자고 있었다. 총대가 아래로 약간 비스듬히 놓여 있어서 총구가 허리 바로 아래에 있었다. 프레데릭은 이를 보자 순간 등골이 오싹했다.

'설마 그런 일이 있으려고! 괜찮아. 하지만 이 사람이 죽는다면…….'

그는 갑자기 여러 가지 상상 속에 빠져들었다. 밤에 아르누 부인과 같이 합승마차에 앉아 있는 장면, 여름밤 강변에 함께 서 있는 장면, 집에서 나란히 램프 불빛을 받으며 있는 장면이 상상되었다. 이미 자신의 행복에 대해 상상하며 가계비나 살림에 필요한 지출에 대해 생각해보기도 했다. 이 행복을 얻기 위해서는 저 총의 방아쇠만 잡아 올리면 된다! 발가락 끝으로 방아쇠를 밀기만 하면 되었다. 총알이 발사된다면 우발적인 사고로 끝나고 말 것이다!

프레데릭은 마치 각본을 구상하는 극작가처럼 이런 생각에 계속 몰두했다. 생각을 행동으로 옮기는 건 그리 어렵지 않을 것 같았고, 곧 이 일을 실행에 옮길 것 같다는 생각이 들었다. 하지만 갑자기 덜컥 겁이 났다. 그러나 그는 갈등하면서 쾌감 같은 것을 느꼈고, 쾌감이 점차 커졌다. 그리고 주저하는 마음이 수그러드는 것이 두려워지면서 더욱더 생각에 몰두했다. 지나치게 상상에 열중한 나머지 주변 세계가 모두 사라졌다. 프레데릭은 참을 수 없을 정도로 조여오는 심장박동을 통해서만 자기 존재를 인식할 뿐이었다.

"백포도주라도 마실 텐가?" 정련공이 눈을 뜨고 말했다.

아르누는 자리에서 얼른 내려와 백포도주를 들이켰고, 프레데릭 대신 보초를 서겠다고 했다.

그러고는 프레데릭을 샤르트르 거리의 파를리 식당으로 데리고 가서 아침을 주문했다. 아르누는 기운을 내야 한다면서 고기 두 접시와 바닷가재, 럼주가 든 오믈렛, 샐러드 등을 주문했다. 술은 우선 1819년 산 소테른 한 병을 주문하고 이어서 1842년산 로마네 한 병을 주문했고, 그 밖에 디저트와 샴페인 한 병, 식후 리큐어도 주문했다.

프레데릭은 아르누가 하는 대로 따랐다. 그는 아까 했던 상상을 얼굴 표정에서 들키기라도 할까봐 거북했다.

아르누는 테이블에 양팔을 괴고 윗몸을 약간 앞으로 내밀고는 자신의 꿈에 대해 열심히 이야기했다. 북부 철도 노선 양쪽 둑에 있는 고원지대를 소작농에게 빌려주어 감자를 심게 하고 싶다고 했다. 아니면 대로에서 당대 유명인의 얼굴을 보여주는 희한한 행렬을 해보고 싶다고 했다. 창문마다 예약제로 하면 하나에 3프랑씩만 받아도 꽤 큰돈이 될 거라고 했다. 그가 꿈꾸는 건 독점을 통한 일확천금이었다. 그러나 도덕을 중시하는 면도 있어서 지나친 행동이나 옳지 않은 행동은 비난할 줄도 알았으며, 말끝마다 "우리 아버지는 말이지……."라는 말을 자주 했다. 매일 밤 기도하기 전에는 열심히 자기반성을 한다고 했다.

"퀴라소 좀 줄까?"

"좋으실 대로."

아르누는 공화제가 안정될 거라고 생각했고, 자신이 세상에서 가장 행복한 사람이라고 했다. 그는 자신의 처지를 잊은 듯 로자네트의 좋은 점에 대해 이야기하다가 아내와 비교하기까지 했다. 두 여자는 달라도 참 달라! 그렇게 예쁜 엉덩이는 처음이야.

"건강을 위해 건배!"

프레데릭은 건배를 했다. 아르누의 기분에 맞춰주다 보니 프레데릭은 약간 과음을 했다. 햇빛이 비쳐 들어 눈이 부셨다. 그들은 비비엔 거리를 돌아갈 때는 친구처럼 어깨를 나란히 하고 걸었다.

집에 돌아온 프레데릭은 일곱 시까지 자고 잠에서 깨어 여장군의 집으로 갔으나 그녀는 누군가와 외출 중이었다. 혹시 아르누와 나갔을까? 프레데릭은 어떻게 해야 할지 몰라 큰길을 어슬렁거리며 쏘다녔으나 생마르탱 문까지 이르자 더 이상 갈 데가 없었다. 길에 사람이 많았던 것이다.

많은 노동자들이 가난 속에 방치되어 있었다. 매일 저녁 서로 점검하면서 뭔가 신호를 기다리기 위해 이 근처로 오는 것 같았다. 이 '절망의 단체'는 폭동 단속령에도 불구하고 위협적일 만큼 세력을 넓혀갔다. 이에 많은 부르주아층 시민들은 강한 척하기 위해, 아니면 유행에 뒤처지지 않기 위해 매일 여기로 나오고 있었다.

프레데릭은 세 발짝 정도 떨어진 곳에 당브뢰즈 씨가 마르티농과 함께 서 있는 것을 봤다. 당브뢰즈 씨가 대의원으로 선출되어서 프레데릭은 기분이 좋지 않았기에 마주치지 않으려고 고개를 돌렸다. 하지만 자본가가 그를 알아보고 붙잡았다.

"할 말이 있네, 설명할 것이 있어."

"듣고 싶지 않습니다."

"자, 그러지 말고 들어보게."

당브뢰즈 씨는 이번에 선출된 건 자기 탓이 아니라고 했다. 다른 사람의 부탁을 받고 억지로 하게 되었다는 거였다. 마르티농도 그를 변호했다. 마르티농에 따르면 노장 출신 대표단이 당브뢰즈 씨의 집으로 찾아왔다고 했다.

"전에는 나도 자유로운 상황이었으나 지금은……."

인파에 떠밀려 당브뢰즈 씨는 물러났다. 잠시 후 다시 제자리로 돌아온 그는 마르티농에게 말했다.

"이건 남을 위해 봉사하는 거야. 하지만 후회는 하지 않을 거야."

세 사람은 좀 더 조용히 이야기하기 위해 어느 가게에 등을 기대고 섰다.

이따금 "나폴레옹 만세! 바르베스* 만세! 마리**를 타도하라!"라는 고함 소리가 들렸다. 많은 군중이 큰 소리로 외치고 있었다. 이러한 외침이 주변의 많은 집들에 울리면서 마치 항구의 파도 소리처럼 퍼졌다. 그 외침이 멈추면 〈라 마르세예즈〉가 울려 퍼지기도 했다. 여기저기 대문 아래에서는 수상해 보이는 남자들이 칼이 꽂힌 지팡이를 사람들에게 권했다. 두 남자가 서로 스치면서 눈짓하더니 재빨리 멀어져가는 모습도

---

* 프랑스의 공화주의자이자 혁명가.
** 피에르 마리는 소요를 금지해야 한다고 주장했다.

보였다. 구경꾼들이 길을 메웠다. 수많은 사람들이 길 위에서 서로 밀고 밀렸다. 경찰관들이 골목 여기저기서 나왔지만 군중 속으로 사라져버렸다. 여기저기 휘날리는 작은 붉은색 깃발은 마치 불길처럼 보였다. 마부들은 마차 위에서 크게 몸짓을 하다 돌아갔다. 가장 재미있는 구경거리였다.

"만일 세실 양이 이 장면을 봤다면 정말 재미있어했겠죠." 마르티농이 말했다.

"자네도 알다시피 우리 집사람은 내가 조카를 데리고 다니는 걸 좋아하지 않아." 당브뢰즈 씨가 미소 지으며 대답했다.

당브뢰즈 씨는 못 알아볼 지경이었다. 최근 석 달 동안 그는 "공화국 만세!"를 외쳤고, 오를레앙 집안 추방에 찬성표를 던졌다. 하지만 이러한 양보도 마침내 끝이 날 것 같았다. 그는 현재 주머니에 곤봉을 들고 다닐 만큼 분노하고 있었다.

마르티농도 곤봉을 갖고 있었다. 마르티농은 사법관직이 더 이상 종신 보장이 되지 않아서 검사국을 사퇴했고, 당브뢰즈 씨만큼이나 분노하고 있었다.

은행가는 (르드뤼 롤랭을 지지했다는 이유로) 특히 라마르틴을 증오했다. 그리고 피에르 르루, 프뤼동, 콩시데랑, 라프네 등 과격주의자들, 사회주의자를 비난했다.

"놈들이 원하는 게 뭐야? 육류 도시 반입세와 민사 구속을 폐지하다니 말이야! 그리고 부동산 은행을 세울 계획을 하고 있어. 전에는 국립 은행 이야기를 했지. 노동자를 위해 500만이라는 예산을 세운다지. 다행히도 팔루 씨 덕분에 없던 일이 되어버렸지만. 다들 잘 가라고 해! 놈들이 떠나야지!"

노동부 장관은 국민 작업장에 등록시킨 13만 명의 생계를 어떻게 책임져야 할지 몰라, 오늘 아침 18세에서 20세까지 시민에게 병역 의무를 지거나 아니면 시골로 가서 땅을 일구거나 둘 중 하나를 택하라는 법령에 서명을 했던 것이었다.

시민들은 양자택일하라는 이 명령이 시행되자 공화제 파괴 공작이 시작되었다고 보고 분노했다. 파리에서 멀리 떨어져 사는 것은 유배당하는 일이나 다름없었다. 시민들은 미개척 땅에서 열병에 걸려 죽어가는 자신의 모습을 상상하기도 했다. 더구나 고상한 일만 해오던 많은 사람들에게 농사는 품위가 떨어지는 일이었다. 이것은 미끼이자 조롱이었고, 엄연히 모든 약속에 대한 명백한 위반이었다. 시민들이 반항하면 정부는 무력을 행사할 가능성이 컸기 때문에 이에 대한 대비를 시작했다.

아홉 시쯤 바스티유와 샤틀레에 모인 군중이 큰길로 발길을 돌렸다. 생드니 문에서 생마르탱 문까지 이르는 길에 사람들이 모여 있었다. 거대하게 꿈틀거리는, 거의 검은색으로 보이는 커다란 무리는 하나의 진청색 덩어리 같았다. 사람들은 눈빛이 번쩍였고 얼굴은 굶주림 때문에 창백하고 여위었으며, 부정부패에 분노하고 있었다. 뭉게구름이 몰려왔다. 소나기를 퍼부을 것 같은 하늘이 열기를 북돋기라도 하듯 군중은 커다란 파도처럼 막연히 그 자리에서 빙글빙글 돌고 있었다. 구름 아래에는 측정할 수 없는 힘, 원소의 에너지 같은 힘이 숨어 있는 것 같았다. 사람들은 모두 "불을 켜라! 불을 켜!"라고 외쳤다. 불을 켜지 않은 집이 몇 곳 있었다. 군중은 불을 켜지 않은 집에 돌을 던졌다. 당브뢰즈 씨는 이만 돌아가는 게 좋겠다고 했다. 프레데릭과 마르티농은 그 뒤를 따랐다.

당브뢰즈 씨는 큰 소요가 일어날 것 같다고 했다. 그리고 민중이 다시 의회로 쳐들어올지도 모른다는 이야기를 하면서 자신이 경험한 일에 대해 들려주었다. 5월 15일에 어느 국민군 병사가 구해주지 않았다면 자신은 죽었을지도 모른다고 했다.

"날 구해준 그 사람이 바로 프레데릭의 친구인 아르누 씨였지. 그동안 깜빡하고 있었군. 그 도자기를 파는 자크 아르누 말이야!" 그는 당시 성난 군중들에게 밀려 질식할 뻔했다고 한다. 그때 누군가 선량한 시민이 자신을 두 팔로 안고 옆으로 데리고 나와주었고, 그 사람이 아르누였다고 한다. 그 일이 계기가 되어 당브뢰즈 씨는 아르누와 교류하게 됐다고 했다. "조만간 같이 식사를 하려고. 아르누 씨를 자주 만난다니 내가 매우 고마워한다고 전해주게. 사람들이 이런저런 안 좋은 소리를 하지만, 아르누 씨는 그래도 내가 보기에는 대단히 훌륭한 사람 같네. 재주도 많고 성격도 활달하고. 꼭 좀 전해주게. 그럼 이만."

프레데릭은 당브뢰즈 씨와 헤어지고 나서 여장군의 집으로 갔다. 프레데릭은 우울한 표정을 지으며 자신과 아르누 중 한 사람을 택하라고 했다. 로자네트는 무슨 소리를 듣고 왔는지 모르겠다고 하면서 자기는 아르누를 전혀 좋아하지 않고 그에게 미련도 없다고 했다. 프레데릭은 파리를 떠나고 싶어했다. 로자네트도 그의 기분을 맞춰주고 싶었고, 두 사람은 다음 날 퐁텐블로로 갔다.

두 사람이 들어간 호텔은 마당 한가운데에 분수가 시원하게 솟고 있는 곳으로 다른 호텔과는 분위기가 달랐다. 모든 방문들이 수도원처럼 복도와 마주 보고 있었다. 두 사람이 들어간 방은 널찍했고 멋진 가구들로 장식되어 있었으며, 벽에는 인도 사라사 천을 드리워놓았다. 손님도 얼마 없어서 주변이 조용했다. 부르주아 시민들이 집들을 따라 걸어다녔다. 해가 지자 아이들이 길가로 나와 숨바꼭질하는 모습이 창밖으로 보였다. 그들은 시끄러운 파리에서 와서 그런지 이곳이 더 욱 조용하고 평화롭게 느껴졌다.

다음 날 두 사람은 아침 일찍 성을 구경하러 갔다. 쇠창살로 된 문으로 들어가자, 건물 정면으로 뾰족하게 솟은 지붕과 높이 치솟은 용마루 다섯 개가 마주 보고 있는 풍경이 보였다. 안마당 구석 가운데에는 말굽 모양 계단이 둥근 원을 그리며 뒤로 뻗어 있었다. 안마당 왼쪽과 오른쪽은 낮은 바닥으로 막혀 있었다. 저 멀리 돌바닥에 낀 이끼와 벽돌의 옅은 황갈색이 조화를 이루고 있었다. 녹슨 갑옷 같은 느낌을 주는 궁 안은 무인 같은 묵직함과 쓸쓸한 웅장함이 감돌았다.

열쇠 다발을 든 하인이 나타났다. 하인은 두 사람에게 먼저 황태후들의 방, 교황 기도실, 프랑수아 1세의 방, 나폴레옹 황제가 퇴위를 선언할 때 사용한 작은 마호가니 테이블을 보여주었고, 그다음에는 옛날에 '사슴 회랑'이었던 곳을 작게 칸막이한 좁은 방으로 안내했다. 이 방은 크리스티나 여왕이 모날드스키의 암살을 지시한 방이라고 했다. 로자네트는 하인의 안내를 열심히 듣다가 프레데릭에게 말했다.

"질투 때문이었나보죠? 당신도 조심해요."

그들은 이어서 회의실, 경호실, 왕좌가 있는 방, 루이 13세의 응접실 등을 구경했다. 커튼을 치지 않은 높은 창문에서 하얀 빛이 새어 들어왔다. 창 손잡이와 구리로 된 두 개의 콘솔 다리에 먼지가 뿌옇게 덮여 있어 색이 약간 바래 보였다. 곳곳에 있는 소파는 모두 두꺼운 천으로 덮여 있었다. 문 위에는 루이 15세가 사냥에서 잡은 수확물이 걸려 있었다. 여기저기에 늘어져 있는 장식 융단에는 올림푸스 신, 프시케 신화, 알렉산더 대왕의 전투를 묘사한 그림이 그려져 있었다.

로자네트는 거울 앞을 지날 때 잠시 걸음을 멈추고는 가르마를 탄 머리를 다듬었다.

이어서 그들은 전망대가 있는 안마당과 생사튀르냉 교회당을 지나 연회실로 들어갔다.

연회실 천장은 팔각형이었고 금과 은으로 되어 있었으며, 섬세한 조각으로 장식되어 매우 화려했다. 초승달과 화살통 모양으로 둘러싸인 프랑스의 문장이 붙어 있는 커다란 난로에서부터 반대편 방 전체를 차지하는 악사들의 연주석에 이르기까지 웅장한 그림이 벽을 가득 메우고 있었다. 프레데릭과 로자네트는 그림의 웅장함에 압도되었다. 아치형 창문 열 개가 활짝 열려 있었고, 그 창을 통해 들어온 햇빛으로 그림의 색깔이 빛났다. 또한 둥근 천장의 짙은 푸른색은 마치 푸른 하늘로 이어진 듯한 느낌이었다. 뿌연 연기 같은 나뭇가지가 지평선 끝까지 펼쳐진 숲속에서는 사냥할 짐승을 뒤쫓을 때 사용하는 상아 뿔피리 소리가 들려오는 듯했다. 님프와 신으로 분장한 귀부인과 남자들을 위해 신화 주제의 발레 음악이 들려오는 것 같았다. 소박한 지식과 뜨거운 정열, 화려한 예술이 있던 시대, 세상을 헤스페리데스*의 꿈으로 인도하는 것을 목표로 삼았던, 왕의 애첩들이 하늘의 별처럼 대우받던 시대였다. 그중 가장 아름다운 여인이 오른쪽에 사냥의 여신 디아나의 모습으로, 특히 무덤까지 영향력을 끼친다는 걸 보여주기 위해 지옥에 군림하는 모습으로 그려져 있었다. 모두 이 여인의 과거 영광을 나타내고 있었다. 그곳에는 아름다운 그 애첩의 흔적, 아련한 목소리, 여전히 주변을 감싸는 찬란한 빛의 흔적이 있었다.

프레데릭은 회상하면서 아름다운 애첩들에게 알 수 없는 욕망을 느꼈다. 욕망에 사로잡힌 그는 로자네트를 다정하게 바라보며 이런 여자처럼 되고 싶은 생각은 없었는지 물었다.

"누구요?"

"디안 드 푸아티에!"

그가 이어서 다시 말했다.

"앙리 2세의 애첩이었지."

---

* 그리스 신화의 여신들.

로자네트는 "아!" 하고 대답했을 뿐 더 이상 말이 없었다.

그녀가 아무 말도 없는 것은 아무것도 모른다는 의미였다. 프레데릭은 그런 그녀를 나름대로 배려하며 이렇게 말했다.

"지루하지 않아?"

"아니, 전혀요."

로자네트는 턱을 들고 멍한 눈으로 주위를 바라보며 대답했다.

"여러 가지 추억이 생각나네요."

하지만 말과는 달리 그녀의 표정은 일부러 진지한 척하는 것 같았다. 그 태도가 귀여워 그는 더 이상 묻지 않았다.

그녀는 잉어가 있는 연못을 보고 즐거워했다. 로자네트는 십오 분 동안 잉어에게 빵 조각을 뜯어 던져주며 잉어가 노는 모습을 지켜봤다.

그는 그녀 옆 보리수 아래에 앉았다. 이곳에 드나든 수많은 사람들, 샤를 5세, 발루아 가문 사람들, 앙리 4세, 피에르 대제, 장 자크 루소와 '극장 일등석에 앉아 눈물 짓던 미녀들'*, 볼테르, 나폴레옹, 피오 7세, 루이 필리프가 생각났다. 이

---

* 루소의 《고백록》에는 오페라 〈마을의 예언자〉를 보던 귀부인들이 슬픈 장면에서 눈물을 흘렸다는 내용이 나온다.

미 이 세상 사람이 아닌 이들이 주변을 둘러싸고 무릎을 맞대고 있는 것 같은 기분이 들었다. 프레데릭은 여러 가지 상상에 멍하니 빠져들었지만 즐겁기는 했다.

두 사람은 화단으로 내려갔다.

그곳은 넓은 직사각형 모양으로, 노르스름한 산책로와 네모반듯한 잔디밭, 리본처럼 늘어선 회양목, 피라미드 모양의 주목, 키 작은 풀밭, 잿빛 흙 위에 드문드문 꽃들이 흩어져 피어 있는 폭이 좁은 화단 등이 한눈에 들어왔다. 화단이 끝나는 곳에서부터는 숲이 펼쳐져 있었고, 긴 도랑이 숲을 가로지르고 있었다.

궁전은 묘한 쓸쓸함이 감도는 법이었다. 살고 있는 사람 수에 비해 면적이 넓고, 예전에는 화려한 음악 소리가 울려 퍼졌을 텐데 지금은 너무나 조용하고, 여전히 남아 있는 화려한 분위기가 오히려 권력의 허망함과 덧없음을 강조하기 때문이었다. 몇 세기에 걸쳐 쌓인 향기는 미라의 냄새처럼 우울한 느낌을 주면서 감각을 마비시키기도 하기 때문에 순진한 사람이라도 느낄 수 있었다. 로자네트는 크게 하품을 했다. 그들은 호텔로 돌아왔다.

점심 식사가 끝나자 덮개 없는 마차가 마중을 나왔다. 그들이 탄 마차는 대형 원형 광장을 지나 퐁텐블로를 거쳐 키 작은 소나무 숲속 모랫길을 천천히 올라갔다. 점점 키가 큰 나무들이 나타났다. 마부는 "여기가 시아무아 형제, 여기는 파라몽, 여기는 왕의 꽃다발……."이라고 하며 명소들을 빠짐없이 설명해주었으며, 때로는 일부러 마차를 세우고 천천히 구경시켜주기도 했다.

프랑샤르의 숲속으로 들어선 마차는 잔디 위를 썰매처럼 미끄러져갔다. 어디선가 비둘기가 울고 있었는데 보이지는 않았다. 갑자기 카페 점원이 나타났다. 프레데릭과 로자네트는 둥근 테이블이 여러 개 있는 정원의 철책 문 앞에서 내렸다. 두 사람은 폐허가 된 수도원 벽을 왼쪽에 끼고 커다란 바위들 위를 걸어 계곡 끝에 도착했다.

계곡 한쪽은 사암과 노간주나무가 뒤섞여 있었고, 다른 한쪽은 흙이 그대로 드러난 땅이 비스듬히 뻗어 있었다. 히스빛깔 계곡에는 가느다란 오솔길이 하얀 선을 그리고 있었다. 평평한 원추형 정상이 저 멀리 보였고 그 뒤로는 송신탑이 있었다.

삼십 분 뒤 프레데릭과 로자네트는 마차에서 내려 아프르몽 언덕을 올라가기 시작했다.

키 작은 소나무 숲 사이로 뻗은 길은 뾰족한 바위 그늘 아래로 접어들자 구불구불해졌다. 숲에는 뭔가 짓누르는 듯한 원시적이고 명상적인 분위기가 감돌았다. 뿔 사이에 불로 십자가 표시를 새긴 큰 사슴을 데리고 다니며, 동굴 앞에 앉은 프랑스의 선량한 왕들을 자비로운 아버지 같은 미소로 맞이한 은자들이 떠올랐다. 무더운 공기에 송진 냄새가 풍겨왔다. 나무뿌리가 땅 위로 정맥처럼 뒤얽혀 있었다. 로자네트는 비틀거리며 그 위를 걸어가면서 얼굴을 찌푸렸다.

하지만 정상에 올라 나뭇가지로 이은 지붕 아래 선술집처럼 보이는 가게에서 목각 세공품을 파는 것을 본 로자네트는 기분이 다시 좋아졌다. 그녀는 그 가게에서 레모네이드를 한 병 마셨고 호랑가시나무로 된 지팡이를 샀다. 그녀는 언덕 위에 올라 경치를 볼 생각은 하지 않고, 횃불을 든 소년의 뒤를 따라 산적의 동굴로 들어갔다.

마차는 바브레오에서 그들을 기다리고 있었다.

떡갈나무 아래 앉아 있던 푸른색 작업복을 입은 화가가 무릎에 팔레트를 올려놓은 채 고개를 들고 프레데릭과 로자네트가 지나가는 것을 바라봤다.

샤이 언덕 중턱에서 갑자기 구름이 끼더니 비가 내려서 마차 덮개를 펼쳤다. 비는 곧 그쳤다. 그들이 시내로 돌아왔을 때는 거리의 돌바닥이 햇빛에 반짝이고 있었다.

방금 온 여행객들이 파리에서는 지금 유혈 사태가 일어났다고 두 사람에게 알려주었다. 하지만 로자네트와 그녀의 애인은 그 소식을 듣고도 별로 놀라지 않았다. 여행객들이 모두 돌아가자 호텔은 다시 조용해졌다. 가스등이 꺼지자 두 사람은 마당에서 들려오는 분수 소리를 들으며 잠이 들었다.

다음 날 두 사람은 늑대 계곡과 요정의 늪, 기다란 바위, 마를로트를 구경하러 갔다. 그다음 날에는 마부에게 그가 원하는 곳으로 마차를 몰게 하고 장소에 대해 일일이 묻지도 않았으며 명소 몇 군데도 보지 않고 그냥 지나쳤다.

두 사람은 의자가 소파처럼 낮고, 빛바랜 체크무늬 포장을 씌운 마차가 매우 편안했다! 그들의 눈 아래로 덤불에 휩싸인 개울이 흘러갔다. 새하얀 햇빛이 키 큰 덤불 사이를 쏜살같이 지나갔다. 사람들이 잘 다니지 않는 길이 앞에 나타났다. 길 위로는 풀들이 여기저기 나 있었다. 사거리 가운데에는 십자 표지가 사방으로 팔을 뻗고 있었다. 말뚝이 나무토막처럼 쓰러져 있는 곳도 눈에 띄었다. 나뭇잎이 얽힌 사잇길로 꼬불꼬불한 오솔길이 나 있었다. 그들은 그 길로 가고 싶다고 생각했다. 순간 말이 방향을 바꾸어 그 길로 들어섰고, 그들이 탄 마차는 진창에 빠졌다. 더 멀리에는 깊이 팬 바퀴 자국 옆으로 이끼가 돋아 있었다.

마을에서 멀리 떨어져 단둘이서만 있는 기분이었다. 하지

만 가끔 밀렵 감시인이 총을 메고 갑자기 지나가기도 했고, 누더기 차림 여자들이 기다란 나뭇단을 지고 질질 끌며 지나가기도 했다.

마차가 멈추자 주변이 갑자기 조용해졌다. 마차에 매인 말이 내는 숨소리와 두세 마리 새가 지저귀는 소리 외에는 아무 소리도 들리지 않았다.

햇살이 군데군데 비추고 있었으나 숲속은 어두컴컴했다. 바로 앞은 황혼녘처럼 어두웠지만 먼 곳은 보랏빛 안개와 새하얀 빛으로 덮여 있었다. 정오가 되자 햇빛이 끝없이 펼쳐진 푸르른 나뭇잎 위로 물안개가 일어나 나뭇가지 끝에 은빛 물방울이 맺혔다. 잔디 위에는 에메랄드빛 선이 길게 드리워 있었다. 흩어진 낙엽들은 햇빛을 받아 황금색으로 빛났다. 고개를 뒤로 젖히면 나뭇가지 사이로 하늘이 보였다. 어떤 나무는 매우 커서 마치 족장이나 황제처럼 위엄이 서려 있었고, 어떤 나무는 끝이 서로 맞닿아서 마치 개선문처럼 보였다. 뿌리부터 비스듬히 자라 마치 쓰러질 것 같은 나무도 몇 그루 있었다.

굵직한 나무 무리가 양쪽으로 갈라졌다. 커다란 녹색 물결이 가파른 계곡까지 닿았고, 그 계곡 앞에는 다른 언덕의 꼭대기가 솟아 있었다. 거기서 내려다보이는 갈색 평야 끝은 뿌연 흰빛 속으로 녹아들고 있었다.

프레데릭과 로자네트는 높은 언덕에 나란히 서서 바람을 힘껏 들이마시며 자유를 한껏 누렸다. 두 사람은 자유를 누리고 있다는 뿌듯함과 알 수 없는 기쁨을 느꼈다.

여러 나무들 덕분에 풍경이 다채로웠다. 껍질이 하얗고 매끄러운 너도밤나무는 끝이 서로 얽혀 있었고, 물푸레나무는 청록색 가지가 부드럽게 구부러져 있었으며, 어린 아카시아나무 사이로 푸른 놋쇠 같은 호랑가시나무가 바늘처럼 뾰족한 잎을 세우고 있었다. 길게 늘어선 가시자작나무는 우수에 잠긴 듯 고개를 숙이고 있었다. 파이프오르간의 관처럼 질서정연하게 늘어선 소나무도 끊임없이 흔들리면서 노래를 부르고 있는 듯했다. 커다란 떡갈나무들이 서로 부비며 큰 소리를 내고 있었다. 땅에서부터 뻗어 나와 마치 서로 포옹하고 있는 상반신 흉상처럼 얽혀 있었다. 둥지 위로 뻗어 올린 맨 팔로 절망을 외치며 서로 으르렁거리는 듯한 모습은 마치 묶여서 꼼짝 못한 채 화를 내는 거인 같았다. 늪에는 숨 막히는 열기 같은 나른함이 감돌았고, 수면 위로는 가시나무 덤불이 덮여 있었다. 늑대가 물 마시러 오는 늪 주변의 흙은 마녀의 발자국에 타버린 듯 유황색을 띠었다. 하늘을 나는 까마귀 울음소리에 개구리가 계속해서 개골거리며 화답하고 있었다. 그들은 다시 걸으며 어린 나무가 듬성듬성 자라고 있는 공터 몇 곳을 지나갔다. 쇠가 부딪치는 것 같은 소리가 계속 들렸다. 언덕 중간에서 석공들이 바위를 깨는 소리였다. 주변은 온통 바위 풍경이었다. 바위는 집처럼 입방체 모양이었고 포석처럼 평평했다. 서로 받쳐주거나 튀어나오거나 얽혀 있는 바위 모양은 마치 원형을 찾기 힘든, 사라진 도시의 폐허 같았다. 동시에 이처럼 바위가 섞여 있는 모습은 화산과 홍수 같은 천재지변을 떠올리게 했다. 바위는 세상이 시작할 때부터 이 자리에 있었고 세상이 끝나는 날까지 여기에 있을 것 같다고 프레데릭이 말했다. "그런 생각을 하니 기분이 묘하네요." 로자네트가 또렷하게 대답했다. 그녀는 고개를 돌려 히스 꽃을 꺾으러 갔다. 자줏빛의 작은 히스 꽃이 촘촘히 피어 있는 모습은 크기가 불규칙한 판자를 늘어놓은 것 같았다. 그 아래로 흘러내리는 흙은 운모가 반짝이는 모래 옆에 검은색 술 장식을 두른 것 같았다.

어느 날 그들은 모래언덕을 올라갔다. 사람 발자국이 없는 언덕에는 물결무늬가 대칭을 이루고 있었다. 마치 물이 빠진 뒤 해저의 곶이 드러난 것처럼 목을 내민 거북이, 기어 다니는 바다표범, 하마, 곰 같은 동물 모양 바위가 솟아 있었다. 모래가 햇빛에 반사되어 반짝였다. 햇빛을 받은 바위들은 마치 동물들이 움직이는 것 같은 착각이 들게 했다. 순간 놀란 두 사람은 현기증에서 벗어나기 위해 재빨리 뒤로 돌아섰다.

두 사람은 숲의 엄숙한 공기를 느꼈다. 그리고 몇 시간 동안 마차의 부드러운 흔들림에 몸을 맡긴 채 마치 몸이 마비된 듯 조용한 황홀감에 빠져 있었다. 그는 그녀의 허리에 팔을 두르고 새소리를 들으며 그녀의 말에 귀를 기울였다. 그리고 고개를 들어 그녀의 모자에 달린 검은색 포도와 노간주나무 열매를, 그녀의 베일과 구름을 번갈아 바라봤다. 가까이 있는 그녀에게서는 싱싱한 피부의 향기와 숲의 강한 향기가 뒤섞여 풍겼다. 모든 것이 재미있어 보였다. 두 사람은 풀숲의 거미줄, 자갈밭 한가운데에 있는 물웅덩이, 나뭇가지 위를 달려가는 다람쥐, 서로를 쫓는 두 마리 나비를 신기해하며 손으로 가리켰다. 스무 발짝 정도 떨어진 나무 그늘 아래에서는 기품 있는 암사슴이 새끼 사슴과 함께 조용히 거닐고 있었다. 로자네트는 쫓아가 사슴을 안아주고 싶다고 했다.

갑자기 남자 한 명이 나타나 살무사 세 마리가 담긴 상자를 로자네트에게 내밀었다. 그녀는 무서워하며 프레데릭에게 매달렸다. 그는 연약한 그녀를 자신이 지켜줄 수 있다는 생각에 기뻤다.

그날 밤 두 사람은 센 강가 여관에서 창가에 놓인 테이블에 마주 앉아 저녁 식사를 했다. 프레데릭은 로자네트의 오뚝한 하얀 코, 약간 위로 들린 입술, 맑은 눈, 가르마를 양쪽으로 타 볼록하게 빗어 올린 갈색 머리, 갸름하고 아름다운 얼굴을 바라봤다. 그녀의 얇은 비단 옷은 어깨에 딱 달라붙었고 소매 장식은 없었다. 그녀는 접시 위의 고기를 자르고 음료수를 따른 뒤 테이블 위에 두 손을 올려놓았다. 다리를 뻗은 영계 요리와 뱀장어 스튜가 담긴 그릇이 놓여 있었다. 포도주는 떫은 맛이 났고 빵은 딱딱했으며 나이프는 이가 나가 있었다. 하지만 이런 것마저도 그저 즐겁고 황홀할 뿐이었다. 두 사람은 이탈리아에 신혼여행 온 기분이었다.

두 사람은 돌아가기 전에 둑을 산책했다.

하늘은 부드러운 푸른색이었고, 돔처럼 둥그렇고 비쭉 솟은 숲이 하늘에 닿을 듯했다. 맞은편에는 목장이 있었고 저 멀리에는 마을의 종탑이 서 있었다. 더 멀리 왼쪽에는 붉은색 지붕이 마치 강 위에 붉은 점을 찍어놓은 듯 보였고, 강이 흐르고 있었지만 언뜻 보면 흐르지 않는 듯한 착각을 일으켰다. 풀이 구부정하게 흔들리고 있었고, 그물을 받치기 위해 강변에 쳐놓은 막대기가 강물에 조금씩 흔들리고 있었다. 가느다란 버들가지로 만든 장식 발이 있었고, 낡은 배가 두세 척 떠 있었다. 밀짚모자를 쓴 여자가 여관 옆 우물에서 두레박질을 하고 있었다. 두레박이 올라올 때마다 사슬이 삐걱거리는 소리가 들렸다. 프레데릭은 이 소리가 매우 즐겁게 들렸다.

프레데릭은 평생 너무도 행복할 거라는 생각이 들었다. 그 정도로 행복이 자신의 삶과 로자네트의 몸에 원래부터 새겨져 있는 듯한 기분이었다. 그는 그녀에게 사랑의 말을 하고 싶었다. 그녀는 다정한 목소리로 말했고 그의 어깨를 두드리며 기분 좋게 해주었다. 마침내 그는 그녀의 새로운 아름다움을 발견했다. 어쩌면 그 새로운 아름다움은 주변 분위기에 취해 느껴진 것인지도 몰랐다. 아니면 원래 지니고 있던 아름다움이 주변의 영향으로 더 아름답게 보이는 것일 수도 있었다.

두 사람은 들판 한가운데서 쉬었다. 프레데릭은 양산 아래에서 로자네트의 무릎을 베고 누웠다. 풀밭에 엎드려 서로 마주 보며 상대의 눈동자에서 자신의 모습을 보려 하기도 했고, 그러다 피곤해지면 눈을 반쯤 감고 조용히 있었다.

이따금 멀리서 북소리가 들려왔다. 마을 여기저기에서 파리를 방어하기 위해 비상소집을 하는 신호였다.

"아! 그렇지! 폭동이야!" 프레데릭은 야유하는 듯하면서 연민 어린 말투로 말했다. 지금 그에게 폭동은 사랑과 영원한 자연에 비하면 한낱 사소한 것에 지나지 않는 듯 여겨졌다.

두 사람은 이미 알고 있는 이야기, 그리 흥미 없는 사람들에 대한 이야기, 갖가지 잡담을 나누었다. 하녀나 미용사에 관한 이야기도 했다. 한번은 로자네트가 자기도 모르게 진짜 나이를 말해준 적이 있었다. 스물아홉 살이라고 했다. 꽤 많은 나이였다.

로자네트는 자기도 모르게 자신에 대한 이야기를 할 때가 몇 번 있었다. 전에는 가게에서 일한 적이 있고, 영국을 여행한 적이 있으며, 여배우가 되기 위해 공부한 적도 있다고 했다. 그녀의 이야기는 연결이 잘 안 되었기 때문에 프레데릭은 정리가 잘 안 되었다. 어느 날 로자네트는 목장 뒤 플라타너스 아래 앉아 프레데릭에게 자신의 이야기를 더욱 자세히 들려주었다.

아래 길가에서는 소녀가 맨발로 먼지 속을 걸어다니며 소에게 풀을 먹이고 있었다. 소녀는 프레데릭과 로자네트를 보자 구걸을 했다. 소녀는 한 손으로는 지저분한 스커트를 잡았고 다른 한 손으로는 검은 머리를 긁었다. 루이 14세풍 가발 같은 검은색 머리카락 사이로 보이는 까무잡잡한 소녀의 얼굴에서 눈이 아름답게 반짝였다.

"나중에 예쁜 여자가 되겠군." 프레데릭이 말했다.

"엄마가 없다면 좋을 텐데!" 로자네트가 말했다.

"뭐?"

"정말이에요. 나도 어머니가 없었다면……."

로자네트는 한숨을 쉬더니 어린 시절 이야기를 들려주었다. 부모는 크루아 루스의 방직 공장에서 일했다. 어머니는 수습공으로 아버지를 도왔다. 아버지가 나날이 초췌해져도 어머니는 아랑곳하지 않고 아버지에게 욕설을 하며 뭐든 팔아 술을 마시러 가곤 했다고 한다. 그녀는 지금도 부모님의 방을 기억하고 있었다. 창가에는 직조 기계가 늘어서 있었고, 난로에서는 수프 냄비가 끓고 있었고, 마호가니색으로 칠한 침대와 그 바로 앞에는 옷장이 놓여 있었다. 그녀가 열다섯 살 때까지 잠을 잤던 어두컴컴한 벽장도 있었다. 어느 날 어떤 남자가 찾아왔다. 살이 뒤룩뒤룩 찌고 회양목 같은 얼굴색에 독실한 신자가 입는 듯한 검은색 옷을 입은 남자였다고 한다. 어머니와 그 남자는 마주 보면서 뭐라고 수군거렸는데 사흘 뒤……. 여기서 그녀는 말을 그쳤다. 이어서 수치심과 씁쓸함이 어린 눈빛으로 말했다. "그렇게 된 거예요!"

프레데릭이 계속 말해보라는 몸짓을 했다.

"그 남자는 결혼한 사람이었기 때문에(집에서 소란이 일어나는 건 원치 않았겠죠.) 나를 식당의 별실로 데리고 갔어요. 행복하게 살면서 좋은 선물을 받을 수 있다고 했죠. 그 방에서 제일 먼저 보인 것은 2인분 식기가 놓여 있는 테이블 위에 있는 은촛대였어요. 천장에 달린 거울에 테이블이 다 비치고 있었죠. 벽에는 푸른색 휘장이 쳐져 있었고요. 마치 귀부인의 방 같았어요. 그때 얼마나 놀랐는지 몰라요. 아무것도 보지 못하고 자란 어린 여자아이였으니! 화려한 장면에 눈이 휘둥그레지긴 했지만 왠지 무서웠어요. 도망치고 싶었지만 꾹 참았어요. 의자라고는 테이블 옆에 있는, 침대처럼 긴 의자뿐이었어요. 거기 앉으니까 푹신한 느낌이 들었고, 장식 융단으로 덮인 난방 장치에서 나오는 공기가 따뜻했어요. 난 아무것도 먹지 않고 그저 가만히 있었어요. 옆에 있던 종업원이 뭘 좀 먹어보라고 하더니 커다란 컵에 포도주를 따라줬어요. 포도주 때문에 머리가 어지러워서 창문을 열려고 하니까 종업원이 '안 됩니다. 그러면 안 됩니다.'라고 하더군요. 테이블 위에는 뭐가 뭔지 알 수 없는 것들이 있었어요. 맛있어 보이는 건 없더라고요. 난 그저 잼 그릇에만 손을 대고는 그렇게 계속 앉아 있었어요. 그 남자는 일이 생겨서 오지 못한다는 연락이 왔죠. 늦은 밤 열두 시였던 것 같아요. 너무 피곤해서 베개를 밀치니 앨범 같은 것이 손에 잡혔어요. 온통 음란한 그림들로 가득했어요……. 그 위에서 자고 있을 때 그 남자가 들어왔어요."

그녀는 고개를 숙인 채 한참 동안 생각에 잠겨 있었다.

주변에서 나뭇잎이 바스락거리는 소리가 들렸다. 풀숲에

서는 키 큰 디기탈리스 나무가 바람에 흔들렸고, 햇빛이 잔디를 물결처럼 비추고 있었다. 소가 풀 뜯는 소리가 이따금 침묵을 깨뜨렸으나 소는 이미 보이지 않았다.

그녀는 서너 걸음 떨어져 있는 뭔가를 뚫어지게 바라보며 코를 벌름거리면서 골똘히 생각에 잠겨 있었다. 프레데릭은 그녀의 손을 잡았다.

"고생을 많이 했군, 가엾게도!"

"그래요." 그녀가 말했다. "당신이 상상하는 것보다 더……! 죽고 싶을 정도로요. 하지만 결국 구원받았죠."

"어떻게?"

"그런 생각 그만해요! ……사랑해요. 지금 나 행복해요. 키스해줘요."

그녀는 옷에 붙은 엉겅퀴를 하나씩 뜯어냈다.

그는 그녀가 말하지 않은 부분에 대해 생각했다. 비참한 상황에서 어떻게 벗어날 수 있었을까? 어떤 애인을 사귀었기에 지금처럼 교양을 갖추게 되었을까? 자신이 그녀의 집에 처음 갔던 날 이전까지 그녀의 삶에는 어떤 일들이 있었을까? 하지만 그녀의 마지막 고백 때문에 더 이상은 물어볼 수 없었다. 그는 단지 아르누와는 어떻게 알게 되었는지만 물었다.

"바트나 양의 소개로요."

"혹시 전에 팔레루아얄 극장에서 그들 두 사람과 같이 있던 사람이 당신 아니었나?"

프레데릭이 정확한 날짜를 말했다. 로자네트는 한참 기억을 더듬더니 "맞아요! 하지만 그때는 조금도 즐겁지 않았죠." 라고 대답했다.

그녀는 아르누가 매우 친절했다고 말했고, 프레데릭도 그랬을 것이라고 생각했다. 하지만 프레데릭은 그 친구들은 흠이 많다고 하면서 하나하나 이야기했다. 그녀도 동의했다.

"상관없어요! ……깐깐하지만 어쨌든 좋으니까요."

"지금도?" 프레데릭이 물었다.

그녀는 반은 웃고 반은 화를 내며 얼굴을 붉혔다.

"아뇨, 다 옛날이야기예요. 당신한테는 숨기는 거 없어요. 설령 뭔가 숨긴다고 해도 그 사람에 대해서는 달라요. 그나저나 당신에게 피해를 입은 사람이라고 할 수 있는 아르누 씨에게 좀 너무한다고 생각하지 않아요?"

"나한테 피해를 입었다고?"

그녀가 그의 턱을 잡았다.

"그래요!"

그녀는 마치 유모 같은 말투로 말했다.

"그 부인하고 잠자리를 한 걸 보니 당신도 늘 착한 건 아니더군요."

"내가? 말도 안 돼!"

그녀는 미소를 지었다. 그는 무관심의 증거라는 생각이 들어 그 미소가 마음에 들지 않았다. 그녀는 다정한 목소리로 말을 이었다. 거짓말이라도 좀 해주었으면 하는 듯 애원하는 눈빛이었다.

"정말이에요?"

"당연하지!"

그는 열렬히 사랑하는 여자가 있었기에 아르누 부인은 생각한 적도 없다고 명예를 걸고 맹세했다.

"그 여자가 누군데요?"

"당신이지, 나의 아름다운!"

"어머, 놀리지 말아요! 화낼 거예요."

그는 연애담 하나는 지어두는 것이 좋다는 생각에 교묘한 거짓말을 꾸며댔다. 게다가 그 여자 때문에 무척 불행했다고 했다.

"운이 없군요." 그녀가 말했다.

"오! 오! 그럴지도!" 로자네트가 그에게 잘 보이고 싶은 마음에 지금까지 관계를 가진 남자들의 이름을 전부 말하지 않은 것처럼 그도 연애담을 지어내서 잘 보이려고 했다. 아무리 마음을 터놓는 순간이라 해도 가식적인 수치심과 배려, 연민 때문에 한계가 있는 법이었다. 상대방도 그렇고 자기 자신도 그렇고 더 이상 나아갈 수 없는 절벽이나 늪이 그 앞을 가로막는 셈이었다. 도저히 이해가 안 되는 것들이 있고 설명하기 힘든 것들이 있는 법이었다. 세상에 완전한 결합이 없는 이유이기도 했다.

가련한 로자네트는 이 이상의 행복한 결합은 알지 못했다. 이따금 프레데릭을 물끄러미 바라볼 때면 그녀는 눈시울이 젖어들었다. 그녀는 큰 빛이나 한없는 행복을 상상하듯 눈을 위로 들거나 지평선 쪽을 바라봤다. 어느 날 그녀는 사랑에 행운이 깃들도록 미사를 올리고 싶다고 그에게 말했다.

어째서 오랫동안 그를 받아들이지 않았을까? 그녀는 자신의 마음이 이해가 되지 않았다. 그가 몇 번이고 질문을 할 때마다 그녀는 그를 안으며 말했다.

"너무 좋아하게 될까봐 두려웠던 거죠!"

일요일 아침에 신문을 보던 프레데릭은 부상자 명단에서 뒤사르디에의 이름을 보고는 너무 놀라 소리를 질렀다. 그는 로자네트에게 신문을 보여준 뒤 파리로 가야겠다고 했다.

"뭐하러요?"

"뒤사르디에를 돌봐줘야지."

"날 이대로 내버려두고 가려는 건 아니죠?"

"같이 가야지."

"나더러 그 소란에 끼어들라고요? 정말 고맙기도 하군요!"

"하지만 가지 않을 수 없잖아?"

"그만해요! 그 병원에는 간호사가 없대요? 그 사람이 도대체 뭐라고 이러는 거예요? 남의 일은 알 바 아니에요!"

프레데릭은 이기적인 로자네트에게 화가 치밀었다. 다른 사람들과 함께 그곳에 있지 못했던 것이 후회가 되었다. 조국이 어려운 처지이건 아니건 관심을 갖지 않다니 이것이야말로 비열한 부르주아 근성이 아닌가? 연애나 하고 있는 자기 자신이 순간 부끄러웠던 그는 죄책감에 가슴이 무거웠다. 그들은 화난 얼굴로 한 시간 동안 마주 앉아 있었다.

그녀가 먼저 말을 걸었다. 위험한 곳에 끼어들지 말고 조금만 더 기다려달라고 부탁했다.

"그러다 당신이 죽기라도 하면요?"

"이런, 의무를 다하는 것뿐이라고."

이 말에 그녀가 펄쩍 뛰었다. 그녀 생각에 프레데릭이 해야 할 의무는 자신을 사랑하는 것이었다. 하지만 그의 말을 들어보면 자신이 싫증난 게 아닌가 하는 의심이 들었다. 상식 밖의 말로 들렸기 때문이었다. 그녀는 그의 생각을 이해할 수 없었다.

프레데릭은 벨을 눌러 계산서를 부탁했다. 하지만 파리로 돌아가는 건 그리 쉬운 일이 아니었다. 르루아르 운수 회사의 마차는 방금 떠났고, 르콩트 사의 마차는 쉬는 날이었으며, 부르보네 회사의 합승마차는 밤늦게야 온다고 했는데 온다 해도 사람이 꽉 차서 타기 힘들 거라고 했다. 그는 역마차를 타기로 했으나 역장은 그에게 여권이 없다면서 역마를 내주지 않았다. 어쩔 수 없이 그는 덮개 없는 마차를 빌리기로 했다. 프레데릭과 로자네트는 다섯 시쯤 믈룅의 코메르스 호텔 앞에 도착했다.

시장 앞 광장은 무기 더미로 가득했다. 지사는 이미 국민군이 파리로 들어오지 못하게 금지시켰다. 하지만 이곳 소속이 아닌 사람들은 계속 나아가고 싶어했다. 사람들은 떠들어댔고 여관은 아수라장이었다.

겁에 질린 로자네트는 더 이상은 못 가겠다면서 여기에 그냥 머무르자고 부탁했다. 여관 주인 부부 역시 그녀 편을 들었다. 옆에서 식사하고 있던 고지식해 보이는 남자도 소동은 얼마 안 가 끝날 것이라고 했다. 하지만 그래도 의무는 해야 한다고 프레데릭이 말하자 로자네트는 큰 소리로 울어댔다. 흥분한 그는 그녀에게 지갑을 주고 급히 키스한 다음 떠나버렸다.

코르베유에 도착하자 폭도가 길 여기저기를 막고 있다는 소문이 들렸고, 마부는 더 이상 못 가겠다고 했다. 말이 지쳐버렸다는 것이었다.

다행히 마부의 주선으로 프레데릭은 초라한 말 한 마리가 끄는 이륜마차를 찾아내 술값을 얹어서 60프랑을 내고 이탈리아 관문까지 가기로 했다. 관문에서 백 보 정도 앞에서 마부가 그를 내려주고 돌아갔다. 길을 걸어가던 그에게 보초병 한 명이 갑자기 총검을 들이댔다. 남자 네 명이 그를 붙들고 떠들어댔다.

"이자도 한 패니까 조심해! 몸을 뒤져봐! 나쁜 놈!"

그는 이들에게 이끌려 멍하니 관문 초소로 연행되었다. 초소는 고블랭 대로와 병원, 고드프루아 거리와 무프타르 거리가 만나는 지점인 원형 광장에 있었다.

사거리 끝에는 커다란 포석 더미가 비탈을 이룬 바리케이드가 있었다. 여기저기서 횃불이 타오르고 있었다. 먼지바람 사이로 정규군 보병과 국민군 대원이 진을 치고 있는 모습이 보였다. 모두들 얼굴이 시커멓고 옷도 너덜너덜하고 험악한 모습이었다. 이들은 방금 이곳을 점거하고 몇 명을 총살한 터라 여전히 흥분해 있었다. 프레데릭은 벨퐁 거리에 사는 부상당한 친구를 간호하기 위해 퐁텐블로에서 왔다고 했다. 처음에는 그 누구도 그의 말을 믿지 않았다. 사람들은 그의 두 손을 조사하고 귀의 냄새까지 맡아보며 몸 어딘가에서 화약 냄새가 나지는 않는지 조사했다.

프레데릭은 같은 말을 계속 반복했고, 마침내 어느 대위가 그의 말에 귀를 기울였다. 대위는 포병 두 명에게 그를 식물원 초소까지 안내하라고 지시했다.

병사 두 명과 프레데릭은 병원 앞 큰길을 지나 센 강 쪽으로 걸어갔다. 북풍이 강하게 불어왔다. 그는 바람을 들이마시자 기운이 되살아났다.

마르셰오슈보 거리 쪽으로 접어들자 오른쪽으로 거대한 검은 덩어리 같은 식물원이 나타났다. 왼쪽에는 피티에 병원이 있었다. 병원 건물에는 창마다 불이 켜져 있어서 마치 불타오르는 듯 보였다. 창문으로는 사람들의 그림자가 빠르게 지나가고 있었다.

프레데릭을 데리고 온 병사 두 명은 가버렸고, 다른 사람이 프레데릭을 파리 이공대학까지 데리고 갔다.

생빅토르 거리는 가스등도 없고 집의 불빛이 하나도 없어 컴컴했다.

십 분마다 "보초다! 조심하라!"라고 외치는 소리가 들려왔다. 조용한 가운데 들려오는 이 고함은 심연에 돌이 떨어지는 것처럼 길게 메아리치며 사방으로 울려 퍼졌다.

묵직한 발소리가 가까이 다가오는 소리가 들리기도 했다. 적어도 100명은 될 법한 순찰대였다. 잘 보이지는 않았지만 어디선가 사람들이 속삭이는 소리, 희미하게 쇠가 부딪치는 소리가 들렸다. 사람들 무리로 보이는 그 덩어리는 규칙적인 리듬에 맞춰 흔들리며 어둠 속으로 사라져갔다.

네거리 한복판에는 용기병이 꼼짝하지 않고 서 있었다. 기마 전령이 요란한 소리를 내며 지나가면 주위는 다시 침묵에 휩싸였다. 저 멀리서 대포가 견인차로 운반되면서 포석을 스치는 소리가 들렸다. 평상시와는 다른 소리가 들리자 프레데릭은 가슴이 답답했다. 그 소리는 무겁고 깊은 침묵, 어두운 침묵을 더 멀리 퍼뜨리는 것 같았다. 흰색 작업복을 입은 남자들이 병사들에게 다가와 뭔가 보고하고는 유령처럼 사라졌다.

이공대학 초소는 사람들로 북적였다. 아들이나 남편을 만나게 해달라고 애원하는 여자들이 입구에 모여 있었다. 그들은 시체 보관소로 사용되고 있는 팡테옹으로 안내되었다. 프레데릭의 말에 귀 기울이는 사람은 없었다. 그는 친구 뒤사르디에가 자신을 기다리며 다 죽어가고 있다고 했다. 마침내 프레데릭은 하사의 안내를 받아 생자크 거리에서 가장 높은 지대에 위치한 12지구 구청으로 가게 되었다.

팡테옹 광장은 짚을 깔고 누워 있는 병사로 가득했다. 날이 밝자 야영지의 불이 하나둘 꺼졌다.

폭동의 처참한 흔적이 남아 있었다. 길 여기저기가 움푹 패고 흙이 드러나 있었다. 부서진 바리케이드 위에는 합승마차와 가스관, 짐마차 바퀴 등이 그대로 있었다. 여기저기 보이는 검은 웅덩이는 피 웅덩이 같았다. 집들은 총을 맞아 구멍이 뚫려 있었고, 회칠이 떨어져나간 자리에는 골조가 그대로 드러나 있었다. 못 하나에 매달려 누더기처럼 늘어져 있는 덧문도 보였다. 계단이 떨어져나가기도 했고, 문이 열린 채 붕 떠 있기도 했다. 프레데릭은 여기저기 방을 들여다보았다. 벽지는 너덜거리고 있었고, 귀중품이 그대로 남아 있는 곳도 있었다. 프레데릭은 기둥 시계, 앵무새 모양 횃대, 판화 몇 점을 바라봤다.

구청으로 가니 국민군 병사들이 브레아, 네그리에, 샤르보넬 대의원, 파리 대주교의 죽음에 대해 시끄럽게 이야기하고 있었다. 도말 공작이 불로뉴에 상륙했고, 바르베스는 뱅센에서 도망쳤으며, 부르주에서 포병대가 도착했고, 지방에서 원군이 모여들고 있다는 이야기였다. 세 시쯤에 반가운 소식이 들려왔다. 반란군 사절단이 국회의원 의장의 집에 도착했다는 소식이었다.

모두들 기뻐했다. 아직 12프랑이 남아 있었던 프레데릭은 빨리 석방되고 싶은 마음에 포도주 열두 병을 주문했다. 그런데 갑자기 사격 소리가 들리는 것 같았다. 흥겨운 포도주 파티가 멈추고, 모두들 이 낯선 사람을 의심스러운 눈으로 바라봤다. 혹시 앙리 5세*일지도 모른다고 의심한 것이었다.

그들은 책임지지 않으려고 프레데릭을 11지구 구청으로 보냈다. 프레데릭은 오전 아홉 시가 되어서야 그곳에서 풀려날 수 있었다.

그는 볼테르 강변까지 달려갔다. 어느 집 창문이 열려 있었는데 셔츠만 입은 노인이 천장을 보며 울고 있었다. 센 강은 고요히 흐르고 있었다. 하늘은 파랗고 튈르리 궁전 덤불에서는 작은 새들이 지저귀고 있었다.

프레데릭이 카루젤 광장을 지나가려 할 때 들것 하나가 지나갔다. 초소에서 장교가 받들어총을 하며 모자에 손을 올리고 말했다. "불행한 용사에게 명예가 있을지어다." 이 말은 거의 의무적으로 하게 되어 있었고, 이 말을 하는 사람은 뭔가 엄숙한 감동에 사로잡히는 것 같았다. 흥분한 사람들이 들것

---

* 프랑스 왕 샤를 10세의 손자로 그 뒤를 이어 프랑스의 왕위를 계승했다. 하지만 7월 혁명의 물결로 강한 힘을 얻은 부르주아 세력에 의해 왕으로 인정받지 못했다.

옆에서 걸어가며 소리쳤다.

"우리가 복수해줄게! 복수해줄게!"

큰길에는 마차가 오갔고 집집마다 문 앞에서는 여자들이 천을 찢어 붕대를 만들고 있었다. 폭동은 거의 진압된 거나 마찬가지였다. 방금 나붙은 카베냐크의 포고문이 이를 알려주었다. 비비엔 거리에는 유격대 한 분대가 나타났다. 시민들은 열렬히 환호했다. 모자를 흔들고 박수를 치고 춤을 추고, 대원을 안기도 하고 술을 대접하려 하기도 했다. 여자들이 발코니에서 던진 꽃들이 우수수 떨어졌다.

열 시가 되자 생탕투안 지구를 탈환하려는 대포 소리가 들렸다. 그 소리를 들으며 프레데릭은 뒤사르디에의 집에 도착했다. 뒤사르디에는 다락방에 누워 잠들어 있었다. 옆방에서 조심스럽게 걷는 여자의 발소리가 다가왔다. 발소리의 주인은 바트나 양이었다.

그녀는 프레데릭을 구석으로 데리고 가 뒤사르디에가 어떻게 부상을 당했는지 알려주었다.

토요일 라파예트 거리의 바리케이드에서 삼색기로 몸을 감싼 어느 젊은이가 국민군을 향해 "동지를 쏠 건가?"라고 외쳤다고 한다. 국민군이 계속 전진하려고 하자 뒤사르디에는 총을 버리고 다른 병사들을 지나 바리케이드 위로 올라가 그 젊은이를 곧바로 차서 쓰러뜨리고 깃발을 뽑아버렸다고 한다. 나중에 보니 뒤사르디에는 허벅지에 총알을 맞고 시체들 아래에 깔려 있었다. 뒤사르디에는 상처를 벌려 총알을 꺼내는 치료를 받았고, 그때부터 바트나 양이 간호하고 있다고 했다.

바트나 양은 치료에 필요한 것을 전부 준비해두었고, 뒤사르디에가 물 마시는 걸 도와주고 사소한 부탁도 모두 들어주었다. 그녀는 파리보다 민첩하게 움직였고, 다정한 눈길로 그를 바라봤다.

프레데릭은 2주 동안 하루도 거르지 않고 매일 뒤사르디에를 찾아왔다.

한번은 프레데릭이 바트나 양이 매우 헌신적이라고 말하자 뒤사르디에는 어깨를 으쓱했다.

"그게 아냐! 이해관계가 있어서 그래."

"그래?"

"틀림없어!" 하지만 뒤사르디에는 그 이상은 말하려 하지 않았다.

바트나 양은 친절하게 간호해주었고, 뒤사르디에의 용기를 찬양하는 내용이 실린 신문도 가져왔다. 그러나 뒤사르디에는 이런 찬양도 귀찮은 것 같았다. 심지어 그는 프레데릭에게 양심에 찔리는 일이 있다고 고백했다.

뒤사르디에는 반대편인 작업복을 입은 사람들 편에 섰어야 한다는 생각이 든다고 했다. 노동자에게 주어진 많은 약속 중 지켜진 게 하나도 없어서라고 했다. 이들과 싸워 승리한 사람들은 패자들에게 매우 가혹한 공화제를 싫어한다고 했다. 공화주의자들의 말처럼 작업복을 입은 사람들에게도 잘못은 있었겠지만 전부 이들의 잘못으로 볼 수는 없다는 생각이었다. 그러다 보니 뒤사르디에는 혹시 자신이 오히려 정의와 맞서 싸운 건 아닐까 하는 고민을 하고 있었다.

한편 튈르리 궁전의 센 강 연안에 있는 테라스 아래 갇혀 있는 세네칼은 뒤사르디에 같은 양심에 따른 고민이 없었다.

이곳에는 900명이 오물 속에 구금되어 있었다. 이들은 화약과 피가 엉겨 굳어 시커메진 상태로 미친 듯이 외치고 있었다. 죽어가는 사람이 있어도 밖에 내보내주지 않았다. 갑자기 총소리가 들리면 사람들은 이제부터 총살형이 있는 게 아닌가 하는 생각에 벽에 바짝 붙어 두려움에 떨다가 다시 제자리에 돌아와 쓰러지곤 했다. 모두들 고통 때문에 멍해져 있었고 악몽에 시달리는 것 같았다. 둥근 천장에 달려 있는 램프는 핏자국처럼 보였다. 굴에서 나오는 가스가 파랗고 노란 불꽃을 내뿜으며 타고 있었다. 전염병 대책 위원회가 구성되었다. 위원회 의장은 들어왔다가 배설물과 시체 냄새에 놀라 뒤로 물러났다. 죄수들은 환기창 옆으로 다가갔고, 보초를 서던 국민군들은 죄수들이 쇠창살을 흔들지 못하도록 총검을 휘둘렀다.

국민군은 대부분 피도 눈물도 없었다. 전투에 참가하지 않은 사람들은 자극적인 행동으로 눈에 띄고 싶어했다. 신문, 클럽, 불순한 사람들, 주의사항 등 석 달 동안 화를 돋웠던 모든 것들에 복수하려는 마음을 품은 것이었다. 승리는 이루었으나, 피투성이 야비함과 마찬가지로 야수 같은 평등(마치 옹호자는 벌하고 적대자는 조롱하기 위한 것처럼)이 대세였다. 이익을 탐하는 마음이 본능적인 욕구를 부추겼고, 귀족층은 방탕해졌으며 무명 모자*나 붉은 모자**나 추악하기는 마찬가지였다. 사람들의 보편적인 이성도 자연재해를 겪은 것처럼 충격을 받았다. 이로 인한 후유증으로 수재였다가 평생 백치처럼 살게 된 사람들도 있었다.

로크 영감은 지나치게 과감해져 있었다. 노장 출신 사람들과 함께 26일에 파리에 도착한 로크 영감은 돌아가지 않고 튈르리에 주둔 중인 국민군에 뛰어들었다. 강변 테라스 앞 보초를 맡게 된 로크 영감은 만족스러워했다. 거기 있으면 악당

---

* 부르주아층.
** 과격파.

들을 내려다볼 수 있고, 그들이 패배하는 꼴도 볼 수 있다는 생각에 통쾌해했다. 마음 같아서는 악당들에게 저주를 퍼붓고 싶었다.

금발 머리를 길게 기른 젊은이가 쇠창살에 얼굴을 바싹 대고 빵을 좀 달라고 애원했다. 로크 영감은 조용히 하라고 했으나 젊은이는 불쌍한 목소리로 계속 말했다.

"빵 좀 줘요!"

"내가 가지고 있다는 거야, 내가?"

수염이 길게 자라고 눈이 이글거리며 빛나는 다른 죄수들도 환기창으로 얼굴을 내밀고 서로 밀치며 똑같이 외쳤다.

"빵이요! 빵!"

로크 영감은 자신의 권위가 무시당한 것 같은 기분이 들어 화가 나서 위협적으로 총을 들이댔다. 사람들에게 밀려 천장까지 올라간 청년이 고개를 돌리며 다시 한번 외쳤다.

"빵이요!"

"그래, 주지." 로크 영감이 방아쇠를 당겼다.

끔찍한 비명이 이어졌고 조용해졌다. 홈통 옆에 허여멀건 것이 뒹굴었다.

로크 영감은 집으로 돌아왔다. 파리에 올 때마다 묵는 집으로 생마르탱 거리에 있었다. 소요가 일어났을 때 이 건물

앞쪽이 많이 손상되어서 그는 사실 크게 분노했었다. 하지만 로크 영감은 자기가 별것 아닌 손해를 너무 크게 생각한 게 아닌가 하고 생각했다. 아까 방아쇠를 당긴 일 덕분에 마음이 한결 가라앉아 있었다.

딸 루이즈가 문을 열어주었다. 그녀는 아버지가 오랫동안 돌아오지 않아 혹시 무슨 나쁜 일이 생긴 건 아닌지, 부상당한 건 아닌지 걱정했다고 했다.

로크 영감은 딸의 애정에 눈시울이 뜨거워졌다. 그는 그녀에게 하녀 카트린 없이 혼자 나갔다 왔느냐고 놀라서 물었다.

"카트린에게 심부름을 시켰어요." 루이즈가 말했다.

그녀는 로크 영감에게 건강은 어떤지, 그 밖에 여러 가지에 대해 물었다. 그리고 시치미를 떼며 혹시 프레데릭을 보지 못했느냐고 물었다.

"아니, 한번도!"

그녀는 그를 만나겠다는 마음으로 파리까지 온 것이었다. 그때 복도를 걸어가는 누군가의 발소리가 들렸다.

"잠깐요……."

그녀가 밖으로 나갔다.

카트린이 돌아왔다. 카트린은 프레데릭을 찾지 못했다고 했다. 그녀의 말에 따르면 그는 사흘째 집에 돌아오지 않았으며, 친구 데로리에는 시골에 살고 있다고 했다.

루이즈는 방으로 다시 돌아와 몸을 떨며 거의 말을 잇지 못했다.

"왜 그래? 무슨 일이야?" 로크 영감이 큰 소리로 물었다.

그녀는 별일 아닌 척하며 마음을 가라앉혔다.

맞은편 식당의 주인이 밤참을 가져왔다. 로크 영감은 너무 흥분한 나머지 마음이 불안해 먹을 마음이 나지 않았다. 디저트를 먹을 때 로크 영감은 정신을 잃기까지 했다. 의사가 급히 와서 물약을 처방해주었다. 자리에 누워 있던 로크 영감은 땀을 좀 흘릴 수 있도록 담요를 가능한 한 여러 겹 덮어달라고 했다. 그는 한숨을 푹 쉬며 말했다.

"카트린, 고마워. 루이즈, 아버지에게 키스 안 하니? 아, 이 놈의 혁명!"

루이즈가 자기 때문에 걱정하느라 병이 난 게 아니냐고 하자 로크 영감이 대답했다.

"그래, 네 말이 맞다! 하지만 어쩔 수 없어! 내가 성격이 너무 예민해서 말이야."

2장

당브뢰즈 부인은 응접실에서 조카와 존슨 양을 양쪽에 대동한 채 국민군 보초 일이 얼마나 힘든지에 대해 이야기하는 로크 영감의 말을 듣고 있었다.

당브뢰즈 부인은 입술을 깨물고 있었는데 매우 불편해 보였다.

"아뇨, 괜찮아요. 곧 나아질 겁니다."

그리고 다정한 목소리로 말했다.

"제가 잘 아는 분을 저녁 식사에 초대했어요. 모로 씨라고."

루이즈가 순간 몸을 떨었다.

"그리고 친한 몇 분도 초대했죠. 알프레드 드 시지 씨도 올 거예요."

당브뢰즈 부인은 그의 태도와 외모, 예의에 대해 칭찬을 아끼지 않았다.

그녀는 자신이 생각하는 것보다 거짓말은 잘 안 하는 편이었다. 시지는 결혼할 생각이 있다고 마르티농에게 말한 적이 있으며, 세실 양의 마음을 얻을 자신이 있고 부모님의 승낙도 받아낼 거라고 했다.

시지는 지참금에 대해 흥미로운 정보를 얻은 게 분명했다. 마르티농은 지금까지 혹시 세실이 당브뢰즈 씨의 사생아가 아닐까 하는 의심을 해왔다. 혹시 모를 요행을 기대하고 청혼해보는 것도 괜찮은 시도일 수 있었다. 대담함에는 위험이 따르는 법이었다. 그래서 지금까지 마르티농은 명예를 떨어뜨리지 않도록 조심스럽게 행동해왔다. 게다가 숙모와의 관계도 어떻게 마무리 지어야 할지 몰랐다. 시지의 말을 듣고 마르티농은 결심을 굳혔다. 그는 당브뢰즈 씨에게 자신의 뜻을 밝혔고, 당브뢰즈 씨가 이 이야기를 당브뢰즈 부인에게 전한 것이었다.

시지가 왔다. 당브뢰즈 부인이 일어나며 말했다.

"우리를 잊어버린 줄 알았어요! 세실, 악수를 청하렴."

그때 프레데릭이 들어왔다.

"마침내 만났군." 로크 영감이 말했다. "이번 주에 루이즈를 데리고 자네를 세 번이나 찾아갔는데."

사실 프레데릭은 로크 영감과 루이즈를 일부러 피하고 있었다. 그는 부상당한 친구 곁에 매일 가 있었다고 했고, 밀린 일이 많아서 바빴다면서 여러 가지 핑계를 댔다. 다행히 손님들이 차례로 도착했다. 제일 먼저 들어온 사람은 무도회에서 본 외교관 폴 드 그레몽빌 씨였다. 그다음으로는 퓌미숑이 왔다. 실업가인 그의 보수주의적인 충성심 때문에 프레데릭이 화를 낸 적이 있었다. 그다음에 늙은 공작부인 몽트뢰유 낭퉈아가 들어왔다.

현관방에서 두 사람이 떠드는 소리가 들려왔다.

"틀림없어요." 여자의 목소리가 들렸다.

"부인, 진정하십시오." 남자의 목소리가 들렸다.

마치 미라에 콜드크림을 바른 것 같은 멋쟁이 노낭쿠르 씨와 루이 필리프 시대 어느 지사의 부인으로 알려져 있는 라르실루아 부인이었다. 부인은 떨고 있었다. 폭도들이 신호로 사용하는 폴카 곡이 오르간으로 연주되는 소리를 들었다는 것이었다. 이런 망상에 젖어 있는 부르주아층이 꽤 많았다. 지하 묘지에 숨어 있는 폭도들이 생제르맹 거리를 폭파하려 한다든지, 지하실에서 이상한 소리가 나는 것 같다든지, 창가에서 이상한 일이 일어났다든지 하며 수군거렸다.

모두 라르실루아 부인을 진정시키려고 애썼다. 무서워할 것은 더 이상 없다고 했다. "카베냐크가 우리를 구해주었어요." 모두들 폭동 때의 공포가 충분하지 않았다는 듯이 더욱 과장해서 말했다. "사회주의에 가담한 죄수들이 적어도 2만 7,000명은 된답니다."

사람들은 식량에 독을 넣었다든지, 기동대원이 판자 사이에 끼었는데 그대로 톱으로 잘렸다든지, 약탈과 방화를 지시하는 문구가 깃발에 적혀 있었다든지 하는 소문들을 의심하지 않고 믿었다.

"그보다 심한 일도 있었지요." 라르실루아 부인이 말했다.

"아! 부인!" 당브뢰즈 부인이 세 아가씨들을 눈짓으로 가리키며 조심스럽게 말했다.

당브뢰즈 씨는 마르티농과 함께 서재에서 나왔다. 당브뢰즈 부인은 고개를 돌려 다가오는 펠르랭에게 인사했다. 화가 펠르랭은 뭔가 불안해하며 벽을 둘러봤다. 당브뢰즈 씨는 그를 따로 불러 혁명적인 그림은 이제 숨겨야 하는 상황이라고 알려주었다.

"그런 것 같군요." 펠르랭이 말했다. 지성인 클럽에서 쫓겨난 뒤 그는 생각이 바뀌었다.

당브뢰즈 씨는 언젠가 다시 그림을 의뢰하겠다고 친절하

게 말했다.

"잠깐 실례하겠습니다! ……아! 이 사람! 반가워요!"

아르누 부부가 프레데릭 앞에 서 있었다.

프레데릭은 눈앞이 아찔했다. 그날 오후에 로자네트가 병사들을 한껏 칭찬하는 소리에 기분이 상했던 그는 아르누 부인을 보자 다시 사랑이 솟아났다.

주방 책임자가 나와 식사 준비가 다 되었다고 알렸다.

당브뢰즈 부인이 시지에게 세실의 팔을 잡으라고 눈짓으로 알렸고, 마르티농은 "안됐군요."라고 중얼거렸다. 모두 식당으로 갔다.

테이블 가운데에 요리가 있었다. 푸른색 파인애플 잎으로 살짝 덮인 도미 한 마리가 머리는 어린 사슴 고기 쪽으로, 꼬리는 피라미드 모양으로 쌓여 있는 가재 쪽을 향해 놓여 있었다. 무화과, 알이 굵은 체리, 배, 포도(파리에서 재배해 그해 첫 수확한 포도)가 전통적인 작센 자기 그릇에 수북이 쌓여 나왔고, 여기저기 놓인 작은 꽃다발이 투명한 은그릇에 비치고 있었다. 창에 늘어진 흰색 비단 차일은 방 안에 부드러운 빛을 비추었다. 얼음을 띄운 수반 두 개가 방 안을 시원하게 했다. 짧은 바지를 입은 키 큰 하인이 시중을 들었다. 엊그제까지 계속되었던 소요 사태가 지나간 뒤여서 지금의 이 여유로운 식사가 더욱 즐겁게 느껴졌다. 잃어버리는 게 아닌가 했던 것을 이렇게 다시 즐길 수 있게 된 것이었다. 노낭쿠르가 모두의 기분을 대표해서 말했다.

"아! 공화주의자들도 우리가 식사하는 것을 승낙했다고 생각합시다."

"이들의 박애주의에도 불구하고 말이죠!" 로크 영감이 재치 있게 받아쳤다.

노낭쿠르와 로크 영감은 당브뢰즈 부인의 오른쪽과 왼쪽에 앉았다. 당브뢰즈 부인의 맞은편에는 남편인 당브뢰즈 씨가 앉았고, 당브뢰즈 씨 옆에는 라르실루아 부인과 외교관이 나란히 앉았다. 다른 한쪽에는 노공작 부인이 앉았고, 그 옆에는 퓌미숑이 앉았다. 그리고 펠르랭, 아르누, 루이즈 양이 나란히 앉았다. 마르티농은 세실 옆에 앉으려다 루이즈 바로 옆에 앉는 바람에 프레데릭은 아르누 부인 옆에 앉게 되었다.

아르누 부인은 검은색 옷을 입고 있었고 손목에는 황금 팔찌를 끼고 있었다. 프레데릭이 처음 그녀의 집에 저녁 초대를 받아 갔던 날과 마찬가지로 그녀는 붉은색 장식으로 머리를 꾸몄고 틀어 올린 머리에는 수령초 가지를 꽂고 있었다.

"정말 오랜만이군요."

"아!" 아르누 부인이 차갑게 대답했다.

프레데릭은 부드러운 말투로 무례한 질문을 완곡하게 던졌다.

"가끔씩은 제 생각을 하셨나요?"

"제가 왜 생각해야 하죠?"

그는 이 말에 상처받았다.

"당신 말이 맞군요."

그는 곧바로 후회하고는 하루도 그녀를 생각하지 않은 날이 없다고 말했다.

"전혀 믿을 수가 없군요."

"하지만 제가 부인을 진심으로 사랑하고 있다는 건 알고 계시겠죠."

그녀는 대답하지 않았다.

"아시다시피 전 부인을 사랑하고 있습니다."

그녀는 여전히 아무 대답도 하지 않았다.

'마음대로 하라고!' 그는 속으로 생각했다.

프레데릭이 고개를 들자 테이블 끝에 루이즈의 모습이 보였다.

그녀는 녹색 옷으로 한껏 멋을 냈으나 녹색 옷은 붉은색 머리와 전혀 어울리지 않았다. 그뿐 아니라 벨트의 고리는 너무 높이 달려 있었고, 깃 장식 때문에 목이 짧아 보였다. 프레데릭이 루이즈에게 다소 차갑게 대하는 것도 옷이 촌스러워서였다. 루이즈는 멀리서 호기심 어린 눈으로 프레데릭을 바라보고 있었다. 곁에 앉은 아르누가 아무리 기분을 맞춰주는 말을 해도 소용없었다. 그녀의 입에서는 세 마디 이상 나오지 않았다. 그는 기분 맞춰주는 것을 포기하고 사람들의 이야기에 귀 기울이기로 했다. 이제 대화의 화제는 뤽상부르 궁의 파인애플 퓌레*로 넘어갔다.

퓌미숑은 루이 블랑이 생도미니크 거리에 호텔이 있으면서도 노동자에게 빌려주는 건 거절했다고 말했다.

"제가 이상하게 생각하는 일이 있습니다." 노낭쿠르가 말했다. "르드뤼 롤랭이 쿠론에 있는 영지에서 사냥을 한다는 겁니다."

"르드뤼 롤랭은 어느 귀금속 상인에게 2만 프랑의 빚을 졌다고 하더군요. 들리는 소문에는……." 시지가 덧붙여 말했다.

당브뢰즈 부인이 말을 가로막았다.

"정치 이야기만 하실 거예요? 젊은 분들이 재미없게. 옆에 있는 여성분들에게 신경 좀 써주세요!"

그런 다음 진지한 사람들은 신문을 비난했다.

---

* 채소류를 갈아서 체로 걸러 농축시켜 요리에 기본적인 맛을 내는 재료.

아르누는 신문을 변호했다. 프레데릭도 끼어들어 신문사도 결국 가게처럼 이윤을 추구하는 곳이라고 했으며, 신문에 글을 쓰는 사람은 대부분 바보이거나 멍청한 허풍쟁이라고 했다. 그는 이런 사람들을 잘 알고 있다는 듯이 말하면서 자기 친구는 참으로 마음이 좋은 것 같다고 비꼬았다. 아르누 부인은 프레데릭의 말이 자신에 대한 복수라고는 생각하지 못했다.

시지는 세실의 마음에 들기 위해 머리를 짜내고 있었다. 우선 주전자의 모양과 나이프의 세공 장식을 비판하며 자신의 고상한 예술 취향을 은근히 자랑했고, 그다음에는 자신이 키우는 말, 자주 가는 양복 가게와 셔츠 가게에 대해 이야기했으며, 끝으로 종교 이야기로 넘어가 종교적인 의무를 성실히 다하고 있다며 은근히 자랑했다.

마르티농의 전략은 더욱 교묘했다. 아무렇지도 않은 목소리로 세실을 바라보며 새처럼 생긴 옆얼굴, 윤기 없는 금발머리, 뭉뚝한 손에 대해서도 듣기 좋은 칭찬으로 포장해 치켜세워주었다. 못생긴 세실은 그의 달콤한 말에 홀려 어쩔 줄 몰라했다.

모두가 큰 소리로 시끄럽게 이야기하고 있어서 제대로 들리는 말이 없었다. 로크 영감은 프랑스를 통치하려면 무쇠 팔이 필요하다고 했다. 불량배들은 한데 모아 죽여버려야 한다고 했다!

"놈들은 비겁하죠." 퓌미숑이 거들었다. "바리케이드 뒤에 숨는 건 용감한 행동이 아니에요."

"뒤사르디에 씨 이야기 좀 해주게." 당브뢰즈 씨가 프레데릭 쪽을 바라보며 말했다.

선량한 직원은 살레스, 장송 형제, 페키예 부인과 함께 영웅 반열에 올라 있었다.

프레데릭은 즐거운 마음으로 뒤사르디에에 대해 이야기했다. 이렇게 말하다 보니 뒤사르디에에게 다시 한번 후광이 비치는 것 같은 기분이 들었다.

뒤사르디에가 화제에 오르자 용기의 여러 가지 면에 대한 이야기로 자연스럽게 흘러갔다. 외교관은 죽음과 마주하는 건 어려운 일이 아니라면서, 그 증거로 결투하는 사람들을 들었다.

"그런 문제라면 자작에게 물어보는 것이 나을 것 같습니다." 마르티농이 말했다.

시지는 얼굴이 빨개졌다.

모두 시지를 쳐다봤다. 루이즈는 영문을 몰라 작은 소리로 물었다.

"무슨 일이에요?"

"자작이 프레데릭에게 무릎을 꿇었다는군요." 아르누가 아주 작은 소리로 말해주었다.

"뭐라고 합니까, 아가씨?" 노낭쿠르가 물었다. 루이즈의 대답을 들은 노낭쿠르가 이 대답을 당브뢰즈 부인에게 전했고, 당브뢰즈 부인은 몸을 약간 앞으로 내밀어 프레데릭을 바라봤다.

마르티농은 세실 양이 묻기도 전에 이야기를 들려주었다. 어떤 여자가 관계된 사건인데 그 여자가 누구인지는 자세히 밝힐 수 없다고 했다. 세실은 프레데릭과 시지 같은 방탕한 사람과는 상종하기도 싫다는 듯 몸을 살짝 뒤로 젖혔다.

이야기가 다시 시작되었다. 고급 보르도산 포도주가 나왔고 분위기는 활기를 띠었다. 펠르랭은 스페인 미술관을 잃어버렸다며 혁명을 원망했다. 화가이기 때문에 가장 슬픈 일이라고 했다. 이에 로크 영감이 펠르랭에게 질문했다.

"혹시 그 훌륭한 작품을 그리신 분 아니십니까?"

"글쎄, 어떤 그림인지……."

"어느 여성을 그린 그림인데…… 가벼운 옷에…… 지갑을 들고 있고 공작이 배경으로 있던……."

갑자기 프레데릭의 얼굴이 빨개졌다. 펠르랭은 못 들은 척했다.

"선생님 그림이 틀림없습니다! 그림 아래에 선생님의 성함이 쓰여 있는 걸 똑똑히 봤으니까요. 액자에는 모로 씨 소장이라고 적혀 있었습니다."

어느 날인가 로크 영감은 루이즈와 함께 프레데릭이 돌아오기를 기다리다가 로자네트의 초상화를 본 적이 있었던 것이다. 로크 영감은 고딕 스타일 그림이라고 했다.

"아닙니다." 펠르랭이 무뚝뚝하게 말했다. "그냥 어느 여성의 초상화입니다."

이에 마르티뇽이 덧붙였다.

"생기가 철철 넘쳐흐르는 여성이죠, 그렇지 시지?"

"나야 아는 바가 전혀 없지."

"잘 아는 사이라고 알고 있는데 곤란하다면 이쯤하기로 하지."

시지는 고개를 숙였지만 당황하는 모습으로 봐서는 초상화와 뭔가 관련이 있는 것 같았다. 그 초상화의 모델은 프레데릭의 애인이 틀림없다고 사람들은 확신하고 있었다. 프레데릭의 얼굴에도 분명히 드러났다.

'거짓말도 잘하는군.' 아르누 부인이 생각했다.

'그 때문에 날 떠난 거구나.' 루이즈가 생각했다.

프레데릭은 결투와 초상화에 관한 소문으로 체면이 깎였다고 생각했다. 모두 정원으로 나갔을 때 프레데릭은 마르티농에게 따졌다.

그러자 마르티농은 실실 웃으며 놀렸다.

"아니, 오히려 자네를 위해 잘된 거지. 자, 용감하게 나서보라고."

무슨 뜻일까? 마르티농이 평소와 달리 호의를 보이자 프레데릭은 이상하게 여겨졌다. 마르티농은 더 이상 설명하지 않고 여자들이 앉아 있는 쪽으로 갔다. 남자들은 서 있었고 한가운데에서는 펠르랭이 여러 가지 의견을 내놓고 있었다. 예술을 위한 최고의 제도는 군주제이며 국민군만으로도 현대 시대는 지긋지긋하다고 하면서 중세나 루이 14세 시대가 그리워진다고 했다. 로크 영감은 펠르랭의 생각에 찬성하면서 펠르랭 덕분에 예술가에 대해 품었던 편견이 사라졌다고 했다. 퓌미숑이 부르자 로크 영감은 그쪽으로 갔다. 아르누는 사회주의에도 바람직한 것이 있고 바람직하지 않은 것이 있다면서 열심히 설명했다. 하지만 퓌미숑은 차이를 인정하기보다는 소유권이라는 말에 흥분한 나머지 어지러웠다.

"소유권은 자연계에서 정해져 있는 권리입니다. 아이들은 자기 장난감을 자기 것이라고 하지 않습니까? 모든 사람들이 저와 같은 생각이고, 동물들도 마찬가지일 겁니다. 만일 사자가 말을 할 줄 안다면 '내 것입니다.'라고 선언했을 겁니다. 여러분, 전 단돈 1만 5,000프랑의 자본으로 시작했습니다. 30년간 하루도 거르지 않고 매일 아침 네 시에 일어났습니다. 재산을 모으려면 얼마나 노력하고 고생해야 하는지 모릅니다. 그런데도 절 설득하려고요? 제가 모은 재산이 제 것이 아니고 제가 번 돈이 제 것이 아니라고 하고, 그러니까 소유하는 것은 도둑질이라는 뜻입니까?"

"하지만 프뤼동은……."

"프뤼동 이야기는 그만두십시오! 그자가 여기 있었다면 목을 졸랐을 겁니다."

정말로 목을 졸랐을 것 같았다. 퓌미숑은 식후에 마신 리큐어 때문인지 거의 제정신이 아니었다. 얼굴이 창백해졌고 당장에 폭탄처럼 폭발할 것 같았다.

"안녕하십니까, 아르누 씨." 마침 서둘러 잔디밭을 지나가던 위소네가 말했다.

위소네는 당브뢰즈 씨에게 '히드라'라는 제목의 팸플릿 첫 호를 가져왔다. 당브뢰즈 씨는 위소네가 보수파 클럽의 취지를 따른다고 손님들에게 소개했다.

위소네는 유지 상인들이 392명의 아이들을 매수해 매일 밤 "불을 켜라!"라고 외치도록 시켰다고 했고, 1789년의 정치 원칙, 흑인 해방, 그리고 좌익 연설가들을 노골적으로 조롱해 모두를 즐겁게 해주었다. 흥에 취한 위소네는 바리케이드 위의 프뤼동을 몸짓으로 흉내 내기도 했는데, 어쩌면 그것은 말만 번지르르한 부르주아층에 대한 시기심 때문이었을 것이다. 손님들은 그 풍자에 별로 호응하지 않았다. 다들 지루해했다.

더구나 장난을 칠 때가 아니었다. 노낭쿠르가 아프르 대주교와 브레아 장군의 죽음을 떠올리며 말했다. 두 사람의 죽음은 언제 어디서나 회자되었고, 이에 대한 토론이 벌어졌다. 로크 영감은 대주교의 죽음을 두고 '순교'라고 했고, 퓌미숑은 브레아 장군을 더 찬양했다. 사람들은 두 사람의 죽음을 애도하는 데서 그치지 않고, 어느 쪽 죽음에 더욱 분노해야 하는가를 두고 논쟁을 벌였다. 그다음 비교 대상은 라모리시에르와 카베냐크였다. 당브뢰즈 씨는 카베냐크를 찬양했고 노낭쿠르는 라모리시에르를 찬양했다. 사실 아르누를 제외하고는 이들의 활동 모습을 본 사람이 없었다. 그럼에도 불구하고 모두들 이 두 사람의 지휘에 대해 이러쿵저러쿵 평가를 내렸다. 프레데릭은 아직 무기를 잡아본 일이 없기에 함부로 판단하지 못하겠다고 했다. 외교관과 당브뢰즈 씨는 그런 프레데릭에게 고개를 끄덕였다. 폭동에 맞서 싸웠다는 것은 공화제를 옹호한다는 뜻이었다. 싸움에서는 이겼지만 그 결과 공화제가 공고해졌다. 패배자를 쫓아내자 이번에는 승리자를 쫓아내려는 움직임이 있었다.

당브뢰즈 부인은 정원에서 시지를 붙잡고 왜 그리 능숙하지 못하느냐고 했다. 그러나 당브뢰즈 부인은 마르티농을 보자 시지보고 가보라고 했고, 마르티농에게 왜 앞으로 조카사위가 될 자작인 시지를 그렇게 놀렸느냐고 물었다.

"별 뜻 없었습니다……."

"하지만 프레데릭 모로 씨에게만 친절하게 굴었잖아요. 왜 그랬죠?"

"특별한 이유는 없습니다. 프레데릭은 매력적인 청년이죠. 그를 무척 좋아합니다."

"그건 저도 마찬가지예요. 프레데릭 씨가 좀 와주었으면 좋겠는데. 프레데릭 씨 좀 불러줄래요?"

당브뢰즈 부인은 평범한 이야기를 하다가 손님들에 대해 평을 했다. 마르티농을 띄워주기 위한 전략이었다. 마르티농 역시 다른 부인들을 은근히 비판했는데, 그 역시 당브뢰즈 부인의 비위를 맞춰주기 위해서였다.

당브뢰즈 부인은 새로 도착한 다른 부인들을 맞이하기 위해 마르티농을 두고 몇 번이나 자리를 떴다가 다시 돌아오곤 했다. 당브뢰즈 부인과 마르티농은 우연히 아무에게도 말소리가 들리지 않는 곳에 앉게 되었다.

부인은 쾌활하게 굴다가 진지하거나 조심스러워지기도 했다. 사실 그녀는 요즘 일어나는 시사에 대해서는 관심이 없었다. 그녀는 진실을 왜곡하는 시인들에 대해 불만을 이야기했고 이어서 하늘을 바라보며 별 이름 하나를 마르티농에게 물었다.

나무 사이에 중국식 초롱이 두세 개 매달려 있었다. 초롱이 바람에 흔들리면서 여러 가지 불빛이 당브뢰즈 부인의 흰 옷에 어른거렸다. 그녀는 평소처럼 안락의자에 살짝 기대앉아 발판을 앞에 두고 있었다. 검은색 비단신의 끝부분이 살짝 보였다. 그녀는 소리 높여 말하기도 하고 큰 소리로 웃기도 했다.

하지만 그런 교태는 마르티농의 관심을 끌지 못했다. 마르티농은 세실에게 완전히 정신이 팔려 있었기 때문이다. 하지만 아르누 부인과 이야기하고 있던 어린 로크 양의 관심을 끌었다. 루이즈는 아르누 부인만이 자신을 무시하지 않는다고 생각했다. 그래서 아르누 부인 옆에 가서 앉아, 속마음을 털어놓고 싶은 생각에 프레데릭을 가리키며 이렇게 말했다.

"프레데릭 모로 씨요, 말을 참 잘하지 않나요?"

"저분을 알고 있나요?"

"예, 잘 알아요! 이웃에 사는 분이에요. 어릴 때 저와 놀아 주었어요."

아르누 부인은 루이즈를 뚫어지게 바라봤다. 그 눈빛은 '혹시 저분을 사랑하는 거 아닌가요?'라고 묻는 것 같았다.

루이즈의 눈빛은 '네, 그래요.'라고 대답하는 듯했다.

"그럼 자주 만나겠군요."

"아뇨, 어머님을 뵈러 올 때만요. 오지 않은 지 열 달이나 되었죠. 갈 때는 자주 올 거라고 했지만요."

"남자의 약속을 너무 믿지 말아요."

"하지만 저분은 제게 거짓말을 한 적이 없는 걸요."

"다른 사람들에게도 그렇답니다!"

루이즈는 자신도 모르게 몸을 떨었다. '혹시 그가 아르누 부인에게도 뭔가를 약속한 건 아닐까?' 하는 생각이 들면서 그녀의 얼굴은 의혹과 증오로 일그러졌다.

아르누 부인은 겁이 날 지경이었다. 괜한 말을 한 것 같아 후회스러웠다. 두 사람 다 그대로 아무 말도 하지 않았다.

두 사람은 맞은편 접이의자에 앉아 있는 프레데릭을 바라봤다. 한 여자는 조심스럽게 흘깃 봤고, 다른 여자는 노골적으로 입을 벌리고 바라봤다. 그러자 당브뢰즈 부인이 프레데릭에게 말했다.

"저쪽으로 얼굴 좀 돌려보세요. 저 아가씨가 프레데릭 씨 얼굴을 볼 수 있게요."

"누구 말입니까?"

"로크 씨 따님이요!"

당브뢰즈 부인은 시골 처녀의 사랑을 두고 농담을 하며 그를 놀렸고, 그는 그냥 웃어넘기려고 했다.

"그럴 리가요! 생각해보세요! 저런 못생긴 여자애를!"

프레데릭은 이렇게 말하면서도 허영심으로 뿌듯해했다. 그리고 어느 날의 파티, 굴욕감을 느낀 그날 밤을 생각하며 천천히 숨을 들이마셨다. 마치 이 모든 것, 당브뢰즈의 저택도 자신의 것인 양 프레데릭은 자신에게 진정 어울리는 자리, 자신의 영역에 있는 기분이었다. 부인들이 그를 빙 둘러싸고 귀를 기울이자 그는 뭔가 주목을 끌 만한 이야기를 해야겠다는 생각에 이혼의 자유를 주장했다. 자유롭게 이혼할 수 있는 법안이 마련되어야 한다고 하면서, 헤어지든 다시 함께 살든 자유롭게 선택할 수 있어야 한다고 했다. 반대 의견을 말하는 부인들도 있었고 수군거리는 부인들도 있었다. 쥐방울나무로 덮인 벽 아래 어두운 곳에서 이야기 소리가 간간이 들렸다. 마치 암

닭이 우는 소리 같았다. 프레데릭은 일이 잘 풀릴 때처럼 침착하게 자신의 주장을 계속 펼쳤다. 하인이 아이스크림을 쟁반이 담아 정자 안으로 들어왔다. 남자들이 아이스크림을 보고 몰려들었다. 그들은 체포에 대해 이야기하고 있었다.

프레데릭은 시지에게 한 방 먹일 생각으로 정통 왕조파인 그는 얼마 안 가 체포될지 모른다고 했다. 시지는 방에서 한 발짝도 나가지 않겠다고 반박했다. 프레데릭은 운이 좋지 않은 사람들에 대한 예를 여러 가지 들었다. 이에 당브뢰즈 씨와 그레몽빌 씨가 재미있어했다. 그들은 프레데릭을 칭찬하면서 그가 질서 유지에 재능을 활용하지 못한 것을 안타까워했다. 프레데릭은 두 사람과 헤어질 때 우정 어린 악수를 나누었다. 앞으로 이들을 의지할 수 있을 것 같다는 생각이 들었다. 모두 돌아가기 시작했고, 시지는 세실에게 예의 바르게 인사했다.

"아가씨, 안녕히 계십시오."

세실은 쌀쌀맞게 대답했다.

"안녕히 가세요!" 하지만 세실은 마르티농에게는 방긋 웃어주었다.

아르누와 더 이야기하고 싶었던 로크 영감은 마침 가는 길이 같으니 '부인과 함께' 데려다주겠다고 했다. 루이즈와 프레데릭은 앞장서서 걸어갔다. 그녀는 그의 팔을 잡고 있었다. 다른 사람들과 거리가 벌어지자 그녀가 말했다.

"아, 드디어! 드디어! 저녁 내내 얼마나 힘들었는지! 여자들이 정말 못됐어요. 어찌나 거만하던지!"

하지만 그는 부인들을 변명하려 했다.

"당신도 그래요. 들어와서 저를 봤으면 말을 걸어줬어야죠. 1년 만인데."

"1년은 아니지." 다른 말을 피하기 위해 말꼬리를 잡고 늘어질 수 있어 다행이라고 생각하며 그가 말했다.

"어쨌든요. 그렇게 길게 느껴졌다는 거죠. 그나저나 아까 그 끔찍한 식사 내내 당신이 날 창피하게 생각하는 것 같았어요. 아! 알겠어요. 그 부인들처럼 당신 마음에 드는 구석이 내겐 없다는 걸요."

"오해하고 있군." 그가 말했다.

"아뇨! 그렇다면 그런 여자들 중 누구도 좋아하지 않는다고 맹세할 수 있어요?"

그는 맹세했다.

"좋아하는 사람은 오직 나뿐인 거죠?"

"물론이지!"

그의 맹세에 그녀는 다시 밝아졌다. 길을 잃어 밤새도록 같이 걸었으면 하는 마음이었다.

"시골에서는 제정신이 아니었다고요. 바리케이드에 대한 소문만 들려오니까 당신이 피투성이가 되어 쓰러진 모습이 보이는 것 같았어요. 어머님은 류머티즘으로 누워 계셔서 아무것도 모르시거든요. 그런 어머님께 말씀드릴 수도 없고 답답했어요. 그래서 카트린과 떠나기로 한 거예요."

그녀는 출발할 때의 일, 여기로 오기까지의 일, 아버지에게 했던 거짓말에 대해 말했다.

"아버지는 이틀 뒤에 나를 데려가실 거예요. 그러니까 내일 우연인 것처럼 우리 집에 오지 않으실래요? 그리고 그 기회에 제게 청혼해주세요."

그 순간 그는 결혼에는 마음이 완전히 멀어져 있었다. 지금 그의 눈에 로크 양은 우스운 어린애로만 보였다. 당브뢰즈 부인과 비교하면 어쩌면 이렇게 다를까? 그에게는 완전히 다른 새로운 미래가 열릴 수 있었다! 오늘 밤에 그런 확신을 품게 되었다. 그러니 옛정에 연연해 중요한 결정을 내릴 수는 없었다. 이제는 실리적이 되어야 했다. 게다가 아르누 부인을 다시 만나기도 했으니. 루이즈의 솔직함에 당황하며 그가 말했다.

"그 일에 대해 충분히 생각은 해본 거야?"

"뭐라고요?" 그녀는 놀라움과 분노로 얼어붙어 소리쳤다.

그는 지금 결혼하는 건 어리석은 일이라고 말했다.

"그러니까 날 원하지 않는다는 말인가요?"

"내 말을 이해하지 못하는군."

그는 궤변을 늘어놓으며 자신의 입장을 이해시키려 했다. 처리해야 할 일이 많고, 일이 계속 밀려 있으며 재산도 위태롭다고 했다.(그런 건 문제가 안 된다고 루이즈는 딱 잘라 말했다.) 그리고 정치적인 문제도 있어 결혼하기는 어려우니 참고 기다리는 것이 현명하다고 했다. 그러면 좋은 결과가 올 거라고 했다. 그럴듯한 핑계가 더는 떠오르지 않자 프레데릭은 갑자기 뒤사르디에의 집에 가기로 했는데 벌써 두 시간이나 늦었다고 했다.

프레데릭은 모두에게 인사하고 오트빌 거리로 갔다. 거기서 짐나즈 거리를 돌아 다시 큰길로 나와 로자네트의 집 5층으로 뛰어 올라갔다.

아르누 부부는 생드니 거리 입구에서 로크 영감과 그의 딸과 헤어졌다. 아르누 부부는 아무 말 없이 걸었다. 아르누는 파티 때 너무 떠들어서 기운이 없었고, 아르누 부인은 너무 피곤해서 남편 어깨에 기대어 걸었다. 이날 파티에서 정직하게 의견을 내놓은 사람은 남편밖에 없다고 생각한 그녀는 남편에게 관대한 마음이 들었다. 한편 아르누는 프레데릭에게 다소 감정이 좋지 않았다.

"초상화 이야기가 나왔을 때 그의 표정 봤어? 프레데릭이 그 여자 애인이라고 했을 때 당신은 내 말을 전혀 믿으려 들지 않았지!"

"그래요, 내가 잘못 알았어요."

아르누는 흐뭇해하며 말을 이었다.

"내기를 해도 좋아. 아까 프레데릭이 먼저 간 것도 그 여자에게 가기 위해서지. 아마 지금쯤 그 여자 집에 있을걸. 거기서 같이 자려고."

아르누 부인은 모자를 깊숙이 눌러썼다.

"당신 떨고 있잖아!"

"추워서요." 그녀가 대답했다.

로크 영감이 잠자리에 들자마자 루이즈는 얼른 카트린의 방으로 들어가 카트린의 어깨를 흔들며 깨웠다.

"일어나! 어서! 마차를 불러줘."

카트린은 이 시간에 마차를 어디서 부르느냐고 했다.

"그럼 나와 함께 직접 가주든가."

"어디로요?"

"프레데릭 씨의 집."

"어떻게요? 왜죠?"

루이즈는 당장 프레데릭과 만나 이야기하고 싶다고 했다.

"말도 안 돼요! 이 밤중에 어떻게 남의 집에 가요? 이미 잠자리에 들었을 거예요."

"내가 깨울 거야!"

"결혼도 안 한 아가씨가 할 짓이 아니죠."

"난 아가씨가 아니야. 그분의 아내야. 난 그분을 사랑한다고! 자, 어서 숄을 걸쳐!"

카트린은 침대 옆에 서서 생각에 잠겨 있더니 결국 이렇게 말했다.

"아뇨! 전 가지 않을 거예요!"

"그래! 나 혼자 갈게!"

루이즈는 뱀처럼 슬그머니 계단으로 빠져나갔다. 카트린도 뒤따라 길로 나왔다. 아무리 얘기해봐야 소용없었다. 카트린은 윗옷 끈을 매면서 루이즈를 따라갔다. 길이 매우 길게 느껴졌다. 카트린은 늙어서 다리에 힘이 없다며 투덜거렸다.

"전 아가씨처럼 서둘러 가야 할 이유가 없잖아요!"

그러다가 카트린은 루이즈가 불쌍하게 느껴져 이렇게 말했다.

"가엾어라. 그래도 아가씨에게는 이 카토*밖에 없죠!"

하지만 여러 가지가 신경 쓰였는지 카트린은 다시 이렇게 말했다.

"정말 재미있는 일을 시키시는군요. 주인 나리께서 깨기라도 하시면 어쩌려고요. 아, 하느님! 제발 아무 일도 일어나지 않게 해주세요."

두 사람은 바리에테 극장 앞까지 왔다. 국민군이 두 사람을 불러 세웠다. 루이즈는 하녀와 함께 룅포르 거리로 의사를 부르러 간다고 거짓말을 했다.

국민군은 두 사람을 보내주었다.

마들렌 성당 모퉁이에서 두 사람은 다른 정찰대와 마주쳤다. 루이즈가 아까와 같은 대답을 하자 시민 한 명이 따져 물었다.

"혹시 구 개월짜리 병** 때문이 아닌가요, 아가씨?"

"닥쳐!" 대장이 소리쳤다. "행진하는 중에 실없는 소리 좀 하지 마." 대장이 소리쳤다. 그리고 대장은 루이즈에게 "어서 가십시오."라고 말했다.

대장의 명령에도 시민의 짓궂은 말은 계속되었다.

---

* 카트린의 애칭.

** 낙태를 하러 가는 것이 아니냐고 은근슬쩍 돌려 말하는 것이다.

"실컷 즐겨요!"

"의사에게 안부 전해주십시오."

"늑대를 조심하세요."

"농담을 좋아하는 사람들이군요!" 카트린이 큰 소리로 말했다. "젊은 사람들이라 역시."

두 사람은 프레데릭의 집에 도착했다. 루이즈가 몇 번이고 초인종 벨을 잡아당겼다. 문이 반쯤 열리더니 문지기가 나왔다. 그는 그녀에게 이렇게 말했다.

"지금 안 계십니다."

"주무시는 거 아니에요?"

"안 계시다고요, 아시겠어요? 이 집에서 안 주무신 지 석 달이나 됐습니다."

문지기 방의 작은 창문이 마치 단두대처럼 철컥 소리를 내며 닫혔다. 두 사람은 둥근 기둥 아래에 그대로 서 있었다. 문지기의 거친 목소리가 들렸다. "돌아가시라고요!"

두 사람은 문이 열리자 밖으로 나왔다.

루이즈는 더 이상 걸을 수 없어 현관 문지방에 걸터앉아 두 손으로 얼굴을 감싸고 흐느껴 울었다. 해가 떠오르고 짐마차들이 지나가기 시작했다.

카트린은 그녀를 안고 돌아오며 입을 맞춰주고 여러 가지 경험에서 알게 된 이야기를 들려주며 위로했다. 사랑하는 남자 때문에 그렇게 마음 졸일 필요는 없다고, 이 사람이 아니면 다른 사람을 찾으면 되는 법이라고 위로해주었다.

3장

청년 군대에 대한 열정이 사그라들자 로자네트는 더 매력적이었다. 프레데릭은 어느새 그녀의 집에서 지내는 것이 습관이 되었다.

하루 중 가장 즐거운 때는 아침에 발코니에서 보내는 시간이었다. 그녀는 짧은 흰색 모시 상의를 입고 맨발에 슬리퍼를 신고 그의 주위를 왔다갔다하며, 카나리아 새장을 청소하기도 하고 금붕어 어항의 물을 갈아주기도 하고 난로용 삽으로 화분의 흙을 정리하기도 했다. 화분에 심은 금련화 덩굴은 울타리로 뻗어 벽을 뒤덮고 있었다. 그들은 난간에 팔을 괴고 차나 지나가는 사람들을 바라보며 그날 저녁에 무엇을 할지 여러 가지 계획을 세웠다. 그는 외출을 해도 두 시간 정도 뒤에 그녀의 집으로 돌아와 함께 극장으로 가서 앞좌석에 앉았다. 그녀가 커다란 꽃다발을 들고 열심히 연주를 듣고 있으면 그는 옆에서 우스운 농담이나 사랑의 말을 귀에 속삭였다. 또 어떤 때에는 사륜마차를 빌려 밤늦도록 불로뉴 숲을 산책했다. 또 어떤 때에는 한밤중에 별을 바라보면서 밤공기를 마시며 개선문을 통해 넓은 가로수 길로 돌아오기도 했다. 저 멀리 가스등이 마치 반짝이는 진주 장식 끈처럼 두 줄로 늘어서 있었다.

그녀가 외출할 때마다 그는 기다려주었다. 그녀가 턱 아래로 모자 끈을 멋 부려 매느라 시간이 걸렸기 때문이다. 매듭을 다 매면 그녀는 옷장 거울을 보며 방긋 웃었다. 그러고는 그의 팔을 잡아끌어 억지로 옆에 서게 한 다음 거울을 보며 말했다. "이렇게 나란히 서 있으니 참 좋네요! 아, 귀여워! 깨물어주고 싶다니까."

그녀는 이제 그를 자신의 것, 자신의 소유물처럼 생각했다. 그 덕에 그녀는 얼굴 표정이 늘 밝았고 행동은 더욱 관능적이 되었다. 어딘지 모르게 그녀는 이전보다 살이 점점 붙어가는 것 같았다. 그도 그녀가 어딘가 변했다고 생각했다.

어느 날 로자네트는 큰일이라도 난 듯 아르누가 전에 자신의 공장에서 일하던 여공에게 리넨 가게를 차려주었다고 했다. 그가 매일 저녁 그 가게에 들러 돈을 있는 대로 다 쓰고, 지난주에도 그 가게에서 자단목 가구를 사주었다는 것이다.

"어떻게 알았지?" 프레데릭이 말했다.

"오! 틀림없어요!"

로자네트는 델핀을 시켜 알아본 것이다. 이토록 열심히 조사하는 걸 보면 그녀는 아르누에게 아직 미련이 있는 것 같았다! 프레데릭은 그런 생각이 들었으나 이렇게 말했다.

"상관없는 일이잖아."

로자네트는 그의 말에 놀라워했다.

"하지만 그 사람은 내게 빚이 있잖아요. 그가 그런 지저분한 여자와 만나고 다니는 게 불쾌하지 않아요?"

이어서 그녀는 기분 나쁘다는 표정을 지으며 말했다.

"그뿐만이 아니에요. 그 여공은 아르누 씨를 손안에서 갖고 논다고요. 다른 남자가 세 명이나 더 있으니까요. 놀랍지 않아요? 어쨌든 아르누 씨는 한번 탈탈 털려봐야 해요. 통쾌할 것 같긴 해요!"

실제로 아르누는 황혼기에 맞이한 사랑에 취해 관대해져서 보르도 출신 여공에게 이용당하고 있었다.

아르누의 공장이며 사업은 잘되지 않았다. 그는 다시 한번 일어서기 위해 애국적인 노래만 공연하는 카페를 차리는 건 어떨까 하고 생각했다. 장관에게 보조금을 받을 수 있으면 카페는 선전에 효과적인 중심지가 되고 수입도 늘어날 것이라는 생각이 들었다. 하지만 정부 방침이 달라지면서 이러한 꿈은 실현하기 어렵게 되었다. 요즘 그는 군모 제품을 생산하는 큰 공장을 지을 생각을 하고 있었지만 자금이 없어서 시작할 수 없는 입장이었다.

그는 가정생활에도 재미를 느끼지 못했다. 아내도 전처럼 다정하지 않을 뿐 아니라 거친 태도를 보일 때도 있었다. 마르트는 늘 아버지 편만 들어서 그 때문에 부부 사이가 나빠졌다. 가정은 불편해져갔다.

아르누는 아침 일찍 집에서 나와 하루 종일 여기저기 돌아다니며 시간을 보냈고, 시골의 선술집에 앉아 이런저런 생각을 하며 저녁 식사를 하곤 했다.

그는 프레데릭이 찾아오지 않는 기간이 길어지자 생활에 질서가 없어졌다. 어느 날 오후 그는 프레데릭에게 전처럼 집에 좀 와달라고 했고, 프레데릭은 그러겠다고 했다.

사실 프레데릭은 아르누 부인을 배신했다는 생각에 그녀를 찾아갈 엄두가 나지 않았었다. 그렇다고 해서 찾아가지 않는 것도 비겁하다는 생각이 들었다. 변명할 기회조차 없어지기 때문이었다. 하지만 이 어색한 상황을 정리하자는 생각에 어느 날 밤 걷기 시작했다.

비가 내리고 있었다. 프레데릭은 주프루아 상점가로 들어섰다. 바로 그때 쇼윈도 불빛 아래서 챙 달린 모자를 쓴 땅딸막한 남자가 부르는 소리가 들렸다. 콩팽이었다. 언젠가 정치 클럽에서 웃음거리가 된 이야기를 제안했던 연설가 콩팽이었다. 그는 붉은색 알제리 보병 모자를 쓴 남자의 팔에 기대 있었다. 남자는 윗입술이 매우 길었고 오렌지처럼 노란 피부에 턱수염이 가득했다. 남자는 그를 존경심 어린 커다란 눈으로 바라보고 있었다.

콩팽도 그 시선이 뿌듯한지 이렇게 말했다.

"이분을 소개하죠. 내 친구인 구두 장인으로 애국자죠. 한잔할까요?" 프레데릭은 거절했다. 그러자 콩팽은 갑자기 라토의 제안*은 귀족들의 음모라고 욕하기 시작했고, 1793년**이 다시 와서 끝장을 봐야 한다고 했다. 그런 다음 르쟁바르의 소식을 물었다. 그리고 르쟁바르처럼 이름이 알려진 마슬랭, 상송, 르코르뉘, 마레샬 등과 최근 트루아 총 약탈 사건에 연루된 데로리에라는 사람이 어떻게 지내는지 물었다.

---

* 헌법 제정 의회를 해산해달라고 한 제안.

** 자코뱅당의 공포정치 시기.

프레데릭은 처음 듣는 이야기였다. 콩팽은 더 이상 아는 게 없었다. 그는 헤어질 때 이렇게 말했다.

"자, 또 만납시다. 당신도 함께할 거죠?"

"무슨 말씀이시죠?"

"송아지 머리요!"

"송아지 머리라고요?"

그러자 콩팽은 "다 알면서 왜 그래요."라고 말하며 프레데릭의 배를 툭툭 쳤다.

두 테러리스트인 콩팽과 친구는 카페로 사라져갔다.

십 분이 지나자 프레데릭은 데로리에의 일을 완전히 잊어버렸다.

파라디 거리를 걷던 프레데릭은 어느 집 앞에 멈춰 3층 커튼 뒤 램프 불빛을 바라봤다.

그는 계단으로 올라갔다.

"아르누 씨 계신가요?"

"안 계시지만 들어오세요." 하녀가 말했다.

그녀는 문을 열더니 "마님, 모로 씨입니다."라고 말했다.

자리에서 일어난 아르누 부인은 흰색 깃털 장식보다도 안색이 창백했고 몸을 떨고 있었다.

"오랜만이군요……. 무슨 일로…… 이렇게 갑자기?"

"옛 친구를 만나고 싶어서요."

프레데릭은 자리에 앉으면서 물었다. "아르누 씨는 잘 지내나요?"

"잘 있어요. 지금은 외출 중이고요."

"아! 알고 있어요! 여전히 밤만 되면 바람을 쐬러 나가는군요!"

"그게 낫죠. 온종일 계산만 하며 보내니 머리를 식혀야죠."

그녀는 남편을 부지런하다고 칭찬하기도 했다. 프레데릭은 그 칭찬이 거슬렸다. 그는 그녀의 무릎에 펼쳐진 검은색 천 조각과 푸른색 장식 끈을 가리키며 물었다.

"뭘 하고 계시는 겁니까?"

"딸아이가 입을 윗도리를 손보고 있어요."

"그러고 보니 따님이 보이지 않는군요. 어디에 있나요?"

"기숙사에요." 그녀가 말했다.

그녀는 순간 눈물이 고였으나 얼른 바느질을 하면서 눈물을 참았다.

그는 혼란스러운 마음을 감추기 위해 그녀 옆 테이블에서 잡지 《일뤼스트라시옹》*을 집어 들었다.

---

* 프랑스의 유명 대중잡지 《파리 마치》의 전신.

"샹의 만화는 재미있는 데가 있죠?"

"네."

두 사람은 다시 침묵을 지켰다.

유리창이 강한 바람에 흔들렸다.

"날씨 한번 고약하군요!" 그가 말했다.

"이렇게 비가 오는 날씨에 와주시다니 친절하시군요!"

"오! 비는 아무것도 아니에요! 비가 온다고 약속 장소에 가지 않는 사람과는 다릅니다!"

"어떤 약속 말인가요?" 그녀는 그의 말뜻을 눈치채지 못하고 물었다.

"지난번 일 기억나지 않으시나요?"

그녀는 몸을 떨며 고개를 숙였다.

그는 그녀의 손을 가만히 잡았다.

"그때는 정말 괴로웠습니다!"

그녀는 슬픈 목소리로 말했다.

"아이 때문에 걱정이 됐어요!"

그녀는 외젠이 아파서 정신이 없었다고 했다.

"말씀해주셔서 감사합니다! 다시는 부인을 의심하지 않겠습니다! 전 여전히 부인을 사랑합니다."

"아뇨! 거짓말이에요!"

"왜죠?"

그녀는 차가운 눈빛으로 프레데릭을 바라봤다.

"또 다른 분을 잊고 계시는군요! 경마에 데리고 왔던 여자분! 초상화 주인공인 프레데릭 씨의 애인 말이에요!"

"그래요! 부정하지는 않겠습니다!" 그가 큰 소리로 말했다. "난 비열한 남자예요! 그러나 한번 들어보십시오!" 그녀와 그렇게까지 된 건 절망한 나머지 자살할 마음이 든 상태였기 때문이었다. 아르누 부인에게 받은 모욕을 그녀에게 풀려고 했고, 결과적으로 그녀를 불행하게 만들었다. "얼마나 큰 형벌이었는지! 이해하지 못하시겠습니까?"

아르누 부인은 그의 쪽으로 아름다운 얼굴을 돌리더니 손을 내밀었다. 두 사람은 눈을 감았다. 요람에 흔들리는 것처럼 달콤하고 황홀한 기분이었다. 두 사람은 가까이 다가가 서로의 얼굴을 바라봤다.

"제가 부인을 사랑하지 않는다고 생각하셨나요?"

그녀는 다정한 목소리로 대답했다.

"아뇨! 어쨌든 모든 것에도 불구하고 마음속 깊이 그건 불가능한 일이라고, 언젠가는 우리 사이에 놓인 장애물이 무너질 거라고 생각했어요."

"저도 그렇습니다! 그래서 부인을 어떻게든 다시 한번 만나고 싶었습니다! 죽을 만큼요!"

"팔레루아얄에서 프레데릭 씨 바로 옆을 지나간 적이 있었어요!" 아르누 부인이 말했다.

"정말입니까?"

그는 당브뢰즈 씨의 집에서 그녀를 다시 만나 기뻤다고 말했다.

"하지만 그날 저녁에 돌아올 때는 부인이 너무도 미웠습니다."

"불쌍하군요!"

"인생이 너무 슬프죠."

"저 역시 그래요. 슬픔과 걱정, 모욕은 아내로서, 어머니로서 참을 수 있어요. 사람은 언젠가는 죽으니까 불평은 하지 않아요. 하지만 아무도 없이 외로운 건 가장 두렵고 견디기 힘들어요……."

"제가 있지 않습니까, 제가요."

"네, 그래요."

그녀는 그의 고백에 흐느끼면서 두 팔을 벌렸다. 두 사람은 선 채로 꼭 껴안고 오랫동안 입을 맞추었다.

그때 바닥이 울리는 소리가 들렸다. 옆에 여자 한 명이 서 있었다. 로자네트였다. 아르누 부인은 로자네트를 알아봤다.

로자네트는 눈을 크게 뜨며 놀라움과 분노가 가득한 눈빛으로 아르누 부인을 노려봤다. 로자네트가 아르누 부인에게 말했다.

"아르누 씨에게 할 말이 있어서요. 의논할 일이 있어서."

"지금 안 계세요, 보시다시피."

"그렇군요." 여장군이 대답했다. "하녀 말이 맞았네요. 정말 실례했습니다."

이어서 로자네트는 프레데릭을 바라보며 이렇게 말했다.

"당신 여기에 있네요, 당신이?"

로자네트가 프레데릭에게 허물없이 말하는 것을 들은 아르누 부인은 뺨을 얻어맞은 것처럼 얼굴이 빨개졌다.

"다시 한번 말씀드리지만 주인 나리는 안 계세요."

로자네트가 여기저기를 둘러보면서 조용한 목소리로 프레데릭에게 말했다.

"안 돌아갈 거예요? 아래 마차가 기다려요."

그는 못 들은 척했다.

"그래요, 잘됐네요, 돌아가세요!" 아르누 부인이 말했다.

프레데릭과 로자네트가 내려갔다. 아르누 부인은 계단 난간에 몸을 내밀고 두 사람이 내려가는 모습을 보았다. 갑자기 두 사람 위로 아르누 부인의 날카로우면서 괴로워하는 듯한 웃음소리가 들렸다. 프레데릭은 로자네트를 마차 안에 밀어 넣고 자신도 맞은편 자리에 앉았다. 두 사람은 집에 도착할 때까지 한마디도 하지 않았다.

그가 이렇게 망신 당한 건 어쩌면 자업자득일지도 몰랐다.

그는 너무나 창피했고 잡을 듯한 행복을 놓쳐버려서 억울한 마음이었다. 행복을 잡으려는 순간 모든 것이 날아가버린 것이었다. 전부 이 여자, 이 창녀가 바보 같은 짓을 했기 때문이었다. 그는 로자네트의 목을 졸라 죽이고 싶었다. 그는 숨이 막힐 듯 답답했다. 집에 돌아온 그는 가구 위에 모자를 던지고 넥타이를 잡아 뺐다.

"아! 아까 행동은 너무 심했다는 거 인정하겠지!"

로자네트는 프레데릭 앞에 당당하게 섰다.

"그래서요? 뭐 잘못된 거라도 있나요?"

"뭐라고? 내 뒤를 밟은 거야?"

"그게 왜 내 탓이에요? 당신이야말로 왜 그런 정숙한 부인의 집에 드나드는 거죠?"

"무슨 상관이야! 그 여자가 당신 같은 사람에게 모욕을 당하도록 내가 그냥 놔둘 줄 아나?"

"내가 무슨 모욕을 했다고 그래요?"

그는 뭐라고 대답해야 할지 몰랐다. 그저 더욱 분노한 목소리로 이렇게 말했다.

"지난번 샹드마르스에서도……."

"아, 짜증 나! 또 옛날 애인 이야기……."

"더러운 것!" 그가 주먹을 들었다.

"죽이지 말아요. 지금 임신 중이라고요."

그는 자기도 모르게 뒤로 물러섰다.

"거짓말 마!"

"내 얼굴을 보라고요."

그녀는 촛대를 들어 자신의 얼굴을 비추었다.

"이런 거 본 적 있어요?"

그녀의 얼굴에는 누렇고 작은 반점들이 나 있었고 피부는 요상하게 부풀어 있었다. 너무나 확실한 증거에 프레데릭은 할 말이 없었다.

그는 창문을 열고 왔다갔다하다 안락의자에 털썩 앉았다.

생각지도 못한 당황스러운 일이었다. 그녀와 당장 헤어질 수도 없었고 모든 계획이 뒤집힐 판이었다. 아버지가 된다니 받아들이기 힘들었다. '내 아이를 임신한 사람이 로자네트가 아니라면…….'이라는 생각이 들자 뭔가를 상상하게 되었다. 융단 위 난로에 어느 여자아이가 등을 보이며 서 있었다. 아르누 부인과 자기를 닮은 아이였다. 갈색 머리에 피부가 하얗고 눈동자는 검고 눈썹은 짙은, 곱슬머리에 핑크빛 리본을 매고 있는 아이. '이런 아이라면 얼마나 귀여울까!' 아이가 '아빠'라고 부르는 목소리가 들리는 것 같았다.

로자네트는 옷을 갈아입더니 프레데릭에게 다가왔다. 그녀의 눈에 맺힌 눈물을 본 그는 이마에 진지하게 입을 맞춰주었다.

"걱정 마. 설마 아이를 죽이기야 하겠어?"

그녀가 말했다. "분명 사내아이일 거예요. 이름은 프레데릭이라고 지을 거예요. 아기 옷도 마련해야죠." 그녀가 기뻐하는 모습에 그는 문득 연민을 느꼈다. 이제 그는 화가 가라앉았다. 그는 그녀에게 아르누의 집에는 왜 갔느냐고 물었다. 그러자 그녀는 돈을 받으러 아르누의 집으로 달려갔다고 했다.

"내가 줬을 거 아냐!" 그가 말했다.

"아르누에게 내 몫을 받아서 그중 몇 천 프랑을 바트나에게 주는 편이 더 간단하니까요."

"바트나 양에게 꾼 돈은 그것뿐인가?"

"틀림없어요." 로자네트가 대답했다.

다음 날 아홉 시쯤(문지기가 정한 시간이었다.) 프레데릭은 바트나 양의 집으로 갔다.

하마터면 그는 현관에 쌓아둔 가구에 부딪칠 뻔했다. 사람

소리와 음악 소리를 따라 안으로 들어갔다. 안경 쓴 젊은 여자가 피아노를 치고 있었고, 앞에서는 델마르가 사제처럼 진지한 표정을 지으며 매춘에 대한 인도주의적인 시를 읊고 있었다. 굵고 우렁찬 그의 목소리가 피아노 화음과 어우러져 울려 퍼졌다. 벽에 한 줄로 죽 늘어선 여자들은 모두 어두운 색 옷을 입고 있었는데 옷깃에는 장식이 달려 있지 않았고 소매에는 커프스가 없었다. 남자 대여섯 명은 여기저기 의자에 앉아 사색하는 듯한 표정을 짓고 있었다. 페인이나 다름없어진 우화 작가가 소파에 앉아 있었다. 램프 두 개에서 코를 찌르는 듯한 냄새가 풍겼다. 그 냄새와 함께 초콜릿 향기도 느껴졌다. 카드놀이 탁자 위에 늘어놓은 사발에 초콜릿이 가득 담겨 있었다.

바트나 양은 동양풍 스카프를 허리에 대고 벽난로 한쪽 구석에 서 있었다. 맞은편 다른 끝에는 뒤사르디에가 있었는데 약간 당황한 모습이었다. 뒤사르디에는 예술적인 분위기에는 적응이 안 되는 성격이어서 당황하고 있었다.

그녀는 델마르와 헤어진 것일까? 그렇지는 않은 것 같았다. 하지만 그녀는 마음씨 좋은 직원 뒤사르디에에게 질투심을 느끼는 듯이 보였다. 프레데릭이 잠시 할 말이 있다고 하자 바트나 양은 뒤사르디에에게 자신의 방으로 함께 가자고 손짓했다. 프레데릭이 수천 프랑을 내놓자 그녀는 이자도 요구했다.

"그럴 필요는 없지." 뒤사르디에가 말했다.

"가만있어요."

용감했던 뒤사르디에가 바트나 양에게 꼼짝 못하는 모습을 보자 프레데릭은 자신의 무능함도 변명이 되는 것 같아 기분이 나쁘지는 않았다. 프레데릭은 어음을 가지고 왔다. 그 후로 아르누 부인의 집에서 일어난 일에 대해서는 더 이상 로자네트에게 이야기하지 않았다. 하지만 동시에 로자네트의 단점이 두드러지게 느껴졌다.

로자네트는 취미가 저속했고 이해할 수 없을 정도로 게을렀다. 또 어찌나 무식한지 데로지 의사를 유명한 사람으로 생각할 정도였다. 그녀는 데로지 의사 부부를 초대한 것을 자랑으로 생각했다. 그 이유는 간단했다. 데로지 의사 부부가 정식으로 결혼했기 때문이었다. 그녀는 맞은편 집에 사는 이르마라는 소녀에게 언니처럼 이것저것 가르쳐주고 있었다. 태어날 때부터 목소리가 작은 이르마는 어느 신사의 보호를 받고 있었다. 그 신사는 세무서에서 일한 적이 있었고 트럼프를 아주 잘했다. 그녀는 이르마를 '우리 큰 아기'라고 불렀다. 로자네트는 "웃기는군요!", "꺼져요!", "알게 뭐람." 같은 바보 같은 말을 자주 했는데, 프레데릭은 그런 점이 영 거슬렸다. 또한 그녀는 매일 아침 낡은 흰 장갑을 끼고 골동품에 쌓인 먼지를 터는 습관을 고집했다! 특히 프레데릭의 마음에 들지 않았던 것은 하녀를 대하는 그녀의 태도였다. 그녀는 하녀의 월급을 미룰 뿐만 아니라 심지어 하녀에게 돈을 빌리기까지 했다. 로자네트와 하녀는 빚 문제로 생선 장수처럼 으르렁거리다 나중에는 서로 껴안고 화해했다. 프레데릭은 그녀와 마주 앉아 있는 것이 점점 답답했다. 당브뢰즈 부인의 파티가 다시 열렸고, 그 덕분에 그는 다시 살아난 기분이 들었다.

적어도 당브뢰즈 부인은 그를 즐겁게 해주었다. 그녀는 사교계의 연애 사건, 대사의 인사이동, 옷 가게 점원에 대해 알고 있었다. 틀에 박힌 이야기가 나와도 늘 적절한 표현을 사용해서 대화 자체가 고상하고 재치 있게 들렸다. 그녀는 손님들이 이야기하는 곳에 가서 누구에게나 말을 시키고 대답을 이끌어냈는데, 곤란한 대답이 나오면 교묘하게 피하는 재주가 남달랐다. 단순한 이야기도 그녀의 입을 거치면 놀라운 폭로처럼 느껴졌다. 그녀는 미소만 살짝 지어도 황홀하게 만드는 힘이 있었다. 그녀는 늘 몸에 뿌리는 묘한 향수의 향기처럼 뭐라 설명할 수 없는 매력을 지니고 있었다. 그는 그녀와 함께 있으면 늘 새로운 것을 발견하는 기분이 들어 즐거웠다.

언제나 쾌활한 그녀는 반짝이는 맑은 시냇물 같았다. 그런데 당브뢰즈 부인은 어째서 유독 조카인 세실 양에게는 차가운 걸까? 심지어 그녀는 세실 양을 묘한 눈초리로 쳐다볼 때도 있었다.

세실 양의 결혼 이야기가 나오자 그녀는 '소중한 아이' 세실이 아직 건강하지 않다는 이유를 들며 남편에게 결혼 반대 의사를 비쳤고, 세실을 데리고 발라뤼크에 있는 온천으로 갔다. 돌아와서도 이런저런 핑계를 대며 세실의 결혼에 반대했다. 마르티농은 지위가 없다, 세실에게 관심이 있는 것 같지만 진심은 아닌 것 같다는 이런저런 구실을 대면서, 기다린다고 달라지는 건 없을 것이라고 말했다. 하지만 마르티농은 기다리겠다고 했다. 마르티농의 행동은 훌륭했다. 그는 프레데릭을 입이 마르도록 칭찬했다. 또한 프레데릭은 마르티농에게 당브뢰즈 부인의 마음에 들도록 행동하는 법도 알려주었고, 세실 양을 통해 큰어머니인 당브뢰즈 부인의 마음을 알고 있다는 말도 했다.

당브뢰즈 씨는 질투를 하긴커녕 오히려 마르티농을 여러모로 생각해주고, 여러 가지에 대해 의논하고 그의 미래를 걱정해주기도 했다. 어느 날 로크 영감의 말이 나오자 그의 귀에 대고 교활하게 "아주 잘했어."라고 속삭였다.

세실 양, 존슨 양, 하인들, 문지기 등 당브뢰즈 씨 집에서는 프레데릭에게 다정하게 굴지 않는 사람이 없었다. 프레데릭은 로자네트를 집에 남겨두고 매일 저녁 당브뢰즈 씨의 집으로 갔다. 그녀는 곧 엄마가 된다는 생각에 이전보다는 성실해졌고, 세상 근심은 혼자 다 지닌 것처럼 우울해 보이기도 했다. 프레데릭이 무슨 일이냐고 아무리 물어도 그녀는 이렇게 대답할 뿐이었다.

"일은요, 무슨. 아주 좋아요."

사실 그녀는 전에 서명한 어음 다섯 장 때문에 고민하고 있었다. 처음 한 장은 프레데릭이 지불해주었지만 나머지에 대해서는 차마 이야기할 수가 없었던 것이다. 그래서 그녀는 아르누를 찾아가봤다. 하지만 아르누는 랑그도크 지방 여러 도시의 가스등 사업(대단한 사업이라고는 했다.)에서 이익의 삼분의 일을 로자네트에게 준다고 문서로는 약속을 했다. 다만 주주총회가 열릴 때까지는 문서를 공개하지 말아달라고 했다. 하지만 총회는 매주 연기되었다.

여장군은 돈이 꼭 필요했으나 프레데릭에게 부탁하기는 싫었다. 돈 부탁이 오가면 그와의 사랑이 식을 것 같았기 때문이었다. 프레데릭도 생활비를 부담하고 있었다. 하지만 매달 일정한 날에 작은 마차를 빌렸고, 당브뢰즈 씨의 집에 자주 드나들면서 많은 돈을 쓰고 있었다. 그렇다 보니 프레데릭은 로자네트에게 돈을 더 많이 내어 줄 수가 없었다. 그는 평소와 다른 시간에 돌아올 때면 문에서 남자들의 모습이 사라지는 듯한 착각이 들곤 했다. 또한 그녀는 어디에 가는 것 같기는 한데 도통 어디에 가는지 말을 하지 않았다. 그도 애써 물으려 하지 않았다. 그는 다른 인생, 좀 더 즐겁고 고상한 생활을 꿈꾸고 있었기에 당브뢰즈 씨의 집에 대해서도 관대할 수 있었다.

그것은 푸아티에 가문*의 사적인 지부였다. 프레데릭은 여기서 위대한 A, 유명한 B, 진지한 C, 연설가 Z, 대문호 Y, 중도 좌파의 늙은 테너 가수, 우익의 지지자, 중도파의 늙은이 같은 사람들, 어느 세계에서나 볼 수 있는 희극 배우 같은 사람들을 만났다. 그는 그들의 고약한 말투와 편협한 생각, 원한, 불순한 의도, 전에는 헌법에 찬성하던 이들이 이제 와서 이 헌법을 폐지하려는 것을 보고 경악했다. 이들은 바쁘게 움직였고, 게시문을 걸고 팸플릿이나 전기문 같은 것을 배포했다. 특히 위소네가 쓴 퓌미숑의 전기는 걸작이었다. 노낭쿠르는 지방 선전 활동에 열심이었다. 드 그레몽빌 씨는 성직자들

---

* 보수적인 왕당파.

을 선동했고, 마르티농은 부르주아층 청년을 모으고 있었다. 누구나 자신이 할 수 있는 노력은 다했고 시지까지도 여기에 합류했다. 진지해진 시지는 이제 당을 위해 하루 종일 이륜마차를 타고 바쁘게 움직였다.

당브뢰즈 씨는 최근 정세에 기압계처럼 바로바로 반응했다. 누가 라마르틴이라는 이름을 언급하면 당브뢰즈 씨는 시민 한 사람이 말한 "시는 지겨워."라는 말을 인용하곤 했다. 당브뢰즈 씨는 이미 카베냐크를 배신자로 생각하고 있었고, 석 달 동안이나 존경했던 대통령에 대해서도 능력이 없다는 이유로 존경심을 잃어갔다.(대통령에게 필요한 에너지를 볼 수 없다는 이유였다.) 그러나 존경하는 애국자 한 명쯤은 있어야 한다는 생각을 갖고 있던 당브뢰즈 씨는 공예 학교 사건* 이후 샹가르니에에게 감사하는 마음을 품게 되었다. "고마운 일이지……. 샹가르니에가…… 꼭…… 걱정할 것 없어. 샹가르니에가 있으니까."

한편 사람들은 사상가이자 작가임을 보여준 티에르 씨가 사회주의에 반대하는 저서를 발표했다며 칭찬했다. 피에르

---

* 1849년 6월 13일에 프랑스군의 로마 파병을 반대하는 시위가 일어났다. 그 가운데 공화파가 공예 학교를 점령했는데, 시위대를 몰아낸 샹가르니에 장군이 이들을 쫓아냈다.

르루는 의회에서 철학자의 문장만 인용하여 비웃음의 대상이 되었다. 푸리에 추종자들의 연미복 꼬리*도 비웃음의 대상이 되었다. 사람들은《사상의 장터》를 보며 환호했고, 이 작품을 쓴 두 작가를 아리스토파네스에 비유했다. 프레데릭도 다른 사람들처럼 이 공연을 보러 갔다.

정치 토론과 진수성찬에 둘러싸여 프레데릭은 어느새 도덕성이 마비되어갔다. 평범해 보이는 사람들이라 해도 이들과 교류하는 것이 자랑스러웠고, 부르주아에게서 존경받고 싶다는 욕심이 은근히 생겼다. 당브뢰즈 부인 같은 애인을 두면 자신의 평판이 높아질 거라는 생각도 들었다.

그는 이러한 목표를 이루기 위해 차근차근 준비했다.

당브뢰즈 부인이 산책할 때는 서서 기다렸고, 극장에서는 그녀에게 인사하러 갔다. 그녀가 교회에 가는 시간을 알아낸 다음 기둥 뒤에 숨어 우울한 표정을 지으며 관심을 끌었다. 귀한 골동품을 발견하면 그녀에게 알려주었고, 그녀에게 음악회 정보를 알리거나 그녀와 책이나 잡지를 교환해 읽기 위해 편지를 주고받았다. 그는 그녀의 집에서 매일 저녁 열리는 파티에 참석했고, 저녁에 따로 찾아가기도 했다. 대문, 안

---

* 《샤리바리》지는 어느 시민의 연미복 양쪽 꼬리에 눈이 달린 풍자화를 소개한 적이 있다.

마당, 대기실, 응접실 두 곳을 지날 때 그는 기쁨을 느꼈다. 마침내 무덤처럼 은밀하고 침실처럼 따뜻한 그녀의 규방에 들어섰다. 여기저기 놓인 각종 물건들을 지나가다 보면 가구의 쿠션 부분에 부딪치기도 했다. 상자, 칸막이, 컵, 옻칠이 되거나 조개, 상아, 공작석으로 장식된 잔과 쟁반, 자리가 자주 바뀌는 고급 장식품들로 가득했다. 서진으로 사용하는 에트르타 해안의 조약돌 세 개, 중국풍 병풍에 걸린 여자용 모자 같은 소박한 것들도 있었다. 물건들은 전체적으로 조화를 이루고 있어 고귀한 분위기를 풍겼다. 높은 천장, 화려한 휘장, 황금색 막대 위에서 찰랑이는 비단 술 장식 때문에 이러한 분위기가 더욱 강하게 느껴졌다.

당브뢰즈 부인은 창가에 놓인 화분 옆 2인용 작은 소파에 앉아 있을 때가 많았다. 프레데릭은 바퀴 달린 큰 쿠션 의자에 앉아 그녀의 비위를 맞춰주었다. 그러면 그녀는 고개를 약간 비스듬히 기울이고 미소를 지으며 그를 바라보았다.

그는 시를 읽어주어 부인을 감동시키거나 좋은 인상을 주기 위해 애썼다. 하지만 그녀는 시에 대해 거친 비판을 하거나, 주의를 주며 낭독을 중단시키기도 했다. 그러면 그와 그녀는 자연스럽게 연애라는 화제에 대해 이야기했다. 사랑하는 마음은 어떻게 생겨나는가? 여자가 남자보다 사랑을 더

느끼는가? 이에 대해 남녀는 어떻게 다른가? 이런 문제에 대해 이야기를 나누었다. 그는 천박하고 평범한 대답을 하지 않도록 노력하며 의견을 내놓았다. 이야기는 격렬한 토론으로 변했다. 즐거울 때도 있었지만 무미건조하게 느껴질 때도 있었다.

당브뢰즈 부인에게는 아르누 부인처럼 몸과 마음이 전율하게 하는 황홀감이나 로자네트 같은 강렬한 매력은 없었다. 하지만 그녀는 귀족적이고 부자인 데다 신앙이 깊었다. 그렇기 때문에 그녀는 옷 장식에 두른 레이스처럼 감정이 섬세한 보기 드문 사람이었고, 부적을 지니고 있어 퇴폐적인 욕망 앞에서도 정숙함을 잃지 않을 여자로 보였다. 이런 생각이 들자 프레데릭은 당브뢰즈 부인이 뭔가 특별하고 소유하기 힘든 대상처럼 여겨져 그녀가 탐났다.

그는 옛사랑을 이용하기로 했다. 아르누 부인에게 느꼈던 감정, 즉 안타까운 마음과 두려움, 꿈을 당브뢰즈 부인이 채워준다고 말했다. 그녀는 이런 고백에 익숙한 듯 대답했다. 그러면서도 그를 단호하게 거절하지 않았고, 그렇다고 그의 접근을 허락하지도 않았다. 마르티농이 세실과 쉽게 결혼할 수 없는 것처럼 프레데릭도 당브뢰즈 부인을 쉽게 유혹하기가 힘들었다. 그녀는 세실에게서 마르티농을 떼어놓기 위해,

그가 세실의 재산을 보고 접근하는 것이라며 비난했고 이를 시험해보라면서 남편을 졸랐다. 결국 당브뢰즈 씨는 마르티농에게 세실은 가난한 부모 밑에 태어난 고아이기 때문에 유산이 전혀 없고 지참금도 없다고 했다.

마르티농은 그 말을 쉽게 믿을 수가 없었던 것인지 아니면 이미 세실에게 깊이 빠져 포기할 수 없었던 것인지, 그도 아니면 은근히 바보 같은 고집스러운 성격 때문인지는 모르겠지만 자신이 받는 1만 5,000리브르의 연금만으로도 두 사람이 잘살 수 있을 것이라고 대답했다. 생각지도 못한 마르티농의 순수함에 당브뢰즈 씨는 감탄했다. 그는 세리 자리를 알아보겠다고 했고 그 자리에 필요한 보증금까지 받았다. 이리하여 1850년 5월에 마르티농은 세실과 결혼했다. 결혼 파티는 없었다. 신혼부부는 그날 밤 곧장 이탈리아로 향했다. 다음 날 프레데릭은 당브뢰즈 부인을 찾아갔다. 그녀는 평소보다 더 창백해 보였다. 그녀는 두세 가지 주제를 놓고 그의 말에 격한 반응을 보였으며, 남자는 모두 이기적이라면서 그에게 괜히 화풀이를 했다.

프레데릭은 자신처럼 헌신적인 남자도 있다고 했다.

"글쎄요! 다른 남자와 비슷하지 않겠어요?"

당브뢰즈 부인은 울었는지 눈이 빨갰다. 이어서 그녀는 억지로 미소 지으며 이렇게 말했다.

"미안해요, 내가 잘못 생각했군요. 갑자기 슬픈 생각이 들어서 그만……."

그는 무슨 소리인지 도통 알 수가 없었다.

'아무렴 어때. 이 여자, 생각보다 그리 강하지는 않은 것 같군.' 그가 생각했다.

그녀는 종을 울려 물을 한 컵 가져오라고 지시했다. 물을 마시고 물리고 나서 그녀는 하인들의 근무 태도가 영 아니라고 말했다. 그는 기분을 맞춰주기 위해 자신이 하인 노릇을 하겠다고 농담을 했다. 접시 나르는 법, 가구 닦는 법, 손님이 온 걸 알리는 법에 대해서도 이미 다 알고 있다고 했다. 방에서 일하는 하인 노릇이나, 한물가긴 했지만 주인의 마차 뒤쪽에 서서 타는 수렵복 차림의 시동 노릇도 할 수 있다고 농담을 했다.

"그러면 강아지를 안고 부인 뒤를 당당하게 따라갈 수 있지 않을까요?"

"유쾌한 분이군요." 그녀가 말했다.

"진지하기만 하면 고지식해 보이지 않나요?" 하고 프레데릭이 말했다. "그렇지 않아도 세상은 불쾌한 일투성이인데 일부러 고민을 만들 필요는 없지 않습니까?" 그녀는 이 말에 내심 찬성하는 듯 눈썹을 치떴다.

그녀가 공감하는 듯하자 그는 더욱 대담해졌다. 전에 실수했던 경험을 통해 분명히 알 수 있었다.

그가 말을 이었다.

"선조들이 더 즐겁게 살았습니다. 우리는 왜 마음이 이끄는 대로 자유롭게 행동하지 못할까요?" 사랑도 그 자체로는 그리 중요하지 않았다.

"부인의 말씀은 부도덕합니다!" 당브뢰즈 부인은 2인용 소파에 다시 앉아 있었다. 프레데릭은 당브뢰즈 부인의 발치로 다가가 의자 가장자리에 가볍게 앉았다.

"전 지금 거짓말을 하고 있습니다! 여성의 마음을 사로잡으려면 광대처럼 무심하거나 비극에서처럼 미친 짓을 해야 하지 않습니까? '당신을 사랑합니다'라는 말만 하면 여성들에게 오히려 바보 취급을 받죠! 여성들이 좋아하는 과장된 말과 행동은 진실한 사랑을 모독하는 거라고 생각합니다. 그래서 진실한 사랑을 어떻게 표현해야 할지 모르겠습니다. 더구나 상대가 매우…… 재치 있는…… 여성이라면 말이죠."

그녀는 속눈썹을 반쯤 감으며 그를 바라봤다. 그는 그녀의 얼굴 위로 몸을 굽혀 목소리를 낮추었다.

"그래요, 부인이 두렵습니다! 모욕을 한 건 아니죠? 미안합니다……! 이런 이야기를 하려고 한 건 아닌데! 하지만 제 잘못이 아닙니다! 부인이 너무나 아름답기 때문입니다!"

그녀는 눈을 감았다. 그는 생각보다 쉽게 승리를 얻게 되어서 놀랐다. 힘없이 흔들리던 정원의 커다란 나무들이 일제히 동작을 멈춘 것 같았다. 구름이 움직임 없이 하늘에 기다란 붉은색 줄무늬를 그리고, 주위의 모든 것이 그대로 정지한 듯 느껴졌다. 문득 지금 같은 침묵에 둘러싸였던 저녁 시간들이 언뜻 떠올랐다. 어디서 그랬더라?

그는 무릎을 꿇고 그녀의 손을 잡으며 영원한 사랑을 맹세했다. 그가 돌아가려 하자 그녀는 손짓으로 그를 불러 아주 작은 소리로 말했다.

"저녁 식사 시간에 또 오세요! 우리 둘만 있게 될 거예요."

그는 계단을 내려오면서 새로운 사람으로 거듭난 기분이었다. 온실의 향기로운 온기에 감싸인 듯했다. 드디어 귀족의 불륜과 고상한 정사로 점철된 상류사회에 발을 들여놓게 되었다고 생각했다. 상류사회에서 최고로 높은 지위를 차지하려면 당브뢰즈 부인 같은 여자를 손에 넣기만 하면 되었다. 그녀는 권력과 욕망을 갈망했으나 생각보다 평범한 남자와 결혼해 헌신했는데, 이제는 자신을 이끌어줄 강한 남자를 찾고 있었다. 안 될 일은 하나도 없었다. 그는 800킬로미터나 말을 몰 수 있고 며칠 밤을 새워서 일을 해도 피곤하지 않을 만큼 강한 남자였다. 그는 뿌듯한 마음이 들었다.

길을 건던 그는 낡은 옷을 입은 남자가 고개 숙이고 지나가는 모습을 봤다. 남자의 모습이 너무도 측은해 얼굴이라도 보려고 고개를 돌렸다. 남자도 고개를 들었다. 데로리에였다. 그는 뭔가 주저하는 것 같았다. 프레데릭은 데로리에의 목을 끌어안았다.

"아, 자네! 자네로군!"

프레데릭은 데로리에에게 이것저것 물으며 자기 집으로 데려갔다.

데로리에는 자신이 겪은 쓰라린 경험을 들려주었다. 보수파에게는 소리 높여 우애를 외쳤고 사회주의자에게는 법을 존중하라고 설득했는데, 한쪽에서는 총탄 세례를 받았고 다른 한쪽에서는 밧줄로 목을 조르려고 달려들었다고 했다. 6월 사건이 일어나자 그는 파면당했고, 그 후 트루아에서 무기를 탈취하려는 음모에 가담했다 체포되었으나 증거 불충분으로 석방되었다고 했다. 행동 위원회에 의해 런던으로 파견되었으나 어느 파티에서 동지들과의 싸움에 휘말려들고 말았다고 한다. 그래서 파리로 돌아왔는데…….

"우리 집에 오지 그랬나?"

"갈 때마다 없더군. 자네 집 문지기는 이상한 표정을 짓고. 어떻게 해야 할지 몰랐어. 자네 앞에 패자 같은 모습으로 나타나고 싶지도 않았고."

데로리에는 펜과 말과 행동으로 민주주의에 기여하고 싶다고 민주주의 인사들에게 이야기했으나 거절당했다고 한다. 아무도 믿어주지 않은 것이다. 결국 그는 시계, 책, 옷까지 모두 팔았다고 한다.

"세네칼과 벨 일르*에 갇히는 편이 더 나을 것 같군."

프레데릭은 넥타이를 고쳐 매면서 처음 듣는 말에도 별로 놀라지 않았다.

"세네칼은 섬에 갇힌 건가?"

데로리에는 부러운 눈으로 주변을 둘러보며 퉁명스럽게 대답했다.

"모두가 다 자네처럼 운이 좋은 건 아니니까."

"미안한데." 프레데릭은 데로리에의 빈정거림을 알아듣지 못하고 말했다. "나 말이야. 시내에서 저녁을 먹기로 했거든. 자네 식사는 준비해달라고 지시할 테니까 먹고 싶은 게 있으면 마음껏 주문하라고. 내 침대에서 자도 돼."

---

* 1848년 6월 혁명 때 체포된 사람들이 갇힌 곳.

프레데릭의 환대에 데로리에는 씁쓸한 마음이 가라앉았다.

“자네 침대에서? 그러면…… 자네에게 폐가 될 텐데.”

“상관없어. 난 다른 곳에도 잘 데가 있으니까.”

“과연.” 데로리에가 히죽거렸다. “어디서 저녁을 먹을 건데?”

“당브뢰즈 부인의 집에서.”

“그럼…… 설마…….”

“관심이 많나 보군.” 프레데릭은 데로리에의 추측이 맞다는 듯이 미소 지으며 대답했다.

프레데릭은 탁상시계를 보더니 다시 자리에 앉았다.

“절망하지 말라고. 전에는 민중을 옹호했잖아.”

“그만둬! 그런 건 다른 사람이나 하라 그래.”

데로리에는 고향 탄광 지방에서 노동자들에게 괴로움을 당한 이후로 노동자를 싫어하게 되었다. 채굴 갱도는 마치 임시정부를 임명해 명령을 전달하는 듯한 시스템으로 움직인다고 했다.

“노동자들은 리옹이나 릴, 르아브르, 파리 등 어디서나 말도 안 되는 일을 하지. 외국 제품을 몰아내고 싶어하는 공장주처럼 프랑스 노동자들 역시 영국, 독일, 벨기에, 사부아에서 온 외국인 노동자들을 추방하라고 요구하고 있으니까. 그들의 지성에 대해 말하자면, 왕정복고 아래에서 이들의 그 유명한 조합이 무슨 소용이 있었나? 1830년에 국민군에 들어간다 해도 국민군을 이끌 그릇이 못 되는 이들이 노동자들이지. 그러니까 1848년에 혁명이 일어나자 각 직업을 대표하는 단체들이 각자 깃발을 들고 나왔지. 더구나 노동자들은 자기 이익만을 대변하는 민중 대표들을 원했어. 사탕수수 지역의 대위원이 사탕무에만 신경 쓰는 것과 뭐가 달라? 노동자들에겐 이제 질렸어. 노동자들이란 노예근성으로 무장한 자들이야. 로베스피에르의 단두대 앞에 고개를 숙이지 않나, 그다음에는 나폴레옹의 장화 앞에 고개를 숙이지 않나. 그다음에는 루이 필리프의 양산 앞에 고개를 숙이고 말이야. 놈들은 입속에 빵을 넣어주는 사람만 있으면 영원히 충성을 맹세할 거야. 탈레랑이나 미라보도 돈 때문에 지조를 팔았다고 비난받지. 그런데 저기 아래 길가에 서 있는 심부름꾼에게 심부름 한 번에 3프랑을 준다고 하면, 노동자들은 50상팀만 받아도 나라를 팔아먹을 거야. 완전히 실패라고! 유럽 전체에 불을 질렀어야 했어."

그러자 프레데릭이 대답했다.

"불꽃이 부족하지. 자네들은 소시민에 지나지 않았어. 그마나 나은 사람도 유식한 척할 뿐이었지! 노동자들이 불평하는 것도 이해는 돼. 시 예산에서 100만을 떼어내 비굴할 정도로 아첨하면서 말만 번지르르하게 할 뿐 정작 노동자에게 준 것은 없지 않나. 노동 수첩은 여전히 고용주가 관리하고, 피고용인은(법률 앞에서도) 말을 믿어주는 존재가 없어서 고용주 아래에 있었지. 공화제는 이미 낡은 제도 같아. 어떤가? 진보는 귀족 계급 혹은 단 한 명의 손에 의해 실현되는 것 아닌가? 무언가를 만드는 일은 늘 위에서 하지. 민중은 아무리 뭘 주장해봐야 아래 단계에 머물러 있을 뿐이야."

"그래, 그럴 수도 있어." 데로리에가 말했다.

프레데릭은 시민 대다수는 휴식만을 바란다고 했다.(그 자신도 당브뢰즈의 집에서 들은 이야기였다.) 모든 것은 보수파에게 유리하지만 문제는 인물이 없다는 거였다.

"자네가 출마하면 반드시……."

프레데릭은 말을 하다가 멈췄으나 데로리에는 알아듣고 두 손으로 이마를 짚었다. 이어서 데로리에가 갑자기 이렇게 말했다.

"자네가 출마해보면 어떤가? 특별히 걸릴 것도 없잖아? 자네가 왜 국회의원이 되지 않는지 이해가 안 가."

오브 현은 이중 선거를 했기에 공석이 하나 있었다. 당브뢰즈 씨는 입법 의회에 재선되었으나 다른 선거구 소속이었다. "어때? 내가 힘 좀 써볼까?" 데로리에는 선술집 주인, 교사, 의사, 법률 사무소 서기, 이들의 대표 등 많은 인맥이 있었다. "시골 사람들은 구워삶기가 쉽지."

프레데릭은 다시 한번 야심이 불타오르는 것을 느꼈다.

데로리에가 말을 이었다.

"그 대신 파리에 내 일자리 좀 하나 마련해주었으면 해."

"그건 어렵지 않아. 당브뢰즈 씨에게 부탁하면 되니까."

"그 석탄 회사 말이야, 그 회사는 어떻게 되었나? 그런 회사에서 일하고 싶은데……. 분명 난 그 회사에 도움이 될 거야. 물론 나름의 독립성은 유지할 거고."

프레데릭은 사흘 내로 데로리에를 당브뢰즈 씨의 집에 데려가겠다고 약속했다.

프레데릭은 당브뢰즈 부인과 단둘이 식사를 하며 즐거움을 느꼈다. 그녀는 천장에 매달린 램프 불빛을 받으며 프레데릭과 마주 앉아 꽃바구니 너머로 미소를 보냈다. 열린 창문으로 별이 보였다. 두 사람은 마음가는 대로 이끌려 경솔한 행동을 할까봐 경계하는 듯 말을 거의 하지 않았다.

하지만 하인이 돌아서면 두 사람은 손끝으로 서로에게 키스를 보냈다. 그는 선거에 출마할 생각이라고 말했다. 그녀는 찬성했고, 남편에게 힘 좀 써달라고 부탁도 해보겠다고 약속했다.

이날 밤 친구 몇 명이 찾아와 당브뢰즈 부인에게 조카의 결혼을 축하한다고 했다. 조카가 더 이상 이 집에 없어서 얼마나 쓸쓸하겠느냐고 했다! 여행은 신혼부부에게는 즐거운 일이지만 조금만 시간이 지나면 현실적인 문제에 부딪치고, 아이가 생긴다고 했다. 그리고 이탈리아는 생각과는 다른 곳이라고 했다. 그래도 두 사람은 한창 꿈꿀 수 있는 젊은 나이이니 신혼여행에서는 뭐든 아름답게 보일 거라고 했다. 이날 밤 가장 마지막까지 남은 사람은 드 그레몽빌과 프레데릭이었다. 드 그레몽빌은 좀처럼 자리를 뜨려 하지 않았다. 마침내 자정이 다 되어서야 그가 일어섰다. 당브뢰즈 부인은 프레데릭에게 함께 일어서라는 눈짓을 했다. 그가 그 신호를 알아듣고 일어서자 그녀는 그의 손을 꽉 잡고 악수를 하며 감사의 뜻을 전했다. 그는 이 악수가 그 무엇보다 기분 좋았다.

여장군은 프레데릭을 다시 보자 기뻐서 어쩔 줄 몰라하며 비명을 질렀다. 다섯 시간째 그를 기다렸다는 것이다. 그는 데로리에 때문에 얼른 가야 한다고 했다. 그의 얼굴에는 승리의 빛이 가득했다. 그 덕에 그가 더 빛나 보여서 그녀는 감탄했다.

"검은색 정장 때문인가봐요. 당신에게 정말 잘 어울려요.

이렇게 잘생겨 보인 적이 없었어요! 정말 멋져요!”

그에 대한 애정이 강하게 솟아오른 그녀는 마음속으로 맹세했다. 설령 가난으로 죽는다 해도 다시는 프레데릭 이외에 다른 남자에게는 몸을 주지 않기로 말이다. 그녀의 촉촉한 아름다운 눈이 강렬한 정열로 빛나자 그는 그녀를 무릎 위에 앉히고 자신의 퇴폐적인 행동을 자화자찬하며 ‘이게 무슨 천박한 짓인지!’ 하고 생각했다.

4장

데로리에가 찾아왔을 때 당브뢰즈 씨는 마침 석탄 사업을 더욱 일으킬 생각을 하고 있던 참이었다. 그러나 석탄 회사 전체를 통합하는 것은 좋은 이미지를 줄 수 없었다. 이러한 개발 산업에는 막대한 자본이 들어가서는 안 된다는 듯이 사람들은 독점이라고 비난했다.

데로리에는 고베의 저서와 《광업 신문》에 실린 샤프의 논문을 미리 읽어둔 덕에 이런 문제에 대해서는 잘 알고 있었다. 그는 1810년의 법이 양수인에게 절대적인 권리를 준다는 것을 입증했다. 그뿐 아니라 기업에 민주주의적인 색채를 띠게 할 수도 있었다. 석탄업자의 합병을 막는 것은 조합의 원리를 위반하는 것이라고 하면 되었다.

당브뢰즈 씨는 데로리에에게 보고서를 작성할 수 있도록 서류를 맡겼다. 이번 일의 보수에 대해서는 구체적인 약속을 하지 않았으므로 그만큼 유리해졌다.

데로리에는 프레데릭의 집에 돌아와 당브뢰즈 씨와의 만남이 어땠는지 알려주었다.

데로리에는 당브뢰즈 씨의 집에서 나올 때 당브뢰즈 부인을 봤다고 했다.

"축하하네. 빌어먹을." 데로리에가 말했다.

두 사람은 선거에 대해 이야기했다. 뭔가 고안해내야 했다.

그로부터 사흘 뒤 데로리에는 신문에 보낼 원고를 들고 나타났다. 당브뢰즈 씨가 친구의 출마를 지지한다는 내용의 개인적인 편지였다. 보수파와 급진파의 지지를 모두 받고 있으니 분명 성공할 거라는 내용이 적혀 있었다. 어떻게 해서 자본가가 이런 신통치 않은 작품에 서명을 했을까? 변호사 데로리에는 한 치의 망설임도 없이 당브뢰즈 부인에게 편지를 보여주었고, 그녀는 매우 잘된 일이라면서 나머지는 자신이 맡겠다고 했다.

프레데릭은 이 방법에 놀랐지만 동의했다. 데로리에가 로크 영감과 만난다고 하자 프레데릭은 루이즈와의 관계에 대해 말했다.

"로크 영감과 루이즈에게 적당히 둘러대주면 안 될까? 사업에 문제가 생겨서 곧 정리해야 한다고. 루이즈는 아직 어리니까 결혼을 서두를 필요는 없다고 말이야."

데로리에는 길을 나섰다. 프레데릭은 자신이 매우 강한 사람처럼 느껴졌다. 그뿐 아니라 충족감 같은 것, 깊은 만족감 같은 것을 느꼈다. 돈 많은 여자를 손에 넣는 것만큼 기쁜 일도 없었다. 감정이 환경과 잘 어울렸다. 그의 생활은 이제 가는 곳마다 즐거움으로 가득했다.

특히 즐거운 것은 여러 손님들에게 둘러싸인 당브뢰즈 부인을 조용히 바라보는 일이었다. 그녀의 예의 바른 모습을 보면 이와는 다른 모습이 떠올랐다. 그녀가 차갑게 말할 때는 전에 더듬거리며 내뱉었던 사랑의 말들을 생각했다. 그녀의 정숙함에 대한 모든 사람들의 존경심은 프레데릭 자신에 대한 경의인 듯 느껴져서 기뻤다. 이따금 그는 이렇게 외치고 싶었다. "댁들보다 이 여성을 잘 알고 있습니다. 내 여자니까!"

얼마 지나지 않아 두 사람의 관계는 공개적으로 자연스럽게 받아들여졌다. 그녀는 겨울 내내 그를 사교계에 데리고 다녔다.

그는 늘 먼저 도착해서 그녀가 맨팔을 드러내고 한 손에 부채를 들고 머리를 진주로 장식한 채 들어오는 모습을 바라봤다. 그녀는 문지방에서 잠깐 멈췄다.(문틀이 그녀를 액자처럼 둘러쌌다.) 그녀는 그가 와 있는지 보려고 눈을 깜빡였고, 뭔가 주저하는 몸짓을 했다. 돌아갈 때면 그녀는 그를 자기 마차에 태워 함께 갔다. 억수같이 내리는 비가 마차의 작은 창문에 들이쳤다. 지나가는 사람들은 마치 그림자처럼 진창 속에서 버둥거렸다. 그들은 서로 가까이 앉아 바깥의 너저분한 광경을 무시하는 시선으로 조용히 쳐다봤다. 그는 이런저런 핑계를 대며 그녀의 방에 한 시간 정도 머물렀다.

그녀가 그의 구애를 받아들인 이유는 일상이 지루해서였다. 하지만 이 마지막 시도를 대충 끝내고 싶지는 않았다. 그녀는 열정적인 사랑을 원했고, 그에게 애교를 부리고 달콤한 말을 마음껏 표현했다.

그녀는 프레데릭에게 꽃을 보내기도 했고 태피스트리로 덮인 의자를 사주기도 했다. 그녀는 그의 행동 하나하나에 자신에 대한 추억이 따라다니도록 하고 싶어서 시가 케이스와 잉크병, 수많은 작은 일상적인 용품들을 사주었다. 그는 처음에는 매우 고맙게 생각했지만 나중에는 사소하게 생각하게 되었다.

그녀는 마차를 타고 어느 상가 앞에서 내렸다. 마차를 돌려보내고 그곳을 지나 반대쪽 문으로 나간 다음 두 겹의 베일로 얼굴을 가리고 벽 쪽으로 조심스럽게 걸어 그가 기다리는 곳까지 왔다. 그는 그녀의 팔을 얼른 잡아 자기 집으로 데리고 갔다. 하인 두 명은 산책 중이었고 문지기는 심부름을 가고 없었다. 하지만 그녀는 불안한지 주변을 계속 살폈다. 걱정할 것은 하나도 없었다! 그녀는 그제야 마치 조국 땅을 다시 밟은 망명자처럼 안도의 한숨을 내쉬었다. 이러한 밀회가 성공하자 두 사람은 점점 대담해졌고 몰래 만나는 횟수도 많아졌다. 어느 날 밤에는 그녀가 무도회 복장 그대로 나타난 적도 있었다. 이런 깜짝 방문은 위험할 수 있었다. 그는 그녀의 경솔한 행동을 나무랐다. 게다가 그녀가 마음에 들지 않았다. 벌어진 옷 사이로 그녀의 빈약한 가슴이 훤히 드러났기 때문이다.

그 순간 그는 마음속에 숨겨왔던 감정을 느꼈다. 바로 감각의 환멸이었다. 하지만 그는 그녀에게 빠져 있는 척 연기했다. 연기를 하려면 로자네트나 아르누 부인을 상상해야 했다.

당브뢰즈 부인에 대한 사랑이 식으면서 그는 이전보다 자유로워져서 여느 때보다도 사교계에서 높은 지위에 오르고 싶은 야심을 품었다. 이처럼 좋은 발판이 있으니 이용하지 않을 이유가 없었다.

1월 중순 어느 날 아침, 세네칼이 갑자기 프레데릭의 서재에 들어왔다. 프레데릭이 깜짝 놀라 소리를 지르자 세네칼은 데로리에의 비서로 일하고 있다고 말했다. 세네칼은 편지도 한 통 들고 왔다. 편지는 여러 가지 좋은 소식을 알려주었고, 동시에 선거일에 무심하다며 나무라는 내용도 있었으며 그리로 꼭 오라는 내용도 있었다.

미래의 국회의원 프레데릭은 이틀 뒤에 가겠다고 전해달라고 세네칼에게 말했다.

세네칼은 프레데릭의 출마에 대해 아무 의견도 내지 않았고, 그저 자기 이야기와 지방의 상황에 대해서만 이야기했다.

세네칼은 상황이 아무리 비관적이어도 세상이 공산주의 쪽으로 향하고 있어서 기쁘다고 했다. 정부가 관리하는 곳이 많아진다는 건 행정 당국도 공산주의 쪽으로 기울고 있다는 증거라고 했다. 1848년 헌법은 소유권에 대해 여러 취약점이 있는데도 제대로 처리되지 않았다고 했다. 세네칼은 앞으로 공공 이익에 도움이 된다고 여겨지는 것은 국가에서 모조리 관리하게 될 거라고 했고, 그렇다면 자신은 정부 편이라고 했다. 프레데릭은 세네칼의 말을 들으며 전에 자신이 데로리에에게 말했던 것이 좀 더 과장되어 발달한 형태라는 것을 알았다. 공화주의자 세네칼은 민중의 부족함을 비난하며 힘주어 말했다.

"로베스피에르는 소수파의 권리를 지키겠다면서 루이 16세를 국민의회에 끌어내 민중을 구했지. 결과가 좋으면 정당한 거야. 독재가 필요할 때도 있고. 전제주의라도 좋은 정치만 한다면야 만세지!"

그들은 오랫동안 토론했다. 이야기가 마무리될 때쯤 세네칼은 당브뢰즈 씨로부터 아무런 소식이 없어 데로리에가 불안해한다고 알려주었다.(어쩌면 이 말을 하려고 찾아온 건지도 몰랐다.)

사실 당브뢰즈 씨는 병석에 누워 있었다. 프레데릭은 그와 친한 사이여서 환자 곁에 다가갈 수 있었기에 매일 문병을 갔다.

자본가는 샹가르니에 장군이 파면되자 크게 충격받았다. 그날 밤 그는 열이 나고 가만히 누워 있기도 힘들 정도로 가슴이 답답하다고 했다. 피를 뽑아내자 조금 나아졌다. 마른기침도 멎고 호흡도 안정되었다. 일주일 뒤 그는 수프를 마시며 이렇게 말했다.

"아! 좀 나아졌어. 정말 죽을 뻔했는데."

"절 두고 가면 안 돼요!" 당브뢰즈 부인은 혼자 남아 살고 싶지 않다는 뜻으로 말했다.

그는 대답 대신 아내와 아내의 애인을 보며 묘한 미소를 지었다. 체념, 너그러움, 비웃음, 비수와도 같은 유쾌한 암시가 섞인 묘한 미소였다.

프레데릭은 노장으로 가고 싶었지만 당브뢰즈 부인이 반대했다. 그는 당브뢰즈 씨의 상태를 보며 짐을 풀었다 쌌다 했다.

당브뢰즈 씨가 갑자기 엄청난 양의 피를 토했다. 진찰을 맡은 '권위 있는 의사들'도 병의 원인을 밝히지 못했다. 그는 다리가 부었고 갈수록 약해졌다. 그는 세실을 만나고 싶다고 몇 번이나 말했지만 세실은 한 달 전에 세무서원으로 발령 난 남편과 프랑스의 먼 지방에서 살고 있었다. 그는 세실을 데려오라고 지시했다. 당브뢰즈 부인은 편지 세 통을 써서 남편에게 보여주었다.

그녀는 간호하는 수녀도 믿지 못해 늘 남편 곁을 지켰고 자리에 눕지도 않았다. 수위실에서 이름을 밝히고 가는 문병객들은 남편에게 헌신적인 그녀를 보고 감탄했다. 지나가는 사람들도 창문과 길가에 짚이 흩어져 있는 것*을 보고 역시 감탄했다.

2월 12일 다섯 시에 당브뢰즈 씨는 심한 각혈을 했다. 담

---

* 환자가 있는 집은 말발굽 소리가 나지 않도록 창 밑에 짚을 까는 풍습이 있었다.

당 의사가 위독하다고 했고, 심부름꾼은 사제에게 달려갔다.

당브뢰즈 씨가 고해성사를 하는 동안 당브뢰즈 부인은 조금 떨어진 곳에서 호기심 어린 눈으로 남편을 바라봤다. 그의 고해가 끝나자 젊은 의사는 발포약을 놓고 경과를 지켜봤다.

램프 불빛이 가구에 가려 방 안을 불규칙하게 비추고 있었다. 프레데릭과 당브뢰즈 부인은 침대 발치에서 죽음을 앞둔 당브뢰즈 씨를 바라봤다. 창가에는 사제와 의사가 작은 소리로 이야기를 나누고 있었다. 수녀는 무릎을 꿇고 입으로 기도문을 외우고 있었다.

마침내 당브뢰즈 씨가 헐떡이는 소리가 들렸다. 손이 차가워지고 얼굴이 창백해지기 시작했다. 깊은 숨을 몰아쉬기도 했다. 숨이 점점 약해졌다. 그의 입에서 알 수 없는 소리가 한두 마디 새어 나왔다. 그는 약한 숨소리를 내더니 눈을 굴렸다. 이어서 머리가 베개 위에서 옆으로 툭 떨어졌다.

잠시 동안 그 누구도 움직이지 않았다.

당브뢰즈 부인이 다가갔다. 그리고 힘들이지 않고 단순히 의무를 다하듯 남편의 눈을 감겨주었다.

이어 그녀는 두 팔을 벌리고 절망을 억누르기 힘겨운 듯 몸을 비틀었고 의사와 수녀의 부축을 받고 방에서 나갔다. 십오 분 뒤 프레데릭은 당브뢰즈 부인의 방으로 올라갔다.

방을 가득 채운 품격 있는 물건들에서 뭐라 형언할 수 없는 향기가 느껴졌다. 침대 한가운데에 펼쳐져 있는 검은색 상복과 장밋빛 침대 커버가 묘한 대조를 이루었다.

그녀는 벽난로 한쪽 구석에 서 있었다. 솔직히 그는 그녀가 깊은 상실감에 빠져 있진 않을 거라고 예상하긴 했지만, 그래도 조금은 슬퍼할 거라고 생각해 위로의 말을 전했다.

"괴로워요?"

"내가요? 전혀요."

그녀는 돌아서서 상복이 보이자 자세히 살폈고, 그에게 걱정하지 말라고 했다.

"담배 피워도 돼요. 여긴 내 방이니까."

그녀는 한숨을 푹 쉬더니 이렇게 말했다.

"아! 성모 마리아여! 정말 시원하네!"

그는 그녀의 외침에 놀랐다. 그는 그녀의 손에 입 맞추며 이렇게 말했다.

"하지만 지금까지 우리 둘은 자유로웠잖아요!"

그의 말이 마치 두 사람의 연애가 마음 편했다는 뜻으로 들렸는지 그녀는 기분 나빠했다.

"아! 당신은 몰라요. 내가 남편을 위해 얼마나 봉사했고, 그동안 얼마나 불안한 마음으로 살았는지."

"뭐라고요?"

"그래요! 남편 옆에 숨겨둔 사생아 딸이 있는데 불안한 게 당연하죠. 그 애는 내가 남편과 결혼하고 5년 뒤에 데려왔지요. 만일 내가 없었다면 제 아버지에게 말도 안 되는 일을 부탁했을 거예요."

그녀가 자세한 이야기를 들려주었다. 당브뢰즈 씨 부부는 재산을 각자 따로 갖는다는 조건으로 결혼했다. 당브뢰즈 부인이 물려받은 재산은 30만 프랑이었다. 당브뢰즈 씨는 먼저 죽을 경우 1만 5,000프랑의 연금과 이 저택을 아내에게 주겠다고 약속했다. 하지만 얼마 안 있어 그는 유언장을 다시 작성했다. 아내에게 전 재산을 준다는 내용이었다. 그녀가 알고 있는 남편의 전 재산은 300만 프랑이 넘는다고 했다.

프레데릭은 눈이 휘둥그레졌다.

"노력한 보람이 있었죠? 게다가 나도 거기에 기여는 했죠! 내가 지킨 건 내 재산이었어요. 그렇게 노력하지 않았다면 세실이 날 부당하게 빈털터리로 만들었을 거라고요."

"세실 양은 왜 아버지를 만나러 오지 않은 겁니까?" 프레데릭이 물었다.

당브뢰즈 부인은 그를 한참 바라보더니 차가운 말투로 말했다.

"또 모르죠! 원래 제 아버지에게 정이 없었는지. 그 애는 내가 잘 알아요! 어쨌든 그 애에게는 한 푼도 물려주지 않을 거예요!"

세실 양은 방해가 되지 않았다. 적어도 결혼한 이후로는.

"아! 결혼!" 당브뢰즈 부인이 차갑게 말했다.

그녀는 세실이 샘과 욕심이 많고 위선적인 계집애라고 했고, 그런 애를 지금까지 풍족하게 키워준 것을 억울해했다. "어쩜 제 아비의 나쁜 점만 쏙 빼다 박았는지!" 그녀는 점점 더 죽은 남편의 험담을 해댔다. 남편은 위선 그 자체이며 피도 눈물도 없고 돌처럼 차가운 인간이라고 욕했다. "사악하고 나쁜 사람이에요!"

아무리 현명한 사람이라 해도 단점을 드러내는 경우가 있다. 지금 증오심으로 흥분해 있는 그녀가 그랬다. 맞은편 안락의자에 앉은 프레데릭은 이런 그녀의 모습이 왠지 싫었다. 그는 깊은 생각에 잠겼다.

당브뢰즈 부인이 일어나 프레데릭의 무릎에 살짝 앉았다.

"좋은 사람은 당신뿐이에요. 내가 사랑하는 사람은 당신뿐이라고요!"

그를 보고 있던 그녀는 마음이 풀렸고, 이번에는 반사적으로 눈물이 고였다.

"나와 결혼해줄래요?"

처음에 그는 이 말이 무슨 뜻인지 알지 못했다. 그녀의 막대한 재산에 일단 정신이 멍해진 상태였던 것이다. 그녀가 소리 높여 다시 말했다.

"나와 결혼해줄래요?"

그가 미소 지으며 말했다.

"그 점에 대해 의심하고 있는 건가요?"

갑자기 프레데릭은 왠지 죽은 당브뢰즈 씨에 대해 부끄러운 마음이 들었고, 이를 속죄하기 위해 그의 시신을 밤새 지키겠다고 했다. 그러나 신앙심 깊은 척하는 자기 자신이 부끄러워져 이렇게 말했다.

"그러는 게 세상의 이목을 위해서도 좋을 겁니다."

"그래요. 어쩌면." 당브뢰즈 부인이 말했다. "하인들 눈도 있고."

당브뢰즈 씨의 침대는 알코브 쪽에서 완전히 끌어낸 상태였다. 수녀가 발치에 서 있었다. 침대 머리에는 사제가 서 있었다. 아까 본 사제와는 다른 사람이었다. 키가 크고 마르고 스페인 사람처럼 광신도 느낌이 나는 사제였다. 흰색 천으로 덮인 작은 탁자에는 초 세 자루가 타고 있었다.

프레데릭은 의자에 앉아 죽은 당브뢰즈 씨를 조용히 바라봤다.

죽은 그의 얼굴은 짚처럼 누런색이었고 입가에는 피가 섞인 거품이 약간 묻어 있었다. 머리에는 얇은 비단을 둘렀고, 손으로 짠 조끼를 입고 있었다. 가슴 위로 단정히 모아 쥔 손에서는 은 십자가가 빛나고 있었다.

당브뢰즈 씨의 파란만장한 생은 이렇게 끝났다! 살아생전 그는 얼마나 많은 사무소를 뛰어다니고, 얼마나 많은 숫자를 쓰고, 사업을 계획하고 보고를 들었는가. 얼마나 많이 적당한 거짓말을 하고 비굴한 웃음을 짓고 저자세로 굽신댔을까. 나폴레옹, 코사크 병사, 루이 18세, 1830년, 노동자, 모든 체제를 반갑게 맞이했고, 권력을 사랑한 나머지 권력을 얻기 위해서라면 자신을 파는 것도 마다하지 않을 정도였다.

그러나 그는 포르텔의 영지, 피카르디 지방의 공장 세 곳, 욘 지방의 크랑세 숲과 오를레앙 근처 농장, 그리고 상당한 양의 재산을 남겼다.

프레데릭은 당브뢰즈 씨의 재산을 요약해봤다. 이 모든 것이 얼마 안 있으면 모두 그의 재산이 되는 것이다! 그는 우선 '사람들이 뭐라고 할지'와 어머니에게 드릴 선물, 미래의 마차, 문지기로 삼고 싶은 자기 집안의 늙은 마부에 대해 생각했다. 하인들의 복장도 전과 같아서는 안 되었다. 큰 응접실은 서재로 삼고, 3층 벽 세 곳을 터서 화랑으로 만드는 것도 좋을 것 같았다. 아래에는 터키식 목욕탕을 만들까 하고 생각했다. 당브뢰즈 씨의 서재는 그리 기분 좋은 곳은 아닌데 어떻게 사용하는 게 좋을까?

사제가 코를 풀거나 수녀가 촛불을 다시 켤 때마다 프레데릭은 공상의 세계에서 갑작스럽게 깨어났다. 하지만 현실이 공상을 더욱 단단하게 해주었다. 당브뢰즈 씨의 시신이 아직 있었다. 눈이 다시 뜨여 있었고 동공은 끈적이는 어둠 속에 잠겨 있었지만 알 수 없는 표정이 어려 있었다. 순간 프레데릭은 그의 시신이 자신을 심판하는 기분이 들어 양심의 가책을 느꼈다. 사실 프레데릭은 당브뢰즈 씨의 죽음이 전혀 슬프지 않았다. 오히려 '됐어! 형편없는 늙은이잖아!'라고 생각했고 마음을 다잡기 위해 시신 곁으로 다가가 얼굴을 들여다보며 속으로 생각했다. '그래, 어쨌다고? 내가 당신을 죽이기라도 했단 건가?' 한편 사제는 기도문을 읽고 있었다. 수녀는 가만히 앉아 졸고 있었다. 초 세 자루는 거의 다 타서 심지가 길게 드러나기 시작했다.

중앙 시장으로 향하는 짐마차 행렬이 이어져 두 시간 동안 무거운 바퀴 소리가 났다. 날이 밝자 창문이 환해지기 시작했다. 삯마차가 한 대 지나갔고, 이어서 당나귀 떼가 포석 위를 종종걸음으로 지나갔다. 망치 소리, 노점상이 외치는 소리, 나팔 소리가 들렸다. 이 모든 소리는 잠에서 깨어난 파리의 시끌벅적한 소리에 이미 파묻히고 있었다.

프레데릭은 열심히 뛰어다녔다. 먼저 구청에 가서 당브뢰즈 씨의 사망 신고를 했다. 검시의에게 사망 증명서를 발급받고 다시 시청으로 가서 유가족이 어느 묘지를 선택했는지 신고한 다음 장의사와 합의했다.

직원은 도면과 일람표를 보여주었다. 하나에는 매장의 여러 등급이 나와 있었고, 다른 하나에는 장식에 대한 상세한 내용이 나와 있었다. 영구마차는 지붕 장식으로 구슬 장식이 좋을지 깃털 장식이 좋을지, 말에 장식 끈을 달 것인지, 하인 모자에 깃털 장식을 할 것인지, 머리글자를 새길지, 문장을 할지, 장례용 램프와 훈장을 들고 가는 남자가 필요할지, 마차는 몇 대 정도 필요할지 등 여러 가지를 생각해야 했다. 프레데릭은 비용을 아끼지 말라는 당브뢰즈 부인의 뜻에 따라 인심 좋은 모습을 보였다.

이어서 그는 성당으로 갔다.

장례식을 담당하는 부사제는 장의사가 돈만 밝힌다면서 비난했다. 훈장을 들고 가는 남자는 필요 없고 그보다는 초를 많이 켜는 것이 더 낫다고 했다. 음악이 있는 독송 미사를 드리기로 결정되었다. 프레데릭은 모든 비용을 지불하는 연대 책임자 자격으로 결정 사항에 서명했다.

묘지 구입을 위해 그는 시청으로 갔다. 세로 2미터, 가로 1미터의 토지를 사용하려면 500프랑이었다. "50년마다 갱신하는 것과 영구 사용이 있는데 어느 것으로 하시겠습니까?"

"오! 영구 사용이요." 프레데릭이 대답했다.

그는 맡은 일을 진지하게 여기며 열심히 애썼다. 당브뢰즈 씨 저택의 안마당에서는 대리석 가게 주인이 그리스식, 이집트식, 무어식 묘지의 견적과 설계도를 보여주려고 그를 기다리고 있었다. 이 문제에 대해서는 집안 건축가가 이미 당브뢰즈 부인과 상담을 끝낸 뒤였다. 현관 테이블 위에는 매트리스를 세탁하는 법, 방을 소독하는 법, 다양한 방부 처리 방법에 관한 안내서가 쌓여 있었다.

프레데릭은 저녁 식사를 마치고 하인들의 상복 때문에 양복점에 갔다. 마지막으로 해야 할 일이 하나 있었다. 장례식에는 비단 장갑이 더 어울리기 때문에 주문해놓았던 염소 가죽 장갑을 비단 장갑으로 바꾸어야 했다.

다음 날 열 시. 넓은 방에는 사람들이 가득했다. 사람들은 거의 모두 슬픈 표정을 지으며 가까이 서서 이야기를 나누고 있었다.

"한 달 전만 해도 만났는데! 세상에나! 이게 우리의 운명이겠죠."

"그래요, 이런 운명이 최대한 늦게 찾아오도록 애써야죠."

그리고 사람들은 뭔가 만족스러운 표정으로 조그맣게 웃었고 분위기와는 전혀 관계없는 이야기를 했다. 마침내 장례식 사회자가 인사를 한 다음 공식적인 문구를 또박또박 말했다. 그는 프랑스식 검은색 정장을 입었는데, 짧은 바지와 외투에 소매에는 상장을 달고, 허리에는 긴 칼을 차고 겨드랑이에는 삼각모를 끼고 있었다.

"여러분, 괜찮으시다면……."

장례 일행이 출발했다.

마들렌 광장에 꽃시장이 서는 날이었다. 날씨는 맑고 따뜻했다. 성당 현관 정면에 친 커다란 검은색 천이 천막을 흔드는 미풍에 나부꼈다. 사각형 벨벳으로 된 당브뢰즈 씨 집안의 방패 모양 문장이 검은 천 세 군데에 붙어 있었다. 검은색 바탕으로 된 왼쪽 부분에 황금색 왼팔이 그려져 있었고, 은색 장갑을 낀 주먹을 움켜잡는 모양의 문장이 있었다. 백작의 관과 함께 가풍이 적혀 있었다. '모든 수단을 동원하여.'

인부들은 무거운 관을 계단 위까지 운반했고, 모두 안으로 들어갔다.

여섯 곳의 예배실에 반원형 성가대석이 있었고, 줄지어 정렬된 의자에는 검은색 천이 덮여 있었다. 성가대석 아래 영구대에는 커다란 촛불이 몇 자루 켜져 있었고, 유일하게 노란색 빛을 뿜고 있었다. 양쪽 구석에 놓인 촛대 모양 등에는 알코올이 타오르고 있었다.

지위가 있는 사람은 중앙 제단 주변에 자리 잡았고, 나머지 사람들은 한쪽 옆에 자리 잡았다. 장례식이 시작되었다.

몇 사람을 빼고 대부분은 종교 의식이 어떻게 진행되는지 잘 몰랐다. 그래서 사회자는 자리에서 일어나거나 무릎을 꿇거나 다시 앉으라는 신호를 보냈다. 파이프오르간과 콘트라베이스 두 대의 연주 소리와 낭독하는 목소리가 번갈아 들렸다. 침묵이 흐르는 중간에는 제단에서 사제가 중얼거리는 소리가 들렸다. 그리고 음악과 노래가 다시 시작되었다.

둥근 천장 세 곳에서 희미한 햇살이 쏟아졌다. 문틈으로 하얀 빛이 강물처럼 쏟아져 들어와 모자를 벗은 사람들의 머리를 비추었다. 늘어서 있는 주열 사이 중간 정도의 공중에는 그림자가 하나 떠 있었다. 구석의 문틀과 기둥 위에 장식된 나뭇잎 모양 금박이 빛을 반사해 그림자를 꿰뚫었다.

프레데릭은 장례식이 너무 지루해 고인을 위한 기도를 듣기도 하고 참석자들을 둘러보기도 하고, 아주 높은 곳에 걸려 있는 막달라 마리아의 생애를 그린 그림을 보려고 애쓰기도 했다. 마침 펠르랭이 옆에 앉자마자 벽화에 대해 이런저런 이야기를 했다. 종이 울렸다. 사람들은 성당을 나왔다.

길게 늘어진 포장과 기다란 깃으로 장식된 영구마차는, 갈기에 장식 끈이 달리고 머리에는 깃털 장식을 하고 발굽은 은으로 수놓은 넓은 포장으로 장식된 말 네 마리에 끌려 말페르라셰즈 묘지 쪽으로 출발했다. 마부는 여성용 승마 장화를 신고 있었고 긴 상장이 늘어진 삼각모를 쓰고 있었다. 상여 끈은 하원의원의 재무관, 오브 현 의원, 석탄업계 대표, 친구 대표인 퓌미숑, 이 네 사람이 끌었다. 고인이 평소에 아끼던 사륜마차와 열두 대의 장례마차가 그 뒤를 따랐다. 뒤이어 참석한 사람들은 큰길 가운데를 가득 메우며 지나갔다.

지나가던 사람들은 장례 행렬을 보기 위해 발길을 멈추었다. 여자들은 어린애를 안고 의자 위에 올라섰고, 카페에서 술을 마시던 사람들은 당구 큐를 든 채 창문으로 내다봤다.

길은 멀었다. 파티에서도 처음에는 긴장된 분위기이지만 시간이 지나면 시끌벅적해지는 것처럼 장례 행렬도 얼마 안 가 긴장이 풀렸다. 사람들은 의회가 대통령의 수당 지급을 거부한 일에 대해 이야기를 열심히 나누었다. 피스카토리 씨는 너무 신랄하게 비판했고, 몽탈랑베르는 언제나 그렇듯 훌륭한 의견을 내놓았고, 샹볼, 피두, 크레통은 위원회가 캉탱 보샤르와 뒤푸르의 의견을 따라야 한다고 했다.

로케트 거리에 도착할 때까지 이런 이야기가 계속되었다. 거리 양쪽으로 늘어선 가게 앞에는 색유리 사슬, 그림이나 황금 글자로 장식된 검은색 방패밖에 보이지 않았다. 그래서인지 마치 종유석으로 가득한 동굴이나 사기그릇 가게처럼 보였다. 묘지의 쇠창살이 보이자 사람들은 갑자기 하던 이야기를 멈췄다.

나무들 사이로 여러 무덤들이 세워져 있었다. 부서진 원주, 피라미드 모양 무덤, 사원 모양 무덤, 고인돌 모양 무덤, 오벨리스크 무덤, 청동 문이 달린 에트루리아식 무덤 등 다양했다. 시골풍 안락의자, 접이의자도 있어 마치 죽음의 규방처럼 보이는 무덤도 있었다. 뼈 항아리의 작은 사슬에는 거미줄이 너덜너덜 매달려 있었다. 비단 리본으로 묶인 꽃다발과 십자가에는 먼지가 가득했다. 난간 사이, 묘비 위쪽 등 가는 곳마다 밀짚으로 된 국화 꽃다발과 촛대, 꽃병, 꽃, 황금 글자가 새겨진 검은색 원반, 작은 석고상이 있었다. 소년상과 소녀상, 구리철사로 공중에 매단 천사 조각상이었다. 머리 위에 양철 지붕을 달아놓은 석고상들도 있었다. 묘비 몇 곳은 굵은 밧줄이 포석 위까지 내려와 있었다. 검은색, 흰색, 하늘색의 가는 유리섬유를 서로 꼰 굵은 밧줄로, 커다란 뱀처럼 구불구불 길게 늘어져 있었다. 햇빛이 위를 비추면서 시커먼 나무 십자가 사이로 반짝였다. 영구차는 시내의 길처럼 포장된 넓은 길을 지나갔다. 영구차의 바퀴 굴대가 삐걱거리는 소리를 내기도 했다. 잔디밭 위에 옷자락을 끌고 꿇어앉아 고인에게 조용히 속삭이는 여자들도 있었다. 숲 사이로 하얀 연기가 올라왔다. 제물 찌꺼기와 쓰레기를 태우는 연기였다.

당브뢰즈 씨의 무덤은 마뉘엘과 뱅자맹 콩스탕의 무덤 근처였다. 이 근처에서부터 급경사였다. 바로 아래에는 푸른 나무들 꼭대기가 보였고, 더 멀리에는 화력 펌프 굴뚝이 있었으며 저 너머로는 시가지가 펼쳐져 있었다.

고인을 위한 조사를 읽는 행사가 진행되는 동안 프레데릭은 주변 풍경을 감상할 수 있었다.

첫 번째 조사는 하원의원이 읽었고, 두 번째 조사는 오브현 의회, 세 번째 조사는 사온에루아르 현의 석탄 조합, 네 번째 조사는 욘 지방의 농업 조합 대표가 읽었다. 자선 협회가 대표로 바친 조사도 있었다. 낯선 남자 한 명이 아미앵 고미술상 조합을 대표해 여섯 번째 조사를 읽자 사람들이 돌아가기 시작했다.

모두들 이 틈을 타 당브뢰즈 씨를 죽음으로 몰아넣은 사회주의를 신랄하게 비판했다. 무정부 상태에 충격받고 사회 질서를 회복시키기 위해 고생하느라 그의 명이 단축되었다는 것이다. 모든 조사에서 그의 청렴함과 관용, 심지어 국민의 대변자로서 침묵을 지킨 것까지도 칭찬했는데, 비록 당브뢰즈 씨가 달변가는 아니지만 장점이 많은 사람이었다…… 등의 내용을 담고 있었고 상투적인 문구로 마무리되었다. 예를 들면 '요절', '영원한 그리움', '저세상', '잘 가시오, 다시 만날 날을 기약합시다.' 같은 문구였다.

당브뢰즈 씨의 관 위로 자갈 섞인 흙이 덮였다. 이로써 그는 이승의 세계를 떠났다.

돌아가는 길에 사람들은 묘지 언덕길을 내려가면서 당브뢰즈 씨에 대한 이야기를 다시 나누며 거침없이 그를 평가했다. 장례식 풍경에 대해 신문에 글을 쓰려는 위소네는 조사 한 구절 한 구절을 농담조로 물고 늘어졌다. 당브뢰즈 씨는 근래에 가장 뇌물을 좋아하는 인물 중 하나였다는 평가를 받기 때문이라고 했다. 그리고 장례마차는 부르주아들을 각자 자기 일이 있는 곳으로 데려다주었다. 장례식이 별로 오래 걸리지 않아 내심 기뻐했다고 했다.

프레데릭은 피곤해서 집으로 돌아왔다.

다음 날 그는 당브뢰즈 부인의 집으로 갔다. 그녀는 아래층 사무실에서 일을 보고 있다고 했다. 서류함과 서랍이 어지럽게 열려 있었고 출납부가 아무렇게나 내팽개쳐져 있었다. '회수 불능'이라고 적힌 서류 다발이 바닥에 뒹굴었다. 그는 발에 걸릴 것 같아 서류 다발을 주웠다. 그녀는 안락의자에 파묻혀 보이지 않았다.

"어디 있는 겁니까? 무슨 일이에요?"

그녀가 자리에서 벌떡 일어났다.

"무슨 일이냐고요? 난 망했어요. 망했다고요. 아시겠어요?"

공증인인 아돌프 랑글루아 씨로부터 사무소에 들러달라는 연락을 받고 가서 결혼 전에 남편이 작성한 유언장을 받았다는 것이다. 전 재산을 세실에게 남긴다는 유언장이었다. 그러나 다른 한 장의 유언장은 아무리 해도 찾을 수가 없다고 했다. 이 말을 듣자 프레데릭은 얼굴이 창백해졌다. 혹시 잘못 찾은 것이 아닐까?

"이것 좀 봐요." 그녀가 방 안을 가리켰다.

금고 두 개가 도끼질에 부서져 반쯤 열려 있었고, 그녀는 책상을 뒤지고 벽장을 살피면서 깔개를 흔들었다. 그러더니 갑자기 비명을 지르고 놋쇠 자물쇠로 잠긴 작은 상자가 있는 방구석으로 달려갔다. 하지만 상자 안에는 아무것도 없었다.

"어쩜 이럴 수가! 그렇게 정성스럽게 내조를 했는데!"

그리고 그녀는 울음을 터뜨렸다.

"혹시 다른 데 있는 건 아닐까요?" 프레데릭이 물었다.

"아니, 분명 여기에 있었어요. 금고 속에 넣어두었고 최근에도 봤다고요. 틀림없이 그이가 태워버린 거예요."

당브뢰즈 씨가 앓기 시작했을 때 이것저것 서명할 게 있다면서 이 방에 내려온 적이 있었다는 것이다.

"그때 태워버린 거죠."

그녀는 의자에 털썩 주저앉아 멍하니 있었다. 아이를 잃고 텅 빈 요람 옆에 상복을 입고 앉아 있는 어머니도 금고 앞에서 입을 벌리고 앉아 있는 그녀보다는 비통하지 않을 것이다. 비록 그 동기가 계산적이긴 했지만 이렇게 슬퍼하는 모습이 불쌍하게 여겨져 프레데릭은 그녀를 위로해주었다. 그는 그녀에게 가난뱅이가 된 건 아니지 않느냐고 했다.

"가난뱅이나 다름없죠. 당신에게 큰 재산을 드릴 수 없으니까요."

그녀는 이제 수중에 남은 것은 3만 리브르의 연금과 1만 8,000에서 2만 리브르 정도 되는 이 저택뿐이라고 했다.

이 정도만 해도 상당한 재산이기는 했으나 그도 사실 실망을 감출 수 없었다. 여러 가지 꿈, 꿈꾸던 화려한 생활이 모두 사라져버린 것이다. 그렇다고 명예 때문에라도 그녀와의 결혼 약속을 깰 수는 없었다. 그는 잠시 생각하다가 다정하게 말했다.

"어쨌든 난 언제나 당신의 사람입니다."

그녀는 그의 품에 안겼다. 그도 그녀를 껴안고 감격했지만 자기 자신을 측은하게 생각하는 마음이 섞여 있었다. 그녀는 울음을 멈추고 행복한 얼굴로 그의 손을 잡더니 이렇게 말했다.

"당신만은 의심하지 않았어요. 무슨 일이 있어도 당신은 믿을 수 있다고 생각했죠."

그는 그런 자기 자신을 대단하게 생각하고 있었는데, 그녀는 당연하게 생각하고 있는 것 같아 기분이 상했다.

당브뢰즈 부인은 프레데릭을 응접실로 데리고 가서 여러 가지 장래 계획을 세웠다. 그가 유명해져야 한다고 하면서 그의 출마에 대해 이런저런 좋은 조언을 해주었다.

먼저 경제학 문장 두세 가지를 외울 것. 종마에 관한 것도 좋으니 한 가지 전문 주제를 택해 지방의 이해관계에 대해 논문을 몇 편 쓰고, 우편국과 담배 가게를 언제나 자유자재로 이용해야 하고, 주민들에게 자잘한 도움을 여러 가지로 주어야 한다고 했다. 이에 대해서는 당브뢰즈 씨가 진정한 모델이었다. 예를 들어 한번은 시골에서 친구들이 탄 마차를 구두 가게 앞에 세워놓고 구두 열두 켤레를 고르게 하고 자신도 장화를 한 켤레 사서 무려 2주나 신고 다녔다는 이야기를 들려주었다. 이 이야기를 하면서 그들은 다시 밝아졌다. 품위와 젊음, 재치를 되찾은 당브뢰즈 부인은 그 밖에 여러 이야기를 들려주었다.

프레데릭이 노장으로 갈 계획이라고 하자 당브뢰즈 부인은 그러라고 했다. 두 사람은 애정 넘치는 작별 인사를 나누었다. 문가에서 그녀가 다시 한번 그에게 속삭였다.

"날 사랑하는 거죠?"

"영원히." 그가 대답했다.

심부름 온 남자가 쪽지를 전해주려고 집에서 프레데릭을 기다리고 있었다. 연필로 아무렇게나 쓴 쪽지였다. 로자네트가 아이를 낳았다는 내용이었다. 최근에 프레데릭은 너무 바쁜 나머지 그녀 일은 까맣게 잊고 있었다. 그녀는 샤요에 있는 산후조리원에 있었다.

그는 삯마차를 타고 산후조리원으로 향했다.

마르뵈프 거리의 모퉁이에 이르러 그는 간판의 커다란 글자를 읽었다. '알렉상드리 부인의 요양원 겸 조산원. 일류 산파. 산파 교육원 졸업. 저서 다수.' 같은 길 중간 정도에 작은 문이 있었고, 그 위에 간판이 또 있었다. ('조산원'이라는 문구는 없었다.) '알렉상드리 부인의 요양원'이라는 문구와 원장의 약력이 적혀 있었다.

그는 입구의 쇠고리를 두드렸다.

희극에 등장하는 시녀 같은 하녀가 그를 응접실로 안내했다. 마호가니 책상, 석류 빛깔 벨벳을 덮은 안락의자, 유리 덮개를 씌운 시계가 있었다.

곧이어 원장이 모습을 드러냈다. 마흔 살 정도 되어 보이는 여자로 갈색 머리에 키가 크고 날씬했다. 눈이 아름답고 예의가 발랐다. 그녀는 그에게 산모가 순산했다고 알려주었고, 산모의 방으로 안내했다.

로자네트는 말할 수 없는 기쁨의 미소를 지었고, 사랑의 파도에 휩싸여 숨이 막히는 듯 낮은 목소리로 소곤거렸다.

"사내아이예요. 여기요, 여기." 그녀가 침대 옆 작은 요람을 가리켰다.

프레데릭이 커튼을 열었다. 포대기에 싸여 역한 냄새를 풍기며 우는, 쭈글거리는 누르스름하고 붉은 것이 보였다.

"뽀뽀해봐요!"

그는 아이가 징그러웠다. 하지만 이런 마음을 감추려 애쓰며 말했다.

"아이를 괜히 아프게 하는 건 아닐까?"

"괜찮아요, 괜찮아."

그는 입술 끝으로 아기에게 입을 맞추었다.

"당신을 꼭 닮았어요!"

그녀는 지금까지 본 적 없는 무한한 애정을 보이며 가녀린 두 팔로 그의 목에 매달렸다.

순간 그는 당브뢰즈 부인이 생각났다. 솔직하게 사랑하고 괴로워하는 가련한 그녀를 배반하는 건 왠지 사람이 할 짓이 아닌 것 같아 양심에 찔렸다. 며칠 동안 그는 밤까지 로자네트 곁에 붙어 있었다.

그녀는 사람들의 눈에 띄지 않는 이 산후조리원을 마음에 들어했다. 건물 정면의 덧문은 항상 닫혀 있었고, 그녀의 방에는 밝은색 인도 사라사 커튼이 쳐져 있었으며 넓은 정원이 내다보였다. 원장인 알렉상드르 부인은 작은 것까지 세심하게 배려해주었다. 유명한 의사들의 이름을 친밀한 듯 나열하며 허세를 부리는 것이 알렉상드르 부인의 유일한 단점이었다. 여기 입원한 여자들은 대부분 시골 출신으로, 찾아오는 사람이 없어 매우 심심해했다. 로자네트는 자신이 모든 여자들에게 부러움의 대상이 되고 있다는 걸 알고 뿌듯한 마음에 프레데릭에게 알려주었다. 하지만 소리를 낮춰 이야기해야 했다. 피아노 소리가 계속 들려왔지만 칸막이가 얇아서 두 사람의 이야기를 모두가 엿들을 수 있기 때문이었다.

마침내 그가 노장으로 출발하려는데 데로리에로부터 편지가 왔다.

두 후보가 새로 출마했다는 내용이었다. 한 사람은 보수파, 다른 한 사람은 급진파라고 했다. 따라서 세 번째 후보는 어느 파에 속하든 승산이 없다고 했다. 프레데릭의 잘못이었다. 좋은 기회를 스스로 놓쳐버린 것이었다. 좀 더 빨리 노장으로 가서 선거 운동을 했었어야 했다. '자네는 농업 공진회에도 나오지 않았잖아?' 변호사는 프레데릭이 신문 쪽과 관계를 쌓아두지 않은 것을 나무랐다. '자네가 내 충고를 들었더라면! 우리들이 신문사를 운영했다면!' 데로리에가 아쉬워하며 강조하는 부분이었다. 더구나 당브뢰즈 씨가 살아 있었다면 프레데릭에게 표를 던졌을 사람들이 당브뢰즈 씨가 죽었으니 프레데릭에게는 관심이 없을 것이라고 덧붙였다. 데로리에도 이런 사람 중 한 명이기는 했다.

자본가에게서 더 이상 기대할 것이 없는 지금, 그의 후원을 받던 프레데릭은 데로리에에게 별 소용없는 존재가 되었다.

프레데릭은 당브뢰즈 부인에게 편지를 가지고 갔다.

"노장에 가 있던 거 아니었어요?" 그녀가 말했다.

"왜 그런 말을 하죠?"

"사흘 전에 데로리에 씨를 만났거든요."

당브뢰즈 씨가 사망했다는 소식을 들은 데로리에가 석탄 사업 관련 서류를 다시 가지고 와서 사업에 도움이 되고 싶다는 말을 했다고 한다.

그녀가 전한 말을 듣고 프레데릭은 의아해했다. 데로리에는 도대체 거기서 뭘 하고 있었던 걸까?

그녀는 프레데릭이 자신과 작별 인사를 하고 나서 그 후로 어떻게 지냈는지 궁금해했다.

"아팠습니다." 그가 말했다.

"최소한 내게는 알려주지 그랬어요."

"그럴 필요까지는 없어서요." 그뿐 아니라 이것저것 성가신 일이며 약속, 방문객도 많았다고 했다.

그날 이후 그는 저녁에는 여장군 로자네트의 집에서 묵고 오후에는 당브뢰즈 부인 옆에서 시간을 보내는 이중생활을 했다. 자유로운 시간은 점심때 겨우 한 시간 정도였다.

아이는 시골 앙디에 맡겼다. 프레데릭은 매주 아이를 보러 갔다.

유모의 집은 동네 언덕 위 작은 마당 구석에 있었다. 우물처럼 컴컴한 곳이었다. 마당에는 짚이 흩어져 있었고 닭이 왔다갔다했으며 헛간에는 채소 수레가 있었다. 로자네트는 먼저 아이에게 입을 맞춘 다음 바쁘게 움직였다. 여기저기 돌아다니고 산양의 젖을 짜려 하고 거친 빵을 먹기도 하고, 퇴비 냄새를 맡기도 하고 퇴비를 손수건에 조금 싸서 가져가고 싶다며 바쁘게 움직였다.

프레데릭과 로자네트는 멀리까지 산책을 했다. 그녀는 묘목장에 들어가보기도 하고 울타리 밖으로 늘어진 라일락 가지를 꺾기도 했다. 작은 마차를 끌고 가는 노새에게 "워이, 앞으로 가!"라고 외치기도 하고, 철책 앞에 멈춰 서서 아름다운 정원을 감상하기도 했다. 유모가 아기를 안아 호두나무 그늘에 눕혔다. 그리고 두 여자는 몇 시간이고 수다를 떨었다.

그는 두 여자 옆에 앉아 군데군데 수풀이 있는 비스듬히 경사진 땅 위의 사각형 포도밭, 잿빛 리본 같은 먼지투성이 오솔길, 녹색 바탕에 희고 빨간 반점이 찍힌 것 같은 집들을 바라봤다. 이따금씩 기관차가 내뿜는 연기는 나무가 무성한 언덕에서 커다란 타조 깃털처럼 길게 수평 방향으로 나부끼다가 점차 사라져버렸다.

그의 눈길이 아들에게로 향했다. 아기가 청년이 되었을 때의 모습을 상상하면서 친구처럼 대해주겠다고 결심했다. 하지만 어쩌면 아들이 바보일지도 모르고, 분명 불행할 거라는 생각이 들었다. 사생아라는 출신이 아들을 짓누를지도 몰랐다. 차라리 태어나지 않았더라면 좋았을 거라는 생각도 들었다. 프레데릭은 가슴에 알 수 없는 슬픈 마음이 차오르면서 "불쌍한 것"이라고 중얼거렸다.

프레데릭과 로자네트는 막차를 자주 놓쳤다. 당브뢰즈 부인은 프레데릭에게 제시간에 오지 않았다고 잔소리를 했다. 그는 거짓말로 핑계를 댔다.

그뿐 아니라 프레데릭은 로자네트에게도 거짓말을 해야 할 때가 가끔 있었다. 그녀는 그가 매일 저녁 뭘 하며 보내는지 알 수 없다면서 궁금해했다. 그녀는 그의 집에 심부름꾼을 보냈는데 그때마다 그는 집에 없었다! 어느 날이었다. 그가 집에 있을 때 두 여자가 찾아온 일이 있었다. 그는 여장군에게 어머니가 곧 오실 거라면서 내보냈고, 당브뢰즈 부인은 안에 숨겨두었다.

프레데릭은 거짓말하는 것이 차차 재미있었다. 한 여자에게 한 말을 다른 여자에게 또 하고, 두 여자에게 같은 꽃다발을 보내고 동시에 편지를 쓰고, 두 여자를 여러 가지로 비교해보기도 했다. 그러면서 그는 언제나 제3의 여자를 떠올렸다. 제3의 여자인 그녀를 소유할 수 없다는 사실 때문에 배신을 해도 죄책감이 들지 않았고, 두 여자를 동시에 속이는 것이 은근히 즐거웠다. 어느 한쪽을 속이면 속은 여자는 다른 여자를 잊게 하려는 듯 더욱 사랑을 표현하게 되어 있었다.

"내가 믿어줬으면 경의를 표해야죠!" 어느 날 당브뢰즈 부인이 프레데릭에게 종이 한 장을 보여주며 말했다. 프레데릭 모로 씨가 로즈 브룽이라는 여자와 동거하고 있다는 걸 알리는 투서 형식의 편지였다.

"혹시 경마 때 만난 여자인가요?"

"말도 안 됩니다." 그가 퉁명스럽게 말했다. "그 편지 좀 보여줘요."

활자체로 쓴 편지로 서명이 없었다. 처음에 당브뢰즈 부인은 프레데릭과의 밀회를 세상에 들키지 않으려고, 로자네트를 방패막이로 이용할 수 있겠다는 생각에 그녀에게 신경 쓰지 않았다. 하지만 그에 대한 사랑이 커질수록 로자네트와의 관계를 끊으라고 졸라댔다. 프레데릭은 이미 예전에 끝냈다고 말했다. 그가 결백하다고 하자 당브뢰즈 부인은 마치 모슬린 밑에 감춘 비수의 끝처럼 눈을 빛내며 이렇게 추궁했다.

"그럼 다른 한 여자는요?"

"다른 한 여자라뇨?"

"도자기 장수의 아내."

그는 어이없다는 듯 어깨를 으쓱했다. 그녀는 더 이상 묻지 않았다.

한 달 뒤 그들은 명예와 성실성에 대해 이야기하다가 프레데릭이 자신은 명예와 성실성을 중요하게 생각한다고 하자 (아주 조심하며 이야기하는 말투로) 당브뢰즈 부인이 이렇게 말했다.

"그래요, 당신은 정직하죠. 이제 그쪽엔 가지 않으니까요."

그는 혹시 여장군을 가리키는 건가 싶어 주저했다.

"어디 말입니까?"

"아르누 부인의 집이요."

프레데릭은 당브뢰즈 부인이 어디서 그런 헛소문을 듣는지 궁금하다고 했다. 그녀는 가끔 옷을 지어주는 부재단사 르쟁바르 부인에게서 들었다고 했다.

그녀는 이를 통해 그의 생활을 낱낱이 파악하고 있었다. 대신 그는 그녀의 생활에 대해서는 알지 못했다.

어느 날이었다. 그는 그녀의 화장실에서 어느 남자의 초상화를 본 적이 있었다. 수염을 길게 기른 남자의 그림이었다. 언젠가 그녀로부터 자살한 남자가 있었다는 말을 들은 적이 있는데 그 남자일까? 그 남자가 어떻게 되었는지는 알 수 없고, 설령 안다 해도 어쩔 수 없지 않은가? 여자의 마음은 몇 겹의 서랍이 달린 비밀스런 장과 같기 때문이다. 손톱이 벗겨질 정도로 애써서 서랍을 열면 마른 꽃이나 먼지 부스러기뿐이거나 아무것도 없는 경우가 있다. 프레데릭은 너무 많이 알게 되는 게 왠지 두려운지도 몰랐다.

당브뢰즈 부인은 프레데릭과 함께 갈 수 없는 초대는 늘 거절하게 했다. 그를 옆에 두고도 혹시 그를 잃지 않을까 하며 불안해하고 있었다. 두 사람은 나날이 관계가 깊어졌지만 인물이나 미술 비평 같은 사소한 일로 깊은 골이 생겼다.

그녀는 정확한 테크닉으로 피아노를 쳤지만 음악에 따뜻함이 없었고, 심령론을 신봉하지만(영혼이 별로 옮아가 영원히 살아간다고 믿었다.) 금고는 놀라울 정도로 잘 지켰다. 하인들에게는 거만했고, 가난한 사람들의 누더기 옷만 봐도 경멸하는 눈빛을 띠었다. "그런 게 나와 무슨 상관인가요?" "그래봐야 바보 같은 여자라는 소리만 들어요." "그런 게 내게 왜 필요하죠?" 같은 말을 자주 하는 걸로 봐서 그녀는 이기적인 성격이 분명했다. 그 외에도 그녀의 사소한 행동 가운데 프레데릭이 싫어하는 것들이 있었다. 예를 들어 문 뒤에서 엿듣는다든지 하는 행동이었다. 그는 그녀가 고해신부에게도 거짓말을 할 거라는 생각을 하기도 했다. 그녀는 언제나 지배자같이 굴었고, 그에게 일요일에도 같이 성당에 가자고 했다. 그러면 그는 명령대로 성경을 갖고 따라갔다.

유산을 잃은 일 이후로 당브뢰즈 부인은 달라져 있었다.

수심이 가득한 그녀를 보면 뭘 모르는 사람들은 남편을 잃었기 때문이라고 생각했다. 그 때문에 그녀는 사람들의 관심을 끌었다. 예전처럼 손님들이 많이 찾아왔다. 프레데릭의 출마가 실패로 돌아간 뒤 그녀는 그와 자신을 위해 독일 주재 외교관직을 눈여겨봤다. 외교관직을 위해서는 시대의 지배적인 사상을 따라야 한다는 것이 그녀의 생각이었다.

나폴레옹 제정 시대를 그리워하는 사람, 오를레앙 집안이 다시 일어나기를 바라는 사람, 샹보르 백작*을 지지하려는 사람 등 여러 가지 사상을 가진 사람들이 있었다. 하지만 지방 분권제가 매우 시급하다는 데 대해서는 모두 한뜻이었다. 지방 분권제를 위해서는 파리의 여러 대로를 갈라 소도시를 만들어야 한다는 의견, 정부를 베르사유로 이전해야 한다는 의견, 부르즈에 학교를 세우고 도서관을 폐지해야 한다는 의견, 지역 관할 단장이 전부 맡아야 한다는 의견 등 여러 가지 아이디어가 나왔다. 사람들은 시골을 찬양하기 시작했다. 무식한 인간이 유식한 인간보다 올바른 판단을 내린다는 것이 그 이유였다. 또한 보수적인 사람들은 여러 가지에 대해 증오의 감정을 품었다. 초등학교 교사, 술집, 철학 수업, 역사 강의,

---

* 앙리 5세를 가리킨다.

소설, 붉은색 조끼와 긴 수염, 모든 독립과 개인적인 주장이 증오의 대상이었다. 권위의 원칙을 다시 세우기 위한 힘이었고, 권위이기만 하면 누구의 이름으로 행해지든 어디서 오든 상관없다는 식이었다. 보수파는 세네칼과 같은 말을 하고 있었다. 프레데릭은 뭐가 뭔지 도통 이해가 가지 않았다. 그러나 옛 애인의 집에 가면 똑같은 사람들이 여전히 옛날과 똑같은 이야기를 주고받고 있었다.

매춘부의 살롱(이 시기부터 살롱이 중요한 역할을 했다.)은 중립 지대 같은 곳이어서 여러 보수파들이 모여들었다. 당대의 영광을 열심히 비난하던(오히려 영광을 짊어져야 질서가 회복되는 효과가 있었지만) 위소네는 로자네트에게 살롱을 열라고 부추겼다. 그는 살롱 파티에 대해 기사를 쓸 생각이었다. 그가 먼저 데려온 사람은 근엄한 퓌미숑이었다. 이어서 나타난 사람들은 노냥쿠르, 드 그레몽빌 씨, 전 지사 라르실루아, 그리고 지금은 저지대 브르타뉴 지방의 농학자로 여느 때보다도 독실한 기독교인이 된 시지였다.

그 밖에 코맹 남작, 쥐미약 백작, 로자네트의 옛 연인들까지 왔다. 프레데릭은 이런 사람들이 보이는 노골적인 태도에 상처받았다.

그는 자신이 로자네트 집의 주인임을 분명히 보여주기 위해 집 안을 화려하게 꾸몄다. 남자 하인도 고용하고, 집 모양을 바꾸고, 새 가구를 사들였다. 이렇게 돈을 쓴 덕분에 프레데릭이 가진 재산의 수준에는 못 미치는 결혼을 한다는 세간의 생각을 누르는 데는 효과가 있었지만 과도한 지출로 그의 재산이 많이 줄었다. 그녀는 프레데릭의 행동을 이해하지 못했다!

몰락한 부르주아 출신인 그녀는 내심 소박하고 평온한 가정을 꿈꾸고 있었다. 일주일에 한 번 손님을 초대하는 것에 만족했다. 자신과 비슷한 여자들을 '그런 여자들'이라고 했고, '사교계의 귀부인'이 되고 싶다는 생각도 품고 있었다. 그녀는 고상하게 보이고 싶어서 그에게 응접실에서 담배를 피우지 말라고 했고, 고기를 먹지 말자고도 했다.

마침내 그녀는 아내로서 본연의 의무까지도 거부했다. 점점 꽉 막힌 답답한 성격이 되어갔고, 침실에서도 술집 입구에 서 있는 측백나무처럼 처량한 표정이었다.

그는 그 이유를 알게 되었다. 로자네트는 결혼을 꿈꾸고 있었던 것이다. 그녀 역시! 이 사실에 그는 화가 났다. 전에 그녀가 아르누 부인 집에 불쑥 들어왔던 일도 기억났고, 몸을 허락하기까지 오랜 시간이 걸렸다는 사실 때문에 그는 여전히 그녀에게 앙심을 품고 있었다.

프레데릭은 로자네트가 전에 어떤 남자들과 관계를 가졌

는지 따져 물었으나 그녀는 전부 오해라고만 했다. 그는 질투 같은 감정을 느끼고 있었다. 그녀가 전에 남자들에게서 받은 선물을 보거나 지금도 가끔 선물을 받고 있다는 걸 알게 되면 화를 냈다. 그는 그녀에게 화가 날수록 동물적인 욕구를 느꼈으나 일단 욕구를 채우면 환상이 깨지고 그녀를 다시 증오했다.

프레데릭은 로자네트의 말, 목소리, 미소, 모든 것이 점점 싫어졌다. 투명하고 멍청해 보이는 그녀의 눈빛이 특히 싫었다. 어떤 때에는 그녀가 너무 얄미운 나머지 지금 눈앞에서 죽어버린다 해도 눈 하나 깜짝하지 않을 것 같다는 생각까지 들었다. 하지만 어떻게 화를 낼 수 있을까? 그녀는 말할 수 없이 다정했다.

데로리에가 다시 나타나 소송대리인 사무소를 구입하기 위해 협상을 하려고 계속 노장에 있었다고 했다. 프레데릭은 데로리에의 얼굴을 다시 보게 되어 기뻤다. 그는 믿을 만한 친구였다! 프레데릭은 두 여자 사이에 그를 제삼자로 끌어들였다.

변호사는 가끔 로자네트의 집에서 프레데릭과 식사를 했다. 두 사람이 사소한 문제로 말다툼을 하면 데로리에는 늘 그녀 편을 들었다. 어느 날 그런 그에게 프레데릭이 이렇게 말했을 정도였다.

"로자네트와 한번 자보지그래? 재미있을 거야." 프레데릭은 내심 어떤 우연한 일이라도 일어나 그녀에게서 벗어나고 싶었다.

6월 중순쯤 로자네트는 독촉장 한 통을 받았다. 집행관 아타나즈 고트로가 보낸 것이었다. 로자네트가 클레망스 바트나에게 빌린 4,000프랑을 갚으라는 독촉이었고, 만일 지불이 이루어지지 않으면 다음 날 차압에 들어간다는 내용이었다.

전에 그녀가 서명한 어음 네 장 중에서 갚은 건 단 한 장뿐이었다. 그 이후에 들어온 돈은 전부 다른 데 써버렸다.

그녀는 아르누에게 달려갔다. 그러나 문지기는 그가 생제르맹 거리로 이사했다고만 했고 이사 간 집의 번지수는 모른다고 했다. 이어서 그녀는 친구들 집을 다녔으나 모두 집에 없었다. 그녀는 낙심한 채 집에 돌아왔다. 프레데릭에게는 아무 말도 하고 싶지 않았다. 만일 이런 이야기를 꺼냈다가 그와 정식으로 결혼하지 못할까봐 걱정되었던 것이다.

다음 날 아침에 아타나즈 고트로 씨가 부하 두 명을 좌우에 거느리고 나타났다. 한 명은 몸이 바싹 마르고 인상이 험악했으며 욕심이 많아 보였고, 다른 한 명은 부착식 컬러를 달고 바지 끈을 꽉 끼게 맸으며 엄지손가락에 검은색 타프타

골무를 끼고 있었다. 두 사람 모두 보기 싫을 정도로 지저분했다. 깃은 기름때로 꼬질꼬질했고 프록코트의 소매는 매우 짧았다.

반대로 이들의 상사인 아타나즈 고트로는 매우 잘생긴 남자였다. 그는 먼저 자신이 해야 하는 일은 괴로운 일이라며 사과를 한 다음 방 안을 빙 둘러봤다. 그는 "좋은 물건들이 많군요."라고 말하고는 이어서 덧붙였다. "차압할 수 없는 물건들 이외의 것도요." 그가 손을 흔들자 부하 두 명은 자리를 떴다.

그가 한층 더 입에 발린 말을 했다. "이런, 이렇게 아름다운 분께 믿을 만한 친한 남자분이 없다니 믿을 수가 없군요. 재판소의 권한으로 경매에 부치게 되어 진심으로 유감입니다. 이런 불행을 극복하고 다시 일어나지는 못하죠." 그는 로자네트에게 위협적으로 말했으나 그녀가 어쩔 줄 몰라하자 갑자기 불쌍하다는 생각이 들어 좀 더 부드럽게 말했다. 그는 사교계를 잘 아는 사교계 부인들과 일 때문에 만난 적이 있다고 했다. 그리고 벽에 걸린 그림들을 하나씩 보며 화가 이름을 댔다. 전에 아르누가 가지고 있던 그림들로 송바즈의 데생, 뷔리외의 수채화, 디트메르의 풍경화였다. 물론 로자네트는 그림 가격은 알지 못했다. 고트로 씨가 그녀를 보며 말했다.

"자, 제가 좋은 사람이라는 걸 보여드려야 하니 이렇게 하죠. 제게 디트메르의 그림을 전부 넘겨주십시오. 그러면 제가 빚을 전부 지불하기로 하죠. 그러면 괜찮을까요?"

마침 프레데릭이 모자를 쓴 채 인상을 쓰며 들어왔다. 지금 안에서 무슨 일이 일어나고 있는지 대기실에서 들었고, 고트로 씨의 부하 두 명도 중간에 본 것이다. 고트로 씨는 다시 진지한 태도로 돌아왔다. 문이 열려 있었기 때문이다.

"자, 두 사람, 어서 적어! 두 번째 방에는 그 뭐냐, 보조 판자가 있는 참나무 테이블이 두 개, 찬장이 두 개……."

프레데릭이 말을 가로막고 차압을 면할 방법이 없는지 물었다.

"오! 물론 있긴 하죠. 이 가구들의 구입 비용은 누가 낸 겁니까?"

"접니다."

"그럼 소유권 회복 청구서를 제출하십시오. 시간은 아직 있습니다."

고트로 씨는 재빨리 적던 것을 끝내고 로자네트를 급속 심리에 소환한다는 조서를 쓰고는 물러갔다.

프레데릭은 한마디도 나무라지 않았다. 고트로 씨의 부하가 신은 구두에서 떨어져 나온 진흙이 양탄자에 떨어진 걸 보며 프레데릭은 그저 혼잣말로 중얼거릴 뿐이었다.

"돈을 구해야겠군."

"난 왜 이렇게 멍청할까요!" 여장군이 말했다.

그녀는 서랍을 뒤져 편지 한 통을 찾아내더니 급히 랑그독 조명 회사로 주식 명의를 바꾸러 갔다.

그녀는 한 시간 뒤에 돌아왔다. 증권은 이미 딴 사람에게 팔렸다고 했다. 회사 직원은 그녀가 보여준 아르누의 자필 약속 서류를 살펴보더니 이렇게 말했다고 한다. "이 증서로는 아가씨가 주주라고 인정할 수 없습니다. 저희 회사로서는 어쩔 수가 없습니다."

회사에서 쫓겨나다시피 나온 그녀는 너무 화가 났다. 어떻게 된 일인지 알아보기 위해 프레데릭은 아르누의 집에 가야 했다.

하지만 아르누가 프레데릭이 유실된 저당권 1만 5,000프랑을 간접적으로 받으러 왔다고 생각할 수도 있을 것 같았다. 더구나 애인 로자네트가 전에 사귀었던 남자에게 이런 요구를 한다는 것이 왠지 비열하게 생각되었다. 일단 프레데릭은 당브뢰즈 부인의 집으로 가서 르쟁바르의 주소를 알아낸 다음 그곳에 심부름꾼을 보내 시민이 자주 들르는 카페의 이름을 알아냈다.

바스티유 광장 맞은편에 있는 카페였다. 르쟁바르는 그 카페의 안쪽 오른쪽 구석 자리에서 마치 카페의 일부라도 되는 듯이 하루 종일 꼼짝도 하지 않고 있었다.

그는 맥주 한 잔을 시작으로 그로그, 비쇼프*, 데운 포도주, 오루즈**를 차례로 마신 뒤 다시 맥주를 마셨다. 그다음에는 삼십 분마다 말끝마다 "맥주 한 잔!"이라고 외쳤다. 프레데릭은 그에게 아르누와 가끔 만나는지 물었다.

"아니!"

"왜지?"

"바보 같은 자야!"

프레데릭은 르쟁바르와 아르누가 정치 문제로 사이가 틀어졌다고 생각해, 화제를 바꿔 콩팽은 어떻게 지내느냐고 물었다.

"멍청이!"

"왜지?"

"그자의 송아지 머리!"

"도대체 그 송아지 머리라는 게 뭔가?"

르쟁바르는 동정 어린 미소를 지었다.

---

* 포도주에 레몬이나 오렌지를 넣은 음료.

** 물에 포도주를 약간 탄 음료.

"바보 같은 이야기들이지."

프레데릭은 한참 동안 침묵을 지키다가 다시 말했다.

"그는 주소를 옮긴 건가?"

"누구?"

"아르누 말이야."

"플뢰뤼 거리로 이사 갔어."

"몇 번지인데?"

"내가 예수회 놈이랑 만날 것 같나?"

"예수회라니?"

르쟁바르가 이렇게 대답했다.

"내가 소개해준 애국자의 돈으로 묵주 가게를 차렸다고 하더군."

"그럴 리가!"

"가서 보라고."

르쟁바르의 말이 맞았다. 타격을 받아 마음이 약해진 아르누는 종교로 귀의해버린 것이었다. '언제나 신앙적 바탕을 갖고 있었고' (장사꾼 기질과 타고난 솔직한 성격이 합해져) 영혼을 구원받고 부자가 되고 싶다는 마음에 종교 용품 가게를 차린 것이다.

프레데릭은 그 가게를 어렵지 않게 찾아냈다. 가게 간판은

'고딕 미술품 – 종교 예식 복원 – 교회 장식 – 채색 조각품 – 세명의 동방박사 향료 등 취급'이라고 되어 있었다.

진열장 양쪽에는 황금색, 주황색, 푸른색으로 채색된 목상이 있었다. 양피를 두른 세례 요한의 조각상과 앞치마에 장미꽃을 담고 물레 씨아를 팔 밑에 낀 성녀 주느비에브의 조각상이었다. 소녀에게 공부를 가르쳐주는 수녀, 아이의 침대 옆에 무릎을 꿇고 있는 어머니의 조각상, 설교단 앞에 선 학생 세 명의 조각상 등 여러 가지 석고상이 모여 있었다. 가장 아름다운 것은 노새와 소로 장식되어 있고 아기 예수가 진짜 밀짚 위에 누워 있는, 마구간을 본뜬 오두막집 모형이었다. 진열대 위에서 아래까지 열두 개가 한 쌍인 성패, 여러 가지 묵주, 조개껍질 모양의 성수반, 교회의 영광을 짊어진 사람들을 그린 초상화 등이 있었다. 이 중 아르프와 교황이 모두 미소 짓고 있는 초상화가 눈에 띄었다.

아르누는 계산대에서 고개를 푹 숙인 채 졸고 있었다. 그새 폭삭 늙어 있었고 관자놀이 주위에는 복숭앗빛 반점까지 있었다. 전시된 황금 십자가가 빛을 받아 빛났다.

초라하게 늙어버린 그를 보자 프레데릭은 왠지 슬펐지만 여장군을 생각해 마음을 다잡고 앞으로 다가갔다. 바로 그때 가게 안쪽에서 아르누 부인이 나타났다. 프레데릭은 그대로 발길을 돌렸다.

"아르누는 없더군." 그는 집으로 돌아와 로자네트에게 말했다.

프레데릭은 르아브르에 있는 공증인에게 편지를 써서 돈을 부치라고 부탁해보겠다고 했으나 로자네트는 듣지 않고 화만 냈다. 그처럼 마음 약하고 우유부단한 남자는 처음이라고 했다. 또한 다른 여자들은 잘만 사는데 자신은 뭐 하나 되는 일이 없다고 툴툴댔다.

프레데릭은 아르누 부인의 초라한 집 안을 상상하며 불쌍한 그녀를 생각했다. 그는 책상 앞에 앉았다. 로자네트의 찢어질 듯한 목소리가 계속 들렸다.

"제발 부탁이니 가만히 좀 있어요!"

"설마 그 사람들을 감싸고도는 건 아니죠?"

그가 외쳤다. "그래! 도대체 왜 그렇게 집착을 하는 거지?"

"왜 그 사람들에게 돈을 못 받아내는 거예요? 왜요, 옛 애인이 상처받을까봐 그런 거죠? 솔직히 말해보라고요!"

그는 탁상시계를 던져 그녀를 때려눕히고 싶은 충동을 느꼈다. 하지만 말이 나오지 않아 침묵을 지켰다. 그녀는 방 안을 왔다갔다하며 계속 잔소리를 했다.

"고소할 거예요. 당신이 그렇게 감싸는 아르누 말이에요.

당신 도움 따위는 필요 없어요." 이어서 로자네트는 입술을 깨물더니 "변호사와 상의할 거예요."라고 말했다.

그로부터 사흘 뒤 하녀 델핀이 서둘러 들어왔다.

"마님, 마님, 이상한 남자가 풀이 담긴 그릇을 가지고 왔어요. 무서워요."

로자네트가 주방으로 나가봤다. 얼굴이 온통 곰보에 한쪽 팔을 못 쓰는 인상 더러운 남자가 술에 취해 횡설수설하고 있었다.

고트로 씨가 보낸 일꾼으로, 공고문을 붙이러 온 것이었다. 차압에 대한 이의 신청이 기각되었으므로 절차에 따라 경매를 부치게 된 거였다.

일꾼은 계단을 힘들게 올라왔으니 물 한 잔 좀 달라고 했다. 그리고 이 집 마님이 여배우라고 생각했는지 극장표를 달라고 부탁했다. 일꾼은 한동안 뜻을 알 수 없는 눈짓을 하다가 40수를 주면 아래층 입구에 이미 붙인 공고문의 한쪽을 찢어도 아무 말도 하지 않겠다고 했다. 로자네트가 보니 공고문에 자신의 이름이 적혀 있었다. 그녀는 바트나가 자신을 증오한 나머지 얼마나 야비해졌는지 다시 한번 깨달았다.

바트나 양도 전에는 정에 약해서 마음속 고민을 베랑제에게 털어놓고 조언을 구하기도 했었다. 하지만 살면서 이리저리 시달리다 보니 성격이 거칠어진 것이었다. 피아노를 가르치기도 하고 식당에서 파는 값싼 정식을 감독하기도 하고 패션지 일을 도와주기도 하고, 빈집을 다시 세놓기도 하고 술집 여자들에게 레이스를 팔기도 하면서 열심히 살았다. 술집 여자들과 교류하면서 남자들에게 관심을 받는 경험도 하게 되었고, 특히 아르누에게 호의를 많이 베풀었다. 또한 그녀는 전에는 어느 무역 회사에 근무하기도 했었다.

그녀는 회사에서 여직원들의 임금을 계산하는 일을 맡았다. 여직원마다 장부가 둘이었는데 장부 하나는 그녀가 전적으로 관리했다. 뒤사르디에 역시 남의 일을 봐주는 걸 좋아해서 오르탕스 바슬랭이라는 여직원의 장부를 대신 정리해주는 일을 했다. 어느 날 바트나가 오르탕스의 임금 계산표를 가지고 왔다. 돈을 찾기 위해 일부러 회계과까지 가서 회계원으로부터 1,682프랑을 받았다. 그런데 전날 밤에 뒤사르디에가 오르탕스의 업무 상황을 살핀 뒤 장부에 적은 금액은 1,082프랑밖에 안 되었다. 뒤사르디에는 그럴듯한 핑계를 대며 오르탕스의 장부를 돌려받았고, 그녀가 돈을 슬쩍한 것을 덮어주기 위해 장부를 잃어버렸다고 했다. 오르탕스는 뒤사르디에가 횡령을 도와주려 한다는 것도 모르고 그가 거짓말을 하고 있다고 바트나 양에게 말했다. 바트나 양은 사건의 진상을 밝히고자 착한 직원 뒤사르디에에게 가서 이것저것 물었다. 그러나 그는 "태워버렸어요."라고만 했다. 얼마 후 바트나 양은 회사를 그만두었으나, 그 장부를 태워버린 게 아니라 뒤사르디에가 여전히 갖고 있다고 생각했다.

마침 뒤사르디에가 부상당했다는 소식을 듣고 그녀는 장부를 돌려받기 위해 그의 집으로 갔다. 그의 집을 아무리 살펴봐도 장부는 찾을 수 없었다. 하지만 그가 성실하고 용감하고 착실하며 심지가 굳은 사람이라는 걸 알게 되면서 그를 존경하게 되었고, 존경심은 어느새 사랑으로 변했다. 그녀는 이 나이에 이런 사랑의 감정이 생길 줄 몰랐다. 그녀는 뒤사르디에에게 몸을 던졌다. 그에 대한 사랑에 미친 나머지 문학, 사회주의, 마음에 위안이 되던 학설, 유토피아의 이상, 여성의 억압에 반대하는 강연, 델마르까지 모두 버렸다. 그녀는 그에게 정식으로 결혼하자고까지 했다.

그는 그녀와 육체관계는 계속 맺고 있었지만 사랑은 전혀 느끼지 못했다. 이전에 그녀가 돈을 슬쩍한 사건도 늘 찝찝하게 남아 있었다. 더구나 그녀는 돈이 너무 많았다. 결국 그는 청혼을 거절했다. 그녀는 울면서 마음속에 품은 꿈에 대해 이야기했다. 둘이서 큰 양장점을 하고 싶다는 것이었다. 가게를 여는 데 필요한 돈은 갖고 있고, 다음 주에 4,000프랑이 더 들어올 거라고 했다. 그러면서 여장군에게 소송을 건 이야기를 했다.

그는 이 말을 듣자 친구 프레데릭이 걱정되었다. 경비대 검문소에서 그에게 시가 케이스를 받은 일, 나폴레옹 거리의 강변으로 그를 자주 찾아가던 밤, 즐거웠던 여러 가지 이야기, 그에게 빌려 읽은 책, 그에게 받은 여러 가지 도움이 떠올랐다. 뒤사르디에는 바트나 양에게 로자네트에 대한 고소를 취하해달라고 부탁했다.

그러나 바트나 양은 그에게 너무 착해서 탈이라면서 로자네트에게 지나칠 정도로 증오심을 보였다. 바트나 양이 악착같이 돈을 버는 이유도 언젠가 사륜마차를 타고 다니며 로자네트의 기를 팍 죽이기 위해서였다.

그는 바트나 양의 사악한 마음을 알고 정이 떨어졌다. 그는 경매 날짜를 알게 되자 집에서 나왔다. 그다음 날 아침 일찍 그는 프레데릭의 집으로 찾아가 난처한 표정을 지었다.

"사과할 일이 있는데."

"뭔가?"

"날 은혜도 모르는 놈이라 생각하겠지? 난 그 바트나 양의……." 뒤사르디에는 망설였다. "난 그 여자와 다시는 만나지 않을 거야. 그 여자와 같은 패가 되고 싶지는 않으니까."

프레데릭은 놀라서 그를 바라봤다. 뒤사르디에가 말을 이었다. "사흘 뒤에 로자네트의 집 가구가 전부 경매에 부쳐지는 거지?"

"그건 누구한테 들었지?"

"바트나가 자기 입으로 직접 이야기하더군. 혹시 자네에게 상처를 준 게 아닌가 걱정이 되어서."

"아니, 그렇지 않아."

"정말인가? 자넨 정말 좋은 사람이군."

뒤사르디에는 주저하더니 양피로 된 지갑을 내밀었다.

뒤사르디에의 전 재산 4,000프랑이었다.

"어떻게! 아! 아니! 받을 수 없어……."

"자네가 기분 나빠할 거라 생각했지만……." 뒤사르디에의 눈가에 눈물이 고였다.

프레데릭은 뒤사르디에의 손을 꽉 잡았다. 선량한 청년은 말을 이었다.

"받아두게. 그래야 내 마음이 편하니까. 지금 난 너무 절망적이야. 이제 모든 게 끝장 아닌가? 혁명이 일어났을 때는 모두 행복해질 거라고 생각했지. 기억나나? 얼마나 멋졌나? 여유도 느껴졌고. 하지만 이제 다시 최악의 상태로 돌아왔어."

뒤사르디에는 한참 동안 시선을 떨군 채 바닥을 바라봤다.

"놈들은 로마의 공화제를 망친 것처럼 우리의 공화국을 망치고 있어! 베네치아, 폴란드, 헝가리 모두 같은 운명이지. 놈들은 자유의 나무를 쓰러뜨리고, 그다음에는 선거권 제한, 클럽 폐쇄, 검열의 부활을 추진하고 교육도 사제에게 맡기고 있지. 이대로 가면 종교 재판도 다시 열지 않으리란 법이 있을까? 보수파는 코사크 기병을 끌어들여 우리를 없애고 싶어하고. 사형을 반대한다고 주장하는 신문은 발행이 금지되지. 그뿐 아니라 파리는 총검으로 둘러싸여 있고, 프랑스의 열여섯 개 도에는 계엄령이 선포된 상태야. 특사도 거부되지 않았나?"

뒤사르디에는 두 손으로 이마를 감쌌고, 깊은 고뇌에 빠진 듯 두 팔을 벌리며 말했다.

"노력하면 조금은 나아질 거야! 진심으로 노력하면 서로 통하는 법이니까. 하지만 천만에! 노동자도 부르주아보다 나은 건 없어. 엘뵈프에서 화재가 났는데 노동자들이 화재 진압을 돕지 않겠다고 하지 않았나. 바르베스를 귀족으로 생각하는 이상한 노동자도 있고! 민중을 바보로 생각하는 놈들이 석공인 나도를 대통령으로 밀고 있지. 도대체 이게 어찌된 일인가? 어떻게 할 수가 없으니 답답해. 모두 우리에게 적대감을 갖고 있어. 난 나쁜 짓을 한 적이 없는데 말이야. 마치 목구멍에 뭔가 탁 걸린 기분이야. 이대로 가다간 난 미쳐버릴 거야.

마음 같아서는 차라리 누군가의 손에 살해당하고 싶다고. 그러니 내게는 이 돈이 필요 없어! 원할 때 갚으면 돼. 자, 받아."

프레데릭은 일단 돈이 급했기에 4,000프랑을 받았다. 이로써 바트나 양의 고소 건은 잘 해결되었다.

하지만 얼마 후 로자네트는 아르누를 상대로 건 소송에서 졌다며 계속 항소하겠다고 했다.

데로리에는 아르누가 한 약속만으로는 증여도 정식 양도도 된 것이 아니라고 누누이 말했으나, 로자네트는 들은 척도 하지 않고 법률은 불공평하고 남자들이 여자라고 무시한다며 길길이 날뛰었다. 하지만 마침내 그녀는 데로리에의 조언을 따랐다.

데로리에는 프레데릭과 로자네트의 집을 제집처럼 드나들었고, 이따금 저녁 식사에 세네칼을 데리고 오기도 했다. 프레데릭은 데로리에의 부탁으로 세네칼에게 돈을 마련해주고 단골 양복점에서 옷까지 맞춰주기는 했으나, 아무리 그래도 데로리에의 무례한 행동이 마음에 들지 않았다. 데로리에는 어떻게 살아가는지 모르는 사회주의자 세네칼에게 낡은 프록코트를 사주자고까지 했다.

데로리에는 로자네트에게 도움이 되는 일을 하고 싶다는 이야기를 자주 했다. 어느 날 그녀가 도토 회사(아르누가 3만 프랑의 손해배상 청구를 받은 사업)의 주식 열두 장을 보여주자 데로리에는 이렇게 말했다.

"뭔가 수상하긴 하군요! 좋아요!"

그녀에게 채권을 받기 위해 아르누를 법정에 소환할 권리가 있다는 것이었다. 이를 위해서는 그녀가 도토 회사의 부채를 연대 책임자로 지불할 의무가 있다는 증명이 필요하다고 했다. 아르누가 개인 채무를 회사 채무처럼 하여 많은 어음을 회사 명의로 돌렸기 때문이었다.

"상법 586조, 587조에 따라 아르누 씨는 위장 파산죄가 됩니다. 그 사람을 반드시 감옥에 넣겠습니다."

로자네트는 데로리에의 목에 매달렸다. 그다음 날 그는 노장에 갈 일이 있다면서 대신 전에 자기 밑에서 일했던 변호사 한 명을 그녀에게 소개해주었다. 급히 연락할 일이 있으면 세네칼이 데로리에에게 편지로 알리기로 했다.

사실 데로리에가 사무소 매입 협상을 하러 노장에 간다고 한 건 그럴듯한 구실에 지나지 않았다. 데로리에의 목적은 따로 있었다. 로크 영감의 집에 열심히 드나들며 프레데릭을 띄워주는 동시에 그의 태도와 말투를 따라 했다. 마침내 데로리에는 루이즈의 신임을 받게 되었다. 나아가 르드뤼 롤랭을 신랄하게 비판하며 로크 영감의 마음까지 얻었다.

데로리에는 프레데릭이 고향에 돌아오지 않는 건 상류 사교계에 드나들고 싶어서라고 했고, 프레데릭은 어떤 여자를 사랑하고 있으며 한 화류계 여자와는 아이까지 두고 있다고 로크 영감과 루이즈에게 알려주었다.

루이즈는 절망했고 모로 부인도 몹시 분노했다. 모로 부인은 아들이 막연한 심연으로 소용돌이치는 모습에 자신이 모욕당한 듯 부끄러웠다. 그러던 어느 날 모로 부인은 표정이 달라졌고, 누군가가 프레데릭에 대해 물으면 빈정거리는 태도로 이렇게 말했다.

"잘 있어요, 아주 잘 있답니다."

아들이 당브뢰즈 부인과 결혼하게 되었다는 소식을 들은 것이다.

결혼 날짜도 정해졌다. 프레데릭은 이 사실을 로자네트에게 어떻게 말해야 할지 이런저런 궁리를 했다.

가을 중순쯤에 로자네트는 도토 회사에 대한 소송에서 이겼다. 프레데릭은 세네칼과 문 앞에서 우연히 만나 이 소식을 들었다. 세네칼은 방청석에서 소송 결과를 본 것이다.

세네칼은 아르누가 사기 사건의 공범자로 판결 났다며 통쾌해했다. 프레데릭은 전직 과외 교사 세네칼이 말하는 도중에 끼어들어 로자네트에게는 자신이 알리겠다고 했다. 프레데릭은 인상을 찌푸리며 집으로 들어섰다.

"이제 만족하겠군."

그녀는 들은 척도 하지 않고 이렇게 말했다.

"좀 봐요."

그녀는 난로 옆 요람에 누인 아기를 가리켰다. 오늘 아침 유모에게 가보니 아기가 너무 아픈 것 같아 파리로 데려왔다고 했다.

아기는 손발이 여위었고 입안은 우유가 응고된 것처럼 하얀 반점으로 덮여 있었다.

"의사는 뭐라고 하는데?"

"아! 의사! 의사 말로는 여행을 너무 오래해서 안 좋아졌대요. 뭐라고 하더라. 생각이 안 나요. 아, 아구창이래요. 무슨 병인지 알아요?"

프레데릭은 즉시 대답했다. "물론 알지." 그리고 심각한 병은 아니라고 덧붙였다.

하지만 밤이 되자 아이는 더욱 약해졌고 곰팡이 같은 희끗한 반점들이 계속 퍼져나갔다. 마치 생명이 이 불쌍한 육체를 떠나가면서 풀이 자라는 물질만을 남겨놓는 것 같았다. 그는 무서웠다. 아기는 두 손이 얼음장처럼 차가웠고 더 이상 마시지도 못했다. 문지기가 중간에 사람을 시켜 어딘가에서 구해

온 새 유모는 이런 말만 계속했다.

"많이 아픈가봐요. 많이요."

로자네트는 밤새 서 있었다.

아침이 되자 그녀는 프레데릭을 부르러 갔다.

"일어나봐요. 아기가 더 이상 움직이질 않아요."

사실 아기는 죽어 있었다. 그녀는 아기를 안아 흔들고 온갖 애칭을 부르며 꼭 껴안고 입을 맞췄다. 그러더니 통곡을 하고 미친 듯이 빙빙 돌다가 머리카락을 쥐어뜯으며 울부짖었다. 이제 긴 의자 모서리에 털썩 주저앉아 멍하니 한곳을 뚫어지게 바라보며 입을 벌린 채 눈물만 흘렸다. 그녀가 탈진 상태가 되자 방 안은 조용했다. 가구는 뒤죽박죽이 되어 있었고 냅킨 두세 장이 아무렇게나 흩어져 있었다. 시계가 여섯 시를 알렸고 야등이 꺼졌다.

프레데릭은 모든 것이 꿈같았다. 불안해서 가슴이 떨렸다. 아이의 죽음은 시작에 불과하고 나중에 더 무서운 불행이 닥칠 것만 같은 불길한 예감이 들었다.

그녀가 갑자기 다정한 목소리로 말했다.

"아이를 영원히 보존할 거죠?"

그녀는 아이를 미라로 만들고 싶다고 했다. 하지만 말도 안 되는 일이었다. 그는 이렇게 작은 아기는 미라로 만들기가 어렵다고 하면서 초상화로 그려 보관하는 게 낫다고 생각했다. 그녀도 그러자고 했다. 그는 펠르랭에게 편지를 썼고, 델핀이 편지를 전하러 갔다.

펠르랭이 곧 도착했다. 죽은 아기의 초상화를 열심히 그려 과거의 잘못을 속죄하고 싶다는 마음이 들었다. 펠르랭은 이렇게 말했다.

"가엾은 아기! 아! 세상에, 이런 불행이."

하지만 점점(펠르랭 안의 예술가가 고개를 들면서) 이런 흑갈색 눈과 창백한 얼굴의 아기는 그리기가 힘들다고 했다. 정물과 마찬가지인 상태이기 때문에 상당한 재주 없이는 힘들다는 것이었다. 펠르랭은 이렇게 중얼거렸다.

"아, 정말 어려운 일이야. 어려워."

"비슷하게 그리기만 하면 돼요." 로자네트가 말했다.

"아뇨, 비슷하게 그리는 것에는 신경 쓰지 않아요! 사실주의는 안 됩니다. 정신을 그려야죠. 제게 맡겨주세요! 한번 생각을 해보고 어떤 화풍이 좋을지 결정하겠습니다."

펠르랭은 왼손으로 이마를 짚고, 그 팔꿈치는 오른손으로 받친 채 생각에 잠겼다. 갑자기 그는 이렇게 말했다.

"그래, 좋은 생각이 떠올랐어! 파스텔화가 좋겠어! 채색을 반쯤 진하게 하고 그 위에 엷게 바르면 윤곽이 뚜렷해지지."

펠르랭은 하녀를 시켜 화구 상자를 가져와달라고 했다. 그리고 의자 하나는 발밑에, 다른 하나는 옆에 두고 마치 재능에 따라 작업하는 양 침착하게 대략적인 스케치를 하기 시작했다. 그는 스케치를 하면서 코레즈의 소년 성 요한, 벨라스케스의 로즈 왕녀, 레이놀즈의 우윳빛 피부, 로렌스의 우아함, 글로우어 부인의 무릎에 안긴 긴 머리 소년상을 열심히 칭찬했다.

"게다가 이런 어린애들만큼 귀여운 건 없죠! 전형적인 숭고함(라파엘로가 여러 성모 마리아 그림에서 보여주었죠.)은 아이를 안고 있는 어머니의 모습일지도 모릅니다."

로자네트는 순간 슬픔에 북받쳐 밖으로 나갔다. 펠르랭이 즉시 말했다.

"그런데 아르누 말이야……. 어떻게 되었는지 아나?" 펠르랭이 말했다.

"아니! 무슨 일이야?"

"결국 그렇게 될 걸 말이야."

"그게 무슨 말인가?"

"아마 지금은……. 잠깐만 실례."

펠르랭은 죽은 아기의 머리를 위로 올리려고 일어섰다.

"그래서 어떻게……." 프레데릭이 다시 물었다.

펠르랭은 길이를 좀 더 잘 재기 위해 눈을 깜빡이면서 말을 이었다.

"우리 친구 아르누는 지금 감옥에 있을 거야."

이어서 그는 만족스러운 표정을 지으며 말했다.

"이것 좀 봐. 이러면 어떨까?"

"그래. 아주 좋아. 그런데 아르누는?"

그가 파스텔을 내려놓았다.

"아르누는 르쟁바르의 친구 미뇨라는 사람에게 소송을 당했다고 하더군. 르쟁바르도 머리가 좋잖아? 멍청하긴! 참, 자네 언젠가……."

"지금 르쟁바르 이야기를 하자는 게 아니잖아!"

"참, 그렇지. 아르누는 어제저녁까지 1만 2,000프랑을 마련했어야 했는데 어떻게 됐는지 모르겠어. 돈을 마련하지 않으면 파산이라고 들었거든."

"과장된 거겠지." 프레데릭이 말했다.

"그렇진 않아. 굉장히 심각한 것 같았어. 아주 심각해 보였다고!"

로자네트가 화장을 한 듯 눈꺼풀 아래가 붉어진 모습으로 다시 들어왔다. 로자네트는 이젤 옆에 서서 그림을 들여다봤다. 펠르랭은 프레데릭에게 가만있으라는 신호를 보냈다. 하지만 프레데릭은 아랑곳하지 않고 계속 말했다.

"믿기지가 않는데……."

"아니, 어제 그 친구를 봤어." 펠르랭이 말했다. "저녁 일곱 시에 자콥 거리에서 봤지. 만일을 대비해 여권까지 준비해두었더라고. 일이 생기면 가족 모두 르아브르에서 배를 타고 간다고 했어."

"뭐, 부인까지?"

"그렇다니까. 너무나 좋은 아버지니까 혼자서는 못 살겠지."

"확실한가?"

"당연하지! 그 사람이 어디서 1만 2,000프랑을 구하겠나?"

프레데릭은 방 안을 두세 번 왔다갔다했고 괴로운 듯 숨을 헐떡이더니 마침내 입술을 꽉 깨물고 모자를 집었다.

"어디 가는 거예요?" 로자네트가 물었다.

하지만 프레데릭은 아무 대답도 하지 않고 사라졌다.

5장

무슨 일이 있어도 1만 2,000프랑이 필요했다. 그 돈이 없으면 다시는 아르누 부인을 만날 수 없다. 지금까지는 꺾이지 않는 희망이 프레데릭에게 남아 있었다. 그녀야말로 그에게 마음의 본질이자 인생의 목적이 아닌가? 그는 몇 분 동안 비틀거렸고 마음이 불안했지만 어쨌든 로자네트의 집에서 나오자 마음은 가벼웠다.

하지만 돈을 어디서 구한단 말인가? 아무리 해도 그렇게 큰돈을 구하기란 쉬운 일이 아니라는 걸 잘 알고 있었다. 도움을 받을 수 있는 사람은 딱 한 사람, 당브뢰즈 부인뿐이었다. 그녀는 책상 서랍 속에 늘 지폐 더미를 두둑이 넣어두고 있지 않은가. 그는 그녀의 집으로 가서 대담하게 말했다.

"1만 2,000프랑을 빌려주지 않겠습니까?"

"왜요?"

그는 이유는 말할 수 없다고 했다. 하지만 그녀는 꼭 알고 싶다고 했다. 그도 말하지 않고 버텼다. 두 사람 모두 고집을 꺾지 않았다. 그녀는 어디에 쓰려는지 말하기 전까지는 한 푼도 빌려줄 수 없다고 했다. 그는 얼굴이 빨개졌다. 그는 이유를 지어내기로 했다. 친구가 돈을 훔쳤는데 오늘 중으로 꼭 갚아야 한다고 했다.

"친구 이름은요?"

"뒤사르디에."

그리고 그는 그녀의 무릎 앞에 뛰어들어 절대 아무에게도 말하지 말라고 당부했다.

"날 뭘로 보는 거예요?" 그녀가 말했다. "누가 보면 당신이 나쁜 일을 한 줄 알겠어요. 얼굴 좀 펴요. 자, 돈 여기 있어요. 잘됐으면 좋겠군요."

그는 아르누의 가게로 달려갔다. 그러나 아무도 없었다. 알아본 결과 아르누의 집 두 채 중 한 곳은 아직 파라디 거리에 있다고 했다.

프레데릭은 파라디 거리로 갔다. 문지기는 아르누가 어제부터 집에 없었다고 말했다. 부인에 대해서 문지기는 감히 이야기하지 못했다. 프레데릭은 얼른 계단으로 달려가 열쇠 구멍에 귀를 갖다 댔다. 잠시 후 문이 열렸다. 부인은 주인과 함께 떠났다고 했다. 하녀도 급료를 다 받았기 때문에 이제 막 나가려는 참이라고 했다.

갑자기 문이 삐걱거리는 소리가 들렸다.

"누가 있는 거 아닙니까?"

"아뇨, 바람 소리예요."

프레데릭은 돌아섰다. 아르누 부부가 이렇게 갑자기 사라지다니 아무래도 이상했다.

르쟁바르는 미뇨의 친구이므로 아르누의 일에 대해 자세히 이야기해줄지도 모른다는 생각이 들어 몽마르트르의 앙프뢰르 거리에 있는 그의 집까지 마차를 타고 갔다.

르쟁바르의 집에는 작은 정원이 있었다. 정원 주변에는 철판으로 틈을 메운, 쇠로 된 격자 울타리가 있었다. 삼단으로 된 현관 계단 위로 하얀 집의 정면이 돋보였다. 복도를 건너면 1층에 방 두 개가 보였는데, 하나는 응접실로 가구마다 옷이 펼쳐져 있었고, 다른 하나는 작업실로 르쟁바르 부인의 재봉사들이 일하는 곳이었다.

재봉사들은 집주인인 르쟁바르가 매우 좋은 일을 하고 있고, 높은 사람들과 만나는 대단히 능력 있는 사람이라고 믿고 있었다. 그가 챙이 올라간 모자를 쓰고 녹색 프록코트 차림으로 긴 얼굴에 점잖은 표정을 지으며 지나가면 재봉사들은 하던 일을 멈추었다. 또한 그는 격려하는 말을 하고 반드시 진지하게 인사했다. 재봉사들은 그가 이상적인 남편이라 생각했고, 공장에서 일하는 자신은 정말이지 불행하다고 느끼고 있었다.

그를 가장 사랑하는 여자는 그 누구보다도 그의 부인이었다. 작지만 총명한 그녀는 열심히 일해서 혼자 힘으로 남편을 먹여 살리고 있었다.

프레데릭 모로라는 이름을 전하자마자 르쟁바르 부인은 급히 맞으러 나왔다. 하인들을 통해 프레데릭과 당브뢰즈 부인의 관계를 알고 있기 때문이었다. 르쟁바르 부인은 남편이 방금 들어왔다고 했다. 그는 르쟁바르 부인을 따라갔다. 깨끗한 집 안, 산더미처럼 쌓인 방수 옷감들을 보며 감탄했다. 프레데릭은 시민이 생각할 것이 있을 때 들어가 앉아 있는 서재에서 몇 분간 기다렸다.

그는 평소보다는 덜 무뚝뚝한 태도로 프레데릭을 맞아주었다.

그는 아르누에 대한 이야기를 들려주었다. 전직 도자기 상인은 잡지 《세기》의 주식을 100주 가지고 있는 미뇨에게 민주주의에 맞게 경영과 편집진을 바꿔야 한다고 구슬렀다고 한다. 그리고 아르누는 앞으로 열릴 주주총회에서 이러한 의견을 통과시키겠다고 말하고, 미뇨에게 소유한 주식 중 50주를 빌려주면 믿을 수 있는 친구들에게 주식을 넘겨 투표에서 지지를 부탁하겠다고 했다. 미뇨에게는 아무 손해가 나지 않고, 누구와 갈등할 일도 없기 때문이라고 했다. 그리고 이번 계획이 성공하면 관리직에서 일하게 되어, 못해도 5,000에서 6,000프랑의 수입을 얻을 수 있다고 했다. 마침내 미뇨는 아르누에게 주식을 넘겼으나 그는 그 주식을 팔아버리고 말았다고 한다. 그뿐 아니라 그는 그 돈으로 어느 종교 용품 상인과 손잡고 새로운 사업을 시작했다. 미뇨는 이 사실을 알고 주식을 돌려달라고 했으나 그는 이 핑계 저 핑계를 대며 시간만 끌었다. 애국자 미뇨는 주식을 돌려주든가 그에 해당하는 5만 프랑을 지불하지 않으면 사기죄로 고소하겠다고 으름장을 놓았다고 한다.

프레데릭은 절망한 표정을 지었다.

"그뿐만이 아냐." 르쟁바르가 말했다. "마음씨 착한 미뇨는 사분의 일만 돌려줘도 참고 넘어가겠다고 했다는군. 그러자 아르누도 이런저런 약속을 했지만 다 핑계일 뿐이었지. 마침내 그제 아침에 미뇨는 스물네 시간 안에 1만 2,000프랑을 먼저 갚고 나머지는 나중에 내라고 통고한 거야."

"그 돈은 내게 있어." 프레데릭이 말했다.

그러자 시민이 고개를 돌렸다.

"농담 말게."

"아니! 지금 주머니 안에 있어. 돈을 가져왔다고."

"열심이군. 대단해. 하지만 더는 시간이 없어. 고소가 이루어졌고 아르누는 떠났으니까."

"혼자서?"

"아니, 부인과 함께. 르아브르 역에서 아르누 부부를 본 사람이 있다는군."

프레데릭의 얼굴이 백지장처럼 창백해졌다. 르쟁바르 부인은 그가 쓰러지지 않을까 하고 걱정했다. 그는 겨우 정신을 가다듬고 앞으로 어떻게 될 것 같으냐고 하며 두세 가지 물었다. 르쟁바르는 이 모든 것이 민주주의를 해치는 것이라면서 우울한 표정을 지었다. 아르누는 지금까지 행동이 바르지 못했고 지저분했다는 것이다.

"정말 가벼운 사람이지. 돈도 물 쓰듯이 쓰고. 아르누야 자업자득이지만 그 부인만 불쌍하게 됐지." 르쟁바르는 정숙한 여자를 존경하기 때문에 전부터 그녀를 매우 존경하고 있었다. "그 부인 고생 많이 했을 거야!"

프레데릭은 르쟁바르가 아르누 부인에 대해 좋게 이야기하자 고마운 생각이 들었다. 이어서 그는 여러 도움을 받은 사람처럼 르쟁바르와 힘차게 악수했다.

"볼일은 다 마친 건가요?" 프레데릭이 집에 들어오자 로자네트가 물었다.

그는 기운이 없어서 기분을 좀 달래려고 여기저기 돌아다니다 왔다고 했다.

여덟 시가 되자 그들은 식탁으로 갔지만 서로 마주 앉아 아무 말도 하지 않았고, 가끔 한숨만 쉴 뿐 요리에는 거의 손대지 않았다.

그는 코냑을 마셨다. 그는 너무나 피곤하다는 것 말고는 아무런 감각도 없었고, 황폐해지고 짓밟히고 지칠 대로 지쳤다는 생각이 들었다.

로자네트는 초상화를 가지러 갔다. 그러나 초상화는 붉은색, 노란색, 푸른색, 남색이 진하고 지저분하게 뒤섞여 보기 흉한 결과물에 지나지 않았다.

그뿐 아니라 모델인 죽은 아기도 이제는 못 알아볼 정도였다. 입술은 보랏빛에 가까웠고 피부는 더 새하얗게 변했으며 콧구멍은 작아지고 눈은 푹 꺼졌다. 죽은 아기의 머리는 푸른색 호박단 베개를 베고 있었고, 베개 양쪽에는 동백꽃, 가을 장미, 제비꽃이 놓여 있었다. 하녀의 아이디어에 따라 로자네트와 프레데릭이 아기 시신 주위를 경건하게 장식한 것이었다. 얇은 레이스가 덮인 난로 위에는 도금한 은 촛대가 거리를 둔 채 떨어져 있었다. 그 사이에는 성스런 회양목 가지를 놔두었다. 방 한구석에 놓인 두 개의 향로에서는 터키 향이 피어올랐다. 프레데릭은 주변 장식과 요람을 보면서 임시 제단을 떠올렸고, 자연스럽게 죽은 당브뢰즈 씨 옆에서 밤을 새웠던 기억이 났다.

로자네트는 거의 십오 분마다 침대 커튼을 젖히고 죽은 아기를 살펴봤다. 그때마다 그녀는 몇 달 뒤면 걷게 되었을 아이의 모습, 중학교 운동장에서 아이가 술래잡기를 하는 모습, 아이가 스무 살 청년이 되는 모습 등을 차례로 상상해보았다. 이런 모든 장면들을 떠올리자 로자네트는 마음이 너무도 괴로웠고 모성애가 커져, 자식을 잃은 슬픈 어머니의 마음을 더욱 느낄 수 있었다.

프레데릭은 다른 소파에 앉아 꼼짝하지 않고 아르누 부인을 생각했다.

지금쯤 그녀는 기차를 타고 파리에서 멀어져가는 시골 들판을 창밖으로 바라보고 있거나, 처음 만났을 때처럼 증기선 갑판 위에 있을지도 모른다는 생각이 들었다. 하지만 처음 만났을 때와 달리 이번에는 그녀가 탄 배가 머나먼 바다로 사라져 영영 만날 수 없을 것이라는 생각이 들었다. 그녀가 여관방에 있는 모습이 상상되었다. 여행 가방들이 바닥에 뒹굴고 벽지는 너덜너덜하고 문이 바람에 흔들리는 장면이 상상되었다. 그다음에는? 그녀는 이제 어떻게 되는 것일까? 초등학교 선생님, 간호사, 하녀? 그녀는 가난에 시달리며 살아가겠지. 그녀가 어떻게 될지도 모른다는 생각에 프레데릭은 가슴이 아팠다. 그녀가 도망치지 못하게 막거나 그녀를 따라갔어야 했다는 생각이 들었다. 자신이야말로 그녀의 진정한 남편이 아니던가? 하지만 이제는 모든 것이 끝이었다. 다시는 그녀를 만나지 못할 테니까. 그녀를 영원히 보지 못한다는 생각에 그는 마음이 찢어지는 것 같았다. 아침부터 참아왔던 눈물이 흘렀다.

로자네트가 이를 보고 말했다.

"당신도 나처럼 우는 거군요. 슬퍼요?"

"그래! 그래! 슬퍼……."

그는 로자네트를 안았다. 두 사람은 꼭 껴안은 채 눈물을 흘렸다.

한편 당브뢰즈 부인도 침대에 엎드려 두 손으로 얼굴을 감싼 채 울고 있었다.

그녀는 상복을 벗고 처음 입게 될 옷을 맞추기 위해 올랭프 르재바르 부인을 저녁에 부른 적이 있었다. 그런데 르재바르 부인으로부터 프레데릭이 찾아왔다는 말을 들었다. 그가 아르누 씨에게 주기 위해 1만 2,000프랑을 가지고 왔다는 것이었다.

'내가 준 돈으로 다른 여자가 망하는 걸 막아주려 한 거였어? 그러니까 애인을 곁에 두기 위해 돈이 필요했던 건가?'

처음에 당브뢰즈 부인은 너무 화가 난 나머지 프레데릭 같은 놈은 하인처럼 쫓아내리라고 결심했다. 그러나 실컷 울고 나니 마음이 가라앉아 모든 것을 가슴에 묻고 아무 말도 하지 않는 편이 낫겠다고 생각을 바꾸었다.

다음 날 아침 프레데릭은 1만 2,000프랑을 돌려주려고 당브뢰즈 부인의 집을 찾았다.

그녀는 친구가 어떻게 될지 모르니 만일을 위해 그냥 갖고 있으라고 권했다. 그리고 친구에 대해 자세히 물었다. "친구는 어쩌다 횡령에 연루되었나요? 분명 여자 때문이겠죠. 남자들은 여자를 위해서는 어떤 죄도 저지를 수 있으니까요."

그녀가 은근히 비꼬는 말에 그는 당황해 어쩔 줄 몰랐다. 그는 거짓말을 지어내 친구의 체면을 깎은 것 같아 미안한 마음이 들었다. 다만 다행히도 그녀는 진실에 대해서는 아직 모르는 것 같았다.

하지만 그녀는 너무 집요했다. 다음 날에도 그녀는 그에게 그 친구에 대해 다시 물었고, 또 다른 친구인 데로리에에 대해서도 물었다.

"머리가 좋고 믿을 만한 사람인가요?"

그는 데로리에를 칭찬했다.

"그럼 며칠 내로 오전 중에 이리로 좀 와달라고 전해줄래요? 의논할 게 있어서."

그녀는 서류 뭉치 속에서 지불이 분명히 거절된 아르누의 수표를 몇 장 발견했고, 수표에 아르누 부인이 서명한 것을 보았다. 전에 프레데릭이 아침 식사 시간에 남편을 찾아온 적이 있었는데 바로 이 수표 건 때문이었다는 게 기억났다. 당브뢰즈 씨는 소송을 통해 빚 독촉을 할 생각은 없었지만 상업재판소를 통해 아르누뿐만 아니라 그 부인에게도 파산 선고가 내려지도록 해두었던 것이다. 아르누가 아내에게는 이런 사실을 숨겼기에 그녀는 이에 대해 모르고 있었다.

좋은 무기가 될 것이다! 당브뢰즈 부인은 그렇게 생각했다. 늘 거래하는 공증인에게 이야기해봐야 그냥 포기하라는 말만 들을 것이 뻔했다. 그래서 새로운 사람을 물색하려 했는데, 마침 무슨 일이든 돕겠다고 한 뻔뻔한 데로리에가 생각난 것이었다.

프레데릭은 순진하게 데로리에에게 이야기를 전했다

데로리에는 상류사회 부인과 알게 된다는 생각에 매우 기뻐했다.

그는 즉시 당브뢰즈 부인의 집으로 찾아갔다.

그녀는 남편의 재산은 모두 조카 세실에게 상속되었다고 하면서, 그렇기 때문에 채권을 정리해 현금으로 바꾸고 싶다고 했다. 또한 세실과 마르티농 부부에게 언제나 잘해주고 싶다는 말까지 했다.

데로리에는 뭔가 사연이 있다는 생각에 어음을 조사하며 골똘히 생각해봤다. 아르누 부인이 직접 서명한 것을 보자 순간 데로리에는 그녀의 모습, 그리고 아르누 부인에게 받은 모욕이 한꺼번에 떠올랐다. 복수할 기회가 왔는데 잡지 않을 이유가 없지 않은가?

그는 회수가 불가능한 채권은 경매에 붙이는 게 좋겠다고 당브뢰즈 부인에게 권했다. 제삼자 명의로 비밀리에 낙찰받아 다시 소송하며 된다고 했고, 명의를 빌려줄 사람을 찾아보겠다고 했다.

11월 말쯤 프레데릭은 아르누 부인이 살았던 집 앞을 지나가다가 창문 쪽을 올려다봤다. 입구에는 공고문이 붙어 있었고 커다란 글씨로 이렇게 적혀 있었다.

'아름답고 화려한 가구 경매에 붙임. 주방 집기 전체, 내의류와 냅킨, 식탁보, 셔츠, 레이스 속치마, 바지, 프랑스산과 인도산 캐시미어, 에라르 피아노, 르네상스풍 떡갈나무 장롱 두 개, 베네치아 거울, 중국과 일본 도자기.'

'아르누 부부의 가구잖아!' 프레데릭은 속으로 생각했다. 문지기에게 물어보니 그의 생각이 맞았다.

누가 경매를 하는 거냐고 물었으나 문지기는 모른다고 했다. 경매 평가인 베르텔모 씨에게 물어보면 뭔가를 알 수 있으리라고 생각한 프레데릭은 베르텔모 씨를 찾아갔다.

처음에 베르텔모 씨는 어느 채권자가 경매를 진행하는지는 절대 비밀이라고 했지만 프레데릭이 하도 알려달라고 매달리자 대리인 세네칼이라고 알려주었다. 그리고 베르텔모 씨는《프티트 아퓌시》잡지를 친절하게 권했다.

프레데릭은 집으로 돌아와 로자네트 앞에 잡지를 펼쳐 테이블 위에 던졌다.

"읽어봐."

"뭐죠?" 그녀가 너무도 태연하자 그는 더욱 화가 났다.

"모른 척하지 말라고!"

"무슨 말인지 모르겠어요."

"아르누 부인의 물건을 경매에 부친 거 당신이지?"

로자네트는 잡지에 난 공고를 다시 읽었다.

"그 여자 이름이 어디에 있는데요?"

"부인의 가구잖아! 나보다 더 잘 알면서."

"이게 나와 무슨 상관이죠?" 그녀는 영문을 몰라 어깨를 으쓱했다.

"무슨 상관이냐니, 당신 지금 복수하는 거잖아! 계속 괴롭혔잖아! 부인의 집까지 찾아가서 모욕을 준 사람이 누군데. 당신처럼 아무것도 아닌 여자가. 가장 성스럽고 매력적이고 좋은 여성을 말이야! 왜 그런 여성을 파산시키지 못해 안달하는 거야?"

"뭔가 오해하고 있는 거예요. 정말이라고요."

"거짓말 마! 세네칼 뒤에 숨어서 하고 있잖아."

"바보 같은 소리 좀 하지 말아요!"

그는 머리끝까지 화가 났다.

"거짓말! 거짓말! 못된 것! 부인을 질투하는 거야? 그러니까 부인의 남편 재산에 파산 선고를 했겠지! 그것도 세네칼하고 짜고 말이야! 세네칼도 아르누를 미워하니까 두 사람의 증오심이 죽이 잘 맞았겠지. 당신이 도토 회사에 대한 소송에서 이겼을 때 세네칼이 참 기뻐했거든. 이래도 거짓말할 거야?"

"맹세하지만……."

"아! 그놈의 맹세!"

프레데릭은 로자네트가 관계를 가진 남자들의 이름을 일일이 나열하고 상세한 설명도 곁들였다. 그녀는 얼굴이 새파래져 뒤로 물러났다.

"놀랐나보군. 날 눈뜬 장님으로 알았겠지만 그저 눈감고 모른 척했을 뿐이야. 하지만 오늘은 정말 못 참아! 당신 같은 여자에게 속는다고 죽을 정도는 아니지. 못 참겠으면 내가 도망가면 되니까. 당신 같은 끔찍한 여자를 벌줘봐야 품위만 떨어질 거고!"

그녀가 불안한 듯 팔을 꼬았다.

"세상에, 누가 당신을 이렇게 변하게 만든 거예요?"

"당신 말고 누가 더 있겠어!"

"이 모든 게 아르누 부인을 위해서……!" 그녀가 울면서 외쳤다.

그는 차갑게 말했다.

"내가 사랑한 사람은 오직 아르누 부인 한 사람뿐이야!"

이 같은 모욕적인 말에 그녀는 울음을 멈췄다.

"취향 한번 훌륭하군요. 그 중년 여자가 뭐가 좋다고. 피부는 감초색에 허리는 굵고 눈은 지하실 환기창처럼 휑한 여자를. 그런 여자가 좋으면 당장에 쫓아가요!"

"기다리고 있었던 게 그거지. 고마워!"

그녀는 그의 태도가 평소와 달라서 너무 놀라 꼼짝하지 않았다. 그가 문을 닫고 나가는 것도 그저 멍하니 바라보고만 있었다. 하지만 그녀는 얼른 그의 뒤를 쫓아가 대기실에서 두 팔로 그를 끌어안았다.

"당신 제정신이 아니에요! 미친 게 분명해요! 말도 안 돼! 당신을 사랑해요!" 로자네트가 애원했다. "제발, 아이를 생각해서라도!"

"솔직히 말해. 당신이 했다고." 그가 말했다.

로자네트는 자신의 결백을 다시 한번 주장했다.

"솔직하게 말하기가 싫은 거지?"

"그래요, 아니니까요."

"그럼 잘 있어, 영원히."

"내 말 좀 들어보라고요!"

그는 고개를 돌렸다.

"내가 한번 결심하면 바뀌지 않는다는 거 잘 알 텐데!"

"아뇨, 당신은 반드시 돌아올 거예요!"

"절대 그럴 일 없어!"

그는 문을 쾅 닫고 나가버렸다.

로자네트는 만나서 할 말이 있다고 데로리에에게 편지를 썼다.

닷새 뒤 저녁에 그가 그녀를 찾아왔다. 그녀가 프레데릭과 헤어졌다는 이야기를 하자 데로리에가 말했다.

"그 일로 부른 겁니까? 대단히 유감이군요!"

그녀는 데로리에라면 프레데릭을 다시 데려올 수 있을 거라 생각했다. 하지만 이제 모든 것이 끝났다. 그녀는 프레데릭의 집 문지기에게서 그가 곧 당브뢰즈 부인과 결혼한다는 소식을 들었다.

데로리에는 그녀에게 이런저런 설교를 했는데 이상할 정도로 쾌활하고 익살스러웠다. 이어서 그는 밤이 너무 늦었으니 소파에서라도 자고 가게 해달라고 했다. 다음 날 아침이 되자 그는 그녀에게 언제 다시 만날지는 알 수 없다고 미리 말했고, 조만간 자신의 생활에도 변화가 있을 것이라고 말한 다음 노장으로 떠났다.

그는 노장에 도착하고 두 시간 뒤에 마을이 어수선하다는 걸 알았다. 마을 사람들은 프레데릭이 당브뢰즈 부인과 결혼하게 될 것이라며 수군거렸다. 소문을 확인하려고 오제 집안의 딸 세 명이 모로 부인을 찾아왔고, 모로 부인은 그 소문이 사실이라고 자랑스럽게 인정했다. 프레데릭과 당브뢰즈 부인이 결혼할 것이라는 소식에 로크 영감은 병이 났다. 루이즈는 방 안에 틀어박혀 나오지 않았다. 그녀가 정신이 이상해졌다는 소문까지 돌았다.

한편 프레데릭은 여전히 슬픔에 잠겨 있었다. 당브뢰즈 부인은 그의 기분을 달래주기 위해 더욱 다정하게 대했다. 매일 오후가 되면 그녀는 그를 마차에 태우고 산책을 나갔다. 어느 날 주식거래소 앞 광장을 지나던 중에 그녀는 재미있을 것 같으니 경매장에 들어가보자고 했다.

마침 그날은 12월 1일로 아르누 부인의 물건이 경매에 부쳐지는 날이었다. 프레데릭은 이 날짜를 외우고 있었기에 사람이 많아 정신없을 것 같다며 들어가기 싫다고 했다. 당브뢰즈 부인은 잠시 들어가보기만 하자고 했다. 두 사람이 탄 마차는 경매장 앞에서 멈췄다. 그는 그녀의 뒤를 따라갈 수밖에 없었다.

안마당에는 세면기가 떨어져나간 세면대, 나무 안락의자, 낡은 바구니, 깨진 도자기 조각, 빈 병, 매트리스가 너저분하게 굴러다니고 있었다.

작업복에 먼지투성이인 지저분한 프록코트를 입은 하층민 같은 남자들이 천 가방을 멘 채 떼를 지어 이야기하거나 시끄럽게 서로 불러대고 있었다.

프레데릭은 이 이상 들어가는 건 불편하다고 했다.

"아! 말도 안 돼요!"

두 사람은 계단으로 올라갔다.

오른쪽 첫 번째 방에서는 신사들이 목록을 들고 그림을 들여다보고 있었다. 그다음 방에는 중국 무기 컬렉션 경매가 있었다. 그녀는 내려가고 싶어했고, 문 위에 붙은 번호를 훑어보다가 복도 맨 끝에 있는 북적이는 방으로 그를 데려갔다.

그는 공예미술사의 진열장 두 개와 책상, 가구들을 보았다. 물건들은 크기에 따라 바닥에서 창까지 비스듬히 진열되어 있었다. 다른 쪽에는 양탄자와 커튼이 벽을 따라 수직으로 늘어져 있었다. 그 아래 계단식 좌석에는 노인들이 앉아서 졸고 있었다. 왼쪽에는 계산대 같은 것이 있었고, 흰색 넥타이를 맨 경매 평가인이 작은 망치를 가볍게 흔들고 있었다. 옆에서는 젊은 남자가 장부에 기록하고 있었다. 그 아래에는 행상인이나 극장 외출권 판매원처럼 생긴 건장한 남자가 서서 경매 물품 이름을 큰 소리로 읊고 있었다. 호명된 물건은 젊은 남자 세 명의 손에 이끌려 운반되어왔다. 테이블 주변에는 고물상과 여자 중개인들이 죽 늘어앉아 있었다. 그 뒤로는 구경하는 사람들이 왔다갔다하고 있었다.

그가 안에 들어갔을 때 속치마, 스카프, 손수건, 심지어 속옷까지 여러 사람의 손에 넘겨지면서 뒤집어졌다. 누군가가 내던지기라도 하면 하얀 물체가 갑자기 허공을 지나갔다. 옷, 깃털 장식이 부러진 축 늘어진 모자, 모피류, 장화 세 켤레가 팔렸다. 아르누 부인의 팔다리 모양이 아련하게 생각나는 물건들이 갈가리 흩어지는 광경을 보니 마치 그녀의 시체를 까마귀들이 쪼아 산산조각 내는 것 같은 끔찍한 기분이 들었다. 사람들의 숨결이 가득한 방 안 공기도 구역질이 났다.

당브뢰즈 부인은 프레데릭에게 작은 향수병을 건네며 말했다. "재미있네요."

이번에는 침실 가구가 운반되었다.

베르텔모 씨가 가격을 알렸다. 경매인이 큰 소리로 가격을 다시 알렸다. 담당자 세 명은 망치가 울리는 소리를 조용히 기다렸다가 소리가 들리면 물건을 옆방으로 운반했다. 이처럼 물건들이 차례로 경매에서 팔려나갔다. 동백꽃 자수 장식이 있는 커다란 푸른색 양탄자는 아르누 부인이 프레데릭에게 다가오기 위해 예쁜 발로 밟았던 것이었다. 화려한 무늬가 있는 안락의자는 그들이 단둘이 있었을 때 마주 보며 함께 앉았던 의자였다. 난로 옆에 세우는 가리개 두 개는 그녀의 손이 스쳤던 것으로 매끄러운 상아로 만들어졌다. 벨벳 바늘꽂이에는 아직도 바늘이 잔뜩 꽂혀 있었다. 물건들이 팔릴 때마다 그의 가슴도 뜯겨나가는 것 같았다. 경매장에서 반복되는 같은 소리, 같은 동작에 그는 괴로웠고, 감각이 무뎌지더니 마치 시체처럼 마비되어 몸이 조각나는 느낌이 들었다.

그때 사각거리는 비단 옷 소리가 났다. 로자네트가 다가와 프레데릭을 툭 쳤다.

그녀는 그에게 들어서 오늘 경매가 열린다는 걸 알고 있었다. 슬픔이 가라앉자 그를 만나려고 경매장으로 온 것이었다. 그녀는 진주 단추가 달린 흰색 비단 조끼에 주름 장식이 화려한 옷을 입고 있었고, 손에 꼭 맞는 장갑을 끼고 당당하게 경매를 보러 왔다.

화가 난 그는 얼굴이 창백해졌다. 당브뢰즈 부인은 프레데릭과 나란히 서 있는 로자네트를 봤고, 이 여자가 누구인지 알아챘다. 두 여자는 잠시 서로를 머리에서 발끝까지 바라보며 결점을 찾아내려 애쓰는 것 같았다. 하지만 당브뢰즈 부인은 로자네트의 젊음을 부러워했고, 로자네트는 경쟁자인 당브뢰즈 부인의 고상하고 귀족적인 단아함을 부러워하고 있었다.

마침내 당브뢰즈 부인이 뭐라 표현하기 힘든 거만한 미소를 지으며 고개를 돌렸다.

경매인이 피아노 뚜껑을 열었다. 아르누 부인의 피아노였다! 경매인이 오른손으로 음계를 하나씩 눌러본 뒤 1,200프랑의 가격을 책정했으나 얼마 후 가격은 1,000에서 800, 700으로 내려갔다.

당브뢰즈 부인은 고물 피아노라고 비웃었다.

이어서 골동품 상인들 앞에 소개된 것은 원형 장식이 달리고 모퉁이와 자물쇠가 은으로 된 작은 상자였다. 처음 프레데릭이 슈아젤 거리에 있었던 집에서 열린 만찬에 초대받았을 때 눈여겨봤던 상자로, 로자네트의 집으로 갔다가 다시 아르누 부인에게 돌아온 상자였다. 당브뢰즈 부인과 이야기하면서도 프레데릭의 시선은 수없이 그 상자를 향했다. 가장 소중한 추억이 담긴 물건이어서인지 프레데릭은 연민으로 가슴이 무너져 내렸다. 그때 갑자기 당브뢰즈 부인이 이렇게 말했다.

"저거 살래요."

"저게 뭐가 신기하다고요." 프레데릭이 말했다.

하지만 그녀는 무척 예쁜 상자라고 생각했다. 경매인은 그 상자의 정교한 세공 기술을 칭찬하기 시작했다.

"르네상스의 귀중품입니다. 800프랑! 거의 전부 은으로 세공되어 있습니다. 스페인산 백악도 조금 섞여 있어서 광채가 더할 겁니다."

그녀가 사람들을 헤치고 나아갔다.

"별걸 다 사려고 하는군요." 프레데릭이 말했다.

"왜요, 기분 안 좋아요?"

"그런 건 아니지만 그런 건 사서 뭘 하게요?"

"또 알아요? 연애편지라도 들어 있을지!"

그녀의 눈빛은 의미심장했다.

"죽은 사람의 비밀은 밝히지 않는 법입니다."

"그 여자가 죽었다고 생각하지는 않아요." 이어서 그녀는 큰 소리로 가격을 높여 불렀다. "880프랑!"

"이런 행동, 좋지 않아요." 그가 조그만 소리로 말했다.

그녀는 웃었다.

"제발요, 내가 이렇게 부탁하는 건 처음 아닙니까?"

"벌써부터 이러면 앞으로 어떻게 좋은 남편이 되려고 그래요?"

누군가가 값을 올렸다. 그녀가 손을 들었다.

"900프랑!"

"900프랑!" 베르텔모 씨가 말을 받았다.

"900, 10…… 15…… 20…… 30……!" 경매인은 청중을 바라보며 불규칙하게 고개를 흔들며 외쳤다.

"제발요, 내 아내가 될 사람이 현명한 사람이라는 걸 보여줘요." 프레데릭이 말했다.

그는 그녀를 문으로 끌고 갔다.

경매 평가인이 계속 외쳤다.

"여러분, 930프랑입니다. 930프랑, 어느 분이시죠?"

당브뢰즈 부인이 문턱에 이르러 걸음을 멈추고는 큰 소리로 말했다.

"1,000프랑!"

사람들이 놀라 조용해졌다.

"1,000프랑입니다. 여러분, 1,000프랑이에요! 이의 없습니까? 좋습니다. 1,000프랑, 낙찰!"

상아 망치가 쾅쾅 울렸다.

그녀는 명함을 꺼냈고 상자를 받았다.

그녀는 상자를 토시 속에 넣었다.

프레데릭은 얼음 같은 차가운 것이 심장을 꿰뚫는 느낌이 들었다.

그녀는 그의 팔을 잡고 마차가 기다리는 바깥으로 나왔다. 그때까지 그녀는 그의 얼굴을 똑바로 보려 하지 않았다.

그녀는 마치 도둑처럼 얼른 뛰어 자리에 앉아 그를 돌아봤다. 그는 모자를 벗어 들었다.

"안 타요?"

"예, 부인!"

그는 차갑게 인사를 한 다음 마차 문을 닫고 마부에게 가라는 손짓을 했다.

그는 우선 기쁨을, 다시 찾은 자유를 느꼈다. 당브뢰즈 부인과의 결혼이라는 행운을 걷어차고 아르누 부인의 복수를 대신 해준 것 같아 통쾌했다. 그러나 얼마 안 있어 자신이 한 행동에 놀라 끝없는 피로가 몰려들었다.

다음 날 아침 하인이 새로운 소식을 알려주었다. 계엄령이 선포되고 의회가 해산되었으며 국회의원 일부가 감옥에 갇혔다는 이야기였다. 하지만 프레데릭은 자기 일만으로도 피곤했기에 세상이 어떻게 돌아가건 관심 없었다.

그는 거래하던 상인들에게 편지를 보내 결혼식을 위해 준비한 것들을 모두 취소했다. 지금 생각해보니 당브뢰즈 부인과의 결혼은 야비한 투기 같다는 생각이 들었다. 그녀가 미웠다. 그녀 때문에 자칫 비열한 짓을 할 뻔했기 때문이다.

이제 프레데릭은 여장군도 잊고 아르누 부인에 대한 생각도 잠시 접고 자신의 일만을 생각하기로 했다. 꿈의 파편 속에서 방황하고 아파하고, 고통과 절망으로 가득한 심정이었다. 너무나 힘들었던 가식적인 환경이 미워지면서 신선한 풀과 시골에서의 휴식, 소박한 사람들과 고향집 지붕 아래서 보내는 안락한 생활이 문득 그리워졌다. 그는 수요일 저녁에야 밖으로 나왔다.

큰길에는 사람들이 몰려 있었다. 간혹 순경이 사람들을 흩어지게 했다. 그러나 흩어졌던 사람들은 순경 뒤에서 다시 모였다. 사람들은 잡담을 했고 군대에 대해 농담과 야유를 퍼부었다. 그러나 그뿐이었다.

"어떻게 된 겁니까? 싸우지 않을 겁니까?" 프레데릭이 노동자 한 사람을 잡고 물었다.

작업복 차림의 남자가 이렇게 말했다.

"우리가 부르주아를 위해 죽을 그런 멍청이인 줄 알아요? 자기들이 알아서 하겠죠."

어느 신사가 이 노동자를 흘겨보더니 이렇게 중얼거렸다.

"못돼먹은 사회주의자 녀석! 이번에야말로 저런 자들을 전부 처단해야 해!"

그로서는 이런 깊은 증오와 어리석은 행동이 이해가 되지 않았다. 파리가 더 싫어졌다. 다음 날 그는 첫 기차를 타고 노장으로 갔다.

곧이어 집들이 사라지고 시골 풍경이 펼쳐졌다. 그는 좌석에 혼자 앉아 맞은편 자리에 발을 올려놓고 최근에 일어난 여러 가지 일을 생각했다. 문득 루이즈가 생각났다.

'루이즈는 날 사랑하고 있었어. 그 행복을 차버린 건 내 잘못이야. 어쩔 수 없지! 그 생각은 더 이상 하지 말자.'

그러나 오 분 뒤 그는 다시 이런 생각을 했다.

'하지만 또 누가 알아? 나중에라도 안 될 건 없지 않을까?'

그의 공상은 그의 눈처럼 아득한 지평선 속에 잠겼다.

'루이즈는 순진했지. 시골 여자라 야생적인 면도 있었지만 그래도 좋은 여자였어.'

노장이 다가오면서 그녀 역시 가깝게 다가오는 것 같았다. 수르덩 초원을 지나자 프레데릭은 포플러 가로수 밑에서 그녀가 물웅덩이 옆에서 풀을 베고 있던 모습이 생각났다.

열차가 멈추자 그는 열차에서 내렸다.

그는 다리 난간에 팔을 괴고 옛 추억을 떠올렸다. 어느 맑은 날 루이즈와 함께 섬과 정원을 산책하던 일이 떠올랐다. 여행과 시골의 공기로 몽롱했고 최근에 일어난 여러 일로 인한 상처 때문에 정신이 멍했지만 뭔가 알 수 없는 흥분이 일었다.

'아마 그녀는 지금쯤 밖에 나갔을 거야. 만나러 가볼까?'

생로랑 성당의 종이 울렸다. 성당 앞 광장에는 서민들이 모여 있었다. 이 지방에서 하나밖에 없는 사륜마차(결혼식 때 쓰이는)도 있었다. 갑자기 성당 입구에서 흰색 넥타이를 맨 부르주아들 사이로 한 쌍의 신혼부부가 나타났다.

프레데릭은 순간 잘못 본 게 아닌가 하고 생각했다. 아니,

틀림없이 그녀였다! 붉은색 머리에서 발끝까지 흰색 면사포를 쓴 여자는 다름 아닌 루이즈였다. 그리고 그녀 옆에 있는 남자는 분명 데로리에였다. 그는 은으로 수놓은 푸른색 연미복을 입고 있었다. 도대체 이게 무슨 일일까?

프레데릭은 어느 집 모퉁이에 숨어 신랑과 신부, 이들을 따르는 사람들을 바라봤다.

수치심, 패배감, 상처의 충격을 안고 그는 다시 기차역으로 가서 파리로 돌아왔다.

삯마차 마부는 샤토 도에서 짐나즈 목장까지 바리케이드가 있다면서 생마르탱 거리 쪽으로 돌아서 갔다. 프레데릭은 프로방스 거리 모퉁이에서 내려 대로로 나갔다.

시간은 다섯 시였다. 가랑비가 내리고 있었다. 오페라 극장 쪽 길은 부르주아들로 미어 터졌다. 맞은편 집들은 전부 문이 닫혀 있었다. 창문에는 사람의 모습 하나 비치지 않았다.

길에서는 용기병이 칼을 빼 들고 몸을 굽힌 채 말을 타고 빠르게 달리고 있었다. 투구에 장식된 깃털, 등 뒤에 펄럭이는 흰색 외투가 안개 속에서 흔들리는 가스등 불빛을 스쳐 지나갔다.

용기병이 공격하는 틈에 경찰 부대가 나타나 군중을 큰길에서 좁은 옆 골목으로 몰아붙였다.

토르토니 입구 계단 위에 한 남자가 서 있었다. 뒤사르디에였다. 키가 커서 멀리서도 눈에 띄었다. 그는 여인상 기둥처럼 꼼짝하지 않고 서 있었다.

삼각모를 푹 눌러 쓰고 맨 앞에서 걷던 경찰관이 그에게 칼을 들이댔다.

뒤사르디에는 한 발 앞으로 나아가더니 외쳤다.

"공화국 만세!"

그는 손을 십자 모양으로 가슴에 포개고 쓰러졌다.

군중이 공포에 사로잡혀 소리를 질렀다. 경찰관이 주변을 살폈다. 그 순간 프레데릭은 너무 놀라 입이 벌어졌다. 경찰관은 바로 세네칼이었던 것이다.

6장

그는 여행을 떠났다.

우울한 여객선, 차가운 텐트에서 맞는 아침, 풍경과 폐허 앞에서 느끼는 당혹감, 마음을 터놓을 수 없는 낯선 사람들 사이에서 느끼는 외로움을 깨달았다.

그는 다시 돌아왔다.

사교계에 다니며 또 다른 연애를 몇 차례 더 경험했다. 하지만 첫사랑의 그림자가 늘 가슴 한편에 있어 새로운 사랑은 허무하게 느껴졌다. 그러다 보니 격렬한 욕정도, 강렬한 감각도 서서히 사라져갔다. 지적인 야심도 약해져갔다. 그렇게 세월이 흘렀다. 그는 머리도 마음도 무기력해졌다.

1867년 3월 말, 해 질 무렵에 그가 혼자 서재에 있을 때 웬 여자가 들어왔다.

"아르누 부인!"

"프레데릭!"

그녀는 그의 손을 잡고 조용히 창가로 데려가 그를 자세히 바라보며 되풀이했다.

"바로 그 사람이야! 정말 그 사람이야!"

황혼녘인 데다 그녀는 검은색 레이스로 얼굴을 감싸고 있어서 그녀의 눈밖에 보이지 않았다.

그녀는 난롯가에 석류석 빛깔의 작은 벨벳 지갑을 내려놓고는 의자에 걸터앉았다. 두 사람은 아무 말 없이 미소를 지을 뿐이었다. 마침내 그는 그녀의 근황과 아르누의 소식에 대해 이것저것 물었다.

아르누 부부는 브르타뉴에서 빚을 갚기 위해 검소하게 살고 있다고 했다. 거의 항상 병을 앓는 아르누는 이제 노인과 다름없다고 했다. 딸은 보르도로 시집갔고, 아들은 모스타가넴 주둔 부대에 있다고 했다. 그리고 그녀는 얼굴을 돌렸다.

"그런데 당신을 다시 만나다니! 기뻐요!"

그는 그들 부부가 파산했다는 소식을 듣고 집으로 찾아갔다고 했다.

"알고 있어요."

"뭐라고요?"

그녀는 그때 마당에서 그의 모습을 보고 숨었다고 했다.

"왜죠?"

그녀는 말을 잇지 못하며 떨리는 목소리로 이렇게 말했다.

"두려워서요……. 그래요……. 당신이 두려웠어요……. 나 자신도요!"

이 말에 그는 관능적인 기쁨에 사로잡힌 듯 가슴이 뛰었다. 그녀는 계속해서 말했다.

"더 일찍 오고 싶었는데 미안해요." 아르누 부인은 황금빛 야자나무 무늬가 수놓인 석류 빛깔 지갑을 가리키며 말했다. "당신을 위해 수를 놓은 지갑이에요. 지갑 안에는 예전에 벨빌의 땅을 저당 잡히고 빌렸던 돈이 들어 있어요."

프레데릭은 이렇게까지 할 필요는 없다고 말하며 선물에 감사했다.

"아니에요! 꼭 이것 때문에 찾아온 건 아니에요. 그냥 이렇게 꼭 한번 만나고 싶어서……. 그리고 돌아가야죠……. 거기로."

그녀는 자신이 사는 곳에 대해 이야기했다.

나지막한 단층집으로 정원에는 커다란 회양목이 가득하고, 밤나무 가로수가 두 줄로 이어진 길을 따라 언덕 위에 서면 바다가 보인다고 했다.

"그 언덕에 벤치가 있는데 늘 거기에 앉아요. 그 벤치를 프레데릭 벤치라고 부른답니다."

그녀는 그의 방에 있는 골동품과 액자 같은 것을 기억에 담아가려는 듯 열심히 살펴봤다. 로자네트의 초상화가 커튼에 반쯤 가려져 있었다. 하지만 황금색과 흰색이 어둠 속에서 선명하게 드러나 그녀의 시선을 끌었다.

"어디서 본 듯한 여성이군요."

"그럴 리가요." 그가 말했다. "옛날 이탈리아 그림입니다."

그녀는 그의 팔을 잡고 거리를 한 바퀴 산책하고 싶다고 했다.

두 사람은 밖으로 나갔다.

그녀의 창백한 옆얼굴이 가게의 불빛에 드러났다가 다시 어둠에 휩싸였다. 마차와 군중의 소리가 섞여 소란스러웠다. 그러한 가운데 두 사람은 마치 낙엽이 깔린 시골길을 걷듯이 주변 소리에 신경 쓰지 않고 두 사람만 생각하며 계속 걸었다.

두 사람은 지나간 과거의 일들, 공예미술사 시절의 만찬, 아르누의 여러 가지 버릇, 예를 들어 옷깃 끝을 잡아당기거나 수염에 포마드를 바르는 버릇, 마음속의 여러 일들에 대해 이야기했다. 처음으로 그녀의 노래를 들었을 때는 얼마나 황홀했던지! 생클루에서의 생일날 그녀는 얼마나 아름다웠는지! 오퇴유의 작은 정원에서의 일, 극장에서 보낸 여러 날 밤, 큰길에서 마주쳤던 일, 전에 있었던 하인들 이야기, 그녀의 흑인 하녀를 떠올렸다.

그녀는 그의 기억력에 놀라워하며 이렇게 말했다.

"가끔 전에 당신이 했던 말이 마치 머나먼 메아리나 바람에 실려오는 종소리처럼 들려올 때가 있어요. 그럴 때 사랑에 관한 책 속 장면을 읽으면 당신이 바로 옆에 있는 것 같은 느낌이 들죠."

"세상 사람들은 책 속에 나오는 사랑 장면은 과장되었다고 하지만 당신 덕분에 그런 장면이 현실에서도 생길 수 있다는 걸 알았어요." 그가 말했다. "샤를로테의 빵을 싫어하지 않았던 베르테르의 기분도 이해가 됩니다."

"가여운 친구!"

그녀는 한숨을 내쉬었다. 한참 동안 아무 말이 없던 그녀가 말을 이었다.

"상관없어요. 우리는 진심으로 사랑했으니까요."

"그러나 서로에게 속한 적은 없었습니다."

"그 편이 나을지도 몰라요." 아르누 부인이 말했다.

"아뇨, 그랬더라면 얼마나 행복했을까요!"

"오! 그래요. 당신의 사랑과 같은 사랑의 힘이라면요!"

헤어진 지 오래된 뒤에도 여전히 계속되는 것을 보면 정말로 대단한 사랑인 것 같았다!

그는 자신의 사랑을 어떻게 알게 됐느냐고 물었다.

"어느 날 밤 당신이 제 장갑과 소맷부리 사이의 손목에 입을 맞추신 적이 있죠. 그때 생각했죠. '날 사랑하고 있어…… 사랑하고 있어.' 그러나 확인하기가 두려웠어요. 당신이 조심스럽게 행동해서 매력적이었고, 마치 무의식적으로 계속되는 경의의 표시처럼 생각하며 즐겼어요."

그는 이제 아무것도 후회하지 않았다. 예전의 고통을 모두 보상받았기 때문이다.

두 사람은 다시 그의 집으로 돌아왔다. 그녀는 모자를 벗었다. 탁자 위에 놓인 램프의 불빛에 그녀의 하얀 머리가 드러났다. 그는 가슴을 콱 찔린 기분이었다.

실망하는 마음을 감추기 위해 그는 그녀의 무릎 가까이 바닥에 꿇어앉아 그녀의 손을 잡고 사랑의 말을 속삭였다.

"당신의 모습, 모든 사소한 행동이 이 세상의 것, 인간의 것이 아니라고 느껴질 정도로 제게는 소중했습니다. 당신이 걸어갈 때면 그 발밑에서 저의 마음이 마치 먼지처럼 일어났습니다. 당신을 보면 여름날 밤 찬란한 달빛 속의 향기와 그림자 같은 것이 떠올랐습니다. 당신의 이름은 육체와 정신의 즐거움을 안고 있어, 전 그 이름과 키스하려고 몇 번이나 불렀습니다. 그 생각밖에는 없었습니다. 언제나 제 마음속에 남아 있는 것은 두 아이와 함께 있는 부인의 평소 모습, 다정하고 진실하며 눈부실 정도로 아름답고 너무나 훌륭한 부인, 바로 당신이었습니다! 그 모습 앞에서 다른 모든 것은 지워졌습니다. 다른 모습을 생각이라도 할 수 있었을까요! 제 마음속 깊은 곳에는 언제나 당신의 음악 같은 목소리와 당신의 빛나는 눈이 자리 잡고 있었으니까요!"

그녀는 이미 사라진 과거의 자신에 대한 찬사를 황홀하게 듣고 있었다. 그 역시 자신의 말에 도취되어 그 말을 사실처럼 믿었다. 그녀는 불빛을 등지고 그에게 몸을 굽혔다. 그는 이마에 그녀의 숨결이 스치는 것을 느꼈다. 그녀의 옷을 통해 몸 전체와 막연히 닿은 느낌이었다. 두 사람은 손을 꼭 잡았다. 그녀의 구두 끝이 옷자락 밑으로 살짝 보였다. 순간 그는 정신이 몽롱해지면서 말했다.

"당신의 발을 보면 어찌해야 좋을지 모르겠습니다."

그녀는 수줍은 마음에 일어났다. 그렇게 꼼짝도 하지 않고 서서 마치 몽유병자처럼 묘한 말투로 말했다.

"이 나이에! 이런 남자를! 프레데릭! ……저만큼 사랑받은 여자는 없을 거예요! 아니, 아니요! 젊다는 게 무슨 소용이에요, 그런 건 이제 신경 쓰지 않아요. 지금 이 방에 어떤 여자가 들어온다 해도 아무런 마음의 동요도 없을 거예요."

"오! 여기 오는 여자는 없어요!" 그는 친절하게 말했다.

그녀의 얼굴에 기쁨의 빛이 흘렀다. 그녀는 그에게 결혼할 생각은 없는지 물었다.

그는 결혼 같은 건 하지 않겠다고 했다.

"정말요? 왜죠?"

"당신 때문이죠." 그녀를 두 팔로 안으며 그가 말했다.

그녀는 몸을 뒤로 젖히고 입을 반쯤 벌린 채 위를 바라보며 그의 품 안에서 꼼짝하지 않았다. 그러나 이내 절망한 듯 그의 몸을 뒤로 밀쳤다. 그가 왜 그러느냐고 하자 그녀는 고개를 숙이고 이렇게 말했다.

"당신을 행복하게 해드리고 싶었어요."

그는 그녀가 혹시 몸을 허락하기 위해 온 게 아닌가 하는 생각을 했다. 순간 지금까지 경험한 적 없는 격한 욕정이 느껴졌다. 하지만 뭐라 표현할 수 없는 반감 같은 것, 근친상간 같은 공포도 느껴졌다. 또 다른 두려움, 나중에 혐오감을 느끼게 되지 않을까 하는 두려움 때문에 역시 주저하게 되었다. 게다가 얼마나 당혹스러울까! 신중해지고 싶어서, 그리고 이상을 더럽히고 싶지 않다는 생각에 그는 몸을 돌려 담배를 피웠다.

그녀는 감탄한 듯 그를 바라봤다.

“정말 다정한 배려를 하시는 분이에요! 당신뿐이에요! 제겐 당신뿐이에요!”

종소리가 열한 시를 알렸다.

“벌써 시간이.” 그녀가 말했다. “십오 분에 갈게요.”

그녀는 다시 앉았다. 꼼짝하지 않고 시계만 바라봤다. 그는 여전히 왔다갔다하며 담배만 피웠다. 두 사람 모두 할 말이 없었다. 이별의 순간에는 서로 마주 앉아 있어도 사랑하는 상대가 이미 그 자리에 없는 것 같은 그런 순간이 있는 법이었다.

마침내 시곗바늘이 이십오 분을 지나자 그녀는 모자 끈을 천천히 집어 들었다.

“안녕히 계세요! 내 친구, 소중한 내 친구! 다시는 뵙지 못할 거예요. 오늘이 여자로서 저의 마지막 걸음이었어요. 하지만 내 영혼은 늘 당신 곁을 떠나지 않을 거예요. 하늘의 축복이 가득하길 빌어요.”

그녀는 어머니처럼 그의 이마에 입을 맞추었다.

그리고 뭔가를 찾는가 싶더니 가위를 달라고 했다.

그녀는 머리빗을 뽑았다. 그러자 하얀 머리카락이 흘러내

렸다.

갑자기 아르누 부인은 가위로 긴 머리카락을 한 줌 잘랐다.

"이걸 간직하세요. 그럼, 안녕히."

그녀가 나가자 프레데릭은 창문을 열었다. 그녀는 손을 들어 지나가는 삯마차를 불렀다. 그녀가 타자 마차는 사라져 갔다.

그것이 전부였다.

7장

그해 초겨울쯤 프레데릭과 데로리에는 언제나처럼 다시 만나, 서로 사랑하게 되는 운명적인 타고난 기질로 다시 한번 화해하며 난롯가에서 이야기를 나누었다.

프레데릭은 당브뢰즈 부인과 헤어진 이유를 설명해주었다. 그녀는 영국인과 재혼했다.

그리고 데로리에는 어떻게 로크 양과 결혼하게 되었는지는 들려주지 않은 채, 어느 날 아내가 가수와 도망쳤다고 했다. 그는 웃음거리가 되지 않기 위해 도청 일에 몰두했으나 오히려 지나쳤는지 도청에서 평판이 안 좋아져 결국 쫓겨나게 되었다고 했다. 이후 알제리 식민과장, 터키의 어느 문무고관의 비서, 신문사 경영주, 광고 중개인 일도 하다가 결국 어느 산업 회사의 법무계에서 일하게 되었다.

프레데릭은 재산의 삼분의 이를 써버리고 이제는 소시민처럼 살아가고 있다고 했다.

두 사람은 서로 친구들의 소식을 물었다.

마르티농은 현재 상원의원이었다.

위소네는 높은 지위에 올라 극장과 신문계 전체를 쥐락펴락하고 있었다.

시지는 자식 여덟 명을 두고 종교에 열중해 조상 대대로 물려받은 성에 살고 있었다.

펠르랭은 푸리에주의, 유사요법*, 교령 원탁**, 고딕 예술, 인도주의 회화 등에 빠졌다가 지금은 사진사로 일하고 있었다. 파리의 온 벽마다 몸집이 작고 머리가 큰 그가 검은 양복을 입고 있는 모습이 붙어 있었다.

"자네 친구 세네칼은?" 프레데릭이 물었다.

"사라졌어! 나도 몰라! 그나저나 자네가 그토록 열을 내던 아르누 부인은?"

"전투기 중위인 아들과 같이 로마에 있을 거야."

---

* 동종요법이라고도 부른다. 인체에 질병 증상과 비슷한 증상을 유발시켜 치료하는 대체의학의 일종.

** 영적 교신을 하여 탁자를 움직이는 영매 기술.

"남편은?"

"작년에 세상을 떠났어."

"이런!" 변호사가 이마를 치며 말을 이었다.

"근데 얼마 전에 어느 가게에서 우연히 로자네트를 만났어. 입양한 남자아이의 손을 잡고 있더군. 우드리 씨의 미망인이 되었다고 하던데, 어찌나 살이 쪘던지. 어쩌면 그렇게 망가질 수 있지! 옛날에는 그렇게 날씬했었는데."

데로리에는 그녀가 절망에 빠졌을 때를 이용해 그 날씬한 몸매를 확인해본 일을 숨기지 않았다.

"자네도 허락했잖아."

이 고백은 아르누 부인을 유혹하려던 일을 숨긴 데 대한 보상이었다. 어쨌든 성공하지 못했으니 프레데릭은 이 고백을 들어도 용서했을 것이다.

그 말을 듣자 프레데릭은 약가 화가 났으나 그냥 웃어넘기는 척했다. 총사령관 얘기가 나오자 바트나 양이 떠올랐다.

데로리에는 그녀와는 만난 적이 없고, 아르누의 집에 자주 드나들던 사람들과도 만난 일이 없다고 했다. 하지만 르쟁바르는 확실히 기억한다고 했다.

"아직 살아 있나?"

"그런 것 같아. 요즘도 매일 저녁 정해진 시간에 그라몽 거리에서 몽마르트르 거리까지 카페 앞에 나타나는 것 같더군. 늙어서 허리는 구부정하고 머리도 마음도 텅 비어 꼭 유령처럼 다니는 것 같더군."

"그러면 콩팽은?"

프레데릭은 기뻐서 소리를 지르며, 임시정부의 전직 지역 의원인 데로리에에게 송아지 머리가 도대체 무슨 뜻인지 가르쳐달라고 했다.

"영국에서 가져오는 수입품이야. 왕당파가 1월 30일을 기념해 여는 의식에 반대해 공화파가 매년 한 번씩 연회를 열기로 했는데, 그 연회에서 송아지 머리를 먹고, 스튜어트 집안의 멸망을 바라며 건배를 하고, 송아지 두개골에 포도주를 마셨지. 테르미도르 반동 이후에 테러리스트들도 비슷한 연회를 열었어. 즉 세상에는 어리석은 부류가 계속 나타난다는 거야."

"자네 정치 견해도 많이 온건해졌군."

"나이를 먹었으니까." 변호사가 말했다.

두 사람은 자신들의 과거 인생에 대해 정리해봤다.

사랑을 꿈꾸던 이도, 권력을 꿈꾸던 이도 모두 실패했다. 이유가 뭘까?

"일관된 인생을 살아오지 않았으니까." 프레데릭이 말했다.

"자네는 그럴지 모르지만 난 그 반대야. 그 무엇보다 중요한 수많은 것들을 고려하지 않고 너무 일관되게 외골수로 살아왔지. 난 너무 논리적이었고, 자넨 지나치게 감정적이었지."

그리고 두 사람은 우연과 상황, 자신들이 태어난 시대를 탓했다.

프레데릭이 말했다.

"옛날 상스에 있을 때는 이렇게 될 줄 몰랐어. 자네는 철학 비평사를 쓰고 싶어했고, 나는 프루아사르에서 주제를 찾아 노장을 배경으로 중세풍의 걸작 소설을 쓰고 싶어했지. 브로카르 드 페네스트랑주 전하와 트루아 주교가 어떻게 외스타슈 당브르시쿠르 전하를 공격할 것인지에 대해 쓰려고 했어. 기억하지?"

두 사람은 젊은 시절을 추억하며 매번 서로에게 물었다.

"기억나나?"

두 사람은 과거를 추억했다. 중학교 교정, 성당, 응접실, 계단 아래 펜싱장, 자습 감독과 학생들의 얼굴, 낡은 장화 속 바지 끈을 자르던 베르사유 태생의 남자 앙글마르, 미르발 씨와 그의 붉은색 수염, 제도와 데생을 가르치던 선생으로 늘 싸우던 바로와 쉬리레, 마분지에 그린 태양계 유성군을 갖고 다니며 강의료 대신 식당에서 공짜 식사를 하고 순회 근무를 했으며 코페르니쿠스와 고향이 같았던 폴란드인 선생을 떠올렸다. 산책을 하며 미친 듯이 먹고 마시던 일, 처음으로 피운 담배, 학년 말 시상식, 방학의 즐거운 일들을 생각했다.

두 사람이 터키 여자 집에 간 건 1837년 방학 때였다.

본명은 조라이드 튀르크였으나 사람들은 그녀를 그렇게 불렀다. 많은 사람들이 그 여자를 이슬람 교도이자 터키 여자라고 생각했다. 그래서 강변 성벽 뒤에 있던 그녀의 집은 더욱 서정적인 분위기가 풍겼다. 물푸레나무 화분과 금붕어 어항이 나란히 놓여 있어 쉽게 알아볼 수 있는 그녀의 집은 한여름에도 주변에 그늘이 졌다. 흰색 짧은 상의에 광대뼈에 연지를 찍고 긴 귀고리를 단 여자들은 행인이 지나가면 창문을 두드렸고, 저녁이 되면 문 앞에 나와 쉰 목소리로 조용히 노래를 부르곤 했다.

이 퇴폐적인 곳은 구석구석 기묘한 분위기로 가득했다. 사람들은 이곳을 '알 만한 곳', '어떤 거리', '다리 아래'라는 식으로 빙빙 돌려 말했다. 근처 농가 아낙네들은 남편 때문에 걱정했고, 부르주아 부인들은 하녀들 때문에 근심했다. 실제로 군수 집의 하녀가 거기 있는 것이 발각되기도 했다. 이곳은 당연히 모든 소년들이 은밀히 관심을 갖는 곳이었다.

어느 일요일, 가족이 모두 저녁 예배에 가고 없는 틈을 타 미리 머리를 곱슬거리게 해놓은 프레데릭과 데로리에는 몰래 터키 여자의 집으로 간 적이 있었다. 두 사람은 모로 부인의 정원에서 꽃을 꺾은 다음 들판으로 통하는 문으로 나와 포도밭을 한 바퀴 빙 돌아서 낚시터로 되돌아와 여전히 큰 꽃다발을 든 채 터키 여자 집으로 슬그머니 들어갔다.

마치 약혼녀에게 건네듯 프레데릭은 꽃다발을 내밀었다. 그러나 날씨도 더웠고 그 집에 간 것은 처음이라 두려웠기에 순간 그는 양심의 가책을 느꼈다. 동시에 마음대로 다룰 수 있는 여자들을 많이 보게 되어 내심 흥분하고 있었다. 너무 흥분한 나머지 그는 창백하게 질려 그 자리에 꼼짝하지 않고 서 있었다. 여자들은 당황해하는 그를 보며 재미있어했다. 그는 자신을 놀린다는 생각에 도망치듯 그곳을 나왔다. 돈은 프레데릭이 가지고 있었기 때문에 데로리에도 할 수 없이 뒤따라 나왔다.

두 사람은 그곳에서 나오다가 사람들에게 들켜버렸다. 그 사건 이후 3년 뒤까지도 두고두고 놀림거리가 되었다.

두 사람은 서로의 기억을 더듬으며 오랫동안 이야기를 나눴다. 이야기가 끝나자 프레데릭이 말했다.

"그때가 최고로 좋았어."

"그래, 어쩌면? 그때가 최고로 좋았어!" 데로리에가 대답했다.

옮 긴 이
이주영

어릴 때부터 공포소설과 환상소설을 좋아했고, 자연스럽게 번역가를 꿈꾸게 되었다. 세계 지성들의 삶과 죽음을 다룬 에세이《죽음을 그리다》, 할리우드 스타 마릴린 먼로의 어두운 심리를 그린 소설《마릴린 그녀의 마지막 정신상담》, 극우 정당이 들어선 프랑스 사회를 상상하는 소설《이렇게 될 줄 몰랐어》 등을 우리말로 옮겼다. 문학이 지루하다는 편견을 깨기 위해, 원문을 왜곡하지 않으면서도 쉽게 읽을 수 있는 우리말로 표현하고자 노력하고 있다.

감정 교육

초판 1쇄 인쇄 | 2016년 12월 7일
초판 1쇄 발행 | 2016년 12월 14일

지은이 | 귀스타브 플로베르
옮긴이 | 이주영
발행인 | 노승권

주소 | 서울시 중구 무교로 32 효령빌딩 11층
전화 | 02-728-0270(마케팅), 02-3789-0269(편집)
팩스 | 02-774-7216

발행처 | (사)한국물가정보
등록 | 1980년 3월 29일
이메일 | booksonwed@gmail.com
홈페이지 | www.daybybook.com

• 책읽는수요일, 라이프맵, 비즈니스맵, 마레, 사흘, 생각연구소, 지식갤러리, 피플트리, 스타일북스, 고릴라북스, B361은 KPI출판그룹의 임프린트입니다.